浅 阳

大橙子 著

北京日报出版社

图书在版编目（ＣＩＰ）数据

浅阳 / 大橙子著 . -- 北京 : 北京日报出版社 , 2021.4
ISBN 978-7-5477-3925-9

Ⅰ . ①浅… Ⅱ . ①大… Ⅲ . ①长篇小说－中国－当代
Ⅳ . ① I247.5

中国版本图书馆 CIP 数据核字 (2021) 第 001467 号

浅　阳

出版发行：北京日报出版社
地　　址：北京市东城区东单三条 8-16 号东方广场东配楼四层
邮　　编：100005
电　　话：发行部： （010）65255876
　　　　　　总编室： （010）65252135
印　　刷：北京瑞达方舟印务有限公司
经　　销：各地新华书店
版　　次：2021 年 4 月第 1 版
　　　　　　2021 年 4 月第 1 次印刷
开　　本：880 毫米 ×1230 毫米　　1/32
印　　张：17.5
字　　数：487 千字
定　　价：99.00 元

版权所有，侵权必究，未经许可，不得转载

目 录

第一章　相逢

天色渐暗，天边一片昏黄的云，只留下太阳的些许余光。

梁浅言再一次拨通了方逸群的电话，依旧没有人接听。她叹了一口气，摇了摇头，拿出钥匙，打开了门。

依稀听到她和丈夫的房间里传来打碎水杯的声音，梁浅言狐疑地走了过去，门虚掩着，但是不妨碍她看到里面的景色。

一个女人紧紧搂着方逸群的脖子……

梁浅言愣在原地，半晌方转过身，靠在了墙壁上，闭上眼，眼泪顺着脸颊掉落下来。

"妈妈，你和爸爸，今天会一起来医院看我吗？"这是她离开医院的时候，女儿用软软的小手拉着她说的话。

尽管因为做化疗，女儿的头发都掉光了，可女儿笑起来的时候，仿佛可以将她融化掉一样。

她擦了擦眼泪，什么都顾不上拿了，关上了门。

方逸群并没有察觉到外面的动静，他使尽了全力，终于推开了女下属，冷冷地盯着她："这种事情，我不希望发生第二次。"

女下属叫林淼，也就是个二十岁出头的小姑娘，容貌姣好，最主要的是身材好，是男人喜欢的那种。在梁浅言看来，方逸群能和她有什么，也算是正常的事了。

林淼怎么都没想到方逸群就这样直截了当地推开了自己，她今天来找方逸群，还特意喝了几口酒壮胆。方总在公司一向就是冷冷的，今天，她算是好不容易才寻到了这个机会。

"你不喜欢我？"林淼不死心地问方逸群。

方逸群摇了摇头。

"那你为什么要推开我？"林淼再次问。

方逸群盯了她数秒，才说："我结婚了，你年轻貌美，有更好的人在等你。”

“可你并不快乐，不是吗？”林森很是不服气，她不是没有见过梁浅言，她就是想不明白，自己有哪一点儿不如梁浅言。

方逸群没有说话，最后他拿起了放在椅子上的西装，淡淡地看了林森一眼，走到门口，方才说道：“我会重新找一位秘书的，你回公司之后，就收拾一下离开吧！”

“你回答我啊！”林森依旧不死心，但是却没有得到半点回应。

梁浅言看着方逸群和林森一前一后出了她家的门，才松了一口气，他们会去做什么呢？应该还是觉得在家里不方便吧！万一被自己发现了，也是够方逸群烦心的。

她重新回家，收拾着女儿的衣物，可收着收着，眼泪就滴落了下来。

梁浅言匆匆赶回了医院。女儿刚刚吃完药，她看着女儿，半晌没有说话。

“爸爸呢？”方鹤问她。

“爸爸……”梁浅言愣了愣，勉强一笑，却说不出话来。她满脑子都是那两个人恨不得整个身子都贴在一起的画面。她强敛了敛心神，静静道：“小鹤乖，爸爸今天很忙，没有时间来陪你。”

方鹤的眼神之中闪过一丝黯然，但她很懂事，知道梁浅言的辛苦，也就没有再说什么了。

趁着方鹤睡着的工夫，梁浅言才悄悄地溜到了楼道，强忍在心中的委屈终于倾泻了出来。

她点上一支烟，狠狠吸了一口。

“你哭就好好哭，制造什么二手烟坑害人类？”

梁浅言朝着那个声音看去，那个人正拄着拐杖，站在楼梯的下方，一脸鄙夷地看着她。

“关你什么事？”梁浅言冷冷地回复道。

“你直接影响了我的康复环境。”林洲决定强硬捍卫他的领地。

林洲之所以选择用这个楼梯来做复健，就是因为这里的人比较少，他不愿自己一瘸一拐的样子被别人盯着，他在这里复健已经有一段时间了，但今天，这份只属于他的宁静被打破了。

"医院是你家开的啊！"梁浅言正愁气没地儿撒，就冲着林洲嚷嚷起来。

等她嚷嚷完，自己却傻了，她几乎都要忘了，她有多久没有这样说过话了，好像她的生活，除了忍，还是忍，忍得她几乎就要没有知觉了。

林洲的头发有些长了，垂下来，直接盖住了眼睛。他从头发缝里抬起眼看着梁浅言说："人看着不咋样，脾气倒是不小，你这脾气能和你人一样就好了。"

梁浅言站了起来，她懒得搭理林洲了，和林洲说下去只是浪费她的时间。她见过嘴欠的，只是不知道，有人的嘴可以欠成这样。

"你站住，我话还没说完呢！"林洲跳着脚就要追上梁浅言，每天有这样一个女人来这里打搅他，那他以后都不会觉得美好了。他费尽心思寻了这么一块地儿，容易吗？

梁浅言停住了脚步，冷眼看着林洲。

"说！"她冷冷吐出一个字。

林洲愣了片刻，她这是在当他胡说吗？

他咬了咬嘴唇，吹了吹垂下来的发丝："我跟你说清楚了，以后这个时间段，这个楼梯你不能来。"

"我为什么不能来？"梁浅言内心不服输的劲头此刻都被激发出来，她今天也是偶然来到这里罢了，原本是没和林洲较劲的心思的。

"因为这是我的地盘。"林洲宣示着主权。

"你是狗吗？"梁浅言轻声问道。

林洲愣了一下："你什么意思呢？"

梁浅言没想到竟然还有人不明白这句话的意思，她轻轻一笑，轻声道："只有动物才划地盘的，你不知道吗？"

"你……"林洲深呼吸了一口气，等他气顺过来的时候，梁浅言已经溜之大吉。

林洲怒气冲冲地跟着梁浅言，但是腿实在是不便，等他推开楼梯间的门，梁浅言早就只剩一个背影了。

林洲扶着门，举起拐杖，恨得张牙舞爪："你记着，我记住你了。"

幼稚！梁浅言轻笑一下，没有把这太当回事。

林洲因为这个事，颇有些不爽，回到病房后，狠狠咬了一口苹果。他想：怎么会有这么嚣张的女人！

他就这样被人耍了？

第二章　二胎

梁浅言忍不住，还是将方逸群的事告诉了刘思逸。

刘思逸是个作家，三十岁了，但是依旧留着一头染着靓丽颜色的短发，性格豪爽，和梁浅言也算是年少相知。

刘思逸听说了之后，知道梁浅言这种以医院为家的人实在是走不开的，二话不说就冲到了医院。

方鹤吃过药后，已经睡着了。梁浅言怕和刘思逸说话吵醒了方鹤，于是就带着她一起去了医院楼下的咖啡馆。

等梁浅言说完了事情的经过，刘思逸立马就坐不住了，一巴掌就拍在了桌子上，桌上的咖啡也随之一震："这婚得离，这方逸群也太不是东西了，总是你一个人在照顾方鹤也就算了，他也算是年纪不小了。"

刘思逸因为激动，声音也大了一些。梁浅言扫视了一眼四周，有些不好意思，拉了拉刘思逸的袖子，小心翼翼道："你小点儿声。"

刘思逸不好意思地动了动，这才察觉到四周的目光，掩饰般地喝了一口咖啡，郑重地看着梁浅言问道："你真的不打算离婚？"

梁浅言点了点头，她的目光看向了玻璃窗外来来往往的人群："方鹤还小，我不想她的家庭不完整。"

"可是方鹤的病……"刘思逸欲言又止。

梁浅言眼眶红红地看着刘思逸，握住拳，一字一句道："方鹤不会有事的，一定不会！"

刘思逸捂住了自己的嘴，她有些内疚地看了梁浅言一眼，恨不得抽自己一巴掌，她怎么可以说这样的话呢？

"对不起。"刘思逸有些愧疚地说道。

梁浅言有些疲倦地摇了摇头，冲着刘思逸一笑："其实也不关你的事。"

刘思逸有些不确定地问她："那这个婚，你真的不离？"

梁浅言摇了摇头。

"那你打算怎么面对方逸群呢？"刘思逸问出了最直接的问题。

梁浅言目光闪烁地看向了别处，却是久久没有发声。

但是她的身后却传来一阵轻笑，她敏感地转头看去，对方明显是将她和刘思逸的话听得一字不漏。

林洲正在修险些废了一条腿换来的照片，他坐在电脑前，正好对上了转过身来的梁浅言。

"是你……"两个人几乎是异口同声。

林洲眼中的奚落更加明显了："我说你这种女人，真的是烦人。"

刘思逸一向有三不原则，即不结婚，不打女人，不许别人欺负梁浅言。但林洲现在明显的就是让她很不爽了，她站起来说道："大叔，你也不回去照照镜子，看看你那嘚瑟样，你在这儿吓唬谁呢？"

梁浅言生怕刘思逸会和林洲起冲突，拉着刘思逸坐下来。

刘思逸远远看着林洲，努了努嘴，很是不悦地问："那大叔是谁呀？怎么那么和你过不去呢！"

"不认识。"梁浅言轻描淡写地回答道。

"不是刚见过吗？还在楼道给我制造二手烟，现在倒是装作不认识了。"林洲的语气中充斥着大大的不爽。他看着梁浅言的背影道："我说妹子，人这一生谁没遇到过几个大坑？跳过去了也就没事了，你自己非得打泼耍赖地赖在坑里，那谁能帮你啊！你也老大不小了，该为你自己打算打算了，心里再硌硬，也别跑出来祸害人类啊！"

"浅言，你别理他。"刘思逸将手放在了梁浅言手上。

梁浅言一直没有说话，忽然，她站起身来，端起咖啡就泼向了林洲。

林洲警觉地躲闪了一下，但还是难逃一劫。

刘思逸在一旁都看蒙了，不过她一点儿也不奇怪，和梁浅言认识了那么多年，她自然也知道，梁浅言虽然不像她那样张牙舞爪的，但是谁真的把梁浅言惹急了，梁浅言还真的有可能会做出拿刀拼命的事。

现在刘思逸倒有些同情林洲了，她吐了吐舌头，将梁浅言护在了身后："误会，误会，冲动了，不过你也真是，没事往人家伤口上撒什么盐？"

林洲没有理会刘思逸，他用纸巾擦拭掉电脑上的咖啡，静静地查看电脑，一时之间也不确定自己修好的图还在不在，也不敢贸然开机。

林洲抬起脸，冷冷地瞥了梁浅言一眼："我这几张图，是我用一条腿换回来的，如果有问题，我和你没完。"

林洲说完，就收起电脑，一瘸一拐地走了出去。

梁浅言看着他的背影，一时之间有些无措，她也不知道自己当时为什么就这么冲动了。

她压低声音问刘思逸："我是不是……有点儿过了？"

该死，她怎么就因为这么一个无聊的人做出失控的事呢？尽管那个人还真的是让人觉得无比欠揍。

"没事的，不关你的事。"刘思逸轻轻抱着她安慰道，"他那种人啊，就是喜欢说风凉话。"

刘思逸适时地转移话题道："方鹤现在应该要醒了，我和你一起去看看方鹤吧！"

在方鹤没有生病的时候，刘思逸总是打趣梁浅言是人生赢家，什么都走在前头，可是现在看来，实在是有太多的东西难以预料了。

梁浅言低头推开了病房门，转头对着刘思逸做了一个嘘声的手势。

"回来了。"

突如其来的声音把梁浅言吓了一跳。

"妈……您怎么来了？"梁浅言看了一眼婆婆。

方鹤提醒梁浅言道："奶奶刚来不久！"

"方鹤，这是干妈给你带的你最喜欢的酸奶和黑森林蛋糕。"刘思逸说着，就拆开了一个，"干妈剥给你吃好不好？"

方鹤现在对这些东西早就没了什么胃口，但还是怕刘思逸失望，吃了几口后，甜甜地对着刘思逸笑："谢谢干妈。"

刘思逸也是一阵心酸，方鹤这孩子，实在是太懂事了。只可惜，得了这样的一个病。就是她都怜惜得很，更何况是梁浅言呢？

"我有一些话想和你说。"婆婆直接看着梁浅言道，接着，她赔着笑看着刘思逸，"麻烦你了，先照看着鹤鹤，我和浅言有些事情要聊。"

"你天天这样待在医院也不是个事啊！你就真没打算再生一个？"出了病房，婆婆开门见山地说道。

第三章　对峙

"再生一个？"梁浅言以为自己听错了。

婆婆拉起她的手一道在长椅上坐了下来，语重心长道："浅言，你也是知道的，咱们不能一直等着合适的骨髓啊！你和逸群都救不了鹤鹤了，那就再生一个吧！有一半的希望。"

"您不知道医生怎么说鹤鹤的吗？您觉得鹤鹤能等怀胎十月？就算能等，那个孩子，那就该背负着鹤鹤的一生吗？"梁浅言理性地看着婆婆解释道。她别过了脸去，脑子里又出现了方逸群和女下属林淼在一起的画面，她缓缓闭上了眼。

"浅言，你就没想过，如果鹤鹤不在了呢？"婆婆终于说出了自己的心里话，"逸群的爸爸去得早，我不能看着我们方家无后！何况，你和逸群，总得有个孩子啊！"

"方鹤还没死呢！"梁浅言看着婆婆，用力地说道。她红着眼，丝毫没有退却的意思："医生说了，方鹤只有三个月了，你们根本就没想过要救方鹤，你们就是想放弃她了，我全知道。妈，你们可以这样做，但我不能。"

梁浅言说完，缓缓摇了摇头，准备起身。

"浅言，你不能这么自私，你想想逸群，想想你们以后老了怎么办！"婆婆依旧不死心。

梁浅言冷冷一笑，她回过头，盯着婆婆，声音虽轻却硬："但方鹤是我生的，她是我身上掉下来的肉，就算你们所有人都放弃了方鹤，但我，绝对不会。"

梁浅言深呼吸了一口气，擦掉了眼角的眼泪，看了看天花板，再说道："如果您以后来医院，不是为了看方鹤，而是为了说这些事，那您最好不要来了。"

"梁浅言，你……"婆婆有些恼怒，她指着梁浅言，气得说不出话来。

"梁浅言，我知道你心里一定在骂我和逸群没有良心，但你扪心自问，方鹤生病，送到医院一笔又一笔的钱，我和逸群说过一个'不'字吗？"婆婆冲到了梁浅言的跟前，再一次质问道。

梁浅言没有答话，她明白，自己再说什么都没意义了。

在方鹤没有生病的时候，她和婆婆的关系虽然谈不上很好，但最起码，也远远不会有很普遍的那些婆媳纠纷，方逸群一直也算是一个称职的丈夫。她一度以为，自己是最幸运的。

但后来，一切都改变了。

她可以去理解，但是，她没有办法去认同。

人性，真的是不过如此的东西。

"我去照顾方鹤了，妈，您请便。"梁浅言冷冷地说道。

梁浅言回到病房的时候，方鹤的眼角还有没干的眼泪，想来是她和婆婆的争执声太大了，方鹤可能听到了。

"妈妈,其实,我也想要一个弟弟或者妹妹。"方鹤低声道。她唯恐梁浅言不信,抬起头看着梁浅言,颊边泛出了两个很好看的酒窝:"这样,万一哪一天我真的死了,妈妈和爸爸,还有奶奶,也会开心一点儿。"

方鹤的话说完,就算是一贯洒脱的刘思逸,也忍不住叹了一口气。

梁浅言愣了几秒钟,眼泪瞬间倾泻而出。她弯下腰,紧紧握住了方鹤的手:"妈妈一定不会让你有事的,妈妈谁也不要,只要我的小鹤。"

方鹤别过了头去,没有再说话。

刘思逸觉得,病房让自己闷得慌,主要是方鹤太懂事了,懂事得让她心疼,让她有些喘不过气来。

刘思逸出了病房,瞎溜达着,不知不觉就溜达到了骨科病房这边。

林洲的表弟赵添是计算机系的,因为梁浅言的关系,林洲的电脑"大病"了一场,能不能"医"好似乎是个比林洲的腿还要严重的问题。

"你是不知道那两个女人有多嚣张。"林洲还在手舞足蹈地控诉着,眼睛却一眨不眨地盯着电脑,生怕电脑真的修不好了,照片他固然还有备份,只是电脑里的那几张图,是他已经修好了的。

"哥,你先安静一点儿。"赵添有些不耐烦,眼睛一动不动地盯着电脑。

刘思逸正准备走过去,却意识到对方和自己不久前过过招。她看了看赵添,情不自禁地摇了摇头:摊上这样的哥,也算是倒了八辈子霉!

等刘思逸再回到病房的时候,方鹤已经睡着了,刘思逸悄悄推了推梁浅言,压低声音道:"你知道我刚才在骨科遇见谁了吗?"

"谁呀?"梁浅言问了一句,她很快就意识到了,惊讶地看着刘思逸,"不会是刚刚在咖啡馆遇到的那个人吧!"

"对呀!我看到有人在给他修电脑,他还在骂骂咧咧的。"刘思逸很是不屑地说道。她坐了下来,剥了根香蕉,狠狠咬了一口,"不过啊,我倒觉得,他那个弟弟还不错。"

梁浅言很快就从她的话中提取到了信息，诧异地问道："还不错？还不错是什么意思呢？"

刘思逸愣了几秒钟，撇了撇嘴："能收了我的人还没出现呢！你想多了。"

刘思逸还是担心梁浅言的状况，于是就一直陪着梁浅言到了晚上，最后在梁浅言的劝说下，才回去了。

等到刘思逸走了，只有梁浅言和方鹤两个人的时候，她才发现一切都那么让人疲倦。

方鹤真的懂事得让她心疼，但是，人在病魔面前，总是那么无能为力，她不知道该怎样才能真正地留住方鹤正一点一点消逝的生命。

梁浅言趴在方鹤旁边，紧紧握住了方鹤的小手。

婆婆在梁浅言这里吃了闭门羹后的第二天，让梁浅言没想到的是，找上门来的不是方逸群，而是林淼。

梁浅言看着林淼，忍不住轻轻叹了一口气，心想：到底还是年轻，不管是做什么，都有着年轻人的那种朝气。

林淼轻轻喝了一口咖啡："那天，在你家里，我看到你了。"

梁浅言没想到对方竟然这么直接，她以为，那件事将永远是自己的秘密，但是，对方竟然看到她了。

她感觉就像是自己牢牢用纱布绑住伤口，一再安慰自己已经安然无恙了，但就是有人强行将纱布撕开，看着她的伤口流脓溃烂。

"所以呢？"梁浅言紧握住拳，面上却依旧是风轻云淡的模样。

第四章　资格

"所以，你还不够明白吗？"林淼料定了梁浅言没有看到后来的事情，直接反问梁浅言。

梁浅言强迫自己不要去想那天的事，可是那天的事，就像一张网一样，将她牢牢地罩住了。

她摸了摸笑得有些僵的嘴角，索性面无表情地看着林森："你想怎么样？"

"离开方逸群！"林森干净利落地说道。

"凭什么？"梁浅言的眼神带着些许轻视，她的唇角夹杂着似有若无的笑意，"你凭什么来要求我？"

"你还嫌你拖累得逸群不够吗？"林森的语气激动起来，她凌厉地盯着梁浅言，好像她自己就是正义一样，"你知道你女儿得的是什么病吗？需要多少钱吗？逸群他每天都不能好好休息，你见过他在办公室打盹的样子吗？梁浅言，你以为自己受了多大的委屈，可你女儿生病，你掏过一分钱吗？"

林森的质问让梁浅言有些说不出话来，她的确埋怨过方逸群太忙了，忙到没有时间来看方鹤。看到方逸群和林森在一起的时候，她的大脑里也是一片空白，她从来没有想过有一天会遇到这种局面。她想怪，却又好像谁都怪不上，于是，她选择了逃避。

可现在，她逃避不了了。

梁浅言挣扎了一下，终于抬起头，毫不畏惧地看着林森说："鹤鹤也是方逸群的女儿，他如果有什么想法，可以直接来找我说。"

"你什么意思？"林森问。

梁浅言轻声发笑，她没想到有人会连这么直接的话都听不出来。

她盯着林森的胸看了几秒，或许，所有的营养物质都长到那里去了，所以导致她的大脑似乎是没有足够的营养物质，才会这样迟钝。

"传话的乌鸦，不就是你想做的吗？噢，不是想，是你自愿做的，你不是乌鸦是什么？"梁浅言回答。她将自己垂下来的发丝拨到耳后，站起身来。

"你站住。"林森冲到了梁浅言跟前，她瞪着梁浅言，似乎压抑着前所未有的愤怒，看来，梁浅言送给她的"乌鸦"称号，是真的让她内心很不满。

"你还有什么事吗？"梁浅言平静地看着她。

"你不能走。"林淼说道。她也不知道自己为什么要拦住梁浅言，可是，她又不甘心真的就这样轻易被梁浅言打败。

林淼挺了挺胸，好像这样就会给她信心一样。她倨傲地扬起下巴："我让你离开方逸群，你听明白了吗？"

"听到了。"梁浅言平静地回答，还煞有介事地点了点头。

她这样一来，再一次把林淼搞蒙了。林淼认为自己年轻，即使撒泼也是明亮鲜活的，也会比梁浅言好看，她真的很想看看梁浅言歇斯底里的样子。

可是梁浅言却是那样的平静，她觉得好无力，就像是一拳打在了棉花上一样。

"我明白了，你压根儿就没搞定方逸群。"梁浅言淡淡地补充。

她越发平静地看着林淼，可在林淼看来，越发觉得那是一种嘲讽。

"你怎么知道我没搞定方逸群？梁浅言，你自欺欺人也要有一定的界限好吧！那天你都看在眼里，你这样强行挽留一段婚姻，到底有什么意思？"林淼采用了一种说教式的语气，她挑衅地看着梁浅言，"你也要理解方逸群，毕竟，我是个男人的话，恐怕也会做和他一样的选择。"

那天的事，一直都是梁浅言心中的结，她几乎都要败下阵来了。林淼的话没有什么逻辑和说服力，但是有一点，她说得没错，这样强行挽留一段婚姻，到底有什么意思。

不，不，她现在还有方鹤，她一定要给方鹤一个完整的家。

散尽了心中的杂念之后，梁浅言的眼神越发地坚定了起来，她轻蔑地看了一眼林淼："那又怎么样呢？方逸群的结婚证上是我的名字。"

"哪怕要离婚，"梁浅言的语气加重了一些，"那也是让方逸群亲自来和我说，我和他之间的事情，轮不到你这个第三者指手画脚。"

"你也不担心，画虎不成反类犬吗？"梁浅言回过头来，含笑看着林淼。

林淼愣了一下，依旧没有理解梁浅言的意思。

梁浅言没给她思考的机会，直接就迈开了腿。

林淼站在原地想了很久，可还是想不出个所以然来。

林洲一般都是这个点在咖啡馆修图，梁浅言和林淼的斗嘴，再一次被他全听了去。

林洲心中暗自感慨，梁浅言这个女人，还真的是伶牙俐齿，恐怕就没几个人能说得过她。

林淼这种人虽然可耻，但是，林洲竟然莫名地有些为她的智商感叹。

"你还没想明白吗？她那是在骂你智商低。"林洲在林淼身后冷不丁地说道。

话刚出口，他恨不得把自己的舌头咬掉，他还要管那个女人的闲事吗？难道这几天惹的麻烦事还不够多？

不过通过林洲这几天的观察，那个女人还真的是惨得可以的，林洲动了些许恻隐之心。

"关你什么事啊！"林淼没好气道。

林洲轻轻一笑，拿起了电脑，走到林淼跟前："不关我的事，虎？不对，是犬！你挡着道了。"

"你……"林淼气急，林洲骂人明显比梁浅言直接明了多了，可她实在是想不出自己到底什么时候得罪这个男人了，他竟然这样一点儿脸面都没给自己留。

"先生，你这样是不是太过分了？"林淼试图找林洲理论。

"过分了吗？"林洲回过头，做出思考的模样，轻轻摇了摇头，"我只对人过分，对犬，似乎用不上。"

"你……"林淼颤抖起来，如果不是在大庭广众之下，她真的有可能冲上去了，怎么会有这么没有风度的男人？

"对了，提醒你一句。"林洲戏谑地看着她。

林淼打算默默忍受被骂了这件事，就当被狗咬了一口，反正以后也是不会再见面的。可是她没想到林洲还有话对自己说，所以她诧异地看着林洲。

第五章　谢意

"你这三儿，当得有点失败。我要是你啊，怎么着也是先让男人和自己一条心再出场，你在这儿蹦跶着，也实在是太猴急了。"林洲说着，露出嘲讽的神色。

林洲是没有任何想要控制音量的意思，因此所有人的目光都看向了林淼。

林淼脸上有些挂不住了，她狠狠地瞪了一眼林洲，走到他的跟前，高跟鞋用力地踩在了林洲的脚上，然后头也不回地走了。

林洲一只脚有伤，敷了石膏，现在就算有拐杖，他另一只脚被林淼这样一折腾，也有些站不稳了。

梁浅言意识到自己的手机落在了咖啡馆，折返回来拿，不想正好看到了林淼怒气冲冲踩林洲的那一幕。

梁浅言也是有些摸不着头脑，林洲这人还真是欠啊！竟然连林淼这种人都和他过不去。

梁浅言同情地看了他一眼，拿着自己的手机就准备走。

"站住。"林洲冲着她喊道。

梁浅言回过头来，发现林洲正看着自己，她指了指自己，诧异地问道："你在叫我？"

"不是你还有谁啊！"林洲没好气道，"你把我扶回去。"

梁浅言被林淼这样搅和了一下，心里也是一团乱麻，现在还来了一个林洲这样的伤残人士，她实在是没有心思照料。

梁浅言有些好笑地看着林洲："我说大叔，我们俩非亲非故，您要是受伤了，动弹不了，我可以免费帮您拨打一下'120'，其他的事，就真的和我没关系了。"

"你这人太没良心了。"林洲送了她一个白眼，"我可是为你匡扶正义才受伤的。我也是倒了八辈子霉，总撞上你不说，撞上了还倒霉，一倒一个准。"

"我没良心？"梁浅言指着自己，有些哭笑不得，这责任实在是太大了，她差点儿就负担不起了。

"难道不是吗？"林洲没好气道，在他眼中，梁浅言浑然就是忘恩负义的白眼狼了。

"大叔，您受伤，我想和您那张嘴一定有很大的关系，恕我爱莫能助。好了，我也希望我不会再遇见你了，我们彼此放过吧！"梁浅言深感无奈地说道。

应付林洲，真的是比应付林淼还让人惶恐。

"你这人太狠心了，算了，我自己回去。"林洲说着，还真的一瘸一拐地朝前走了。

方才林洲和林淼的那番争执很多人都听到了，再想到梁浅言先前和林淼坐在一起，坐着的人也都零零散散猜到了个七八。

坐在角落里喝下午茶的大爷终于忍不住说话了："姑娘，那小伙子还真是为你打抱不平遭的罪哦！"

梁浅言的脸瞬间红了。林洲还在前面慢吞吞地挪动着，她去扶也不是，不扶也不是，怎么会有这么麻烦的人呢！

她满脑子都很好奇，林洲这样嘴损的人，还真的会为了她匡扶正义？

梁浅言犹豫了一下，还是走上前扶住了林洲。

"得了，你现在总算是相信我说的话了。"林洲吊儿郎当地说道。他轻轻推开了梁浅言："但是哥们现在不乐意让你扶了，你让开，我自己来。"

梁浅言撇了撇嘴，不死心，继续扶住了林洲。她看着林洲，浑然一副不能退让的样子："我也不想被人骂忘恩负义。"

林淼被林洲骂了之后，心中也很是狐疑，现在的人，哪有那么闲去管别人的事，太奇怪了。

林淼心中认定了林洲和梁浅言有关系，于是转了个身，又折了回来，恰好看到梁浅言扶着林洲走。

"让我捉着了吧！"林淼有些幸灾乐祸。她一边喃喃自语，一边拿出了手机，打开摄像头："表面上义正词严立着贞节牌坊，做出模范好妻子的样子，想不到背后也就是这样了。"

林淼拍完之后，露出了一丝满意的笑容，直接给方逸群发了过去。

她不禁有些好奇，方逸群看到这条视频是什么脸色。

梁浅言这样的女人，有什么好的？

她就不信，这样的残花败柳，还真的能压过她这样青春美貌的人一头。

方逸群看是林淼的消息，本来是不想点开的，但是照片提醒弹了出来，他敏感地察觉到了照片里的人是梁浅言，最终还是点开了。

方逸群紧紧地握住了拳，想了想，还是发了一条信息给林淼："你在哪里拍的？"

林淼当然不敢说自己来找过梁浅言了，何况方逸群对她的态度一直都是拒绝的，自从那天之后，对她就更加冷淡了，一点儿机会都不愿意给她，于是，林淼只说自己是偶然拍到的。

她添油加醋地补充了一句："方总，您为她守身如玉，好像她早就已经红杏出墙了哦！"

方逸群心中一阵凌乱，一时间有些头疼，索性就直接删掉了林淼的微信，免得她再喋喋不休。

方逸群抓着自己的头发，或许他真的应该和梁浅言好好谈一次了。

梁浅言将林洲送回了病房，一路上自然少不了听林洲的挖苦，但也不是全然没有道理，梁浅言念在他为了自己"匡扶正义"的分上，也没和他计较。

"好了，到这儿就成了。"林洲大度地摆了摆手。忽然他想起什么似的，回头看着梁浅言说："不过你记着，我可不是为了帮你，你不用谢我，就算是其他人，我也一样会管的。"

"而且……"林洲的语调一转，"咱俩的事还没完呢！"

"你什么时候，把我修电脑的钱赔一下吧！"林洲煞有介事地说道。

梁浅言听刘思逸说过他修电脑的事，电脑出故障，梁浅言的确有直接的责任，但根本原因，还是林洲那张嘴实在是欠揍。

"多少钱？"梁浅言冷着脸问。

"你觉得这是钱能解决的事吗？'对不起'，你会不会说？"林洲有些别扭地扭过了头去。

他扭扭捏捏这么久，为的竟然是这个。

梁浅言竟然觉得有些好笑，还真的是个孩子啊！

"谢谢你。"梁浅言快速说道，就转过了身去，背后伸出手对着林洲挥了挥，再一次大声道，"谢谢你。"

"真是语文老师没教好，对不起都不会说吗？什么人呀！"林洲说道，可是他又觉得自己似乎没有先前那么生气了。

看来，这个女人，也不是那么糟糕。

错觉，一定是错觉，林洲在原地狠狠地掐了掐自己的脸，他堕落了，怎么可以产生这么可怕的错觉呢？

第六章　忍受

梁浅言回到方鹤病房的时候，方逸群已经赶到了，是的，他收到林淼的信息就有些撑不住了。

梁浅言推开门，看到方逸群在，心里还是有些惊讶的，但依旧面不改色地问道："你怎么来了？"

"今天不用……"工作两个字还没说出口，方逸群就收住话头，冷冷地说："鹤鹤也是我的女儿，我怎么就不能来了？"方逸群的表情格外认真，他看着梁浅言，眼中有太多难以名状的东西。

"当然可以。"梁浅言愣了一下，随即轻轻一笑，"方鹤很想你，你常来看看她，也挺好的。"

梁浅言这样说着，方鹤就将方逸群买过来的玩具递给了梁浅言，苍白的小脸上浮现出了一丝笑意："妈妈，这是爸爸给我买的玩具。"

"你喜欢吗？"梁浅言俯身下去，摸了摸她的小脸，看到这个小小的人儿，她真的是什么都可以忍受了。

"你去哪儿了？"方逸群看似随意地问道。

他的目光紧紧地盯着梁浅言，唯恐漏掉了什么蛛丝马迹。

梁浅言觉得，自己和林森见面的事，似乎没有必要告诉方逸群，这件事太不值得一提了。她的脑海中又出现了林森和方逸群抱在一起的画面，这件事情，如果方逸群不主动说，她真的不想提。

"见了一个无关紧要的人。"梁浅言轻描淡写地回答。

她这个回答，明显是思忖了片刻才有的，方逸群心中立刻就起了疑心，他狐疑地问道："无关紧要的人？"

方逸群越是这样问，梁浅言心中就越觉得方逸群是因着林森的缘故，她心中一时赌气，说道："你有什么想说的，就直接说吧！"

"浅言，自从鹤鹤病了之后，我真的不知道你是怎么了。"方逸群皱了皱眉，不解地看着梁浅言，最后别过了脸去。

"你什么意思？"梁浅言轻声问道。

"你心里应该明白的。"方逸群说道，看了一眼病床上的女儿，"我不想当着鹤鹤的面和你吵，但是浅言，我真的想不到，我妈来找你，你是这个态度，背着……你却……"

"你也知道不当着鹤鹤的面？那你现在是什么意思？"梁浅言质问道。听到他说起婆婆，梁浅言更是觉得好笑，可是当着鹤鹤的面，她实在是不想说二胎的事情。

"鹤鹤，爸爸和妈妈有点事情要谈，你乖乖地休息一会儿好吗？妈妈很快就回来。"梁浅言说着，坐在床沿替方鹤压了压被子，冷冷地看了方逸群一眼。

方逸群跟着她一起出来了。梁浅言坐在楼道的椅子上，用手搓了搓自己的脸，这才看了一眼方逸群："你把话说清楚。"

"说清楚？浅言，你不愿意生二胎，就是因为他吧！"方逸群说着，就拿出了手机，照片正好是她扶着林洲、林洲看着她笑的场景。

"你们好像还挺其乐融融的。"方逸群不无讥讽地说道。

梁浅言瞬间就明白是怎么一回事了，不用想就知道是林淼干的。

"我和他不熟。"梁浅言说道，她看着方逸群，"林淼来找过我，他因为我受了伤，所以……"

"所以，你是有爱心地关爱残障人士？"方逸群再次讥讽地说道，"我妈好声好气来求你，你不理会。你天天说要在医院照顾鹤鹤，我看你是想在医院照顾他吧！"

方逸群也是在气头上，因此格外地口不择言起来。

梁浅言听了他的这番话，心中只是觉得好笑，她冷冷地看着方逸群："你就是这么看我的？"

"不是我想这么看你，是事实就摆在眼前。"方逸群怒吼道。

"事实？"梁浅言轻轻一笑，摇了摇头，"你有什么资格和我谈事实？方逸群，我看你是贼喊捉贼吧！"

"你……"方逸群气得几乎说不出话来。他深呼吸了一口气，说："我真不知道你怎么变成了这个样子。"

"应该是我问你，你怎么会变成了这个样子。"梁浅言的声音大了起来，她擦掉了眼角落下来的泪，咬了咬嘴唇，坚定地看方逸群，"请你尊重我的人格。"

她原本可以说出他和林淼的事情的，但她却一点都不想去提，提了只会让她浑身不适，那样的话，她和方逸群之间连最后一块遮羞布也被掀开了。

"那你自己有尊重自己吗？你知不知道你已经结婚了？"方逸群问她。

"啪"！梁浅言再也忍不住了，一巴掌打在了方逸群的脸上。

"也麻烦你管好你的……下属。"梁浅言背对着他说道。她犹豫了一下，还是用了"下属"这个词。

她没有再管方逸群了，直接走进方鹤的病房里。方鹤还没睡，眼睛睁得圆圆的。

"爸爸是不是很生气？"她看起来有些紧张。

"没有，鹤鹤不用担心。"梁浅言温和地安慰她道，"爸爸和妈妈一样，都很爱鹤鹤。"

"妈妈……"方鹤软糯糯地叫了她一声，"爸爸和奶奶是不是都很想要你给我生一个弟弟或妹妹？"

梁浅言有些说不出话来，她真的很难想象孩子这么懂事了。

"没有的事，妈妈只有鹤鹤，鹤鹤一定要好起来。"梁浅言强忍着眼泪说道。

方鹤虚弱地摇了摇头：："妈妈，我知道我好不起来了，如果，你和爸爸生一个弟弟或者妹妹的话，你们也可以好一点，你们也不会吵架了。"

"不会的，鹤鹤。"梁浅言握住了方鹤的手，却觉得分外地凉。她坚定地看着方鹤说："你一定会好起来的，你忘了你答应妈妈的话了吗？妈妈只要我的鹤鹤。"

梁浅言和方鹤的话，方逸群也听到了，一瞬间，他好像也觉得自己不想再计较了。他触碰到梁浅言的目光，但瞬间就挪开了。

"爸爸！"方鹤叫他。

方逸群走到了方鹤身边，方鹤将梁浅言的手放在了方逸群的手中："鹤鹤希望，爸爸和妈妈不要再吵架了，鹤鹤会乖的，鹤鹤会好起来的。"

孩子的目光纯净而真挚，梁浅言再也忍不住了，眼泪夺眶而出。

为了方鹤，即便是再大的委屈，她也可以忍受。

第七章　怀疑

"鹤鹤，你现在就是要好好地养好病，其他的，就什么都不用想，大人的事，大人会处理好的。"方逸群安抚方鹤，说着，他看了梁浅言一眼，实际上也是暗示梁浅言不要在方鹤面前和他争执了。

门"吱呀"一声被推开了，林洲探进一个头来。对上了方逸群的视线后，他条件反射地关上了门，但想了想，自己和梁浅言没什么见不得人的，这样子实在是没必要，于是他又重新将门推开了。

"你怎么来了？"梁浅言下意识诧异地问道。

"你的手机，刚刚忘在我这里了。"林洲说着，就将手机递给了梁浅言，一边给，还一边抱怨道，"你说你这人吧！也是一点儿都不靠谱，好不容易学雷锋做好事了，像个人了，还把手机落下了，还得我这伤残人士给您送一趟。"

"谢谢。"梁浅言有些窘迫。

林洲看了一眼梁浅言身边的方逸群，立刻猜到了对方的身份。想到林淼嚣张的样子，林洲觉得内心不适。

"你就是她老公？"林洲问道。

方逸群看着林洲，只觉得有几分眼熟，回想了一下，想到了先前的照片，猜到了林洲的身份。

他仿佛是宣示主权一般，将梁浅言揽在了自己的怀中："你有什么疑问吗？"

梁浅言觉得有些别扭，她和方逸群心中都有太多的心结没有解开，何况，方逸群本质上只是做给林洲看的。

她不安地动了动。

方逸群附在她耳边轻声道："你应该不希望鹤鹤知道你和其他人不清不楚的吧！"

梁浅言深吸了一口凉气，她怎么都没想到，方逸群竟然就这样认准了她和林洲有私情，这就是自己同床共枕多年的枕边人？但是他说得没错，即便她是清白的，她也不想当着方鹤的面争吵。

林洲本来想挖苦方逸群的，但是看了看躺在病床上的孩子，想到了自己的女儿，一下子就心软了，语气也缓和了几分："老婆孩子也不是别人的，平时也多上点心吧！别随随便便就让别人欺负了。"

可惜方逸群根本就没有听出林洲的言外之意，他越发觉得林洲是在挑衅自己，唇角浮现出了一丝冷笑："那就不劳你费心了，我自己的老婆孩子，我自己会照顾的。"

林洲舔了舔干燥的嘴唇，竟然觉得有些尴尬，有些同情地看了梁浅言一眼，但又觉得很没劲，低下头道："要没什么事的话，我就先走了。"

"好。"梁浅言冷淡地回答。

反正她算是深刻意识到了，她和林洲真的是八字不合，只要一沾上林洲，她就各种倒霉的事情都一起遇上了。

"这就是你看上的人？"方逸群搂着她到门口，目视林洲离去的时候，用只有两个人能听到的声音说道。

"我没有。"梁浅言冰冷地否认。

方逸群不置可否，他的唇角微微上扬："咱们也结婚这么多年了，我也希望鹤鹤能有一个完整的家，我不管以前发生了什么，我希望你回头。"

"我说了我没有。"梁浅言继续重复。

方逸群目光深邃地盯着她，薄唇轻启："总之，过去的，就让它过去吧！你以后也不要和这种不三不四的人来往了。"

"你……"梁浅言一把推开了方逸群，她闭上眼，再次压抑住了自己的情绪。

"你不耐烦了？"方逸群出言讥讽，先前林淼那样万般勾引，他都忍住了，可没想到梁浅言竟然给他来了这么一出。为了家庭，他已经决定既往不咎了，他扪心自问没有男人可以做到他这个地步，就是不知道梁浅言还在得寸进尺想什么。

"方逸群，我还是提醒你，不要自己做人不地道，就看谁都是这样了。"梁浅言耐着性子重申。

即便他们已经刻意压低了声音，但敏感的方鹤还是察觉出了端倪，她心里还是觉得是因为给她要一个弟弟或者妹妹的事情。

"方鹤，今天有没有乖乖的？要吃药了！"护士走了进来。

梁浅言背过身子，擦了擦眼泪。

"等一下方鹤就要准备动手术了，紧张不紧张？"护士温柔地询问。像方鹤这样的病人，她的确见过很多，刚开始看到生命的流逝，总是会特别难过，只是到后来，见得太多了，就逐渐麻木了。但是方鹤真的很让人心疼，懂事得让人心疼，有时候，连她都唏嘘，这样好的孩子，竟然时日无多了。

"不紧张。"方鹤脆生生地回答。

"为什么啊？"护士下意识地问。

"因为我知道，爸爸和妈妈都会陪着我的。"方鹤笑着，看向了梁浅言和方逸群，眨了眨大眼睛，仿佛是在问他们。

"对，没错，妈妈和爸爸都会一直陪着我们鹤鹤的。"梁浅言回答。

方逸群张了张嘴，却一句话都没有说出来，他口袋里的手机一直在振动，他今天来质问梁浅言是抽空过来的，稍后还要参加一个重要的国际会议。

梁浅言和他结婚七年了，他一个眼神，梁浅言就明白了。

她警示地看着方逸群说："接下来对鹤鹤来说至关重要，你妈那样也就算了，鹤鹤刚出生的时候，她就因为鹤鹤是个女孩不喜欢，但是你作为父亲，我想你一定会陪着她的，是不是？"

"嗯。"方逸群硬着头皮答应下来。

梁浅言又和方鹤讲了好一会儿的故事，待方鹤的情绪稳定下来，也就到了要去动手术的时间了。

看着还亮着的手术灯，梁浅言站也不是、坐也不是。

方逸群的手机继续振动着，他终于接了电话。

"方总，我还没有正式离职，那就还是您的秘书，稍后这个会议到底有多重要，您应该比我清楚。"林森在电话那头提醒道。

她用尽了手段，才让会议定在了这个时间。之前她趁中午吃饭的时候，又去挑衅了梁浅言。她真的很想看看，如果梁浅言知道她在这个时候叫走了方逸群，会是什么感受。

第八章　失去

方逸群将手机放回裤袋里，站起身来，正了正领带，梁浅言立刻就明白了他的动机。

她拦在了方逸群的跟前："你知道现在是什么时候吗？鹤鹤现在生死未卜，你为了那些钱，连自己的亲生女儿都不要了吗？"

"浅言，这里有你。"方逸群说着，拉开了梁浅言的手，"我有一个很重要的会议，你不要胡闹。"

"我胡闹？"梁浅言觉得这是自己听过的最荒唐的话，"我胡闹？方逸群你还是人吗？你还是一个爸爸吗？"

方逸群又坐了下来，他苦恼地抓了抓头发，裤兜里的手机再次振动起来，他说："鹤鹤出来后，你替我和她解释，我真的要回公司了。"

"什么事情比你的亲生女儿还重要？钱是挣不完的，当我求你了，行吗？"梁浅言的语气软了下来，她哀求地看着方逸群。

她和方逸群之间，向来都是剑拔弩张，先前情到浓时倒是没什么，总有人会退一步，可随着方鹤病重，问题就越来越多了，也没有人退让了。

"我留下，钱哪里来？"方逸群扬起脸看着梁浅言，他轻笑出声，"方鹤看病的钱，有哪一分是你挣的？我不工作，你和方鹤吃什么？别人家像方鹤这样的病，早就拖垮了。你说钱没有用，但没有钱，方鹤根本就看不起病。"

方逸群的话说得虽然平淡，但是无异于给梁浅言扔了一个炸弹，她立在了原地，喉间动了动，却是一个字都说不出来。

她是速度滑冰运动员，从小学滑冰，她从前一度觉得，自己是天之骄子，天生就是在运动场上发光的。滑冰是一项在冰上进行的运动，她在冰上宛若游龙的样子曾一度被外界赞誉为"冰雪皇后"。可是二十一岁的时候，方鹤孕育在她的腹中了。

她毅然退役，生下了方鹤。之后，她为方逸群洗手做羹汤，她的生命中，只剩下了家庭。

梦想什么的，也只是梦中昙花一现的东西罢了。

"浅言，希望你可以理解我，我也不是真的想要冷落你的。"方逸群的话终于软了下来，还略带些自责。

梁浅言闭上了眼睛，任凭眼泪滑落下来，最终，一句话都没有说。

方逸群顾忌地看了她一眼，目光终究还是坚定下来，拨了一个电话给林淼："筹备吧，我马上回来。"

刘思逸接到了梁浅言的电话就赶过来了，但是转了一圈都没有发现方逸群，最终才问道："方逸群呢？你刚刚不是说他也在吗？"

"走了。"梁浅言心如死灰地回答。

刘思逸愣了一下，一拳捶在了墙上："方逸群是个男人吗？我还没找他算账呢，他倒是先跑了。方鹤现在躺在里面，他还真的回他那个破公司了？"

梁浅言疲倦地靠在墙上，紧紧盯着手术室的门，却一句话都不想说。

刘思逸见她没有搭理自己，就知道自己说得八九不离十。她鄙夷地翻了个白眼，骂道："还真有方逸群这种冷血的人，他还是个人吗？气死我了。"她说完，看了看梁浅言，心里还有想骂方逸群的话，却一个字都说不出来了。她坐到梁浅言旁边，轻轻搂住了梁浅言，神色也变得严肃起来，拍了拍梁浅言的后背，沉着道："你也不用太担心了，有我陪着你，方鹤这次手术一定会顺利的，你不要太担心了。"

"嗯，一定会的。"梁浅言紧紧握住了刘思逸的手，好像这样说就会给她无穷无尽的力量一样。

也不知道等了多久，手术室的灯终于灭了。梁浅言看到有医生出来，立刻就冲了上去。

"医生，方鹤怎么样了？"梁浅言焦灼地问道。

医生不敢看梁浅言的眼睛，方鹤住院这么久，他们与梁浅言、方鹤都算得上很熟了。方鹤这样的孩子，真的要离世的话，谁都会难过的。

医生想了想，还是低下头道："梁女士，您节哀，这样的结果，孩子也算是可以少受些痛苦了。"

梁浅言愣在了那里，她觉得从手到脚都异常冰冷。她张了张嘴，想说话，但是喉间却异常干涩。她紧紧地握住了医生的胳膊，好像这样，才有了一点儿力量。

"医生，是不是弄错了？"梁浅言看着医生，觉得眼睛也同样干涩，她想哭，却怎样都哭不出来。刚才好像一切都还好好的，只是她和方逸群有一些矛盾，方鹤依旧是那么懂事。

"梁女士，我们真的很理解你的心情，但手术前，我们就已经知会过您手术的成功率了，我们真的已经尽力了。"医生解释道。

"尽力了？可方鹤是我唯一的女儿，是我唯一的女儿，你知道吗？"梁浅言绝望地瘫坐在地上，眼泪一个劲儿地往下流。

她真的很难想象，方鹤就这样走了。

"早知道这样，我还不如不给鹤鹤做这个造血干细胞移植手术了，那样……那样，最起码……最起码她还活着，我只要我的鹤鹤活着啊！"梁浅言痛苦地捶着地板。

刘思逸抹了抹眼泪，看着她这个样，心里也不好受，只能紧紧地抱住梁浅言。

林洲也不知道自己是倒了什么霉，刚给梁浅言送完手机，回去后就被表弟赵添以康复为名逼他出来转悠，结果，就又撞上梁浅言了。

林洲忽然想到前妻故世的时候了，那个时候，他也是把医生当成唯一的救命稻草，像一条狗一样乞求医生，但是，没有用。

或许对有些人而言，死，反而是一种解脱。

"这种事，还是别管了。"赵添劝道。

他的声音，却正好把林洲拉回了现实，林洲走到梁浅言跟前，静静地看着她说："对有的人来说，死亡，反而才是解脱。你的鹤鹤，终于不用痛苦了。你让她苟延残喘，她每活着一分钟，承受的痛苦，远非你所想。"

"你懂什么？"梁浅言驳斥他，她拍着自己的胸口，"鹤鹤是我生的，是我给了她生命，我恨不得替她去死，我只想她活着。"

第九章　绝望

梁浅言的目光越来越冷，她凄凉一笑，盯着林洲："你没有经历过生离死别，你凭什么来和我说这些话。"

"那你体验过你女儿化疗的痛苦吗？你知道她在手术室里做造血干细胞移植手术时的绝望吗？"林洲反问。

从来都没有人问过梁浅言这样的问题，她一下子说不出话来了。

"算了吧！这些事不是我们管的，何况人家还不一定领你的情呢！"赵添劝道。他看到林洲的眼神，就知道林洲是想起以前的事了，只好叹了一口气。

林洲看了梁浅言一眼，最后看向了刘思逸："她现在情绪很不稳定，不管怎么说，还是先通知她的家人吧！"说完就离开了。

刘思逸叹了一口气，忧心忡忡地看着梁浅言，自己的眼泪也落了下来："林洲那个人，虽然看着不着调，但他刚刚说的，也不是没有道理，你还是先想一想鹤鹤的后事吧！"

"谁说鹤鹤走了？鹤鹤没有走，我要去看我的鹤鹤。"梁浅言说着，就爬了起来，想要冲到手术室去。

"浅言，你冷静一点，还是不要看了吧！鹤鹤一定不希望你看到她那个样子的。"刘思逸劝阻道。

梁浅言踉跄着推开了刘思逸，自己走了进去。

方鹤的身上还插着大大小小的管子没有处理，她的神情却异常平静。

刘思逸在后面看着都觉得不忍心，捂住了眼睛。她伸出手，想安抚一下梁浅言，但最终还是缩了回去。

梁浅言盖上了白布，擦了擦眼泪，站起身来。

她越是这样，刘思逸就越是担心。刘思逸正想着自己应该怎样去措辞的时候，梁浅言却开口了："你放心，我没事的。"

"你这样我怎么放心？"刘思逸问。

"鹤鹤的后事，还得我操持，我不会有事的，我也不会想着随鹤鹤而去的，鹤鹤是个懂事的孩子，她一定不希望……"梁浅言说到这里，开始哽咽起来，"她一定不希望，妈妈这样胆小懦弱。"

这样的悲痛，谁也没有办法去代替，谁也没有办法去分担。

刘思逸通知了梁浅言的婆婆，婆婆这才赶了过来。不管怎么说，毕竟是自己的亲孙女，婆婆也显得难以接受。她哭了好一会儿，才想起来什么似的，看着梁浅言道："你通知逸群了吗？"

梁浅言摇了摇头。

"这么大的事，你竟然不通知逸群，你到底有没有把逸群当你的丈夫，当鹤鹤的爸爸？"婆婆怒斥道，挥着手就冲梁浅言过来了。

刘思逸直接出手拦住了她："这个时候您分清楚情况好吗？是您的儿子，在鹤鹤做造血干细胞移植手术的时候，接了个电话就走了。生死关头，您的儿子，有拿浅言当媳妇吗？有拿鹤鹤当女儿吗？您作为婆婆，又在哪里？"

刘思逸的话将婆婆质问得哑口无言。她沉默了几秒钟，心中深觉咽不下这口气，四周环视了一番，接着看着梁浅言道："你先前是怎么说的？我们逸群辛辛苦苦挣钱养着你和鹤鹤，你就这样让鹤鹤离开了？"

"对，是我没有照顾好鹤鹤。"梁浅言充满自责道。

如果，她还能多陪陪方鹤；如果，她拒绝做这个风险大的造血干细胞移植手术……

"你既然知道，那就应该想想怎么弥补。"婆婆边说边擦了擦眼泪。

"弥补？"梁浅言疑惑地看着婆婆。

"对，弥补。"婆婆义正词严道，"你自己好好想想，鹤鹤生前最期盼什么。我老早就和你说了，再生一个二胎，说不定骨髓可以和鹤鹤配型，这样鹤鹤就有救了，可你固执己见，你但凡是愿意听我们的话，何至于到现在这般境地。"

梁浅言浑身颤抖着，她紧咬着嘴唇，一句话都说不出来了。

刘思逸握住了梁浅言的手，看向了婆婆："我看浅言嫁到你们家，才是倒了八辈子霉。鹤鹤住院，你们管过她们母子多少？鹤鹤……走了，她比谁都难过，先前鹤鹤那个情况，你们让她怎么生二胎？"

"我在和梁浅言说话，我们家的事，轮不到你来指手画脚。"婆婆说着，侧过了身去，拢了拢身上的披肩。

"你们家是有皇位继承还是有万贯家财？"刘思逸直接嘲讽道。

"你什么意思？"婆婆质问她。

刘思逸冷冷一笑："不然您老哪来这么大的底气嘚瑟？"

"你……"婆婆指着刘思逸，一把扯过梁浅言道，"早就叮嘱过你，不要和这种不三不四的人来往，鹤鹤尸骨未寒，她就在这里硌硬我了，你是想闹什么？"

"难道她说错了吗？"梁浅言沉着脸问道。

"那我让你生二胎又有什么错？"婆婆反问梁浅言，"你生了二胎，好歹心里还有个指望。"

梁浅言靠着墙角蹲了下来，将脸埋在膝盖之间，呜呜地哭了起来。

鹤鹤的死，对婆婆而言，真的就是那么不值一提吗？

鹤鹤尸骨未寒，婆婆就开始和她谈论二胎的事情了。刘思逸递过来的手透着温度，但梁浅言还是觉得凉，心里的痛一阵一阵的，如同江水一般翻涌而来，她甚至不知道自己到底该如何去呼吸。

"现在说这些，合适吗？"梁浅言仰起脸问婆婆，脸上挂着还未抹掉的泪痕。

"怎么不合适了？鹤鹤现在没了，也正是应该讨论这个的时候了。"婆婆理直气壮地说道。她叹了一口气说："也不是我强行想要逼你，但是，鹤鹤已经不在了，我们方家，逸群那代就他一个独苗，我真的不想方家就后继无人了。"

"妈，你不用怪浅言，是我自己不配合的。"方逸群忽然走了进来，他的目光定格在母亲的脸上，最终，又看向了梁浅言，"现在没什么比鹤鹤的后事更重要了，至于其他的，你可以慢慢考虑。"

"你现在满意了？"梁浅言问他。

这几个字虽然简单，但其中的确包含了太多意思。

第十章　离婚

方逸群冷着脸，他心里也是五味杂陈。

"你根本就不配做一个父亲。"梁浅言说着，揪住了方逸群的西装，"鹤鹤没了，你满意了？"

"浅言，你冷静一下。"方逸群按住了梁浅言的肩膀。

"冷静？"梁浅言看着他，笑容有些讥讽，"你要我怎么冷静，你是怎么对方鹤的？"

"这种结果，我们都不愿意看到。"方逸群的脸上呈现出痛苦。

"可你先前做什么了？你的女儿，在手术室生死未卜，你就为了你所谓的工作，因为那个女人的通知，你走了。"梁浅言声泪俱下地控诉着。她之前想过很多次，方鹤没了，她应该怎么去面对方逸群，可现在方逸群真的出现在她面前，她觉得原来也没那么难，她竟然那么深切地恨着方逸群。

"逸群不去工作，你们娘俩吃什么？"婆婆见梁浅言斥责方逸群，忙过来护着方逸群。

梁浅言冷冷一笑，她盯着婆婆说："你是不是早就预想好了，方鹤活着，对你而言就是累赘是吧！你身为方鹤的奶奶，方鹤最需要你的时候，你又在哪里？难道你也需要工作吗？"

梁浅言的神情冷静下来："我和方鹤都不需要你们这样的亲人。"

"你什么意思？"婆婆惊讶地看着梁浅言。

"离婚吧！方逸群。"她闭上眼，语气虽然轻，但好像用尽了所有的力气。

她不知道这样的婚姻还有什么继续下去的必要，甚至，它早就是名存实亡了，她和方逸群，根本就不是同一种人。

"你说什么？"方逸群震惊地看着梁浅言。

这种时候，她竟然说要离婚。

这个女人，她就没有想过后果吗？如果真的脱离了他的庇护，她又该怎样去生活？

"你是良心没了，耳朵也出问题了吗？"梁浅言看着他嘲讽地说道，她又重复了一遍，"离婚吧！方逸群，我真的很累。"

"梁浅言你是不是疯了？"婆婆一把握住了梁浅言的胳膊，"这些年，逸群为了让你和鹤鹤过上好日子，你知道他有多辛苦吗？"

"辛苦？"梁浅言听完，稍一沉吟，幽幽一笑，"最艰难的日子都是我和方鹤娘俩相依为命过的。现在，方鹤也不在了，我觉得我没有必要和方逸群过下去了。"

梁浅言终究是顾忌方逸群的脸面，没有将她撞见林淼和方逸群纠缠在一起的事情说出来。这段婚姻早已是千疮百孔，留最后一点儿体面，也算是她唯一能做的事情了。

婆婆见她铁了心要离婚，也知道按照梁浅言的性格，想要二胎一定是一件不容易的事情。她也没有挽留，只是想尽全力把方逸群的利益最大化。

婆婆冷冷一笑："方鹤刚离去，作为父亲，逸群的难过不比你少，这种情况下你都急着离婚，实在说不上是我们逸群无情。"

说完，她看着梁浅言，等着梁浅言接话。

"所以呢？"梁浅言目光直直地看着她。

"所以，逸群的存款，虽然是婚内共同财产，但是你一直都没有工作，而且离婚是你主动提出的，你也没有做出任何经济贡献，我觉得……"

"您是觉得，我应该净身出户是吗？"梁浅言直接打断了婆婆

31

的话。

"不错。"婆婆回答。

梁浅言爽快地回答："好。"

"我不同意。"方逸群冷着脸道，他拉住了梁浅言的胳膊，还带了一丝祈求，"我都已经退让了，我只当你今天心情不好，先前说了什么，就随它去吧！不离婚，好吗？"

"方逸群，你不会现在还不想离婚吧！"梁浅言诧异地看着方逸群，她唇角的嘲讽越来越明显，"我实在是想不出来，我们之间还剩什么？爱情？不是早就磨光了吗？亲情？你真的有好好照顾过鹤鹤吗？既然如此，一别两宽，各生欢喜，又有什么不好呢？"

"是为了那个男人？"方逸群觉得嗓间干涩，还是问出了这句话。

梁浅言愣了一下，她终于明白过来，方逸群说的是林洲。

她轻轻一笑："是又怎样？不是又能怎么样？方逸群，我现在看到你这张脸，我就能想起鹤鹤，我不知道你的心是什么做的，才可以对你的亲生女儿这么狠。"

方逸群紧锁着眉头，静默了几秒钟，再次重复道："我是绝对不会离婚的。"

婆婆原本就不太喜欢梁浅言，何况梁浅言在二胎的问题上和她一直都有矛盾，现在，梁浅言愿意净身出户，简直是千载难逢的好机会，可方逸群竟然拒绝了。

"逸群，既然这是浅言的要求，你就随她去吧！"婆婆劝解道，并对方逸群使了一个眼色。

"我是不会离婚的。"方逸群固执地说。

"方逸群，你到底要怎样才肯放过我？"梁浅言红着眼睛，逼视着他。

刘思逸现在也觉得梁浅言提离婚是疯了，何况梁浅言已经脱离社会那么多年了，真的离婚了，她该怎么样去生活？

刘思逸本来对方逸群有很大的怨气，可看方逸群现在这个样子，又好像是真的不想离开梁浅言。

出于为梁浅言考虑的想法，她拍了拍梁浅言的后背，安慰道："你也是太伤心了，什么胡话都往外说。好了，好了，都会好的。"

说完，她看向了方逸群："她是因为鹤鹤的事太过伤心了，你千万不要往心里去。"

方逸群也就顺着刘思逸给的台阶道："我明白，没事，我不会和浅言计较的。"

说完，他伸出手抱住了梁浅言："先前都是我的错，我知道你生气什么，我不该为了工作没有守着方鹤，我真的不是一个合格的爸爸或者丈夫。"

一个很冷漠的人说这些话，按理说是很容易被原谅的。

但是，生活对一个人而言，往往就像是温水煮青蛙一样，它永远不会让一个人很轻易地崩溃，但是会有很多很多的东西积淀在心里，表面虽然依旧冠冕堂皇，里子却早就溃烂不堪。鹤鹤的死，对梁浅言而言，只是压死骆驼的最后一根稻草。

第十一章　决然

"够了！"梁浅言痛苦地捂住了耳朵。

婆婆先前之所以反对梁浅言和方逸群离婚，大都是因为财产的事情，现在梁浅言竟然主动提出愿意净身出户，她就丝毫没有想着要对梁浅言客气了。

"逸群！你在胡说什么？"婆婆呵斥着，她一本正经地看着方逸群，数落道，"你也该为浅言想想了，她既然已经对你没有感情了，你还捆着她干吗？"

婆婆早就察觉到了梁浅言和方逸群之间的微妙气息，她轻轻一笑，看着梁浅言道："先前我听逸群的话，就有些奇怪。浅言，你是不是真的在外面有人了？你大可承认，我会说服逸群成全你的。"

"你胡说什么？"刘思逸气急，她瞪着婆婆，怒吼道，"梁浅言清清白白，是你的好儿子自己贼喊捉贼。"

"贼？"婆婆觉得有些好笑，"你说谁是贼？"

刘思逸眯起眼，轻蔑地看着方逸群："你也别一脸无辜样了，你和你那小秘书做的事情，你自己心里有数，我们浅言没找你算账，你倒咄咄逼人指控了。"

梁浅言头都大了，她觉得一切都像是一团乱麻一样。她看了一眼刘思逸，木然道："别说了。"

接着，她目光异常坚定地看着方逸群："我随你怎么想，总之，我一定要离婚。"

"最起码，等方鹤的葬礼过了之后好吗？难道你忍心让方鹤看到她刚走，我们就这个样子？"方逸群冷静地看着梁浅言说道。

他不是不难过，只是他是一个男人，他要担起太多的责任，这个时候，他不可以倒下。

这也是他现阶段可以劝住梁浅言的唯一办法了。

梁浅言果然被他说动了，神色缓和了下来。只是，她看着方逸群的眼光，依旧是浓烈的不信任："这是你说的，鹤鹤的葬礼完了之后，我们再来谈这件事吧！"

婆婆恨铁不成钢似的瞪了方逸群一眼。

他们很快就办理了与方鹤有关的一系列手续，梁浅言一滴眼泪都没有掉，全程一点儿疏忽都没有，冷静地处理着方鹤的后事。

她越是这样，刘思逸心里就越是担心。

"浅言，现在方鹤的葬礼也都处理完了，你要是难受的话，就哭出来吧！"刘思逸轻声说道。

"没事，你先走吧！我想一个人和方鹤说说话。"梁浅言道。

"方逸群也是太过分了，先前方鹤手术，他不管，今天方鹤下葬，他也不管！"刘思逸怒骂着，她骂完，看着梁浅言整个人都软了下来，忧心忡忡地说道，"你一个人真的可以吗？"

"你担心我在鹤鹤面前寻死？"梁浅言觉得有些好笑。

被梁浅言猜中了心思，刘思逸有些不好意思地低下了头。

梁浅言摇了摇头："你放心，我不会寻死的，鹤鹤的确是我的命根子，但是，活着的人，还有活着的事情要做。鹤鹤也不希望我这样。"

"真的？"刘思逸再次不放心地问。

"你放心吧！我既然这么说了，肯定就是真的了。"梁浅言平静道。

"好。"刘思逸点了点头，答应了下来，走了几步，又不放心梁浅言，回头看了看，见梁浅言立在方鹤的墓前，她叹了一口气，还是转过了身去。她等在了墓园门口，不敢走。

梁浅言慢慢踏上台阶，轻轻抚摸着方鹤的照片："妈妈真的很对不起你，鹤鹤。你走了也好，妈妈知道，你真的，再也不会痛了。"

梁浅言说完，眼泪掉了下来。她抱住方鹤的墓碑："妈妈真的好想跟着你一起去，但是鹤鹤，妈妈知道，你不希望妈妈这样做，你是那样想活着，你那么努力。"

梁浅言忽然觉得后背一暖，她回过头去，头发凌乱地散落在两颊，从发丝间的空隙，她看到了那张熟悉的脸。

她恨他，但他是方鹤的父亲，她永远都没有资格不许他来看方鹤。

"你知道今天是什么日子吗？"她擦了擦眼角的泪，拿掉了方逸群盖在她身上的西装。

"对不起，浅言，我的工作，真的走不开。"方逸群低着头，他静静注视着方鹤的照片，紧紧咬住了嘴唇。

哀莫大于心死。

她的心，早就被方逸群磨得一点希望都没有了。

"那还有什么好说的呢？"梁浅言站了起来，擦了擦眼泪，将头发拢在了耳后。她回过头看着方逸群，说："现在鹤鹤的葬礼也结束了，离婚协议书，你什么时候签？"

"浅言。"方逸群有些无奈，"你非要逼我吗？"

"你不会想说你对我还有感情吧！"梁浅言讥讽道，她轻轻一笑，"这话你问问你自己信不信，就算是对鹤鹤，你又有多少感情呢？方逸群，你根本就是个冷血无情的人。"

"如果离婚了，你要怎么去生活？梁浅言，你不要闹脾气了，鹤鹤的事，我和你一样都不好过。不管你心里是怎么想的，我还是想要照顾你。"方逸群伸出手，他真的很想抱住梁浅言，但最终，又缩了回去。

"照顾？"梁浅言仿佛听到了这个世间最讽刺的词。她回过头看着方逸群，讥讽地问道："你口口声声说照顾，你拿什么来照顾？钱吗？方逸群，是不是在你眼里，钱比什么都重要，钱就可以买到一切了？"

"你永远都不会知道我们娘俩是怎么过的。"梁浅言闭上了眼，她转过了身子。

"你冷静一下吧！"方逸群继续说道。

在梁浅言看来，这句话更加没有半点作用。她摇了摇头，缄口不言。

她连话都已经不愿意和方逸群说了。

她的心早就在无数次鹤鹤生死未卜，她彻夜守着鹤鹤，一次又一次等着他来，但是他永远都没有出现中绝望了。

她和方逸群，熬不过七年之痒，谁都回不了头了。

林森，对于她和方逸群而言，从来都没有那么重要。

因为，即便没有林森，她和方逸群也有诸多症结，并且无药可医。

一巴掌打在人脸上，不是回头抚慰一声就可以当作从未发生的，更何况，她和方逸群之间，何止是几巴掌的问题。

第十二章　余地

"就这样吧！方逸群，如果你还觉得我是情绪不稳定的话，我无话可说，今天我就会回去搬东西了。"梁浅言冷冷地说，"如果离婚协议书你不愿意签的话，那就法院见。"

"你非要这么绝情不可吗？"方逸群问，他的眉头全都皱在了一起。

从前他们谈恋爱的时候，每当方逸群流露出这种神情，她都会心软，可现在，她心中却已经是没有半分波澜了。

"绝情的是你，我们彼此放过吧！"梁浅言说道。不等他回答，她就转过了身去，走了几步，又停下了脚步，但她没有回头："还是那句话，只要你愿意离婚，我一分钱都不要。"

"浅言。"方逸群伸手拉住了她，他沉默了几秒钟，终于说道，"我不想离婚。"

梁浅言许久没有说话，她不动声色地推开了方逸群的手："你和鹤鹤说说话，她生前，一直都在医院等着你来看她，你让她失望了那么多次，这次，就破个例吧！"

她说完，就迈开了步伐。

天空中下起了细雨，她却轻轻笑了，仰头看了看天："鹤鹤，是你在哭吗？"

"你这女人，不知道是不是傻。"

听到讥讽的声音，梁浅言忍不住回过了头去。

林洲正眯着眼打量着她。

"关你什么事？"梁浅言皱眉，白了他一眼。

林洲似乎是看穿了她的心思，漫不经心地说道："你一个脱离社会多年的家庭主妇，你离婚了，还那么有骨气地净身出户，你怎么不上天呢！"

"你都听到了？"梁浅言问，脸上浮现出了一丝不悦。

"不好意思，又是凑巧。"林洲痞笑着。

梁浅言心中很纳闷，怎么从医院到墓园，这个人都是这么阴魂不散呢？在哪儿都能碰到他。

"偷听别人说话很有意思？"梁浅言轻蔑地质问道。

"不好意思，这位女士，我没有偷听，我是在正大光明地听。"

林洲的气焰依旧十分嚣张，他走向梁浅言，"从我遇到你开始，就看到你各种惨了。我也是好心劝告你，还是多为自己考虑，别回头见过了外面的风浪，又怕了，想回头可不是那么容易的事情。"

"真啰唆。"梁浅言懒得和林洲再啰唆，直接道，"谢谢你的关心了，不过你放心，我决定好的事情，绝对不会后悔。"

"哎。"林洲又叫住了她，他想了想，还是说，"你最好是想明白了，别任性。"

"哦！"梁浅言淡淡应了一声。

林洲看着她的背影，恨不得咬掉自己的舌头：自己一定是疯了，不然怎么会一再多管这个女人的闲事？

"你好了？"刘思逸已经坐在车上昏昏欲睡了，看到梁浅言，立刻打了一个激灵，从车上跳了下来。

"你怎么没走？"梁浅言下意识地问她。

"我不放心你。"刘思逸回答。

"正好。"梁浅言说着，拉开了她的车门，"带我回家，然后，你那里收留我几天吧！"

"你是真的要离婚？"连刘思逸都觉得异常得不可思议。

"是。"梁浅言笃定地回答。

"浅言，离婚对你而言，没有什么好处啊！你多少年没有工作过了，你养得活自己吗？"刘思逸说着，靠在了座椅上，看着梁浅言。

"我不认识方逸群的时候，难道我没有活着吗？"梁浅言轻声问。

"我不是这个意思，而且，也不是一样的情况。我说不过你，你不要混为一谈。"刘思逸强调道，她叹了一口气，"你真的不知道现在的钱有多难挣。方逸群纵然有诸多不是，但是，最起码，先前你和鹤鹤都是衣食无忧。"

"我以为你会支持我的。"梁浅言简短地说道。

"我不是不支持你。"刘思逸再次叹了一口气，"我只是在和你分析利弊。"

"我是一个成年人了，我分得清楚利弊，我也知道我在做什么。"

梁浅言看着她认真地说道，她的目光黯淡下来，"你没有亲身经历过。"

她唯恐刘思逸再说下去，直接打断刘思逸的话道："好了，其他的，你也不用再说了，我知道你是为我好，你那里不方便就算了。"

"没有不方便。"刘思逸生怕她误解，连忙答道，"真的没有不方便，你真做决定了，一时半会解决不了生活的话，我养你也行啊！"

梁浅言心中一暖，紧紧地握住了刘思逸的手。

"我刚才又遇到林洲了。"梁浅言不经意地提道。

刘思逸目视着前方发动汽车，感慨道："那个人啊！嘴巴是真的损，但是，话虽然不中听，一般却也算是有理的。"

刘思逸忽然想起什么似的，又补充道："他和你说什么了？"

"没什么。"梁浅言摇了摇头。

她若提起林洲的话，恐怕刘思逸又要唠叨了。

"所以，你现在是准备回家去收拾东西了？"刘思逸再次确认。她提醒道："浅言，我希望你真的可以好好考虑一下，先前有了林森那个人你都忍了，现在也不是不可转圜。但你真的把东西收拾拿走了，按照你那婆婆的性格，恐怕你就真的很难再回头了。"

"没关系。"梁浅言风轻云淡地说了三个字。但就这三个字，刘思逸就已经明白了她的意思。

"那就去吧！"刘思逸笃定地说道，她深呼吸了一口气，"反正不管那个老妖婆怎么为难你，姐们儿都为你保驾护航。"

"谢谢你。"梁浅言眼睛有些湿润了，她强咬着嘴唇，硬是没让自己哭出来。

刘思逸摇了摇头，轻轻一笑："你妈过世后，你就一个亲人都没有了，我不在你身边，还有谁能管你呢！"

梁浅言闭上了眼，她以为自己永远都不会想起这段往事了，她是一个罪人。

如果不是她在爱情上一意孤行，或许，她不会失去至亲。

第十三章　凌辱

梁浅言是滑冰运动员，她曾经错失了世界锦标赛的前三名。运动员的职业生涯很短，原本她有一个很好的机会，可以重新站在赛道上，她的前途光明，甚至被业界很多人认为是最亮的星。

但是，她放弃了。因为，她怀孕了，那场比赛，她没有完成。

母亲就此一病不起，她永远不知道滑冰对于母亲的意义。

一如现在，她想要和方逸群离婚，所有人都反对，但她仍然执意妄为一样。

因为方鹤的存在，实际上，她从来都没有后悔过，只是她高估了爱情，也低看了生活和现实。

梁浅言还有很多重要的东西和换洗的衣物放在她和方逸群的那个家里，于是下车后她叫上刘思逸一起去了。

打开门的那一刹那，梁浅言愣住了，她的房间里已经放满了林淼的东西。

而她当初，也正是在这个房间里，看到林淼紧紧地抱住方逸群，她的整个身体都好像和方逸群贴在了一起。

梁浅言走到阳台，将林淼的内衣扔了一地，问婆婆道："您是不是要给我一个解释呢？"

"浅言，你听我说。"婆婆拉住了她的胳膊，试图解释。她想解释，不过是怕梁浅言捏到了方逸群出轨的证据，怕梁浅言来分方逸群的家产。

"阿姨，饭做好了。"厨房里传来了林淼的声音。

原来在梁浅言处理方鹤丧事的这几天，她的婆婆，她女儿的奶奶，竟然在她的离婚协议书都还没有签字的情况下，就让林淼登堂入室了，只是，这件事方逸群知道多少？

如果方逸群是默认的，他又有什么资格来挽留自己呢？

"还有什么可解释的？"梁浅言轻声问。

就连刘思逸，也对这种状况蒙了很久才反应过来。刘思逸意识到终于是碰上正主了，索性就冲上去抓住了林淼的头发，啪啪啪就是几巴掌，一点儿没留情地打在了林淼的脸上。

"年纪轻轻的不学好，就会这些肮脏龌龊见不得人的手段。你妈是没教你做人吗？"刘思逸数落着，目光凛然地盯着林淼，"那爸爸来教你啊！"

梁浅言见刘思逸这话还不够狠，于是补充道："思逸啊！说这话就的确是你的不对了。"

"你什么意思？"婆婆满含敌意地看着梁浅言。

梁浅言看着刘思逸幽幽地说道："你可养不出这样没教养的女儿，别什么人都亲手教训了，万一伤着了怎么办？"

梁浅言说着，就捧起了刘思逸的手，夸张地吹了吹："怎么样，没伤着吧！"

刘思逸看着她的神情，好不容易才憋住笑。

林淼很是委屈地看着婆婆，眼泪就掉了下来，简直是我见犹怜："阿姨，您看，浅言姐还是误会我了。"

"浅言姐。"她娇弱地叫了一声，接着道，"你误会了，是因为方鹤的事，阿姨这几天一直都睡不好，我这才过来照顾几天的。"

"是吗？"梁浅言冷冷一笑，丝毫不客气道，"怎么？你们公司员工培训做得这么好？上级家中有丧事，下属还要搬去照顾亲属？"

林淼被她羞辱得说不出话来，只能拉着梁浅言的衣袖轻轻晃了晃。

婆婆只好看着梁浅言说道："的确是我因为鹤鹤伤心过度，所以才让她来陪我的。她身为下属，照顾好老板，似乎也算不上特别过分吧！"

梁浅言冷哼了一声，冷着脸道："这里目前是我家，这套房子的房产证上，现在还是我的名字。"

接着，梁浅言悠悠说道："林小姐，请你出去吧！这里，可能不大欢迎你。"

"梁浅言，这些年我对你怎么样，你心里有数，为什么你就是不肯听我解释呢？"婆婆显得极为委屈，好像是在埋怨梁浅言将事情做得太绝了，她看了一眼林淼，说："来者毕竟是客。"

"你是铁了心要和逸群离婚了，你已经找好下家了，可我们逸群不一样啊！我总得为我儿子的未来考虑吧！"婆婆终于说出了她接纳林淼的原因。她祈求地拉着梁浅言说："浅言，你和逸群结婚七年，经历了鹤鹤的事，短时间内，你不可能和逸群要孩子了。好在林淼她年轻懂事，待逸群又好，孩子很快就会有的。"

婆婆这个理由，还不如不解释，解释出来，就显得更可笑了。她说白了，就是什么事情都袒护她的儿子而已。

"那祝你们一家四口幸福，早点把离婚协议书签了吧！各自留点脸面，也免得我诉讼了。"梁浅言冷声说完，便开始收拾东西，一会儿，提着箱子拉开了门。

"梁浅言，你这个女人，实在是太绝情了。"婆婆忽然大骂。

梁浅言勾起一抹笑，婆婆终于是装不下去了。但是她懒得再听她说什么了，关上了门，正好看到了刚从电梯里走出来的方逸群。

婆婆还嫌没有训斥够梁浅言，打开门正准备拉住她，却迎上了方逸群的视线。

方逸群看了梁浅言一眼，目光再定格在了林淼身上："你还留在这里干吗？"

林淼看到了他的目光，心中有些忌惮，身子向后缩了缩："是阿姨说想让我来陪陪她的。何况，现在出了这么大的变故，我也实在是担心阿姨。"

"是吗？"方逸群明显不信，他冷着脸看着林淼，"先前该说的我都已经和你说清楚了，我妈是我的事，和你没有关系。"

"方总，你误会了。"林淼焦急地环视了一眼四周，她真的很怕方逸群一下子就当着梁浅言说出真相来，那样的话，她先前让梁浅言产生的误会就没有用了，梁浅言或许就不会离婚了。

"方总。"她的眼泪顺着脸颊就掉了下来，"方总，我知道你不喜欢我，先前都只是我误会了，但是，方总，对阿姨好是我自己愿意的，我真的很想照顾你的生活，我连名分都可以不要。"

说完，她楚楚可怜地看着方逸群："方总，我求你了，当着这么多人，给我留一点脸面，可以吗？"

第十四章　哀求

看着她这样哀求，方逸群心里也有些不忍心。

他原本铁青的脸色也缓和了几分，看着林淼冷淡地说："你走吧！我不希望这样的事情还有下次。"

林淼求助似的看向了婆婆。

婆婆立刻就明白了林淼的意思。婆婆一开始就不赞成方逸群娶梁浅言，现在总算有了个性格温和的林淼，对她万般讨好不说，还年轻漂亮，最重要的是，林淼很爱方逸群，对她这个当妈的千依百顺，这样的话，抱孙子似乎是迟早的事了，所以这个时候，她必须要和林淼站在一起。

"我不让她走。"婆婆义正词严道，她看着方逸群，"我自己一个人把你拉扯大，现在又白发人送黑发人，好不容易看中一个有眼缘的小姑娘，想留在身边陪我几天，你都不允许，那我这个当妈的还活着干什么？我还不如陪你爸去。"

梁浅言看着这一切就像是看一场戏一样，她实在是太了解方逸群了，方逸群这个人就算一点优点都没有，但他的确是一个孝顺的人。

"够了。"梁浅言不耐烦道，"这场戏还想演多久？"

她说完，看向了方逸群和林淼："你们俩也够了，我根本就不在乎林淼在不在这里，因为方逸群，我和你已经过不下去了。"

"浅言，你不能让这个女人心里偷着乐啊！"刘思逸带有敌意地看了一眼林淼。

"她得意不了多久的，等她真的和方逸群生活，或许就会发现，她在工作中遇到的方逸群，和生活中的方逸群根本就不一样。"梁浅言平静地回答。

"浅言。"方逸群一把拉住了梁浅言。

他一直觉得自己可以掌控这件事，可当梁浅言真的要离开的时候，他却很无力，他发现自己根本没有办法劝阻她。

"浅言，不要离开我，好吗？"他轻声问道，眼圈有一些红，"鹤鹤已经离开我了，我不想再失去你了。"

"你不是下家都找好了吗？我不离开你又能怎样呢？我们回不去了。"梁浅言说完，闭上了眼，一把拉过了刘思逸。

"妈，我求你了，你别管我和浅言的事行不行？"方逸群扯掉了自己的领带，坐在椅子上，低下了头。

婆婆也很少听到方逸群这样和她对话，一下子就愣住了。

梁浅言没有再管他们，提着箱子，准备出门。

婆婆什么都没有说，她目光直直地盯着梁浅言，语气分外严肃地说道："梁浅言你听着，我方家的门，永远都不会再为你开了。"说完，她用力地甩上了门。

刘思逸唯恐梁浅言因婆婆的动作难过，拍了拍她的后背，可梁浅言却好似预料到了一样，摇了摇头，轻轻一笑，拍了拍刘思逸的手。

"浅言，你接下来打算怎么办呢？"刘思逸忧心忡忡地问道。

梁浅言疲倦地揉了揉她的太阳穴，她也说不出来了。这一阵子，她只想好好歇一歇，只想好好地休息一下，只想在想起方鹤的时候，不会再那么痛。

梁浅言摇了摇头，对于她而言，现在最想做的事就是结束她和方逸群的关系，其他的事，以后再说吧。

林洲发现赵添和父母都在，只是倦怠地打了一声招呼，就说道："我想出院了。"

林父向来都是个严肃的人，看到林洲这个颓废的样子，就气不打一处来："你看看你，现在是什么样子？人不人、鬼不鬼的，孩子也是我们在替你看，你就做点正事行不行？别天天让我们老两口操心了。"

"知道了。"林洲口头上应付着。

老太太到底是疼儿子，劝道："好不容易来看一下林洲，就少说两句吧！开颜由我们带着，也挺好的。"

"好什么好！"老爷子瞪着林洲，"他也老大不小了，还这样混着，将来我们老两口归西了，你还指望他能好好照顾开颜啊！我看他能把自己顾好就不错了。"

老爷子说完，看着林洲质问道："你这腿一瘸一拐的，你跑哪儿去了啊！"

"以后恐怕也不用您来看我了。"林洲避而不答老爷子的问题，直接说道。

"你这话是什么意思？"老爷子诧异地看着他。

"我准备出院了。"林洲轻悠悠地回答，他住院这一段时间，原本也只当是休息了，但是，却没想到遇到了梁浅言这一档子事。他看着梁浅言，真的是宛若看着昨日的自己。

"你是不是又去墓地了？"老太太到底是了解儿子，直接问道。

"妈，您就别问了。"林洲皱了皱眉。

老太太听他这么一说，心里就明白了。她将叠好的衣服放在床上，说："赵菡都走了这么多年了，你还是放不下吗？就连开颜也希望你能放下呢！"

"赵菡没有走。"林洲的情绪激动起来，他认真地看着老太太，指着自己的心道，"她永远活在这里。"

老太太背过了身去，默默擦了擦眼泪："林洲，你何必一直为难自己呢？"

"够了，妈，别说了。"林洲捂住额头，低下了头。

他点燃了一支烟，狠狠地吸了一口。

老爷子看着，心中更加恼火了，直接抢过他手里的烟，狠狠地掐灭在烟灰缸之中："林洲，你要出院可以，那就搬回家住！正好也陪开颜一段时间。"

"我不想回去。"林洲拧眉道。他看了一眼赵添，说："我没问题的，小添时不时也会看顾着我的。"

"那既然这样，开颜就你来带吧！"老爷子毫不犹豫道。说完他叹了一口气，说："林洲，你也三十好几的人了，开颜从小就没了妈，你也没尽过当父亲的责任。她小的时候，我是担心你实在照顾不了她，现在你该担的责任就应该你自己来。我和你妈也年纪大了，也想出去看看世界。"

"不行，开颜怎么能让我来照顾呢？"林洲一下子急了。

他一向散漫，开颜和他在一起他就有了牵绊，他还怎么四处自由自在地拍风景？

第十五章　责任

林洲觉得自己头都大了，可父母分明就是有备而来，简直是前有狼、后有虎。

果不其然，母亲摘下眼镜开始擦眼泪了："我和你爸教了一辈子的书，好不容易退休了，还一直给你带着开颜。现在我俩就是想出去走走，我们也知道你为难。你看这样行不行，就看两个月，我们就出去两个月。"

"哥，你看姨妈都这样和你说了，开颜再怎么说也是你女儿，你养着她也是天经地义的，你再不答应，那就真的是你的问题了。"赵添也在一旁煽风点火。

林洲还想去拿烟，手却一下子被林父给按住了。老爷子强硬地问道："你就说你今天是答应还是不答应？"

林洲总算是看穿这出戏的意图了，反正他怎么选都一样，二老都已经准备溜之大吉了，他怎么着都得看着那个小丫头的。

原本二老就是有备而来，一个唱红脸，一个唱白脸，这出戏，唱得林洲生生地下不来台了。

　　"我不答应的话，会怎么样？"林洲企图做最后的挣扎。

　　老爷子气鼓鼓地背着手，侧过了身去："那我也只能当没生过你这种不像话的儿子了。开颜总归是你的女儿，你实在是不想养，那就送到福利院去吧！"

　　老爷子这话说得这么绝了，纵然是林洲，一下子也没了招。

　　老太太给赵添眨了眨眼，赵添也只好跟着道："毕竟是你的孩子啊！你不养谁养啊！"

　　"我没有说我不养。"林洲苦着脸，他一下也找不到合适的理由了，只好强撑着解释道，"我……我只是……"

　　林洲实在是找不到其他的借口了，就像老两口说的，长期以来，孩子的确是老两口在带，偶尔老两口照顾不过来才会送到他这里。以前是老两口不放心孩子给他带，现在却是他害怕有了牵绊。何况，他现在的身体状况，似乎也不能给孩子很好的照顾。

　　"你想好了吗？"老爷子继续逼问。

　　"我再考虑考虑吧！"林洲打算行缓兵之计，"您二老现在不是还没走吗？我考虑好了再说吧！"

　　老爷子还想说什么，老太太却拽了拽他的衣袖，眨了眨眼，老爷子立刻心领神会，扬起脸道："你记着，你可是个父亲。"

　　林洲现在就想把这两尊大佛送走，其他的根本就不是他所愿意想的，他一口就应了下来："好，好，好，我知道了，您二老先回去吧！我也收拾收拾准备出院了。"

　　赵添送走了二老回来，看着林洲就忍不住叹了一口气："过了这么久了，你还是没放下。"

　　林洲的目光瞬间一沉，但片刻后，又变成了那种戏谑的神色。如果不是亲眼所见，赵添可能真的以为自己看到的是错觉。

　　"放下什么？"林洲问道，他扬了扬自己的拐杖，"是放下这玩意儿吗？我巴不得呢！"

"林洲，你明知道我说的不是这个。"赵添再次正视着林洲，"我知道你那天在手术室前看到梁浅言，肯定是想起赵菡了。"

林洲又低下了头："我今天又碰到梁浅言了。"

"然后你又热脸贴冷屁股管人家闲事了？"赵添讥讽道。

林洲轻轻一笑，丝毫没有把赵添的话放在心上，他的手轻轻拨弄着别人来看他时送的鲜花："我就是奇怪，怎么会有人，活得像她那样较真，有时候装装傻，不是也能让自己过得挺好的吗？"

赵添知道，林洲看着像是嬉笑人间，但他还是很少会和自己说这样的真心话，赵添却接不上他的话。

谁又能是真的了解谁呢？谁又能去轻而易举地改变别人的生活方式呢？如果林洲评价梁浅言活得太真，那究其本因，不过是因为他自己活得太假罢了！

"好了，收拾一下，准备走吧！手续你去办一下。"林洲自己终结了这个话题。

毕竟这世间有太多事，都是他说不清楚的，就好像五年前，他与赵菡之间的误会，以及后来赵菡的死。这其中，有太多太多难以言明的东西了。

梁浅言那边，她本来以为自己只需要谈好后续的事情就好了，但是方逸群竟然继续纠缠上了她。

梁浅言觉得很不可思议，先前她和方鹤一次又一次满怀希望地等着方逸群，他始终没有出现，现在方逸群却出现了这么多次，这大概就是最可笑的地方了。

梁浅言本来是不想见方逸群的，但是刘思逸劝她，离婚协议的事总归是要解决的，梁浅言这才和他约在了刘思逸家楼下的一家咖啡店。

方逸群一看到梁浅言，冷淡的脸上就浮现出了一丝浅笑："太好了，浅言，我还以为你不会愿意见我。"

这大概是天大的误会了，梁浅言拿起汤匙轻轻搅拌了一下杯中的咖啡，摇了摇头："我想你是误会了，我是想来劝你早点签协议，和我去民政局办手续的。"

"浅言，我知道是我误会你了。"方逸群说着，将手放在了梁浅言手上。

"误会？"梁浅言看着他。

"是的，我去调查过那个林洲了，的确是我误会了你。"方逸群有些自责，他也不知道自己是怎么了，在那个敏感的关头，竟然会那样怀疑梁浅言，方鹤在当时又是那个境况，可想而知她的绝望。

"我妈希望你生二胎，也只是希望能够和鹤鹤骨髓配对成功，这样鹤鹤就有希望了。"方逸群继续解释着，他真诚地看着梁浅言，"我们之间，真的是有很多误会。浅言，的确是我误会你了，你再给我一次机会好不好？"他近乎哀求。

如果方鹤没有死，或许她真的会心软，但是一切都真实地发生了，根本没有转圜的余地了。

方鹤原本就是她和方逸群之间最后的联系了，现在这个联系没有了，一切烟消云散似乎也是理所当然的事情。

梁浅言坚决地摇了摇头，轻轻一笑："你说林洲的话，我一点都不在乎，因为根本就是子虚乌有的事情，但是，其他的事情，不是误会，而是你让我一点一点地绝望。方逸群，你太自负了，不是你每一次背弃，我都会在原地等着你的。"

"浅言，是不是林森对你说了什么？你误会了什么？"方逸群终于问出了这句话，他紧张地观察着梁浅言的神色。

原来他知道了。

梁浅言笑了笑，她正色道："除了林森告诉了我很多之外，我亲眼见到了。"

"但那不是我们之间最主要的问题。"她补充道，着重说了最后一句话。

第十六章　过去

但方逸群直接忽视了她后面的话，只是抓住了她前面的话，惊诧地问道："那天，你看到了？"

"是。"梁浅言肯定地回答。

"可那都不是真的。"方逸群辩解道。他无力地搓了搓脸，直勾勾地看着梁浅言："浅言，有时候眼睛看到的，不一定全是真的。我推开了她，真的。"

"这件事根本不重要。"梁浅言如实说道。

可是方逸群却固执地以为，是林淼的关系，梁浅言才如此决绝无情的。

"不，浅言，你听我解释。"方逸群道。

梁浅言无奈，只好听着他继续说下去："我真的不知道后来林淼拿这个事情来做文章过来找你，但是，我真的没有做过任何对不起你的事情。"

"你说完了？"梁浅言冷淡地问道。

她现在真的是不知道能对方逸群说什么好了，方逸群就是这么刚愎自用，就认为他所认为的一切都是对的。但实际上，根本就不是这个样子。

梁浅言有好几次都试图去说清楚，但是都被方逸群打断了。

"嗯。"方逸群点了点头，他抱有一丝希望地看着梁浅言，"所以，浅言，你可以原谅我了吗？"

"离婚协议书，你还是趁早签吧！民政局那边，你什么时候有时间，就通知我，我会尽量配合你的。"梁浅言说着拿起包，站起了身来，"我希望你尽快。"

"为什么我都解释了，你还是不愿意原谅我呢？"方逸群显得很是委屈。

"我和你，真的已经无话可说了。"梁浅言说这句话的时候，神情异常悲悯。

她曾听人说过，真的不爱一个人的时候，不一定非得日复一日地争吵，而是两个人在一起，真的已经是无话可说了。

"你有没有想过，你和我离婚了，你今后怎么生活？"方逸群忽然在她身后说道。

梁浅言轻轻一笑，毫不在乎道："那和你有关系吗？"

"我希望你，就算不为我考虑，也应该为你自己考虑一下。"方逸群正色道，他又叹了一口气，"我知道你现在对我真的很不耐烦，但是，我真的很担心你。""我没什么可担心的，我有手有脚，我可以自己生活。"梁浅言固执地说道。她没有回头，她怕自己苍白的脸色会让方逸群看到，她的自尊受到了前所未有的冲击。

"我没什么可担心的，我有手有脚，我可以自己生活。"梁浅言固执地说道。她没有回头，她怕自己苍白的脸色会让方逸群看到，她的自尊受到了前所未有的冲击。

"可你知道，我给你的生活是什么吗？你多年没有在社会上打拼。对，你是有很多滑冰证书，但是，你今年已经二十八岁了，你还能再回滑冰场吗？"方逸群质问道。

他在挽回梁浅言这件事上，制订了两条计划，这是下策。他希望可以用物质条件打消梁浅言的这个念头。

"我回不了啦。"梁浅言凄凉地说道。她回过头看着方逸群，眼角却带着泪光："我的确是回不了滑冰场了，我甚至因此失去了我妈，但是，那又怎么样呢？"

"浅言，我怕你没有办法生活下去，回到我身边，最起码，我可以为你遮风挡雨，我可以一直给你丰厚的生活，让你衣食无忧，只要你愿意回来。"方逸群把手伸向了她，眼神中满含期待。

"在你心里，我就是这么物质的人？我离开了你给的生活，难道就没有办法生存了？"梁浅言唇角溢出了一丝嘲讽，"你也真是太看不起人了。"梁浅言说完，没有任何顾忌地迈开了步伐。

坐在出租车上，梁浅言脑海中依旧回想着方逸群的话，他说的是对的，这些年，方逸群的确是给了她优越的物质生活，她这些年到底是怎么过的呢？就像养在笼子里的金丝雀，她全然不知道这个世界的真实面貌。

难道，她真的没了方逸群，就活不下去了吗？

梁浅言的目光越发地坚定起来，绝不，她绝不会。

她闭上眼，这些年的一幕幕又浮现在眼前，但那又有什么了不得的呢？

最多不过是，以前她买的那些护肤品，她用的那些包包，今后都不买了就是。人啊！总不至于饿死的。

她是离开了一个避风港，但是，她终于知道自己真正想要的是什么了。年少时的付出，现在看来，终究不过是浮华一梦罢了！

林洲那边，好不容易送走了父母，他也总算是松了一口气，但是贺溪却来了。

林洲大学念的是艺术院校，贺溪和前妻都是舞蹈系的同学，贺溪也是他前妻最好的朋友。毕业后，贺溪成了演员，但没有强大的背景，想要晋升到一线也是很困难的，所以贺溪至今都只是一个二线演员。

林洲可以很刻意地去逃避赵菡身边的所有人，但是贺溪，他却逃避不了，因为贺溪不管是和他，还是和赵菡，都牵涉太广了。

"大摄影师，恭喜你啊！终于出院了。"贺溪说着，扬了扬手上提的菜，"今天我就来亲自给你下厨了，算是给你庆祝一下。"

她一边说着，一边就走到厨房，回头看着林洲嫣然一笑："你住院那会儿，我在剧组走不开，实在是不得空来看你。"

"你怎么知道我出院的？"林洲很快就抓到了重点。他点燃了一支烟，吊儿郎当地看着贺溪："你也没必要总往我这儿跑，你在组里也怪辛苦的，拍完了戏还是自己好好休息，出国散散心也成啊！"

"我们这么多年的老朋友了，我不惦记着你，还有谁能惦记你啊！"贺溪很是随意，手上正忙着切番茄。

林洲又吸了一口烟，看着烟雾慢慢升了上去，低声道："我出院的事情，是赵添和你说的吧！"

"你也别怪赵添，是我让他把你的近况告诉我的。自从赵菡走了，你一个人总这样过着，我这心里也是怪难受的。"贺溪说完，回过头看了一眼林洲，"都五年了，你真的就没想过，重新找个人过日子吗？"

林洲沉默了半晌，眉头皱了起来："你别总提这些事了好吗？"

贺溪本来也是试探着问问，其实，这五年来，她一直陪在林洲身边，已经习惯了这种答案。

"我最近打算去一趟威尼斯，你有没有兴趣一起去？"贺溪问道。

林洲翻了一个白眼，满不在乎道："千城一面，有什么好看的。我呢！要去也就是去非洲。"

贺溪拿着锅一下子就蹦了出来："非洲也可以啊！你要真想去的话，我陪你啊！"

第十七章　驱赶

"真的？"林洲难以置信地看了一眼贺溪。

"真的啊！"贺溪兴致勃勃地回答。

"还是算了吧！您这细皮嫩肉的大明星，跟着我去南非一晒，像什么话？"林洲拧眉，略带调侃说道。

"我放心不下你啊！你现在还有伤，我怕我不管你，你死在南非都没人知道。"贺溪嗔怪地看了他一眼。

"咦？什么味道？"林洲吸了吸鼻子。

贺溪尖叫一声，立刻冲进了厨房，林洲这才算是松了一口气。

"听说你爸妈要把开颜送过来给你带，你不会是为了这个事想跑去非洲吧！"贺溪吃饭的时候趁机问道。

林洲轻轻一笑没有回答。

"那你说你一个大明星，好好的欧美日韩你不待，折腾着要去南非又是为什么？"林洲轻而易举就把话题揭过去了。

贺溪表情有些微妙，她一贯节食，荤菜都摆在林洲面前，自己跟前仅仅摆了一盘水果。她吃了一块梨，含糊不清地答道："先前吃惯山珍海味了，现在就想换换口味了，不可以啊！"

"可以，可以，可以。"林洲连声应道，神色依旧没有什么太大的波澜，"你想换换口味你自己去。你也看到了，我一个伤残人士，实在是照顾不了你。"

"我……"贺溪咬着叉子，说不出话来。

"你什么你。"林洲夹了一块肉放在她碗中，"就这么定了啊！你也别瞎折腾了，多没意思啊！"

贺溪心里有些甜，也就什么都没说了，心里暗暗想着，自己到时候只要来个先斩后奏，林洲也是没辙的。

且说梁浅言那边，她搬到了刘思逸那里，刘思逸那是一间单身公寓，一室一厅一卫，因此，梁浅言暂时还得和刘思逸住在同一个房间。

第一天倒还没什么事，第二天刘母就直接杀过来了。

刘思逸堂堂一代侠女，嚣张是她的座右铭，单身是她的终极追求，好像要怼天怼地怼天下似的，但是她就怕一个女人，就是她家的母亲大人。

刘母也不知道是听说了什么，等梁浅言做好了饭端上桌，吃了一半，她才问道："浅言，你是打算这阵子都待在思逸这边了是吗？"

"是。"梁浅言有些不好意思地回答。

刘母有些尴尬地笑了笑："你和我们思逸这么好的关系，我也知道，你只管把这里当成你自己的家，你来做客，我和思逸都很欢迎。"

"谢谢阿姨。"梁浅言说道。她看着刘母，总觉得她的话似乎还没有说完。

"浅言，你看啊！我们思逸还没结婚呢！你这个事情总归是影响她的，你看你打算什么时候走啊？"刘母刚说完，就被刘思逸瞪了一眼。她赶紧补充道："浅言，你别误会，你毕竟是思逸的朋友，你想住多久，就住多久，这真的没什么关系的。但是，你现在离婚了，日后的生计什么的也是个问题啊！你总不能待在思逸这里一辈子吧！"她越说越起劲："我们思逸和你再亲，那也只是朋友，怎么着也不能看顾你一辈子啊！"

梁浅言放下了筷子，一时之间找不到可以回答的言语了。

刘思逸重重地将筷子摔在了桌上："妈，你能不能少管我的事，浅言那边的事情还没处理好呢！你和她念叨这些干什么？我这儿就是她家，她爱住多久，就住多久。"

"你是翅膀硬了还是怎样？"刘母的脸板了起来，"你也不想想，你这房子的钱是谁给你掏的，就你那点儿工资，一个月够你买几个包的？"

"妈……能不能给我留一点面子？"刘思逸的目光接近于哀求了。

"浅言。"刘母直接握住了梁浅言的手，苦口婆心地说道："你和思逸这么多年的交情，你妈从前也是我的旧相识，我也算是把你当半个闺女来看的。我就是想不明白，这好端端的，你要离什么婚呢！"

"方鹤啊，也不是你一个人的女儿，你丈夫也承受了不少，该退的时候，还是退一步吧！"刘母说完，给了刘思逸一个眼神，似乎是要刘思逸也帮忙说话。刘思逸故意视而不见，将脸移向了别的地方。

"阿姨，这是我的私事，我这样处理自然是有我的原因的。"梁浅言脸上挂着端庄得体的笑容。

"可是浅言，你总这样也不是个事啊！"刘母做出忧心忡忡的样子，接着呵斥刘思逸道，"浅言在你这里待的这几天，你一定要好好照顾浅言，否则我可不会放过你。只是浅言要是说想回家了，或者有更好的去处了，你也少给我兴风作浪。"刘母后面说的话分明就是一语双关。

梁浅言皱了皱眉，没有答话。刘母看了一眼刘思逸，接着说道："我刚刚来的时候，发现家里的盐快没了，你和我一起下去买一下。"

刘思逸也清楚，这分明是母亲有话要和自己说，她自己也怕母亲在梁浅言面前又说什么，只好有些抱歉地看着梁浅言道："我陪我妈先下去一趟，你随意。"

梁浅言点了点头。

刘思逸好不容易先糊弄住了她的母亲大人，回到家，环视了一下四周，发现梁浅言竟然没在家里。

"浅言？浅言？"她环视四周，朝四处喊了几声。

第十八章　生存

刘思逸这里很好找，但是她四处都找过了，还是没有找到梁浅言。她冲回房间找梁浅言的行李，才发现梁浅言的行李也不见了。

刘思逸直接就明白是怎么一回事了，梁浅言刚刚搬过来，原本行李就没来得及整理，所以就这一会儿工夫，她竟然直接溜了。

"妈，你看看你，都是你惹的祸。"刘思逸埋怨道，拿了手机出来，准备打给梁浅言。

刘母一下子拦住了她："你糊涂啊！你想啊！她这么多年没什么朋友，你这儿不能待她还能去哪儿？肯定是回家啊！她不回家还能去哪里啊！"

"她是不会回家的。"刘思逸头疼地捂着额头。她皱着眉看了母亲一眼："你是要把梁浅言往死路上逼吗？鹤鹤刚刚过世，她也不会一直赖在我这里不走的。她前脚来，后脚你就来撵人，我这么大了，你不会还干涉我交朋友吧！"

刘思逸一直对母亲都还算孝顺，她向来比较懒散，倦怠于各种争执什么的，一向和母亲也没什么太大的冲突，这样情绪激烈，还算是头一次。

刘母自己也是蒙了："你就为了一个外人来骂你妈？妈妈白养你这么多年了。"

"妈，梁浅言不是外人，她是我最好的朋友。她现在一定绝望死了，连我都这么对她，你要她怎么办？"刘思逸红着眼睛道，几乎就要哭出来了。

"我怎么对她了，我是不是也说了，让你好好对待她？让她在这儿多待几天？"

"你这样说和撵人有什么区别？"刘思逸急眼了。

刘思逸实在是不想再和母亲多纠缠了，她走到玄关处换鞋，一心想去把梁浅言追回来。

刘母上前一把拉住她的胳膊："我和你讲，今天我无论如何都不可能让你去找梁浅言的。"

"为什么？"刘思逸很是不解。在这么惨的情况下，自己却不可以陪在她身边，也太糟糕了。

"方逸群给我打电话了，他不想离婚。"刘母闭着眼睛，终于说出了事实，"你要是真的为了梁浅言好，你就应该让他和方逸群和好。这么多年夫妻了，有什么是过不去的，何况方逸群又有钱，人还帅。你看看梁浅言的眼光多好，你怎么就没想着多学学呢！"

刘母说着，就气恼地将食指放在刘思逸额间推了一下。

"妈，我求求您，能不能不管这件事了？"刘思逸哀求道。

"我怎么就和你说不清呢！我已经和你说了，梁浅言总在你这里不是个事，你现在还是个黄花大闺女呢！她这么多年不愁吃喝惯了，离了婚你也要这样管着她，但你能管她一辈子啊？"刘母说着，脸上就变得沧桑起来，"我也知道梁浅言的确是需要有人在她身边，但是，让她和好有什么不好呢？"

"妈，你也太冷血了。"刘思逸说完，再也不想说什么了。

"把你的手机先关上吧！最起码，今晚，你一定不可以打给梁浅言。"刘母理所当然地说道。"不。"刘思逸直接拒绝。她又和母亲对峙了很久，刘母才打道回府。

刘思逸一有喘气的机会，就直接打电话给梁浅言："浅言，你在哪里呢？你赶紧回来，我妈走了，你别理她。"

"不了。"梁浅言略微含笑地说道。

"你不住在我这里，你还能去哪儿啊？"刘思逸忧心忡忡地说道。

"我没事的，难道我还能折腾自己不成？"梁浅言宽慰刘思逸。

刘思逸几乎快哭了："浅言，你回来嘛！不然你让我心里怎么受得了？"

"真没事。"梁浅言说着，打了一个哈欠，"我要先睡了，你也早点睡。"

梁浅言说完，就直接挂断了电话。

她拿着方鹤的照片，轻轻抚摸着："鹤鹤，妈妈是很苦，但是你也要相信妈妈。"

刘思逸坐立不安了一会儿，终于忍不住打电话给方逸群："浅言回去了吗？"

方逸群一下子坐直了，他合上了电脑："浅言不是在你那里吗？"

刘思逸怎么都不敢说出刘母来撵梁浅言的那一段，可就在她犹豫的时候，方逸群就大致猜到了是什么事。

方逸群原本还是很着急的，就一小会儿，他就强迫自己冷静下来，说："她不可能总待在你那里。"

"那她现在也没回你那里，还能去哪里啊？"刘思逸实在是想不通。

"她逞强，大概已经去酒店了，你不用太担心。"方逸群说着，整个人已经放松了下来，又重新打开了电脑。

刘思逸知道再和方逸群说什么已经没用了，但心里实在是担心梁浅言，在屋子里转悠了一下，还是决定再一次打给梁浅言。但是她没想到，梁浅言已经关机了。

整个屋子都暗下来，只有自己的时候，梁浅言难免又想到以前的事，眼泪无声地从眼角滑落。

原来最终，她真的犹如在炼狱一般，孑然一身，除此以外，什么都没有。

梁浅言深深吐了一口气，她母亲过世的时候，她就把母亲原先的房子卖了，即便她真的很长一段时间没有工作，但这些钱，也应该够她生活好久了。

最起码，短时间内，她还是不用担心生存问题的。梁浅言轻轻叹了一口气，心里也打算逃一阵子了。

她打开了微博。

大老黑是她比较喜欢的一个摄影师，她觉得，那个人一定是心中有光的人。很多人评论说，大老黑一定是内心阴暗的人，但梁浅言从来都不这样认为。她喜欢看大老黑的作品，就好像是黑暗当中，升起了一个太阳，就算它不那么真实，但是，也是一种希冀。

他是一个向往光明的人，就如同她……

梁浅言打开了大老黑的微博，最新的一条动态是："生活就是一潭死水，你可不要觉得它会动，无聊透顶的时候，就好想出去走走，这一次，我更想知道，活着是什么，所以，南非，我来了。"

南非……梁浅言沉吟出声，她闭上眼，她也好想知道，活着，到底是什么？

她当下就决定了，立马买了去南非的机票。

而林洲这边，他已经收拾好行李了。

第十九章　决定

等林洲父母带着开颜来的时候，已经是人去楼空了。

老爷子看着林洲放在柜子上的相机镜头，恨不得给砸了。

老太太看着他气急，又看了看神色有些微妙的孙女，只好拉了拉他的衣袖，劝道："你这是干什么？你心里再气也不能和钱过不去啊！你知道林洲这玩意多贵吗？"

"真的很贵？"老爷子狐疑地看了老太太一眼。

"当然贵了！你说要不然林洲的钱都去哪儿了？"老太太嘀咕着，趁老爷子发愣，就直接把镜头给收起来了。

"你呀！也不是不知道咱们儿子那个性格，上次我就料准了，他这是缓兵之计。现在人已经走了，咱们再气也没用了，反正人总得回来的，你说是吧！"老太太劝道。

"我这就找他去。"老爷子说着，就急匆匆地要出门。

"你去哪儿找啊！"老太太拦住了他，强行把他按回了沙发上，"只怕人现在都已经上飞机了，你别瞎折腾了。"

老爷子长叹了一口气，看着老太太，也是一脸的无奈："没办法，自个儿养的儿子，也只能多担待了。"

林洲那边已经上了飞机，落座之后，正准备睡觉，却听到一个很熟悉的声音。

"林洲，是你啊！好巧啊。"贺溪巧笑倩兮。

"你怎么在这里？"林洲险些被吓得跳了起来。

"我也想去南非啊！就是没想到会在这里遇见你，原来我们竟然是同一班飞机啊！"贺溪眯起眼笑道，但语气中夸张的成分太大，一听就知道是假的。

"是不是赵添又把我卖了？这小子，看我回头不找他算账。"林洲龇牙咧嘴地骂道，心里已经又把赵添往黑名单中遛了一波。

"你跟着去也不是不可以。"林洲别扭地转过脸去，语气有些冰冷，"但是我和你约法三章啊！第一个，不要啰唆。"

"好。"贺溪笑嘻嘻地回答。

"第二，不许干涉我的事。"林洲继续说道。

"好。"贺溪依旧是照单全收。

"那第三呢？"贺溪问他。

林洲摸了摸下巴，想了想，摇了摇头："第三你就先欠着吧！"

"为什么？"贺溪下意识地问。

"因为我还没想好啊！"林洲很是理所当然地回答。

梁浅言这几天都没有睡好，上飞机后，就觉得很困倦，好像要离开这个地方了，堆积在心里的东西反而少了很多。但是梁浅言一直觉得耳边有人叽叽喳喳的，这声音她有点熟悉，有些讨厌。

梁浅言朝着走廊看了过去，看清那个人的脸之后，整个人都愣住了。

还真的是冤家路窄，这世界怎么这么小？怎么哪里都有这个人？

人的第六感，往往都是很难让人说清楚的，林洲一直都觉得有人盯着自己，并且让他感觉很不友好。

林洲终于敏锐地朝那个方向看了过去，之后，他也愣住了。

片刻之后，他的神情又吊儿郎当起来："怎么会是你？"

梁浅言无奈一笑："我还想问你呢！"

"你们认识？"贺溪诧异地问道。

梁浅言这才注意到她，尖脸，大眼睛，小嘴巴，皮肤白皙，身材高挑，很漂亮，梁浅言心中得出结论。只是这张脸，让她觉得很熟悉，但是又想不起来自己究竟在哪里看到过。

"不认识。"梁浅言想矢口否认，挑眉，有些嫌弃地看了看林洲。但是想到在别人女朋友面前谈论别人终归是不好的，于是把心里的语言重新组织了一下，说："之前见过几次，我想应该谈不上很熟，是这样吧！林先生。"梁浅言说着，含笑看着林洲。

"梁小姐也不用刻意强调，毕竟我和梁小姐也谈不上很熟。"林洲也有些赌气地说道。

贺溪在一旁很是尴尬，她觉得自己好像说不上话了。为了缓和气氛，她打算和梁浅言说话。

贺溪犹豫了一下，看向梁浅言："梁小姐是打算去哪儿？"

"南非。"梁浅言说道。

贺溪听着明显地愣了一下，唇角僵硬地泛出了一丝笑，诧异地问道："你也是去南非啊？"

"怎么，你们也是？"梁浅言吃了一惊。

"对呀！"贺溪温柔地看了林洲一眼，"他想去，我就跟着了。"

她这个语气，态度很是暧昧，很容易让人误会她和林洲的关系。

第二十章　同行

　　林洲是有些木讷，但是这不意味着他智商低。他早就知道贺溪对他不一般了，可到底对方是前妻的闺密，还是自己的大学校友，多年的交情了，他也不可能主动去问人家，毕竟人家也没有挑明，但是总这样耗着，好像也不是个事。

　　他看向梁浅言，问道："你一个人去南非？"

　　梁浅言环视了一下四周，确定了林洲是在和自己说话后，却觉得莫名地别扭。她下意识觉得林洲是话里有话："是啊！一个人呢！不像你啊！还有佳人做伴。"

　　"我不是这个意思。"林洲觉得有些解释不清了，他前不久还对梁浅言的婚姻提出过建议，好像是真的不太适合在这种情况下说这种话。

　　"那你是怎么个意思？"她也不知道为什么，碰上林洲的时候，总像有无穷无尽的战斗力一样。

　　"我希望你能和我们同游。"林洲淡淡地说道。

　　梁浅言掏了掏耳朵，以为自己听错了，用食指指着自己："你说什么？你要和我同游？"

　　是林洲疯了，还是她疯了？

　　贺溪的脸色一下子就变了，她看了一眼林洲："你朋友下了飞机一起吃个饭就好了，同游的话，怕是不好吧？"

　　"有什么不好的？"林洲漫不经心地说道，"你不是也一起跟来了，你是我朋友，她也是我朋友，为什么不可以一起？"林洲故意咬重了朋友两个字。

　　这些话，让贺溪觉得很伤心：这么多年了，林洲当真一点儿都没有察觉到她的心意吗，还是林洲从一开始都当作不知道呢？

　　贺溪整个脑子都是蒙的，最终，她也不知道自己在想些什么，脱口而出道："我和她能一样吗？"

"有什么不一样？"林洲语气很是平淡。他再次看向了梁浅言："虽然说南非也没什么战乱，还算是安宁，但你一个人，南非的治安终归不如国内，我们一起的话，还算有个照应，费用均摊怎么样？"

梁浅言好好理了理这两个人的关系，很明显的，应该是落花有意，流水无情。

梁浅言看了一眼贺溪，啧啧，还真的是挑不出半点缺点的大美女，这样的大美女对他死心塌地他都不愿意，那这林洲到底是有多高的要求？

"梁浅言。"林洲又叫了她一声，再次说道，"非洲这地方你是不知道，人在贫穷的时候，总是会分外极端的。最起码，跟着我，你的安全，我还是会努力保障的，何况，还有贺溪呢！你也不用担心和我孤男寡女的。你到非洲就知道了，远没有你想的那么容易。"

梁浅言被说得有些动心了，她就是帮林洲挡一下烂桃花而已，好像真的是一笔稳赚不赔的买卖。

"你和她之间能和我比吗？"贺溪有些怨怼地说道。她咬了咬嘴唇，看了一眼梁浅言，她真的希望梁浅言可以识趣一些。

梁浅言有些心软了："林先生，就像这位小姐说的，咱们的关系毕竟还没好到那个分上，我觉得吧，还是不打搅您二位了。"

林洲被气到了，他都说得这么明显了，也不知道这个女人是真的蠢还是装蠢，明明答应他对她而言也没什么损失，她看起来明明就是动心了，可最后居然还是拒绝了。

"既然梁小姐都这样说了，林洲，我看你还是不要勉强了。"贺溪浅浅笑着说道。她感激地看了梁浅言一眼，又恢复了先前的好心情。

梁浅言之后就真的懒得再和林洲搭话了，看了一会儿书，就直接睡了。可她迷迷糊糊的，一直都是似梦似醒，等她完全醒过来的时候，飞机已经要着陆了。

林洲看着梁浅言下机，还是忍不住追了上去，提醒道："梁浅言，你记着啊！这边虽然治安还算好，但是贫富差距还是很大的，非洲这边的习惯和我们国内的也不一样，你最好晚上多注意一些。"

"好的，我知道了，谢谢提醒。"梁浅言说完，就朝前走去了。

贺溪看着这一切，心中觉得他们的关系有些复杂，便凑到林洲跟前，酸溜溜地问道："我先前怎么从来都没有发现过，你是一个这么喜欢管闲事的人呢？"

"其实也没有。"林洲否定道，他原本想解释的，但是发现自己也没必要去解释，尤其是没必要向贺溪解释。

"林洲，你最近真的和先前不一样了。"贺溪锐利地看着他的侧脸，笑道，"我真的好久没有看到你这么在意一个女人了。你和这位梁小姐，是怎样认识的啊？要不要我撮合一下？"贺溪的话里带着玩笑和戏谑的成分，但其实也是在试探林洲。

林洲知道她是什么意思，她想在林洲这里知道他和梁浅言的渊源，她想知道林洲对梁浅言到底是一个什么样的态度。可这种自作聪明的态度，让林洲很不高兴，与其这样，倒不如直接问了。

林洲笑了笑，轻声回答道："她挺特别的。"

"特别？"贺溪疑问，林洲没有回答她的问题，但就这五个字，让贺溪觉得异常危险。

林洲很少会对人说"特别"两个字，最起码，对以前的那些女人都没有。

"那我呢？"贺溪下意识地问出了这句话。

第二十一章 朋友

林洲看向了别处："你这么突然地问我这种问题干什么？"

"也没什么，就是想知道。"

"你是我最好的朋友。"

她眼睛一阵干涩，但理智告诉她，不可以再问下去了，倘若再问下去的话，一定是会露馅的。

她不可以露馅。

"你也是我最好的朋友啊！"贺溪勉强地笑了笑。

"你来非洲不怕被拍？"林洲不经意就直接跳过了话题。

贺溪扬起了脸，嘟了嘟嘴，很是不屑道："那些记者啊！路人啊！也只在欧美街头偶遇。非洲，除了你这种清新脱俗的人，和我这种舍命陪君子的，还有谁会来呢？"

林洲想了想，也的确很有道理。

南非在非洲，相对而言是经济水平比较好的。林洲和贺溪去的是南非三大首都之一的开普敦，如果不是因为贺溪跟过来了，林洲是很愿意去小镇上的。

林洲一出机场就盘算着要去租一辆车自驾，因为南非这边的交通是出了名的差。

梁浅言估计也是先前就做过攻略的，所以也有这个打算。

一个黑人先是对梁浅言吹了一声口哨，接着就拦住了梁浅言的去路："租我的车吧！我愿意便宜租给你，并且你有问题的话，我可以电话指导你，还可以为你提供旅游攻略。"

梁浅言初来乍到，也不懂行情，听了价格之后就打算掏钱了。

林洲看着，就觉得有些头疼，这个女人，真的就不怕被人骗吗？

他上前去，一把扣住了梁浅言的钱包："你能不能看到了车，拿到了车钥匙，再给钱？或者，你挑个靠谱一点的中介公司行不行？"

梁浅言这才意识过来，和那个男子打了几个手势交流。过了一会儿，男子答应梁浅言去看车。

林洲这边，他轻车熟路地找好了中介，就让贺溪去谈了。

但他还是放心不下梁浅言，跟着她一起去看车。等看到那辆车时，林洲彻底傻眼了。

他看着梁浅言："你确定你真的会……开拖拉机？"

梁浅言也愣住了。

非洲男子很激动地说道："拖拉机在乡村的道路上，会比一般的车更好走。"

"真的吗？"梁浅言差点当真了。

林洲气得真想一棍子敲醒她，这种话她也信？他懒得再和梁浅言废话了，直接一把拉上她就走。

贺溪看到林洲把梁浅言带来了，愣了一下，但是见两个人都没有开口也不好说什么。好久，贺溪看了看后视镜里的梁浅言，终于忍不住问道："梁小姐是和我们一起，还是要回您事先预定的酒店？"

"酒店？"梁浅言愣了一下。

"你不会没有订酒店吧？"林洲震惊地看着她实在有点蒙，怎么会有这么迷糊的人？

"你多大了啊？"林洲忽然问道。

梁浅言也不知林洲为什么会忽然这样问，没好气道："和你有关系吗？"

"不是，我就是想知道你这些年的饭都吃到哪里去了。"林洲直接奚落道。他轻轻笑了笑："我还真的是没见过有人出门连食宿都不考虑一下的，梁浅言你是还在做梦呢，还是压根儿没睡醒？"

梁浅言看了看窗外，只觉得聒噪，越发懒得说话了。

她来南非本就是突发奇想的事情，她是在网上看到了大老黑的微博，才突发奇想来南非的。她真的很想知道，大老黑想去的那个地方会是什么样子的，传说中贫瘠的土地会是什么样子的。于是，她想也没想，就买了机票。

可能以前跟惯了旅游团，或者也有刘思逸陪着，好像这些事情，她都没有操过心。

林洲幽幽地叹了一口气，看着梁浅言的神色，他也不忍心指责了。

"贺溪，今天都这么晚了，就让浅言住我们那边吧！"林洲说道，根本就不是和贺溪商量，而是直接通知了她这件事情。

贺溪有些始料未及，她看了林洲一眼，问道："你确定我们那边还会有空的房间吗？"

"要是没有的话，那就让她和你挤一个晚上。"林洲想了想，但又怕贺溪不愿意，于是又补充了一句道，"你要不愿意的话，我让她去我房间也行，我在沙发上凑合一晚上。"

贺溪当然更不愿意选择后者，连忙道："去我那里吧！没关系的，林洲的朋友就是我的朋友。"

梁浅言很想说她和林洲实在算不上朋友，但林洲也的确算是帮了她很多次吧！梁浅言的心一下子就有些软了，那就姑且算是吧！

"我和林洲认识很多年了，不知道梁小姐是怎么和林洲认识的啊？"贺溪忽然问道。她看了一下林洲的神色，知道林洲心里不高兴了，又连忙补充道："林洲这些年独来独往的，没想到竟然和梁小姐还算聊得来，我很好奇。"

这番话说得实在是没什么大问题，梁浅言的第六感能够察觉到贺溪对她的敌意，但她实在是不想得罪什么人，想了想，还是开口说道："我和林洲是在医院认识的。"

"医院？"贺溪皱了皱眉，问道，"是林洲腿伤了的那一阵子吗？"

"是。"梁浅言回答。

贺溪很快就发现了重要信息，马上问道："梁小姐是身子有什么不舒服的吗？"

这话有些涉及隐私了，梁浅言一时也不知道怎么回答。她犹豫了一下，如实说道："不是我，是我女儿。"

"梁小姐都有女儿了啊！"贺溪十分惊讶，继而感慨道，"我看着梁小姐，可是真的一点儿都看不出来。不知道令爱是个什么情况，现在身体还好吗？"

"贺溪。"林洲叫了她一声，给了她一个眼神。

贺溪知道林洲不希望自己再问下去了。她的眼神有些微妙，看着梁浅言道："我是不是问了什么不该问的？"

梁浅言觉得头疼，看来贺溪已经拿她当假想敌了。这段时间，她真的很有可能要和贺溪、林洲相处下去了，或者说，不说来日，就单单是今晚，这样话里有话，就够让人难受了。

"她已经不在了，多谢关心。"梁浅言很直接地回答。她的语气尽管极尽克制，但还是有着一种黯然。

贺溪愣了几秒钟，才终于反应过来梁浅言说的"不在了"是什么意思。她震惊地看着梁浅言，最终叹了一口气："抱歉，我不是故意问起的。"

"那你还问什么？"林洲没好气道。

贺溪知道他是介意自己今天话过多了，也不敢再问下去。

梁浅言也不愿意再说话了。

"其实林洲也有一个女儿的。"贺溪不经意地说道，一来她是想告诉梁浅言，林洲也是结过婚的人，二来也是有心要绕过先前的话题。

他淡淡看了一眼梁浅言，说道："上次我在墓园看到你，也是刚去看了我前妻。"

梁浅言震惊地看着他，她很难想象，林洲当时还在劝导她，会是什么样的心情。林洲当时一来是从梁浅言的生活上来考虑，二来也是很怕梁浅言最终会像自己一样，失去了才真的懊悔万分。

第二十二章　交锋

他说是前妻，最终又是这样的一个神情，想来也是经历了什么不可言明的事情。

"不知道梁小姐的先生现在在哪里？怎么会放心你一个人来南非？"贺溪又不经意地问出了一个让梁浅言很难答的问题，梁浅言也不知道该怎么回答她了。

"我和贺小姐应该没有这么熟吧！"梁浅言说道。

贺溪低下头，轻轻笑了笑，带着歉意道："我也是刚见梁小姐就觉得投缘，就是想多了解一些，一不小心就问了不该我问的问题，希望梁小姐不要放在心上。"

梁浅言看着窗外，看着路上的行人，有些心不在焉地应了一声。

林洲性格虽然随性，但在生活上，他一贯都喜欢事先规划好，所以他找的酒店性价比也极高，到的时候，果然就没其他空房了。

梁浅言对贺溪实在是没什么好感，林洲自然也察觉到了。

林洲想了想，最终还是说："梁浅言，你今晚就睡我的房间吧！"

"那你呢？"梁浅言问他。

"我今晚想上天台拍星星和日出，好久没有这样拍过了，这是房卡。"林洲说着，就将房卡递给了梁浅言。

梁浅言正不知道该不该接，林洲已经将房卡塞进了她的手里。

"林洲，林洲！"贺溪直接追了上去，"林洲，你不能这样不休息啊！要不我去和梁小姐挤一个晚上吧！"

"没必要，我来这里，本来就是为了拍东西的。"林洲不容置疑地说道。他看了一眼自己的行李，看着服务员道："帮我拿到这位小姐的房间。"林洲说完，自己就直接提着三脚架上了电梯。

贺溪笑着迎上了梁浅言，自顾自地说道："我和林洲在学生时代就认识了。"

"所以？"梁浅言礼貌性地回了一声。

"你看出来了吧！我喜欢林洲。"贺溪直接道。

"那你加油，毕竟你真的好看，比我见过的那些明星都好看。"

贺溪见梁浅言说得那么认真，实在是忍不住，笑了出来。

"我忘了和你自我介绍了。"贺溪抿唇笑道，"我叫贺溪，我是一个演员。"

"演员？"梁浅言狐疑地看了她一眼，心中的疑惑也总算是明白了。

"嘀"的一声，电梯总算是停了，梁浅言向贺溪道了谢，就回了房间。

她知道，林洲这是为了给她一点私人的空间。她不禁想：林洲似乎也没那么差劲啊！

梁浅言给刘思逸打了一个电话，大致说了一下自己的情况，报了一个平安。她心里还是有些放心不下林洲的，她也不知道摄影师到底是一个什么样的状态，现在自己躺在本该是林洲的房间里，也不是滋味。于是，她打算去看看林洲，却没想到在电梯门口，正好撞上了贺溪。

"你这是……"贺溪欲言又止。

"我不放心林洲，所以想去看看。"梁浅言说明了自己的来意，看了一眼贺溪提防的神色，瞬间就明白了。

她把话先说出来了，也不好意思说自己就不去了，这样反倒会更尴尬。

于是，梁浅言心里打定主意，就上去看一下林洲的状态，然后就下楼来。人要有自知，她决然不会再一次地惹贺溪厌恶。

"我也有些不放心林洲。"贺溪如此回答，颇有些挑衅的意味。

"林洲，他不适合你。"贺溪忽然正色道，"我守了林洲那么多年，也不会轻易让他被别人夺去。"她倒是直接。但是，梁浅言却蒙了，她和林洲，熟都谈不上，更别说其他的了，这都是哪跟哪啊！

但她向来不喜欢解释，何况是和一个自己谈不上熟的人。

梁浅言只是轻轻摇了摇头，苦涩地笑了笑，就没有再说话了。

等梁浅言上到天台的时候，她就深刻意识到，自己想多了。林洲竟然直接在天台上架了一个帐篷，三脚架支在帐篷旁。他应该真的是随性而为，没有半分想要让自己不好过的意思。

梁浅言捂住了额头，如果是她，可能真的会流落街头了。

"林洲，你在这儿睡多不好啊！"梁浅言刚准备拉住贺溪，可贺溪已经张嘴了。

林洲正在帐篷中打盹，他拍照一向都是随意得很，什么时候醒了，就拍什么时候的景。

被贺溪这么一叫，林洲就清醒了很多，问道："你怎么来了？"

贺溪含笑看向了梁浅言："是浅言担心你，不放心，所以要拉我一起上来看看。"

梁浅言看着她，内心郁闷万分：她什么时候叫上贺溪一起了？浅言？她又什么时候和贺溪关系这么好了？

"我和浅言真的是一见如故啊！很是聊得来，林洲你也是太不够意思了。"贺溪嗔怪着说道。

梁浅言听出了她的弦外之音，贺溪这是心疼林洲睡帐篷。

林洲懒洋洋地说道："躺这里挺好的，我不想回去。"

他这样说，贺溪反倒是没了办法。

她只能看向梁浅言，说道："浅言你劝劝林洲吧！反正他也总是不听我的劝，咱俩可以一起将就一晚的。"最后一句，还有一些撒娇的意味在。

"好了，贺溪，你先去休息吧！我不会改变主意的。"林洲低声说道，说完，就有些疲倦地闭上了眼。

贺溪见他不愿意再说话，自己也不知道说什么好了。

梁浅言看了一眼林洲，最终还是说："我就先回去了，你们聊。"

梁浅言离去之后，贺溪心中才算有了一点儿勇气，她慢慢走向了林洲。"林洲。"她叫了一声。

林洲低头点了一支烟，夹在指尖："贺溪，你是我最好的朋友。"

他忽然这么说，是有用意的。

贺溪所有想要关切的话都咽了回去。

贺溪愣了一下，问道："我替赵菡照顾你不好吗？"

"贺溪，你应该明白，没有谁会是谁的替代品。你这样说的话，就很不应当了。"

"你这话是什么意思？"贺溪继续问。

"就保持这样的关系，不好吗？"林洲道。他叹了一口气，却没有看贺溪。

林洲说完，贺溪也愣住了，她反应过来林洲的意思，眼眶却已经湿了："原来你都知道啊！"

"贺溪，你身边应该有很多比我更好的人，或许，你自己本身也没有那么喜欢我，只是我从来，都没被你得到过而已。"林洲非常理智地陈述着事实。

贺溪的情绪瞬间失控了，她冲了上去，一把抱住了他："我不是，林洲，我喜欢你，林洲，我爱你，我求你，放下你的赵菡，给我一次机会好不好？"

"贺溪，你冷静一点。"林洲沉静地看着她道。

贺溪摇了摇头，说："林洲，我求你了，不要总是把我推开，让我离你近一点儿，再近一点儿好不好？"

林洲不动声色地推开了她，有些为难地说道："你不要让我这么难做。"

"所以，林洲你是拒绝我了？"贺溪难以置信地看着林洲说道。

"你心里不是知道的吗？"林洲低声说出了真相。

"如果我不是赵菡的朋友，你会不会给我机会？"贺溪终于问出了她心中最脆弱的一点。

"如果你不是赵菡的朋友，我想，我应该不会搭理你。"林洲冰冷地说出了事实。

"那你对梁浅言呢？"贺溪问，她的唇角浮现出了一丝难以言明的笑意，"这么多年，我很久都没见过你这样在乎一个人了。"

第二十三章　希冀

"我在她身上，可以看到曾经的自己。"林洲沉默了半晌，终于说出了这句话来。

"曾经的自己？"贺溪难以理解地看着林洲。

林洲忽然什么都不想说了，干脆闭目养神。

"林洲！"她试探着叫了叫林洲，林洲却没有半分回应。

贺溪拿起林洲脱在帐篷里的外套，小心翼翼地盖在了他的身上。她静静看着林洲，泪水终于忍不住夺眶而出。

贺溪一走，林洲就睁开了双眼，没有一点点困意。他抬头看了看星空，又看了看这个城市，最终，将镜头对准了街头坏掉的路灯。

翌日，天没亮的时候，林洲就带上了他的三脚架到埃托河盐沼，这里一片荒芜，也正因为如此，日出才会那么有意思。

荒芜中的亮色，荒芜里的希望。

可他却看到了一个熟悉的身影，她痴痴地看着东方，泪眼蒙胧。他用逆光，拍摄了一个人物剪影，这才喊道："梁浅言。"

梁浅言回过头来，却蒙了。怎么她又碰到林洲了，林洲现在不是应该在酒店的天台吗？

"你怎么在这里？"梁浅言诧异地问道。

林洲轻轻一笑，低下了眼眸："这句话应该由我问你。"

梁浅言的目光柔和了下来，他可以清晰地看到她眼角的泪痕："我想看看，希望是什么样子。"

"你很绝望？"林洲问道。

他问得太直接，不觉刺痛了梁浅言。梁浅言的目光瞬间冷了下来，就好像是林洲刚认识她的时候一样："和你有关系吗？"

林洲想了想，好像的确和自己没关系。

梁浅言沉默地站在了他的身边，看着太阳一点一点地升起来，黎明散尽了，世界终于亮了。

可她的世界呢？没有了鹤鹤，就剩下她一个人的挣扎而已。

她忽然对日出也失去了兴致。她看了一眼林洲："我先回去收拾一下，我会尽快找好住的地方的。"梁浅言说完，就转过了身去。

她选择了坐公交车回去。路上，一个小女孩捏住了她的衣摆。这是一个黑人女孩，头发脏兮兮的，一看就是很久没有洗过了。她看着梁浅言，黝黑得发亮的瞳孔当中透露出一种紧张。

"我很饿。"她用别扭的中文说着。

梁浅言蹲下了身子，抚摸着她的脸，她想起了她的鹤鹤，她疼爱的鹤鹤，如果可以，她真的愿意把自己的一切都给鹤鹤。

她的心一下子软了，她掏出钱包，可还没来得及从中掏出钱给女孩，女孩却推了她一把，一把抓住了她的钱包朝前跑了。

她愣在了原地，整个人都有些摸不清楚状况了。

"你给我站住。"林洲的声音忽然传来,他朝着那个小女孩追了过去。

梁浅言这才反应过来,上前追上了林洲。她喘着气,过了很久才说道:"还是算了吧!别追了。"

"早和你说过了,多少还是注意一点儿。"林洲不悦道。

"算了吧!"梁浅言有些疲倦,她只是觉得,那个孩子,一定是太苦了。

她不是圣母,但是在她失去了鹤鹤以后,那双充满希望的眼睛,真的让她动容。

"那你现在还有钱住酒店吗?这边兑钱可能会有点麻烦。"林洲说着事实。

好在她也没有把钱全带出来,密码箱中还放了一些,对她而言,应当是够了。

"你怎么又在这里?"梁浅言的神情有些无奈。

林洲没有搭理她。

"你不是要拍日出吗?"梁浅言又问,说完,才意识到自己的愚蠢。现在这个时候,哪里还有日出,太阳早就已经升起来了。她和林洲想要看到的,不过是太阳冲破黑暗的那一刹那而已。

梁浅言给刘思逸报过平安之后,刘思逸就打了一个电话给方逸群。

理智地看,刘思逸也希望方逸群和梁浅言可以和好。对梁浅言那样一个人,她真的很担心梁浅言的生存问题。

方逸群公司与南非这边有贸易往来,一般的公司很少有高管会自愿去非洲那边出差的,可偏偏方逸群主动申请了这个活儿。

他要找到梁浅言并不难,何况有刘思逸这个给他通风报信的人。

方逸群守在梁浅言下榻的酒店门口等了好几个小时,才撞上了素面朝天的梁浅言。

梁浅言看到他,愣了一下,问道:"你怎么来了?"

方逸群一把抱住了梁浅言,紧张地说道:"我担心你啊!你自己一个人悄无声息就来这边了,我心里很怕。"

"这里是南非，又不是什么暴乱的地方，你怕什么？"

"我就是怕。"

"我们已经没有关系了。"梁浅言木然地陈述着这个事实。

"只要我还没签协议，你就还是我妻子。"方逸群固执地说道。

在方鹤生病的日子里，她很久很久地等着这样的方逸群，但她没有等到。

方鹤已经不在了，方逸群才表现得情深似海，可这又有什么意义？她对方逸群的希冀，早就在等待和失望中消散得无影无踪。

林洲已经打算去一个喧闹的小镇了，那里极具人间烟火气息，于是，他打算过来邀请梁浅言一道前往，却正好撞见了这一幕。

贺溪看了一眼林洲的神色，见他并没有什么异常，这才稍稍地放下心来。

"林洲，你来了？"梁浅言含笑主动说道。

林洲从未见过梁浅言这样热络，他心中一惊，明白自己今天是要被当枪使了。

方逸群听到这个名字，忍不住皱了皱眉。

原本他就听到侦探和他说，梁浅言和一个叫林洲的人在一起。他先前还不信，毕竟他先前查到的，梁浅言和林洲真的就是萍水相逢而已。

可是在非洲遇到林洲，好像怎么说都让人觉得是匪夷所思的一件事。

方逸群公司有产品先前和贺溪合作过，所以他一眼就认出了贺溪。

方逸群对着贺溪说："贺小姐您好。"

贺溪看了他半晌，终于想起了他，有些微妙地看了梁浅言一眼："真没想到，你竟然是方总的太太，我可真羡慕你有方总这样一位好先生。"

"是吗？"梁浅言漫不经心地应了一声，风轻云淡地说道，"那你拿去好了。"

第二十四章　挣扎

贺溪直接愣住了。

梁浅言直接挽住了林洲，挑衅般地看着方逸群："你其实真的没有必要来的，我和林洲在这里很好。"

"是吗？"方逸群还是有些不信，"你先前明明向我否认过的。"

梁浅言低垂下眼眸说："你也说了是先前，毕竟那时候，我还没有想要和你离婚。但是现在不一样了，我在非洲遇到林洲，我才知道，我想要的就是这样心意相通的人。"

方逸群气得双拳紧紧握在了一起，他看了一眼同样脸色不太好的贺溪，轻声问道："贺小姐，是这样吗？难道林先生，不是你的朋友？"

"是朋友，但不是男朋友。"贺溪苦笑。

"浅言，你不要逼我好吗？"方逸群祈求道。

梁浅言心中觉得有些好笑，她看着方逸群，问道："你最好是问问自己，到底是谁逼谁。"

林洲见这场戏还没有要完的意思，有些疲倦地打了一个哈欠，握住了梁浅言的手。梁浅言心中清楚，林洲这是准备出手了。她倒是真的想看看林洲会怎么演。

"既然浅言都已经说了，你还总在这里纠缠有意思吗？"林洲问道。

"浅言现在还是我的妻子。"方逸群强调道。他敌意地看向林洲，说："你不适合照顾浅言，林洲。我查过你的资料了，你能给浅言安定的生活吗？你连你自己都照顾不好。"

林洲想来也是听多了这样的话，或者是类似的话，他很是不以为意，缓缓一笑，慢条斯理道："那又怎么样？我可以让她快乐。方逸群，做人不可以这么自私的。"

梁浅言瞥了一下方逸群，最终，将自己的唇贴上了林洲的唇，但只是一下，她又飞快地挪开了。

就连林洲这样不羁的人，都觉得有些突然和面红耳赤了，方逸群和贺溪就更不用谈有多震惊了。

"你们真的在一起了？"方逸群心中原本还抱有梁浅言是在逢场作戏的一丝希望，可现在，眼前的一切都太真实了，况且连和林洲一起的女伴贺溪都没有否认。

"你都看到了，难道你非要看到我们一起在床上，你才信吗？"梁浅言冰冷地说道。

方逸群瞬间脸色大变。

"我原本就没想过要你一毛钱，你可以告我婚内出轨，向法官陈情，都没关系的。"梁浅言很是轻描淡写地说道。

梁浅言的话实在是太露骨了，或者说太戳心窝子了，可以看出，她真的是不惜一切代价要和方逸群离婚。

方逸群也愣住了，他是一个男人，他爱梁浅言，但是他也没办法忍受这样的屈辱。

"如果说你的事业和浅言你只能要一个，你愿意为了浅言放弃你的事业吗？"林洲忍不住问道。

方逸群半响没有说话，因为对这个问题，他也很难给出一个答案。

"鹤鹤已经不在了，你放我一条生路好不好，当我求你。"梁浅言说着，眼眶已经红了。她紧紧地盯着方逸群，说："你永远都不会知道，只要看到你，我就会想到我和鹤鹤绝望地等死的那些日子。我不要你的钱，你将来会挣更多的钱。可是，方逸群，我真的很替你悲哀，你可以为了钱，什么都不要了，但是我不一样。"

"好，我签。"方逸群终于说出了这句话。

梁浅言脸上终于泛出了一丝笑意。

方逸群看了梁浅言一眼说："放在你名下的那套房子，还是给你吧！"

"不用了，毕竟都是你的钱买的。"梁浅言果断说道。

贺溪看着梁浅言，也是一脸的震惊，她真的没想到还有这种人。

钱都不要？还真的有人会和钱过不去？

"浅言，这是我的心意，就当是我对你和鹤鹤的补偿。"方逸群正色说道。

"我和鹤鹤，不是一套房子就可以弥补的。"梁浅言冷声说道。

"你妈的那套房子已经卖了，那你要在哪里生活呢？"方逸群有些忧心忡忡。

梁浅言轻轻一笑："租的房子不可以住吗？"

方逸群彻底说不出话来，曾经，他被梁浅言身上的那种坚韧吸引，可现在，他却被梁浅言的这种坚韧折磨得一点办法都没有了。

"你强行要给我空出来也没用，我也不会去住的。房子不住也不卖，好像也没什么作用吧！"梁浅言直接猜中了方逸群的心思，三言两语就打消了他心里的念头。

"我让你好受，你也让我好受一些，难道不行吗？"方逸群有些不死心地问道。

其实远不是甘心与不甘心的问题，而是梁浅言根本就无法接受方逸群的任何馈赠，这是她内心的坚持。

"浅言，房子的事，你再考虑考虑。"方逸群直接打断了她再次拒绝的打算。

既然说了以后再谈，那以后再说也不是不可以的，梁浅言也没想过这个事真的瞬息间就可以谈好。

送走了方逸群后，梁浅言才算是真的松了一口气。

贺溪心里很是吃味，忍不住说道："放着这么好的老公不要，人都追到南非来了，还这样铁石心肠，真不知道你的心是什么做的。"

"贺小姐，当着我的面这样议论我的私事，好像不大好吧！"说完，梁浅言侧目看了一眼贺溪，"如果贺小姐实在是中意的话，方逸群很快就是单身了，贺小姐可以去加油试试，像您这样明艳动人的大美女，想来应该不难的。"

"你什么意思啊！"贺溪秀美的脸庞浮现出了一丝不悦。

"对呀，梁浅言说得也有道理，你要是觉得惋惜，你真的可以去试试。"林洲也在一旁添油加醋道。说完这句话,林洲意识到自己确实有点损了。

贺溪瞬间气急,她指着梁浅言说:"这个女人到底给你灌了什么迷魂汤?林洲,她利用你,毫不手软,一向也没给你什么好脸色,你怎么就那么喜欢管她的闲事呢?"

林洲垂下眼睑,手中把玩着自己的镜头,戏谑地回答道:"你刚才也说了,我喜欢管她的闲事,当然是喜欢啊!"

贺溪被噎得说不出话来。

林洲沉默了几秒钟,正色看着贺溪道:"你要是觉得不愉快的话,可以买张机票回国。"

"那你呢?"贺溪一脸无辜地问道。

"我?"林洲没想到她会这样听不懂人话,他将镜头放下,"我为什么要走啊?我又没有不愉快。贺溪,你应该知道的,我从来不会因为别人而打乱我自己要做的事情。"

第二十五章　配合

"你就那么想要我走?"贺溪的眼泪在眼眶之中打转,她指着梁浅言问道:"那她呢?"

"她又不是和我一起来的,有胳膊有腿的,她爱去哪儿就去哪儿,我管不着。"林洲毫不在意地说道。

贺溪冷哼了一声,踩着她的高跟鞋就走了。

梁浅言叹了一口气:"原本想跟你道谢的,现在看来不用了。"

"我利用你在方逸群面前演了一场戏,我也恰好帮你气到了贺溪,所以你与我之间,也算是彼此拉平了。"梁浅言说道。

林洲煞有介事地点了点头:"你说得非常有道理。"

"但是——"林洲话锋一转,轻轻一笑,"贺溪是不会走的。"

"你怎么这么确定呢？"梁浅言诧异地问道。

"因为我了解贺溪，她肯定会认为，她如果走了，就是给你和我创造了机会。"林洲说着，嘴角露出了一丝嘲讽。

梁浅言没有再问下去，再问下去，估计就涉及隐私了，林洲本来就像是一个谜。但梁浅言想，她和林洲，理应是同类。

梁浅言心中记挂着离婚协议书的事情，在南非也没待多久，就直接回国了。至于后来，贺溪有没有回去找林洲，她就不太清楚了。

刘思逸来接的机，她看到梁浅言就一把抱住了她："我以为自己再也看不到你了。"

"怎么会呢？"梁浅言笑道。

"你会不会怪我？"刘思逸有些自责地看着梁浅言。

"我为什么要怪你呢？"梁浅言问道。

"是我把你的行踪告诉了方逸群。"刘思逸说着，低下了头，她心里不是没有纠结过。她斟酌了片刻，才说："我以为这样会对你比较好。浅言，是我没有那么了解你。"

"都过去了。"梁浅言看着她轻轻笑了笑。

"反正我也因祸得福了，如果不是你告诉了方逸群，那天恰好又是那么个情况，我怎么能顺利地离婚呢？"梁浅言补充道。

刘思逸看了一眼梁浅言的神色，也不知自己到底该不该说。

她想了想，还是说道："方逸群希望你可以把你名下的那套房子收下。浅言，我知道你一定是有自己的打算了，可是你拿一套房子也不算过分，将来也算是有个保障了。既然方逸群执意要给你，不如你就收下吧！"

"不。"梁浅言摇了摇头，沉下脸道，"我谢谢你把这件事如实告诉我了，但是，我不会接受，你以后也不必再和我说这件事了。"

"浅言，你再考虑考虑。"刘思逸有些着急。

"我知道你是为了我好，但是我有我自己的考虑。"梁浅言轻声道。

刘思逸也不好再说下去了，只好作罢。

梁浅言暂时租了一套小公寓，这边前脚收拾好，后脚刘思逸就到了。

晚上的时候，梁浅言就收到了签过字的离婚协议书，至于那套房子，梁浅言还是决定还给他。

因为嫌脏。

忽然，梁浅言的手机"嘀"了一声，是支付宝发来的消息。

"到家了吧！"

梁浅言看着那个金额，就知道对方是谁了。她在非洲的时候，现金还真如林洲所言不够了，所以就找林洲兑了一些，之后用支付宝给林洲转过去了。

竟然可以用支付宝发消息，用惯了微信的梁浅言，还有些蒙。

刘思逸见她发愣，一把就抢过了梁浅言的手机。

"这谁呀！竟然都知道你回来了。"刘思逸嘀咕道。

"把手机还给我。"梁浅言冲她伸出手来。

刘思逸竟然没理她，不知道发了什么。等她把手机还给梁浅言的时候，却什么都没有了。

紧接着，梁浅言的微信提醒又来了。

她瞪了刘思逸一眼。

刘思逸狡黠一笑："浅言，我这是帮你啊！"

梁浅言拿起包，没好气地看了她一眼："你管好你自己，我就求神拜佛了。"

"浅言！通过啊！"刘思逸怂恿着她，"一开始觉得这人挺不靠谱的，现在看来，在非洲还是挺照顾你的，嗯……还有一点儿小热血。"

梁浅言没有说话，直接关掉手机，放进了包里。

看来刘思逸还不知道她先前在南非遇到林洲的事，她想了想，为免节外生枝，还是干脆不要说。

早上的时候，快递就来了。

梁浅言打开门，却愣住了。

林洲就站在门口，把一个小盒子塞在了她的手里。

"送给你的。"他说完，直接进屋，不等梁浅言关门，自己就帮她把门给关上了。

梁浅言诧异地打开盒子，竟然是一堆五颜六色的千纸鹤。

林洲有些不好意思地笑了笑："这是先前……我女儿送给我的，我觉得，你如果想鹤鹤的话，可以把心里话写在这上面。"

梁浅言看了看林洲，有些愣住了。

在她印象中，林洲好像不是这么暖心的人啊！一张嘴就不会好好讲话。怎么突然……这么少女心？

梁浅言嘴巴动了动，最终还是问道："林叔叔，您这是忽然转性了，还是您担心我想不开出什么意外？不过你可以放心，我知道生命诚可贵这个道理的。"

梁浅言给他倒了一杯茶，坐下来看了他几秒钟才说："这几次，真的是谢谢你了，你帮了我好几次了。"

"嗯。"他点了点头。

"但是这个，你拿回去吧！"梁浅言轻声说道，将小盒子推到了他跟前。

"为什么？"林洲很是不解，轻轻一笑，"这并不是什么值钱的东西。"

"这是你女儿送给你的。"梁浅言轻描淡写地说道。

"不，还是你的。"林洲执意道，看了她一眼，"把你手机拿来。"

梁浅言迷茫地递给了他，片刻，林洲的手机响了起来，他满意一笑，就将手机还给了梁浅言。

梁浅言一看手机，新的好友验证里分明多了一个奇怪的名字——男神。

"我帮了你这么多次，你就别改了。"林洲提出他的意见。

梁浅言一下子被噎得说不出话来，这个世界上，真的还有像林洲这样自恋的人？

"一把年纪了，还学小男生做这种无聊的事情，你不觉得害臊吗？"梁浅言故意揶揄道。

"我只要不害臊，就天下无敌。"林洲大有一副舍我其谁的架势。其实他自己也没搞清楚，今天为什么会跑过来。他给了自己一个很合理的理由——关爱边缘人群。

林洲很久以前就明白，摄影就是生活，对，梁浅言就是生活当中的一个亮点。

他至今都觉得，在南非时的那张人物剪影，是他从事摄影以来，拍得最好的一张照片。

第二十六章　图谋

刘思逸向来都是喜欢相貌俊朗的，可偏偏林洲就是一表人才。

在知道梁浅言和方逸群绝无可能和好之后，刘思逸就彻底改变了想法。

相貌好就比较容易收买刘思逸这种看长相的，她迫不及待地跑到林洲身边，手搭在林洲的肩膀上："昨天费尽心思用那个支付宝给浅言发消息的，就是你吧！你可要好好谢谢我。"

林洲皱了皱眉，不动声色地将刘思逸的手拨开了，又朝离她远的地方挪了一些，有些尴尬地看着梁浅言："你怎么没说她也在你家？"

刘思逸立刻就跳了起来："你这是什么话？我不在家你才会来吗？说！你对我们浅言有什么非分之想？"

林洲很是不屑地皱了皱眉，轻蔑道："谁对这种伶牙俐齿、嚣张跋扈的笨女人有什么非分之想了，我来看看我帮了好几次的人死了没有，不行吗？"

刘思逸轻哼了一声，很是不在乎地瞪了他一眼，就真的撤了。

梁浅言心里暗暗骂刘思逸不够义气，让她和林洲两个人再次回到了大眼瞪小眼的状态之中。

"你丈夫……不，我是说你前夫，你们……"林洲支支吾吾地开了口。

梁浅言也不知道他到底想说什么，但是她耐心很好，只是很平静地看着他。

"你们是真的不可挽回了吗？"他问梁浅言。

紧接着，他又问道："那你想过没有，以后怎么生活？"

第一个问题梁浅言是可以给出确切答案的，但是第二个问题实在是太犀利了。

梁浅言白了他一眼，说道："我有权不回答你的问题。"

"我看你是根本就不知道怎么回答吧！"林洲一脸看戏的神情。

梁浅言端起茶杯，轻轻抿了一口，她其实真的很想浅酌几杯，悠悠说道："我和我前夫，是真的不可挽回了，你不知道在希望中绝望是什么感受，你听说过温水煮青蛙吗？"

林洲狐疑地看了她一眼。

梁浅言静静说道："方逸群之于我，就好像是温水煮青蛙一样，太辛苦了。从前我是为了鹤鹤，觉得只要能给她一个完整的家，怎么样都好，但现在真的是不一样了。"

林洲愣了一下。

在梁浅言和林洲即将又陷入尴尬的时候，门铃又响了。

她以为是刘思逸回来了，赶紧去开门，但是门口却站着方逸群。

"你来做什么？"梁浅言没好气地说道，接着就准备关门，"这里不欢迎你。"

"浅言啊，你这待客之道，也太差劲了吧！"林洲嘟哝着说，从沙发上探出头来。

方逸群恰好瞥见了林洲，梁浅言一个发愣，门就被他推开了，梁浅言的手撞在了墙上。

"怎么了？没伤到吧？"林洲跳起来，抓起梁浅言的手来看。

方逸群的唇角挂出一丝冷笑："他怎么在这里？你们是真的？"

方逸群的眼神似乎很是一言难尽，先前他还在思量梁浅言是不是在用激将法，可眼下，却真的在梁浅言家中看到了林洲。

84

他答应梁浅言只是下下策，是不想再和梁浅言的关系恶化，他不相信，这么多年的感情，在他精诚所至的情况下，梁浅言不会被他打动。

可偏偏眼前的一切，让他的计划在某种程度上，好像要被全局推翻了。

"梁浅言，没想到你的口味这么清新独特了。"方逸群奚落道。

梁浅言当然听出了他的弦外之音，懒得搭理他，侧过了身去，冷淡道："你有什么话就直说吧！"

方逸群将提过来的礼品放在了玄关处。

林洲很是自然地揽住了梁浅言的腰，俨然一副男主人的样子："你来就来，送什么东西啊！这么见外啊！"

"你不请我进去坐坐吗？"方逸群问梁浅言，有意直接忽视林洲。

梁浅言看到他就觉得不耐烦，索性就说道："你有什么就在这里说吧！说完了快走。"

"梁浅言，你从前可不是这样的。"方逸群有些不悦，他看了一眼林洲，"我到底有哪点不如他？从恋爱到结婚，将近十年的感情，就不如一个你刚认识的林洲？"

方逸群很少会表露出自己的情绪，但梁浅言真的不太想因为这种事情浪费口舌，她冷冷地看着他："你来就是想说这些的吗？那你说完了吗？"她的言外之意就是，方逸群说完了就可以走了。

方逸群脸色一变："我妈说你不讲情面，我原本还不信。现在看来，梁浅言，你还真的是个一点儿情面都不讲的人。"

一个大男人，这样婆婆妈妈的，梁浅言纵然再好的脾气也不想再忍了。

"梁浅言，我和你之间的事，是我们的事，我知道你恨我对鹤鹤无情，可你不也是婚内出轨了？"方逸群说着，就看向了林洲，"我们重新来过吧！"

他还在提她婚内出轨，她觉得好笑。这个事情，梁浅言已经懒得和他争执了。"你真的不爱我了？"方逸群忽然盯着她的眼睛问道。

空气忽然寂静下来，方逸群再也承受不住了。

"你天天揪着我和林淼的那点事儿不放，你和林洲又干净了？"玄关处的玻璃上，映出方逸群的侧脸，斯文得很。

"你……"梁浅言气急。

他还认为离婚是梁浅言介意他和林淼？

林洲却真的直接搂住了梁浅言，目光直视着方逸群道："比你们干净。"

"你什么意思！"方逸群板起了脸。

林洲很明显没有那么好的耐心，直接起身推搡着方逸群："你还是赶紧出去吧！这是梁浅言的家，不欢迎你。"

"梁浅言。"方逸群有些不甘心地叫她。

梁浅言觉得他们方家人总这样纠缠不休，也不是个事，索性看着林洲道："你先放开他。"

林洲看了梁浅言一眼，虽然不明白她是什么意思，但还是松开了方逸群。

方逸群以为梁浅言对他余情未了，心中升起了一丝希望，看着她道："我就知道你不会……"

"你闭嘴！"梁浅言冷冷打断他，揪住他的衣领，逼视着他，"我和你之间，不是因为林淼那件事。我承认，我是误会了，可我当时没有和你提离婚，现在这样，完全是因为你我婚姻七年，日复一日的绝望而已。你自己数数，从鹤鹤出生，你陪她过过几个生日，你知道鹤鹤的生日是哪天？你知道我们是什么时候结婚的？或者说，你知道鹤鹤喜欢什么吗？在我求你你都不愿意留下来的时候，你和我之间最后的一点余情也灰飞烟灭了。"

第二十七章　苦衷

"我只是想让你和鹤鹤过更好的生活。"方逸群还想解释，他想为自己辩解，他明明是为了她们母女才那么努力，为什么最后他反倒成了罪人？

梁浅言却轻轻一笑，道："更好的生活？你觉得什么样的生活才是好？"

"钱你挣得完吗？自己女儿要进手术室了，你还可以为了钱走掉。"林洲很是不屑地说道。他看了一眼方逸群，冷静地问他："你懂什么是爱吗？"

"梁浅言和鹤鹤要的不是很多钱，而是你做一个好丈夫、一个好父亲。"林洲接着说道。

梁浅言没有想到她内心深处的话，竟然是由林洲说出来的。

"我和梁浅言过了七年，你算什么东西？"方逸群隐忍着怒意道。

梁浅言牵起林洲的手："他是我男朋友，而你，只是前夫。"

方逸群原本只是想羞辱林洲，可当梁浅言真说出这句话的时候，他却蒙了。

他回过神来，轻轻一笑："梁浅言，你的口味，还真的是不一般，你喜欢谁不好，竟然喜欢这样的人？你图他放浪不羁还是图新鲜呢？他能给你什么？有未来吗？最起码，我还有钱。"

"总比你有未来。"梁浅言冷声说道，看着他，"你现在可以走了吧！"

方逸群的目光有些黯然，他点了点头，说道："好，我走，我走。"

等他走后，梁浅言立刻松开了林洲的手，红着脸解释道："刚刚是……"

"你是想让我不要误会吗？"林洲抢过了梁浅言的台词。

"嗯。"梁浅言点了点头。

但她却被林洲直接逼到了墙角，梁浅言可以清楚地闻到他身上的薄荷气息。他的呼吸在她脸上浮动，有点温热，他的脸越来越近："如果说，我非要误会呢？"

这次轮到梁浅言呆若木鸡了，他的嘴唇眼看就要凑近梁浅言的唇角，梁浅言正在思量要怎么推开的时候，林洲竟然放手了。

"你很紧张？"他问梁浅言。

梁浅言的脸从脖子红到了耳根，她转过脸去："谁紧张了，你怎么也没去洗手间照照镜子啊！"

"你不会，真的以为我喜欢你吧！"林洲问，他竟然还真的抿唇照了照镜子，最后弹了弹头发，"我呢，就是想拯救一下世界，同情心泛滥而已。我最喜欢那种乖巧懂事又可爱的小姑娘了。"

梁浅言听了他的话，觉得简直是受到了莫大的羞辱，可是他的模样，竟然有点俊朗。

她是被刘思逸传染了吗？这可不是一个很好的习惯。所以她就是不乖巧、不懂事，也不可爱了？

"大叔！"她着重"大叔"两个字，"你再继续这样，我很担心，别说是小姑娘了，就连老太太也会对你避之不及。"

她说完，直接拉开了门，将他推了出去："礼我收下了，话我也说完了，就这样吧！以后你不用再来了，再见。"

门关上后，梁浅言靠着门，长吁了一口气。她应该是真的太年轻了，竟然会被一个三十好几的大叔弄得这样紧张。现在的大叔也是忒没正经样了，简直是要上天。

梁浅言打算约刘思逸去做一个美容，压压惊。

两人坐上车，忽然有个女孩敲了敲车窗，梁浅言降下了窗玻璃，取下了墨镜看着她。

"我们能谈谈吗？"她问梁浅言。

一个十来岁的孩子！她梁浅言什么时候这么讨小孩子喜欢了？梁浅言很是错愕，回过头问了刘思逸一句："你朋友吗？"

刘思逸摆了摆手，轻描淡写道："姐姐我可没这么小的好朋友。

再说了，我有哪个朋友是你不认识的？"

"我不认识你呀。"梁浅言看着那个女孩道。

她却灿烂一笑，很是自信地道："可我却认识你。"

"姑娘，你看你年纪还小，你想找乐子，不如去别处找，姐姐我就不陪你玩了。"梁浅言说着，就准备把车窗玻璃升起来。

那女孩却直接把手放在了车窗上。梁浅言赶紧停住，打量着她。

"你是梁浅言吧！你认识林洲吗？"她生怕梁浅言不给她机会，焦急地说道。

"所以呢？"梁浅言平静地反问了一句。

她看着梁浅言："我能和你聊聊吗？"

"你确定咱俩没有什么代沟？"梁浅言疑惑地问她。

"别人都是想彰显自己年轻，你怎么巴不得别人觉得你很老似的？"小姑娘很是不解，她好奇地看着梁浅言，好像是想把梁浅言看穿一样。

"年轻那得看和谁比，反正，像你这样水灵的小姑娘，咱们算是比不了啦！"梁浅言感慨道。

"那好吧！阿姨。"那姑娘很是干脆地说道。

"浅言，出来混，总归是要还的。"刘思逸看梁浅言一脸一言难尽的表情，在她旁边说着风凉话。

刘思逸笑着指了指自己的脸，问道："你看我和她比起来，怎么样？"

"更难看！"小姑娘气鼓鼓地说道，气得刘思逸恨不得一巴掌拍死她。

梁浅言看她和方鹤的年纪比较相近，一时之间心就软了下来。

她看着刘思逸，安慰她道："她和咱们鹤鹤差不多大。这样一想，被她叫阿姨，也不算吃亏。"这样想着，她心里好像真的就轻松了。

"你就会自我麻醉。"刘思逸没好气地说道。

梁浅言拉开了车门，回过头看了一眼刘思逸："那你就在车上等我。"

"你还真的搭理这个黄毛丫头啊！我看你是母爱泛滥了。"刘思逸在她背后嚷嚷道。

"我只给你二十分钟。"梁浅言看着那女孩说道。

"听贺溪阿姨说，我爸被你勾引了？"那姑娘年纪虽小，但气势一点儿都不弱，俨然一副小大人的样子。

"你爸！？"梁浅言察觉到她话里的信息，"所以，你的意思是，林洲是你爸！"

"对呀！你心虚了吧？"她俨然沾沾自喜。

"所以呢？"梁浅言抿唇微笑地看着她。

她的脸色格外郑重起来，说："我先自我介绍一下，我叫林开颜，我爷爷取的名。安得广厦千万间，大庇天下寒士俱欢颜，所以他希望我一直都是开开心心的。"

"哦！"梁浅言轻轻应了一声，很是不以为意。

她们来到咖啡店，梁浅言叫来服务员，点了杯咖啡。

第二十八章　对手

"你这张脸，整成这个样子，应该花了不少钱吧？"林开颜看着梁浅言，无比认真地说道。

梁浅言这才反应过来她刚才一直认真地盯着自己，原来是琢磨她整容花了多少钱。

梁浅言轻轻一笑，并没有太当回事，再次问道："所以呢？"

"你这种爱慕虚荣的女人，肯定是为了钱才接近林洲的。你说吧，你想要多少钱，我都可以给你，离开林洲。"她故作老成地看着梁浅言说道。

梁浅言忽然很想笑，偶像剧当中，这种情节不应该是男主角的妈妈来做的吗？可眼前竟然是这样的小女孩和她说这样的话，而且这个小女孩的身份还是林洲的女儿。

咖啡端上来了，梁浅言习惯性地不加糖，轻抿了一口，静静看着她，才开口道："我怕我开的价，你给不起。"

"是吗？"她挑了挑眉梢，似乎有些不悦，也跟着梁浅言喝了一口咖啡，大概是太苦了，忍不住皱起眉头来。

梁浅言好心将糖包递给她。

她年纪虽小，但少年意气格外浓，赌气地看了梁浅言一眼，说道："我就喜欢苦咖。"

梁浅言无奈一笑，也就随她去了。

林开颜接着说道："你说吧！你想要多少钱。"

"你现在能拿出一百块钱来吗？"梁浅言好笑地问她。

她的小脸一下子变得通红，她掰了掰自己的手指："我可以先欠着，我可以问我贺溪阿姨要，只要你愿意离开我爸爸，贺溪阿姨什么都会答应你的。"

"贺溪阿姨？"梁浅言道。

"对呀，贺溪阿姨，我只要她做我的妈妈，而且她还是我妈妈最好的朋友。"小朋友回答得很是理所当然。

梁浅言心中也算是稍稍明白了几分，她不动声色地看着林开颜。

"我要一个亿，你能给吗？"梁浅言逗她，随口说道。

但林开颜毕竟是个十来岁的孩子，马上信以为真，脸色立即大变，怒道："你这个女人，还真是贪心。林洲的眼光什么时候这么差了？"

梁浅言露出恍然大悟的神色："哎呀，小妹妹，还多亏你提醒了我，有时间，我一定要试试的。"

小孩子都掩饰不住自己神色的，她气得紧紧地握着拳，吸了一口气，强行挤出了一抹笑意："看来，你是没有什么诚意了？"

一个小丫头片子，这样煞有介事地和她谈判，还要拿钱来收买她，这倒真是梁浅言这二十八年人生里的头一遭。

梁浅言故意说道："对呀！我爱林洲都爱得不能自己了，没有一个亿，我是不会离开他的。"

林开颜忽然得意地拿出了一支录音笔，看着梁浅言说道："我就知道你这个女人不是什么好东西，我都录音了，我一定要林洲看一看你的真面目。"

梁浅言从容不迫地看着她，想不到这个小丫头片子的心眼还挺多。她根本没当一回事，站起身来说："你找我就是说这么无聊的话？那我就走了，咖啡我请了。转告你贺溪阿姨，有什么事让她自己来找我，别把孩子带坏了。"

林开颜站起身来，叫住梁浅言："你就真的不怕我拿去给林洲听？"

"随便你。"梁浅言不以为意。

走出咖啡店，梁浅言正好看到了林洲。

"梁浅言，你去哪儿？"林洲在后面叫她。林开颜跟在梁浅言身后走了出来，看到林洲叫梁浅言，嘟起嘴，手就打在了林洲的腿上："臭爸爸，坏爸爸。"

"开颜，你怎么会在这里？"林洲问道。

林开颜想起贺溪叮嘱她的，她绝对不可以轻易就出卖了贺溪阿姨，于是她说道："我听说爸爸最近和一个人走得很近，我想来看看我未来的妈妈是什么样子的。"

"那是谁送你来的？"林洲问道，其实他心里隐隐已经有了答案。

小姑娘扬了扬眉，一脸骄傲道："我自己来的，我已经快十岁了，我过来找个人，谈个话，还是很容易的。"

她说完，拉了拉林洲的衣角，指着梁浅言道："爸爸，她是坏人，她欺负开颜，她还想利用爸爸。"

梁浅言觉得有些好笑，她看着林开颜问道："那你说说，我怎么欺负你了？还有，我怎么利用你爸了？"

林开颜就真的掏出了录音笔放了那一段录音，结果林洲听完之后竟然发出一阵爆笑。

不仅是林开颜，就是梁浅言也愣住了。

"梁浅言，你不去说相声，我觉得还真的是挺浪费。"林洲调侃道。

林开颜一看这情况，很纳闷这段录音都没能让林洲看清梁浅言是个什么样的人。

她的任务失败了，这样的话，她要怎样和贺溪阿姨交代呢？

"开颜。"林洲蹲了下来，轻轻刮了刮她的鼻子，"贺溪在哪里？"

"贺溪阿姨？"林开颜的瞳孔缩了缩，她有些不知道怎么回答，毕竟先前已经答应了贺溪。

林洲忽然明白了，女儿这是想遵守她和贺溪的约定，一个十岁的孩子愿意这样守约，他应该保留住她身上这种品格。

他不应该把孩子带入大人的世界。他该怎样去和贺溪说，那应该是他的事，绝不应该把林开颜牵涉进来。

梁浅言看了一眼林洲的神情，心中就明白了林洲的打算。她先前就知道是贺溪从中作梗，但是也没有要求林开颜带她去找贺溪。她在林开颜身上，同样看到了一种珍贵得在发光的东西。

"不好意思，我这边的事给你添麻烦了。"林洲有些歉然地说道。

"没关系。"梁浅言回答，她伸出手摸了摸林开颜的头，"你是一个乖孩子，阿姨很喜欢你。"

"可是我不喜欢你。"林开颜直直地盯着她，躲开了她的手掌。

"那有什么关系呢？我喜欢你就好了啊！"梁浅言很是不以为然。

如果林开颜再长大一些，她一定能够找到合适的形容词。这种被自己不喜欢的人送红心卡的感觉，真的是太糟糕了。

"开颜，不许这么没礼貌。"林洲说道。

"可她是坏人。"林开颜撇着嘴，好像要哭起来了。

梁浅言一直都是全心全意地照顾方鹤，这个年龄段的孩子的心理她也算是了如指掌。

她蹲下身子，问林开颜："你讨厌我没关系啊！因为你喜欢不喜欢，其实对我而言没关系，但是我想问你几个问题，你不会小气得连几个问题都不愿意回答了吧！"

第二十九章 讨厌

激将法对林开颜这种骄傲的小孩子还是很有用的，她想了想，自己讨厌梁浅言的确是没错，但梁浅言好像也不是那么讨厌，毕竟她刚才还请自己喝了咖啡。

她点了点头，但是她也是有原则的，她强调道："关于贺溪阿姨和爸爸的问题，我可以不回答哦！"

"你觉得什么样的人是坏人？"梁浅言问道。

她想了想，在她这个年龄段，好像对坏人真的没什么概念。

这个问题好像真的把她给问住了，她睁大眼睛，看着梁浅言，想说什么，但又说不出来。

"你爸爸应该告诉过你吧！和小朋友交往的时候，不要轻易给别人下结论，因为你还没有真的和小朋友成为朋友，你都没有那么了解别人。"梁浅言继续说道，她这个比喻很是具体。

林开颜好像有些被说动了。

梁浅言接着说道："你很喜欢贺溪，你就希望贺溪会是你的新妈妈，那你问过你爸爸喜欢不喜欢呢？"

"那如果，爸爸现在做了一件你很不喜欢的事，不让你和你喜欢的小朋友做朋友，你会开心吗？"梁浅言接着问道。

林开颜的脑子当中思考着梁浅言说的话，她竟然觉得还挺有道理的。

如果爸爸不让她和她喜欢的小朋友做朋友，那也的确是太不考虑她的感受了。

"那你因为你的喜好，干涉你爸爸交朋友，是不是不对？"

小孩子的世界是简单的，林开颜一直都觉得自己做的是一件正确且正义的事情，并且她一直都在坚持着。

但是现在听了梁浅言的话，她陷入了自我怀疑。她当下就愣住了，感觉脑子里乱糟糟的。她哇地一下就哭了，抱住了林洲说："爸爸，我不喜欢梁浅言阿姨，我要回家。"

林洲看了梁浅言一眼，显然是觉得孩子很淘气，自己很不好意思。

梁浅言却没有半点生气的意思，她微笑地对着林开颜挥了挥手："你不喜欢我没关系哦！我还等着下次再和你见面呢！只是开颜，你要记着哦！小朋友不可以喝那么多咖啡，牙齿里面会长小虫虫的，然后你的牙齿就会被虫虫全部吃光，你就变得很丑了。"

对于爱美的小姑娘来说，这种威慑还是很有用的。林开颜扁了扁嘴，她依旧还是想哭，哼唧了几声，可是又哭不出来，便扭过头去，嘴里依旧一直嚷嚷着："我不要梁阿姨了。"

"对了，梁浅言，你有工作的打算吗？"林洲忽然问道。

梁浅言迷茫地看着他。

"我女儿在的那个滑冰训练场，正好在招教练，你如果有意向的话，我可以介绍。"林洲说道。

"好。"梁浅言一口答应下来。

林洲没有想到她会答应得这样爽快，反而不知道说什么了。

他想了想，还是说："回头你想好了，什么时候准备好了，随时打电话给我。"

"好的。"梁浅言回道。她想了想，还是加了一句："谢谢你啊！林洲。"

林洲给贺溪打了一个电话，在林洲看来，很多事情是可以退让的，但也有一些事情是不可以退让的，贺溪已经严重影响到林开颜的成长了。

贺溪接到林洲的电话，以为事情已经办得差不多了，语气异常轻快。

"林洲，你那边都忙好了？晚上要不要一起带上开颜吃个饭？"贺溪问道。

"好。"林洲一口答应下来。

贺溪越发觉得是自己的计划成功了，林洲竟然这么轻易就答应了和她一起吃饭。

可林洲答应的目的却是要和贺溪说清楚，碰个面也是很有必要的。

"要带上开颜吗？"贺溪问道。她心里是希望带上开颜的，最起码开颜会让林洲觉得，她是非常适合当开颜的母亲的；但是另一方面，她也希望不带上开颜，这样就是她和林洲的二人世界了。

"开颜你不用接了，我已经接上了。"林洲说道。

他把开颜的书包放在了玄关处："你总和贺溪一块凑什么热闹，你想要谁来当你妈妈，不是由你决定的，还得我喜欢，你知不知道？"

林洲就是一个糙汉子，他也没有梁浅言说得那样委婉，因此和林开颜摊牌，就是这个状况。

林开颜一听，也是被吓到了，虽然先前奶奶就提醒过她，和爸爸相处的话，爸爸可能性子更像个孩子，她要好好照顾爸爸，可爸爸这个脾气发出来，却让她觉得真的很蒙。

"好了，去看会儿电视吧！晚上，我把你送到爷爷奶奶那里去。"林洲满不在乎地说道。

林开颜一下子就愣住了。林洲是个比较随意的人，但他父母都是教师，比较古板严厉，所以林开颜先前被爷爷奶奶带的时候，看电视是一件比较奢侈的事情，但是到了林洲这里，似乎却很寻常。

于是，林开颜直接理解成了爸爸根本就不关心她。

"为什么又要我回爷爷奶奶那里？爸爸你忘了吗，爷爷奶奶已经出去玩了？"林开颜提醒道。

林洲本来是想和贺溪单独说一下林开颜的事情，孩子在场，终究是会受干扰的。

可是林开颜现在真的是没有人带。

"我可以自己在家写作业。"林开颜楚楚可怜地看着林洲。

林洲一下子就心软了。林开颜一向比其他同龄人成熟，他认为自己也要负很大的责任。

"没事，那你就跟着爸爸一起去吧！爸爸想和贺溪谈点事情。"林洲故作随意地说道。

"爸爸是不是不喜欢贺溪阿姨？"林开颜很是敏感，问道。

林洲下意识道："贺溪让你问的？"

他想了想，贺溪就算再不像话，也决然不会让一个孩子来问这种问题。

他轻轻弹了弹林开颜的脑门："你今天也是太胡闹了，小孩子家家的，总是想着大人的事干什么？"

"我想让爸爸开心一点。"林开颜说道。她的眼神澄清而明亮，比天上的星星还亮，这是一个孩子最纯粹的期许。

她垂下了头去，有些黯然道："可我发现爸爸真的一直都不开心。"

她说完，声音更小了："我现在觉得，梁浅言阿姨说的话的确很有道理，我应当向爸爸道歉，因为我不应该去干涉爸爸交朋友。"

一般女儿这么懂事，家长只会觉得骄傲，可林洲却觉得异常心酸。

在林开颜这个年纪，她其实只需要做她喜欢的事情，那就够了，可她又偏偏承担了太多的东西。

第三十章　坦诚

林洲一把抱住了林开颜："爸爸也有很多做得不好的地方，爸爸今天也可以向开颜保证，爸爸一定会努力做一个好爸爸。"

"好。"林开颜用力地点了点头。

林洲在时间差不多的时候，就带着林开颜往约定的地方去了。

贺溪一看到林洲，就觉得心情大好，欢喜地迎了上来。

"林洲，你来啦！"她说着，笑嘻嘻地摸了摸林开颜的头，"小不点，你也来了。"

"贺溪阿姨，我其实觉得，梁浅言阿姨，好像也不是坏人。"她着急地说出自己的看法。她拉了拉贺溪的手指，拉她到旁边，小声说道："我谁都没有告诉哦！我有遵守和贺溪阿姨的约定。"

"真是个好孩子。"贺溪夸赞道。

饭吃了一半，林洲才忽然说道："贺溪，我觉得你现在做得有些过了，似乎已经超越了朋友的界限。"

"我又怎么了？"贺溪显得很是无辜。

"我和你之间，只是朋友，但是你却用我的女儿去试探梁浅言，并且试图通过她，来达到你的某种目的。说实话，贺溪，这种手段，会让我看不起你。"林洲直接一口气说完，然后轻轻一笑，说："哥们儿也是把你当朋友，今天才来和你讲这个事情。你要是觉得哥们儿说得不好，你想今后不来往了，那就不来往了。"

"我没这个意思。"贺溪连忙说道，她真的是没想到这个事竟然会搞砸了。

"那你就应该明白，我们的事是我们两个人之间的事。你再怎么样，你有什么想知道的，你直接来问我就好了，我真的很不喜欢你把开颜牵扯进来。"林洲说着，就放下了筷子，直接喝了一杯酒。

"林洲，我真的没想那么多，你到底要我怎么做才肯原谅我？"贺溪看着林洲，心里觉得委屈。她只是想让林洲看清梁浅言是个什么样的人，其他的，她真的没有想。

"是不是因为开颜不是你的孩子，所以你才这么不为她考虑？"林洲轻声询问。他认真地看着贺溪，说："如果你真的还希望我们继续来往的话，我真心地请求你，不要把我的女儿牵扯到成人的世界当中，我只希望她可以开开心心地成长。"

"林洲，我真的没想这么多。"贺溪能说的，就只有这么一句话了。

林洲没有回答她，他静默了几秒钟，然后说："对从前我身边的人，你做了什么，其实我都知道。"

他这句话犹如直接给贺溪扔了一颗炸弹，贺溪张了张嘴，却又不知道该怎么辩解。

"只是贺溪，我拿你当朋友，所以那些事我都当不知道，但是这并不意味着，我就把你放在了一个特殊的位置。"林洲继续说道。

他这样开诚布公，大有一下子就要和贺溪把所有的事情都说清楚的打算。

贺溪有些害怕了。

她真的很怕会失去林洲。

"贺溪，你过分了。"林洲板着脸说道。

贺溪轻轻一笑，似乎一下明白了：他先前明明都知道自己做了什么，但是都没有发声；现在仅仅因为牵涉梁浅言，他就这样放在心上，难道林洲真的喜欢上梁浅言了？

贺溪心里实在是不甘心，她怎么就会输给那样一个谈不上多优秀的人。

"对，都是我的错，是我没有考虑清楚。"贺溪低下眼眸道歉，心中却是丝毫不以为意。

第三十一章　追责

梁浅言没有拖沓，稍作休整，就直接联系了林洲。

重回滑冰场，原本是她想都不敢想的，可现在，她虽然不可能再有一番作为了，但最起码，她终于可以找回自己失去的东西。

刘思逸见梁浅言这么快就做了决定，只好问道："你确定你真的不会出什么事吗？"

梁浅言摇了摇头："我认为这是我目前最好的选择。"

"那你要是决定好了，我们就去酒吧庆祝一下你的新生怎么样？"刘思逸提议道。

"新生？"梁浅言低吟了一下这个词，觉得有些道理，现在的她，也的确是犹如新生了。

"那就这么说定了。"刘思逸兴冲冲地去化妆了。

酒吧里，几杯酒下肚后，梁浅言和刘思逸也不知道自己在说什么了。也不知道是怎么回事，梁浅言又想起了方鹤。

酒这个东西，向来都是酒不醉人人自醉，可能真的是内心压抑太久了，她抱着刘思逸哭了起来："我真的好想陪方鹤一起去了，但那又有什么用呢？"

"没事的，没事的。"刘思逸不住地拍着她的后背。

"我不想原谅方逸群，我一看到他，就想起了鹤鹤的眼神。如果没有失去鹤鹤，或许我还可以将就下去。我知道鹤鹤的死和他没有关系，但我看到他我就恨，我真的是一点儿办法也没有了。"梁浅言哭得越发歇斯底里。

恰好林洲和赵添也在这家酒吧，这家酒吧是林洲经常来的一家，而刘思逸和梁浅言则是凑巧来了这里。

林洲对赵添总是泄露自己行踪的事情很不满意，看着赵添道："我咋觉得，哥们不管对你说什么，最后都会作为情报被卖呢？"

"上次你叮嘱了不许告诉我姨妈和姨父，你才能去非洲浪了一圈，我可是真的遵守了承诺的。"赵添正色说道。

"那你怎么转头就告诉贺溪了？"林洲接着问。他将酒瓶放在桌上敲了敲，继续说道："你还是快说吧！今天哥们要是问不出来，非把你灌趴下不可。"

赵添很惆怅地说出了自己内心深处的想法，他有些心虚地看了林洲一眼："我知道这样出卖你是真的不对啦！但是我真的希望贺溪可以和你走到一起。"

"三观、处世方式不一样的人，怎么走到一起？你也不动动你的脑子，我和贺溪都认识多少年了，要成早就成了，何必等到现在呢？"林洲客观理智地说道。他警告地看了赵添一眼，说道："你最好是给我想清楚了，我可不是和你说着玩儿的，以后千万别再给我乱点鸳鸯谱了。再有下次，我看我和贺溪连朋友都做不成了。"

"别啊！"赵添一听急眼了，他恨不得一下子就抱住林洲的大腿，"你可别真的把贺溪得罪了，你把贺溪得罪了，以后我怎么办？"

"什么你怎么办？"林洲皱了皱眉。

"我女朋友……她超级喜欢贺溪。"赵添有些不好意思地说道。

林洲嫌弃地看了赵添一眼，问道："这就是贺溪给你的好处？你也忒好收买了。"

他这边刚说着，正好听到不远处的喧闹声。

"哎，林洲，那两个妞，好像有点眼熟啊？"赵添说着，推了推林洲。

林洲眯起眼打量了一下，那抱着坐在地上哭的，不是梁浅言和刘思逸还是谁？他也是服了这两位，这两位闹起来好像根本就不看时间、地点和场合。

"怎么办？"赵添询问林洲。

"肯定不能不管啊！"林洲理所当然地回答。

赵添惊诧地看着林洲："我实在是没想到，你现在俨然就是新时代的活雷锋了。你自己看看，你管了那梁浅言多少闲事了？"

赵添正说着，梁浅言和刘思逸已经被一群小流氓架着抬出去了。梁浅言已经哭得妆都花了，她真的好想方鹤。

林洲连忙准备一起跟过去。赵添一看这情况，忙扯住了林洲，问道："他们人多，我们只有两个人，说不定那俩女的和对方就是你情我愿，你真的要管吗？"

"为什么不管？"林洲轻声说。他看了一眼赵添说："你自己看看你最近做了多少糟心的事。救人一命胜造七级浮屠，你今天肯管这事儿，你卖我的事就一笔勾销。"

赵添其实很怕这些事情，但是相比起来，他还是更怕林洲时不时和他翻旧账。主要是在他的印象中，林洲一向都是比较奸诈的，很少吃亏。

"走，干！"赵添抓起酒瓶子道。

等出了酒吧，赵添就跟着林洲飞快冲了上去。林洲从小就不安分，经常打架，而且他一贯比较聪明，在算计人这方面，很少有人拼得过林洲。

但此时这种情况，确实很糟糕。

"你确定吗？"赵添还是不放心地问了一下林洲。

"我确定。梁浅言那张嘴，确实让人烦，但她已经够惨了，算了吧！就当是救人一命。"林洲不假思索地说道。话音刚落，他就直接冲向了那个扶着梁浅言的小混混，把梁浅言从小混混怀里夺了回来。

"你敢在我的地界上撒野，你是找死吧！"小混混威胁道。此时，梁浅言和刘思逸也清醒了几分。

"快跑，跑了报警。"林洲对她们说。

梁浅言看了一眼林洲，犹豫了几秒钟，最终果决道："刘思逸，跑！"

刘思逸看着操着啤酒瓶英勇救她的赵添，心中稍微有些动容，她完全忽略了梁浅言说的话。

梁浅言见刘思逸没反应，只好再次冲着她喊道："刘思逸，你再不跑就等着死在这里好了。"说完，就直接打了报警电话。

等警察来的时候，林洲、赵添和一群小流氓都已经躺在地上了。

梁浅言看得目瞪口呆，自学生时代后，她就很少见到这样轰动的场面了。当然，确实也是惊险异常。

"大叔，看不出来啊！筋骨这么好！"梁浅言忍不住对着林洲竖了竖大拇指。林洲拧着眉，一个字都没说。

梁浅言一贯都觉得林洲话很多，他忽然这样，倒是让梁浅言有些摸不着头脑。

赵添现在简直就是熊猫眼了，刘思逸异常积极地围在赵添身边嘘寒问暖。

"你那朋友还真的挺狠的，看不出来，他一个人能打这么多人，其中有个小流氓，肋骨还断了两根。"进了派出所后，警察唏嘘道。

"那他本人怎么样呢？"梁浅言关切地问道。

"他本人？"警察又是一阵唏嘘，"从没见过这样的狠人，他身上看起来挂彩很多，但实际上没有一处是要害。至于那些流氓，我看着都心疼。"

梁浅言看了一眼还在审讯室里的林洲，靠在墙上感觉心中又是不安，又是惆怅，又是忐忑。

"梁小姐，这位是您的朋友吧？"警察看着梁浅言说道。

"是。"梁浅言回答。

"我们要求他家中来一个人对他保释，但是他拒绝了。"警察说道，然后看了梁浅言一眼，示意梁浅言进去，"你去好好劝劝吧！"

"我不可以来保释他吗？"梁浅言问道。

警察摇了摇头："梁小姐，您是这个案子的当事人，所以您没有保释资格。"

梁浅言有些失望。她最终进了审讯室，看了一眼林洲，劝说道："这个事情总归是要解决的，其实都怪我不好，我那时候满脑子都是鹤鹤，其他的东西……"

"你不用和我说这些。"林洲冷冷地打断她的话。

"林洲……"梁浅言也不知道能说些什么了。

"梁浅言，你能不能不要总是做这种幼稚的事情了？"林洲看着梁浅言，很有些恨铁不成钢，"我实在是想不通，你做这些有什么意义？梁浅言，逝者如斯，活着的人，总归是要活着的。"

"那你呢？"梁浅言问道，她轻轻一笑，唇边泛出了一丝嘲讽，"过去你放下了吗？既然你没放下，你又凭什么要我放下？"

"但是我从来都没有让自己陷入危险的境地！"林洲大声驳斥着，"你不要觉得我趾高气扬。你这一次，还有上一次，都是我救的你。我就是有资格这样说。"

"林洲，你知道你为什么看到那个样子的我会特别生气吗？"梁浅言浅笑着问道，似乎一点儿都不被林洲的坏脾气干扰。

第三十二章　做戏

林洲觉得这个问题实在是太无聊了，干脆就没有搭理她。

梁浅言却自顾自地说道："因为我们都是同一种人。"

"我身上所有负能量的东西，都是曾经你也有过的。"梁浅言轻启朱唇。她说出的这句话，却犹如魔咒一样，不住地在林洲耳边环绕。

"林洲，通知你父母来保释你吧！"梁浅言说道。

林洲别过了脸去："不找。"

现在，老爷子和老太太应该已经在国外了。林洲很难想象，二老要是知道自己这里出了事，会是怎样一个状况。

"你真的不肯叫家人来保释吗？"梁浅言狐疑地问道。

"我不喜欢话说多遍。"林洲没有耐心地说道。他目光深邃地看了梁浅言一眼，说："你如果一直这样沉沦的话，我应该不会管你了。梁浅言，你最好是不要让我看不起你。这次有什么后果我来担，但是我真的希望你，可以真正地更好地去生活。"

林洲的话让梁浅言一下子说不出话来。她明白林洲的意思，如果那会儿没有遇到林洲和赵添，后果似乎真的难以想象。

梁浅言想了想，她现在唯一可以联系的，竟然只有方逸群了。

她犹豫了一下，还是打通了方逸群的电话："我是梁浅言。"

方逸群根本就没想到梁浅言会主动打电话给自己，一时之间心花怒放。

梁浅言却直接明了地说道："我现在需要你来保释，但是也希望你可以善待我的那个朋友。"

"这可不是一件简单的事情啊！"方逸群沉吟道。

梁浅言一时之间也琢磨不出方逸群这话是什么意思，但是现在，她的确是只有这一条路走。

"我马上过来。"就在梁浅言打算放弃的时候，方逸群忽然开口说道。

方逸群来了之后，弄清楚了整件事，最终却看着梁浅言训斥道："你也应该少和这种不三不四的人来往。"方逸群说着，轻蔑的眼神定格在了梁浅言身上。

"不三不四？"梁浅言看着方逸群，实在不知道该怎么去理解。

梁浅言强调道："他们都是我的朋友，也请你放尊重一些。"

"梁浅言，没想到你的眼光这么差了。"方逸群看着梁浅言的目光里有些可怜。

"那和方总有关系吗？"梁浅言轻声问道，扬起脸看着方逸群。

"可是梁浅言，是你来找我救急的。"方逸群冷声说道，最后又补充道，"梁浅言，你现在的做法，是不是有点过河拆桥了？"

"你说话是不是有点太过分了？"梁浅言同样质问道。

"我不过就是陈述事实，还说什么给你快乐。能有什么快乐？在牢里给吗？"方逸群的神色越发地透着奚落。

"他就算是去捡破烂，我也愿意和他在一起，和你有关系吗？"梁浅言怒道。

方逸群听了之后，觉得有些好笑："梁浅言，你什么时候变得这么幼稚了，但是也请你搞清楚，现在是你请我来捞的你们。"

"好了。"林洲扫了一眼方逸群，有些不耐烦地掏了掏耳朵，站在方逸群面前，"你现在说够了吗？"

"一个大男人，婆婆妈妈的。"林洲继续说道。

方逸群看着林洲，如果不是考虑到素质问题，他真的很想揍林洲。

"今天你捞了哥们儿，这个恩情，哥们儿不会忘的，江湖再会吧！"林洲说着，拍了拍方逸群的肩，接着说道，"你也别一个劲儿地揶揄梁浅言，你进来到现在，有一句话是关心她的吗？"

林洲说完，将外套甩在了肩上："警察先生，医药费那些，我一人承担，处理好了，打给我就行了。"

他说完，看了正在发愣的赵添一眼："怎么？你还舍不得走？打算在这过夜吗？"

赵添这才反应过来，他看着林洲，真的是掐死他的心都有，没见过拖别人下水还这么嚣张的。

"你就这样不管梁浅言了啊？"赵添疑惑地看着林洲。

"她前夫不是在那里吗？要咱们操什么心？"林洲满不在乎道。

"那你先前为什么还要帮她？"赵添很是不解。

"那不是因为她和刘思逸那两个女人孤立无援，我见义勇为吗？"

林洲回了过去。

"难道真的不是你对梁浅言特别关注吗？"赵添说出了自己的疑问。

林洲翻了一个白眼："你以为是在玩腾讯 QQ 呢？"

"什么意思？"赵添一时之间没有反应过来。

林洲回过头看了他一眼，没好气道："特别关注啊！"

经林洲一提醒，方逸群才发现自己的问题。好像是真的，从他来到这里，就没有关心过梁浅言。

"浅言……"他准备道歉。

梁浅言一把推开他："有什么事以后再说吧！今天谢谢你了。"

她说完，就直接去追林洲："林洲，等一等。"

刘思逸看着梁浅言，苦着脸嚷嚷道："你等等我啊！"

林洲回过头看了看梁浅言，眯起眼打量她道："这个点不是应该你前夫送你回家吗？最好是再来一个……"

"来你个头啊！"梁浅言直接打断了林洲。她轻轻一笑，看了看自己青肿的腿，说："不是常说送佛送到西，你不送我回去吗？"她说完，眨了眨眼："方逸群在后面看着呢！求求你了。"她瘪起嘴，好像真的是要哭了一样。

林洲看着她，真是蒙住了。

"做戏做全套啊！"梁浅言又补充道。

他舔了舔有些干涩的唇，看了一眼四周，最终无奈地说道："梁浅言，你没有去做演员，还真的是可惜了。"

林洲看了看自己的摩托车，原本带上赵添就是很勉强的事了，现在怎么看都塞不下这么三个人。

林洲看了一眼赵添，拍了拍他的肩道："梁浅言虽然说话一向都不靠谱，但是刚刚有一句话还是挺有道理的，送佛送到西，那刘思逸就拜托你了。"

赵添真的是恨不得抽自己一巴掌，他刚刚怎么就没想着溜走呢？他看着林洲，很是无奈地说道："娇娇明天知道了一定会生气的。"

"你不跟娇娇说不就什么事都没有了吗？"林洲轻描淡写地回答道。

"林洲，你稍微有点人性好不好！"赵添再一次呐喊。

"这是要你送个大美女回家，不是赶着送人头，你应该珍惜这次机会。"林洲煞有介事地说道。

"为什么？"赵添呆呆地问。

"因为下一次，你不一定会有这样的机会。"林洲很是理所当然地回答。

刘思逸真的是听蒙了，她什么时候这么不招人喜欢了。她瞪了赵添一眼，没好气道："谁要他送了！这个呆子！姐姐还怕和他待一起被传染呢！"

林洲听了，狠狠掐了赵添一把。赵添感受到林洲的眼神之后，终于深切地意识到，自己似乎没有反抗的余地了。

"那就送吧！"赵添有些不情不愿地说道。

第三十三章　机会

刘思逸向来心高气傲，想来知道了赵添是什么性格，心中也想故意逗一逗他，于是将自己的包包递给了赵添。

赵添愣了一下，没反应过来是什么意思。

刘思逸吃惊地看着赵添："你是真的有女朋友还是假的啊？"

赵添推了推眼镜，看着刘思逸道："当然是真的有，而且还比你温柔比你贤惠，比你……"

"比我什么？"刘思逸好笑地看着他。

"比你好看。"赵添这句话说得很没底气，声音也小了下来。

刘思逸瞬间哈哈大笑。赵添埋怨地看了林洲一眼，他早就说了不该管这个闲事的，林洲非要管。他本来就不擅长和女生相处，碰到了刘思逸，更加是一点儿招架之力都没有。刘思逸狡黠地一笑，颇有些看破不说破的意味。

林洲看着这架势，想来也不会有什么问题了，拍了拍自己的后座，笑着对梁浅言说："上来吧！"

林洲发动车子的同时方逸群正好开车经过梁浅言和林洲身边，他按下了车窗，意味深长地看了梁浅言和林洲一眼。此时他心里更加恼火，他实在是想不清楚，梁浅言怎么会看上一个这样的人。这一切让他觉得异常屈辱。

"还是谢谢你了，林洲。"梁浅言说道。

"我有什么可谢的。"林洲依旧很是不屑，他看了一眼后视镜中的梁浅言，"先把你的眼泪擦掉吧！总是这样哭，妆都哭花了。"

"林洲，你有没有觉得我很惨？"梁浅言强忍着泪意问林洲。坐在摩托车上的她看着快速掠过的这座城市的灯光，心中觉得异常冰冷。

"你惨什么？"林洲清幽地问道，他在后视镜里看了一眼梁浅言，"你不是去过南非了吗？你也看到了那里吃不上饭的孩子了，你觉得和那些人比起来呢？"

林洲的话总是像辣椒一样，听得进去会觉得很有味道，听不进去的话，大概就只会认为是刻薄吧！要是以前，梁浅言一定会据理力争，可现在，又觉得好像没有什么好争的。

她竟然在慢慢习惯林洲的说话方式。可以接受之后，她竟然对林洲的这种说法还有些想笑。

她"噗嗤"一声真的笑了。

"你笑什么？"林洲不解地问她。

"我笑你说的话，还真的挺有道理的。我既然活着，那就应该更好地去生活，带上鹤鹤的那份。"梁浅言抬起头，看着天空中的弯月，很是用力地说道。可她的眼泪还是掉了下来。

原来别人常说的，想哭的时候抬起头，眼泪就不会掉下来，全是假的。

"你女儿生病的那个时候，你为什么没想再生一个，做一下骨髓配型呢？"林洲终于提出了他的疑问。

在林洲的观念当中，这个事情好像是理所应当的，甚至他当初也想用这样的方式来救前妻，但最终没有任何用处，死神压根就没有给他这个时间，何况前妻一直都是不同意的。

"起先，尝试过很多次，方逸群太忙了，我也要在医院照顾鹤鹤，也没有那么多的时间……"说到这里，梁浅言有些不好意思了，"你懂的，总之，后来的话，我和方逸群基本上已经无话可说了，鹤鹤的病情又进一步加重，即便我真的能怀上，鹤鹤也等不了那么久。"

林洲的目光深邃起来，他其实都明白，病魔，从来都不会给人时间。

"我也在想，即便真的怀上了，鹤鹤就一定会有救吗？我和方逸群作为她的父母，不也还是一样救不了她？何况，让那个孩子去承载鹤鹤的人生，实在是太不公平了。"梁浅言说完这句话，眼泪终于再也克制不住了。她原本以为，这些思量，这些委屈，这些内心的纠葛，永远都不会说出口，但是这一刻，却全部都倾泻出来了。

她原本以为林洲会说话的，但林洲却也选择了沉默。

梁浅言一到家，方逸群的电话就过来了。

"我在你家楼下。"

"你有病吗？方逸群？"梁浅言边说边拉开了窗帘。方逸群的车果然在那里，她对他的车太熟悉了。有多少次自己和鹤鹤绝望地等着这个车灯亮起，可现在，他就等在自己的楼下，她却没有先前的那些感受了。

"你不下来的话，我就上去了。"方逸群斩钉截铁地说道。

"我觉得我和你没什么好说的了！"梁浅言冷声说道。

"我不认为我们七年夫妻，就真的无话可说了。梁浅言，你不要忘了，在你最孤立无援的时候，你想到的还是我，最终也是我来帮了你。"方逸群提醒她道。

梁浅言的脸色一变，她冷冷一笑，他还真是个锱铢必较的人啊！如果她还有第二个选择的话，她就一定不会找方逸群了。可事实上，她的确是欠了方逸群一个人情。

"我下来。"她当机立断地说道。

看到她下了楼，方逸群也走下车来。他看着梁浅言，态度就立刻软了下来，欢喜道："你还是愿意见我的。"其实先前那样强势的话，他只是为自己壮胆而已，万一梁浅言真的不愿意见他，他又有什么办法呢？

"我不是愿意见你，只是你说得对，我刚才的确是欠了你一个人情。"梁浅言冷着脸说道。

他精致的脸微微一笑，忽然握住梁浅言的手道："回到我身边吧！先前的事，就让它们都过去好吗？我知道我有很多不好的地方，可是浅言，你自己好好想一想，那些，先前你也没有和我说过啊！我是真的想要弥补你。"

"这些还要人说？"梁浅言觉得异常好笑。她冷冷地将手从方逸群的手中抽出，说："现在离婚协议书都签了，我觉得我们真的不用再去谈从前了。方逸群，你还是现实一点吧！"

第三十四章　纠缠

"我只是不想你过得那么累。"方逸群强调道。

"我一点儿都不累，我觉得我要把身上所有的盔甲都卸下来了；相反，和你结婚的那几年，才是我最难过的几年。"梁浅言一字一句地说道。她轻轻叹了一口气，说："你不要再执着了，不然我们连朋友都没得做。"

"浅言……"他唤着她的名字，眼眶湿漉漉地看着她。

她从前最喜欢方逸群的眼睛，在谈恋爱的时候，只要他这样湿漉漉地看着自己，她什么都会妥协。可现在，却除了累，还是累。

"你没有请他上去吗？"方逸群忽然说道。

"你什么意思？"梁浅言警觉地看着他。

"你和他是不是还什么都没有发生？"方逸群有些惊喜地看着梁浅言。

"那和你有关系吗？"梁浅言侧过了身，没有看方逸群。

"你是不是，还真的没有全然放下我？"他看着梁浅言，喉结动了动，心中有些激动。如若不然，都是成年人了，这种情况下，怎么可能一点儿事情都没有发生？

梁浅言忽然就明白了他的心思，瞪了他一眼，就准备上楼去了。

"浅言。"方逸群再一次拉住了她，直接将她按在了墙角，脸就凑了上去。梁浅言想挣扎，手却被他死死地捏住了。

"浅言，我不管你和他怎么样，但我一定不会放弃你的。"他说道。

梁浅言弓起腿来，踹了他的脚一下。疼痛的瞬间，他终于松开了梁浅言。

梁浅言看着他："方逸群，我们已经不是夫妻关系了，你还抱着什么幻想，那是你的事情。如果再有下次，我一定告你骚扰。"

"浅言。"他还想再说什么。但这一次，梁浅言再也没有给他任何机会，径自踏入了黑暗的楼道。

黑暗好像将她的整个人都吞没了，她一直都在黑夜之中沉溺，她也不知道她的黎明在哪里。

翌日一早，就是梁浅言上课的时候了。她主要是负责带孩子们训练，倒也谈不上太忙。滑冰场和一些国际学校有协议，有的时候需要带一群孩子。晚上八点以后，就有一个冰球大赛，以此来吸引别人。

林开颜一看到梁浅言，就瘪起了嘴。

"你怎么会在这里？"她翻了一个白眼。

"当然是太想你啊！"梁浅言说着，就牵起了林开颜的手，"我来教你。"

"谁要你教啊！"林开颜直接甩开了梁浅言的手，转过了身去，就滑走了。

梁浅言看着她笑了笑，一点儿也没有生气，直接踏步追上了她：

"滑得不错啊！"

"那当然！"林开颜骄傲地说道。

"十圈。"梁浅言说道。

"什么意思？"林开颜错愕地看着她。

"我是说，我和你比赛。"梁浅言说。她神秘一笑，弯下身子道，"谁先滑完十圈，谁就赢。怎么样，你有没有兴趣？"

"我要是赢了呢？"林开颜问她。

"你要是赢了，我就答应你任何条件。"梁浅言看着她的眼睛回答。

"万一我让你走呢？你也答应？"林开颜问她。到底是个十来岁的孩子，心里还是善良的，一时之间也觉得这样太过分了，她改口道，"我要是赢了，你就不许再缠着我。"

"好啊！"梁浅言一口答应下来，直接略过她先前的恶语，回答道，"你要是赢了，我就离开这个地方。"

"但我要是赢了呢？"梁浅言意味深长地问。

"那我也从这里退学好了。"林开颜有些赌气。

"那倒不用。"梁浅言轻轻笑了笑，"你就让我教你，好不好？"

林开颜停了下来，轻蔑地看着她："就你？"

"你不信可以试试啊！我让你两分钟。"梁浅言漫不经心地说道。

"我那没出息的爸，怎么会和你这样说大话的人一起玩啊！"林开颜用手托着下巴，显然很是不解。

梁浅言轻轻笑了笑，缓缓说道："你也说了，是你那没出息的爸。没出息和说大话，不是很合适吗？所以，你比不比？"

林开颜一下子就被梁浅言前面的话激怒了，她骄傲地别过了头去，轻描淡写地说道："比就比，那就这样吧！"

她说完，又回过头看着梁浅言大喊了一声："输的人可不许哭鼻子哦！"

梁浅言轻轻一笑，到底还是个孩子。她先前被老师认定为最有天赋的滑冰运动员，但已经阔别滑冰场很久了，她也不确定自己能发挥得怎么样，但是总不至于输给一个小孩子吧！

她这样想着，时间就差不多了。

一回到滑冰场上，就好像是到了属于她的天地，她的旋转和姿势很快就引来了许多人观看。

梁浅言听到了一阵又一阵的欢呼声，她仿佛看到了很多年前的自己。那个时候，她拥有大好的前程，即便运动员的职业生涯有限，可那又如何呢？她就是耀眼的冰雪皇后，只要她在的地方，就会发散出光芒。

很快，她就赶上了林开颜。再接着，她已经滑在了林开颜的前面。林开颜奋力地追赶着，结果一个重心不稳，摔了下去。

梁浅言的眼前浮现出鹤鹤刚检查出病的时候，她也是这样带着鹤鹤在滑冰场，鹤鹤就这样摔出去了。

她发了疯一样滑了回去，一把就抱住了林开颜："鹤鹤，鹤鹤，都是妈妈不好。鹤鹤，你没事吧！鹤鹤，妈妈再也不会离开你了。""梁阿姨。"在她怀里的林开颜叫了她一声。梁浅言的脸上已经全是泪水，她眨了眨眼，面前是林开颜。她怎么就那么傻呢！她的鹤鹤，早就不在这个世界了。她站起身来，扶起了林开颜。

林开颜纵然年纪小，但是也知道这个时候很微妙，如果她再大一点儿，或许就不会问了。可现在，她满心好奇，忍不住问道："鹤鹤是谁？"

梁浅言沉默了片刻，才说道："鹤鹤是我女儿。"

林开颜认真地想了想："如果我妈妈还活着的话，我摔倒了，她是不是也会和你一样？"

这是她想过很久的问题，她没有妈妈，从前来滑冰场，是爷爷奶奶陪同，现在是她那不靠谱的爸爸陪同。她好像从来都不知道，妈妈的怀抱应该是什么样子的。

她很快就打消了这个念头，趁梁浅言发愣的时候，飞快地冲了出去。"记住你的承诺。"她嚷嚷着。

梁浅言轻轻一笑，冰雪皇后不会输。

第三十五章　建交

她几个连跳稳稳地落地，就超过了已经接近终点的林开颜，接着又是稳稳落地之后的一个旋转，就像冰雪上的舞者一样优雅动人。

林开颜愣住了，她先前遇到过很多老师，但是真的没有人有梁浅言这样的功底。

"你这么大的人了，都不知道让我一下吗？"林开颜嘟着嘴说道。

"滑冰场上，没有谦让。"梁浅言一字一句地回答，眼中发着光。

林开颜并不懂那究竟是什么意思，但是梁浅言的样子真的让她动容。

"你想学吗？"梁浅言问她。

她点了点头。

"那你愿意让我教你吗？"梁浅言再次问道。

林开颜陷入了犹豫之中。

梁浅言看着她轻轻笑了笑，缓缓说道："你不要忘了你的承诺，小孩子说话不算数，可是要长长鼻子的哦！"

林开颜愣了一下，直接就冲出了场外，哽咽着哭道："爸爸！我要爸爸！"

她在同龄人中，从来没输过，也没有老师会和她这样的一个孩子较真，可明明她已经用尽了全力，也占尽了先机，但没想到竟然还是输给了梁浅言。

林洲看着她的小脸，捏了捏她的鼻子，又给她擦了擦眼泪，心中觉得好笑，但又格外的柔软，轻柔地说道："没事的，开颜输了一点儿都不丢人。"

"爸爸！"她抱住了林洲，继续伤心地哭着。

梁浅言搞不清楚状况了，她走到林洲身边，最终小心翼翼地说道："对不起。"

"没什么对不起的。"林洲轻声说道,他再次擦掉林开颜的眼泪,"开颜只是太小了,还不知道失败的滋味是什么。你做得很对。她该明白了,不只是在滑冰场上,在很多方面,都不会有谦让。"

梁浅言看着林洲,她很少见林洲这样认真,可的确,林洲的观点和她是不谋而合的。

她蹲下身子,擦了擦林开颜的眼泪:"你是不是怪我?"

林开颜摇了摇头。

"那你觉得我还是很讨厌?"梁浅言接着问道。

林开颜真的是讨厌死了这样直来直去的问法,她也说不清楚自己为什么要回答,最终,她犹豫了一下,还是摇了摇头。

"那既然这样,我再问你啊!你尽力了没有?"梁浅言接着问道。

林开颜再次点了点头。

"那你就不算输了啊!"梁浅言轻声道,笑了笑,"我岁数比你大那么多,你到了我这个年纪的时候,我肯定不如你。"

"那我什么时候才可以像你那么厉害?"林开颜停止了哭泣。

"也不难啊!你现在就开始努力啊!摔倒了其实没什么的。你看,你刚刚摔了,不也爬起来继续滑了吗?同样,输了也没什么丢人的,因为你还小,你还有很多很多个明天。"梁浅言慢慢说道。她也不在乎林开颜能不能听懂,摸了摸她的头,继续说道:"所以,开颜不怕,我会一直带着你一起走的,真正能打败开颜的,只能是开颜自己。"

她说完,就向林开颜伸出了手:"我就在这里,等着你来赢我。"

"今天我赢不了你了,我已经输了啊!"林开颜带着哭腔说道。

"那一点儿关系都没有啊!你还有明天啊!明天不行,你还有后天。"梁浅言道。

林开颜终于自己抹去了眼泪,将手放在了梁浅言的手上:"我可以让你教我了。"

"好,来吧!"梁浅言扶住了她,抬眼看着林洲莞尔一笑。

"鹤鹤在哪里啊?"林开颜在被梁浅言扶着旋转的时候,终于忍不住问道。

她的眼睛澄清而透亮。如果是一个大人这样问，梁浅言可能会觉得刺痛了自己，可面对这样天真的目光，她竟然觉得毫无招架之力。

她的脸上浮现出了一丝笑容，缓缓说道："鹤鹤去了一个没有忧伤，没有疾病，也不会有等待的世界。"

"我奶奶和我说，我妈妈也去了那样的一个地方。"林开颜看着梁浅言，异常郑重地说，"我下次在梦中如果见到了妈妈，我一定会叮嘱妈妈的，让她好好照顾梁阿姨的鹤鹤。"

梁浅言心中瞬间好像被融化了，她一把抱住了林开颜："会的，一定会的，鹤鹤和开颜的妈妈，一定会互相照顾的。"

林开颜下意识地想推开梁浅言，可是，她想到梁浅言现在一定会伤心，尽管她也不知道梁浅言为什么会伤心，但她很大方，既然梁浅言喜欢抱，那就让她抱一会儿吧！

"梁阿姨，我奶奶说，大人是不可以哭鼻子的。"林开颜想了想，还是把她奶奶教给她的话拿出来说了。

梁浅言擦了擦眼泪，认真道："好，我不哭。"

这节课上完后，梁浅言送林开颜出去。

林洲看了看林开颜的神色，想来浅言应该还是能够适应这份工作。

"还是谢谢你了，林洲。"梁浅言正色说道。

"这有什么好谢的。"林洲摆了摆手。

梁浅言看着他，却没有再说下去了。

林淼恰好在这个时候冲了出来，一把就揪住了梁浅言的头发："你和方逸群都离婚了，你还纠缠他干什么？"

林洲连忙过去拉。梁浅言站稳之后，毫不犹豫一巴掌打在了林淼脸上。

"梁浅言，你这个贱女人。"林淼骂道。

她这样一招呼，周围的人都围了过来。林淼吆喝着说道："大家快来看看这个女人是怎样的龌龊吧！和前夫离婚了，现在都有了新男人了，还死抓着前夫不放。我从来没见过这样的女人！"

众人开始议论纷纷了。

林淼捂着脸，开始哭了起来："刚才她打我，大家可是都看到了。这种人，谁还放心把孩子给她教啊！万一以后她脾气上来了，打的就不是我了，说不定就是孩子了。"林淼这番话极具煽动性，围着的人里面不乏孩子的家长。

于是就有人说道："是啊！怎么能把孩子给这样的人教呢？刚刚还觉得她能力不错，现在看来，也不顶用，万一真把孩子给伤着了怎么办？"

林淼得意地看了梁浅言一眼，问道："梁浅言，你们领导呢？我倒是想看看，什么样的用人单位，敢用你这样的人？"

"那我也想知道，什么样的第三者能像你这样无耻？"梁浅言冷声说道，她好笑地看着林淼，"不对，你连第三者都算不上，毕竟我前夫从来都没有看上过你。"

"你……"林淼气急，但是她也说不出话来。

"你也说了，都是我前夫了，那我和别人怎么样，又和你这个连第三者都没有资格当的人有什么关系？"梁浅言再次说道。

第三十六章　找碴

林淼哭了起来，"你仗着他不在就这样欺负我，你婚内出轨还这样理直气壮？"林淼哭诉道。

众人都见惯了原配抓第三者的事，可这样戏剧性的操作，好像又是不按常理出牌。

梁浅言轻轻一笑，她实在是想不出方逸群为什么会用这样白痴的秘书，怼林淼她都觉得自降了身价。她冷静地说道："婚内出轨，那也是我和前夫的事。既然你眼巴巴地赶过来了，那请问你，你有什么资格来质问我？你是他的新欢，还是旧爱？"

"要不要我现在就打电话跟他求证一下？"梁浅言接着说道。

林洲也冷笑着说："这种得不到男人就巴不得拖所有人下水的女人，也只能这样闹腾了。你再闹方逸群也不会多看你一眼。"

梁浅言直接拨通了方逸群的电话。方逸群看到梁浅言的来电，心里还觉得惊讶，立马接了。

梁浅言一开口就说："林淼来了。"

"林淼？"方逸群皱了皱眉。

"嗯，说我婚内出轨，说我和林洲纠缠不清。"梁浅言干净利落地说道，"她闹到了我公司，你最好还是说清楚吧！"梁浅言说着，直接开了免提。

所有人都听到电话那端的方逸群说道："你从来都没有做任何对不起我的事情。我来处理吧！"

"不用了。"梁浅言说着，就挂掉了电话。

她轻蔑地看着林淼，毫不掩饰地奚落道："你现在也听到了，造谣一张嘴，先前你怎么样我也不和你计较了，什么时候你让方逸群站在你这边了，再来我这里撒野。"梁浅言说完，冷冷扫了众人一眼，就走进更衣室换衣服去了。

林开颜见状，就拉了拉林洲的衣服："爸爸，我才不会信那个坏阿姨的话呢！梁阿姨刚才教我很用心，我很喜欢梁阿姨教我。"林开颜这样就是想向所有人证明，梁浅言没有什么问题，不然的话，她勾引自己的父亲，林开颜怎么还会愿意帮她说话呢！要知道现在的小孩都是人小鬼大的。

梁浅言换好衣服之后，发现林洲还没有走，就知道林洲是有话要对她说。

"梁浅言你真的是把对我的伶牙俐齿用在有用的地方上了啊！"林洲调侃她道。

梁浅言愣了一下，犹豫了一会儿，还是问林洲："这是你介绍的工作，我第一天上班就发生了这样的事，你确定不会给你带来什么麻烦吗？"

"没关系的。"林洲摆了摆手道，"只要不是家长联合投诉你，应该就没什么大问题。何况你刚刚也证明自己没有什么问题了，那些人还为难你干什么啊？"

梁浅言想了想，沉吟道："可万一林淼下次还这样闹到公司来呢？"

"那你就一下子把她整得没脾气啊！"林洲很是理所当然地说道。

"你是不是有什么话想说？"梁浅言忽然想起来，于是就问他道。

林洲轻轻摇了摇头，说道："我能有什么话说，就是夸奖一下你。"

"夸奖？"梁浅言掏了掏耳朵，看了一眼林洲吊儿郎当的样子，"你要夸奖我？那好，你现在可以开始了。"

"不是已经夸奖过了吗？"林洲说道。

"哪里呢？"梁浅言努力回想着。

林开颜早就习惯了他那不靠谱的话，于是就好心地提醒道："你刚出来，爸爸就夸奖过你了。"

梁浅言蒙了，她看了看这父女俩的神色，再次确认道："你们确认那个真的是夸奖吗？"

"难道不是吗？"林开颜代替她爸回答。

梁浅言摸了摸鼻子，点了点头，既然他俩说是，那应该就是了吧！

"我现在有一件正事要办，你去不去？"梁浅言看着林洲问道。她想了想，摸了摸林开颜的头，说："还是算了，这样的场面太壮观，我怕带坏小孩子。"

她这样的眼色，林洲已大概猜到了她心中打的是什么主意了。林洲看了看梁浅言，又实在按捺不住心中想看戏的念头。

最终，他摸了摸林开颜的头："爸爸先把你送回家好不好？"

"不好。"林开颜直接道。

这就是林洲先前拒绝带着林开颜的原因了，他真的没有一点儿自由空间了。

"你现在是暑假，但是学业也不可以荒废，你应该明白爸爸的意思。"林洲试图唤起她的责任感。

林开颜再次拒绝道："我已经知道梁阿姨是要去干什么了。"

梁浅言蹲下身子，认真和她解释："梁阿姨要去干坏事。开颜还小，不适合看到这些。"

接着，她果断看着林洲道："很遗憾，你要错过这场好戏了。"

"不是去干坏事，是去打坏人。"林开颜一本正经说道。她想用个成语，回想起她看的有限的电视剧，最终还是说道："是惩恶扬善！"

"哟，还知道用成语了。"梁浅言掐了掐她的小脸，无奈地看着林洲，这孩子还真的是太早熟了。

"要不就让开颜也看看吧，也好学学生活技能。"林洲煞有介事地说道。

他对林开颜的教育一向开明，要是开颜的爷爷奶奶在这里的话，一定会说他这是胡闹。

林开颜开心道："真的吗？"

"林洲，你这样是带坏孩子。"梁浅言正色道。

"带坏孩子？"林洲笑了，没办法，他对他女儿就是这样自信，他轻描淡写地问道："你确定有谁可以带坏林开颜？那我敬她是条汉子。"

林开颜也赶紧附和道："爸爸说得对，爸爸要去，我也要去。"

"那好！梁阿姨新教你一个词，叫作打脸。"梁浅言说道。

接着，他们就直接杀到了方逸群的公司。

为什么会杀到方逸群公司呢？也是在于梁浅言足够了解方逸群，在那种情况下，方逸群可能在她挂掉电话的第一时间就已经把林森给召回去了。林森来闹事就是为了把自己的第一份工作搅黄，可惜林森好像没那个本事。

梁浅言冲到方逸群公司，找到林森后就直接一巴掌甩在了她的脸上。没等林森开口，她再次一巴掌打在了林森脸上。

林森直接被打蒙了，正准备还手的时候，方逸群就出现了。林森楚楚可怜地看着方逸群说："到底是谁欺负谁，你现在看到了？"

第三十七章 反击

"我看到的是你要打梁浅言。"方逸群冷着脸道。

林淼招呼着周围的同事:"你们说句公道话,到底是谁先动的手。"

"我动的手。"梁浅言理直气壮地说道,她轻轻一笑,"我打的就是你这个在公司干扰自己上司的私事,连当上司的第三者都没资格的人。"

公司里早就有人在传言林淼倒贴方逸群的事了,这可不比在梁浅言那里,所有人都是一无所知的,何况梁浅言俨然就是"正宫"的身份,离婚了来报复一下破坏者,也没什么说不过去的。

"你看我不顺眼就好了,何苦要到公司里来欺负我呢?我和方总分明就是清清白白。"她说着,哀怨地看了下方逸群。她心底里认准了,在这么多人面前,方逸群肯定不会不给她面子,毕竟方逸群如果真的认下了,好像对他也没什么好处。

梁浅言看了一眼方逸群,冷声道:"下次还请方总管好手底下的狗,不是每个被狗咬的人都是我这样好说话的。"

方逸群公司里的女下属比较多,看着梁浅言这样雷厉风行地来算账,只差叫梁浅言偶像了。先前她们还在猜测是不是因为林淼的关系方逸群才离婚,现在看来,林淼根本就不是方总前妻的对手啊!尤其是方总竟然还那么宠溺地看着他的前妻,女同事们都已经很敏锐地看清了这场闹剧的真相。

方逸群说道:"这里说话不方便,我请你们吃饭吧!"

梁浅言刚想拒绝,方逸群的语气软了下来:"浅言,这么多人,好歹给我点面子,难道我刚才的处理结果你不满意?"

方逸群分明就是拿自己刚才的事来要人情了,梁浅言觉得有些好笑,这难道不是他分内的事吗?

林洲却很想知道方逸群葫芦里卖的什么药,索性就问林开颜:"这个叔叔要破费，你有没有什么想吃的？"

林开颜是个小机灵鬼，既然她爸已经说了是要"破费"，那她还客气什么。

林开颜就说道："我要去最高楼的那个旋转餐厅，谢谢这位叔叔了。"

"那就听开颜的吧！"梁浅言说话了。她还想折辱一下林淼，就随口问道："你们方总想向我赔罪，林小姐要不要一起？"

林淼讨厌任何梁浅言和方逸群相处的机会，于是顺势就说道："我为什么不去？"

"哦！我忘了，这次不是我做东，好像我邀请你并不合适，你还是问问你们方总吧！"梁浅言故意说道。

方逸群的脸色都变了，他何尝不知道梁浅言这是心中有气。他沉下脸来，提醒林淼道："适可而止吧！"

"哟！这是方总心疼了？"梁浅言问，她扫了一眼公司里的同事，"你们都不工作的吗？看领导的戏？"

这顶帽子，公司里谁都不敢戴，何况方逸群就在这里，上司这么难堪的时候，谁在旁边看戏都很害怕真的被上司记在心里。人群一下子就散了。

林淼心中又急又气，最终看着梁浅言道："你非要这样和我过不去？"林淼的话语中竟然还带有一丝委屈。

梁浅言差点笑出声来，她强忍住，最终问林淼："我希望林小姐可以清醒一点，究竟是谁跟谁过不去。林小姐是贵人多忘事吗？您大概是忘了先前您是怎么在我公司闹的。我倒是老早就想问林小姐了，这样对您有什么好处？"梁浅言说着，皱了皱眉头，"说起来，林小姐倾慕你们方总，早就是尽人皆知的事了。我身为你们方总的前妻，我过得不如意，难道林小姐就真的能称心如意了吗？"

梁浅言说完，看了一眼林淼："说不定哪一天，我丢了工作没饭吃了，一时着急就想着和你们林总旧情复燃，对你真的有好处？"

林淼是真的被梁浅言吓到了，她先前也只想让梁浅言不好过，但梁浅言说得也很有道理，林淼几乎被气得发抖，指着梁浅言说道："你这个女人。"

梁浅言心平气和地将林淼的手拉了下来："这有什么打紧的，只要能让林小姐舒服，我可是什么都不怕的哦！"

"你……"林淼气得说不出话来。

梁浅言不想再和她浪费时间了，索性就看着方逸群道："教训下属，应该是方总的本职工作，我就不代劳了。方总不是说要请吃饭吗？"

方逸群神色晦暗地点了点头，说道："那走吧！"

他没有叫林淼，林淼自然也知道他的脾气，也就没敢跟上去。

方逸群一走，那些早就看不惯林淼的女同事顺势就开始讥讽："原配果然就是原配啊！要么不出手，一出手就直接削得某些人没办法啊！"

"对呀，道行不够，别学人家当第三者啊！"

"关键是也得我们方总真的给机会啊！"

"你们说够了没有？"林淼怒道。

"我们点名道姓了吗？"有个同事阴阳怪气地说道，"我们只是笑某些人，没有做那个勾当的本事，却偏要干那个勾当。"

林淼实在听不下去了，但是她也知道，技不如人，的确只能自食其果了。但是梁浅言的话，说得也不是没有道理。万一梁浅言真的过不下去了，来缠着方逸群怎么办？梁浅言好像也不是做不出这种事的人。

出了写字楼后，梁浅言就完全失去了和方逸群吃饭的心情，原本就是为了气林淼的。

她索性停住了步伐："方总留步，送到这里就好了。"

方逸群看了她的神情一眼，立刻明白了她的意思，也没有强留她："以后她要是再找你麻烦，你直接打我电话就好了。"

"那谢谢方总配合了。"梁浅言轻笑。

"浅言，我不懂，你为什么就是不肯原谅我？"方逸群终于问道。

"如果死的是你或者是我，而不是鹤鹤的话，我或许不会怪你的。"梁浅言的神色瞬间凝重起来。

因为方鹤，她怎么都没有办法原谅方逸群。

方鹤在最后的人生里，实在是过得太绝望了。

第三十八章　相知

到底和她这么多年的夫妻，方逸群很快就明白了她的意思。他轻轻一笑，摇了摇头，没有再说话了，只是淡淡地看了梁浅言一眼，说道："你多保重。"

等方逸群走了之后，林开颜才开口道："今天终于知道，什么叫作整得没脾气了。"

梁浅言轻轻摸了摸她的头："这些你不用学啊！"

"为什么呢？"林开颜睁大了她圆圆的眼睛。

"开颜，你要像你的名字一样，永远都开心，永远都不要去经历这些不好的东西。"林开颜若有所思地点了点头。

"走吧！带你去吃饭。"梁浅言语气轻松地说道。

"旋转餐厅吗？"林开颜问。到底还是个孩子，所以，她下意识地说出了自己心里期盼的。梁浅言温柔地看着她，点了点头："好，开颜喜欢那里，那就去那里。"

"小孩子都是胡说的，还是算了吧！"林洲说道，他心里主要是担心梁浅言的经济状况。

"没关系的，多亏了你，我才找到了工作，这个就当是我谢谢你吧！"梁浅言神色郑重地说道。

她有些不好意思地笑了笑："说起来也真是的，从一开始认识你就一直都在给你添麻烦，请你吃饭好像也是应该的，不然真的不知道怎么感谢你了。"她都这样说了，林洲自然是不好再推辞了。

吃饭时，林开颜可能是感动于梁浅言请的这顿饭实在是让她欢喜，她认真地看了梁浅言半晌，最终说道："梁阿姨，我发现你好像没有那么讨厌。"

梁浅言愣了一下，轻轻拍了拍她的头："你梁阿姨我本来就很讨人喜欢的好吗？"

她正说着，刘思逸给她发了消息，手机屏亮了起来。林洲的视线正好晃了过去。

"你的屏保，好像有点熟？"林洲微妙地说道。

"是吗？"梁浅言看了看，心里也没太在意，"大老黑的摄影作品。怎么，你也喜欢？"

林洲有些不好意思地笑了笑："你也知道，我也是玩摄影的，所以，前辈的这些摄影作品，我总会关注的。"

"其实我爸爸就是……"林开颜正准备说什么，林洲用眼神制止了她。

"你爸爸就是一个喜欢有秘密的没出息的摄影师。你再多说话，我就一个月不许你吃冰激凌。"林洲吓唬她道。

他这一招果然唬住了林开颜，毕竟在这大夏天里，没有各种美味的冰激凌陪伴，对于林开颜小朋友来说，的确是一件无比痛苦的事情。

"你很喜欢大老黑？"林洲漫不经心地问道。

梁浅言点了点头，按了一下手机屏："你看这张，拍的是在悬崖缝隙中开出的花，还有悬崖上的人，形成了一个三角形构图。他一贯都喜欢用比较硬的光。很多人都觉得大老黑的作品太让人绝望了，可我看到了，不管多绝望，他都希望生命可以绽放。我觉得，这是希望。"

"希望？"林洲哑然失笑，"你这个观点，倒是真的很特殊。"

"特殊吗？"梁浅言皱了皱眉，继而轻轻一笑，丝毫不在意，"其实也没什么关系，可能就是一万个读者，就有一万个哈姆雷特，我说的也只是一家之言罢了！"

"不，其实我也是这样认为的。"林洲的神色认真起来，"或许大老黑想要表现的也是这个意思。"

"是吗？我倒是很想认识一下这个大老黑，他一定是个有趣的人。"梁浅言说着，喝了一口西瓜汁，再看了看林洲，问道，"你们怎么说也是一个圈子里的，我看你也是名校毕业的，我倒是很好奇，你和那个大老黑认不认识啊？"

"怎么，你想认识？"林洲诧异地问道。

"也不是。"梁浅言有些不好意思地笑了笑，"我就是很好奇，有着这样的知名度，但是在网上的信息又这么少，连照片都找不到一张，但是又能拍出这样的作品的，到底是一个什么样的人。"

"说不定，你真的认识他了，也不觉得有什么不一样了。"林洲轻描淡写地说道，继而缓缓一笑，"其实也就是一个普普通通的人，也有他自己的喜怒哀乐，也在黑暗中挣扎，渴求着阳光。"林洲说着，摸了摸林开颜的头。

"说得好像你很了解他一样。"梁浅言有些不置可否。

林洲有些不以为然：都是做摄影的，基本上大同小异。"

"你和他，大同小异？"梁浅言不可思议地看了看林洲，然后坚定地摇了摇头，"不对不对，这差距实在是太大了，一个是高高在上的男神，你……"她没能狠心把实话说出来。

"我怎么样？"林洲颇有些好笑地问她。

梁浅言努力在自己脑海中搜索着词汇，最终她想到了一个委婉的说辞，说道："我觉得你比较接地气。"

林洲有些哭笑不得，他看了梁浅言半晌，说道："我还以为你是有眼光的，想不到……"

"想不到什么？"梁浅言并没有因此而生气，反倒顺着他的话问道。

"我本想你能慧眼识英雄，瞬息之间，却泯然于众人也。"林洲调侃道。

"慧眼识英雄，本就不是我擅长的事情。"梁浅言颇为自得地回答，她看向了林洲，"什么时候也把你的作品给我看看？"

"我的作品？"林洲有些好笑，"我这样的一个俗人，可比不了大老黑那样的天才。我能有什么作品？不过是乱拍而已。"

林开颜默默地看着他，最终想到了自己的冰激凌，还是没敢说话。

这在梁浅言眼中，越发觉得林洲不容易。

她叹了一口气，拍了拍林洲的肩膀，安慰他道："其实吧，也没有什么不可能。你看啊，我以为我阔别了滑冰场，永远都不可能再重来，但是我现在一样又回来了……"

梁浅言欲言又止，她的神色也黯然下来，她心中也清楚，再怎么一样，她都不会是当年滑冰场上散发着熠熠光芒的明日之星了。

第三十九章　怀疑

林洲目光深邃地注视着梁浅言，悠悠说道："那还是不一样了，不是吗？"这句话刚说完，他就意识到自己可能刺痛了梁浅言。

他立刻又补充道："梁浅言，我没其他的意思，你别多想。"

"行了，我还不知道你！"梁浅言故作轻松地一笑，她说着，摸了摸林开颜的小脑袋："平时啊！多照顾照顾你爸爸，知道不？"

"好，梁阿姨放心，我会照顾好我爸爸的。"她做出一本正经的小大人模样说道。

"梁浅言，我跟你说，你别把人带歪了，说什么她照顾我？明明她的吃喝拉撒都是我在管。"林洲撇着嘴说道。

"爸爸，你胡说，你每天喝的水都是我倒的。"林开颜立马否定。

梁浅言再也忍不住，捂着肚子笑了起来。这句话总算是成功地把她和林洲的尴尬都掩盖了过去。

林洲给林开颜又加了一杯饮料："看在你梁阿姨这么捧你场的分上，你赶紧敬她一杯。"

林洲说完，也举起了自己的杯子："我也过得挺不好的，但是这杯酒我敬你，咱们一起度过去。"林洲说完一饮而尽。

梁浅言看着他，眼睛有些湿了，也跟着点了点头，说道："我也敬你。行，那就说好了，咱们一起度过去。"

"我去下洗手间啊！"林洲说道。

梁浅言点了点头，但看林洲没反应，说道："你不会是打算要我陪你吧？你和林开颜一般大吗？"

"我是想说林开颜要不要和我一起去上个厕所，别让这孩子乱说话。"林洲说道，接着伸手去摸林开颜的头，却被林开颜躲过去了。

"你们这些大人怎么总是喜欢摸别人的头？"林开颜控诉道。

"你也都说了，我们是大人了！"梁浅言说着，将手放在了林开颜头上。

林开颜从椅子上站了起来，凑到林洲身边，推了推林洲："你赶紧去吧！我会替你保守秘密的。"

"保守什么秘密？"趁林洲走了，梁浅言赶紧好奇地问道。

"你猜啊！"林开颜卖了个关子。

"不过啊！想知道秘密，得拿一个秘密来换。"林开颜狡黠地说道。

梁浅言轻轻笑了笑，说道："那行啊！那你说说看！"

"我想知道你是不是喜欢我爸爸。"林开颜问道，她的眼睛好像在发亮一样，"以前的话，我比较喜欢贺溪阿姨，不过现在我觉得你也挺酷的。你要是真的喜欢我爸爸，我觉得你可以和贺溪阿姨公平竞争。"

梁浅言听完之后，真的是哭笑不得。

"我和你爸就是萍水相逢，英雄所见略同！"梁浅言义正词严地说道。

"才不是呢！"林开颜回答，"我觉得你和我爸就是同是天涯沦落人。"

要是别人说这话，梁浅言一定会觉得刺痛了自己，可是林开颜这样说，她反而没有往心里去。她只是有些疑惑："你爸怎么了？"

"你看吧！又是一个秘密了。"林开颜意味深长地说道。

梁浅言也是很无语了，她今天竟然被一个小孩子吊足了胃口，都要没脾气了。"这样吧！你想说就说，不想说就算了。"她一定不可以被一个小孩子牵着鼻子走。

林洲偷偷把账给结了，这才回到了座位上。他看了看梁浅言的反应，猜想林开颜应该没有说什么不该说的。梁浅言估计暂时也不会知道他就是大老黑了。

梁浅言却没想这么多，她只是看了林洲一眼，由衷感慨道："你应该对你这姑娘放心，你将她养得很刁钻。"

"你又欺负梁阿姨了？"林洲问林开颜。

林开颜很是不屑，转过了脸去："你怎么不说是梁阿姨欺负我呢？"

"你女儿和你学得很好。"梁浅言由衷感慨道，"深得你的真传。"

"你这是夸我们呢，还是贬我们？"林洲地问道。

"当然是夸你们。"梁浅言一脸的认真。

林洲掏了掏自己的耳朵，认真道："我怎么就没感受到半点真的夸赞呢？"

"可事实上，我的确是在夸赞。"梁浅言继续说着，看了看林洲，浅笑道，"也亏得你教导有方了。"

"那我发现你现在比以前更要伶牙俐齿了，也是我教导有方？"林洲刻意问道。

"那倒不是。"梁浅言轻轻抿了一口果汁，抬头看了一眼林洲，"我这是近朱者赤。"

"那怎么就不能是我教导有方了？"林洲狐疑地问。

"那怎么能呢？"梁浅言较真起来，她意味深长地看了林开颜一眼，"我不能把自己拉低辈分啊，成了和林开颜一辈的人。"

林洲倒是没想到这一茬儿，可经梁浅言这么一说，他又觉得很有道理。

林洲又接着问道："那为什么不是近墨者黑啊？"

"因为我不黑。"梁浅言回答，她看了一眼林洲，"我有那么傻会骂我自己吗？"

"近朱者赤和近墨者黑是什么啊？"林开颜终于有了机会插话，心中也是满满的感慨，老说她听不懂的话真的是太讨厌了。

"就是说你爸总是把不好的东西教给你和传染给我。"梁浅言给出自己的答案。

林洲捂着嘴笑："你别听你梁阿姨胡说。"

"好了，我吃好了，回去吧！"梁浅言说道。

"我们要不要把你梁阿姨送回去啊？"林洲问林开颜。

林开颜鄙视地看了林洲一眼："爸爸，你什么时候这么没有绅士风度了？而且，这样的问题你还要来问我？"林开颜的鄙视已经是不留余地了。

"能不能稍微给我点面子？"林洲暗暗推了推林开颜，他看向梁浅言道，"你看，我女儿都这样说了，你总不能让我在我女儿面前这么没面子吧？"

梁浅言感觉自己又被推入坑了，好像，她真的没有什么理由拒绝了。

"林洲，听说你比较受欢迎啊！"梁浅言在路上忽然问道。

"你什么意思啊？"林洲下意识地问道。

"没什么，我就是觉得你比较像交际花。"梁浅言下意识说出了自己的想法。

第四十章　难处

"交际花？"林洲有些疑惑，对于这个称呼，他是不喜欢的。"那我如果是交际花的话，你是什么？"林洲带着一丝狡黠的笑。

"嗯？"梁浅言看着他，等着他的下文。

"你是梅花，凌寒独自开。"林洲无比郑重地说道。

其实她已经做好了被林洲嘲讽的打算了，可是林洲竟然没有半分讥讽她的意思，这样她反倒是不知道说什么好了。梅花？她自问自己其实很难承受这样的赞誉。

　　"我不是。"她低下了头，有些不自在。

　　林洲轻轻一笑，也没有再说话。

　　"买单！"梁浅言喊道。

　　服务员走过来，看了一眼梁浅言，笑道："这位先生已经买过单了。"

　　梁浅言看着他，愣了几秒钟，这才反应过来。

　　从前她总听说在吃饭的时候上厕所是个梗，往往就意味着去结账，她也是这一次才深切地感到。做了多年的家庭主妇，好像真的是和社会脱节了，竟然只有在这个时候，她才明白是怎么一回事。她也没有扭捏，直接拿起了包，摸了摸林开颜的头："你爸手腕太高，我今天没请成客，你要记着你爸这个恩人。"

　　走到餐厅门口，却正好听到有人叫林洲。

　　"贺溪阿姨！"林开颜习惯性地看着她就扑了上去。

　　"呀！开颜也在这里啊！怎么又长好看了？"贺溪说着，就捏了捏她的脸。

　　"贺溪阿姨讨厌！"林开颜骄傲地说道，被夸得心花怒放的。

　　"怎么讨厌了？你不是总夸贺溪阿姨好看吗？贺溪阿姨小时候就是总这样捏自己的脸的，捏着捏着就好看了。"贺溪一本正经地胡说道。

　　林开颜果然一下子就被唬住了，她半信半疑地把手放在自己的脸上，喃喃自语道："真的吗？"

　　贺溪再也绷不住了，忍不住笑了起来。

　　林洲看着林开颜，也忍不住笑了。

　　"只有你能把她给耍了。"林洲道。

　　贺溪站起身来，顺势摸了摸林开颜的头："好啦好啦，贺溪阿姨不是故意开你的玩笑的，还不是因为开颜是小仙女，其他人我可不是这样夸的。"

贺溪再一次拿住了林开颜的逆鳞，林开颜再一次一点脾气都没有了。但她这个年龄，其实最不喜欢别人把她当小孩子看，她就跑到了林洲的身后。

"梁小姐也在啊！"贺溪好像是刚发现她一样。

"对呀，没想到会在这里碰到贺小姐。"梁浅言皮笑肉不笑地回答。

上次非洲之行后，她就知道贺溪一定会看她不爽，甚至还唆使了林开颜来谈判，现在看来真的是这个样子。

"也是，梁小姐毕竟才离婚，想必心情也不是很好，多和开颜在一起散散心也好。"贺溪漫不经心地说道。

梁浅言丝毫不以为意，直接回道："贺小姐说得也是挺有道理的，开颜古灵精怪，我很喜欢和她在一起。不过，我也没想到会在这里遇到贺小姐。"

她语气稍微顿了顿，又接着道："毕竟也是啊！贺小姐三十岁出头了还是单身，长得又这样好看，多出来应酬也是应该的。常言说得好，这女人啊，过了三十岁，也就一天不如一天了。我也是和贺小姐旧相识才说这话，毕竟我已经是嫁过了。贺小姐可别眼光太高把自己耽误了。"

其实梁浅言从来都不觉得说女人三十岁之后，人生就是走下坡路了。反而，她从来都觉得，年龄只是一个数字，所以，她才敢在临近三十岁的时候，将人生重启。她所说的这番话也有些许言不由衷，实际上只是为了回击一下贺溪的揶揄而已。

"你……"贺溪气急。

三十多岁的女明星，至今在二线的位置上徘徊，婚姻上又对林洲求而不得，的确称得上是她的瓶颈。

"林洲！"贺溪哀怨地看着林洲，似乎是要林洲来帮她说话。

林洲此时已经是憋着笑了，别人总说三个女人一台戏，但实际上，两个女人也是可以把戏演得精彩得不得了的。

"我觉得梁浅言说得也挺有道理的，你也老大不小了。你看我，和你也是同学呢！"林洲说着，指一指林开颜，"你看你现在，开颜都这么大了，可真的是岁月不饶人，好在贺溪你底子好。但这两年也要抓紧点，别成天都待在剧组里，多出来走走看看。"林洲越往下说，神色就越是认真。

　　贺溪喜欢了林洲这么久，谁都可以和她说这番话，但就是林洲不行。她狠狠地瞪了林洲一眼。

　　林洲苦着脸问她："难道我说错了吗？贺溪啊！不是我说你，虽然女明星都结婚晚，但是你这个情况啊，你自己还得上心。"

　　"那真的是谢谢你们了。"贺溪勉强一笑，说道。她干咳了两声，几乎就想扬长而去了。可是眼睁睁看着林洲和梁浅言在一起，她心中又有些难受。"你们接下来去哪儿啊？"贺溪若无其事地问道。

　　"当然是回家。"林洲回答。

　　"要不我请你们喝一杯吧！"贺溪提议道。正好这时路过的一个男人叫住了贺溪。

　　"原来你是和朋友一起来的啊！"梁浅言打量了一眼叫住贺溪的那个男人。

　　男人叫任鸿晖，是业界很有名的制片人。他看到了林洲，也站起身来，走到贺溪身边，手很自然地就放在了贺溪的腰上："我说贺溪怎么去了这么久，林洲也在啊！"

　　梁浅言不认识任鸿晖，只是有些惊讶林洲竟然也和他认识。她的目光放在了任鸿晖的手上，早就听说娱乐圈的女明星不太好过，现在看来，好像还真是这样。

　　"带着女儿来陪朋友吃个饭，没想到在这儿遇见您。"林洲淡淡寒暄着。

　　任鸿晖就顺势看着梁浅言，笑得有些暧昧："朋友？我看是女朋友吧！你可真的是让我们贺溪伤心了。"他说着，手在贺溪的腰上狠狠地掐了一把。

　　梁浅言看着这一幕，心中难免有些怜香惜玉了，任鸿晖长得胖，贺溪又是那种小巧型的，贺溪和他站在一起，就是美女与野兽的现实版了。

"我和贺溪也是好多年的老朋友了，伤心那倒是不至于。"林洲的语气还是很淡，他看了一眼贺溪，"你刚才不是说要去喝一杯吗？正好你和梁浅言也是很久没有见了，一起吧！"

林洲此举本来是有替贺溪解围的意思。贺溪看了一眼任鸿晖的脸色，最终强挤出了一丝笑意："你们去吧！我这边，和任总还有些事要谈。"

"贺溪，你先前不是和我约好了吗？我和梁浅言特地来这边和你会合，你和任总能常见，我们老同学却难得碰到一次。我想，任总应该是不会拒绝的吧？"林洲目光深邃地看着梁浅言的眼睛，再一次说道。

第四十一章　恋爱

梁浅言立刻明白了林洲的意思，也跟着附和道："贺溪你是忘了吗？毕竟我们先前就说好了。上次从南非回来后，就一直没有见你。"

梁浅言没有说话的时候，贺溪还有一点点动心，可是这种解围，就好像将她的所有都剖开给人看，贺溪瞬间有些无地自容。

或许是想挽回自尊，或许是根本就不愿意接受梁浅言的可怜，贺溪看着任鸿晖娇媚地笑了："可我今天都和任总约好了……要不这样吧，下回补给你们，我做东。我和任总还有事，先走了。"贺溪说道，没等梁浅言和林洲说话，她就转过了身去，温柔地注视着任鸿晖，"任总晚上想去哪里？"

她的手其实在发抖，心里在想：如果林洲肯上来拉住她，她一定会就此作罢。但是，她知道，林洲不会的，因为她并不是林洲的什么人。

"我先前约了你那么多次，想不到你今天晚上这样给我面子。"任鸿晖轻笑着说道，手就绕在了贺溪垂下的发丝上。

"任总言重了，能有机会陪任总是我的福分。"贺溪主动握住了任鸿晖的手。

"你想要的那部戏，女主角一定是你的。"任鸿晖说着，不住地轻轻抚摸着贺溪的手。

"那就谢谢任总了。"

直到贺溪和任鸿晖走远了，梁浅言还有些发愣没有反应过来。

林洲拍了拍她的肩，叹了一口气："走吧！"

"你就这样不管她了？"梁浅言疑惑地问道。

"我就算是救世主，那也要我想帮的那个人自己想上岸吧！"林洲说着，叹了一口气，轻轻摇了摇头，"说不定人家心里还在埋怨咱们多管闲事呢！"

林洲说着，牵着林开颜的手往前走。他心里也说不清是什么感觉，但还是那句话，是贺溪自己不愿意上岸。

"那也是你多年的同学啊！"梁浅言在他身后嚷嚷着。她和林洲打交道的时间也不短了，她很清楚林洲那个人一向嘴巴硬。

林洲顿住了脚步，对着梁浅言说："你说你怎么这么多事呢？梁浅言，你先把你自己的那一堆乱事解决了再说其他的行不行？"

"我……"她指着自己，一时没想好怎么反击。

林洲继续说道："你自己回去吧！我就不送你了。"

梁浅言已经被训蒙了：她什么时候要林洲送过？这倒是有意思了，怎么有人翻脸比翻书还快呢？何况，他真的有气，那也应该是气贺溪啊！关自己什么事？

梁浅言无奈地笑了笑，好像林洲从来都是这样的人，原来的她或许还会为这样的事郁闷一下，现在好像连郁闷的必要都没有了。

"爸爸，梁阿姨做了什么让你不开心的事吗？"同样一头雾水的林开颜问道。

"小孩子家家的，知道什么？"林洲拍了拍她的脑袋。

林开颜也有些摸不着头脑了，心想：大人真是一个麻烦的生物啊！

梁浅言回到家，开灯后吓了一跳，突然看到刘思逸竟然红着脸坐在沙发上。先前梁浅言为了方便，给了刘思逸一把钥匙，但是没想到刘思逸今天一直等在这里。

梁浅言捂着胸口缓了好一会儿，才把包放了下去，看了她一眼说："你这是怎么了？大晚上和我上演《午夜凶铃》呢！"

"才没有呢！"刘思逸说着，就跳了起来，一把抱住了梁浅言，"浅言，我觉得我完了，我真的完了……"说完，她又捂着嘴笑了起来。

梁浅言推开她，手在她额头上摸了摸，又摸了摸自己的，纳闷道："没发烧啊！"

刘思逸嫌弃地看了她一眼，她竟然当自己发烧了，真是损友。

"我没病啊！"刘思逸一把甩开了她的手。

"好好好！你没病，但是姐们儿，你现在先告诉我，你这是在哭还是在笑。你别把我吓着了，好吗？"梁浅言终于喘了一口气。

刘思逸一本正经地坐了下去，连带着坐姿都端正起来。她清了清嗓子，严肃道："梁浅言小姐，我现在通知你一下，我，刘思逸，要恋爱了。"

梁浅言正端起茶几上的水杯，被这话吓了一大跳，她震惊地看着刘思逸，手一抖，杯子就掉了下去："你再说一次！你说什么来着？"

刘思逸羞涩地看着她，又重复了一次："那你听好了啊！咳咳！我要恋爱了。"

"谁呀？"梁浅言说着，弯腰准备收拾玻璃碴。她心里暗暗恼自己，都一把年纪了，竟然跟没经过事似的，一下子就吓成这样了。

刘思逸一把拦住了梁浅言："你等一下再收拾嘛……我现在，真的感觉，整个世界都充满阳光。梁浅言，我以前从来都没有这种感觉。"刘思逸继续拉着梁浅言的胳膊，想说什么，可又觉得说不出来，最终她跳了起来，说："反正我不管，我一定会让赵添喜欢我的。"

"你说什么！"梁浅言再一次被惊到了。

在沙发上具有浓重仪式感的刘思逸白了梁浅言一眼："你就这点出息？我也就吓了你一下，你倒是好，还了我两下。"

她说完，心有余悸地看了一眼茶几上的杯子，她还真怕这些都光荣牺牲。

"赵添？"梁浅言疑惑地看着她。

"对呀！就是你见过的那个，林洲的表弟嘛……"刘思逸羞答答地说着，她摇了摇梁浅言，"你是不是也觉得不错啊！他人也挺好的，而且又老实，也没结婚，和我不是正合适吗？"

"那你问过赵添的意见了吗？你们俩什么时候好上的？"梁浅言示意她坐下。她给刘思逸倒了一杯水，说："我觉得你现在还是冷静一下。思逸，我知道你以前感情挺不顺的，但是赵添，你才认识他多久？最重要的是，我先前听林洲提起过，他有女朋友了。"

第四十二章　吵架

"那有什么关系？"刘思逸脸上充满了自信，"我有钱、有学历、有名气、有颜值、有身材，我就不信自己还斗不过一个小丫头片子。"

"可是人家已经是男女朋友了，你这样介入不太好吧？"梁浅言皱眉说道，她忧心忡忡地看着刘思逸，"你以前不是说了吗，你最讨厌的就是第三者，你现在就是大脑一热什么后果都不顾了，可是思逸……"

"没有什么可是。"刘思逸直接打断她的话，看着梁浅言，"什么叫第三者啊？那是婚后的说法，结婚前那就是八仙过海，各显神通。他们俩要是真的感情牢固，十个我也撬不动墙角。如果感情不牢固，就算没有我，也会有别人，也会有各种问题。梁浅言，这都什么时代了？你还这么墨守成规，你知道我这是什么吗？爱情，爱情啊！可遇不可求的东西。"她越说情绪越激动。

"但是你的爱情不能去伤害别人啊！"梁浅言的语气也重了起来，她按住了刘思逸的肩膀，"据我所知，你见赵添也没几面，你最近先冷静一下好吗？赵添和你以往交往的男朋友都不一样，你别去祸害别人了。"

"不是，梁浅言你什么意思啊！"刘思逸再一次甩开了梁浅言的手。她咬了咬嘴唇，脸看向了别处，平复了一下情绪，目光这才回到了梁浅言脸上："你是我最好的朋友，我现在觉得我就要找到自己的幸福了，我满脸开心地等着你，就想第一时间告诉你，可你就是这样对我的？难道你就想我像你这样，自己一个人过一辈子吗？"

她指着梁浅言，语气肃然道："梁浅言你听好了，我再说一次，我这次是真的喜欢赵添，我想和他结婚。"

梁浅言深吸了一口气，有些疲倦地看着刘思逸："我知道你现在上头了，我不和你吵，也不和你计较。我去睡觉了，你自便。"

梁浅言说着，就将玻璃碎片一一清进垃圾桶，又拿纸巾反复擦拭了许久，这是方鹤还活着的时候她就已经养成的习惯。方鹤总是习惯光着脚在家里跑，所以她习惯将地面擦得干干净净。她收拾完就站起身来，准备去睡觉。

"你站住。"刘思逸叫住了她，"梁浅言你什么意思？你话都不屑和我说了吗？你就这么瞧不上我？"

"我没有。"梁浅言没有回头。

"那你是什么意思？"刘思逸抓了抓头发。

梁浅言觉得现在和她说什么她都听不进去，只能苦涩一笑，摇了摇头，走进了房间。

"梁浅言，你……"刘思逸气得发抖，直接把钥匙朝梁浅言的房门上扔了过去。然后她穿上自己的鞋，用力甩上门走了。

接着，梁浅言就听到了一阵下楼的脚步声。她将脸埋在了枕头间，关掉了灯。她回想了一下刘思逸和赵添接触的那几次，刘思逸也不是那么容易一见钟情的人啊！何况她一直喊着自己是不婚主义者。

她想打电话去问问林洲，可手机开了好几次，心里又实在是对林

138

洲有气，最终按捺不住对刘思逸的关心，还是给林洲发了一条微信过去。接着，她就一直等着林洲的回复。但是让梁浅言没想到的是，回复没等着，林洲的电话却来了。

"说吧！有什么事求我？"林洲一开口就这样说道。

梁浅言一下子坐了起来，他怎么还是这么嚣张？

她重重吐了一口气，再次压下了心中的火，问道："我想问问你表弟赵添是怎么一回事。"

"赵添？"林洲愣了一下，他知道梁浅言不是无缘无故喜欢打听的人。按理说，他先前无故对梁浅言发了一通火，他要是不道歉的话，梁浅言应该是会自己一个人别扭好几天的。可是现在，她主动来问赵添的事，一定是很要紧了。

林洲原本翘着腿躺在床上看古典主义的油画，他将画放在了一旁，起身坐直了，认真问道："你打听那小子干什么？"

他问完，心里忽然浮现出一个可怕的念头，狐疑地说："你不会是瞧上他了吧？我劝你还是省省吧！我那个姨妈可不是什么好相处的人。还有啊，他可比你小五岁呢！你别去祸害别人了。"

"祸害……"梁浅言觉得有些头大。

"你别告诉我你玩真的。"林洲感觉自己都要吓蒙了，真是惊悚啊！他这是大晚上在看恐怖片吗？

"没有，没有，我就是随便问问。"梁浅言解释道，她再一次问道，"赵添到底有没有女朋友啊？"

"有。"林洲毫不犹豫地回答，再一次警告道，"所以我告诉你啊！你别打他的主意。"

"真的不是我。"梁浅言欲哭无泪。

"那是谁啊？"林洲下意识问道，又觉得自己有些多嘴，补充道，"算了，算了，你不愿意说就算了。"

梁浅言心里还是担心着刘思逸，决心问到底："那你那好弟弟和他女朋友感情怎么样啊？"

"那姑娘啊，还是太小了，我估摸着，也长不了。"林洲感慨着叹了一口气，"不过年轻人嘛，也的确该经历经历。"

"那你弟的人品呢？"梁浅言继续打破砂锅问到底。

林洲也察觉到不对劲，他这样出卖弟弟的隐私，是不是不太好啊？

"人品好不好，你不会自己看啊！"林洲直接搪塞了一句。

但是这还真的搪塞得梁浅言说不出话来了。

"梁浅言，我知道你是替谁问的了。"林洲特意卖了个关子。

"是吗？"梁浅言故意装糊涂。她看了看时间，打算和林洲结束对话了。

林洲又啰唆了几句，这才补充道："赵添人品没什么问题，别人感情的事，咱们也不能去干涉什么，但是，强扭的瓜不甜。"

"我知道了，我知道了。"梁浅言摸了摸红红的脸，她纳闷了，明明是替刘思逸打听的，她脸红什么啊？

"那我就先睡了，谢谢你了，晚安。"梁浅言快速说道。

"等等。"林洲一下子叫住了她。

"嗯？"

"对不起。"林洲含糊不清说道。

"你说什么？"梁浅言故意逗他，加大了声音道，"我这儿信号不好，你再说一次啊！"

第四十三章　赔罪

林洲一下子就察觉到梁浅言是在故意逗他，但是先前的确是他把气撒在了梁浅言身上，于是就重新说了一次："梁浅言，对不起。"

梁浅言倒是没想到他会这么诚恳，这样一来，她反倒不知道该说什么好。"哎！算了，算了，我要睡觉了，就这样吧！"梁浅言说着，慵懒地打了一个哈欠。

"等一等。"林洲又叫道。

"嗯？"

"所以，浅言，你到底是原不原谅我呢？我只是气贺溪不爱惜自己。贺溪从前和我前妻是最好的朋友，我们也认识这么多年了，何况……"林洲实在不知道该怎么往下说了，"我……我……反正你……"

"我什么我，你什么你，好了，林洲，你什么时候这么扭扭捏捏了，我像是那么小气的人吗？好了，不说了，挂了。"这一次，她没等林洲再说话，直接就挂掉了电话。

林洲摸了摸自己红红的脸，只是道个歉而已，又不是表白，他怎么会这么窘迫？三十多岁的人了，怎么感觉像回到了十七八岁呢？他一定是咖啡喝多了，喝醉了，一定是这样。林洲在台灯下想了好久，可想来想去都没一个答案，反倒是电脑上要修的图他一点儿都没动。

堕落！真的是堕落！

林洲还是忍不住给赵添打了一个电话，但是却给赵添惹了一个大麻烦。赵添哄了好一阵子，许诺了娇娇一个包，这事儿才算过去了，但是赵添却因此发愁了。

翌日，刘思逸就发觉自己先前和梁浅言说的话实在有些过分，但是她一气之下已经把梁浅言家的钥匙扔给了梁浅言，只好在楼道里等着。

但巧在梁浅言刚好是午班，昨晚又操碎了心，此时正在呼呼大睡呢！

刘思逸看了看手中提着的粥，暗自叹了一口气，算了，就当是为昨天赔罪吧！

没想到今天梁浅言家的楼道会这么热闹，恰好林洲也出现在了这里。

刘思逸饶有趣味地看着林洲："你来干什么？"

"你怎么也在？"林洲皱了皱眉。

刘思逸冷哼了一声："你来干什么我就来干什么。"

"那我来赔罪的，你也是吗？"林洲仰起脸说道，轻蔑地看了一眼刘思逸。他怼人就是梁浅言也要甘拜下风，又何况是刘思逸？

林洲却没想到，刘思逸面露歉疚，也跟着说道："我也是来赔罪的。"

林洲愣了一下，随口就说道："难不成你为了赵添还把梁浅言给得罪了？"

刘思逸瞪了一眼林洲，惊讶道："你怎么……"

她将余下的话吞了下去，唇角微微上扬，泛出一丝嘲讽来："亏我这大清早的就想着来和她道歉，她倒好，转个身就把我给卖了，我还真的是……"刘思逸越嘀咕越气，准备把早点直接扔到垃圾桶去，林洲眼疾手快地给她拦住了，纳闷道："你这是干什么呢！梁浅言她什么都没和我说，就是为了你来找我打听赵添的情况，她口风紧着呢！反倒是你自己不打自招。"

刘思逸不确定地看了林洲一眼，问道："你是说真的？"

"我骗你干什么，你就别误会梁浅言了。"林洲说完就准备敲门了。刘思逸一把拦住了他："你这是干吗呢？"

"把她叫醒啊！"

"你就不能让她再睡一会儿啊！"刘思逸挡在了林洲前面。

林洲觉得自己真的是越来越不懂女人了，刚才还看着刘思逸一副苦大仇深的模样，恨得牙痒痒的，这没一会儿的工夫，她就被感化了？

"这个点她也该起了。"林洲说道。

话音刚落，门就开了。

"进来吧！"梁浅言看到他俩一点也不觉得意外。

"浅言，这是我带给你的早餐。"刘思逸放下早餐，就一把抱住了梁浅言，"昨晚我说的都是气话，我知道你是为了我好，我不该那样说你的。"

林洲感觉自己都想捂眼睛了，自己大清早跑过来，还真的不是为了看这一幕的。

"好了，好了。"梁浅言举手投降，她叹了一口气，"我还不知道你……我根本就没有和你计较。”

刘思逸这才松了一口气，她看了梁浅言一眼，嗫嚅道：“我真的没想到我那样说，你还关心我的事，我还误会你。”她说着说着，眼眶就红了。

梁浅言和她这么多年的朋友，也知道她就是这个脾气，直来直去的，便转换话题，蹲下身去，打开了刘思逸给她带过来的东西：“我看看，你给我带了什么好吃的。”她又看了刘思逸一眼，说：“我都说了我不怪你，你再说下去，我可就真的生气了。”

刘思逸看着梁浅言摆出了吃的，有些抱歉地看了一眼林洲：“不好意思啊！你先前也没说，不知道你要来，没买你的。你就看着我们吃吧！”

她说完，又想起什么来了，推了推林洲：“你不是说你要道歉吗？我都先做表率了，到你了，快点，快点。”

“你又做了什么？”梁浅言也是一脸的茫然。

“我什么都没做啊！”林洲也是很无奈，朝梁浅言眨了眨眼，“我在门口那是故意逗她呢！”

林洲说完，轻轻一笑：“何况，我道歉比她积极多了，我昨晚就诚心向你忏悔了好吗？”

“哦……”刘思逸没有生气，反而故意拖了一个长调，和梁浅言对视了一下，很是意味深长。

“那你来干什么？”梁浅言茫然地看着林洲。

“我……”林洲一时之间找不出话来。

他心中暗暗骂自己，为什么没有先找好一个说辞呢！哎，道歉也是借口啊，证明他诚心悔过，林洲恨不得把自己的舌头直接咬断了。

反而是刘思逸，直接接过话道：“其实这也没什么好为难的，朋友嘛，是吧！想来就来了，还要什么理由啊！”

刘思逸说完，林洲立马顺势道：“对啊对啊！都是朋友，我来看你，还需要什么理由吗？”

梁浅言看了他俩一眼，怎么觉得怪怪的呢？

"我去给你俩弄点吃的。"梁浅言说道。她理所当然地认为,她和刘思逸自己吃早饭把林洲撇下是一件很不够义气的事情。

她走了后,刘思逸才冲着林洲眨了眨眼,说道:"你这样殷勤,是不是真的对我们浅言有意思啊?"

林洲老脸一红,瞥了刘思逸一眼,故作漫不经心地说道:"我是真的来道歉的。"

"那你刚刚……"刘思逸翻了个白眼。

第四十四章　中意

"我那是故意逗你的。"林洲平淡地说道。然后他郑重其事地说道:"我原本还担心梁浅言会生气,但是从今天来看,我觉得她是一个很大度的人,应该不会和我们一般见识的。"刘思逸对此深表赞同。

刘思逸看了一眼林洲,犹豫了好久,终于问道:"赵添真的是你的表弟吗?"

"难不成还是你表弟啊!"林洲很是随意地回答,他真切地觉得刘思逸这个问题问得有些奇怪。

刘思逸深吸了一口气,暗暗告诉自己不要生气,毕竟对方是自己盯上的"小鱼儿"的家属,她这算是提前见家属了,绝对不可以就这样泄气。但是她真的很好奇,梁浅言女士是怎样和林洲友好沟通的。刘思逸对着林洲强挤出了一丝微笑:"你应该懂我的意思。"

"你什么意思?"林洲再次不咸不淡地把话还了回去,并做出一副百思不得其解的模样。

刘思逸心中恨不得捶胸顿足,她和这个人真的没办法交流了。

她搓了搓手,不怀好意地看了林洲一眼,身子往前挪了挪,更靠近林洲一些:"你就和我说一些赵添的事吧!我保证,在我们浅言跟前,我也会为你效力的。"

林洲愣了一下，下意识道："你说你的，关我和梁浅言什么事，我和她又没你们那么多七七八八的。"

刘思逸真的是要气死了，这人不仅难以沟通，嘴巴还真是厉害。

梁浅言恰好端着煎好的鸡蛋出来，又找了一点儿昨天放在冰箱里的面包，这才发现刘思逸和林洲的模样有些奇怪，随口问道："你们聊什么呢？"

"没什么。"刘思逸有些尴尬地笑了笑，又狠狠瞪了林洲一眼，示意他也不许胡说。

刘思逸还是有不当电灯泡的自知之明的，再说了，有这个时间，她还不如好好琢磨一下怎么去追赵添。林洲虽然很不够意思，但她毕竟还得为梁浅言考虑。于是，刘思逸吃完之后，很义气地看了梁浅言一眼，起身说道："我还有其他的事情，就先走了。"

梁浅言和她多年的交情，一贯也不会太扭捏，只是叮嘱她道："那你路上开车慢着点。"

"知道了，比我妈还啰唆。"刘思逸嘴里说着，唇角却忍不住微微往上扬了扬。

方逸群这日恰好轮休，思来想去，认为先前林森闹到梁浅言公司的那件事确实与自己有关。当然，最重要的还是，他心里确实是想见梁浅言了。他与梁浅言多年的情分，即便有一些裂痕，那慢慢来，也不是不可以修复的。他也挑了一个他认为梁浅言应当睡好了的时间来见她。他在楼道里正好遇上了下楼的刘思逸，他点了点头，就准备走过去。

绝对不可以和女方的闺密有过节，这是方逸群很多年前就明白的道理，所以，他也没打算和刘思逸过不去。

"等等。"刘思逸率先叫住了他。

"认识你这么多年，我还是提醒你一下，你现在去找梁浅言，可能不太方便。"刘思逸悠悠说道。

"你什么意思？"他皱了皱眉。

"你去了就知道了啊！方逸群，一别两宽，各生欢喜不好吗？"

刘思逸说着，浅浅叹了一口气，"就好比一面镜子，碎了就是碎了，你强行粘起来，它还能照人吗？何必勉强呢！"

方逸群没有理会她的叹息，他走了几步，才冰冷且坚毅地说道："我偏要勉强。"

刘思逸再次叹了一口气，"我偏要勉强"这句话还是在金庸笔下的赵敏口中最为动人，现在由方逸群说出来，她心中就只有叹息了。果然，语言文字再动人，还得看说话的人是什么样的，刘思逸在这个时候，很是敬业地发挥了她作为一个作家的职业精神。

"那随便你好了。"刘思逸轻飘飘地扔下这句话，就直接走了。

方逸群闻了闻手上的花，这才情不自禁地勾勒出了一丝笑意来。梁浅言从前总说他不够关心她和鹤鹤，现在他愿意弥补，愿意重头来过，她总不可能拒绝吧！难不成她还真的能看上林洲那个人？

方逸群这样想着，就敲了敲门。

林洲正坐在桌前慢条斯理地享受着刘思逸带过来的油条，梁浅言一如既往地在厨房忙碌，于是，这个门就由比较闲的林洲打开了。

方逸群看到林洲，吓了一跳，随即黑了脸。

"怎么是你？"他皱了皱眉，都已经是成年人了，这个时候在梁浅言的家中发现林洲，他难免忍不住想多了一些，脸色瞬间也不太好看了。

"梁浅言呢？"方逸群冷声问道。

林洲看着他的目光，就知道他在想什么了，故意没有解释，反倒是很大度地请方逸群进去了，接着就冲厨房叫了一声梁浅言。

梁浅言屋子的面积并不是很大，她老早就听到了动静，她原本也是想着由林洲把人打发了就好，随他去吧！只是没想到林洲竟然把人这样大大方方地请进来了。

"你忙好了吗？"林洲迎了上去，嗔怪道，"你也是的，昨天你也辛苦了，折腾到半夜，今天又给我做饭，你自己不注意，可我心疼啊！"

梁浅言昨天很辛苦是真的，一来狠狠削了一把林森的锐气，二来又无端受了林洲的火气，接着回家又遇上了刘思逸的迁怒，怎么来看，她都是很辛苦的。

但是在方逸群听来，好像就是另一种意思了。他看着梁浅言，颇有些恨铁不成钢："我知道离了婚，你一个人日子难过，但是你怎么可以这样不争气呢？"

他说着，狠狠地将花扔在了地上："亏我还想着好好补偿你，等着你回头，你就是这样的？"

梁浅言冷着脸听他说完，只是轻轻笑了笑，说："可是和你有关系吗？"

方逸群气得说不出话来，他好不容易闲下来，就来看梁浅言，没想到这一幕出现在他眼前。他和梁浅言离婚才多久啊？一次可以说是巧合，但是这林洲分明是几次三番出现在梁浅言家里。

"浅言，毕竟夫妻一场，我真的不想看你这样堕落。"他目光沉静地看着梁浅言，看起来很是关心她。他心里想到了他妈在家里说的话，心里头也不由得怀疑，难不成梁浅言真的和林洲在医院有什么，才会进展这样迅速？

第四十五章　意外

"我知道你心里头在想什么。"梁浅言嘴角轻微扬起，轻蔑地看着方逸群，"但我觉得，我没必要和你解释什么，我们已经离婚了，你心里的那点龌龊想法还是省省吧！我离婚时也没拿你方逸群一毛钱，你没有任何资格来指责我的私事。"

"消消气。"林洲装模作样地拍了拍梁浅言的后背，又捡起了被方逸群丢在地上的花，轻轻吹了吹，"倒是可惜了这样好的花，可惜有的人啊，要把花踩到了地上以后，才会发现这花是真的香啊！"

林洲说着，就把花放在了饭桌上，轻轻拍了拍方逸群的肩："兄弟，说真的啊，我还得谢谢你，要不是你苦心孤诣地给我腾地儿，我还不知道自己在哪里呢，又怎么会有这样好的浅言？"

方逸群握紧拳头，朝着林洲的脸上狠狠地打了一拳。

"你干什么？"梁浅言一惊，连忙去看林洲。她转过头来瞪着方逸群："你一个大男人，处事洒脱一点儿好不好？我求求你不要来纠缠我了，我是真的和你没有回头的余地了。你如果还有下次，我一定会去找你妈谈一谈。"

方逸群的目光有些缓和："我们之间的事，和我妈没有任何关系。"

梁浅言觉得有些好笑，她看着方逸群不留余力地讥讽道："的确没有关系，从前你妈对你方方面面的干涉都是我的臆想。"

她差点就说出"妈宝男"这个词，这些年她和方鹤受的委屈历历在目，他现在想要来弥补，真的是太迟了。梁浅言瞧着方逸群，心中也知晓，方逸群很怕她会闹到他妈那里去，心中的不屑更加多了几分。她继续说道："你口口声声说要挽回，你问过你妈了吗？你妈答应了吗？"

"我会和我妈说的。今天的事，我也不会告诉我妈。"方逸群面红耳赤，又实在是窘迫，梁浅言竟然当着林洲的面没有给他留半分面子。

他压低了声音，拉着梁浅言的胳膊道："你是存心要我难堪吗？"

"我存心要你难堪我有什么好处？但是，方逸群，我求求你，行行好，放过我行不行？"她说到这里，眼中竟然真的有了一丝恳切。

方逸群完全愣住了。林洲擦了擦鼻头的血，就差给梁浅言鼓掌了，他这一拳也算是挨值了，乐悠悠地跟着梁浅言的话说道："原来还需要听妈妈的话，你这么大个人了，事事还在看你妈的脸色行事，你娶什么媳妇啊！媳妇是用来疼的，不是去你家受气的。"

方逸群被林洲奚落得说不出话来，他在职场上向来雷厉风行，但是现在，真的是没有招架之力。他冷冷一笑，看着梁浅言："那你说说，我妈这些年是怎样对你不好了？"

梁浅言不想再和他争执了，他永远都不知道，她是怎样陪着方鹤一道捙过来的。她一把抓起了桌上的花，将方逸群推出了门外，将花塞在了他的怀中，就关上了门。

她有些疲倦地将整个身体都埋在了沙发之中，闭上了眼睛，眼角却还是滴落下一滴清泪，浑然没有了方才剑拔弩张的气焰。

方逸群原本是想来道歉的，想增进一下和梁浅言的感情。他自己也不明白，为什么会造成现在这个局面。他本来不善于处理感情上的事，梁浅言是他的初恋，理所当然地结婚，生了方鹤。他觉得这是再正常不过的事情，几乎都在他的思量之中。可眼下，他对这段感情的挽留似乎再也寻不到一个合适的契机了，他真的已经失去了他习以为常的感情。他幽深地看了一眼紧闭的大门，长长地叹了一口气。

"你还好吗？"林洲伸手想要拍拍她，安慰她一下，但又觉得有些不合适，将手缩了回去。

她瞬间睁开眼，目光之中很是清明："你为什么非要他误会不可呢？"

"我的心思都被你猜中了啊！"林洲有些不好意思，轻轻一笑，"就是觉得你前夫怪没劲的，我不喜欢他那个人而已。反正，你不也想这样吗？怎么？你觉得我做得过了，有点心疼他了？你是真的不可能原谅他了吗？"林洲又试探着问。

其实梁浅言到底是怎么想的，和他半点关系都没有，但是，他也不知道为什么，心里就是止不住地好奇。

梁浅言起身，打算倒杯水，恰好林洲的脚就在那里，她也没留心，直接就走了过去，结果被跘了一跤，腿生生地撞在了茶几上。林洲想去扶她，她却下意识地重心歪斜，直接扑倒了林洲。倒下去的瞬间，她感觉唇间一阵柔软，立刻就明白了过来自己的嘴贴在了林洲脸上，触电一般跳了起来。慌张间，腿又撞到茶几上，疼得她龇牙咧嘴的。

林洲是灾星，一定是。

林洲先是迟愣了一下，觉得心有些扑通扑通地跳。他恨不得自己抽自己一下，又不是十七八岁的毛头小子，至于这样夸张吗？然而，他就是很没出息地这么夸张了。

林洲出了一下神，看着梁浅言起身去拿药箱了，才回过神来。他有些窘迫，不知道该怎么说话了。

　　梁浅言心思敏锐，一下子就猜出来了。她看着林洲，觉得有些好笑："就是意外。我还以为你是久经沙场的老手了，没想到这么内敛啊！"

　　看到梁浅言的笑，林洲莫名就觉得臊得慌，他这是一把年纪被个小姑娘鄙夷了？也不对，她实在是算不上小姑娘了，但也对，毕竟比他小了这么多岁嘛……林洲都不知道怎么鄙夷自己现在毫无章法的思绪了。他一把拉过了梁浅言，不经意间就把她扑倒在了身下。

　　梁浅言可以清晰闻到他身上的烟草味和沐浴露的味道，竟然觉得出奇地好闻。她的脸唰的一下也红了。

　　"你都不知道吗？不要轻易去鄙夷一个男人，这样，你会刺伤他的自尊心的。"林洲的声音有些沙哑。

　　她不屑地哼了一声，别过了脸去，没敢看他的目光："那又怎么样？我就是说事实啊！"

　　他将手放在了她的唇上，清幽道："那我可不敢保证我会做出什么事来。"

　　"你敢！"她怒目圆睁，脸也瞬间红到了耳根。本来是推开他就可以解决的事，她也不知道自己为什么还和林洲这样磨叽。

　　她用力地推开了林洲，看了看他："你不走吗？"

　　"走？"他疑惑地看着她。

　　"那我走好了。"她说着，直接穿着拖鞋跑出了门。关上门后，她竟然靠在门上长吁了一口气。

　　叹了这口气后，她才有些纳闷：这是她自己的家，她为什么要逃出来？

　　太没出息了，实在是没出息，她也不是十七八岁的小姑娘了，这会儿怎么就这么心猿意马了？

　　她浑身上下摸了摸，还真的是无地自容了，她竟然没拿钥匙。

　　把自己关在自家门外，她大概是头一个。

第四十六章　窘迫

这是我家，要走也是林洲走啊！就是一个意外，我这么紧张干吗？她自我安慰着，就准备敲门了。

要走也应该是林洲走啊！

可是门竟然开了。

林洲是个临场反应特别快的人，他其实也不知道自己怎么就那么反常，他看了看光着脚的梁浅言，眼睛有些不敢看她："我把你的药给你拿出来了，你记得自己擦。"

她站在门口，林洲生得高大，把门给堵住了，她也不知道自己要怎么进去，却听到林洲接着说："你还是快进来吧！别在外面冻着了。"

梁浅言吞了吞口水，才说道："你把门挡住了。"

"呃……"林洲应了一声，就直接走了出来，不经意就把门给带上了。

梁浅言心里想呐喊，但已经来不及了。

这一下，他俩都被关在门外了。

"我怎么进去？"她看着林洲，恨不得哭了。

"呃……"

"刘思逸不是有你家钥匙吗？"林洲终于提出了最可行的方案。

梁浅言想了想刘思逸夸张的表情和好奇的精神，毫不犹豫摇了摇头。

林洲将自己的外套脱下来给她披上，轻轻叹了一口气："那要不找个开锁师傅来？"

"这安全吗？"梁浅言有些忧心忡忡。

"应该没什么事吧！"林洲向来都大大咧咧的，何况这种事情对他而言，应该算是家常便饭吧！

梁浅言直接就认可了，事实上，她也没有什么其他的办法了。她恶狠狠地看着林洲："我要是上班迟到了，一定和你拼命。"她恨不得仰天长叹，自己一定是智商降低了。

林洲看了看手表，说道："应该来得及。"

好在梁浅言租的房子也不算高档，走道上全是通下水道和开锁的小广告。梁浅言随便看了一下，瞥了一眼林洲道："打电话啊！"

林洲蒙了。

"你不会是手机没带吧？"梁浅言惊讶地看着他。

她这一身睡衣，肯定是没带手机的，一开始就寄希望于林洲。

林洲有些抱歉地看着她："好像还真的没带。"

她抓了抓头发，焦灼地转来转去，最终怒瞪了林洲一眼："林洲，我是上辈子欠了你多少钱？"

林洲愣了一下，才反应过来她是什么意思，他毫不留情翻了一个白眼："那你现在有钱吗？"

林洲想了想，还是先解决事情为好。他跑下楼去和保安攀谈了几句，终于成功地借到了手机。

他对等在外面的梁浅言打了个手势，心里又忍不住嘚瑟起来，拍了拍梁浅言的肩："怎么样？我是不是比你那个前夫靠谱多了？关键时候，还是得我出马啊！"

如果说目光可以杀人的话，林洲现在应该已经被千刀万剐了。梁浅言咬牙切齿说道："我的门是被你关的。"

梁浅言和林洲一起等在门口，林洲再次压抑不住自己的好奇心，再次问道："其实你前夫那个人除了'妈宝男'，也不是特别差劲，你为什么就是不肯回头了？"

梁浅言懒得搭理他，只是白了他一眼。

她蹲在门口，等得有些焦灼。

人要是太闲了，就难免想找些事情做，她现在好像除了和林洲说话，没有别的选择了。

"想知道的话给钱。"梁浅言没好气地说道。

林洲想了想，还真的从干瘪瘪的钱包中掏出了几张票子来，塞在

152

了梁浅言的手上。

梁浅言撇了撇嘴："才这么一点儿你就想打发我啊！"

林洲苦涩一笑："现在都是支付宝和微信，谁还带现金啊！这还是哥们儿揣在兜里应急的，你就知足吧！"

梁浅言愣了一下，觉得还是很有道理的，看在钱的分上，她觉得自己还是原谅林洲吧！于是，她清了清嗓子，才说："妈宝就是最大的问题了。"

"嗯？"林洲看着她。

"你想啊！你喜欢你丈母娘天天操纵着你媳妇做你不愿意的事吗？"梁浅言问。

这问得实在是太犀利了，林洲一下子就明白过来了。

"那你和那个人说了没有啊？"林洲问道。

梁浅言轻轻一笑，结婚后她就发现这个问题了，但是，方逸群一直告诉她，爱他的话就应该去容忍他的妈妈。她在爱情当中，也是一股脑地投入进去，竟然也觉得忍一下没什么关系。但是她高估了方逸群，也高估了婆婆。

从她和方逸群结婚开始，好像就没过几天安生的日子。后来方鹤病了，就是永远都没有结论的二胎的事情。那个时候，她和方逸群之间并未正式办手续，感情已经出了问题。最后婆婆更过分了，她还只是和方逸群协议离婚，并未正式办理手续，婆婆竟然就将林森引到了家里。

她能说什么呢？

从她的表情，林洲就猜到了大概，他终于没有问下去了，只是说："那我妈真的是挺好了。我妈从来都不管这些事，我们还是我和赵菡之间自己的问题。"

"赵菡？"梁浅言还是第一次听到林洲提起这个名字。

"我前妻。"林洲说着，唇角泛出了一丝苦涩。

梁浅言依稀记得他提过，他前妻已经离世了。

她终于忍不住问道："既然你还这样挂念她，怎么就是前妻了呢？"

从来都没有人这样直接地问过他这个问题，他的目光瞬间黯淡了。年少轻狂的时候，总是那样就过去了，等懂事了回首的时候，有些遗憾已经弥补不了。他挤出了一丝略带苦涩的笑，正打算绕过去，开锁的师傅竟然已经到了："是你们要开锁吗？"

这件事情对梁浅言而言果然比小道消息重要，她一下子跳了起来，激动道："是我们，是我们。"

林洲长吁了一口气，他终于不用再回忆这些事情。

"你们这些小年轻啊！自己就爱瞎闹。"开锁师傅的语气竟然和方逸群如出一辙。

第四十七章　议论

梁浅言低下了头，也没解释，有时候有些东西还真的是术业有专攻，最起码梁浅言和林洲被这门折腾得毫无脾气的时候，开锁师傅三两下就直接搞定了。开锁师傅把锁安好，最后幽深地看了一眼梁浅言："你们这些年轻人，闹别扭还是要有些分寸的。我和我那婆娘年轻的时候也是像你们一样闹着，现在她撇下我走了，我倒是不习惯了。等你们真的老了，就知道珍惜了。"

"好！好！好！"梁浅言连忙打断，她真的担心师傅感慨下去就没完没了。她直接把林洲的几张钱塞在师傅手里，拿出她最大的诚意道："那谢谢您了。"

反正不是她的钱，她也不用心疼。

师傅见她进去了，冲着里面喊道："身份证还是要给我看一下，不然出了问题，我可负不了责的。"

梁浅言走进房间，把证件拿了出来，又听了师傅一番"过来人"的告诫，这才算是消停了。

她看了林洲一眼，嫌弃道："你还是离我远一点儿。你看吧，又被人误会了。你是不是存心的啊？你看上我了？"她这是故意在挑衅林洲。

果不其然，林洲就入套了，很是不屑地说道："你今天是不是忘记照镜子了？"接着，林洲毫不留情地说："我看上谁也不可能看上你啊！"

"这可是你说的。"她一下子也到气头上来了，"那样正好了，想我如花的年纪，也不想成天和个大叔一起。"

"你说什么？"林洲真是恨不得抽她。

林洲作为一个文艺男青年，平日里感春伤秋本来就是常有的事，于是也格外在意年龄这个事情。但自嘲是一回事，别人说出来就是另一回事了。他瞧着梁浅言，话也毫不留情地就从嘴里蹦出来了："那你还是一个离了婚的呢！男人离了婚好说，你这种情况，再找才是真的不好说了。"

"谢谢您的关心了，叔叔，可惜我没有再找的打算。"

"叔叔……"林洲嘴角一抽，心就感觉再次被捅了一刀。

"叔叔放心，我现在知道自己很安全，有劳叔叔记挂。"梁浅言一本正经地说道。

他真是气得无法组织语言了，伶牙俐齿成她这样，真的嫁得出去吗？

他气呼呼地坐在沙发上，暗叹自己的好脾性，他竟然没有夺门而出。

"现在已经十二点了。"林洲终于找到了一个可以压制梁浅言的话题。

梁浅言一下子就慌了，立刻跳了起来，奔向卫生间梳洗。毕竟饭碗比天大。

只用了20分钟，梁浅言就完成了洗澡、化妆、吹头发这些事，她拎起扔在沙发上的包打算往外冲，林洲却直接把她按在了沙发上。她的心又开始扑通扑通地跳，林洲不会是真的看上她了吧！她舔了舔干涩的唇，正准备发脾气，却见林洲已经拿上了药膏。药膏凉凉的，涂在膝盖上，她竟然觉得心里的那丝被烈日困住的浮躁也散去了。她看着林洲的眉眼，竟然忍不住再次脸红了。

她赶到公司稍作休整，就收到了林洲的消息，约她下午一起吃饭。

梁浅言想了想，自己好像真的和林洲走得太近了。她很清楚自己是一个什么样的状态，自己目前真的没有办法去开始新的感情。

家庭不仅仅是两个人是否相爱的事情，有了孩子之后，将会是一份比天还大的责任。她已经失去了方鹤，再也不能容忍任何失去。

梁浅言蹲在洗手间回消息的时候，就听到同事在外面议论的声音："那个新来的，也不知道是哪里来的本事，才上几天班啊，就把我们公司闹得沸沸扬扬了。"

"那倒是的，听说还是托了我们孙总的朋友进来的，连实习期都不用了，直接就做了我们的主管。"另一个同事附和。

"哎！我原本以为怎么样也应该是张姐您来做这个主管的，毕竟论客户满意度和资历，都应该是您。"她说着，叹了一口气，"她不是才离婚吗？有谁能为她卖力到这个份上呢？"

"那你就不懂了吧！听说她前夫是上市公司的总经理呢！要不是自己有问题，怎么会离婚？而且还是净身出户。"

她们说着，一个同事就推了推另一个同事："你那是没瞧着，连着几天来的那个女的，好像就是对她前夫有意思的。"

梁浅言不动声色地听着，心中暗暗觉得这个洗手间的隔音能力实在是太差，本不想理会，可心中又有些积气。梁浅言唇边浮现出了一丝冷笑，她一把推开了门，悠然走到两个同事跟前。

说话的两个同事这才意识到梁浅言一直都在洗手间里，她们脸上有些挂不住。

反倒是梁浅言比较坦然，对着镜子涂了涂口红，抿了抿嘴唇，才悠悠笑道："你们说的消息，还挺有意思的。要不，一起来聊一聊？"她说完，还无比真诚地看着二人笑。

二人的脸都笑僵了，有些说不出话来，互相推了推，其中一个才硬起头皮说道："浅言啊！我们还有事，就先走了。"

"等一等。"梁浅言叫住了她们。

两个同事的神情立刻微妙起来，难道梁浅言真的想撕破脸和她们直接谈？即便她们真的说了什么，但是在公司，说小道消息是常有的事情，没什么了不得的。

她看向了其中一个同事："张姐，您听说过冰雪皇后吗？"

速度滑冰是一种在室内冰地的运动，场地都是特制的寒冰，因此，从前的她一直被称为"冰雪皇后"。业内有谁不知道当年的冰雪皇后，外界一致认为她能冲到国际上散发光芒的，可是谁也没有想到，即便是皇后，也会陨落。

张姐心中猛地想到了一个名字——梁浅言。她惊讶地看着梁浅言，有些说不出话来。

梁浅言悠悠一笑："所以，我有没有能力做你的上司，你还是去问问孙总比较合适。"

"在职场上，看的是能力，而不是看谁在背后说三道四。"梁浅言在两人的背后朗声说道。

"你这么厉害？"梁浅言忽然听到了一个声音。她回过头去，正好碰上了一道略带戏谑的目光。

她翻了一个白眼，正准备走过去，男子竟然直接就抓住了她。

"你干什么？"她瞪了那人一眼，说实话，她现在的心情真的很糟糕。

"姐姐，我和你怎么样也是同事，你至于这么凶吗？"他说着，竟然真的眨巴眨巴眼，嘴巴瘪了下去，大眼睛仿佛会说话一样楚楚可怜地看着她。

第四十八章　偶像

梁浅言从前只知道女孩子爱撒娇，没有想到，男人竟然也可以这样卖萌了？要是其他的小姐姐，可能就真的会母爱爆发了，可梁浅言竟然觉得这很尴尬。

"你松手！"她冷冷道。

"大家都是同事嘛，姐姐你凶什么啊！"他继续委屈。

"你如果可以正常一点儿的话，我可以考虑给你两分钟的时间。"梁浅言被他拉扯不过。

"姐姐，我看了你两场戏了，我觉得，没买票，心里怪过意不去的。"那男人竟然说道。

说话的男人是梁浅言所在滑冰场的太子爷，也就是那位和林洲有点交情的孙总的儿子。他叫孙承宣，平日里不着调的事情没少干，但是对滑冰这件事倒是发自内心的热爱。

梁浅言暗暗打量他：年纪大概在二十出头，长相还算可以，就是太娘，装扮嘛……一身牛仔算什么？不符合她的审美；性格好像不太好，现在说的话也是在讥讽她。

这么一番打量下来，梁浅言就觉得，小孩子而已，看在是同事的份上，就还是好好教导一番吧！

她浅浅叹了一口气："怎么？你是想付门票钱了？那转账吧！"

她说着，果决地掏出了手机打开了收款码。

孙承宣再一次端出了他的撒手锏，桃花眼楚楚可怜地看着梁浅言："你真的忍心这么对我吗？"

"那你说怎么办？你都免费看了我主演的两场戏了。"梁浅言淡淡说道。

孙承宣等的就是梁浅言这一句话，他有些激动："所以，我请你吃饭吧！"

"吃饭？"梁浅言暗自一笑，今天什么日子，这么多人要请她吃饭？

"怕死，不敢吃。"她理所当然地拒绝，接着就迈开了步伐。

"等一等啊！偶像。"孙承宣再次在她身后喊着。

她什么时候又成偶像了？

还没等她想清楚，孙承宣仗着自己大长腿且年轻，再次冲到了她的跟前。

"小弟弟，太晚了，姐姐没有工夫陪你玩儿，就这样吧！再见。"她说着，就准备走了。

她刚来公司，其实很多同事都谈不上熟悉，但是她一开始，就没打算委屈自己而迁就别人。她平生第一次迁就，就是婚姻，为此，她已经付出了代价。人活在这世上，其实真的很简单，就是两种选择——委屈别人或委屈自己。委屈了别人，顶多就是背后被人说三道四。毕竟都是成年人了，在不涉及彼此的利益时，谁也不至于和谁死磕硬碰。第二种就是委屈自己，出了什么事，自己憋屈。自己心中有很多气，但根本没办法发作。从方鹤离世的那一刻起，她就决定不再委屈自己。既然她还活着，那她就要好好地活着。

"你真的是我偶像，如果我妈有你这个劲头，或许……"他说着，眼神就黯淡了下去。

梁浅言听他说了这个话，心里就有些不忍了。自己也失去了母亲和女儿，都是她最重要的人。她没有问下去，但心里已经明白了孙承宣的意思。

梁浅言心中暗暗叹了一口气，又是一个有故事的人啊！

"没关系，你妈即便不在了，也会在天上看着你的。"她终于找出了最合适的安慰语。

"谁告诉你我妈死了？"孙承宣的忧郁瞬间一扫而去，怒目瞪着梁浅言。

啊，她说错话了？可是这个男人的语气，分明就是在告诉她这个信息啊！她整个人都尴尬至极，好不容易同情心泛滥一次，结果却闹了一个大乌龙。

"不好意思。"她很快就认错了，尴尬地四处看了看，"我真的不是成心的，是我误会了。"

孙承宣很是大度地摆了摆手："算了算了，也怪我没说清楚。我妈那样，还不如死了呢！"

有了先前的教训，梁浅言也不知道该如何接话，但是她看得出来，对方还是很难过的。

她还没想好措辞的时候，对方竟然再一次处理好忧伤的情绪，直接就看着她撒娇道："你伤害了我幼小的心灵，真的不陪我吃个晚饭吗？"

错觉，她先前的感觉一定都是错觉，她真的怀疑对方一直都是装出来的，就是为了这一刻。她怎么能被一个孩子牵着鼻子走呢？虽然说是同事，抬头不见低头见的。

"改天吧！"梁浅言回答，她盯着孙承宣的眼睛，"就是你想请，也要问问别人有没有时间，你说是吧？"

孙承宣想了想，这个理由好像真的没有办法拒绝。他点了点头，恍惚间，再抬起头，梁浅言人已经不见了，显然是上电梯了。他有些懊恼，自己被耍了？改天？她还没说改到哪天呢？他打开了窗户，看着梁浅言走出大厅的门，远远喊道："梁浅言，你记好了，我叫孙承宣。"

梁浅言轻轻一笑，有些不以为意。现在的孩子，都顽皮得很，要是鹤鹤长大了被这样的小男孩给骗跑了，她只怕心都会凉半截。可惜鹤鹤永远都长不大了。想到这里，她眼眶红了。她咬了咬唇，目光坚定起来。

刘思逸那边，单身女青年的日子真的不好过，于是她又想到了赵添。她躺在床上悠然自得地敷了个面膜，接着就把那天晚上要到的电话号码拨了过去。怎么会有这么羞涩的男孩儿，真的是太有意思了。

但是拨过去电话占线。

赵添现在也很不好受，打肿脸充胖子答应了给娇娇送一个包，但工资早就上交了一部分，剩下的都花在娇娇身上了，现在哪里还有钱啊？

他想到了林洲，这个祸端毕竟是林洲惹出来的。

林洲听赵添诉完苦，明白了赵添的意思。

林洲的脸少有地严肃起来，正色道："如果是其他的事情，这个钱我一定会给你，但是这件事，不行。"

"这个事情可是你挑的头。"赵添控诉着。他口才本来就没有林洲好，除了这句话，也不知道能说什么了。

林洲毅然道："但你们这种关系就是畸形的，多大的力气干多大的活儿。你们俩一吵架，你就只能这样哄娇娇，根本就不是正常的恋爱关系。好，这一次，我把这个钱借给你。那万一下个月她找你要双名牌鞋或者要件限量款的衣服，你不给就分手，你怎么办？"

第四十九章　快乐

赵添一下子就被问蒙了，但他也知道林洲说得很有道理。一般这种话是很得罪人的，林洲如果不是真的为了他好，恐怕也不会轻易说出来。

赵添叹了一口气，但心里又始终不愿意承认，只好道："娇娇不是那么物质的女孩，她以后一定会有分寸的。"

"她如果真的有分寸，那你现在为什么都不敢和她说出实情？"林洲反问道。

赵添说不出话来，直接挂掉了电话。

他不是生林洲的气，相反，是因为林洲说得太直接了，他竟然没有理由再去说什么了，或者说，他很清楚娇娇是什么人，只是自己口头上不愿意承认。

赵添一挂电话，刘思逸终于松了口气，她的电话总算是切进去了。

"你是？"

"刘思逸。"刘思逸坦坦荡荡报出了大名。

"姐啊，怎么又是你？"赵添快哭了。

"什么叫又是我？"

"姐姐，我到底做错了什么，你告诉我行不？我改啊！"

"你没做错什么啊！"刘思逸轻描淡写地回答，根据她多年写小说的经验，心里猜到了一些，问道，"是不是你那小女友和你闹了？"

这一下可直接戳到赵添心坎儿上了，他很想认同，可对方是刘思逸，他实在是没有认同的胆量。他的语气中带着哀求，说道："姐姐，您既然知道是什么原因了，您一定要放过我。您是心血来潮，可是我这边是惊涛骇浪啊！"

"哟！小子，成语学得不错啊！"刘思逸继续调侃，心花怒放，只有他们闹腾，她才有机会啊！

"姐，您就别调侃我了，我和您总共也才见过一次好吗？我这边因为你已经一摊子破事了。"不说还好，这一说起来，赵添心中越发哀怨。他实在是想不出来自己到底做错了什么，才会这样倒霉。

"不，是两次。"刘思逸认真地纠正道。她想了想，能为自己喜欢的人帮忙应该是美德，索性问道："你说一下，什么事？我帮你。"

"帮我哄我女朋友也行？"赵添简直郁闷坏了。

"对呀！"刘思逸不以为然，能笑到最后才是本事。她现在忍一时之气，将来就可以海阔天空了。

刘思逸怕赵添不愿意讲，索性立刻就给出了一个理由："既然你说了，这件事都是因为我而起的，那我帮你善后，也不是不可以的啊！"

这个理由果然让赵添没有办法拒绝，他反而还觉得有几分道理，就把吵架的事情一五一十说出来了。

"你既然喜欢娇娇，那哄哄她也是应该的啊！"刘思逸说道。这一句话让赵添感觉仿佛找到了知己。

刘思逸语气十分真诚地说道："你这么一说，我越来越觉得是我的原因了。林洲没义气，但是我不会的，我赔你一个包吧！"

"真的？"赵添难以置信地问道，他很难想象这样的好事会掉到自己的头上。

刘思逸的话语严肃起来："肯定是真的啊！我这个人讲义气，既然是我的原因，那肯定是我来负责。"

赵添紧张了起来："太过分的要求，我是不会答应的。"

"也不是什么难事，反正你要来找我拿包，那你请我吃个饭，不过分吧？"刘思逸轻悠悠地说。

赵添心中也觉得好像不过分，于是很爽快地答应了。

"那你约个时间吧！"刘思逸现在就恨不得从床上跳起来去告诉梁浅言这个好消息，但是她的脸上还敷着面膜，只好生生忍住了太过夸张的表情和动作。

她挂完电话，立刻扯下了面膜，大喊一声："去你的保养，我要去找梁浅言。赵添这个傻小子，我看他怎么飞出我的五指山。"

于是，刘思逸心急火燎地拿起车钥匙就奔往了梁浅言的小窝。不打电话告诉梁浅言这件事是因为刘思逸深深觉得，电话已经无法传递她的快乐了。

梁浅言一开门就被刘思逸一把熊抱，吓了一跳。

"浅言，浅言，赵添答应请我吃饭了。"刘思逸不断地重复说道。

"知道了。"梁浅言应着，好不容易才将她的手拿了下来，拉着她在沙发上坐下。

她心中很纳闷，难不成，刘思逸真的会妖术？

"你是怎么让赵添请你吃饭的？"梁浅言问她。

刘思逸打了一个响指说："他和他那小女友因为我吵架，他那小女友想要一个包。既然是我的责任，那我就负责啦！"

"她要的那款包，两万多呢！"梁浅言心中有些肉疼，有些黯然地看了一眼刘思逸，"你玩真的啊？"

"我本来就是玩真的啊！"刘思逸认真地回答。

"你不心疼啊？"梁浅言再问，她看着刘思逸，"你想想你对着电脑敲字的那个场景，这可是你大半个月的稿费，不是两千块，也不是两百块。"

"我知道了。"刘思逸有些不耐烦，显然她根本没有把这个数字放在心上，反而呢喃道，"赵添竟然要请我吃饭。"

"思逸，你清醒一点。"梁浅言倒了一杯水递给刘思逸，"俗话说，宁拆一座庙，不毁一桩婚，赵添已经有女朋友了。"

"你也说了是一桩婚，赵添结婚了吗？"刘思逸皱了皱眉，不以为然，振振有词地说道："那我现在趁赵添没有结婚，合理争取一下也有错吗？他要是结婚了，我在这里兴风作浪，你说什么都有道理。何况，那个女的太拜金，赵添那样的男孩子，根本就不适合他。"

梁浅言哑然，她觉得刘思逸的手段不太好，但是作为刘思逸的朋友，泼冷水的话，她也说不出来。她叹了一口气："那你就当这个冤大头，把这个包白白送给那个小姑娘？"

"不然呢？"刘思逸再次不以为然，她看了一眼梁浅言，"舍不得孩子，套不着狼，你应该听说过吧？在我这里用，很合适。"

梁浅言再一次叹一口气，有文化真可怕，反正刘思逸可以把道理都放在自己这一边，让别人都无话可说。

第五十章　手段

"思逸，我希望你再考虑考虑。"梁浅言斟酌了一下，还是无比真诚地说道。

"考虑什么？"刘思逸表情沉了下来，她与梁浅言对视，"你是我最好的朋友，你应该清楚，我决定好的事情，是不会轻易改变的。赵添，我志在必得。"她说完，拉住了梁浅言的手又说："你是我最好的朋友，我不求这件事上你会支持我，只是你别泼我冷水好吗？"

"我不是泼你冷水，只是，你不懂，得不到的永远都是最好的。

他们两个人的感情有问题，那就交给他们两个人来处理，而不是你去代为审判。这是感情，不是其他的东西。"梁浅言苦口婆心说道。她唯恐刘思逸会再次因此而生气，又补充道："思逸，你知道我的，我把你当成最好的朋友。"

"那我也愿意。"刘思逸一脸决然地说道。

"那今天是包，假如明天是衣服，后天是手链呢？你全部包了？"梁浅言直接问出了最关键的问题。她深深地看了一眼刘思逸，说："你这种方式，根本就是不对的。"

"那我愿意啊！知己知彼，百战百胜。我只有现在知道了那小妖精的缺点，后面才可以对付她。浅言，你就别担心了，我心里有数。"这番话说出来，刘思逸也觉得有些疲了。她原本打算留在梁浅言这里好好和她聊一下，现在看来，根本就没有半点意义。

她起身穿鞋："这么晚就不打搅你休息了，我先回去啦！"

"这么晚了……"梁浅言看着她，问道，"要不干脆就留下来吧！"

"不了，你明天还要上班，留下来不好。"刘思逸说完，就直接走了出去，帮梁浅言把门带上了。

和刘思逸这么多年的关系，梁浅言知道，刘思逸越是嘴上没有说，心里反而越是介怀的。看来，她和刘思逸真的是要生分了。

梁浅言没想到的是，第二天找到她们公司去的是贺溪。

她还真的是运气好，上班以来，每一天都有人前来探望，而且每天都会有不一样的内容。

但是贺溪与林森不同，她害怕被记者拍，她要注意公众形象。她很客气地看着梁浅言："要不要一起去喝杯咖啡聊聊？"

今天来接林开颜的不是林洲，梁浅言终于知道贺溪为什么会恰好约了今天了。

林开颜走向贺溪，和她微微击了击掌，表示任务完成。

"你别看了，今天林洲不会来的。"贺溪果断说道，正好证实了梁浅言的想法。

贺溪轻轻一笑："就我和你，你不敢了吗？"

梁浅言知道她是激将法，但她和贺溪好像真的就没有特别和谐过。她扬起脸，高傲地回道："我为什么不敢？"

贺溪笑了，美人到底是美人，一颦一笑都是别有一番风味的，她竟然顺手挽住了梁浅言："那走吧！"

梁浅言觉得有些别扭，她什么时候和贺溪这么热络呢？但既然贺溪都不在意，她怕什么？

"想喝什么，我点。"贺溪笑着说道，看起来很是友好。

但是梁浅言知道，其实今天来者不善。

"和你一样吧！"她淡淡回答。

喝什么其实一点儿都不重要，重要的是，贺溪要和她说的话。

"我点了摩卡，不加糖。"贺溪淡淡说道，有些不确定地问梁浅言，"会有点苦，你也一样吗？"

这本来就是梁浅言的习惯，但是梁浅言却没有说出来。

贺溪反而自顾自地说道："从前上学的时候，林洲就喜欢这样喝了。赵菡当时什么都由着他，去喜欢林洲喜欢的一切，吃他喜欢吃的，喝他喜欢喝的。那个时候，我也喜欢林洲，但是在赵菡面前，我自愧不如。"

"所以你想说什么？"梁浅言看着贺溪的眼睛，直接问道。

"我是赵菡最好的朋友，她喜欢的，我可以让，但是这一次，我不可以让。我和林洲都不小了，我如果再让，就没有机会了。"贺溪说着，眼眶红了一圈，她一把握住了梁浅言的手，"我知道你和林洲走得近，你帮我劝劝他好不好。"

梁浅言想过无数种贺溪来对付她的方式，或者是羞辱她，或者要求她离林洲远一点儿。但是没想到，贺溪竟然是将她当作林洲的朋友，来求自己帮忙，没有威胁，没有炫耀，而是晓之以理、动之以情。

就算是林洲问起来，贺溪依旧可以坦坦荡荡。

手段真的是高，梁浅言不得不服了。

"这是感情的事，林洲想来自己是有想法的，我也不好去干涉。"梁浅言直接把话归到了林洲身上。

贺溪愣了一下，随即笑了笑："你现在是开颜的老师，林洲也和你走得近，什么都愿意听你的。如果你愿意劝他的话，他肯定愿意听的。你也疼开颜，你就忍心看着她一直没有妈妈照顾吗？"

"嗯？"梁浅言郁闷了一下，这和林开颜有什么关系？

贺溪好像一下子就看出了她的想法，接着说道："开颜的妈妈毕竟是我最好的朋友，我也算是看着她长大的。"她的言外之意就是，除了她，其他人也没资格和她争这个位置。

这年头，连带着当后妈都这么吃香了吗？

梁浅言觉得，本着她和林洲的友谊，她不应该出卖林洲，但是贺溪这一手感情牌，打得实在是太漂亮了。纵然林洲先前总是说梁浅言伶牙俐齿，最起码在这种时候，她对贺溪不得不甘拜下风。

"虽然你说得很有道理，成功地说服了我，你最适合当后妈，但是我还是只能告诉你，这是林洲的事，你和我说了没用。"梁浅言重复之前的意思。

"我知道你决定不了林洲，但只是希望你能去劝劝林洲。难道你不希望林洲好吗？"贺溪说道，又是一顶大帽子扣了下来。

她不帮贺溪就成了不为林洲好了？本年度最佳诡辩手不颁给贺溪女士实在是太可惜了。

"我能说一句实话吗？"梁浅言看着贺溪，终于不打算装下去了。

第五十一章　除非

"你说。"贺溪诚恳地看着梁浅言，好像只要梁浅言愿意答应她的要求，她怎么样都可以。

"你和林洲认识多少年了？"梁浅言问道。

"十二年了。"贺溪回答。

梁浅言轻轻一笑："那论交情，你我之中，按道理林洲更应该听你的才是啊！又怎么轮得到我去说什么呢？"

"我……"贺溪说不出话来，她低垂下眼睑，思量了片刻，这才道，"或许因为我和赵菡是最好的朋友，林洲……何况……"

她话锋一转，眼睛直直地看着梁浅言："林洲从来都没有放下过赵菡。"

梁浅言知道，贺溪这是想要给她讲林洲和赵菡的故事了。她再问下去，恐怕又是一曲现代版的梁山伯与祝英台了，但是梁浅言并没有听故事的欲望。于是，她挑开话题道："你知道你和林洲为什么十二年都没有走到一起吗？赵菡是你最好的朋友固然不错，可是为什么，赵菡都过世这么多年了，如今开颜都这么大了，你和林洲还是没有走到一起呢？"

这的确也是贺溪一直想要知道的，她看向了梁浅言，下意识地问道："为什么？"

梁浅言没想到，看起来身经百战的贺溪竟然连这么简单的道理都没想明白。她有些怜悯地看着贺溪，缓缓说道："那证明，他除了不爱你之外，和你真的是三观不合。"

除开这个道理，梁浅言实在想不出林洲有什么理由拒绝一个这样的大美女。甚至贺溪追到南非去，他也不惜拿和他有过好几次摩擦的自己当挡箭牌。

"你又不是林洲，你凭什么这样说？"贺溪气急，脸上的风轻云淡和温婉再也绷不住了。

"是不是，你自己心里清楚啊！"梁浅言回答道，她轻轻一笑，"我和你之间也谈不上交情，我也犯不着为你去惹林洲不痛快，是吧？"

梁浅言觉得，贺溪真的又该郁闷了。她索性就给贺溪说清楚："你的那招，可能对你身边的男人屡试不爽，或许有很多傻白甜也会吃你这一套，但我不会。我拿林洲当朋友，惹他不痛快的事，我不会做。我这个人分得很清楚的。你喜欢林洲这么多年，我承认，我的确挺同情你的，但是同情你也没用。"

她接着说："我没义务要为你做什么，我也不知道这是谁兴起来的规矩，好像是谁可怜大家就非得做些什么似的，我就偏偏不吃这一套。"

梁浅言说完，狠狠地喝了一大口咖啡，最后将杯子放了下去："好了，咖啡也喝完了，今天就聊到这里吧！谢谢你的咖啡。"她说着，提着包就起身了。

"等等。"贺溪叫住了她。

梁浅言回过头看着贺溪。

"我承认，你和很多女人都不一样，的确很有吸引力，但这种吸引力只是暂时的，林洲的心，早就死了。他不是我的，也不会是你的。"说到最后，她幽幽一笑，"林洲一直为赵菡耿耿于怀，我得不到的，你同样也得不到。"

梁浅言冷声道："那是你得不到，林洲又不是我的谁，和我有什么关系？"

"那你敢说你不喜欢林洲吗？"贺溪的音量加大了一些，也格外地用力。

梁浅言愣了一下，有一瞬间她觉得自己晕晕的，随即，她轻轻一笑，不以为意道："我喜欢也好，不喜欢也好，犯不着和你说。"

"是吗？"贺溪轻轻笑了笑，走到梁浅言跟前，"你现在能在我面前说这番话，我心里就已经有答案了。梁浅言，我承认你很厉害，但是我现在一点儿都不怕你了。"

梁浅言真的很好奇，为什么贺溪就自己下结论了，她很是轻蔑地说道："你又知道了？"

"对呀！因为喜欢上了一个人，就有了软肋。"贺溪说着，就看见梁浅言轻蔑地笑。

"你笑什么？"她问梁浅言。

"我笑，你心里凄凉得竟然要把我和你放在一处。贺溪，你今年三十三岁了，放在娱乐圈，也算是大龄了吧！你应该也频繁地被催婚。你也问问你自己，你是真的喜欢林洲呢，还是你认为林洲是你最好的选择和最好的归宿？"梁浅言一口气说完，一句话都不想和贺溪再说了。

贺溪目送着梁浅言离开，她咬了咬牙，拳紧紧地握在了一起。她心里憋得慌，真的很想哭。纵然梁浅言说的话都不对，但有一句话她是承认的。如果说一个男人十多年都没有爱上自己，那大概就真的和自己三观不合了。

"三观不合"四个字，林洲也同样和她说过。

她一直都对此不以为然，她想着，总有一天林洲会被她感化。

二十八岁的梁浅言都已经离过一次婚了，而她到现在还是单身。

十二年了，就算是已经离去的赵菡，都没有她陪伴林洲的时间长，可为什么会是这样的一个结果？

是，她已经三十三岁了，纵然这张皮囊再光鲜亮丽又如何？只有她自己知道，她背后付出了多少努力，才能让这张皮囊在镜头底下勉强维持着美貌。

女人过了三十岁，就只能眼睁睁地看着自己再也回不到过去的模样了。

梁浅言明明也有二十八岁了，只比她小了五岁而已，可偏偏，真的就是那样大的差距。

脱离了那层滤镜，她的皮肤状态，不如梁浅言。

她不管，她一定要嫁给林洲，她根本不信梁浅言说的那一套，她爱林洲。

林洲在家里一边修图一边给林开颜打电话："既然那么喜欢奶奶那里，那你就继续待着吧！我还想出趟门。"

林母一听就急了，一把抢过了电话："人家都说伤筋动骨一百天，你这胳膊腿还没好全呢，又耐不住是不是？"

"我没有，妈。我也要工作，要吃饭啊！"林洲都想哭了。他原本就猜到了老两口把林开颜困在他身边就是为了让他哪儿都别去，结果现在他真的无形中被限制了人身自由。

林母继续道："你要是好好的在大街上玩你那破照相机，我也就不说什么了，可你哪一次去的地方不是让我和你爸心惊胆战的？不管你怎么说，我们都不会让你出去的。"

"除非……"林母话锋一转。

"除非什么？"林洲心里对自由升起了一股希望。

"除非你把婚结了。我看贺溪不错。"林母明确地说道。

第五十二章　灯泡

　　贺溪从来都是会给自己留退路的，在梁浅言那里碰了钉子之后，就想到了林母。

　　毕竟是当妈的，赵菡过世后，林洲又一个人这么久，老人难免会着急，何况在旁人看来，贺溪对林洲真的是一片痴心，等候多年，不计回报，而且又是知根知底的，老太太对贺溪印象好也是情理之中的事情。

　　"那您去和贺溪结婚吧！"林洲轻飘飘地说道。

　　"你这人又在胡说什么呢！小心我告诉你爸爸，你爸爸又得和你动手了。"林母虽然是这样说着，但还是仔细瞧了瞧在一旁戴着老花镜看报纸的林父，最终压低声音道，"反正啊，我是问了贺溪的，下个周末约她来家里吃饭，你可一定得回来，不然等开颜开学了，你可别指望我们给你带开颜。你那摄像机，就等着它长灰吧！"

　　这一下子的确是威胁到了林洲，虽然他知道母亲就是嘴里说说而已，他当初玩摄影的时候，父母虽然嘴上不答应，但其实他买设备比谁都积极。他心里还是有些动容，于是就答应道："好，我到时候回来。"

　　"我就知道好好和你这人说话是没有用的。我看贺溪人长得漂亮，又是大明星，还和你知根知底的，又等了你这么多年，最重要的是她还愿意照顾开颜，这年头有几个人愿意给人当后妈啊？贺溪已经很好了，我还真的是怕你过了这个村没这个店，打一辈子光棍。"林母心情好了，就开始唠叨了起来。

林洲一下子头都大了，赶紧挂了电话。

贺溪这边接到了林母的电话，和梁浅言对话的阴霾也就全然消散了。纵然林洲现在对梁浅言颇有好感又能怎么样？毕竟，林洲家里人更认可的是她。她苦心经营了这么多年，怎么能轻易被梁浅言打败？

且说刘思逸那边，她好不容易设计来了和赵添单独相处的机会，但是，为了来日方长，为了让赵添不至于压力太大，她刻意叫上了梁浅言。

梁浅言的内心本来是拒绝的，但是刘思逸从来没有这样苦苦哀求过她，梁浅言心一软，也就答应了。

赵添原来以为是两个人的约会，有些紧张，但看到梁浅言之后，整个人都放松下来。

"我们又见面了。"梁浅言看着他落落大方地说道。

"梁浅言。"

赵添没回答，倒是一个男孩子直接冲到了梁浅言的跟前："我们又见面了，想不到我们会在这里见面啊！"

梁浅言有些尴尬地笑了笑，赵添看着刘思逸也有些尴尬地笑了笑。

梁浅言于是介绍道："这是我同事，孙承宣。"

"梁浅言，既然你也在这里，那我就和你们拼个桌，一起吧！"孙承宣没有半点想要客气的意思。

刘思逸心中是一万个不愿意，她本来带上梁浅言这个电灯泡，就是想让赵添放轻松，这样梁浅言也可以随时撤，她就有二人世界了。现在多一个孙承宣，也就意味着会多两个人。

这无论如何都不是刘思逸想看到的。

梁浅言没有说话，反倒是赵添很热心肠地说道："既然都是朋友，那就一起好了。"

"你不会是觉得人多会多花钱，想找个人一起分担吧！"梁浅言笑着打趣道。

赵添一下子就红了脸。他是理工男，想法本来就比较简单，也没考虑那么多，满脑子都是人多一些，他和刘思逸就不用尴尬了。

经梁浅言这么一说，赵添就有些不好意思了，他有些歉疚地看着孙承宣："你看，梁姐都这样说了，我肯定是不方便了。"

"不怕，我请客。"孙承宣拍着胸脯说道。

"你？"赵添狐疑地看着他，连忙摇头，"不行不行，你既然和梁姐是同事，那来日方长，今天真的不方便。"

"那梁浅言，你觉得呢？"孙承宣把问题抛给了梁浅言。

梁浅言心中纳闷，就是赵添也知道叫她一声梁姐，怎么这个小孩张口闭口就是梁浅言呢？

"你在这干什么？"梁浅言直接问道。

她其实老早就看到了孙承宣，而且也看到了孙承宣身旁的女孩子，所以她没有吱声，现在是故意这样问。

"相亲啊！"孙承宣苦着脸说道，快哭出来了。

梁浅言倒是没想到他会说真话。她又看了看那个女孩子，真诚地说道："你家里人的眼光其实很不错，还可以，好好去享受一下吧！"

他竟然直接在梁浅言身边坐下了："我不管，浅言，浅言姐姐，你就帮我这一次吧！"

"宁毁十座庙，不拆一桩婚！"梁浅言简单明了地说道。

"那也得看那桩婚是不是好姻缘啊！说不定就是乱点鸳鸯谱呢？你就帮帮我吧！"孙承宣再一次撒娇。

梁浅言很无奈，看了刘思逸一眼说："那这样的话，我去当个灯泡？"

刘思逸就等梁浅言这句话了。她原本就在思考着，梁浅言找什么机会走好，正好天上掉下来了一个活宝孙承宣。刘思逸简直是心花怒放。

看来老天都在顺其自然地帮她和赵添共度二人世界了。

"你最近都在做什么啊？"刘思逸千篇一律地寒暄。

赵添回答道："也没什么，就是工作上的一些事情，还有就是娇娇总是闹脾气。"

刘思逸很是敏感地察觉到了他语气之中的失落，于是关切地问道："是不是工作上不太顺利？"

她只字不提娇娇，这反倒让赵添潜意识之中放松了一些。而且她的问题也问得恰到好处，一下子就让赵添觉得，自己是真的遇到懂他的人了。

他想了想，还是言简意赅地说道："最近新研发的程序出了一点小问题。"

"是和同事之间吗？"刘思逸轻声问道。

赵添没有想到又被刘思逸猜中了，他一脸震惊地看着刘思逸。

之后，刘思逸基本上是很顺利地和赵添相谈甚欢。

而梁浅言这边，她觉得自己今天就是为当电灯泡而来的，不管出现在哪里，都是"闪闪发光"。

如果说眼神可以杀人的话，梁浅言觉得，自己一定已经被对面的女孩凌迟了。

第五十三章　天使

梁浅言很自觉地怂了，今天真的是忌出行。

"我给你介绍一下，这是梁浅言，我女朋友。"孙承宣开口了。

"什么？"梁浅言差点一口水喷出来，但还是努力地忍住了。她拿出纸巾干咳了两声。

孙承宣竟然拍了拍她的后背，无比温柔地说道："我知道你不喜欢公开我们的关系，但是你看这个情况，就算你吃惊我也要说了。"

接着，孙承宣一脸惋惜地看向了身边的女孩，说："所以，你知道我为什么不能接受你了吧？说实话，我不讨厌你，但是，总得有个先来后到是不是？你实在不嫌弃的话，就取个号排队吧！"

紧接着，震撼的场面出现了，在梁浅言还没有机会反驳的时候，孙承宣已经被泼了一脸的水，然后，女孩扬长而去。

　　梁浅言心里原本还有气，毕竟自己是在同事的哀求之下，以一种来当电灯泡的心情出现的，但实在是没有这样被人当枪使的打算。但是这姑娘的一系列动作，梁浅言又觉得解气。

　　梁浅言正准备松口气的时候，那姑娘竟然又走回来了。她看着还没把脸擦干净的孙承宣，气呼呼地说："我就是心里咽不下这口气。孙承宣你要我，是不是？"

　　"你都已经看到我女朋友了，我要你什么呢？"孙承宣依旧是一脸的轻浮。

　　"姐姐，我想听你说。"姑娘说着，就盯着梁浅言了。

　　梁浅言觉得，今天拿的剧本好像和她想象中的不一样，按理说女孩不是应该气走就没事了吗？还有杀回马枪的？

　　"你真的和孙承宣是男女朋友吗？"她目光凛冽地注视着梁浅言说。

　　这年头的小姑娘都这样厉害吗？梁浅言看了一眼孙承宣。孙承宣在桌下踢了踢她的脚，眼神中略带些祈求地看着她。

　　"我……我……"梁浅言实在是不知道该怎么回答了。

　　那姑娘见梁浅言这样，心中就明白了几分，于是再一次逼问道："你们俩要是能现在接吻的话，我就信你们真的是男女朋友关系。"

　　"我们什么关系为什么要向你证明啊！"孙承宣发挥了他优秀的临场应变能力回答道。

　　"因为你想要我排队啊！那我总要知道我是不是真的排在后面吧！"那姑娘接着说："你应该听说过网红店吧！那种店都是看起来热闹，实际上是请人排队。我怎么知道你是不是也用这种手法呢？"

　　"我……我可是很吃香的，我用得着用这种方式吗？"孙承宣强行说道。

　　"好啊！"姑娘挑了挑眉梢，一脸的挑衅。

　　孙承宣竟然真的凑近了梁浅言。梁浅言心中暗暗叫苦：她一把年纪了，怎么能被一个小孩无礼？

她正要发怒的时候，中间忽然伸出了一只手。

"吻什么吻啊！"

梁浅言朝他看去，林洲！真的无时无刻都是她的救命恩人。她飞快地站了起来："我朋友来了，失陪一下，你们自己掰扯。"

"林叔……"孙承宣叫了一声。

梁浅言愣住了……什么？林叔？

她看向了林洲。

"对，我朋友的儿子。"林洲倒是回答得坦荡。他狠狠地瞪了孙承宣一眼，说："好好和你的小姑娘玩就好了，跑来招惹你梁姨干什么？"

"梁姨？"梁浅言吸了一口冷气，内心深处是拒绝这个称呼的。

什么时候，她竟然成了梁姨？

那小姑娘也是没见过这种事，她愣了一下，随即脸上变成了嘲笑，说："孙承宣，你想敷衍我好歹也找个差不多的来吧！找一个长辈过来演戏，就有点过分了。"

"不过……阿姨看起来真的保养得不错。"她随后又调侃着。梁浅言内心顿时不想感激林洲了，僵硬地笑着看了看林洲。

"梁阿姨？"孙承宣终于发出了自己的疑问，但更像是在对林洲的控诉。

"林叔叔，梁浅言是我的朋友，你不能直接让她长了我一辈啊！"孙承宣表达出了他的控诉。

"哟！现在怎么不说是你的女朋友了？"那小姑娘立刻添油加醋。

林洲的目光在梁浅言和孙承宣两个人脸上打转，最终放到了梁浅言身上，一本正经地问道："你什么时候多了一个这么小的男朋友，我怎么从来都不知道？"

林洲接着鄙视道："你为了把自己拉一个辈分下来，还真的是拼了。"

林洲也说不上来自己为什么会吃醋，但就是看眼前这个小子不爽！很不爽。

"我没有。"梁浅言小声地申辩着。她有些心虚地看着那小姑娘，说："小孙这是和你闹着玩儿，我们是一个公司的同事。"她这话其实也是在向林洲解释。她也没想明白自己为什么要说这些。

"走吧！"林洲看了看梁浅言，又回过头，指了指孙承宣说，"以后在公司见了你梁姨记得叫人，别成天没大没小的。"

"她才比我大几岁啊！凭什么啊！"孙承宣在那边张牙舞爪的。

梁浅言本觉得没必要和这样的小孩子一般见识，林洲却很较真地停住了步伐，转过身看着孙承宣怒道："凭她是我的朋友，我是你爸的朋友。"

孙承宣气得说不出话来，怎么老男人都这么讨厌呢？

"怎么？舍不得你那阿姨了？"小姑娘调侃着孙承宣。

孙承宣心里郁闷死了，瞬间也没了精神，有些疲倦地看了她一眼，说："梁浅言才不是什么阿姨，我一定要追到梁浅言。"

他这样信誓旦旦的，把小姑娘都吓到了。她摸了摸孙承宣的额头，又摸了摸自己的，说："你不怕你爸打死你啊！那是你爸爸的好朋友的女朋友，比你大好多。"

"你不懂！那叫韵味，不像你这种黄毛丫头，成天就知道咋咋呼呼的，一点儿见识都没有。"孙承宣鄙夷地说道，眼睛又朝林洲和梁浅言那边看去，气得狠狠地捶了一下桌子。

第五十四章　训斥

林洲恨不得一巴掌拍死梁浅言，他没好气地吼道："你就这么烂好人啊！什么忙都瞎帮。"

梁浅言已经知道林洲的性格了，所以也没有和他一般见识，但是心里又有些委屈，强行狡辩道："我想着都是同事嘛……他那个样子求我，将来抬头不见低头见的。"

"哎哟，梁阿姨还真的是热心肠啊！"林洲不留余力地讥讽着。他问道："刚刚要不是我恰到好处地出现了，你打算怎么收场啊？"

"我也会直接拒绝他的。"梁浅言小声地说着。并不是因为她心虚，而是这件事她并没有实践的机会，现在说起来怎么都像是证据不充分的样子。

"在职场上，帮忙也要量力而行，有些忙就不能帮。"林洲义正词严地教训着她。

"那什么忙不能帮啊？"梁浅言下意识地问，随即又觉得自己问得有些傻。

这么说了几句话后，她又回到了刘思逸和赵添身边，梁浅言这才想到了林洲怎么会出现在这里的。她看了看赵添的目光，心中瞬间什么都明白了。想来赵添一开始也没有想要和刘思逸单独相处，所以他也拉了林洲来当挡箭牌。

林洲看了一眼赵添，简单地解释道："我路上遇到了一点儿麻烦事，解决了一下。"林洲说着，就将目光放在了梁浅言身上。

刘思逸向来敏感，一下子就察觉到了。她推了推梁浅言，暗笑道："你不是去给你同事'照明'去了吗？怎么又遇到林洲了？是不是林洲又解救你于危难之中啊？"

林洲瞪了一眼梁浅言，目光又放在了刘思逸身上，说："梁浅言喜欢瞎管闲事，你在她旁边也不拦着点！"

刘思逸指着自己，也是一脸的莫名其妙。她连发生了什么都不知道，林洲就直接来训人了。

"你让梁浅言去给人当挡箭牌，你就没想过她能不能应付啊？"林洲说着。他原本还想再说什么的，但是梁浅言已经拉了拉他的袖子，让他不要再说了。他也觉得自己说得有些过了，就没有再说下去。

他同样知道梁浅言出来的目的是什么，但是刘思逸不能借着这个由头就支开梁浅言。

林洲看了一眼梁浅言，很是语重心长地说道："也不知道你这么多年的饭都吃到哪里去了，同事之间，既然是个人的私事，你该不管的。同事同事，只是一起共事的人罢了，工作上有什么可以帮忙的，那你大度一点儿吃点亏也可以。但是人家的私事是你能掺和的吗？你是人家的什么人啊？"

梁浅言愣了一下，一时说不出话来。

但是林洲今天明显有些唐僧附体了。他接着喋喋不休地说道："你也是的，什么事不掂量一下自己几斤几两就上去管了。尤其是感情这一块，复杂得很，你没看前段时间那个留学生被害的案子啊？"

"那和这件事有什么关系啊？"梁浅言皱了皱眉，表示不服气。

林洲却轻轻一笑，说道："那关系可大了，被害的那个女孩如果不去管别人感情怎么样，她会被害吗？你成天这样拿自己当救世主，小心出事。"

"没那么夸张。"梁浅言有些不自然了，她喝了一杯水。

"怎么没关系了。"林洲没好气道，"有些事情，你管了对你没什么好处。尤其是感情这一块，人家两个人闹完了，说不定就开开心心和好了，最后吃亏的一般都是管闲事的人。"

林洲这长篇大论，梁浅言知道，其实是有一定的道理的，但是她和林洲杠习惯了，心中也有些不服气，随即道："你怎么就内心这么阴暗呢？"

"我内心阴暗？"林洲轻轻笑了笑，"你和林淼那档子事，是因为她根本不占理，但如果你今天真的帮了孙承宣，让那个小姑娘给闹到公司去了，对你有什么好处？"

林洲说着，深深吸了一口气，看着梁浅言说："你知道孙承宣是什么身份吗？"

"不就是一个同事吗？"梁浅言说出了自己的想法，可是林洲这样问了，一定就没有那么简单，她等着林洲的下文。

林洲轻轻一笑，他看着梁浅言，她已经二十八岁了，他怎么觉得梁浅言还是有些天真呢？一种难以言明的天真。

"他是你们孙总的独生子。"林洲静静说道。

梁浅言愣了一下，心里又觉得有些后怕。

林洲看穿了她的想法，冷眼看着她："你现在知道后怕了吧！要是小姑娘闹去了你们公司，他那敏感的身份，你们之间的年龄差，公司同事会怎么看你？孙总又怎么看你？就算我和他有交情，也保不住你，毕竟独苗还是比朋友重要。"

梁浅言一下子就认怂了。

刘思逸见状，打着圆场道："好了，好了，算了，浅言已经知道了。"

"她不知道。"林洲直接打断刘思逸，看着梁浅言颇有些恨铁不成钢，轻声说道，"平日里看着伶牙俐齿的，关键时候总是这么没主意。"

"好了好了，我真的知道了，下次真的不会了。"梁浅言终于忍不住求饶。

刘思逸却推了推梁浅言，问道："你那小同事不会真的对你有意思吧？"

梁浅言都快哭了，林洲这边才骂完，刘思逸怎么好像要抓着这个事情不放了。

"他都可以叫我阿姨。"梁浅言哭笑不得地说道。

起先她对梁阿姨这个称呼很是不满，但是现在她发现，梁阿姨这个称呼实在是太友好了，她都要感动得泪流满面了。

刘思逸原本设计的和赵添两个人的约会，最终却变成了四个人的约会。

林洲在刘思逸很多次的眼神暗示后，终于对梁浅言说道："开颜最近很想要个礼物，要不你陪我去挑一个？"

梁浅言想也没想就答应了。

刘思逸心里乐开了花，这林洲也太上道了，日后她一定会好好报答他的。

第五十五章　战况

等梁浅言和林洲一起出来了，梁浅言才有些别扭地说道："刚刚真的是谢谢你了。"

"谢什么啊！"林洲语气平淡地说道，他根本就没有把这事放在心上。

梁浅言有些不好意思，其实仔细想想林洲的话，也不是没有道理。她心中还是隐隐有些后怕的。她如今这样的处境，要是真的和孙承宣这种太子爷纠缠不清，那有一万张嘴都说不清了。

孙承宣做了什么事，在别人眼中不过就是年纪太轻，少年意气而已，可是于她而言，那就真的不一样了。

她会受到很多非议，甚至也会惹上司不高兴。别人都不会听她解释什么，只会觉得是她勾引了孙承宣这个太子爷。

尤其是她的年纪，太尴尬了。

"以后，我会注意的。"梁浅言很有自知之明地说道。

林洲明白她的意思，但还是忍不住问道："你要注意什么？"

她看了看林洲，不知道该怎么说了。

林洲轻轻笑了笑，也没太为难她，打算把这件事就此放过去了。

"思逸和赵添……你怎么看？"梁浅言终于忍不住问道。

林洲面露为难之色，他不是喜欢背后议论人的人，况且，感情的事情，本来就是别人的私事。他为难地看了一眼梁浅言。

梁浅言轻轻一笑，明白了他的意思，于是解释道："我不是要你评价什么，我是想问你，你觉得她和赵添能成吗？"

林洲笑了笑，看了一眼梁浅言，问道："你要听真话吗？"

"难道还有假话不成？"梁浅言调侃着，随即正色道，"你说吧！我都可以接受的。"

"你那好闺密的手段那样雷厉风行，何况赵添和娇娇之间有很多问题。有时候谈恋爱就是这样的，价值观不合，表面上看起来是可以融合的，其实不是。它体现在方方面面，再深的感情最后都会磨光，所以……"林洲最后的话没有说完，但是梁浅言已经明白了他的意思。

林洲随即又补充道："至于你那闺密能不能和赵添走到最后，那谁也说不准。不过我那弟弟，人品是没有什么问题的。"

林洲说得很客观了，梁浅言却没有吱声。

诚如她先前和刘思逸说的，赵添和娇娇最后会怎么样，那也是他们之间的事情，但是刘思逸这样贸然插进去，就不那么妥帖了。

她轻轻叹了一口气。

林洲却轻声调笑她道："你要是有你闺密那个手腕，想必也不会落到今天这地步了。"

"我现在不好吗？"她问。

林洲却不知道怎么回答了，好不好，应该只有自己知道吧！林洲笑了笑说："好不好不是由别人来评判的，而是你自己到底是怎么觉得的。"

她想了想，好像也的确是这个道理。

林洲和梁浅言瞎逛着，瞧着时间差不多了，林洲才说要去和赵添他们会合。

刘思逸向来惯行打蛇打七寸，所以，这么好的机会，她除了早一步让身边的一个富二代接近娇娇之外，还让自己和赵添约会的场面正好被娇娇给撞上。

娇娇挽着那高富帅的手被赵添给撞了个正着。赵添看着娇娇，满脸的难以置信，他已经很久没有见过娇娇笑得这样灿烂了。

赵添一下子就蒙住了。

刘思逸明知故问地说道："不会是你女朋友吧？"她说完，又马上捂住了嘴巴。

赵添却根本没有心思管她，直接就冲到了娇娇跟前："你是不是应该和我解释一下？"

"我为什么要和你解释？"娇娇扬起了脸。

"你……"赵添气得说不出话来。

"我什么？赵添，既然你都看到了，那我也就和你直说吧！我们已经分手了。"娇娇说道。

"已经？"赵添沉吟，娇娇用"已经"那就真的一言难尽了。他看着娇娇说："所以这就是你这几天都不接我电话的理由吗？"

娇娇点了点头说："我以为你会知难而退的。我现在给你介绍一下，这是我的新男友米克，是从美国回来的海归哦。"

现实就这样赤裸裸地摆在赵添面前了，赵添还能怎么办？

娇娇的目光最后落在了刘思逸身上。刘思逸这人没什么别的优点，就是一身行头从来都不会输给别人。

娇娇扫了一眼刘思逸，嘴角就轻蔑起来："你看，你不也是一样吗？这位阿姨，看起来不错，很适合你。"

"你说谁阿姨呢！"刘思逸恨不得撕人了。

刘思逸立刻就给梁浅言发了一条消息，梁浅言和林洲恰好也要到了。

"不好。"梁浅言低声说道。

"怎么啦？"林洲疑问。

梁浅言轻轻叹了一口气："赵添他们和娇娇碰上了，还有，娇娇的新男朋友。"

"这么巧？"林洲有些诧异。

梁浅言点了点头，轻轻一笑，心中隐隐猜到了什么。

"赵添人挺好的，阿姨您眼光不错，老牛吃嫩草，也可以吃得很愉快了。"娇娇不留余力地讥讽。

刘思逸冲了上去，揪住了娇娇的头发："我今天不教训你，你还不知道'理'字怎么写了？我和赵添才没你那么肮脏呢！"

娇娇立刻尖叫起来，包也甩在了刘思逸身上。

梁浅言连忙小跑了几步，冲上去拉开了刘思逸。她看了一眼发愣的赵添，喊道："你干什么呢？帮忙啊！"

娇娇喘着粗气，也被她的新男朋友抱在了怀中，指着刘思逸道：

"今天我就放过你！你也只配要我不要的男人。"

"你再给我说一遍！"刘思逸要发飙了。

娇娇有些被吓到了，刚才和刘思逸打架她就没尝到什么甜头。刘思逸可是身经百战练出来的，出手就是快、狠、准。娇娇到底还小，又娇滴滴的，哪里是刘思逸的对手？

娇娇她一下子也没了底气，挽住她的新男朋友道："算了，我们不和阿姨一般见识，我们走！"

刘思逸还要冲上去，梁浅言却直接抱住了她。

等刘思逸平静下来，她才看了看眼眶有些发红的赵添，咬了咬嘴唇，安慰赵添道："你也别伤心了，有些人，总是要慢慢看清楚的。"

"嗯。"赵添点了点头，吸了吸鼻子，脸又看向了别处。

几个人当中，最冷静的人，反而是林洲了。

刘思逸刚才打架手上破了一点皮，因为鹤鹤的缘故，梁浅言的包里总是会带上创可贴，她给刘思逸贴了上去，也忍不住抱怨道："你做事情也是太冲动了。"

第五十六章　计谋

"我没把她撕碎今天就已经是心慈手软了。"刘思逸龇牙咧嘴说道。

"好啦！"梁浅言劝阻她，心里也担心她吃亏。

刘思逸看了赵添片刻，最终，拂开了梁浅言的手，拍了拍赵添的肩膀，故作轻松道："这样拜金的妹子也没什么可要的，现在离开，也不算晚。你以后啊就把眼睛擦亮一些。大不了，你的终身大事就包在姐姐我身上了。"

赵添苦涩一笑，男子汉大丈夫，为了这样一个女人哭好像太丢人了。他咬了咬牙，说道："先吃饭吧！"

梁浅言心里不由得有些纳闷，这种情况下，还真的吃得下去吗？

不过赵添既然这样说了，那就吃吧！反正也不是她被绿了。她心中不由得想起之前自己以为被绿了的时候，确实心中也很不好受，心里也不由得有些同情赵添了。她想了想，斟酌再三，开始安慰赵添："虽然说你也是一片真心，但是这年头真心也比不过钞票了。但是，人是要有希望的，喜欢你这个人而不认钞票的妹子，总会有的。"

林洲看了她一眼，示意她不要说话了。

赵添点了一箱啤酒，就坐在一旁自顾自地喝起来。

刘思逸仗义，手机往桌上一拍，也直接拿了一瓶喝了起来。到最后，梁浅言看到的，是刘思逸和赵添抱着哭成一团。

赵添哽咽着："我为她做了那么多，她怎么连分手都不愿意和我说了？"

"那是她不懂你。"刘思逸呢喃着，"我就不一样了，在我眼里，你就是璞玉啊！"

这种情况，梁浅言也不知道该怎么办了。

林洲却站了起来，把单给买了，看着梁浅言道："我想去下洗手间。"

"那你去啊！"梁浅言下意识回答。

"嗯……不……"林洲很是自然地撒了一个娇。

要是梁浅言只有十八岁，肯定会受不住坏大叔的撒娇，还是帅帅的坏大叔，简直是太吸引人了。然而梁浅言已经二十八岁了，她冷冷地看着林洲："你自己不会去吗？"

"你陪我。"林洲得寸进尺地说道。

梁浅言点了点头。

结果她一走，刘思逸的短信就发过来了，她让梁浅言和林洲先走。

"不行，思逸醉成这样，我不能把她丢下。"梁浅言固执地说道。

林洲真的很想敲一敲这榆木脑袋，她到底什么时候才会开窍。

林洲靠近她，手撑在了墙上。他也喝了酒，呼吸间带着一股酒精的味道。他看着梁浅言道："你是真的傻还是假的傻？刘思逸根本就没有醉。"

"不可能。"梁浅言不信。

"那看看刘思逸旁边的垃圾桶，她喝到肚子里多少，又倒了多少？"林洲的眼睛很是明亮。

"所以，你是说她是故意的？"梁浅言难以置信地看着林洲。

林洲点了点头。

梁浅言被他看得有些不自然，又感觉心在扑通扑通地跳。她别过了脸去，想伸手推开林洲，但是手又有些抬不起来，随即耳根也红了。她自己都能感受到，林洲自然也知道了。

林洲松了手，和她一起靠在了墙上："你闺密的手腕比我想的还厉害啊！"

"她……"梁浅言也不知道怎么和林洲解释，她摇了摇头，"思逸从来都不是机关算尽的人，今天就是巧合。"

"巧合是吗？"林洲不置可否，静静一笑，摇了摇头，"是不是巧合，以后就知道了。我陪你回去拿包，我送你回去。"

"你不上洗手间了？"她诧异地看着林洲。

林洲轻轻一笑，摇了摇头，没有说话。

她脸色一红，这才反应过来林洲的意思，只怕林洲一开始就没有上洗手间的打算，他就是想要和梁浅言说这些话而已。

"那思逸真的不会有事吧？"梁浅言还是有些放心不下。

"你今天真的把她拎回去了，她才会恨你。朋友嘛，你尽心尽力就可以了。她非要怎样，你也管不了。"林洲语气平淡地说道。

她很想反驳，但她心里明白林洲说的是对的。她回去拿了东西，又不放心地回过头看了刘思逸一眼，心里轻叹了一声。

"只怕赵添今天才是小白兔。"林洲有些唏嘘。

梁浅言看着他，很是不解道："赵添是你的表弟，你就这么放心看着他被算计？"

"赵添也是心甘情愿的啊！"林洲回答。他苦涩一笑，也不知道该怎么和梁浅言解释。

总之，一切都是水到渠成。

林洲喝了酒，也没敢开车，和梁浅言一道上了出租车。

梁浅言一到车上，就远远避开了林洲。先前的场景依稀还在她眼前环绕，她总觉得自己有些心猿意马。好多年前，她面对方逸群的时候，好像也有过这种感觉。那个时候，她是满心期待的，可现在，却有些害怕。

林洲却又挪近了一些。

她红着脸看着林洲："你要不要离我远一点？"

"不要。"林洲直接回绝了她，手就挽住了她的臂膀。她想挣脱，却挣脱不出来。

"我也醉了。"林洲嘟哝道。

"你别装了。"她有些着急。

"我没有装啊！"林洲含糊不清地回答。

酒不醉人人自醉，她应该是听说过的。

后面的动静太大，惹得司机师傅频繁回头。

梁浅言见林洲也不算太出格，手臂也抽不出来，就由他去了。

她也累了，不知不觉眼皮就开始打架了。她自己也不知道，什么时候头就歪在了林洲的肩上。

林洲看了看她的脸，她好像睡着的时候也不开心，眉头紧锁着，两边的短发垂在了她的脸颊之上。林洲替她将头发拨在耳后，看着她长而卷翘的睫毛。

自打方鹤过世之后，她的睡眠就很浅，这样的触动，让她觉得很不舒服。她揉了揉眼睛，却正好看到了林洲精致的眉眼。她心中的第一个念头是：怎么会有人这样胡子拉碴的，也会让人觉得很帅呢？

随后，她才意识到自己靠在林洲的肩上。她立刻想要起来，但动作太大，加上太高的缘故，头就直接撞上了车顶。

第五十七章　表白

梁浅言捂着头，眼泪都要出来了，可又觉得这样在林洲面前哭真的太丢人了，于是她死死地咬住了唇。

林洲强忍着笑，最终还是忍不住，笑出了声来。

一会儿，梁浅言家就到了，等车一停，她就迫不及待地想要打开门，但偏偏靠近她的那扇门因为安全问题，已经被锁住了。

这就意味着她只能从林洲那边下。她看了看林洲，眨了眨眼，内心指望着林洲可以自觉一些。可林洲就是不动。

林洲调侃她道："你现在是舍不得下车了吗？还是说你想跟着我去我家？"

她的脸瞬间一红："你先下去一下。"

林洲真的很配合地下来了，这倒是让她意想不到的。

她想了想这憋屈的一路，心里暗暗决定要找回一点儿面子。

"那个，那个，林洲，我其实有话想和你说。"她支支吾吾地说着，低下了头。

林洲在这种情况之下，也有些激动了，梁浅言不会是想要对他表白吧！可是这种事情，让女方来做，好像终归是有些不好的。

林洲想着，也支支吾吾道："这种话还是我来说吧！"

"不，我一定要告诉你。"梁浅言很是坚定地说道。

林洲摇了摇头："不，还是我来说。"

"我来说。"

这一来二去，司机也开始催促起来："你们这说来说去的，到底说完了没有？要不你们转告我一下，我来说。现在的年轻人都这么腻歪的吗？"

林洲深表认同，于是，他认真地说道："你看，还是我来说更好吧！你听我说，表白这种事情，还是要男人来做。"林洲说得很是义正词严、大义凛然。

梁浅言吞了一下口水，再一次愣住了。他说什么？表白？今晚月亮是从什么方向出来的？梁浅言觉得大脑一片空白，她低下头，不敢看林洲，说："我其实已经知道你就是大老黑了。"

她快速地说完，就跑开了。

林洲本想抓住她的胳膊，但是她溜得实在是太快了。林洲也愣了一下。

"你到底还上不上车了？"司机催促道。

林洲这才反应过来，他坐上了车，想到了第一次见她的时候。

原来，她猜出来了。只是自己喜欢她，也已经被她知道了。她到底是怎样想的呢？

林洲感觉自己坐立难安了。他一个人逍遥自在地过了这么些年，这种忐忑的感觉太难熬了。

他有预感自己今晚大抵是睡不着了，在大厅打了很久的拳，打到林开颜都开始投诉他才停。他又吃了一点安眠药，但还是在床上翻来覆去的。

梁浅言的情况也没有比林洲好多少，她不是那种尚在青春期可以一股脑地投入爱情当中的小姑娘了；相反，她已经经历了很多，她的婚姻已经失败过一次了，甚至，她拥有了全世界最懂事的孩子，但是最终，她又失去了她的孩子。

她好像在一瞬间，拥有过这世间最美好的东西，但是也在某一个让她始料未及的瞬间，又失去了一切。幸福，真的是一件太虚无缥缈的东西，她真的不知道自己有没有勇气再去争取。又或者说，就这样一个人过也挺好的，没有牵挂，也就没有了责任，心里也就只有她一个人。她感觉这样过下去，好像也不错。

早上赵添醒过来的时候，看到刘思逸和自己躺在一起，都是成年人了，他很清楚发生了什么。

刘思逸早就醒了，她一直都在等着赵添。

所以等赵添醒过来之后，她也睁开了眼睛。

"昨天……"赵添觉得自己有些难以启齿，实际上，他也有些稀里糊涂。

"昨天发生什么你都不记得了？"刘思逸问道。

酒壮怂人胆，这话一向都是不错的，不记得倒是不至于，但是想到这些，又看到刘思逸脖子上的吻痕，赵添也有些不好意思，觉得这进展好像真的太快了。

"你别有太大的压力，我不要你负责。"刘思逸语气平淡地说道。

赵添愣了一下，低下头道："我不是这个意思。"

"那你是……"刘思逸打量着他。"我……"赵添叹了一口气，"我和她……你也知道，我真的……"赵添也不知道该怎么说了。

"没关系，我也没想你现在就给我答复，我会等的。"刘思逸再一次善解人意地回答。

这样一来，赵添心中就更加内疚了。

他看了一眼刘思逸，刘思逸的长相真的不在娇娇之下，何况，她又那么喜欢自己，好像和刘思逸在一起，也不错！

"你如果不介意的话，我会试着去忘记她，我也会好好对你的。我们试一试吧！"赵添舔了舔唇，有些不敢看刘思逸。

刘思逸向来果决，这种时候，她也没有太矫情，但是，男人嘛……

她抿了抿红唇，轻轻一笑："我早就说了，我不要你负责，什么时候你真的想好了，你再来找我。"

赵添没想到刘思逸会拒绝。

刘思逸接着又说："赵添，我也不是玩不起的人。你要是以后心里有我，那咱们就日后好好处。你要是觉得没有我，以后也放得下的话，那昨晚，你就当什么都没有发生。"她说完，利落地下床，去了洗手间。等她化好妆出来的时候，赵添已经穿好衣服了。

他看着刘思逸，还是有些不好意思："我送你回去？"

"不了，我得去找梁浅言，免得她担心。"刘思逸轻描淡写地说道。

第五十八章　追求

赵添再一次愣住了，他斟酌着自己应该说什么才好，但还没等他反应过来，刘思逸人已经不在了。

刘思逸一路上心里觉得畅快极了，这盘棋，她是真的下得痛快，实在是太顺利了。

等她敲开梁浅言的门的时候，却发现梁浅言的眼眶黑了，和她脸上的容光焕发完全是一个鲜明的对照。

刘思逸忍不住尖叫道："你这是做什么了？怎么这么吓人？"

梁浅言有些尴尬，不知道该怎么回答刘思逸。

她低下头，自顾自地去了洗手间，刘思逸也跟了过去。

她拿着牙刷，一边刷着，一边含糊不清道："你呢？昨晚怎么样？"

提到这个，刘思逸就觉得格外开心。她兴致一下子就上来了，略带些激动地说道："布了这么周全的饵，鱼儿当然会上钩。"

"饵？"梁浅言回过头诧异地看着她。

都已经成事了，刘思逸也没有什么好隐瞒的了。她笑了笑，脸上充满了得意："那可不是嘛……赵添那小女友，不，现在是前女友，她身边的那个青年才俊，是我的朋友。"

梁浅言愣了一下，停住了刷牙的动作，怔怔地问道："这样是不是有些不太好？"

刘思逸挑了挑眉梢，很是坦荡地说道："我承认，我的手段的确是不正当，可是真金不怕火炼，苍蝇也不叮无缝的蛋，要是娇娇真的行得正立得直，我也没有机会下手啊！说白了，还是她自己拜金而已。"

"思逸……"梁浅言深深地看着她。

"我知道你心软。"刘思逸静静说道，她迎上了梁浅言的目光，"可是我和你不一样，我只看我要的是什么结果，其他人和我没有关系。

还是那句话，娇娇真的没有问题的话，她也不会这么轻易上钩。"

梁浅言无奈地摇了摇头，没有人比当事人更有资格去审判当事人。

"那你现在称心如意了？"梁浅言问，她自己都没察觉到，她的语气中竟然带了些许嘲讽。

诚然，她看不惯刘思逸的手段，但是刘思逸说的又似乎有几分道理。

"还不算。"刘思逸说着，但是语气却异常轻松。她信誓旦旦地说道："不过，也就快了，我才不要勉勉强强的。我要赵添真心实意地想要和我在一起。"

梁浅言犹豫了一下，她想说的话还是没有说出口。她决定，她和林洲的事情，暂时还是不要告诉刘思逸了。

梁浅言一回公司，孙承宣就已经等在公司了。

昨天之后，梁浅言就有些怕孙承宣了，林洲说的话不是没有道理的。

孙承宣竟然明目张胆地送了一束花给她。众目睽睽之下，她越是拒绝，只怕越发惹人注意。她飞快地接过，将花放进了更衣柜。

孙承宣立刻就不高兴了："你就是这样对待我的花的？"

"我没有其他地方放了。你如果有意见的话，可以收回去。"梁浅言冷着脸回答。

孙承宣立刻就没了脾气，他撇了撇嘴，很不情愿地说道："好吧！都已经送给你了，那就给你处理吧！"

"昨天，还是谢谢你了。"他掰着手指头，又补充道。

真的是太高调了，瞬间又一大堆目光扫了过来。

梁浅言恨不得打这孩子两下，没事不要给别人添麻烦，他不知道吗？

"梁浅言，从今天开始，我要追求你。"他唯恐天下不乱地大声嚷嚷道。

梁浅言瞪了他一眼，心中宰了他的想法都有。

"我有男朋友了。"梁浅言想了想，终于还是搬出最俗套、但是最有效的方法。

"不会是林叔吧？"孙承宣内心很不愿意承认。

"对呀！就是林洲。"梁浅言理直气壮地回答。她也不知道自己怎么忽然这样直白。

忽然气氛安静下来，连同事议论的声音都没有了。

梁浅言回过头看去，来换衣服的林开颜正好出现在她的身后。

"开颜。"她微笑着叫了一声，但是林开颜却没有搭理她。

她伸出手，想要去摸林开颜的头，但是却被林开颜直接避开了。

林开颜看向了孙承宣："孙老师，今天我想换个教练。"

"换个教练吗？"孙承宣看了看梁浅言，最终还是点了点头。

孙承宣看了梁浅言一眼，还想说什么，梁浅言却直接溜了。

梁浅言一下班就开始堵林开颜，可林开颜像知道似的，完美地避开了她，她也不想遇到林洲，所以就只好作罢。

其实她可以理解林开颜那种小孩的心理，但是，她的那句话分明就是无心的啊！

孙承宣却故意堵她。她看着这个孙承宣，真的是一点脾气都没有了。她气喘吁吁停住了步伐，说："你说吧！你喜欢我什么，我改！"

"喜欢就是喜欢，还要有什么的吗？"孙承宣逞强。

"但是你给我造成了困扰。"她板起脸。

梁浅言觉得自己这番思想教育也算是很诚心了，按理说也应该会有成效的，可是孙承宣好像也不是讲道理的人。

他摇了摇头，满脸不在乎地说道："可我就是喜欢姐姐，这也有问题？"

梁浅言闭上了眼睛，心里暗暗对林洲道歉，不管怎么样，她又要拿林洲当挡箭牌了。

"但我是你爸爸朋友的女朋友，按照辈分，你应该叫我婶婶。"梁浅言正色说道。

这好像真是个很有力的理由，那么能言善辩的孙承宣也被震慑住了。他难以置信地看着梁浅言："你和我林叔，是真的？"

"昨天你都看到了啊！你林叔吃醋的样子，是不是太让你没啥印象了？"

孙承宣有几分信了。他显得有些痛苦，失魂落魄地转过了身去："我要再好好想想，怎么会这样呢？"

梁浅言看着他的背影，终于忍不住不厚道地笑了。这样的孩子就是得治，就是要他去怀疑人生，这样他才知道人生在世，根本就不能那么随心所欲，也就不会那么嚣张了。

第五十九章　宣布

很快就是周末了，在林洲父母看来，贺溪上门无异于准媳妇上门，因此格外郑重。

林洲想了想，梁浅言这个人是不能催的，一定要她自己敢站出来才行，但是他也不信梁浅言对自己一点儿感觉都没有。

在此之前，他应该把自己的麻烦事解决掉。

林洲是个行动派，早早就回了父母那边帮忙筹备着。林开颜先前撞到了梁浅言表白，心里有些别扭。她不讨厌梁浅言，但那也是在她觉得贺溪没有受到威胁，梁浅言只是爸爸的好朋友的情况下。

林母看林洲头一次这样主动帮忙，心中以为林洲是开窍了，不无欢喜地说道："你可算是想明白了。你可要对人家贺溪好一些，这样好的姑娘，又等了你这么多年，真的是打着灯笼也难找了。"

林洲敷衍地笑了笑，心中颇有些不以为然，纵然贺溪再好，但是个中滋味，也只有他自己清楚！

林洲想了想，还是说道："等一下我有件事想要宣布一下。"

"宣布？"林母颇有深意地看着林洲笑，想不到她这儿子，这会儿终于想明白了，要向贺溪表白了。也是啊！表白这种事情，终究都是要由男人做的，也不能让人一个姑娘家把事情都给做全了。

"对。"林洲笃定地回答。

林母心中也算是放心了一些，赶紧给贺溪去了个电话，喜滋滋地告诉贺溪，林洲有惊喜要送给她。

贺溪也不明就里，但是觉得林洲总归不会和老太太闹着玩儿吧！她心里隐隐也有些期待。

林开颜目光灼灼地看着林洲，拉了拉林洲的衣摆，问道："爸爸，你到底是希望谁来做我的妈妈？"

"小孩子家家的，管大人的事情干什么？"林洲说着，蹲了下去，认真地看着她，"爸爸和谁在一起，这是爸爸的事情，你明白吗？就像爸爸从来都不会去干涉你和哪个小朋友一起玩一样。"

林开颜固执地摇了摇头，梁浅言也很好，她看了梁浅言的几场戏，虽然不懂前因后果，但是梁浅言那架势却是让她神往的。但贺溪毕竟照顾了她这么多年，她也是有感情的人。她想到了贺溪先前和她说的话，看着林洲道："爸爸喜欢谁的确和我没有关系，可那个人将来会是我的妈妈。"

"你不希望爸爸和喜欢的人在一起吗？"林洲又问她。

这个问题，算是彻底把林开颜难住了。她也不知道怎么说，她固然是希望林洲可以和喜欢的人在一起，可是一家人也是要一直生活在一起的，梁浅言……她狠狠地散去了这个念头，她答应过她的贺溪阿姨，不管怎么样，她都会站在贺溪这一边。如果爸爸真的和梁浅言在一起，那贺溪阿姨也太可怜了。

"我希望爸爸让贺溪阿姨来做我的妈妈。"林开颜说完了这句话，就扭过了头去。

林洲站在原地，愣了一下，觉得厨房让他有些透不过气来。他推开了窗，点了根烟，神色凝重了下来。

贺溪来的时间很恰当，她在人情世故上很是练达，林家老老小小的礼她一样都没落下，助理跟在后面也是提了一满手礼品。

林母看到贺溪来，乐得合不拢嘴，嗔怪地看了贺溪一眼，说道："也不是什么外人了，你来就来，还带什么东西啊！"

"好久都没有看到阿姨了，想得慌。林洲的父母，我是当成我自己的父母一样看的。"贺溪说着，这话里的意思简直太明显了。

林母一听，心里更加畅快。她也没扭捏，帮着贺溪将东西放下，嘴里念叨着："老早就想着叫你来家里吃饭了。我也是怕你工作太忙，一直不得空，成天在剧组里，也是没日没夜的，辛苦得很。"

"不辛苦的。"贺溪摇了摇头，丝毫也不矫情，挽住林母的胳膊说，"什么工作都是一样在做，更何况我们做演员的，比其他行业的工资不是高了一点半点的，什么都是应该的。"这话在林母听来，就更加开心了。

林父戴着老花镜，躲在报纸后面偷偷打量，也忍不住暗暗点了点头。

贺溪主动招呼道："叔叔，这是托朋友给您带的虫草，泡酒也好，让阿姨炖汤也好，都能给您补补身子。"

林父这才有机会放下报纸，笑道："贺溪你总是这么客气。"

"应该的，应该的。"贺溪笑道。

林洲将最后一盘菜端了出来，面无表情地扫了众人一眼，道："吃饭了。"

贺溪夹了一块排骨在林开颜的碗里，笑道："前段时间去看了林洲的影展，可别说，论摄影，国内真的没几个能比得过林洲的。"

"你就捧着他说吧！"林父揶揄道，但神情还是愉悦的，毕竟夸的是自己的儿子。

"叔叔，这可就是您的不对了，您和阿姨都是老教师了，看别的孩子的优点一眼就瞧到了，怎么就看不到林洲的呢？"贺溪轻轻笑了笑，甜甜地说道。

林父摆了摆手说："他那就是瞎折腾，三十好几了，也没个正形的，成天也不知道在干些什么，也不找个踏实的事做。"

他本来还想说什么，但余下的话，都咽了下去。

"爸，当着开颜的面，您给我留点面子成吗？"林洲说道。

"你现在知道面子了，这些年你天天没个正经样子，在开颜面前

196

还有什么面子？"林父继续说着，他神色和缓地看着贺溪，"贺溪呀！这些年还是多亏有你，叔叔代替林洲和开颜，敬你一杯。"林父说着，就端起了酒杯。

"老爷子，我这什么都好好的，要您代什么代？"林洲说着，就倒了一杯酒，轻轻和贺溪碰了碰，而后低着头道，"贺溪，我和你这么多年的交情了，有些事我觉得还是告诉你一下为好。"

"嗯？"贺溪的笑僵在了脸上，她心中隐隐有不好的预感。

"我有喜欢的人了。"林洲正色说道。

所有人都愣住了，齐刷刷地看着林洲。

贺溪觉得有些尴尬，眼睛干涩得有些发疼，她倒了一杯红酒，一口气喝了下去，静静看着林洲。

"你见过的。"林洲接着说道。

第六十章　折辱

"梁浅言？"贺溪问着，又觉得有些好笑，"林洲，你不喜欢我就算了，何必拉些人出来挡枪呢？"她说着，低下头又喝了一杯："林洲，你也不是一回两回拒绝我了，又有什么是不可以私下说的？我的脸面就这么不值钱吗？"

"我就是想让我爸我妈都知道，你也不用在我爸妈这边下功夫了，他们受不起。"林洲冷冷说道，他的语气忽然加重，"梁浅言也不是什么外人。"

贺溪再也笑不下去了，她的神色严肃起来："你这是在玩真的？"

"贺溪，你身边不乏青年才俊、商贾富豪。你也知道，我打年轻的时候，就是这么一个不着调的人，你也犯不上非要把工夫花在我的身上。"

贺溪的神色沉了下来，站起了身。

"你这人，瞎说什么呢！"林父也站了起来，看了一眼贺溪，"贺溪你先坐下。"

"不必了，叔叔。"贺溪说着，凄凉一笑，拎起了包。

贺溪冷眼看着林洲，唇边溢出了一丝嘲讽："林洲，你今天折辱我，希望你以后不会后悔。"

"我不会后悔。"林洲毫不犹豫地回答。他看了一眼贺溪说："这么些年的朋友，都这样走过来了，你非要折腾这么多，又有什么意思？"

贺溪心里瞬间凉了半截，她眼眶发红，咬了咬嘴唇，指尖不住地颤抖着，利落地转过了身去。

"贺溪，你等等。"林母愣了一下，立刻追了出去。林母已经听林洲把话说完了，心里也有了个底，意思意思就算了，也没真的追下去。她回过头，坐了下去，瞪了一眼林洲，前所未有的严肃："你也是忒不给人脸面了。"

"要不是你们非得把人家认成准儿媳妇，她又在你们这边一个劲儿地献殷勤，我犯得着这样吗？"林洲拧眉说道。

"那你要是真的喜欢谁了，你回来和妈说啊！妈是那种刻薄的人吗？妈就是看你这么多年都是一个人，心里为你着急。"林母说着，眼眶就忍不住湿润了。

林洲一下子就软了下来，瞟了一眼母亲，低下头道："好了，妈，你别哭了。"

"你这事，也是做得太不像话了。"林父也发起火来，但已经这样了，还能怎么样？他长叹了一口气，说："贺溪也没什么对不住你的，你这样真的过分了。"

"爸，有些事情，您不懂。"林洲垂下了头，也不知道该怎么解释。贺溪这些年到底是喜欢他居多，还是骑驴找马和不甘心居多？恐怕贺溪自己都说不清楚吧！

年轻的贺溪，又何尝看得上他过？贺溪身边总环绕着形形色色的人，不过这些年，年岁渐长，她身边的那些人也散去了。

林洲在那些人当中，是她最好的选择。

　　就算是她喜欢过林洲，那这些年，她又是真的喜欢吗？她肯为了林洲放下她身边的浮华和她的野心吗？如果她真的想回头，那天就不会在林洲和梁浅言一再给台阶的情况下，依旧挽着任鸿晖走了。

　　林洲也不是全然没有心的人。贺溪的确算是知根知底，林开颜又喜欢她，她要是真的肯安分守己地过日子，冲着往日的情分，林洲也不会拒绝得这样干脆了，甚至给贺溪机会也不是不可能的，梁浅言毕竟是后来才认识的。但是，贺溪从一开始想要的就太多了，她和林洲的三观根本就是不契合的，他们真的不适合。

　　林洲看得比谁都清楚。

　　林母抹完了眼泪，这才想到了林洲之前的话，问道："那个梁浅言是谁啊？你真的喜欢她？"

　　"对。"林洲果断回答。

　　"你想好了？"林母又问。

　　"对！"林洲依旧回答。

　　"那她喜欢你吗？"

　　林洲终于迟疑了："我也不知道。"

　　"那你……"林母有些欲言又止。

　　林父有些看不下去了，插话道："你还想他吊着贺溪啊！说清楚了也好，是咱们家对不起贺溪。"

　　"反正梁浅言迟早都会喜欢我的。"林洲有些赌气地说道。

　　林父看着他，也不想发什么脾气了，又是沉沉地叹了一口气，就回了房间。他在楼梯上招呼林开颜道："开颜，你来陪爷爷下下棋。"

　　"你爸现在走了，你可以说了吧！"林母似乎是下定决心要刨根问底。

　　林洲发现头有点大，但是，梁浅言似乎迟早是要进门的。

　　"她以前是个运动员，结过婚，前不久离了。"林洲说得很是言简意赅。

　　林母激动得一下子坐直了，她以为自己听错了，看着林洲："你说什么？"

"就是您听到的。"林洲垂下眼睑回答道。

"怪不得贺溪是这个反应了。贺溪早就认识那个姑娘，是不是？"

"对。"林洲点了点头，他看了看林母，"妈，我知道你们都喜欢贺溪，但是如人饮水，冷暖自知，毕竟是我过日子。您二老觉得好的，不一定真的适合我，是不是？"

"那你也不能找个离过婚的啊！"林母长叹了一声。

虽然她和林父总是在揶揄林洲，但是心中一直都以林洲为傲，这样一来，总归是觉得有些不完美。

"妈，您别忘了，我也是离过婚的。"林洲提醒她，他看着林母，耐心说道，"妈，您试想一下，我和贺溪认识这么多年了，要是真的合适，不用您二老撮合，早就成了。既然能耗到现在，那说明真的不合适。那结了婚又离的，多得是，何况贺溪是娱乐圈的，您觉得她能多顾家？"

"那……梁浅言也……"林母不知道该怎么说，心中还是觉得有些不满意。

"亏您还是人民教师呢，看问题怎么就这么狭隘呢？"林洲有些不耐烦了，但是想到母亲也是为自己操心，自己这么大岁数了，的确是让双亲很不省心，他的态度又缓和下来。

"浅言和我都是不容易的人。我和赵菡之间的事您也清楚，这些年我都一个人过来了，其实找不找都不重要了。直到我遇到了梁浅言，我觉得有些东西是真的不一样。"林洲说着，语气当中多了一丝诚恳。

第六十一章　往事

林母想到儿子和赵菡的事，心中也有些心疼，但听林洲说了关于梁浅言的话后，又觉得有些不痛快，于是故意没好气地说道："有什么不一样的？你今天要是说不出个所以然来，我肯定饶不了你，让老爷子来收拾你。"

"我都这么大岁数了，您总说什么收拾不收拾的，多硌硬人。"林洲嗔怪地看了母亲一眼，继而，轻声叹了一口气，"我刚认识她的时候，她女儿过世了，和赵菡一样的病。"

林母听了，愣了一下，心下也有些软了。她没有再问下去，等着林洲自己说。

林洲的神色凝重起来，握住了林母的手："我觉得自己和她是一样的人。一开始，我的确是有些同情她，但是后来，我是欣赏。"

"惺惺相惜。"他迎上了林母的目光，坦坦荡荡地说道。

林母瞬间什么都懂了，她问林洲："她家里还有没有什么人？"

林洲摇了摇头："她是单亲家庭，一直都跟着母亲一起生活。前几年，她母亲也过世了。"

"那倒是可怜。"林母也有些唏嘘。

她叹了一口气："你要是真喜欢，等你什么时候觉得合适了，那就领回来给妈看看。"

林洲没想到这么容易就把母亲说通了。他欣喜地看着母亲，问道："妈，您是说真的吗？"

"我倒是喜欢贺溪，但是你不中意，我能有什么法子？你总得让妈瞧瞧你中意的是什么样子的人吧？"林母的语气有些无可奈何，但是也说得林洲怪不好意思的。

"好了，也不早了，你回去吧！开颜就让她先在我这里吧！"林母说道。

林洲立刻就明白了她的意思。开颜虽然说年纪比较小，但是已经很知世事。她毕竟是林母一手带大的，林母的话，她向来也听。

林洲立刻就感觉所有的包袱都卸下来了，爽朗一笑："谢谢妈。"

林母有些不好意思，感慨般地叹了一口气，就收拾碗筷去了。一桌子的菜，终究是可惜了。

翌日一大早，林洲再次来到了梁浅言那里。

恰逢周一，梁浅言也不用上班。冰城基本上是双休日的时候人多，别人的休息日也就变成冰城的工作日，这些林洲早就打听好了。

梁浅言一看到林洲，吓了一跳，立刻关上了门，靠在门上，捂着胸口。她还是觉得心在扑通扑通地跳。她再一次感觉到，自己真的很没出息。

"梁浅言，我又不是老虎，我又不会吃了你。"林洲嚷嚷道。

门开了一条小缝，梁浅言飞快地说道："你在外面等我一会儿。"

还没等林洲反应过来，门再一次被关上了。

梁浅言直接奔去了浴室，洗脸，涂乳液，一气呵成，接着就是眼影、腮红、口红这些。她觉得这可能是自己化妆速度最快的一次了，她都要被自己感动了。

她打开了门，撩了撩头发，有些不好意思地看向林洲，低下头道："你进来吧！"

林洲看着她，忽然捂住嘴就笑了。

"你笑什么？"她气急，脸上羞答答的神色瞬间烟消云散。

"你把我晾了半天，就是为了化妆？"林洲表示质疑。

她愣了一下，她记得是哪个公众号说的，很多男人都是看不出女人化妆的。她不知道说什么了。林洲看了她半晌，忽然大笑起来，指着她道："我明白了，梁浅言。"

他笑完，又觉得有些过了，但是心里又有些暗暗地高兴。他见梁浅言的脸耷拉下来，用肩膀撞了撞她，轻声道："好啦，好啦，都是我不好，我不打趣你了。"

梁浅言狠狠地瞪了他一眼，给他倒了一杯水，之后在沙发上坐下，抬头看着他问道："你来有什么事？"

"我想带你去一个地方。"林洲很是直接地说道。

"什么地方？"梁浅言狐疑地问道。

林洲眨了眨眼，笑得很是灿烂，说道："你去了不就知道了？"

"好。"梁浅言点了点头。

她其实有些不知道怎么面对林洲，梁浅言眼睁睁地看着林洲把车开到了墓园，她一下子愣住了，看着林洲道："你带我来这里干吗？"

"带你去见一个人。"林洲回答。

梁浅言心里嘀咕，只怕是鬼吧！

果不其然，林洲把梁浅言带到了赵菡的墓前。

"这是我前妻。"林洲说道，他又补充了一句，"不过在我心里，她一直都是我的妻子。"

"你们为什么会离婚？"梁浅言终于问出了她长久的困惑。

林洲沉默了片刻，就在梁浅言以为林洲不会说的时候，林洲开口了："她生了病，于是找了个人演戏，我以为她背叛了我。"

林洲喘了一口气，接着说："所以，她最后的时光，我都没能陪在她的身边。直到她死了，我才知道是怎么一回事。"

她叹了一口气，也想到了她的鹤鹤。她觉得她不用说什么，林洲应该都懂。"她最后应该尽力了。"梁浅言轻柔说道。

"不，不是的。"林洲苦涩地摇了摇头。他闭上了眼睛，片刻之后，才缓缓睁开，说："她那样骄傲的人，怎么会在化疗室中度过？她和贺溪一起潜水，最后被水草缠住了，再也没有回来。"

有的时候，最大的折磨就是，知道真相之后，自己却什么都弥补不了。他心中定然有无数懊悔，可是让他懊悔的那个人，已经不在了。

"她得的是什么病？"她知道问得有些残忍，但还是问了出来。

"和方鹤一样。"他的语气依旧没有什么太大的波澜，"她谁都没有说，我们是在整理她的遗物的时候才知道真相的。"

梁浅言看着墓碑上的黑白照片。她其实不难想象，那是一个洒脱并且坚韧的女子，她当时也是那么的年轻。

梁浅言想到了最初认识林洲的时候，他一次又一次地帮她，想来也是因为想到了他自己吧！

他永远都没有办法弥补赵菡了，于是帮助她，其实就无异于赎罪。

他在自我救赎。

意识到这一点之后，梁浅言觉得自己浑身有些发冷。

"浅言，遇到你之前，我觉得我的整个世界都是黑暗的，我拼命地想要去握住那一束阳光，但是，我找不到。"他低头看着梁浅言，分外认真。

第六十二章　喜欢

"但是我有你了。"林洲说着，他按住了梁浅言的肩膀，"我相信，你和我，也是一样的。"

"不，不一样。"梁浅言摇了摇头，她后退了几步，"林洲，过去的事情，过去了就是过去了，你弥补不了。"

他何其聪明，瞬间也明白了她的意思，他知道她误会了。

"浅言，你误会了。"林洲解释道。

"我误会了什么？"梁浅言看着他，轻轻一笑，"林洲，你想通过我，来弥补你的以往。我和鹤鹤，让你感觉到了对赵菡的愧疚，难道不是这样吗？"

"不是的。"林洲摇了摇头，他握住了梁浅言的手，"浅言，我喜欢你，我想和你在一起。"

"你喜欢我什么？"她很理性地问，随即道，"你知道，我离过婚，我未必有你想象的那么好。"

"我知道。"他点了点头，"但是浅言，遇到你后，我就觉得，我找到了我在黑暗之中挣扎的那一束阳光。你是我的救赎没有错，但我喜欢你，也是真的。"

他说得太诚恳了，诚恳到一时之间，她不知道怎么去应对。她心中也是无比纳闷，居然有人到陵墓里来表白。

"我以前一直都放不下过去的事情，就像你也释怀不了鹤鹤的死一样。你没有办法原谅方逸群，我也没有办法接受我自己。"林洲说完顿了顿，语气沉缓下来，"但是，我现在想，即便雾霾大作，前路茫茫，又或者是长夜漫漫，冰寒露重，我也想和你一起走。只要有你，我就觉得有信心了。"

"你让我再好好想想，行吗？"她看着林洲说道。

林洲愣了一下，心里猜测，她此时应该也是一阵迷茫。

他语拙，也实在不知道怎么清晰明了地表述出来他心境的变化，以及她之于他的意义。

他不是二十出头的愣头青，他已经经历了不少，他很清楚自己需要什么。

"林洲，你身边有贺溪这样的顶级美女，她甘之如饴在你身边等你十二年，你有声名显赫的江湖地位，我真的觉得，你犯不着……"梁浅言余下的话还没有说完，林洲的手已经放在了她的腰上。

她瞪大了眼睛，手也有些无处安置。她忽然意识过来，为什么要自己这么难做？她直接把林洲推开不就好了？

她推开了林洲，喘了一口气，唯恐林洲要做什么，又后退了几步。她指着林洲道："你等我缓一下，你不要过来。"

"浅言。"林洲关切地看着她，最终大声道，"浅言，我带你来赵菡的墓前，就是想告诉你，我放下了。即便过去我的世界里一片黑暗，但是现在已经有光了。就算我真的把你当作救赎又怎么样呢？浅言，从一开始，我的目光就没有从你身上移开过，我带着你一起走，好不好？"

她紧咬着嘴唇，依旧没有说话。

他一下子也慌了，自己不会就这样被拒绝了吧？

"梁浅言，你到底在怕什么？"他有些无措地问道，眼中充满着惶恐，就好像向自己喜欢的女孩表白的青涩少年。

她长长吐出一口气，说："林洲，你让我冷静一下好吗？我要好好整理一下思绪。"

"那你到底喜不喜欢我？"林洲直接问道。

梁浅言抬起头看了一眼天空之中的太阳，很刺眼。她捂住了眼睛，最终浅浅一笑，说："我想，应该是喜欢的吧！"

"你是说真的？"林洲愣在了原地。

按照他所设想的，他应该会激动地抱住梁浅言。

可是当她真的说出这句话的时候，他却不知道自己该怎么做了。

"是真的。"她笃定地回答，"但是，我还是要考虑一下。"

"那你要考虑多久？"他问。

"明天，明天告诉你。"她低声道。

林洲知道，这种事情逼不得，反正有梁浅言这句话，他就姑且算是放心了。

梁浅言环视了一下四周，幽幽说道："鹤鹤下葬那天，你也在这里祭奠了吧！"

"其实我知道方鹤那天下葬，我是想来安慰你的。"他说道。世上哪有那么多巧合的事情，她总是不停地遇见他，实际上，是他一直都在关注着她的动向而已。她忽然感觉身上流过了一阵暖意。

"那一起去看看鹤鹤？"她声音有些沙哑地问出了声，林洲点了点头。

她立在了鹤鹤的墓前，其实有好长一段时间，她都不敢过来，她不太敢去面对那段时光，不太敢去思考鹤鹤的离世。

她蹲下身去，伸手抚摸着鹤鹤的照片，眼泪终于忍不住从眼角流了下来。"鹤鹤，妈妈来看你了，你还好吗？"她知道，鹤鹤永远都没有办法回答她了。

鹤鹤下葬那天，下了大雨，林洲刻意来送了鹤鹤一程。

今天，林洲带她来到了这里。

梁浅言抱着鹤鹤的墓碑抽泣起来。

林洲很想抱住她，但是他觉得，现在的她，应该不需要别人来打搅。

他在一旁站立着，只是静静地等候。

终于，梁浅言站起身来。她擦了擦眼泪，看了一眼林洲说："走吧！"

"梁浅言，你看，雨其实早就停了，太阳，一直都在。"林洲轻声说道。

她的唇角泛出了一丝浅浅的微笑，最终看向了林洲，恳切地说道："谢谢你，林洲。"

"不谢，毕竟我动机不纯。"林洲很是坦然地说道。

她没有再问是什么动机，他的心意已经是司马昭之心了。

他想了想，又补充道："我很怕你考虑期间就不给我加分了，有一件事我还是要告诉你一声。"

"嗯？"

"我妈和贺溪那边，我都已经说清楚了。梁浅言，只要你愿意握住我的手，就算是地狱，我也会牵着你，闯出一片天空来。"他缓慢地说着，眼神凝视着梁浅言。

梁浅言有些不自然地避开了他的目光："不是都说了吗？让我先好好想一想。"她怕他再说下去，自己就不计后果地被他攻下来了。

"你是怕了吧？"他揣测着看她。

她的脸瞬间又红了，他能不能不要总是这么直白地就把她给戳穿了？

第六十三章　浅阳

林洲狡黠地看了她一眼，没有再把余下的话说下去。

林洲也没有再逼问她了，和她并肩走着，又把她送了回去。

刘思逸那边，自从那天之后，就再也没有联系过赵添。

赵添被娇娇羞辱之后，也没有了复合的欲望，纠结之余，满脑子都是和刘思逸相处的种种。赵添有些按捺不住了，可自己那天的那个态度，他又实在是担心让刘思逸不高兴了，于是，他决定找林洲。

林洲这边处理了事情后，自己也是心花怒放，看到赵添巴巴地等在自己家楼下，就猜到是什么事情了。他停下车，看了一眼赵添："你怎么也不打个电话？"

"我……"赵添不知道该怎么回答。

"是因为刘思逸？"林洲直接问道。

赵添也知道这种事情根本就瞒不过林洲。林洲打开了车门，示意他上来，随即打开了窗，点了根烟，问道："你是怎么想的？"

"娇娇不适合我，我知道。"赵添低着头说道。

"所以，你是想和刘思逸在一起了？"林洲问。

赵添点了点头。

林洲想了想，神色凝重起来："我觉得你和刘思逸，也不合适。"

"为什么？"赵添皱了皱眉，不解地看着林洲。

林洲说："刘思逸今年三十岁了，她比你大了五岁，你妈那关就过不了。"

"可那有什么关系呢？"赵添回答。他内心里，以为林洲一定会支持他，但是没想到，林洲竟然说了这样的一番话。

"不仅仅是这样，刘思逸这人，杀伐决断，想要什么都不计后果。她现在喜欢你，以后呢？"林洲说着，叹了一口气，"可是你既然有了念头，估计我说什么都没有用了。"

"所以，你到底是想让我……"赵添也迷糊起来。

林洲气得不想说话了，他郑重地拍了拍赵添的肩："我是把什么都分析了一遍，你既然都动了念头就别磨叽，上啊！爷们儿一点。"

"那万一以后……"赵添又纠结起来。

林洲白了他一眼，说："怕以后，那现在就掐断苗头。现在掐不断苗头，就别想着以后怎么样！"

林洲已经没有兴致再说下去了，毕竟他也不是什么情感导师。他深切地认为和赵添的这一番谈话应该是发生在女生之间的，比如说梁浅言和刘思逸之间，但不应该是他和赵添之间。

"好了，你下车吧！我要上去睡觉了。"林洲说着，打了一个哈欠。

"你大白天的要回去睡觉？"赵添一脸惊奇地问他。

林洲将脸朝向后视镜那边，看了看自己的黑眼圈，长叹了一口气，说："也是哥们儿没出息，昨天想着要表白，就忐忑了一宿都没睡着。"

他说完后，心中还是有些暗暗佩服自己的，纵然是这样，他也没在梁浅言面前丢脸，他是多么优秀啊！

赵添狐疑地看着林洲："你向谁表白啊？贺溪吗？"

"贺你个头啊！"林洲没好气地白了他一眼。

"那是谁啊？"他的反射弧很长，反应了半天，才激动道，"梁浅言，梁浅言。"

林洲白了他一眼，这是用脚趾头都能想到的事情，竟然还可以让赵添这么激动？林洲略带嫌弃地摸着额头叹息："我感觉我和你不是一个世界的人。"

"你就直接去表白了啊？"赵添还是觉得有些不可思议。

赵添实在是难以想象，像贺溪这样的人追了林洲这么久，林洲都不为所动，他以为林洲大概要孤独终老了，但是没想到，林洲竟然一下子就主动出手了。

赵添百思不得其解，问："梁浅言比贺溪还好吗？"

毕竟赵添和林洲的父母所认知的是一样的，贺溪和林洲有这么多年的交情，怎么看都是贺溪最适合林洲。

"贺溪很好吗？"林洲问。

赵添理所当然地说道："当然很好啊！人长得美不说，又疼小开颜，何况她还是你与赵茵姐这么多年的朋友。"

"梁浅言不好看吗？"林洲狐疑地问道。他觉得头疼，他不知道为什么每个人都拿这个理由来和他说。早些年的时候，他自己都有几分信了，他不是没有想过将就或者动摇。但后来，他看清楚了，贺溪不过是眷念着他的野马而已。直到他遇见了梁浅言。梁浅言是和他心意相通的人，他知道，梁浅言是真的懂他。

他一拍脑袋，看着赵添道："下车。"

"怎么了？"赵添茫然地看着他。

"没怎么，下车。"林洲再次重复，"哥们儿现在想明白了，我有很重要的事情要去和梁浅言说。"

"你打个电话不就好了？"赵添无比鄙夷。

他实在是没想到自己三十多岁的哥哥，竟然会像一个十几岁刚恋爱的小伙子一样。

"那不一样。"林洲固执地说道，他有些不耐烦了，"下车。"

赵添很是不满意地瞪了他一眼，嘀咕道："重色轻弟。"

"我可是一五一十和你说明白了，你也别什么帽子都往哥们儿头上戴。哥们儿要去追爱了，也希望你硬气一点。"林洲说着，就伸手拉上了车门。

他到了梁浅言家门口，气喘吁吁地爬了几层楼梯，立刻敲门道："开门，开门。"

"你怎么来了？"梁浅言看着他。

他一把抱住了梁浅言："浅言，是我不好，我没有把话说清楚。我喜欢你，最主要的原因是，你是和我心意相通的人。我知道你所有的伪装，知道你的难过，知道你强行撑出来的坚强。我也知道，你其实很软弱，你其实很需要一个依靠，我们是彼此的浅阳。"

梁浅言愣了一下，轻轻一笑，眼泪却从眼角掉了下来。

她推开了林洲，带上了门："你这是闹什么呢？还特地赶过来一趟。"

"浅言，所以，我希望你能给我一个携手前行的机会，可以吗？"他语气诚恳地说道，接着，他脸上浮现出了一丝羞涩，"我总觉得，这样重要的事情，我应该当面和你说才是。"

刘思逸在梁浅言的卧室偷偷地看着，刚才的话她都听到了，这样好的氛围，她是出来好呢，还是不出来好呢？

刘思逸心里替梁浅言着急，她怎么还不说话呢！答应啊！天啊，这样的表白不答应还等什么？

第六十四章　主动

"林洲，我这边……"梁浅言不知道该怎么向林洲说，刘思逸正在她的房间呢！

林洲看着梁浅言："你这边怎么了？"

"刘思逸在我家里。"梁浅言有些难为情地说了出来。

刘思逸被点名了，只好从房间里挪了出来："我忽然想起来了，我去买点东西回来晚上吃，今晚我还要在梁浅言这儿通宵赶稿呢！"

刘思逸说完，就以林洲和梁浅言都没有反应过来的速度冲出了门外，顺便还很贴心地带上了门。

刘思逸走之前，还不忘给梁浅言比心："梁浅言加油，我看好你哦！"梁浅言有些哭笑不得。

林洲继而说道："现在没有人了，你可以说了吧？"

梁浅言叹了一口气，说："你怎么跟个孩子似的？"

林洲浅浅一笑，眼角浮现出了一丝细纹，但是不影响他眼中的神采："不管在什么年纪，当你遇到你喜欢的人的时候，就会是少年的模样，莽撞、倔强，做着和自己的经历不相符的事情。可是，那又有什么关系呢？"

"可是在你面前，我觉得傻一点儿也没关系的。"林洲想了想，又接着说道，"我愿意为你无知。"

"嗯。"梁浅言低头哽咽起来。

他一下子就慌了，用手擦了擦她的眼泪。他常年四处拍摄，爬过无数悬崖峻岭，手上难免也起了老茧，触碰到她的脸的时候，有种摩挲感。他连忙说道："我现在不问你了，我不说了，成吗？你别哭了。"

她想起最初认识林洲的时候，她在那边哭，林洲在一旁凶神恶煞地挤对她。她不知道，忽然间，林洲就是这么温柔的林洲了。

"林洲，如果说，我没有你所认为的那么好呢？"她红着眼睛问。

林洲想了想，一脸认真地说道："我认识你的时候，你就不太好了，又嚣张又伶牙俐齿的，后来我还发现你自我保护意识超强。"

梁浅言觉得自己所有想说的话都说不出来了，先前那种面红耳赤不敢看林洲的感觉都没有了，她静静注视着林洲，羞怯的情绪都散去了，只剩下娇嗔与懊恼。

"所以，你还有什么好怕的？"林洲问她。

"难道我就不可以嫌弃你？"梁浅言问道。

"我有什么好嫌弃的，我不是你偶像吗？"林洲很是理所当然地回答。

"偶像？"她狐疑地看着他。

"大老黑。"林洲轻描淡写地说道，自己喜欢的人喜欢自己的作品要胜过自己，那是什么感觉？现在林洲可是体会得最透彻的。

林洲又补充道："你可别想否认，你现在可来不及改你的手机屏保。"

"我是喜欢大老黑。"梁浅言承认道，后一句话她却没有再说了。

"那喜欢大老黑和喜欢我，有什么区别？"他问，期盼地看着梁浅言。

"的确没区别。"梁浅言忽然说道。

他一时之间没有反应过来，连带着也结巴起来："你说什么？"

"我……"梁浅言也有些羞怯，眨了眨眼，问林洲，"你真的不懂我什么意思吗？"

"懂了。"他木然站在那里，接着就张开双臂紧紧抱住梁浅言，力道也没把握好，加上梁浅言在家里向来就不喜欢穿鞋，于是脚下打了滑。林洲拉了梁浅言一把，竟然直接就倒在了沙发上。

这个沙发一定和他有仇。

林洲得出结论了。

梁浅言哀怨地看了林洲一眼："表白你很会挑地方，现在也很会挑时间。"

林洲讪讪地垂下了头。他心里很清楚地意识到，做错了就是做错了，的确该罚。

刘思逸买好东西回来了，心想：这两个人应该是已经谈完了。她这样想着，就直接打开了门。结果，她的嘴巴变成了 O 型，手上的东西都掉在了地上。

梁浅言瞥到了刘思逸，立刻就推开了林洲。她有些尴尬地看着刘思逸，随即弯腰捡起了刘思逸掉在地上的东西："我就喜欢你来，我家的冰箱需要你。"她说着，就赶紧转过了身去。

"要不……你们继续？"刘思逸终于说出了这句话。她心中暗暗怪自己，怎么这么早就回来了呢？

这么炙热的表白，之后你侬我侬，想来也是应该的吧！

"来日方长。"林洲很是镇静地说道，并没有因为刘思逸而觉得尴尬。接着，林洲又一本正经地说道："两情若是久长时，又岂在朝朝暮暮？"

刘思逸的愧疚感瞬间就没有了，她发自内心地觉得林洲有些讨厌。

她咬了咬嘴唇，为了梁浅言的终身幸福，她决定忍住。

刘思逸回房间把电脑抱了出来坐在沙发上，手指不停地动着，过了会儿抬头看了梁浅言一眼道："我饿了，浅言。"

"晚饭等一下就好。"梁浅言答道。

刘思逸给了林洲一个眼色。

林洲看到了，但是没有明白是什么意思。

刘思逸再次给了林洲一个眼色。

这一次，林洲觉得有些不耐烦了，看着刘思逸说："你有什么就直接说好了，这眨眼挤眉的，我怎么知道是什么意思？"

刘思逸绝望地将头仰在了沙发上，说："我让你去给梁浅言帮忙，给你创造机会！"刘思逸崩溃地嚷嚷着。

"那你呢？"林洲下意识地问道。

刘思逸茫然地看着林洲，"我当然是负责吃啊！"刘思逸理所当然地说道，眼睛片刻都没有离开电脑。

林洲这才后知后觉地反应过来。他积极主动地起身，冲到厨房去了。

但是没过一会儿，林洲就被梁浅言推出来了。

第六十五章　爱了

林洲这会儿见刘思逸，心里想到了赵添，暗暗叹了一口气，赵添那边被逗得神魂颠倒的，刘思逸这边却跟没事人一样。

林洲犹豫了一下，还是没忍住地问道："对赵添，你到底是怎样想的？"

毕竟赵添是他表弟，林洲也不可能坐视不理。刘思逸的这些手段其实真的说不上有多高明，最起码林洲就不吃这一套，但是，赵添却吃。

"什么？"刘思逸惊讶地掏了掏耳朵，她以为自己听错了，目光从电脑上移了下来，看向了林洲，合上了电脑，"我和赵添之间，没什么啊！"

林洲冷冷地盯着她："这就是你的把戏？"

"吃饭了。"梁浅言出来，恰好看到这两人的气氛比较尴尬。

她看了看林洲的神色，又看了看刘思逸，瞬间就明白了是怎么一回事。她扯了扯林洲的衣袖，斟酌了一下，这才道："思逸她不是什么坏人，她没有想要赵添，你放心吧！"

"可是她现在把人吃干抹净了，又不搭理……"林洲说了一半，就意识到自己说错话了。

"那委屈的也应该是我。"刘思逸斩钉截铁道。她狡黠地眯起眼打量林洲，很快就反应过来了："是不是赵添……他和你说什么了？"她的眼睛亮了起来。

林洲看了她一眼，缄口不言了。

梁浅言也不好吱声，刘思逸和赵添之间，她也说不上来是好还是

214

不好。

“赵添是我表弟，我长了他十几岁，也算是看着他长大的。他没什么心眼，你要是真的想和他在一起就好好待他。”林洲心里有些意难平，但还是劝解刘思逸。

刘思逸扬起头来：“不用你说我也知道啊！反正啊！我的小甜甜，一定会是我的。”

“小甜甜？”梁浅言和林洲几乎是异口同声。

“小添添啊！当然是小甜甜。”刘思逸回答得很是理所当然。

梁浅言和林洲互相对视了一眼，心服口服了。就是不知道赵添知道自己多了一个这样的称呼会是什么反应。

“赵添的性格，你应该比我清楚。”刘思逸的脸沉了下来，几乎是少有的正经，“我承认，我接近赵添是有目的，我喜欢赵添。”

她说完，有些微妙地看着林洲：“我的手段的确很不好看，你应该知道我是怎么做的了，你对我颇有微词也是应该的。”

对待聪明人，她一向都坦荡，反正都是瞒不过去的，她又何必惺惺作态？

梁浅言看了一眼林洲的脸色，轻声道：“思逸。”

“我和林洲不会吵起来的，就算是为了你，也不会。”刘思逸沉静地说道，她看了一眼林洲，“林洲，是不是这样？”林洲轻轻一笑，不置可否，算是赞同了她的话。

“我知道你看不起我，但是，我可以在这里保证，我对赵添是真心的。”刘思逸缓而轻地说道，眼睛灼灼地盯着林洲。

“赵添心里还是很惦记你的，你也别一直吊着他了。”林洲没好气道，心里暗暗嘀咕一声，这样也算是对得起赵添了。

刘思逸没有答话了。她静默了半晌，就吃了起来，夸赞道：“浅言，你的厨艺越来越好了啊！”

明眼人都知道，她这是不想回答林洲的话了。林洲也没有再问下去，只是静静地夹了一块排骨给梁浅言。

“不过，林洲，你喜欢管小甜甜的事情，那你自己身边的那些莺莺燕燕，你确定你真的能处理掉吗？"刘思逸意味深长地说道，她有些同情地看了梁浅言一眼，"我看那个大明星，一点儿都不像是好对付的啊！"

林洲知道，刘思逸是不喜欢他先前说的那些话，所以故意硌硬他的。他静静一笑，也没有太在意，轻悠悠道："最起码是要比你处理得漂亮一些的。"

刘思逸就不再说话了。

林洲吃完晚饭之后就回去了。

而赵添这边，在晚上刘思逸灵感突发的时候，他终于壮着胆子给刘思逸发了微信。

刘思逸直接从床上跳了下来，拿着手机跑到了梁浅言面前："浅言，浅言，我的小甜甜找我了。"

梁浅言没想到她会这么激动，她狐疑地看着刘思逸："你先前不是一直都很镇静，成竹在胸的吗？"

刘思逸立刻泄了气。她摇了摇梁浅言的胳膊，撒娇道："那是你不知道人家的忐忑，好害怕的。万一这个赵添榆木脑袋，真的就此不搭理我了，我才真的不知道怎么办呢！"

"那你在林洲面前……"梁浅言欲言又止，看着她这样又有些心软，叹了一口气，"赵添也是个踏实的人，你要是真的决定好，就好好待他。"

"知道了，知道了。"刘思逸有些不耐烦，嗔怪道，"你怎么比我妈还要烦啊！"

"我这是为你操碎了心。"梁浅言没好气道，"你以后记得逢年过节，也多孝敬我。你看看，我这白头发，都是为你长的。"

"梁浅言，你什么时候也学着这么矫情做作了？"刘思逸故作夸张地说道。

"刚刚啊！"梁浅言淡定地回答。

刘思逸这才反应过来，梁浅言的意思是说跟她学的。

"好啊！梁浅言。"她说着，不怀好意地笑了笑，伸手就去挠梁浅言的腰了。

"别闹了。"梁浅言有些受不住，躬下了身子。

赵添那边，收到了刘思逸的回复之后，情不自禁地扬起了唇角。他忽然觉得，刘思逸勾起了他所有的感觉，就连他当初一个劲儿追娇娇的时候，都不曾有过这种感觉。

"明天你下班后一起吃饭？"刘思逸问他。

赵添瞬间心花怒放，快速地回了一个"好"字。

而贺溪那边，她正好翻着林洲的微博，看到了林洲更新的状态。

"我最好的时光，就是有你，我们是彼此的浅阳。"

贺溪轻轻地念着。林洲看起来心情很好，配图是一张日出。博文底下有"粉丝"在揣测林洲是不是恋爱了。

贺溪的脸瞬间耷拉下来，她的唇角扬出了一丝嘲讽："恋爱？"

这真的是讽刺至极的东西了。

第六十六章　谋划

贺溪咬紧了牙关，她倒不信了，她是哪点不如梁浅言，竟然就这样输给了梁浅言。那她这么多年算什么？她守了林洲这么多年算什么？天下人都知道她喜欢林洲，难道真的就输得这么一败涂地吗？贺溪握住了拳，一字一句道："梁浅言。"

她打开了微博，发布了一个剪影，并配上了文字："这一刻之于我是最美妙的。"

她同样也配上了一张图，是林洲的一张剪影，她为数不多的林洲的照片。接着，她自己在下面评论道："不知不觉就已经十二年了。"

紧接着，贺溪给经纪人打了电话。

她算是极少数恋情曝光的女明星了，她给自己"粉丝"的答案一直都是她在等一个人。她的确是一直都在等着林洲。

"贺溪，你确定真的要这么做吗？"经纪人问她。

"是的。"贺溪坦然回答，"很多人都应该对我的恋情很好奇吧！姐，我保证，这个事情，你让公众号发出去，一定会爆热的。"

"贺溪，这个事情，你真的要考虑清楚，作为你的经纪人，我觉得这样无可厚非，但是作为你的朋友，我不希望你以后后悔。"经纪人提醒她道，她想了想，又说，"你做了什么，不可能瞒过林洲的。"

"那我这么多年的感情呢？"贺溪有些歇斯底里。她闭上了眼睛，斩钉截铁道："既然他对我没有什么顾念，那我这么多年的痴心，就发挥它最大的价值吧！"

贺溪说完，静默了片刻，唇角浮现出了一丝凄凉的笑："我想，大家都很愿意看到情深不寿的戏码。姐，我是时候再爬一步了。"

"贺溪……"经纪人叹了一口气，"你再考虑考虑吧！"

"我不用再考虑了，我已经考虑好了。"贺溪笃定地说道。

经纪人没有再说什么。贺溪挂断了电话，冷冷一笑，她终究会让梁浅言明白，什么是三人成虎。

舆论到底能造就什么？

很快，消息就传开了，无外乎就是林洲和贺溪的十二年交往，以及贺溪对林洲的一往情深。

林洲早上起来的时候，就发现记者已经把他家围得水泄不通，林洲的脸沉了下来。紧接着一个又一个媒体电话打了进来。

林洲刚刚才和梁浅言在一起，他心中也没有什么节外生枝的打算，再加上他不可能一直不出门，有些东西必须要说清楚，于是林洲走了出去。

"林洲先生，请问您的女朋友是贺溪吗？"

"林洲先生，麻烦您回答一下，有网友翻出您可能就是著名摄影师大老黑，这点您承认吗？"

"林洲先生，请问您已经和贺溪在一起这么久了，打算什么时候结婚？"

林洲觉得头都大了，这些记者真的是会编故事，脑洞怎么都开得

218

这么大呢？林洲坦坦荡荡地回答道："我和贺溪一直以来都只是朋友关系，如果有什么让大家误会的，我在此做出解释。我不是公众人物，因此我不希望这件事给我的爱人带来困扰。至于我是不是大老黑，我想，这件事，应该也不是那么重要吧！"

林洲说完，就做好了这件事到此为止的想法。

结果记者又跟着追问道："听您的意思，您现在是已经有恋人了，是吗？"

"不错，我有喜欢的人了"，林洲微笑道，"我喜欢她，也希望大家不要过多地打扰我们的生活。"

林洲没想到，他的这一番回答激起了千层浪。

群众开始纷纷揣测林洲劈腿了，贺溪被甩，尤其结合贺溪的那条微博，大家都产生了一种贺溪什么都不知道但是被分手的错觉。

很快这条新闻就成了热搜第一，大家都开始好奇林洲口中那个喜欢的女子，也开始同情起贺溪来。

刘思逸正在微博上浏览，一下子看到了这个，立刻跳了起来。

梁浅言哭笑不得道："姐姐，您能不能低调点？真的会被楼下投诉的。"

"你自己看。"刘思逸把电脑转向了梁浅言的方向，目光灼灼地说道，"姐们儿，你好像要出名了，只不过是……臭名昭著。"

"啊！"梁浅言茫然地翻着那些人的评论，顿时觉得自己很委屈。事实根本不是这样，林洲也不是这个意思。她是当事人，她很清楚一切事情的真相，但是，好像没什么用。

贺溪一夜之间涨粉无数，更是成了众人同情的对象。十二年真情错付，这用情何其深？

"浅言，我早就和你说了，这个贺溪一点儿都不简单，但是我真的没想到竟然来得这么快。"刘思逸说着，有些同情地看着梁浅言说："你算是完了，我估计你的前世今生都会被找出来，你这下是跳进黄河都洗不清了。"

刘思逸说完，在梁浅言还没有缓过神来的时候，就已经将电话打给了林洲。

"你不给一个解释吗？"刘思逸质问道。

林洲也是很郁闷，他明明说得清清楚楚，但是他不知道，为什么事情还是走向了这个境地。

"我给贺溪打电话了，她没接。"林洲抑郁至极，"浅言那边还好吧？"

"现在还受得住，之后就不知道了。"刘思逸瞟了梁浅言一眼，说道。

这句话的确是大实话，群众喜欢看热闹，即便这件事情和他们的生活没有任何关系，他们也喜欢凌驾在道德之上去谴责别人。可想而知，梁浅言会变成一个活靶子。

"林洲，这就是你说的什么都处理好了？"刘思逸问道，但是话里却没有讥讽，只是疑问。

"我……"林洲也不知道该说什么了，他顿了顿，这才说，"你先帮我照顾一下浅言，我马上过来。"

"你别为难林洲了。"梁浅言有些不忍心。她还没有意识到事情的严重性，缓缓道："林洲心里肯定也不好受，我和林洲也不是什么公众人物。这种事情，等大家的好奇心过了，也就没什么事了。"

第六十七章　应对

刘思逸有些恨铁不成钢地看着梁浅言，她实在是难以理解，梁浅言是怎么做到这么气定神闲，并且真的就以为这只是一件小事的。

刘思逸再次长叹一声，正色道："梁浅言女士，凭借我这么多年混迹各大论坛和努力看娱乐新闻的经验，我很理性地告诉您，这件事情，还真的不简单，肯定是有些人由爱生恨，拿您和林洲当跳板了，更大的事还在后面。"

刘思逸说着，唇边的嘲讽越来越明显了，说："贺溪既然精心设计了，那就肯定不会善罢甘休。"

"你怎么就这么确定是贺溪操纵的呢？"梁浅言摇了摇头。

刘思逸瞪大眼睛看着梁浅言，她有些难以置信："都这个年代了，你怎么还这么单纯？你和林洲又不是什么公众人物，那么多新闻不曝光，曝光你们做什么？早不曝光，晚不曝光，怎么偏偏就在你和林洲在一起之后曝光呢？"梁浅言听刘思逸说完，心中也明白了几分。

刘思逸叹了一口气："早就提醒过你了，林洲身边的那些莺莺燕燕不是好对付的。"

梁浅言依旧没有说话。她有些疲倦地闭上了眼睛，声音很轻地说道："等林洲来了再说吧！"

林洲在路上还是不停地打着贺溪的电话。

贺溪眼睁睁地看着林洲的来电，但是始终都没有搭理他。

贺溪心中有些唏嘘，她喜欢了林洲那么多年，这些年来，林洲从来都没有像今天这样给她打这么多电话。

林洲见贺溪是不会接了，这才打了一个电话给圈内专门做公关的朋友。

这件事的确是很棘手，最简单的办法就是贺溪去发一个声明，可贺溪偏偏就是这样僵持着。

很快，关于梁浅言插入贺溪和林洲十二年感情中的新闻愈演愈烈，甚至方逸群、林森以及方鹤过世的事情都被挖了出来。

刘思逸知道什么事情对梁浅言最重要，拿方鹤的死诅咒梁浅言，未免太残忍了。于是，刘思逸抢过了梁浅言的手机，直接关机了，也关掉了电脑。

梁浅言缩在沙发上，一直都没有说话。

林洲一路上都在思考着解决的办法，当然也没有放弃给贺溪打电话，但是依旧没有半点回音。

林洲恼火了，他原本以为自己已经和贺溪说得够清楚了，但是却没想到贺溪故意来了这么一手。这样一来，这么多年的交情，就岌岌可危了。

刘思逸很是仗义，她直接就在个人的微博上写了前因后果，还自己给自己买了头条，但是好像也没几个人关注到她写了什么。刘思逸深切意识到，当下热搜新闻主人公的某某朋友发声，一下子能上榜，都是花钱买了热搜的。最起码，她洋洋洒洒给梁浅言写了那么多，都没有用。

刘思逸有些气馁地将电脑放在一边。

林洲一来，刘思逸第一个就冲了过去，替林洲开了门。

她白了林洲一眼："你那小河真的是比我想象中段数还高啊！这不是卖了一手的白莲花吗？"

"小河？"林洲没能明白她的意思。

刘思逸翻了个白眼，心中更加觉得无法理解，为什么有些人的联想能力让人觉得那么绝望呢？贺溪啊！小溪啊！那不就是小河了吗？

"她说的是贺溪。"梁浅言接过话道。

林洲这才反应过来。他先看了看梁浅言，叹了一口气，沉声道："浅言，你这几天就别看那些东西了，我会处理好的。"

梁浅言点了点头。

"我觉得，你现在呢，就干脆大大方方承认你是大老黑，然后大大方方发一条公告出去。"刘思逸说道。

林洲原本觉得三言两语就可以解决的事情，没想到会这么复杂。他有些顾虑地看了刘思逸一眼："那这样贺溪岂不是会很难堪？"他一边说，一边想起正是贺溪操纵的这件事情，不由得又开始叹起气来。

刘思逸打心眼里为梁浅言不值，愤愤不平地说道："你现在还在想着你那小河的脸面？小河整出这些动静的时候，有想过你们吗？"

"思逸。"梁浅言制止住刘思逸不让她继续往下说。她看了一眼林洲，一边觉得林洲这是顾念旧情，无可厚非，一边又期盼着林洲会硬气些，直接挡在她的前面。可是，林洲要是真的这样，只怕林洲和贺溪的交情……

她深深地看了林洲一眼："不管你怎样处理，我都会支持你。"

"浅言，我真的没想到会这样，对不起。"林洲诚恳地说道。

"我和你一起承担。"梁浅言说着，握住了他的手。

林洲原本以为梁浅言这边也会闹一下的，即便不闹，也应该颇有微词，没有人会喜欢和自己的男朋友刚在一起，就遭遇这种事情。

梁浅言看了林洲一眼，说道："差不多到时间了，我去上班了。"

"上班？"林洲和刘思逸同时惊讶地看着她，又异口同声道，"你这样还是不要去上班了吧？"

"别人怎么想，那是别人的事，我不可以影响我自己的生活。"梁浅言有些固执地说道。

刘思逸轻轻叹了一声："有时候，想法当然是很好的。"

"浅言，我先帮你请个假。"林洲看向了梁浅言。

"有这么夸张吗？"梁浅言看着林洲。

刘思逸恨不得直接把网上的评论给梁浅言看，这样梁浅言就知道什么是现实了。她实在是搞不懂，梁浅言都已经离过一次婚了，也二十八岁了，实在是不小了，她是怎么样做到还这么天真的。

"浅言，你还是听我的吧！"林洲直直地看着梁浅言说道。

梁浅言终于勉为其难地点了点头。

与此同时，贺溪的电话终于接通了。

"这件事情，你应该给我一个解释吧！"林洲质问道。

贺溪淡淡一笑："这件事和我有什么关系？那些记者要那样写，也不是我能决定的啊！"

"那你那条微博……"林洲欲言又止。

"那条微博是我的个人感想，我在社交软件上没有提姓名，也没有圈谁，我就是说一下自己的感想，应该也没错吧！"贺溪语气很是义正词严。她冷冷一笑，继续说："林洲，何况你觉得那些人真的说错了吗？我这十二年来，到底算什么？"最后一句话，她自己都没有意识到，她的语气在颤抖。

贺溪这样一说，反倒是让林洲不知道说什么了，林洲只能浅浅叹一口气。

第六十八章　方案

“贺溪，你真的是魔障了。”林洲做出最后的结论。

“我魔障？”贺溪笑出了声，“我看是你魔障才对。”

贺溪深吸了一口气，眼神深邃地说道：“我实在不知道我哪里不如梁浅言，你要这样对我。”

林洲皱了皱眉，心下越发觉得自己和贺溪是无话可说了。

他简单说道：“我喜欢她。”这四个字就能抵得过世间所有的东西了。

林洲又风轻云淡地补充道：“我觉得你和她之间根本没有什么可比性。”他的言外之意则是，他根本就没有喜欢过她。即便她千好万好，对他而言，不过尔尔。

贺溪捂住了嘴巴。她知道林洲残忍，但是没想到，他可以残忍到这个地步。

“你说的事情，我不了解，我也不清楚是怎么一回事，我觉得我没有出面为我情敌说话的必要。”贺溪笃定地说道。

“你想清楚了？”林洲忽然问道。

贺溪愣了一下，还没等她说话，林洲却接着说道：“那我们这些年的交情，你是真的不打算要了，是吧？”

林洲说出这句话，就是将选择权交给了贺溪。如果贺溪对他还有一点点的顾忌，那他自然会把这件事情体面地解决。如果贺溪都不在乎这些了，那他也没必要死守着他们之间的那点交情。毕竟，交情归交情，他要去保护他所爱的人。

“林洲，你一定要和我这样吗？”贺溪试探着问。

林洲轻轻一笑，冷声道：“这句话应该是我来问你。”

贺溪的脸色一变，她紧紧握住了衣袖，还打算再辩解什么，林洲却完全失去了再和贺溪谈下去的欲望。

"我已经知道你的决定了，贺溪，这么多年的交情，我最后再劝你一句，不要以为所有人都不明白道理。"林洲说完，直接挂掉了电话。

梁浅言与刘思逸对视了一眼，最终拍了拍林洲的肩，说道："你也别多想了，外面的人怎么说，和咱们没有关系。"

"你是不知道'粉丝'的可怕。"刘思逸一脸同情地看着梁浅言，她叹了一口气，"就是我们这些靠码字过日子的，时不时还有读者因为书的内容和写法吵得你死我活，涉及抄袭的，更是各种传言满天飞。大家都坚定不移地拥护着自己的偶像，情绪比当事人都激烈。就连我们这块小山头都是这样，何况是娱乐圈？贺溪再怎么样，也算是个有名气的二线明星，她的粉撕你，那不是分分钟的事？"刘思逸说完，回过头看了一眼林洲："你想好自己要怎么处理了吗？"

"我一定会保护好浅言的。"林洲信誓旦旦地说道。

先前听到林洲和贺溪的对话，刘思逸就觉得很是欣赏了。林洲说的话，基本上全在点上，一句废话都没有，最后更是直接把选择权给了贺溪，也算是给了贺溪机会。

他实在是真切地诠释出了"你先不仁，我才不义"这八个字的精髓。当然，重点是在先后上。

方逸群看到那些消息之后，还没反应过来，记者就已经围住了他们公司。

方逸群原本是打算把林淼外调的，但是林淼不知道是怎么找的关系，竟然找到了董事局的人给方逸群施压，结果外调没有成功，方逸群就只好暂时将林淼放在身边了。

"方总打算怎样面对底下的那群记者？"林淼问道。

方逸群瞥了她一眼，林淼的肚子已经开始有些显怀了，每一次方逸群瞥到，都会觉得羞愧难当。

如果不是那天喝醉了，如果不是太思念梁浅言，如果不是他心中也和梁浅言一样绝望，怎么会犯这样的错误呢？

方逸群觉得很是刺眼，别过了脸去："我下去解释。"

"怎么？方总要去替梁浅言澄清？"林淼质问道。

"不可以吗？"方逸群询问道。

"方总，梁浅言那样对你，你还要替她澄清？"林淼难以置信地问。

方逸群没有理会林淼。他直接下楼，拿出他开会时的架势，直接明了地说道："你们的那些新闻都是不属实的，在我和我前妻梁浅言共同生活期间，我们的孩子方鹤主要都是她在照顾。方鹤的病，我和她都尽力了，但是我们是人……不管是因为什么事发酵起来，但是孩子，是我们的伤痛。我希望大家善良一点，拿去世的孩子来攻击一个失去孩子的母亲，也不是善良的人会做出来的事情。追星不可怕，可怕的是，为了你的偶像，丢了自己的心。"

方逸群说完了这些话，就直接推开了麦克风。他疲于应付这种事情，只是让助理表示，如果再这样造谣，传播不实信息，他将追究法律责任。

他刚转过身，就正好对上了林淼，他冷冷扫了林淼一眼。

公司就是社会的缩小版，他和林淼之间的事早就已经是各种流言蜚语了，什么版本都有。大家就喜欢听这种真真假假的小道消息。更何况是梁浅言这种直接放在公众眼皮子底下的事情，可想而知，更加是千层浪。

林淼因为方逸群的选择难过，沿途却撞上了一个人。

"赵……赵董……"林淼磕磕绊绊地打了一个招呼，她看了一眼已经迈步离去，根本没有注意到她的方逸群，暗自松了一口气，这才看着赵董颔首笑了起来。

"最近还好吗？"林淼没想到赵董竟然拉着她寒暄起来。

她有些不自在地点了点头，赵董却靠近了她："今晚还是老地方等我？"

"不……我……"林淼张口拒绝，有些不安地摸了摸小腹。

"怎么？"赵董的脸沉了下来，静静凝视着林淼，压低声音说道，"你也不要忘了，是谁让你留在公司，留在方逸群身边的？"

林淼有些害怕，身子不自觉地退了退，看了看经过的同事，还好没有人注意到。她不知道赵董为什么偏偏选在这种场合说这些。

她也顾不得赵董的脸色如何了，快速说道："我一直都是感激赵董的，稍后我会联系赵董。"

她说完就冲进洗手间，大大喘了一口气，闭上了眼睛，脑子里回忆起那天的场景。

方逸群执意要开除她，并且不愿意搭理她。她在酒吧喝了好多酒，自己也不知道是多少，最后，她看到了公司的赵董，不知道为什么就一起喝了起来。

第二天醒来，她就已经在酒店了。

孩子就是那个时候有的。

后来，她有了一个千载难逢的机会，方逸群因为梁浅言买醉，她才钻了空子。

孩子是筹码，也是让她最没底气的筹码。也因为这个意外，方逸群无论如何都辞不了她。她和方逸群这种办公室恋情明明是不被允许的，竟然也都被心照不宣地压了下来。

林森觉得，自己就好像踩在薄冰上，这条路是她自己选的，对岸一片光明，但是稍有不慎也有可能冰碎，而她则会掉下去。

第六十九章　竞争

林森拍了拍自己的脸，缓缓睁开了眼，给赵董发过去四个字："我怀孕了。"

她合上了手机，回到了方逸群的办公室。方逸群正在给梁浅言打电话，但是很明显，梁浅言没有接。

林森泡了一杯茶送过去，方逸群抬头问道："现在网上是什么风向了？"

林森快速浏览了一遍，粉圈的控评向来都是很容易混淆视听的，有好多人在骂方逸群戴绿帽子都戴得这么从容。

林淼看了一眼方逸群的神色，索性直接把手机递给了方逸群，怯怯说道："她都没有接您的电话，应该是不希望您来插手管这件事的，我看还是算了吧？这种事情，即便您说的是真话，也未必有人信。"

"我去看看她。"方逸群有些按捺不住了，说着就拿起搭在椅子上的西装准备走。

林淼愣了一下，她跟了方逸群这么久，知道方逸群向来沉得住气，即便是当初方鹤动手术，有重要的会议方逸群也从来不含糊。

"现在是上班时间，您这样，要是被上头知道了，会不会不太好？"林淼劝道。

方逸群闭上了眼，想起来昔日的种种，睁开眼，目光又坚定起来："从前她需要我的时候，我都不在，我应该做些事弥补她了。"

"那我呢？"林淼冲动之下问出口，她摸了摸自己的小腹，眼眶湿润了，"那我们的孩子呢？"

"我从来都没有利用你的意思。"方逸群冷淡地说道，他平静地注视着林淼，"你不用考虑我妈的想法，我也不想耽误你，尽早处理掉吧！我会补偿的。"冷淡又无情，这是林淼对他的唯一认知了。可是，从她的个人利益来看，这的确是最好的解决方法了。可她不甘心，方母那么想要一个孩子。她摇了摇头。

可方逸群根本就没等她回复，已经出门了。

林淼看着他的背影，目光坚定起来，又给赵董发了一条信息。

方逸群冲到梁浅言家，几步小跑上楼。林洲率先去开门，方逸群看到林洲，目光瞬间沉了下来。

"你怎么在这里？"他看了林洲一眼。

林洲觉得这个对白一点儿创意都没有。他觉得有些好笑，看着方逸群说："这是我女朋友的家，我为什么不能在这里？"

"这么说新闻说的都是真的？"方逸群狐疑地看着林洲，接着又把目光放在了梁浅言身上。

"什么真的假的？"林洲皱了皱眉，有些不耐烦，"你没脑子？"

方逸群走了进来，逼近了梁浅言，难以置信地指着林洲说："你是真的和他在一起了？"

他先前一直都觉得，梁浅言和林洲之间的结合，多多少少有和他赌气的成分。

"和我在一起有什么问题吗？最起码，我不会像你对她那样。"林洲的语气间充满着不满。

"你真的插足了他和贺溪？"方逸群问，看着梁浅言的眼神很是恨铁不成钢。

梁浅言低头暗自轻笑，继而略微勾起唇角看着方逸群："你接受采访的话，我看了，谢谢你客观说话，但是，这种荒唐的东西，你也信？"

"我不是这个意思……"方逸群想要解释。

梁浅言伸出手直接制止了他："什么都不用说了，你想听真相，我来告诉你。我从未婚内出轨，林洲也从未和贺溪在一起过。"

对于是否婚内出轨，方逸群还是相信梁浅言的。他也不知道那天为什么会说出那样的一番话，更多的还是因为吃醋吧！他注视着梁浅言，即使已经离婚了，他自始至终都没有放下她，可是她真的就直接将过往抛得一干二净了吗？

"我不是这个意思。"方逸群的语气缓和了几分，试图消除梁浅言对他的抵触情绪。他充满担忧地看着梁浅言，说："你还好吗？"

梁浅言也愣了一下，她没想到一个人前后的转变会这么大。可实际上，方逸群从一开始就没有和梁浅言过不去的想法。他也不知道为什么，自己明明不是这样认为的，可是却表现出了这个样子。

或许，这也是他和梁浅言之间，最终无可转圜的一个原因吧！

"我没什么事。"梁浅言轻描淡写地说道。她看了一眼林洲，见林洲的神情并没有什么不适，才看着方逸群淡淡道："坐吧！"

方逸群愣了一下，自从方鹤过世后，梁浅言似乎极少有对他态度好的时候。她耿耿于怀于那些岁月，她现在这样，方逸群倒是有些不习惯了。他有些不自在地坐了下来，眼神静静地注视着林洲。

林洲很快就将文字编辑发布出去了，说明自己和梁浅言认识的所有经过，和贺溪这么多年的关系，只是淡化了方鹤的事情。

林洲的发言再一次惹来热议，贺溪怎么让"粉丝"控评，都已经控制不住群众的正义之心了。

公关的嗅觉一向都是敏锐的，贺溪可能也是和团队沟通了，觉得再也没有翻盘的可能性了，电话很快就打到了林洲这里。

"林洲，你真的不给我一点点脸面和退路吗？"贺溪开口就质问。

林洲轻蔑一笑，说："先前我就问过你了，让你自己澄清。我们认识这么多年了，你应该知道，不是迫不得已，我不会这样做的。"

贺溪自知理亏，但终归有些意难平，还是说道："那你就这样让我下不来台？林洲，不管我做什么，我都是爱你啊！我爱了你这么多年，你真的就看不见吗？"她说着，就在电话那头抽泣起来。

林洲平复了一下心情，尽量让语气平和："贺溪，在我看来，喜欢是双向的。我之所以给你机会，是因为你是我朋友，而不是因为你喜欢了我这么多年。"

贺溪怔了一下，她很聪明，一下子就明白了林洲的意思。她见过很多高手，杀人于无形的也好，直接出手的也好，但唯有林洲，一瞬间，击灭她所有的骄傲。她的喜欢就是单向的，他只是拿她当朋友，她的感情给他，他不需要，甚至，在拒绝自己的时候他连内疚都没有。

"那我怎么办？"贺溪也不知道自己恍惚间，就失魂落魄地问出了这样的一句话。

"你去澄清，去让你的'粉丝'偃旗息鼓，这事我不和你计较，以后还是朋友。如果你执迷不悟的话……"林洲欲言又止。

"朋友都不是了，对吗？"贺溪轻蔑地问。

"贺溪，你还不明白吗？这样对你、对我都好。"林洲回答。

"都好？"贺溪冷笑出声，"你对我很残忍。"

"我只是想保护我喜欢的人而已。"林洲平静地说道。

贺溪听了这句话，抬眼瞟了一眼镜子里的自己，直接挂断了电话。她很清楚，从今以后，她和林洲连朋友都不是了。不过这样也好，她本来就不想和林洲做什么朋友。

从前是赵菡，现在是梁浅言。反正，她怎样都不是林洲眼里的人。

第七十章　甜蜜

林洲顺着梁浅言关切的目光看去，觉得有一股暖意传递到了全身，他轻轻摇了摇头。

"那你和贺溪之间……"她想问。

"她总会想明白的。"林洲说道。

方逸群看着梁浅言和林洲，顿时觉得自己不该来。

他站起了身。他以为她现在一定很绝望，也一定很难过，但实际上，溺水的人，只有他自己而已。

"那我就先回去了。"方逸群说道。

"林洲，我和你一起送一送吧！"梁浅言落落大方地说道。

方逸群惊讶地看着她。他没想到，她竟然就这么温和地对待他了，不像从前，浑身都是刺。

林洲也没有太小气，当即就应了下来。

梁浅言看了一眼盘着腿在沙发上看戏的刘思逸："你一个人等一会儿哦！"

刘思逸赶紧笑眯眯地点了点头。她审视着梁浅言，觉得自己又有灵感了。下本书有着落了，想到这里，刘思逸就高兴坏了。

梁浅言租的是一个老小区的房子，没有电梯，一路把方逸群送下去，三个人都沉默着。

方逸群在楼下，却迟迟没有上车。

他看了一眼梁浅言，她只是尽宾主之谊罢了！

"你原谅我了？"方逸群问她。

她愣了一下，脑子里又想起方鹤的脸，想起和方鹤相依为命的时候，现在想起来，倒好像是过了很久很久。

她轻轻拂掉了眼角的泪："你毕竟是方鹤的爸爸。"

只是因为他还是方鹤的爸爸。"嗯！"方逸群点了点头，有些黯然，"我知道了。"

他转过了身，表情坚毅了起来，接着又回过头看着林洲问："敢不敢和我公平竞争？"

林洲轻轻一笑，不以为然道："我觉得没必要。"

"你是她的过去，我是她的现在和未来，真的没必要。"林洲淡淡地补充。

方逸群抬眼看了看从半空中慢慢飘落的树叶，自嘲地一笑，是的，别人是两情相悦，他连竞争的资格都没有。

因为他是过去，他已经出局了。他看着林洲，目光之中有一种难以言明的情绪："我真的很后悔，是我一步一步把浅言推到了你身边。"

方逸群不禁想起过去的种种，最开始的梁浅言和林洲本来真的没有什么，但是他也不知道为什么会一次又一次出言伤害，最后真的把她推向了林洲。后来他想了很久，在那个时候他就已经开始失去梁浅言了吧！或许更早……所以，他才会那么患得患失。

"从前是我太偏激了。"梁浅言说道，"那时候，你的确也有你的苦衷，你是方鹤的爸爸，你的难过也一定不比我少。"

方逸群看着她前所未有的释然，终于怔怔地问道："你不怪我了？"

"不怪了，但是我希望，过去的事情，就过去了吧！你去珍惜你当下的东西。人不应该总活在过去，鹤鹤也不希望我们这样。"梁浅言认真地说道。她和林洲都是曾经身处深渊的人。她现在回头凝望最初的自己，竟然觉得可以释然了。

"如果可以重来多好。"方逸群凄凉说道。那时候，他总以为方鹤和梁浅言需要的是钱，可是有了钱又能怎么样呢？他失去了两个最亲爱的人，在她们最绝望的时候，他都不曾陪在她们身边。梁浅言从前怨恨，那是因为她还把他当作自己的丈夫、方鹤的爸爸在乎着，才会去责怪他。她不怨恨他了，反而是她真的放下他了，就像林洲说的，他只是过去。

"我倒希望你恨我。"方逸群说着，直接就上了车。

还没等梁浅言反应过来，他就已经开车走了。

梁浅言有些摸不着头脑，看向了林洲。林洲轻轻将她揽在了怀中，摸了摸她的头，淡淡说道："他只是觉得，你不怪他了，才是真正地不在乎他了。"

"我现在有你了。"梁浅言静静说道。

傍晚有些降温了，林洲轻轻叹了一口气，拉住了她的手，俯身在她耳边问道："冷吗？"

"不冷。"她摇了摇头，看了看十指紧扣的双手，笑容静静地溢开在脸上。

刘思逸看到两个人回来，立刻从沙发上跳了起来，看着梁浅言说："我决定请你吃个火锅。"

"无事献殷勤，非奸即盗。"梁浅言不以为意地说道。

刘思逸立刻挽住了梁浅言的胳膊："你还是不了解我。"

"说吧！什么事？"梁浅言审视着她。

"哎呀！很简单，我就是想知道……"

刘思逸的话还没说完，梁浅言的胳膊就被林洲拉开了。

刘思逸瞪了林洲一眼，这占有欲也太强了吧！她又不是方逸群。

刘思逸冲着林洲冷哼了一声，拉着梁浅言就背过了身去："我正在想人的不确定性，这个真的对人物太重要了。浅言，你为什么忽然对方逸群的态度有了这么大的变化？"

梁浅言没想到是这个问题，她想了想，说道："过去的事情也不能全怪他。"

"你这是什么意思？"刘思逸震惊地看着梁浅言。刘思逸的心中已经是感慨万分了，她一向都清楚女人最善变，但是没想到这个叫梁浅言的女人竟然可以善变到这个程度，先前明明还是剑拔弩张的，忽然之间就变成冰释前嫌了。

"方鹤的死是病魔夺走的。客观上来说，方逸群并没有做错什么，只是说，身为我的丈夫、方鹤的爸爸，他是不称职的。"梁浅言冷静地说道。她想起了当初的场景，有些自嘲地轻轻一笑，说："他妈有句话的确不错，如果不是方逸群工作挣钱的话，我和方鹤当时也没有经济能力去治疗。"

　　"那你为什么还是和方逸群分开了？"刘思逸出于职业的敏感性脱口而出。说完她怯怯地看了林洲一眼，见林洲神色没什么异样，这才暗暗松了一口气。

　　"很多事情，错过就是错过了。那个时候的方逸群，就已经和我渐行渐远了，我只是不怪他而已。但是，那段时间我承受的，却不是时间可以抚平的。"梁浅言说着，不禁再次握住了林洲的手。她沉静地注视着林洲的双眸，说："尤其，我现在已经有林洲了，我已经开始新的生活了，但是方逸群，却还在痛苦。我就觉得，没什么可以再怨恨的了。"

　　那一段时间，林洲真的是如天降神兵，每到关键时候，都会有林洲出现。

　　刘思逸目瞪口呆了片刻，顿时捶胸顿足地躺在了沙发上，闭着眼绝望地呐喊道："原谅我这种俗人实在是不懂你们这种高深的哲学境界。"

　　"哈哈哈哈……"林洲张狂地笑了，他看着刘思逸，"你又不是浅言男朋友，当然不会懂的。"

　　"你们太甜蜜了，我受不了啦！"刘思逸说着，就冲进了房间。

　　林洲一下子蒙了，他看着梁浅言问道："她这是怎么了？"

　　"应该是看我们太甜蜜了，她回房间换衣服要去找她的小甜甜了。"梁浅言淡然地说道。她已经习惯刘思逸的脑回路和行为了，说不准刘思逸还要大力痛斥她和林洲的过分之处。

　　"你也觉得我们太甜蜜？"林洲轻轻笑了笑，手放在了她的发梢处，将她的发丝拨在了耳后。

　　她被挠得有些痒，身子不禁往后缩了缩，轻声辩解道："难道不是吗？"

"当然是！"林洲很是享用地回答，"我很喜欢你这样说。"

他说着，唇就慢慢凑近了她。

第七十一章　暴击

刘思逸把门一下子又打开了，她轻咳了一声，哀怨地看着梁浅言："我知道你们现在真的很甜，可以不要让我这么努力地当'电灯泡'吗？心痛啊！"她有些不好意思地笑了笑，对着梁浅言挥了挥手："我去找我的小甜甜了，你俩就接着甜蜜吧！"梁浅言点了点头，目送刘思逸出去。

等刘思逸走了之后，梁浅言的脸才沉下来："林洲，有一件事，你是不是应该对我交代清楚？"

"嗯？"林洲饶有趣味地看着她。

"大老黑和你……"梁浅言故意没有把话说完，等着看林洲的反应。事情已经到这个份上了，林洲也没想瞒，悠悠说道："你不是早就猜到了吗？况且我早就告诉你了。"

"是吗？"梁浅言看着他。

林洲挑了挑眉，不以为意道："难道你没看大老黑的微博？"

"微博？什么微博？"梁浅言有些惊讶。

"你竟然没看？"林洲的目光之中充满着惋惜。

梁浅言无奈地叹了一口气，想着这些天的一切。因为林洲不按常理出牌，她心中早就心烦意乱，满脑子都是林洲。她再喜欢大老黑，毕竟那是一个极为遥远的人。从前很多时候她都不会错过大老黑的微博，她也只是隐隐有些猜测而已，但林洲没有否认，她也就没有多想。

但是她没想到林洲竟然早就告诉她了。

她立刻打开了先前被刘思逸扣下来的电脑，打开了林洲的微博。

那是一张日出时刻的人物剪影，那个背影正好是她。

她的眼睛红了，捂住了嘴巴，尽量不让自己哭出来。

"如果不是这条微博，贺溪大概也不会找你的茬了。"林洲缓缓说道。

"没关系，我不在乎。"她摇了摇头。

"你什么时候拍的？"她强压住自己的情绪，问道。

林洲轻轻一笑："我做什么事情你应该是知道的。"

她一下子说不出话来，伸出手轻轻抱住了林洲。

林洲的脸上浮现出了一丝暖意，接着语气又有些可惜地说："我以为你会看到的。"

"迟是迟了一些，但也没有关系，不是吗？"

"嗯。"林洲从鼻息之间轻轻应了一声，将下巴放在了梁浅言的肩上。

而刘思逸那边，也正如梁浅言所料，她一进门就怒气冲冲地把包扔在了沙发上，哀怨地勾住了赵添的脖子："小甜甜，你是不知道，梁浅言和林洲那两个人有多么过分，他们不就是欺负你不在吗？"

"怎么了？"赵添根本没有反应过来，呆呆地问。

刘思逸立刻就生动地进行了场景还原，最后还夸张地说道："梁浅言竟然还因为林洲而原谅了方逸群，真的是要笑死我了。"

"林洲也怪不容易的。"赵添感慨，心中竟然觉得这两个人都挺不容易的。

刘思逸一笑，懒得再为其他不相干的事耽误时间了。她直接往赵添身上靠，声音慵懒且带着娇媚地说道："小甜甜，你这几天有没有很想我啊？"

赵添愣了一下，这才后知后觉地说道："想。"

刘思逸一下子就忍不住笑了，捧着赵添的脸就吧唧了一口："小甜甜你也太可爱了！"

翌日清晨，梁浅言去上班，走到车库才发现自己的车上竟然被泼了油漆，还有大字在上面写着："难怪死女儿。"

这种做法无异于戳她的脊梁骨，梁浅言愣住了。

她直接拍了一张照片给刘思逸和林洲发了过去。

刘思逸一向都是晚起生物，从来都不会早起，所以看到信息已经中午了，倒是林洲，回得很快。

"你在原地等着，我来接你。"林洲说道。

梁浅言以为林洲做过了澄清，这个事情也就过去了，但是一夜之间，竟然发生了这么严重的问题。

他一把抱住了梁浅言，摸了摸她的头，哑着嗓子说道："我送你去上班。浅言，都会好的。真的，我一定会妥善处理好的。"

她还在错愕中没有反应过来，沉静了片刻，才缓缓说道："林洲，我真的做错什么了吗？"她这话是在问林洲，但实际上也更像是在问自己。她明明什么都没有做错，她只是和自己喜欢的人在一起而已，却无端要承受这些东西。

"要不今天不要去上班了？"林洲问她。

她想了想，神色坚毅地摇了摇头。昨天她就躲了一天，难道那些人一直不愿意放过她，她就要一直躲避吗？

她拿起抹布，想要去擦掉那些油漆，但一点儿用都没有。她擦着擦着，终于气馁了。抹布从手中掉了下去，她弯腰去捡，地上却有了她的泪水。她抱着膝盖，脸埋在膝盖之间，终于大哭起来。

林洲也蹲了下来，抱住了她："浅言，没有关系的，真的没有关系的，你有我了，有我了。"他说着，抱着梁浅言的胳膊更加有力了。

"你没有错。"他说出了答案。

"林洲……呜呜……"梁浅言哽咽着。

方鹤一直都在她内心深处最为敏感的地方。她好像又回到了方鹤刚离世的时候，每天都要强迫自己去接受这个现实。她只是和她喜欢的人在一起而已，为什么要无端受这些伤害？

"浅言，没事的。"林洲再次柔声说道，慢慢扶起了梁浅言，"浅言，你有我了，不管发生了什么，你都不会是一个人面对了，你有我。"

他抱住了她，声音柔和地接着说道："赵菡过世的很长一段时间，我也像你一样，根本原谅不了自己，我恨我自己。但是浅言，这些事情，根本不是我们可以控制的。"

"为什么我们在一起不会被祝福？"梁浅言擦了擦眼泪，有些迷茫地问他，还没等林洲回答，她又问道，"为什么他们要拿鹤鹤来伤害我？"

"因为所有人都知道，那是你的软肋。"林洲笃定地回答。紧接着，他的唇边浮现出了一丝嘲讽，说："你根本没有必要去在意，无关紧要的人是不是祝福我们，我根本不在乎。"

"为什么？"梁浅言下意识地问。

第七十二章　新生

"我曾经一度以为自己处在黑暗中。我隐藏着自己的躯壳，不断挣扎，直到我遇到了你，过去的种种，我才都释然了，我愿意放过我自己了。"林洲沉稳地回答道，他的唇角勾勒出了一丝笑意，"赵菡的死，不是我的错。我爱过她，但最终还是错过了。即便遗憾，但我活着，人生，总不可能一直都是这个样子。"

"比起那些被病魔挟持却拼命活下去、拼命去抗争的人，我们这样已经很好了，不是吗？毕竟我们只是凡人。"林洲继续说着。

梁浅言的眼眶忍不住再次湿润了。

"嗯！"她用力地点头。

过去的事情，即便再意难平，可终究是过去了。

她和林洲都曾身处深渊，所以才会比常人更向往黎明，也更珍惜彼此。

林洲见她情绪平复下来，心里也不禁松了一口气。他看了一眼梁浅言的神色，试探着说道："我给老孙打个电话，要不今天再休息一天？"

"我又不是什么过街老鼠。"梁浅言说道，看向了林洲，"你不是说了吗？我没有错，那些人也是无关紧要的人，既然如此，我为什么要避着？"

"好！"林洲点了点头，他深情地看着梁浅言，眸光间就像沉静的星河一般，"我相信你。"他说完，缓缓叹了一口气，接着说："我绝对不会让这样的事情发生第二次的。"

梁浅言没想到这一次回到公司的时候，她比以往任何时候都更被关注。

孙承宣看到梁浅言，本来心里还有些不舒服，但也忍不住上前来问她："你现在还好吧？"

梁浅言先前以为，公司里一定会有很多小道消息，会有很多闲言碎语，可她没想到大家投来的竟然都是关切的目光。她反倒有些不习惯了，看着孙承宣，有些明知故问地说道："我能有什么？"

林洲原本心中也有些担心，但是看到这一派景象，心里也稍稍平静下来。他拍了拍梁浅言的后背，低下头注视着她，小声说道："既然这样，我就先走了。"

"嗯。"梁浅言点了点头。

"把你的车钥匙给我。"林洲说道。

梁浅言疑惑地看了林洲一眼，但她觉得，林洲这样说，一定有他自己的理由，也没有多问，就把车钥匙给了林洲。

"网上的那些我们都看到了，大家都挺担心的，你也别太放在心上。"孙承宣说着，宽慰似的拍了拍梁浅言的肩。

先前那两个在洗手间说过梁浅言坏话的同事也觉得怪不好意思的。其中一个看了看梁浅言，终于鼓起勇气说道："我们都没想到你这么不容易，也这么坚强。"

梁浅言先前经历了各种绝望和重返职场的各种不适应，甚至已经想好了将会面对什么，但是她没想到遇到的会是这样温柔友善的同事。

她轻轻一笑，故意风轻云淡地说道："其实也没什么，先前的事，过去了就都过去了！谢谢大家了。"

她说完，红着眼转过了身去："大家都去忙吧！也不要被我这档子事给影响了。"她强忍着眼泪，很怕自己哭出声来。一天之间，她感受到了无尽的恶意，也感受到了前所未有的善意。真的是一种太难言明的感受了。

孙承宣悄悄地跑到了梁浅言身边，一脸疑惑地问道："你当初真的是净身出户的啊？"

见梁浅言没有搭理他，他又有些不死心地接着说道："那你真的厉害，喜欢的时候可以为了喜欢的人倾其所有，分开的时候也是孑然一身。当时你真的不怕该怎么生存啊？"

她轻轻一笑，如果是最初的她，可能真的会不屑去回答，可现在却觉得这个问题有些可爱。她的脑海中不禁浮现出林洲的脸，继而唇角的弧度也不由自主地扬了起来："起初有，但是我做的选择，我也不会后悔，还好有林洲。"

"林洲？"孙承宣有些不明白。

梁浅言却开始不愿意回答了。她换好了服装，今天来的是另一所国际学校的学生，她要好好带学生。

她站在滑冰场上，想到曾经的自己，那时候方鹤正在她的肚子里，她面临着人生当中最重要的抉择。

真好，她依旧还有重新开始的机会。

她没有告诉孙承宣，那个时候她是真的惶恐啊，但是婚姻已然是千疮百孔了，一切好像都没有什么意义了，她觉得也就那样了吧！但是林洲一次又一次地出现在她的生活当中，不管她遇到什么，他一掺和，他一在那里插科打诨，最后好像也没那么难受了。

她没想到，自己一直喜欢的是同一个人，网上的大老黑曾经是她的精神支柱，而现实中的林洲，也让她一点一点地走出了黑暗。她是很实际的人，她追求现实的生活，而林洲，就是她全部的现实了。

"等你以后再经历多些、再长大一些，你知道疼痛后，也就会明白我说的话了。"在孙承宣以为梁浅言不会再说什么的时候，梁浅言扔出了这么一句话。

240

梁浅言回过头对着孙承宣浅浅一笑，就一个旋身跳了过去，没有理会还在发愣的孙承宣。

林洲出了梁浅言所在的公司，神色就凝重起来。

他没急着去给梁浅言洗车，而是直接联系了媒体。

刘思逸还没睡醒，就被林洲的好几通电话给吵醒了，赵添也迷迷糊糊嘟哝着问道："谁呀？"

"你哥！"刘思逸没好气地说道，但是林洲打电话过来，就一定和梁浅言有关系，她也没胆子不接这个电话。

"你现在来找我，我有件事找你。"林洲说完，就直接挂掉了电话。还没等刘思逸反应过来，微信的消息就过来了，是一个地址。

刘思逸眨了眨眼，还没反应过来。"那你到底是去还是不去啊？"赵添问道。

刘思逸看着他，张了张嘴，这才想起来要说什么："你哥一贯都是这么嚣张的吗？"

"你才知道啊！"赵添很是不以为意地说道，"你慢慢习惯了就好。"

刘思逸感觉像是吃了什么噎着了一样，直接将手机一甩："那姐姐还不愿意去呢！"

第七十三章 处理

赵添一时好奇拿过来刘思逸的手机，正好看到了梁浅言先前发过来的那张图，图上是被喷字的梁浅言的汽车。赵添一下子坐了起来。

"怎么了？这么大反应？"刘思逸诧异地问道。

赵添将图竖在了刘思逸的眼前："你确定不理林洲吗？"

"我的天！"刘思逸立刻跳了起来，她抓了抓乱糟糟的头发，"那条小河也太过分了吧！她这是要跟林洲和梁浅言死磕啊！"

"你觉得林洲会怎么处理？"刘思逸震惊完，又饶有趣味地看着赵添。她现在对林洲如何处理感到好奇，可是想了想，梁浅言现在一定不好受。她犹豫了一下，还是克制住了好奇的欲望，给梁浅言去了一个电话，但梁浅言没接。

"她一般上班的时候才会不接电话，既然上班了，那就应该没事了，问林洲也是一样的。"刘思逸说着，就开始捡地上的牛仔裤穿了起来。

"你这个哥还真的是大爷，偏偏我每次还真的被他掐着玩。"刘思逸说着，长长叹了一口气，眨了眨眼道，"谁让我们爱上的是同一个女人呢！认命！"

她说着，迅速冲进了卫生间，洗漱完也懒得管赵添了，拿上车钥匙就冲了出去。

"你别担心，我哥叫你过去，应该是想好怎么解决了。"赵添跟在后面喊道。他看了一眼刘思逸，有些不确定地问道："真的不要我过去吗？"

"你过去也没用啊！"刘思逸回答，她甜甜一笑，在赵添脸上又是吧唧一下，"乖，等我回来。"

梁浅言在刘思逸心中还是有一定分量的。刘思逸在过了三十岁之后，就已经立下了不化妆绝不出门的誓言，可是为了梁浅言，她只差拿出自己此生最快的速度了。

林洲见刘思逸匆匆赶过来，也没太耽误，看着刘思逸说道："养兵千日，用兵一时，你写了那么多字，软文总会写吧！"

"那个车，你还不打算洗啊！"刘思逸心疼地看着梁浅言的车，感叹道，"这也是梁浅言唯一值钱的东西了。"

"洗了哪还有证据啊！"林洲回答，接着他就发了一段视频在刘思逸的手机上。

"这人是谁啊？"刘思逸惊诧地问道。

"这是停车场的监控，目测应该是贺溪的'粉丝'干的。"林洲淡定地回答。

"所以……你想怎么样？"刘思逸再次被点燃了好奇之心。问完之后，她又觉得自己有些本末倒置，很不好意思，说："浅言现在还好吧？"

"她去公司了。"林洲回答。

刘思逸当机立断，立刻就拿起手机写了起来。写好了之后，她才交给林洲审阅。

图文对应，加上刘思逸一开始就懂林洲的意思，内容简直是太精彩了。

因为现在的"粉丝"的确是太疯狂了，所以他们的行为引起了很多人抵触。与此同时，刘思逸再次力挺梁浅言，还煽情地讲述了梁浅言当初离婚的难处，以及现在被"粉丝"无故拿逝去的亲人攻击的处境。

一时之间，梁浅言就占据了道德的制高点。

林洲开着那辆被泼了油漆的车出现在采访现场，一下子又成了全场焦点。

媒体问林洲："先前我们联系过贺溪，贺溪说对此事并不知情，而且也不知道您和梁小姐的事情。您和贺溪是好友，那现在就是您和梁小姐之间的事情，贺溪没有祝福是吗？"

"我觉得贺溪是朋友，不是我和我女朋友的亲人，您觉得呢？"林洲直接回答道。

记者愣了一下，僵硬一笑，觉得脑子一时之间有些转不过来。

"那您怎么看待贺溪的'粉丝'这样疯狂的行为呢？"记者接着问道。

"这个我已报警了，我相信警方会给出一个合理的交代。"林洲道。

"那这件事，会不会影响您与贺溪之间的友情呢？您会不会因此责怪贺溪？"记者继续问。

林洲的脸一下沉了下来，挤出了一丝很为难的笑容："这个就取决于贺溪怎么做，贺溪是不是重视我们之间的友情了。不过我相信，这件事情贺溪是不知情的。"

所有人都能听出林洲这番话是话里有话。一时之间，舆论又将贺溪推向了风口浪尖。

贺溪的经纪人见这个形势，心中也不禁担忧起来，公众原本就对"粉丝"的疯狂行为不满，何况一贯都有"粉丝"行为、偶像买单的说法。林洲的话虽然只是警告，但是也给贺溪留了余地。

"贺溪，你就出来道个歉吧！这件事再发酵下去，只会对你越来越不利，你的形象会受损。你知道你手上的那些代言要赔多少钱吗？"经纪人建议道。

"我知道。"贺溪的语气异常平静。她冷冷地盯着那段视频，看着视频中林洲的脸。

"我现在就用你的微博发道歉信，为你的'粉丝'向大众道歉，向梁浅言道歉。"经纪人说道。

"随便你。"贺溪依旧一脸无所谓。

"那你想要怎么样？"经纪人强压住怒意说道，"贺溪，你难道真的想要毁了自己吗？"

贺溪没再说话。

她点燃了一根烟，轻轻吐出了烟雾："那你说怎么办就怎么办吧！"

"给林洲打电话。"经纪人说。

"要打你打。"贺溪有些不耐烦了。

经纪人看了贺溪一眼，还是选择用贺溪的手机打这个电话。

林洲接到电话的时候，心中还有一些诧异。等经纪人开口之后，林洲就猜到了经纪人的目的。

林洲不容置疑地说道："让贺溪来跟我说"。

贺溪接过了电话，就像经纪人说的，她还不想毁了自己。

"林洲……"贺溪叫了他一声，声音又有些委屈。

"你们怎么发声明，我都会配合的。"林洲淡淡说道。接着，他静默了片刻，说："贺溪，事不过三，你应该知道吧！"

244

"嗯？"

"先前，我已经忍了你一次，我以为你会到此为止，是不是真要到不可挽回，你才相信我的忍耐是有限度的？"林洲这话已经是一忍再忍，才不至于太伤人的。

"所以呢？"贺溪故作轻松地说道。

第七十四章　底线

"梁浅言是我爱的人，我不会再让任何人伤害她。不喜欢你的人是我，你有什么应该冲我来。"林洲的语气沉了下来。

"你明知道我根本不可能对你做什么的。"贺溪抓了抓头发，再次点了一根烟。

"林洲，你告诉我，明明是我最开始出现在你身边的，甚至比赵菡都要早，为什么你就是不喜欢我？"贺溪哽咽着问道。

"喜欢这种东西，没有什么先来后到。"林洲毫不犹豫地回答。他觉得和贺溪没有说下去的必要了，最后一次警告道："我不会让任何人伤害梁浅言。即使是你，这是我最后一次放过你了。"

"我们不是早就不是朋友了吗？"贺溪问。

林洲沉默了几秒钟，挂掉了电话。

"我以前觉得我们浅言也不算人群中会发光的那种，真是没想到，竟然还有人会为了我们浅言放弃小河这样的大美女。"刘思逸说着，拍了拍林洲的肩，抿唇说道，"哥们儿，先前的确是我太小看你了啊！"

"相貌只是决定最初的好感，性格才能决定能走多远，何况，我早就过了看脸的年纪了。"林洲轻描淡写地回答。

刘思逸脑子里有一个很可怕的念头：如果不是因为林洲是梁浅言的人，她会不会对林洲有兴趣？这个念头只是一闪而过，在她前三十年的经历当中，她见过各种各样的男人，遇到赵添，她才忽然有一种想要安定下来的感觉。

如果她再年轻十岁，以那时的心境，或许会用崇拜的眼神看林洲，觉得特别有征服欲，但已经三十岁的刘思逸，更想要的是内心的平和。

刘思逸浅浅叹了一声，有时候人就是这样微妙的动物。

贺溪的工作室那边发了声明之后，贺溪本人也发了一封公关为她量身定制的致歉信。

林洲看了之后，只是转了工作室的声明，完全没有理会贺溪的互动。

一时之间又掀起了一股议论，但是"粉丝"控评和解释能力还是很厉害的，林洲也正是清楚"粉丝"的这种能力，才采取了这个行动。

贺溪翻着那些评论，很清楚，这是林洲给她的下马威。

她轻蔑一笑，那她这十多年的青春算什么？

她喜欢了林洲十多年，难道就是这个结果吗？

梁浅言那边已经准备要下班了。林开颜开学之后，滑冰训练就只能周末来，梁浅言送走所有的小朋友之后，心里有些想林开颜了。

开颜是真的像林洲。

林洲处理完了之后，就把梁浅言的车给洗了。梁浅言拿到手机，几乎看到了刘思逸的全程在线直播。她与林洲对视一笑，问林洲道："都处理好了？"

"嗯。"林洲应了一声，低头有些含蓄地笑。

"我早上真的不应该那样的，对不起，林洲。"梁浅言说着，心中有些自责。她一直都很清醒，也知道自己在做什么，但是，在清晨看到车的时候，她整个人脆弱而敏感的情绪都被牵引出来了。

"没关系。"林洲柔声说道，"不管遇到什么，你都可以哭。反正，你总有我的，天黑了，也总会天亮的。"

梁浅言低下了头，但心中有些甜甜的。

她很久没有这种感觉了，年轻的时候毅然放下事业，放下所有的东西追随方逸群的步伐，等结婚了，才发现生活就是一地鸡毛。

可仔细想一想，又有多少人能够在年复一年、日复一日的琐碎日常里逃过七年之痒呢？

婚姻就是一座围城，城外的人想进去，城里的人想出来，可是出来之后呢？她又不由得悲哀起来。

"你怎么了？"林洲注意到了她悲哀的神色。

她轻轻摇了摇头，缓缓说道："没事。"

"浅言，别想太多了。"林洲嘱咐。

"林洲，我能问你一个问题吗？"她扬起脸。

林洲诧异地看向了她，假装不悦道："什么时候你要问哥们儿一个事都这么含蓄了？"

她缓慢摇了摇头，倒真的不是含蓄，只是不知道能不能问而已。

"为什么这么多年，你都没有选择贺溪？"她说出了自己的疑问。

"你为什么会问这个事？"林洲敏锐地察觉到了她话里有话。

她也没有任何掩饰，考虑了片刻，才道："说真的，大家都是成年人了，经历了这么多事情。我也清楚，其实有的时候，结婚和谈恋爱不一样，可能谈恋爱的时候，更多的是两情相悦，但是结婚，那就是真的生活了，它更看重两个人的合适与否。我觉得你和贺溪这么多年，真的是知根知底的，按照常理来说，无论如何也都不会是我后来者居上。"

听梁浅言说了这么一大串，林洲忍不住笑了。他不屑地摆了摆手，说："第一，我和贺溪，生活当中也不适合。人总是想要太多的东西，你看这些年，贺溪说着喜欢我，可她身边的男人断过吗？人总是喜欢利益最大化的，她也知道那些人不可能娶她，于是看着看着，好像我就是最合适的，加上也确实有那么一点儿好感作祟，于是就有你看到的这个局面了。"

"是不是还有第二？"梁浅言问他。

他的眼眸沉了下来，静静凝视着梁浅言，说："我不认可你说的恋爱是两情相悦，结婚是生活。"

"为什么？"梁浅言有些好奇。

"我不是不知道妥协的人。其实我考虑过，尤其是我身边的人都

247

劝我的时候。贺溪也在我身边这么多年了。但是，你想想，我为什么还是没有妥协呢？"林洲反问梁浅言。

"我相信爱情。"林洲沉而缓地回答，他的眸光也坚定起来，"我相信爱情和生活是一致的，恋爱只是我们彼此初步的一个尝试，我也会和我爱的人走向婚姻，那不是一地鸡毛，而是一个好的开始。我妥协了，真的和贺溪一起，才是你口中的那种情况。但是你看，我选择了你，那就是最好的佐证。你脑子里转悠的那些，也不是对的。"

梁浅言怔住了，她眨了眨眼，半天都没能完全消化林洲的话。

林洲摸了摸她的头，推着她上了车。

上车后，他才发现梁浅言的眼睛红了。他手握着方向盘，一下子手足无措了。

"纸呢？"他找着，抬头看着梁浅言，"我说过，有我在，你可以哭，但是你现在得憋着啊！我还没想好怎么哄你。"

梁浅言一下子就被逗乐了，她笑出声来。

"我知道你和方逸群的过去留给你很多东西，但是浅言，人是不一样的。"林洲忽然认真起来。

她一把揪住了林洲的衣领，双目和林洲对视着。

第七十五章　崩局

娇娇现在进入了一个很焦躁的时期。她的富二代男朋友关睿对她越来越冷淡了，今天更是直接在朋友圈和别人秀起了恩爱。娇娇看着，恨不得将手机都砸了。

可是她举起手来，想到砸了还得买新的，又狠不下这个心来，手又缩了回去，气鼓鼓地坐下。但她心中还是有些不甘，只好循着她的富二代男朋友关睿更新的定位找了过去。

关睿正带了好几个不出名的模特玩。他和刘思逸是大学同学，加上娇娇的姿色又实在是可以，他想着赚了一个人情，玩一场也不算太吃亏，这才答应了刘思逸帮这个忙。

"关睿。"娇娇叫了一声，踩着恨天高就杀过去了。

关睿松开了放在模特身上的手，撇了撇嘴，有些不快地看了她们一眼，说："你们都先回避一下吧！我这里有些事。"

有位女郎饶有兴致地看了娇娇一眼，目光又移到了关睿脸上，挑衅般地将手抚在了关睿脸上，娇柔地问道："关睿，这是谁啊？有什么是我们不能听的吗？"

"乖！"关睿扯出一丝笑来，"等我一会儿，一会儿我就去找你。"

女孩这才不情愿地起了身，走了几步，依依不舍地回头看了关睿一眼，娇嗔道："这可是你说的哦，关睿，你可记得一定要找我哟！"

"我什么时候骗过你？"关睿说着，目光就移到了娇娇的脸上。他也没说话，只是眯着眼打量着娇娇。

"关睿，你不觉得你应该给我一个交代吗？"娇娇有些沉不住气地质问道。

在关睿的意识当中，一般两个人对峙，谁率先开口，那就是输了。

"交代什么？"关睿的脸上浮现出了一丝戏谑的神色，淡淡瞟了一眼娇娇，"坐！"

"我是你的女朋友。"娇娇有些委屈，想到了先前的浓情蜜意，难道都是假的吗？

"你说得不错，女性的朋友，我和她们很多人都是。"关睿随手一指。

娇娇强忍着泪意，心中也不想就这么放弃。她伸出手，委屈地拉了拉关睿的衣袖："你一定是在和我开玩笑吧？不然你怎么会说变就变啊！关睿，我是真的喜欢你。你告诉我，我做错了什么好吗？"

"都什么年代年了，你不会告诉我，你玩不起吧？"关睿说着，捏住了她的下巴，慢慢靠近了她，"你这种女孩，我见得太多了，喜欢？我最不信的，就是喜欢。如果我没有钱，你还会喜欢我吗？"

关睿的眼神冷漠又凌厉，娇娇看过他嬉笑人间的模样，还是第一次见这个样子的他。

关睿见她没作声，轻蔑一笑，说："难道我说错了吗？你们都以为能拯救我们这种人，都以为是最后改变我们的人，你还真以为生活是言情小说啊！你和我在一起的这段时间，你不也很开心吗？"

"我……"娇娇被质问得有些说不出话来，眼泪顺着脸颊往下流。

关睿也不想再说下去了，从随身带的皮包里抽出了一沓钱，塞进了娇娇的衣领中："走吧！"

"你……"娇娇再也忍不住了，胸口的钱硌得慌，她手放在那里，完全不知道怎么办。

"怎么？嫌钱少啊？"关睿轻蔑地一笑，勾了勾唇角，从包里又抽了一沓钱扔在桌上，看着娇娇说，"够了吧！"

刘思逸是被关睿叫过来的，关睿和她说有好戏看，恰好刘思逸和赵添在一起，她想着应该是和娇娇有关，但是没想到会是这样的一场戏。

在刘思逸进来想要和关睿打招呼的时候，戏就已经开局了。

赵添气得拳都握在了一起。刘思逸看了他一眼，问道："你不会想去仗义帮忙吧？"

"那家伙欺人太甚了！"赵添咬牙切齿地说道。

刘思逸冷哼了一声，说："你忘了娇娇当初是怎么对你的了？这是她自己选的路，如果一开始就不是个拜金女，怎么会有这个下场？"

赵添震惊地看着刘思逸："你说这话太冷血了。"

"我怎么冷血了？是个人看着自己的男朋友这么关心前任，都不会高兴的好吗？"刘思逸辩解着。

赵添这才心里好受了一些，他将酒瓶重重地放在了吧台之上，接着就起身了。

"赵添，赵添。"刘思逸跟了上去。但是她没能拉住赵添。赵添揪住关睿的衣领，一拳打了过去。

娇娇看着也愣住了。她咬了咬唇，这才后知后觉地说道："赵添，你怎么会在这里？"

关睿一点儿也不在乎，轻轻擦了擦唇角的血，饶有趣味地看着赵添，目光又放在了刘思逸脸上，轻轻一笑："娇娇的前男友是吧？"

"刘思逸，老同学一场，我这样帮你，你就是这么对我的？"关睿接着道。

"你们认识？"赵添的目光狐疑地放在了刘思逸脸上。

刘思逸再厉害，这一下也被整得方寸大乱了。

"赵……赵添……"她结巴起来，"我……事情不是你想的那样。"

关睿一下子就看清楚了是怎么一回事，原本他就猜了个十之八九，可猜的怎么有戏演到跟前好看呢？

"所以，你和我之间的事情，都是你和这个老阿姨设计好的？"娇娇瞪着关睿。

"设计倒是谈不上。"关睿毫不在意地说道，低下了头，径自坐了下去，漫不经心地低着头，神情带着些许轻蔑，"你还不值得我费这个脑子。"

娇娇不想在赵添面前哭出来，她强忍着泪。

要是以前，刘思逸听到娇娇说老阿姨估计都想站起来杀人了，可是现在她只关心赵添的感受。

她小心翼翼地拉了拉赵添的手，柔声道："赵添，你先别生气，回去我会和你解释的。"

"解释什么？"赵添质问道。他冷笑一声，狠狠地甩开了刘思逸，怒道："我现在算是看明白了，你从一开始就在下棋。我和娇娇其实就是任你们摆布的傀儡！你们现在是不是太有成就感了？你们现在满意了？"

他说完，拿出了娇娇胸前的钱，直接朝关睿打了过去，拉着娇娇就走了出去。

保安准备拦他，关睿却说道："没关系，就让他们走。"

刘思逸追了出去，冲着赵添的背影叫道："赵添，如果你现在回来，我会跟你解释清楚的。如果你不回来，以后就真的不可能再回头了。"

赵添头都没有回，拦了一辆出租车，扶着娇娇就上了车。

第七十六章 转折

"刘思逸，这场戏，是不是有意思多了？"关睿在刘思逸身后道。

"你为什么要这么做？"刘思逸狠狠地瞪着关睿。

"为什么？"关睿反问了一声，摊了摊手，瞪大了眼睛，"我也不知道，或者是无聊吧！但我还是帮了你，不是吗？你应该感谢我。"

"感谢你？"刘思逸觉得很是嘲讽，她拿起了高跟鞋，就冲着关睿走了过去。

"你想干什么？"关睿有些猜不出她的心思。

"当然是教你做人啊！"刘思逸说着，就朝关睿打了过去。保安立刻拦住了她。

梁浅言和林洲正在惬意地享受二人世界，就接到了派出所的电话。

梁浅言和林洲对视了一眼，听说刘思逸打了人，还以为是自己听错了。她又仔细确认了一下，说："你是说真的？刘思逸打了人？是她打别人？"

现在已经没有什么事是林洲不可以接受的了，他已经早一步穿好了衣服。

梁浅言一路上还有些惴惴不安，她问林洲："刘思逸虽然看着大大咧咧的，但其实心里还是有谱的啊！她一个女人，能和什么人打架呢？"

刘思逸正坐在派出所和关睿打口水仗。她很是不屑地说道："哥们儿你也是太有意思了，这么大点事儿也能被您闹到派出所来。你现在也就这点手段了吗？"

"那你也就这点本事了吗？你有本事去打你那个小男朋友啊！"关睿一点儿都不示弱。

"打的就是你，真把所有人都当游戏角色了？"刘思逸愤愤不平道。

"这场游戏组局的不是你吗？你不能因为局势对你不利了就把责任推给别人。你这还真的是自私自利啊！"关睿不留余力地讥讽。

"那也是你玩不起啊！既然这样你一开始别玩啊！最后拆什么台？"刘思逸理直气壮地说道，她始终不认为自己的手段有什么错，"而且，这场游戏，我能掌控娇娇怎么选择吗？她性格里就有这个拜金的因素。我不过是催化了一下，她当初也可以选择不理会你啊！"刘思逸依旧在为自己开脱着。

"我都要为你鼓掌了。"关睿鼓起掌来，眯起眼打量着刘思逸，"你这种人啊，还真的是利己主义者。"

"我没否认过啊！"刘思逸挑了挑眉，瞟了关睿一眼，"那你呢？难道不是有过之而无不及？"

"要不是你那小白脸冲我动手，我最后能一怒之下把棋局给掀了吗？"关睿嘟哝道，但是心里一点儿也不后悔，要不是掀了，也看不到这样好看的结果了。

关睿接着又感叹道："刘思逸你其实平时藏得挺深的，我上学的时候怎么就没发现你这么猛呢？"

刘思逸白了他一眼，转过了身去，懒得再搭理他了。

本来刘思逸和关睿也就是闹一下，反正先前也没有太好的交情，但说起来也是同学，关睿怎么样也不会太过分。刘思逸就是仗着这一点才肆无忌惮的。不出这口恶气，她可能晚上都睡不着，但是没想到，竟然就被巡逻的警察逮了，连带着关睿也一起遭殃，最后怎么解释是闹着玩都没用。

刘思逸再次送了关睿一个白眼道："今晚就不该听你的来看戏，真倒霉。"

"谁让你带上那个小子的？"关睿轻飘飘说道，看着刘思逸很是不屑，"你这种人，就应该一开始就不理会你的，忘恩负义。"

"是吗？"刘思逸狡黠一笑，看着关睿说，"忘恩负义？你确定？"

关睿点了点头。

"那你觉得怎么样才不是忘恩负义呢？"刘思逸说着，就靠近了他，唇边勾勒出一丝轻笑，脸也离他越来越近了。

"这是干什么呢？给我坐下！"警察呵斥道。

刘思逸笑眯眯地示意警察不要生气，手指还是轻轻地在关睿脸上掐了一把。梁浅言和林洲到的时候正好看到了这一幕，有些目瞪口呆，竟然还会有这种事？

"思逸。"梁浅言叫了她一声。

"浅言……"刘思逸再次从椅子上跳了起来。

梁浅言上下打量了她一下，见她没有事，这才放下心来。关睿和刘思逸从前也不算经常有来往，梁浅言对他也不熟，她只是看了一眼，目光就移过去了。

等梁浅言签过字后，警察才让刘思逸和关睿走。

走到门口，刘思逸就忍不住挖苦道："从前看你人模狗样的，这人只有常接触，才知道里子是什么东西。我倒是不明白了，我也就算了，按照你关少的身份和地位，怎么就没人来保你呢？"

"你管得着啊！我乐意待。"关睿很是不屑地吹了一个口哨。

刘思逸忍不住瞪他。

"别瞪了，人都走了。"梁浅言拉了拉她。

"怎么了？赵添呢？"林洲很快就捏到了重点。

刘思逸的脸瞬间耷拉下来。

梁浅言看了一眼刘思逸的神色，她和刘思逸这么多年的交情，不说是刘思逸肚子里的蛔虫吧，但是刘思逸的心思还是大致能猜到几分的。

"你是不是和赵添吵架了？那个事……赵添知道了？"梁浅言试探着问。

刘思逸就将事件还原了一下，有些委屈地看着梁浅言，说："这事是我设计的，但是选择权的确在那个娇娇手上。她可以选择跳，也可以选择不跳。"

"那关睿也可以选择出卖你，也可以选择不出卖你。"林洲冷不丁说道，他意味深长地看着刘思逸，"你当初用手段的时候，就应该

254

想到赵添知道了会怎么样。有时候也别什么都怪别人，想想自己的原因啊！"

"我一开始就没想让赵添知道，谁知道那个关睿办事这么不靠谱。"刘思逸嘟哝着，她看向了林洲，"赵添毕竟是你表弟啊！你了解他，这事儿还有回旋的余地吗？"

"我也不知道。"林洲别过了脸去。

"林洲，我是梁浅言最好的朋友，你这点儿小忙都不肯帮我吗？"刘思逸质疑道，她哼了一声，"先前你追梁浅言的时候，我可没有从中作梗啊！"

"你就不要为难林洲了。"梁浅言拉过她，叹了一口气，说："这个事情赵添生气也是应当的。你等赵添冷静下来了，再好好和他谈谈。"

刘思逸委屈地看着梁浅言说："我只是觉得感情就是应该争取的，和关睿在一起，是娇娇自己的选择，难道我也有错吗？"

梁浅言沉默了，这个问题，她也不知道该怎么回答。她叹了一口气，说："你也别想那么多了，今天先回去好好休息一下，睡一觉。其他的事情，改天再说吧！"

第七十七章 无敌

刘思逸却有些不依不饶，她看着梁浅言，逼问道："浅言，怎么，你也认为我错了？"

梁浅言知道自己躲不过去，轻叹了一声，这才道："我不是这个意思，我……"

"那你说啊！"刘思逸语气虽然轻悠，但有一种非这样不可的意思。梁浅言也知道她的性格，看来她今天是非问个明白不可了。

"从道德的角度来说，当然不一定很对，你可能觉得是苍蝇不叮无缝蛋。可是刘思逸，即便赵添和娇娇要分开，也是他们自己的事情，你带着目的去介入，我……"余下的话，梁浅言不知道该怎么去说了。她握住了刘思逸的手，顿了顿，接着说："但是从你个人来说，也没有什么大错。赵添和娇娇的确不合适，何况感情本身就是不可以让的。我知道你想要什么你都会争取。我可以理解你，但是别人不一样。"

"你指的是赵添吗？"刘思逸问。

林洲看着梁浅言冻得有些冷了，将外套脱了下来，披在了她身上，看着刘思逸道："有什么回去再说吧！"

刘思逸有些固执地摇了摇头，说："今天我不弄明白，我是不会回去的。"

林洲有些心疼梁浅言。

梁浅言和刘思逸相处这么多年，刘思逸什么脾气她向来清楚。她看了一眼林洲，轻声说道："今晚我陪思逸，你先回去吧！"

林洲真的是宰了赵添的心都有，好不容易今天梁浅言没有赶他走，结果刘思逸就出了这茬事。赵添哪天和刘思逸闹别扭都好，偏偏要在今天闹。

林洲挤出一抹勉强的笑，心中暗暗有些嫉妒刘思逸，但还是听从地说道："好，那你到家要和我说。"

"你放心吧！"梁浅言说着，想伸手抱抱他，但想到刘思逸今天心情不好，看到自己和林洲这样，难免会想到赵添，于是手又缩了回去。

倒是林洲，他走远了几步，又倒退回来，趁梁浅言不注意，飞快地在她脸上亲了一下，没等她反应过来，林洲就已经别过了视线，快步走开了。

刘思逸并没有如梁浅言所料想的那样感春伤秋，她倒是捂着嘴笑了起来："真像学生时期的那些小男孩啊！"

"是吗？"梁浅言不以为然地笑了笑。

刘思逸却没有再说这事了，她挽住了梁浅言的胳膊，撒娇道："你接着说嘛！"

"我如果是赵添的话，我也会生气的。"

"你也会生气？"刘思逸有些摸不着头脑。

刘思逸其实不傻，但涉及自己的事情，难免会思虑不周全。

"你真的喜欢赵添吗？"梁浅言问。

刘思逸点了点头。她想了想，说道："虽然赵添呆呆的、傻傻的，可是我看到他，就觉得整颗心都安定下来了。你知道的，我先前一直说我不想结婚，婚姻就是牢笼，可是遇到赵添之后，我竟然觉得我给他生孩子都行。"她说到最后，有一点儿激动，又有一些羞涩。

"思逸，你要知道，男生的成熟都是很慢的，何况他比你小。"梁浅言提出一些很现实的问题。她看着刘思逸保养得很好的侧脸，说："你了解过他家的情况吗？"

"我想要的只是赵添，他家再糟糕又怎么样？我又不是要他的家人。"刘思逸说道。

"可是你想要他就要去接受他的家人啊！"梁浅言回答，她看了看远方的路灯，"赵添其实是一个很敏感的人，一向又是循规蹈矩的。你这样的做法，他会认为你一开始就是算计他的，他会惶恐，会想假如以后真的和你在一起，你是不是也会这样算计他。还有他的家人，你会不会全心全意地接纳。"

"你怎么知道？"刘思逸认真地看着梁浅言问道。

梁浅言轻轻一笑，摇了摇头："我多少问了林洲一些情况，何况，本身就不难猜。"

"那我怎么就想不明白呢？"刘思逸自己嘀咕道。

"不识庐山真面目，只缘身在此山中。"梁浅言言简意赅地总结。

"那赵添还会原谅我吗？"刘思逸楚楚可怜地看着梁浅言问道，可以看出她眼中的那种紧张和忐忑。

"我也不知道。"梁浅言如实回答，她看了一眼刘思逸，"他现在大概对娇娇很愧疚。"

"绿帽子都戴了，还愧疚个什么啊！"刘思逸满脸的不愉快。

"可如果不是你的话，娇娇根本不会遇到关睿。赵添是个心软的人，你也不是不知道。你当初看中他的，不也是这些吗？"

"那他到底要愧疚到什么时候啊？"刘思逸杀了自己的心都有，她委屈道，"我也知道，我可以等他和娇娇完蛋。那个小女孩也不是什么安分的人，我也知道他们迟早完蛋。可我当时真的不想等了，我一天都等不了。"

梁浅言很少见到刘思逸这个样子，心中唏嘘不已。

刘思逸痛苦地蹲了下去，等她再抬起脸的时候，已经满脸泪痕了。她伸出手来，抱住了梁浅言："浅言，我是真的不想失去赵添。"

"可是这个事情，你必须让他消除心结啊。"梁浅言理智地说道。

"我怎么知道要怎么样让他放下心结啊？"刘思逸越发委屈了。她揉了揉太阳穴，自己觉得头疼不已。她也没想明白，赵添怎么说生气就生气了，根本就不听她的解释。

"你给赵添打过电话了吗？"梁浅言问她。

刘思逸点了点头，眼睛红红的，有些哽咽地说道："他把我拉黑了。"

梁浅言愣了一下，心想：还真的是小年轻啊！她不禁笑出声来。

"你竟然还笑得出来？"刘思逸嗔怪道。

"看来赵添是真的被气到了，不过思逸我还是相信那句话的。"梁浅言强忍着笑。

"什么话？"刘思逸终于停住了抽泣，抬眼看着梁浅言。

"人要是豁出脸面，就天下无敌了。"梁浅言说着，拍了拍刘思逸的肩。

"人不要脸？"刘思逸看着梁浅言。

"这种事情你又不是没干过。"梁浅言想也没想就说。

"你这是夸我还是损我啊？"刘思逸很是不悦。

"那就看你怎么理解了。"梁浅言笑了笑。

"那好吧！"刘思逸站起身来，重重喘了一口气。

"那咱们回去吧！"梁浅言也松了一口气。

"不，你自己回去吧！"刘思逸的神情郑重起来。

第七十八章 问题

"你要干吗？"梁浅言有些诧异。

"我要去找赵添啊！"刘思逸很是理所当然地回答。

"你不怕赵添正在气头上？"梁浅言问她。

刘思逸摇了摇头，掏出镜子看了看妆："反正我比他豁得出去。我怕我等久了，他和那个小姑娘就该旧情复燃了。"刘思逸说着，赶紧掏出口红擦了擦，抿了一口。"我送你回去吧！"刘思逸说。

梁浅言觉得，刘思逸好像有魔力，她总是能做让梁浅言觉得不可思议的事情，而且最后都会有不可思议的结果。

她想了想，摇了摇头："还是你和赵添的事情比较重要。我自己回去吧！"

"行！"刘思逸也没矫情，"那你到了记得和我说一声。"

梁浅言回去之后，就和林洲煲电话粥。

林洲听到刘思逸杀了过去，竟然一点儿都不震惊。

"你怎么有这么好的定力？"梁浅言忍不住诧异了。

"她干出什么事，我都不惊奇。"林洲回答。

梁浅言这下是真的服了，原来适应力这个东西，真是需要天赋的。她是和刘思逸认识了很多年，才慢慢地适应刘思逸经常干离奇之事的。

但是林洲竟然这么快就进入适应状态了。

林洲轻轻一笑，很是不以为意："一物降一物，其实也是很有道理的。她越是这样，赵添反而越没有时间胡思乱想，说不定明天就好了。"

"你就这么相信刘思逸？"梁浅言问。

"赵添哪里玩得过她？"林洲直接下了定论，接着，他轻声笑了笑，"我其实……"

梁浅言没有明白他话里的意思，就顺着他的话问道："你其实怎么了？"

"我其实也有一点儿想你。"

"呃……"梁浅言愣了一下，不知道该怎么接话，犹豫了一下，还是说道，"我也是。"

"那你拉开窗帘。"林洲说道。

"窗帘？"梁浅言疑惑了。她拉开了窗帘，整个人却愣在了那里。

林洲就站在路灯下，穿着一件休闲夹克，头发还是有些长了，垂在了眼睛下方，眼睛里仿佛有光，看着窗前的她，路灯将他的影子拉得老长。

她忽然就很想哭了。

且说刘思逸那边，赵添也是郁闷到了极点，娇娇在车上妆都哭花了，她揪着赵添的衣袖："全是那个阿姨设计好的，她怎么这么有心计啊？"

赵添神色有些异样，脸沉了下来："娇娇，说话还是注意一点儿。"

"赵添，你太让我失望了。"娇娇说着，眼神中还浮现出了一丝轻蔑，"你喜欢的就是这种阿姨吗？"

"我再说一次。"赵添严肃起来，"你说话注意一点。"

"难道我说错了？"娇娇有些不服气，"如果不是她，我们俩之间怎么会这样收场？"

她说着，眼中蓄满了泪水："赵添，我知道错了，我们……"

"我们回不去了。"赵添打断了她。

"为什么？"她有些不服气，忘记了抽泣，瞪大眼睛看着赵添，"如果不是刘思逸设计了这场骗局，我们两个还好好地在一起，不是吗？"

"不是。"赵添如实摇了摇头，轻轻一笑，"娇娇，是你自己决定放弃我的，不是我不要你了。"

"可是我知道错了，你原谅我好不好？"娇娇的语气软糯糯的，又带了一些委屈。

从前她和赵添在一起的时候，只要她这样，赵添就会百依百顺。

她不相信，赵添真的就这样不理会她了。她比刘思逸年轻漂亮，明眼人都知道应该怎么选，尤其是她现在这样诚恳地忏悔的时候。

"娇娇，我不怪你，但是，我们真的回不去了。"赵添很理性地说道。

毕竟，纵然有千种万种解释，可娇娇放弃了他却是不争的事实。他刚开始的确是很难过，可是冷静下来，他也知道，他和娇娇之间只是苟延残喘罢了！

关睿是恰好出现了，按照娇娇的性格，不是关睿，也会有别人。只要那个合适的人出现，他就是会被毫不留情抛弃的一个。

他只是个跳板。

"可是赵添，我们明明很爱彼此啊！"娇娇愣了一下，继续说道。

她实在是不信，她都服软到这个份上了，赵添还铁石心肠。那个刘思逸机关算尽又怎么样？赵添始终都是她的囊中之物。

"你真的爱我吗？"赵添死死地盯着她的眼睛。

娇娇有些心虚，眼神移向了其他地方，垂头道："我当然是爱你的，赵添，你也是在乎我的，不是吗？"

"那你为什么抛弃我？"赵添问，他轻轻一笑，"都这样了，勉强在一起你觉得有意思吗？"

"赵添……"她娇嗔地唤了一声，"我们不要再计较以前的事了，好不好？你刚刚还那样袒护我，我就知道你还是放不下我的。从前都是我不好，但是现在我是真的知道错了。我愿意和你好好过日子，你给我一个机会吧！好不好？"

坐在前排的司机感觉像在看电视剧一样，男人被戴了绿帽子要不要大度地重归于好，好像是一个深奥的问题。

这个故事，司机也想看到结局。

娇娇见赵添失神，手就勾住了赵添的脖子，脸朝他凑了过去。

"娇娇，放手！"赵添有些不自在地说道。

"我不放！"娇娇的语气有些任性。

"放手！"赵添有些不耐烦地重复了一遍。

第七十九章　和好

"师傅，停车。"赵添忽然说道。

司机愣了一下，看了一眼后座的两位，不确定地将车速缓了下来。

赵添再次说道："师傅，停车。"

他说完，递了一张现钞过去，打开了车门下了车。

"赵添你干吗啊？"她说完，也跟着下了车。

"你自己回去吧！"赵添别过脸道，他觉得现在心里憋得慌。

"赵添，你以前不会这样对我的，你和她才认识几天？"娇娇显得很是不甘心。

"够了。"赵添抱住了头，看向了娇娇，"你背叛了我，这是不争的事实，即便有其他因素，但是娇娇，其实咱们老早就不适合了，只是我硬是不肯撒手罢了。现在，我也不想回到过去了。你和刘思逸都一样，从来都不会问我的意思，我是什么？"

"你在说什么？"娇娇很是委屈，"我从来都没有把你当物件，你现在是我想要珍惜的人。"

"我帮你只是出于道义，毕竟从前在一起过，我也是真的爱过你，就此，你好自为之吧！"

"你不管我了？"她忍不住问道，嘤嘤地哭了起来。

"不是我不管你，是我没有什么资格来管你，我今天打算送你回去就错了，你这么大的人了，应该知道怎么回去。"他说完，甩开了娇娇的手。

"那你今天能不能最后送我一次？"娇娇选择了退让。

倘若她在赵添的位置，不一定能有赵添冷静，她想要以退为进，反正来日方长。

"我把你送回去，你就不闹了？"赵添问。

娇娇点了点头。赵添也知道今天她不好受，直接把她丢下来还真怕她受刺激出什么事，索性就送她回去，这样也好安心一些。

赵添木然地回到了家中。他走到门口，感应灯今天却坏掉了，他无意识中好像踢到了什么。他抖了一个激灵，打开了手机的手电筒，惊叫一声，手机掉在了地上。

"是我。"刘思逸迷迷糊糊嘟哝着。她妆也没卸，加上又蜷缩着睡了，眼妆已经花了，眼圈周围黑了一片。她打开手机看了一眼："都三点了啊！"

她扶着腿想要站起来，但是蹲了太久，腿都已经麻了，竟然有些支撑不住，她只好扶住了门把手。

"你在这里干什么？"赵添沉下脸问道。

"你不是有钥匙吗？"赵添又忍不住问道。

她狡黠一笑："你这是在关心我？"接着，她的神情又委屈起来："我怕你生我的气，我就在想，我在门口等你回来向你道歉好了，这样你就知道我是真的知道自己错了。"

"那我要是不回来呢？"赵添问。

"那我就一直等到天亮，我也不知道你白天会不会回来，但是我肯定不会走的。"刘思逸极为认真地回答。

赵添的心一下子就软了下来，扶住了刘思逸，关切地问道："你没事吧？"

"哎哟！"刘思逸顺势就装了起来，死死勾住了赵添的脖子。

"撒手！"赵添警告道。

刘思逸抱着他就在他脸上亲了一口，说："人家这不是腿脚不麻利了吗？你都让我等了这么久，还要这样残忍啊。"

赵添叹了一口气，只好拦腰将她抱起，进屋放在了沙发上。

"你为什么这么晚才回来？"刘思逸问他。

他有些心慌，奇怪了，他不是下定决心要和刘思逸断绝关系的吗，怎么刘思逸问起来他还会心慌呢？

"我……"他选择说实话，"我和娇娇喝了一杯，然后送她回去了。"

聪明如刘思逸，一下子就能猜中发生了什么。她推了推赵添："那你们就没有发生点什么？"

赵添瞪了她一眼。

她立刻捂住了嘴巴，神色也正经起来："你送她回去也是应该的，说到底那件事也的确是我不好。如果不是我的话，她今天也不会受这么大打击。"

她说完，又拉了拉赵添的衣袖："我现在觉得我的眼光还真的是好啊！我没看错人，老公你真棒。"

赵添觉得所有的话都被刘思逸说了，自己有些无从开口了。

他涨红了脸，问道："你都没有什么好解释的吗？"

"我知道我错了。"她在赵添胸口蹭了蹭，清亮的眸子看着赵添，"我不该从一开始就算计你。我以为自己是在帮你，让你迷途知返，看清娇娇的真面目，可我也是因为爱你啊！"

"你们两个人都一样，根本就是拿我当玩偶。"赵添有些愤愤不平，但是被刘思逸这么一折腾，气已经消了大半。

"那以后我来当你的小宠物好不好？"刘思逸再次撒娇。

她看着赵添，语气依旧温柔，说道："我当时真的没想那么多，我已经把关睿揍了一顿，我还进派出所了，不信你问问你哥。"

赵添其实一贯见识她大女人的模样，她肯为自己做到这个份上，应该是真的喜欢自己。

赵添悠悠叹了一口气，说："事情都已经过去了。"

"那就是说你不怪我了？"刘思逸从沙发上站了起来。

"你先坐下。"赵添拉了拉她的手。

"好啊！你说什么我都听你的。"刘思逸觉得自己现在的心情简直太美好了。

"我是一个很实际的人，娇娇已经过去了。思逸，我不管你怎么想，但我现在爱的是你。你做的那个事，起初，我真的很生气，我觉得自己就是你们的玩偶，你们根本就没有考虑过我的感受。"赵添一口气说下来。

"对不起。"刘思逸再次发挥有错就认的品质，她闭上眼，眼角滑落出一滴泪来，"以后真的不会了。"

　　她摸了摸赵添的脸："其实我刚刚真的很害怕。"

　　"你怕什么？"赵添柔声问她。

　　"我怕你真的不回来了，我也怕你真的打算不要我了。"刘思逸说着，抱着赵添的手更紧了。

　　翌日，梁浅言就打电话来关心刘思逸的情况了。刘思逸迷迷糊糊伸了个懒腰才把电话接起来，赵添已经在她床头贴上了便利条："早餐做好了，记得在微波炉里热一下。"

　　刘思逸撕下来，拿在手里看了看，这才嘀咕道："什么早餐啊！我看是午餐才对。"

　　"刘思逸，你到底有没有在听我说话？"梁浅言在电话那边有点恼。

第八十章　赵母

　　"我听着了，我听着了。"刘思逸应着，唇角微微勾起。她用脚趾头都能猜到梁浅言会说什么，就直接说道："我和赵添已经没事了。"

　　"真没事了？"梁浅言有些不敢相信，她下意识问道，"真的没事了？这么快？"

　　也不是梁浅言大惊小怪，梁浅言觉得，这件事情，就算是搁林洲身上，可能也要闹好久，毕竟谁也不愿意被别人当玩偶。

　　"这种事我骗你干什么啊！"刘思逸说着，拉开了窗帘，眯起了眼，"这也是我为什么非赵添不可的原因。赵添是个不会为过去沉浸的人，而且他会很珍惜他现在所拥有的东西。我觉得有他在身边会异常安心。"

　　梁浅言都觉得有些不可思议了，她想了想，总算觉得可以说服自己了，反正和刘思逸有关的事情都不可以拿常理来解释。

"那我就放心了。"梁浅言欣慰道，她看了看时间，说道，"我不和你说了，我下午还有事情，就先挂掉了。"

刘思逸也不在乎，哼着小调把赵添留下来的早餐热了一下，美滋滋地吃了，又慢条斯理地接了一下她母亲的电话。

赵添家的门忽然有动静了。刘思逸听到了钥匙开门的声音，以为是赵添落下了什么文件又回来取了，一下子就打开了门，嘴里还在说道："又掉东西了吧！"

"你是谁？"门外的阿姨一脸警惕地问道。

刘思逸也愣住了，下意识道："我还没问你是谁呢？"

"你怎么在我儿子的家里？"赵母质问道。

刘思逸头都大了，她其实还没有面见赵添父母的打算，这下却成了不得不见了。

她整理了一下乱糟糟的头发，站在了门侧，赶紧道："阿姨，我是赵添的女朋友，请进吧！"

她给赵母的印象很不好。赵母瞟了一眼刘思逸的头发，又看了看她身上的睡衣，当下脸就沉了下来："娇娇呢？她和赵添什么时候分手的？我怎么不知道？"

这话就说得很微妙了。按理说，刘思逸已经表明了身份，即便赵母再不喜欢刘思逸，明面上也不至于表现得太明显，不然也会丢了赵添的脸面，显得赵家人很没有教养。但是赵母这样直勾勾地来，刘思逸反倒不知道怎么办了。她长吁了一口气，告诉自己这是赵添的母亲，她应该忍耐。

刘思逸假装没有领会到赵母的意思，她笑道："这些事情，还是等赵添回来，您再问他吧！"

刘思逸说完，就给赵母泡了一杯茶。赵母端起来轻轻抿了一口，有些不以为意道："你是哪里人啊？家住在哪里？今年多大了？"

夺命三连问的前两个回答在赵母听起来，倒是没有什么大问题，比娇娇还要更好一些。但听到年纪的时候，赵母的脸立刻就沉了下来。

"你比赵添大？"她又问了一句。

"你还比赵添大五岁？"没等刘思逸反应过来，赵母继续震惊地问。

刘思逸愣了一下，有些不以为然道："对呀，阿姨觉得有什么问题吗？"

"我这里不需要你照顾了，你回房间去吧！"赵母冷声说道，她瞟了一眼刘思逸的头发，说，"你看看你那个样子，像什么话啊！你妈都不好好教你的吗？都快三十岁的人了，难怪还没嫁出去？"

"您对我有意见，您找您儿子说去啊！我是您儿子找回来的，怎么着了？"刘思逸的火气噌噌就上来了。她直接坐了下来，盯着赵母，全然没有先前的低眉顺眼了，反怼到："我家教再不好，我也不会平白无故辱人父母。我自认为对阿姨还算有礼貌，但阿姨表现得这样尖酸刻薄，那我是不是也应该觉得阿姨的父母没把您教好啊？"

刘思逸说完，还装作无心地眯着眼睛笑了笑，但心中暗暗鄙夷：老虎不发威，还真的有人拿她当病猫啊！

"你出去！"赵母气得发抖。

"我为什么要出去啊？"刘思逸理所当然地回答，转过身就回了赵添的房间，把门反锁上了。

她给赵添发了一条微信。

等刘思逸的微信发完，她已经听到赵母故意说给她听的话了。

"赵添你是不是被鬼迷了？你带回来的是个什么怪物啊！头发五颜六色不说，还比你年纪大！你不能找个老嫂子回家供着啊！这么大的岁数还没嫁出去，现在又勾搭上你，还不是看你年轻好忽悠吗？"

刘思逸赌气一般狠狠捶了一下电脑键盘，闭眼深深呼吸了一口气，看着电脑写了几个字。因为她心中也不愉快，加上实在是好奇赵母在嘀咕什么，她很长时间都没法安静下来。本来她是想起床后回自己家的，可赵母来了这一出之后，她反而不想走了。

赵添在单位也是头疼，两边都是不好得罪的，他妈和刘思逸的性格他都了解，照这个架势看来，一定是水火不容了。

听赵母说起来，像是多喜欢娇娇似的，其实娇娇和赵添在一起的时候，赵母也不见得多喜欢娇娇，还和赵添抱怨过好几次。

赵添胡思乱想着，程序代码都险些出了错，好不容易到了下班的，就直接赶回了家。

刘思逸的房门和赵母的大门几乎是同一时间打开的，可见两个人都一直盼着赵添回来。

"赵添，你最好是给我解释一下，你怎么能带这么不着调又这么不靠谱的女人回来呢？"赵母冲上来就质问道。

"妈……思逸是我女朋友。"赵添放下了东西，安慰地捏了捏刘思逸的胳膊。

他没敢回头看母亲，自顾自地说道："原本想着过一段时间再带思逸去见您的，您既然今天来了，今晚咱们自家人就好好吃个饭吧！"

"什么自家人？这还没进门呢！"赵母赶紧制止。她也不管刘思逸什么脸色，直接就把赵添拉进了洗手间。

她的话也没避着刘思逸。刘思逸在脑子里快速把赵母的话做了一个总结，无外乎就是，现在是紧要时期，赵添抢手得很，和娇娇分手了也还有大把的好姑娘，不能被刘思逸迷住了，何况刘思逸比赵添还大五岁。

第八十一章　关系

刘思逸翻了一个白眼，总是拿大五岁说事儿，真没劲。

赵添的声音明显比赵母小很多，刘思逸也不能真的贴过去偷听，只是隐隐约约听到了一些，再接着就是赵母含泪的控诉。

刘思逸这才知道，赵父和赵母离婚之后，一直都是赵母在照顾赵添，凡事都以赵添为中心。要是赵添有什么让她不如意，她就开始细数这些年的不容易。

刘思逸瞬间觉得头都大了，她固然是喜欢赵添，但是先前她真的没想过会有这么难搞的婆婆，还是这样的原生家庭。

赵添出来了，赵母跟在赵添身后，依旧是不情愿的样子。

"思逸，我和妈说好了，咱们一块去吃饭吧！"赵添说道。

"好。"刘思逸思考归思考，但是也没有任何想让赵添为难的心思。

刘思逸向来喜欢喝鸡汤，赵添就寻思着点了一个鸡汤。

赵母看着菜单，意有所指地嫌弃道："这刚长起来的鸡，哪有老母鸡味正啊！赵添你不是以前都不喝的吗？"她这话听起来是在讥讽赵添，实际上是在嘲讽刘思逸。

赵添暗暗捏了捏刘思逸的手。他以为刘思逸要爆发的，但是刘思逸并没有。她抿唇一笑，慢悠悠道："不同的鸡有不同的味道，赵添自从和我在一起后，口味就随我了。阿姨一直以来也没和赵添一起生活，不知道也不奇怪。"

这一顿饭吃下来，最难受的还是赵添，因为两个女人都暗暗地较劲儿。饭吃完了，赵添才算是松了一口气。

但是赵母的架势，明显是不打算回去了，就想留在赵添这儿了。

刘思逸想着，这个关头，她就应该显得通情达理，不让赵添为难才是，反正她现在心里很畅快。于是，刘思逸就提出她要回自己家，这场战役才算是结束了。

刘思逸想了想，还是把梁浅言约了出来。梁浅言听完之后，颇有些咋舌。

"你就这样和赵添他妈闹僵了啊！你就不怕日后她为难你？"梁浅言问道。

"我是先礼后兵，但是也要人家吃我那一套啊！我也是头疼死了，我看他妈那态度就知道了，我再怎么伏低做小都没有用，那我也懒得受气了。"刘思逸说着，狠狠地咬了一下吸管。

"赵添是个什么态度啊？"梁浅言问。

刘思逸想到赵添暗暗护着她的那些小举动，不禁笑了笑，说："赵添当然是忽悠着他妈，哄着我啊！"

梁浅言心里暗暗同情了一把赵添。她看着刘思逸的神色，想起早些年有一个很喜欢刘思逸的男生，家里情况和赵添现在差不多。刘思逸当时一狠心，提了分手，所以说，异于同龄人的成熟，本身就是要付出代价的。但是现在，梁浅言可拿不准刘思逸究竟会怎么选择。她悠悠叹了一口气，问道："那你打算就这样一直和赵添他妈杠下去？"

刘思逸忽然放下了果汁，一脸悲悯地看着梁浅言，用同病相怜的口吻说道："你也要小心一些，赵添是林洲的表弟，赵添他妈就是林洲他妈的妹妹，你不怕林洲他妈也是这样刁钻难搞？何况，你别怪姐们儿没提醒你，那条小河在林洲家的根基可比你稳固多了。"

从婆媳角度来说，方母的确算不上一个很好的婆婆，但也不算很过分的那种，道理还是能说通。而且方母真的是一个合格的母亲，不然也不可能培养出方逸群这样的精英。

可林母却是梁浅言从来没接触过的，何况林母是赵母的姐姐。

"我不知道。"梁浅言如实回答，心下也是一沉。

她和林洲毕竟都不是初婚，而且说起事业，林洲实在是比她好上太多了。

纵然她从前是滑冰场上的冰雪皇后又如何？纵然所有人都认为她是最有潜力的新星又如何？失败了就是失败了，她错过了当年的机遇，错过了当时的那个年纪，也就错过了原本应该属于她的鲜花和掌声。

这真的是遗憾，也是她和林洲的差距。

梁浅言想到的，刘思逸显然也能够很清楚地想到。她一下子意识到自己可能说到了梁浅言的痛处，于是停住了抱怨，很是洒脱地说道："你也别太在意了，林洲那么叛逆的一个人，我觉得当他的父母心理承受力一定好。人家说龙生九子，都其形各异呢！亲姊妹也不一定就是一样的。"

梁浅言知道刘思逸这是安慰自己，她也顺势跳过话题道："赵添这事倒是让我想起了你的某一任男朋友呢！"

刘思逸的脸瞬间就红了，有些羞怯道："我为了赵添自砸的招牌何止这一个，我曾经还说我就不结婚了呢！你看，我这不是又打脸了吗？"

"那你还真的打算日后一直和赵添他妈斗智斗勇啊？"梁浅言问道。

"那当然啦！"刘思逸觉得很是理所当然，"赵添他妈就是和赵添他爸离婚了，心理上把对老公的寄托啊什么的都转移到儿子身上去了而已，我也不是不能理解。将来她只要不是太挑事，我肯定能好好待她的。"

"那你妈那边呢？"梁浅言问。

刘思逸的目光瞬间黯淡了下来："我妈觉得赵添太小了，比我小五岁。"

她说完，目光直直地看着梁浅言："我妈，赵添他妈，都在不断地说他比我小五岁这事，五岁五岁，所有人都好像怕我不知道似的。浅言，你说是不是我真的老了？五岁……真的有这么重要吗？"她问这些的时候，语气一下子虚了下来。

梁浅言知道，她这是没了底气，连自己都在怀疑了。

第八十二章　等待

"你妈是怕赵添年纪太小了，不太成熟，你别往心里去。等你妈和赵添相处久了，也就可以接受他了。"梁浅言宽慰她道，但是涉及赵添的妈妈，她一下子不知道该怎么说。说到底，她毕竟从未和赵母接触过。

"那我和赵添的五岁之差，真的就那么重要吗？"刘思逸又问起这个问题，可以看出她真的很看重这个问题。她有些愤愤不平道："如果说我是个男性，赵添是个女人，按照我和赵添现在的收入差，那些人还会这么认为吗？"

"思逸，你不要再钻牛角尖了。"梁浅言耐心说道，她轻轻搅了搅咖啡，"如果你非要在这种事情上钻牛角尖的话，那让你不舒服的事情多着呢！很多事情对女性而言，本来就是相对苛刻的。"

"所以你这是顺从这种奇怪的想法了？"刘思逸质疑道。

梁浅言摇了摇头，坦诚说道："我其实不认可，所以你想和赵添在一起，我也觉得没什么啊！"

"也是，毕竟林洲比你大了七八岁呢！"刘思逸说着，还特意掰了掰手指头。

"不是的。"梁浅言摇了摇头，她看向了刘思逸，"我和你说正经的，这种事情，我和你，都没有办法去改变。往小了说，它只是别人怎么看的事，我们认为没什么了不得的，那就没什么了不得，何必管别人怎么想？"

梁浅言说完这番话，刘思逸的眼睛都直了。她眨了眨眼，崇拜地看着梁浅言，故意带着夸张的语气道："梁浅言，你太酷了，你是我偶像。"

她说完，竟然还一本正经地拿出了记事本。

"你这是干吗啊？"梁浅言狐疑地问她。

"我把你刚刚那番话记下来啊！我一定要写到我的小说中去。"刘思逸兴冲冲道，先前因为赵母所产生的烦恼好像一下子都没有了。

梁浅言看着她无奈地摇了摇头，轻叹了一口气，问道："你们这种搞文字的，就是这样想一出是一出吗？"

她其实有一句话没有说出来，她真的很羡慕刘思逸这种就算有再大的委屈和情绪，都可以转瞬即逝的能力。

"你们这种凡夫俗子，是不会懂我们这种仙女的。"她说完，抬起头对着梁浅言做了一个鬼脸，梁浅言忍不住笑了。又聊了一会儿，两人各自回家了。

林洲一直都等在梁浅言楼底下，看到梁浅言的车，就像个小孩一样快步走了过去，不住地招手。

"你怎么不上去？不是给你钥匙了吗？"梁浅言诧异地问道。

"我不想上去啊。"林洲回答。

"为什么啊？"梁浅言和他并肩而行。

"因为没有你都是空荡荡的啊。我还不如在楼底下等你，看着你回家的方向，我才有期盼。"林洲静静地回答。

"今晚拍什么图片了？"梁浅言问。

"还真的是瞒不过你。"林洲轻笑，拉出了背包中的单反给梁浅言看。

"那要是冬天怎么办啊？"梁浅言歪着头问他。

"冬天？"林洲沉吟了一下，轻轻一笑，"我也想等你，一直等你，不管什么季节，反正你出现了，就一定春暖花开。"

"咦……肉麻死了。"梁浅言做出受不了的模样。

"你等多久了？为什么不给我打电话呢？"梁浅言又继续问道。

林洲轻轻叹了一口气："怎么这个问题还没有跳过去呢？"

随即，他揉了揉梁浅言的头发，柔声说道："我猜着你应当是去陪刘思逸了。赵添给我打了一个电话，我就觉得肯定出事了。既然如此，我也就不想打搅你了。"

"那我万一不回来呢？"梁浅言问他，"那你就这样等一晚上吗？"

"不啊！"林洲不怀好意地笑了笑，他一把揽过了梁浅言，"我当然是上去给你暖床啊。你明天要上班，总会回来的，但是有带上刘思逸的可能性。"

林洲很是客观地陈述道，虽然是开玩笑的口吻，但是的确很真实。

"我……我其实有个问题想问你。"梁浅言有些紧张。

"是关于我姨妈吗？"林洲问道。他打开了门，开了灯，看也没看梁浅言，就直接说道："我向你表白之前，就已经和我妈沟通好了。我父母都是很通情达理的人，你不用太担心。"

梁浅言先是惊讶地看着林洲，震惊于林洲竟然能察觉到她所有的想法，而后是感动。她没想到，林洲竟然把一切会让她烦心的事情都处理好了。

林洲看着她的神色，就知道她被感动了。其实她心中也在自责，觉得自己从来没有为他做什么。

林洲轻轻笑了笑，平静地凝视着她，手轻轻抚着她的脸颊道："你不用多想，你不用替我做什么，你出现在我的世界当中，就是我最好的礼物了。"

"为什么？"梁浅言问他。

"我放过了从前的自己，因为有你。"

如果说前面只是让她很感动的话，那林洲的这一句话可以说彻底戳中了她的泪点，她的眼眶瞬间蓄满了泪水。林洲是这样，她又有什么区别呢？在她失去方鹤的那段时间，如果没有遇到林洲，可能她也不知道自己怎么撑过来。那段时间虽然和林洲总是针锋相对，但是，她的确对生活有了方向，可以支撑着她朝前走。

"没事啊……没事啊！"林洲柔声安慰她，笑了笑说，"有我你还哭，我可会当成你不想要我了。"

"我没有。"她连忙表白。

"说起来，我也不算做得很好。我原想着，不管发生了什么，我总是会保护你的，但是贺溪这件事，我还是让你受到伤害了。"林洲有些愧疚地说道，他抱住梁浅言的手更紧了，"以后真的不会了。"

"嗯。"她吸了吸鼻子，带着哭腔说道。

在遇到林洲之前，她曾听说，总有一个人的出现，会让你原谅生活所有的苦痛，她更多的时候都是一笑而过。可是现在，她愿意去相信了。

原来真的会有人，一直都懂你。

第八十三章　仇恨

"我妈真的挺好的。"林洲忽然又一本正经地说道。

他不是一番话喜欢反复去提及的人，他这么说，足可见他的重视了。梁浅言忍不住笑了。

林洲却在她旁边撒娇道："要不这个周末，去我父母那边吃饭吧？他们想见你。"

梁浅言默默在心里算了算，看了看林洲的神色，鼓起勇气道："是不是有点太早了？我们……"

"不早。"林洲笃定地回答，他盯着梁浅言，声音软糯糯的，"你就去嘛……反正迟早都是要见的。"这一前一后的语气反差极大，很早以前梁浅言就想过，像林洲这样一个大男人撒娇是什么样子，这下真的领教到了。但梁浅言并没有甜蜜的感觉，反而觉得有些头疼。

"好。"梁浅言还是答应了下来。

周末很快就到了，那天上午，梁浅言硬着头皮上了林洲的车。她想起当初见方逸群母亲的时候，那时候方鹤已经怀上了，所以不得不见，毕竟木已成舟。方母说不上特别热络，但终归还是客客气气的。

但这一次，她是真的忐忑。不用林洲告诉她，她就知道，林洲父母应该是中意贺溪的，前有贺溪，现在是她，难免会有些对比。贺溪和林家相处了十多年，多少也会有感情，论情谊，在林洲父母这里，她是比不上贺溪的。

她下意识又心中一惊，她和贺溪本就是不同的人，又有什么可比的呢？

林开颜反而是最热情的。她一进院子，林开颜就上来拉住了她的手，小手软软的，让她想起了方鹤的手，眼睛竟然不觉有些湿润。她别过了脸去，林洲大概也是猜到了，不动声色拍了拍她的后背，手握住了她的手，轻轻按了按。

"梁阿姨，你还真的要当我后妈了啊？"林开颜睁大眼睛问道。

从她现在的态度来看，应该是真的一点儿也不抵触的。

"我……"林洲曾调侃过她伶牙俐齿，可是现在，她显得尤为笨拙。

林洲掐了掐林开颜的脸："你明知道你梁阿姨害羞，又在调皮了，

275

是不是？"

"老林，你能不能不要总捏别人的脸？"林开颜抱怨着。

"那你说不捏脸捏哪里？"林洲笑着问道。

林开颜索性就躲在了梁浅言的背后，心里是无尽的委屈：别人的爸爸英明神武，怎么她爸就各种不着调？

"梁阿姨，我今天本来要去练滑冰的，因为你要来，所以我都去不了了。你想好怎么补偿我了吗？"林开颜问。

林洲的女儿真是缩小版的林洲，梁浅言在心中得出结论，真的是刁钻。

如果是贺溪，现在应该有千种万种应对方法了吧？

"这都来了，怎么都在院子里说话呢？"林母走了出来，宠溺地看了林开颜一眼，"你这调皮鬼，又在捉弄你梁阿姨了是不是？"

"奶奶，我没有。"林开颜撒娇地指着林洲，"明明是爸爸欺负我。"

林母本来是想训斥林洲几句的，但想到梁浅言在，也不好太不给林洲面子，于是说道："你也别跟着你爸胡闹，快进来吧！"

林母说完，迎上了梁浅言，和善地笑道："他们父女俩这样闹习惯了，你别见笑。"

"阿姨客气了。"梁浅言笑了笑，将手上的礼品递给了林母，"这是送给阿姨和叔叔的。"

"你人来就行了，下次再来不需要这么客气，迟早都是一家人的。"林母说着，就拉起了梁浅言往里走。

梁浅言心中有些怔，林洲家人都是这么直接的吗？可是的确经林母这样一说，她心中原本的忐忑消了不少。

梁浅言见过了林洲的父亲之后，才发现屋子里还坐了一个人，林母介绍道："这是我妹妹，林洲的姨妈。"

梁浅言想了想，很快就意识到这个就是刘思逸口中难搞的婆婆了。她愣了愣，随即笑道："姨妈好。"

赵母看着梁浅言就叹了一口气，回过头看着林母道："还是林洲的眼光好啊！你是没看我们家赵添带回来的那个。"

梁浅言没想到她就这么抱怨上了，她看向了赵母，刚想为刘思逸辩解，林洲直接抓住了她的手。

"姨妈，赵添都这么大的人了，怎么样也有分辨能力了，您也就别操心了。"林洲扯过话题道。他看了看林母，分明是在问姨妈怎么来了。

林母转过了脸去，接过林洲的话说道："对呀，年轻人谈恋爱，都有自己的主意，你也别跟着掺和了。"

"赵添要是像林洲一样有主意，我当然也不用操这个闲心了。姐姐你见着那姑娘就知道了，三十好几了，还一头五彩发，我见着就气不打一处来。"赵母抱怨着。

林母心里也有些后悔了，赵母原本只是和她说想来见一见林洲的女朋友，毕竟林洲的身边一向除了贺溪也没有什么其他人。林母探了林洲的口风，他们肯定是要结婚的，赵母和她又是亲姐妹，将来也都是要来往的亲戚，就想着让赵母见一下也没什么不好的。但是没想到赵母这一上来就抱怨。

"关键是那姑娘还比我们赵添大了五岁。"赵母继续抱怨道。

梁浅言想到刘思逸对"五岁"这个事情的纠结程度，又看了赵母这架势，一时之间还真的是有些心疼刘思逸了。

"大五岁就大五岁嘛……现在的年轻人不都是这样吗？"林父从报纸中抬了抬眼，看了赵母一眼，"上次那个姑娘，不是比赵添小吗，你不也没看上？主要还是孩子们好，其他的，咱们都管不上。"

真的是没有对比就没有伤害，这样看来，林洲的父母简直是太通情达理了。

"所以说，姨妈也别操心了，我也不瞒姨妈了，那姑娘我和梁浅言都认识，也没姨妈说的那么差劲。"林洲说道。

林洲直接说出来，是觉得这个事情，赵母迟早都会知道的，索性就直接说了，也算是提醒赵母这个时候不应该再去说刘思逸什么了。

梁浅言没想到林洲会替刘思逸说话。她感激地看了林洲一眼，也跟着说道："对呀！阿姨不喜欢她的头发，我回头就劝她染回来。"

"你们很熟？"赵母狐疑地看着梁浅言。

"对，她是我朋友。"梁浅言坦然说道。

第八十四章　闹事

赵母的脸一下子就沉了下来，冷笑出声："原来是这么回事儿，我说林洲怎么放着好好的贺溪不要，现在又来了这么一出。"赵母话里对梁浅言的讥讽已经不留余地了。按常理说，赵母即便是对梁浅言再不满，也应该是私底下去和林洲的母亲说，而不是这样当众发作出来，让所有人都觉得难堪。

更何况，对林洲家而言，她本就是个外人。

林洲看了林母一眼，林母就立刻明白了林洲的意思，拉过赵母道："你要是没什么事，就到厨房来给我帮忙吧！"

"厨房不是有阿姨吗？"赵母皱了皱眉。

"阿姨帮不过来嘛……"林母的话里隐隐带了一点儿压制住的怒气。

赵母向来知道她这个姐姐，一般是不会轻易发火的，现在这样，明显就是觉得自己刚刚不对，她只好起身跟着去了厨房。

梁浅言也不知道林母究竟跟赵母说了什么，赵母的声音一下子就高了起来。

"我可没你这么好气性，你别看外面那姑娘规规矩矩的，我看和我家里那个一样，不是什么吃素的，心眼子深着呢！不然林洲凭什么放着没结过婚的、苦等他十年的大明星不要，眼巴巴看上一个离过婚的？以林洲的条件，什么样的女孩儿没有啊！"

厨房里的林母恨不得捂住她的嘴巴，她叹了一口气，说："你因为你这个性吃了多少亏？今儿这事儿是我们林洲的事，好不好都是林洲的主意，你让那姑娘没脸，不是让我家林洲没脸吗？今天你无论如何都不能给我闹到明面上去。"

"你还是不是我姐姐了？"赵母显得很是委屈。

林母重重地叹了一口气："以前在家里，你是最小的，爸妈在世的时候，从来最宠的也是你。现在我真的是不懂了，我们到底是真为了你好还是害了你。"她说完，压低声音斩钉截铁道："你再不满意你家那个，那是你家的事，你关起门来解决。但是等下吃饭，你要是为难梁浅言，那你就别认我这个姐姐。"

"你现在这么护着她，不怕将来她进门爬到你头上去？"赵母有些不甘心地问。

"我不是为着她，我是为着林洲，而且林洲表面上不羁，你见着他这些年闹出什么事没有？林洲最重情义，赵菡过世后单了这么多年。我和他爸是喜欢贺溪，但那是林洲的日子，怎么过是他的事。他现在愿意结婚了，不管是谁我们都尊重。"林母说道。她说完，叹了一口气，接着说："我也知道怎么劝你都没用，但是你家赵添已经大了，他做什么他自己都清楚。他又不是小孩子，什么都要你管着顾着，你就放手吧！好好过自己的生活不行吗？"

赵母浑然没有理会到林母的意思，不以为然地冷哼了一声："你就由着你儿子的意思吧！错过了贺溪这样的好儿媳，以后有你后悔的。"

林母心中并不认可，但知道在子女方面，自己如何都是和赵母说不到一块儿去的，索性就不说了。

梁浅言听着两个人在那边嘀咕，心中不免感慨。其实从进门开始，和林母三两句话下来，她就基本上了解到林家父母应该都是开明、懂得和子女沟通且尊重子女选择的父母。

应该也是这种环境，才能养出林洲这样的性格吧！

林洲在她耳边嘀咕道："你不用担心姨妈吹了什么耳边风，我妈就不喜欢你了，我妈是个不会被别人影响的人。"

"我没有担心。"梁浅言回答道，却觉得心中一暖，"我明白的。"

"你也别为刘思逸瞎操心了，这件事还是得看赵添的态度。"林洲又接着道。梁浅言长长地叹了一口气。

"不过有一件事情，我要提醒你一下。"林洲的神情忽然严肃起来。

"嗯？"

"不管刘思逸和赵添最后怎么样，这件事情你都不要管。"林洲说着，握住了她的手，"我知道你这人对朋友挺好的，刘思逸跟你说什么，你肯定会忍不住。但是有些事情，尤其是别人感情上的事情，咱们是插不了手的。一旦你掺和进去了，以刘思逸的性格，很有可能会让你里外不是人。"

林洲唯恐这样说会被梁浅言误会，又补充道："我没有任何评价她的意思，但我到底是一个局外人，所以看这个事情总是要客观一些的。有些忙能帮的当然是要帮，但是有些东西不是我们可以去左右的，也不是我们管得了的。"

"我明白你的意思。"梁浅言有些动容，轻声说道。她推了推林洲，刻意压低了声音说："这些事情咱们还是回头再说吧！"

说完，她看向了林父，暗示林洲，她觉得这样自顾自地和林洲聊天不太好。

"你不用管我，就当我不存在好了！"林父立刻说道。

梁浅言愣了一下，看向了林洲。林洲显然是已经习惯了。

林父又补充道："不过我觉得林洲说得还是很有道理的。"

梁浅言吓得有些不敢说话了。

林开颜虽然一直在旁边听着，但是也可以看出来梁浅言是有些不习惯和坐立不安的，就安慰梁浅言道："梁阿姨，我爷爷奶奶都挺好的，以往贺溪阿姨过来，也是这样的。"

"开颜，你小孩子家家的，不要胡说。"林父呵斥道。

林开颜嘟哝嘟哝嘴，也不知道自己说错了什么，低下了头去。

"叔叔，小孩子也不是故意的。再说贺溪和林洲那么多年的朋友，有来往很正常，我不会在意的。"梁浅言浅笑说道。

林父这才拿下报纸，认真打量了梁浅言一番，然后轻轻一笑，没有再说话。

梁浅言轻轻摸了摸林开颜的头，柔声问道："开颜最近学习怎么样啊？"

"现在又不是学习时间，怎么还问学习啊？爸爸小时候也是这样吗？"林开颜懵懂地问道。

林洲和林开颜对视了一眼，心照不宣地一笑。

确实是这样的，小的时候都很讨厌长辈问学习，可是等自己当了长辈，也喜欢这样问小辈。

林开颜沉思了片刻，神情郑重地说道："梁阿姨，我懂你的，你恐怕是怕没话说，会冷场吧！"

梁浅言真的有些哭笑不得，现在的孩子都是这么有灵气的吗？可是她也太丢脸了，竟然真的是被她说中了。

第八十五章　登门

"我要不要去给你妈帮忙？"梁浅言再次不安地说道，确实是太让人紧张了。

"不用啦。"林洲摆了摆手，轻描淡写道，"不过我知道我说了也没用，你一定会去试试的。你可以试试。"

梁浅言无奈地瞪了他一眼，她很想证明林洲失算了，可是她还是很没出息地迈腿了。毕竟她有没有这个念头，和林母需不需要她帮忙，根本就是两回事。

果不其然，没过一会儿，梁浅言就被林母推出来了。

林洲一副早有预料的表情，轻笑道："早就和你说了，你非要折腾。厨房哪里需要我妈帮忙？我妈这是为了让姨妈不硌硬你。"

梁浅言看了看林父，很显然，林父的表情显示林洲说中了。

人多好办事，没一会儿饭就做好了。

林母有些抱歉地看着梁浅言："先前我也摸不准你会什么时候来，我怕饭做得太早了，饭菜凉了，让你久等了。"

"阿姨客气了。"梁浅言轻笑道。

"现在还不能吃，等一个客人。"赵母说道。

"人不是都到齐了吗？还要等谁？"林母诧异地问道。

"人来了你们不就知道了吗？"赵母很随意地说道。

林母的脸瞬间就沉了下来，瞟了赵母一眼："小妹，你请人过来，我没什么意见，但是这里毕竟我们才是主人，你应该提前和我们打一声招呼吧！"

赵母佯装没有察觉到林母的怒意，轻飘飘道："也没什么了不得的啊！我想着那个人你们也认识，她也是突然说要过来的，我现在不是正在说吗？有客人来，总好不等吧！"

梁浅言打量了赵母片刻，瞬间猜到了来的这个人是谁。

明知道这是为了宴请她的，却请来了贺溪，这如果不是刻意硌硬她、让她没脸，她都不信了。

"我觉得不必等，今天本来就是家宴，我们先吃吧！"林父开口道，警示性地看了一眼赵母，"既然是我们都认识的客人，想必也知道，今天是我们家重要的日子，不方便待客，让她改日再来吧！"

林父说完，轻轻一笑，看向了赵母，意味深长地说道："你毕竟是嫡亲的亲戚，和其他人也都是不一样的。"

赵母讪讪地笑了笑，低头看了看手机，可能是贺溪给了她很好的反馈，她的脸一下子松弛了下来："这人已经到门口了，我也和她说了，但……"她故意没把话说完，等着在场的人的反应。"浅言，你如果觉得不高兴的话，我出去把人给打发了。"林母明显很顾忌梁浅言的感受，起身就准备去把事情给解决掉。

在场所有人都心照不宣地知道来人是谁了。

"不用了，阿姨。"梁浅言轻笑道，"她毕竟没有什么对不住您二老，今天过来也是和您二老之间的情分。我和林洲两个人都了解她，也不能让叔叔阿姨为难。既然来了，就一起吃个便饭吧！"

"浅言，你……"林母有些动容，但一时之间也拿不定主意，只好看向了林父。

"那就听浅言的吧！"林父说道。

毕竟闹得太难看了，谁脸上都过不去。

紧接着贺溪就进来了，谁报的信，大家也都心知肚明。

贺溪放下了礼品，扫了众人一眼，好像什么都没发生一样，熟络地坐在了保姆刚搬来的椅子上。

贺溪应该是喝过酒了，梁浅言隔着老远都能闻到她身上的酒味。紧接着，她看向了林父："叔叔最近身体还好吗？"

林父点了点头："谢谢你关心了。"

她嗔怪地看着林洲："早就和你说了，有空还是要多陪陪叔叔阿姨的，在外面混也该有个度了。"她这一下，倒好像今天来林洲家吃饭的主宾是她，直接就把梁浅言给隔开了。

林母笑道："贺溪还是跟从前一样关心我们。你是林洲的好朋友，我们也当你是亲闺女一样。你也没提前说你要来，今天的家宴主要是我们想见见林洲的女朋友，所以你看，也没备着你喜欢的饭菜。"林母这一下，等于体面地把话点明了。

贺溪把余下的话收了回去，夹了一块排骨放在林母的碗里："阿姨不管做什么，我都喜欢吃。今天也算是沾浅言的光了。"说完，她笑着看向了梁浅言："浅言，我来得这么不是时候，你应该不介意的哦！"

梁浅言心中小郁闷了一下，难道不顾颜面就可以为所欲为了吗？

她挤出一抹笑来，说："你是林洲的朋友，就是我的朋友，你是来恭喜我们的，我当然高兴。但是你今天来，我还真的很意外。如果说其他人，我肯定觉得对方太不懂事了，但是你的话，也可以理解，毕竟你和林洲十多年的友情了，我也不能自私到觉得我和林洲在一起了，就要林洲和你断交。"梁浅言这话明面上是在说不怪贺溪，实际上故意一口一个朋友来硌硬贺溪，也暗暗数落了贺溪不懂事。

贺溪假装没有听明白，给自己倒了一杯酒："那我就敬你们一杯啦！"

她一口气喝完，之后又倒了一杯，看着林父："叔叔我也敬你。"

"我年纪大了，喝不动了。"林父回绝道。

"没关系，我来喝。"贺溪说完，又一饮而尽。

整个场面都已经僵住了，林母默默将贺溪夹的排骨放在了赵母的碗中。

贺溪敏感地瞥见了，顿时眼眶一红，又倒了一杯酒。

"怎么？我和林洲走不到一起，连带着叔叔阿姨也不待见我了吗？"贺溪有些自嘲地问道。

"贺溪。"林洲叫了她一声，端起一杯酒来，"我来跟你喝，喝完这杯，你就走吧！"

"林洲，你……"贺溪没想到林洲竟然这么果决。

"你本来就不应该来。"林洲毫不示弱地对上了她的目光，"何况，你是不是忘了你做的事情？我们已经不是朋友了。"

"我今天本来就是来看叔叔阿姨的。"贺溪逞强道。

"那你可真会挑日子。"林洲不留余地地讥讽，他冷冷一笑，"我给过你机会了，贺溪，人的忍耐真的是有限度的。"

"我不管什么限度。"贺溪说着就站起身来，将酒杯摔在了地上。她红着眼，眼眶里蓄满了泪水，手指着梁浅言说："林洲，自从你沾上了这个女人，你就根本不是你了，你分得清你在做什么吗？再这样下去，你迟早完蛋。"她说完就大笑起来，发狠似的把桌上的菜都扫荡到地上："你们都是势利眼，我先前对你们千好万好，现在就全忘了吗？你们不让我好过，我也不会让你们好过。"

八十六章　隐秘

贺溪说着，就看向了林母："阿姨，是您亲口说的，您最喜欢我了，还希望我可以嫁给林洲。"

她也没管林母的反应，又对林父道："叔叔，也是您亲口对我说的，林洲如果敢对我不好，您是第一个不答应的。"

"贺溪，那时候我们都以为你和林洲会走到一起。过去的事情，就让它过去吧！"林母有些为难地说道，接着她有些歉然地看了一眼梁浅言。

其实这些梁浅言是可以理解的，她看着这个局势，自己也实在是不方便开口。

林洲再一次握紧了梁浅言的手，看着贺溪说："我劝你适可而止，贺溪，我想给你留面子的。"

"林洲，你还不明白吗？"贺溪的语气一下子轻了下来，不再咄咄逼人了，"我今天来你家，就是不想要什么面子了，我只要你。"

"开颜，去楼上玩吧！"林母说着，就示意阿姨把林开颜带上去。

林开颜也知道事情不简单，但是好奇心使然，她仰头看着林母："我想留下来。"

"大人的事情，小孩掺和什么？"林母的语气严肃下来。

林开颜也知道，奶奶是一贯和善的，她这么下命令，就是不可能有商量的余地。她本能地有些心疼贺溪，牵了牵贺溪的手，想要去安慰她。贺溪却一下子甩开了。

"赵菡的女儿，我看着就恶心，可是林洲，我为你忍了。"她笑着，眼泪都流了出来。

这一下，连林洲都震惊了。林洲看着贺溪："你……你说什么？"

贺溪的手指轻轻拂过林开颜的脸颊，声音轻柔地说道："林洲，你看看这张脸，她像不像赵菡？我为了你，孝顺你的父母，甚至把赵菡的女儿都哄着了，可你是怎么对我的？"

"赵菡把你当最好的朋友。"林洲隐忍着怒意说道。

"朋友？"贺溪反问了一声，她仿佛听到了一件很好笑的事情，"赵菡明明知道我喜欢你，十五年前我就喜欢你，我喜欢你十五年了，可是赵菡是怎么做的？她和你结婚了，她还和你生了孩子。你知道我的心有多疼吗？"

贺溪说完，恶狠狠地瞪着林开颜，怒道："我不是没有怀疑过，赵菡生下你是为什么啊？看到你我就想到她道貌岸然的脸，你们都一样。"

"贺溪，你不要胡说了。阿姨，还不快把开颜带上去！"林母提高音量道。她的手都在颤抖，她惶恐地看着林洲，唯恐林洲会有什么冲动的举动。

"带上去干吗啊！贺溪这不是在说开颜她妈的事吗？开颜自然有权利知道。"赵母风轻云淡地说道。她浑然一副看戏的做派。

林母已经忍到了极点，指着赵母道："你是我的亲妹妹，可你现在却故意搅得我家不太平，这门亲戚你要实在不想做，那就以后别来往了。你如果还嫌现在不够乱的话，我就只能请你出去了。"

"大姐啊，你对贺溪有气不能全撒在我身上啊！"赵母继续幸灾乐祸地说道。

赵母看着自己一向端庄大方的姐姐现在咬牙颤抖又慌张的样子，心中一阵畅快。人人都说她这姐姐如何如何好，人人都羡慕她姐姐家庭和睦、孩子孝顺。呵，原来撕开了面上的那层东西，都是这样脆弱，不堪一击，也不过如此了。

林母狠狠地瞪了赵母一眼。

"好了，都闹够了没有？"林父呵斥道，他站起身来，冷眼看着贺溪，"你和林洲他们的恩怨情仇，我们都管不着。但你今天大闹了我们家，怨气也该出了，感情讲究一个你情我愿，你走吧！"

"那我可真走了？"贺溪说着，意味深长地看向了林洲。

她似乎料定了林洲会拦住她。

"等等。"林洲还是发声了，他盯着贺溪，一字一句道，"你给我把话说清楚了再走。"

贺溪故作天真地眨了眨眼："你不是说和我不是朋友了吗？我还有什么要说的？"

"赵菡的死，是不是和你有关？"林洲一针见血地问道。

贺溪依旧很镇静，她看着林洲："你知道这是多大的罪名吗？赵菡是潜水而死的，和我有什么关系呢？林洲，那是赵菡自己的命不好，说不定就是得了那个病，她自己也不想活了呢？"贺溪说得风轻云淡，她忽然笑了起来："所以说，上天还是很公平的，赵菡费尽心思抢走了你，可是，她也没这个命陪你终老，最终还不是便宜了梁浅言。"

　　"够了！"梁浅言一巴掌重重地打在了贺溪脸上。

　　贺溪要还手的时候，梁浅言一把抓住了贺溪的手，目光凛冽地说道："你不要什么都怪别人，赵菡和林洲都拿你当最好的朋友。你自己想想，你做的都是什么事？"

　　"那也轮不到你来指手画脚！"贺溪的整张脸都狰狞起来，她慢慢靠向了林洲，"我这些年做错了什么？赵菡死了，你都看不到我？"

　　"赵菡的死是不是和你有关系？"林洲隐忍着怒气再一次问道。

　　"那是她死有余辜。"贺溪冷冷说道，她看向了梁浅言，"你自己看，抢别人的东西，都没有好下场的。"

　　"你是个疯子！"林洲怒瞪着他。他忽然甩开了梁浅言的手，一把捏住了贺溪的手腕，再一次问道："赵菡的死，是不是和你有关？"

　　"林洲你才是疯子，赵菡本来就是一个要死的人了，我至于为了她犯罪？"贺溪怒吼道，她忽然笑得癫狂起来，"我只是，成全了她而已。"

　　"我就知道是和你有关，我就知道是和你有关。"林洲不住地喃喃自语着。他闭上了眼睛，满脑子都是赵菡的脸，都是和赵菡言笑晏晏的时候。

　　"我和这件事一点儿关系都没有。"贺溪继续说道，"现在看着你痛苦，我觉得快乐极了。林洲，是你毁了我，我难过，你也别想着和和美美了。"

　　"你别说了！"梁浅言盯着她，挥手就要打上去。

　　"你还想打我？"贺溪冷声道，她捏住了梁浅言的手，"你记着，刚才那一巴掌，我迟早会还回去。"

　　她说完，凝视着梁浅言："你也别高兴得太早了，你以为林洲就能放下赵菡吗？你也可怜，你只是林洲拿来自我救赎的东西罢了。林洲爱的，只是和他同病相怜的你，因为你和他一样，拼命要握住深爱的东西，但握不住罢了！你尽管和林洲结婚，就作为赵菡的影子，作为林洲的工具和他结婚吧！"

第八十七章　隐刺

梁浅言浑身一颤，震惊地看着贺溪，唇瓣动了动，却一句话都说不出来。

"怎么？你害怕了？"贺溪逼近了她，"你怕了又怎样，事实就是这个样子。你和林洲，不过就是两个互相依偎的可怜虫罢了！"

"你滚！"林洲瞪着贺溪，直接伸出手来，一把就将她推到了门外。

"你听着，赵菡的事情，我一定会查清楚的。贺溪，你真的是个彻头彻尾的疯子。"

"哈哈哈……"贺溪站在门口大笑，她冷冷地盯着林洲，"你看，你永远都不会忘记我了吧！我终于和赵菡一样，种在你心里了。"

"你再不走，我就联系记者了。"林洲语气冰冷地说道。

贺溪冷哼了一声，心中却觉得畅快无比，得意地离开了，她赢了。她相信，她已经成功地种了一根刺在林洲和梁浅言之间。只要有那么一根刺，他们就不会和平安宁。那她，好像也不是那么糟糕了。凭什么那些人言笑晏晏、欢聚一堂，却只要她孑然一身？很快，他们就什么都没有了。

这顿饭自然没有办法再吃下去了，林母满怀歉意地看了看梁浅言。

但梁浅言似乎没有察觉到，她的脸色苍白，林洲碰触她的指尖，感觉到的都是一阵冰凉。

林开颜被贺溪那么一闹，多少也感受到贺溪对自己的嫌恶了，这其中是有很大的落差的。

一个从小看着她长大的阿姨，对她无尽地疼爱，但是一瞬间就把先前的一切都推翻了，甚至那个阿姨竟然是恨着她的、无比厌恶她的，换谁都很难接受。林开颜一个人默默地哭了。她很想问这是为什么，但是她敏锐地察觉到了，在场的所有人都不开心。于是，她忍住了。

林洲将梁浅言环在了身边，抬眼唤了一声："浅言。"

晶莹的泪珠从梁浅言的眼角滑落，她方才回过神来，手赶紧拂去了眼泪，扯出一抹笑来，问："怎么了？"

"浅言，你没事吧？"林洲关切地问道，他心中也有些恼，带着怨气道，"贺溪简直就是个疯子。"

"我没事。"梁浅言勉强一笑。

"浅言，要不咱们出去吃吧？"林母试探着问道。

"对呀，浅言，今天这事确实是我们家对不住你。"林父也开口说道。

可是梁浅言现在觉得自己心里乱糟糟的，她动了动唇，实在不知道该怎么去婉拒。

她相信，所有人应该都需要缓一缓，绝对是吃不下去饭了。

"今天就算了吧！反正浅言迟早都是我们家的人，也不差吃饭的机会。"林洲帮腔道。

林母愣了一下，立刻道："那下周，下周，下周浅言你一定要来。"

"我送你回去啊！"林洲说道。

梁浅言将手从林洲手中抽开，冷声道："不用了，你好好陪陪开颜吧！"

"我送你。"林洲有些固执地重复。

"林洲，开颜还是一个小孩子，她更需要你。"梁浅言柔声说道，听不出有什么不好的情绪。

"那我带上开颜一起送你。"林洲说着，眼睛直直地盯着她，唯恐她下一秒就会消失一样。

"林洲，我就在这里，我不会怎么样的。你好好陪开颜，好吗？"

她说道。

梁浅言这样说，林洲倒是知道她打定主意了，他问梁浅言："你真的不要紧吗？"

"我没事，真的。"梁浅言说道。

"那我帮你打个车。"林洲说着，就打开手机叫了车。他帮梁浅言拿过衣服，柔声道："穿好了，外头冷，到了记得和我说一声。"

"嗯。"梁浅言应了一声，吸了吸鼻子，觉得有些发酸。

"那我也走了。"赵母语气轻快地说道。林母根本没有搭理她。她显得很是委屈："大姐现在这样不待见我了？"

"你闹够了没有？你今天就是存心的，是不是？"林母质问道。

"我怎么能是存心的呢？我也不知道贺溪要来干吗啊！只是她央求我，我也没想到事情会这么严重。"她说到后面，低下了头去，自己也怂了下来。她的确没有这个心机去掌控这么一件事，她只是推波助澜了一把罢了。她都没有料到，事情竟然会闹得这么大。

其实戏看够了，她多少有些内疚。她拉了拉林母的胳膊："大姐，我没想到那个贺溪是这样的一个人，以后她要是找我，我肯定不搭理她了。"她说完，撇了撇嘴："何况，就算我今天不管她，贺溪想要闹事，就算是林洲和梁浅言结婚的场合，她也要来闹的啊！"

"好了。"林母有些不耐烦，她揉了揉太阳穴。

"你要不要吃药啊？"林父站起来关切道，他回头瞪了赵母一眼，"你赶紧回去吧！你是不是真的想在这里把你姐姐气死才甘心？"

赵母这才不情愿地走了，临走前还说了下次再来看林母。

林洲以前也没有发现姨妈这么讨厌，可她到底是长辈。他叹了一口气，安慰林母道："妈，这件事也不怪你，姨妈肯定是因为刘思逸才对浅言有意见的。但是我也相信姨妈说的，她也没想到贺溪会这样，您也别自责了。"

"是啊，阿姨。"梁浅言也跟着说道，她长长叹了一口气，"来日方长，以后咱们在一块的日子还多着呢！"

听梁浅言这么说，林母心中才略微好受了一些。她转过身去，暗暗擦了擦眼泪。

林洲叫的车到了，他把梁浅言送上了车。

林洲一回来，林母就埋怨道："你也是的，怎么就不把浅言送回去呢？"

"她不会让我送的。"林洲轻声说道。他蹲下了身子，静静抱住了林开颜："开颜也不用哭，你有爸爸，还有爷爷奶奶，以后还会有梁阿姨。"

"梁阿姨不会像贺溪阿姨那样吗？"林开颜哽咽着问。

林洲知道孩子心中的脆弱，但是他很难去向孩子解释，梁浅言和贺溪根本就是不一样的。他将林开颜抱得更紧了，他只能说："开颜不用担心，梁阿姨不会的，她会和爸爸一样爱你，你要相信爸爸。"

"如果爸爸和贺溪阿姨在一起了，贺溪阿姨是不是就不会讨厌我了？"她忽然问道。

林洲也不知道怎么回答，以成年人的思维来看，贺溪如果真的讨厌赵菡，应该也不会喜欢开颜到哪里去，但面上，总归是过得去的吧！

他忽然觉得，贺溪在生活中比在荧幕上演得好。

"我不知道。"他如实说道，问林开颜，"贺溪阿姨对你很重要吗？"

第八十八章　失落

"她总和我说妈妈的事情。"林开颜沉默了几秒钟，开口说道。

有时候，人对人的一种亲近，就是这么微妙。甚至，站在林开颜这个小孩子的角度来看，她都以为贺溪会是她的新妈妈。

"爸爸，我有点害怕了。"林开颜缓缓道，她的瞳孔中映着林洲的脸。

"你怕梁阿姨也是为了和我在一起，不是真心对你好？"林洲问道。

"嗯。"林开颜小心翼翼地点了点头。

林洲将她抱在了怀中，轻声说道："开颜，梁阿姨不会的。你还记得吗？梁阿姨刚开始教你滑冰的时候，你每次快要摔倒时，梁阿姨都紧紧地抱着你，结果她总是比你先摔下去。"

"还有刚刚，梁阿姨也和你一样需要爸爸，但是，她把爸爸让给了你。"林洲继续说道。

"那梁阿姨会去哪里呢？"林开颜问道。

"她的女儿，和你的妈妈住在一起了，她应该是去那里了吧。"林洲说着，闭上了眼，"爸爸也真的好想去分担她的痛苦，但是，我什么都做不了。"

"我有点明白了。"林开颜道，她推开了林洲，走到林母身边，"爸爸去找梁阿姨吧！我相信爸爸。"

林洲没想到女儿竟然这么懂事，眼眶不禁也有些湿了。他别过了脸去说："爸爸和梁阿姨都是大人了，但开颜还是小孩子，开颜现在先去吃一些阿姨做的牛肉羹，然后就乖乖去睡午觉好不好？"

"那爸爸不吃吗？"

"爸爸看着开颜吃。"

林洲等林开颜吃完了饭，陪林开颜上了楼。林开颜闭上眼，紧紧地握着林洲的手。其实她心里还是害怕，她害怕爸爸喜欢的梁阿姨也和贺溪一样，但是，她觉得爸爸说的也有道理，她要相信爸爸。她不可以这么自私，让爸爸一直活在对妈妈的哀悼之中，就像奶奶告诉她的，每个人都有去追求幸福的权利，爸爸也一样，活着的人都要好好地活着，这样，离世的人在天堂看到自己珍爱的人开心，也会觉得快乐的。

等林开颜睡着了，林洲下楼，这才发现父母还在等着他。

今天的事情，林家父母也很是震惊，先前和贺溪相处的时候，也从来没有感觉到贺溪这么可怕。

"林洲。"林母叫住了他，"今天是妈妈对不起你，妈妈以前也不知道贺溪她……"

"好了，妈……"林洲打断了林母。

"浅言那边真的没事吗？"林母有些不放心。

"妈，浅言是个很好的姑娘，她女儿过世后，她一个人挺不容易的。贺溪那些话，对她肯定是有影响的，但是你放心，她不会生您二老的气的。"林洲如实说道。

他说出梁浅言的经历，也是为了二老能够更加理解梁浅言。

"你是真的想在浅言身上弥补吗？"林母问道。贺溪的那番话，就是林母，也多少听进去了几分。

她太清楚了，林洲对赵菡的死一直都没有释怀过。

"不是。"林洲笃定地回答，认真地看着林母，"我是真的想和浅言携手一生。"

"既然是这样的话，你就好好对待浅言。"林父说道，他盯着林洲，"你一贯都不着调，但那姑娘吃了太多苦，你不要给了人家希望又让人家失望。"

"我明白。"林洲说道。

"去找她吧！"林父点了点头。

林洲却没有迈开腿，而是轻轻摇了摇头。

"你这是不敢面对她？"林父诧异地问。

"她现在肯定想冷静一下。"林洲回答。

林父一阵冷笑，道："我以为经过赵菡那个事，你能更沉稳、更明白了，看来是我高看你了。你就是不敢面对贺溪最后说的话，你不知道该怎么和她解释。"林父郑重地说道："林洲，逃避解决不了问题。"

"我……"林洲说不出话来。他闭上了眼睛，他现在仿佛被割裂成碎片了，思维都是凌乱的，他真的不知道要怎么去照顾梁浅言的情绪，该怎么和梁浅言解释那些。

他扪心自问，那些话即便贺溪不说出来，他和梁浅言之间就没有这个结吗？

"林洲，赵菡已经过世这么多年了，活着的人，才是最重要的。"

林父再次说道。

他一咬牙，跑了出去。

"车钥匙啊！"林母在身后叫道，无奈地摇了摇头。

她轻轻叹了一口气，其实真是同病相怜又怎么样？互相依偎取暖又怎么样？只要林洲真的放下赵菡了，生活还是会继续的。

林洲摸了摸裤兜，才想起没拿车钥匙。

他一路上都在想：梁浅言是不是又哭了？

她现在一定很难受吧！他明明答应过梁浅言的，他再也不会让任何人伤害她了。

他打梁浅言的手机，却发现她已经关机了。

他的一颗心都提了起来，如果梁浅言出了什么事，他这辈子都不会原谅自己。他赶到墓地，拿手机上的打车记录确认了一下梁浅言的下车地址，直到看到方鹤陵墓前那个熟悉的身影，他才算放下心来。

还好，还好，都还好。

"浅言。"他轻声唤了一声。

梁浅言愣了一下，她以为是自己的错觉，抬起头来，却发现林洲真的在那里。

她眼角的泪痕还没有干。林洲静静看着她，微笑着朝她走了过去。

"你怎么来了？"她有些诧异地问道。

"我放心不下你。"

"我没事。"她说着，擦了擦眼泪，下意识地问道，"开颜还好吗？她这个时候一定需要你。"

"开颜没事了，我爸妈那边也没事，倒是你，真的让我放心不下。"林洲缓缓说道，他有些自责，"对不起，浅言。"

"对不起？"梁浅言诧异地问道，"为什么又说对不起了。"

"我还是没能照顾好你。"林洲愧疚道。

"这不是你的责任。"她说着，蹲了下来，细细摩挲着方鹤的照片，"林洲，你是不是真的特别同情我？"这个问题，她在决定要不要和林洲在一起的时候也问过。只是今天，再一次被贺溪给放大了而已。

林洲飞扬跋扈或者正经万分等各种面孔，她都见过。只是，她从来都没见过林洲那么失态。他的失态不是因为别人，而是因为赵菡。如果他放不下的话，为什么还要重新开始？难道以后，她要贺溪无数次来提醒她，林洲爱的一直都是赵菡，她只是一个替身，因为她和林洲一样可怜，林洲是在同情她，林洲是在弥补赵菡吗？这样的日子，过得也未免太折磨人了吧！

第八十九章　请求

"我从来都没有可怜你。"林洲说道，他看着梁浅言，"一开始，我看到你的确就像看到曾经的自己，我第一次觉得欣赏你，是在这里。"

"这里？"梁浅言有些诧异。

林洲点了点头，拿出一根烟，狠狠吸了一口，说："你和方逸群在这里说离婚的事情。其实我们都心知肚明，你可以争取更多的，可你选择了净身出户。"

"说实话，我很震惊。"林洲讲述的语气很是平淡，他抬眸看着梁浅言，眸光平静得如黑夜中的星河一样，"先前我和你的几次碰面，我大致也能猜出你的处境。我很难想象，你离婚之后怎么生存。但是我没想到在非洲，竟然又遇到了你。我看到了一个在努力挣脱泥潭，朝着生活的明亮之处奔走的你。"

"我去非洲是因为你。"梁浅言说道，轻轻一笑，"或者说是大老黑。"

"我知道。"林洲点了点头，吐了一口烟，侧眸看着梁浅言，"所以你看，一开始我们就在互相影响了。"

"你并不是喜欢多管闲事的人啊！"梁浅言问道。

"所以，一开始我也怀疑过，我是不是在同情你。但是，我发现，我真的是在你身上看到了自己。你和赵菡是两个完全不同的人，纵然我对赵菡甚是愧疚，但是也不至于通过你来赎罪。"林洲继续说道。

"那你还爱她吗？"梁浅言也不知道自己为什么会问出这个问题，她垂下了眼眸，讪讪一笑，"你要是不愿意说，那就算了。"

"我……"林洲迟疑了一下，缓缓道，"赵菡是我的过去，她曾经的确是我深爱的人，可是她已经不在了。这么多年过去了，我在忏悔，在遗憾，可是，我真的不知道这种复杂的感情是不是爱。但是浅言，我确认的是，我现在爱你，我愿意放下过去所经受的所有的东西，和你有一个未来。"

梁浅言同样也很难说出这种感觉，她叹了一口气："林洲，我想我们都需要冷静几天。"

"你想和我分手？"林洲问她，直勾勾地盯着梁浅言，"那你告诉我，我哪里错了？"他说着，紧紧握住了梁浅言的手腕，唯恐她下一秒就会消失。

"不是的。"梁浅言轻声道，缓缓摇了摇头，"不是你的问题，是我自己有问题，我要好好想一想。"

"那你会想成什么样呢？"林洲问道，他看着梁浅言，心下不禁感觉有些沉重，"你总是喜欢这样想、那样想，可是你想这么多有用吗？你想知道的我都已经告诉你了。生活已经是这个样子了，我们互相爱着彼此，就好好走下去，不要管其他的事了，不行吗？"

"林洲，我心里真的很乱。"梁浅言静静地看着他，一字一句道，"我也要好好想想我对你的感情，是真的喜欢，还是因为在绝境中，你是唯一的光。我觉得，这样对你而言才是公平的。"

"那你答应我，不管你什么时候想好、想的结果是什么，都不要和我分手。"林洲迫切地说道。

"好！"梁浅言答应了下来。

林洲看了看方鹤的照片，这个孩子活着的时候，他其实也就是在梁浅言的手机里远远地见过一次，真的是个很懂事的孩子。

他轻叹了一声，握住了梁浅言的手，对着鹤鹤说："鹤鹤，叔叔答应你，以后一定会替你照顾好妈妈的。"

"你去看看赵菡吗？"梁浅言问道。

"今天我是专程来陪你和方鹤的。"林洲毫不犹豫地回答，轻轻一笑，"我觉得，我其实也没真的了解过赵菡，我那时还是太年轻了。"

她隐隐可以察觉到他的黯然，但是她也不知道该怎么去安慰他。

两颗同样受过伤的心，其实都是一样的敏感。

"回去吧！"梁浅言轻声说道。

等到了梁浅言楼底下，林洲问道："不要我送你上去吗？"

"今天的事太多了，你也累了，还是早点回去休息吧！"梁浅言垂下眼眸说道。

"好。"林洲笑了笑，没有说话了，他目送着梁浅言走进了楼道。

梁浅言走到门口，却吓了一跳。

"阿姨，您怎么在这里？"梁浅言看着刘母，诧异地问道。

刘思逸的母亲并没有回答这个问题，她抱怨道："浅言，你也是真的忙，可让我好等啊！不过我也算没白等，你还是回来了。"

"阿姨，您应该事先打个电话的。"梁浅言说道。

林洲在楼下看着她的房间开了灯，这才放心下来，开车离去了。

梁浅言给刘母倒了一杯水，其实刘母还是很少找她的。按照这架势，估计是和刘思逸有关，而且肯定是刘母和刘思逸已经谈崩了。

"你和我家思逸一向都关系好，听说思逸现在交往的那个男朋友还是你男朋友的表弟？"刘母开门见山地问道，她想到之前接到的赵母的电话，就气不打一处来。

刘母和刘父都是端着政府机关的铁饭碗，一贯对刘思逸也是娇生惯养，捧在手心里长大的，这些年刘思逸交往的男朋友里，什么样的人都有，但是赵添却是刘母最瞧不上的一个。

年龄比刘思逸小且先不说，就是赵添那个妈，以后刘思逸去了也铁定吃苦。她和刘父膝下就只有刘思逸一个女儿，哪里舍得女儿受这样的委屈？

原本以为刘思逸就是图个新鲜，但现在看来，明显没有那么简单。

她和刘思逸大吵了一架，心里是又急又气，但终归还是心疼女儿的，万般无奈之下，这才想起梁浅言。

"对呀！"梁浅言答道，她故作不知地问道，"难道出了什么事吗？"

"那可不是，男方的妈今天电话打到我这里，我可是被好一番羞辱。"刘母有些愤恨，啐了一口，"她算什么东西，还来数落我了？我们家闺女什么样的男孩子找不到，她还真拿她那儿子当天上的星了？在我眼里那就是地上的泥。"

"阿姨，您先冷静一下吧！"梁浅言听她说完，宽慰道，"思逸应该知道自己在做什么，我是晚辈，对赵添的母亲不好评价，但是赵添还是不错的。"

"不错？"刘母冷笑了一声，她看着梁浅言，"你处的那个人我调查过了，你现在是好，但是你不能把我们思逸往火坑里推啊！"

梁浅言的笑容僵在了脸上。

第九十章　动手

刘母想到自己今天来到底是有求于梁浅言，心中虽然多多少少有怨气，但是这件事毕竟是自己女儿的事，也不会受梁浅言的控制。刘母脸色缓和了几分，拉住了梁浅言的手，说："浅言，你看啊！我们思逸对你一贯不错，先前你和方逸群闹离婚的时候，思逸就跟着你鞍前马后的。之后你没地方去，思逸也把你带回自己家了，我也是拿你当亲闺女看，当初才不赞同你和方逸群离婚。"说完，刘母的眼眶就湿了，好像下一秒就要哭出来。

她叹了一口气，接着说："你也别怪阿姨那时候绝情，阿姨也是没有办法啊！浅言你想想，那时候你离婚了，你要怎么生活？我就总想着，你只要肯松口，和方逸群还是能和和美美的，但是没想到你这么倔。"

她说着，好像很欣慰地擦了擦眼泪，笑了起来："现在可算好了，阿姨打听过，那个小伙子是真的不错，阿姨也是发自内心地为你高兴。可是你是思逸最好的朋友，你就真的想看着思逸像你过去一样受苦吗？"

"阿姨，这件事，您都没法劝思逸，您觉得思逸会听我的吗？"梁浅言问道。她想到今天赵母做的事，也不禁挑了挑眉，但这些事，似乎没必要去对刘母讲了。就是她自己，也是被赵母迁怒了，她的委屈又有谁来体会呢？

"可是你说的，思逸好歹也是能听几句的啊。阿姨也是没办法了啊！浅言，你不是不知道男方家的那个情况，我家思逸哪吃得了这个苦？与其这样，还不如一辈子不结婚呢！"刘母继续控诉着，她眼巴巴地看着梁浅言，"浅言，你是吃过这种苦的人，你应该能理解的。"

"但是，思逸的性格，我真的劝不来。何况阿姨，这是感情的事情，她……"梁浅言有些欲言又止。

刘母没想到自己说了这么多，梁浅言还是这个态度。

她冷笑道："我看你就是不想见着思逸好，她真嫁了那个人，你就高兴了？"

"我不是就高兴了，我怎么会害她呢？只是阿姨，您不是不知道她的性格，您说的她都不听，我说多了她也只会厌恶我。"梁浅言有些无奈地说道。

"那你就去跟那个男孩子说啊！让他放了我们思逸，你男朋友不是那个男孩子的表哥吗？让你男朋友去说啊！"刘母说得很是理所当然。

梁浅言听着她这个语气，一瞬间倒是有些不知道该怎么接话了，如果林洲在场，也一定哭笑不得。

"阿姨，我今天有些累了，实在是不能招待您了。您看这样，我替您打个车，您先回去吧！行吗？"梁浅言柔声商量道。

"你去我家的时候我什么时候赶你了？你这是对我下逐客令？"

刘母质问道。

梁浅言揉了揉太阳穴说："阿姨，真的不是，我今天也遇到了很多事，您说的我会放在心上的，至于思逸听不听，那就全在她了。"

"你……"刘母指着梁浅言直颤抖。她站起身来，提起包，瞪着梁浅言道："亏我们思逸拿你当最好的朋友，我不坐你的车！你以后也别想踏进我们家的门。"

"阿姨，您听我解释。"梁浅言跟了上去，但刘母已经狠狠地带上了门。

梁浅言整个人瘫倒在了沙发上，闭上眼，重重地吁了一口气。

她就这样躺着，不知不觉竟然睡着了。

再醒的时候，是被刘思逸的电话吵醒的，刘思逸劈头盖脸就是一阵呵斥："梁浅言，你为什么要这样对我妈？"

"阿姨怎么了？"梁浅言一头雾水。

"我妈怎么了？浅言，我自问对得起你，我妈也对你没什么坏心，你怎么能这样呢？"刘思逸继续控诉。

梁浅言更蒙了，她觉得头有些晕乎乎的，但还是强撑着道："到底发生什么事了？"

"什么事？"刘思逸冷笑了一声，"我妈今天是不是找你了？"

"对。"梁浅言应了下来。

"我妈等了你三小时，你呢？你回来后又这么气我妈，还赶我妈走。"

"思逸，你听我解释。"梁浅言艰难地说道。她看了看时间，现在是晚上十点，她嗓子干得有些发疼，拿着电话倒了一杯水，说："阿姨当时来找我，我真的不知道她等了我那么久，阿姨如果给我打电话，我一定会回来的……"

梁浅言的话还没说完，刘思逸就哽咽起来了："我妈从你家出来后，就高血压犯了，她又没带药。梁浅言，如果我妈有什么事，我一定不会原谅你的。"

"你妈在哪个医院？"梁浅言愣了一下，话还没问完，电话就被挂断了。她再打给刘思逸，刘思逸都不肯接了。

梁浅言只好让林洲去问赵添。

林洲正好在修图，看到消息后就打了一个电话给梁浅言，问："严重吗？要不要我陪你过去？"

"不了，太晚了，我自己过去就好了。"梁浅言疲倦地说道，"你回头把地址发我手机上。"

"浅言，你和刘思逸说说吧！今天的事，说起来也全是因她而起……"

"我知道了。"梁浅言直接打断了林洲，挂掉了电话。她的思绪越来越凌乱了。

梁浅言赶到医院的时候，刘思逸正抱着赵添在哭，她挂着泪痕看着梁浅言。梁浅言从来都没有在她脸上看到过这种表情。

她松开了赵添，慢慢走到了梁浅言面前，一巴掌就打在了梁浅言脸上。

"你还敢来？"

梁浅言瞬间觉得有些晕头转向，她捂着脸，张了张嘴，半天都没有出声。

赵添蒙了一下，赶紧拉住了刘思逸，唯恐刘思逸再打梁浅言，他没法跟林洲交代。

刘思逸却平静地回过头看了赵添一眼："你放手，我不会再打她了，我保证。"

等赵添松开手，她的眼神没有丝毫温度地盯着梁浅言，说："如果我妈今天有什么三长两短，我一定不会放过你。"

梁浅言觉得眼睛有些发酸，她看着刘思逸，眼光之中含有泪花："你连我的解释都不愿意听？"

"解释就是我妈现在躺在医院里生死未卜。梁浅言，你不是没有见过鹤鹤躺在医院的时候，怎么到了我妈，你就这么冰冷了呢？"刘思逸的声音之中带着讥讽。

方鹤从来都是她的软肋，刘思逸怎么会不清楚呢？她就是故意的。

第九十一章 责怪

谁都可以拿方鹤来伤害她，但是刘思逸这样做，却真的让她最难过。

"我根本不知道会这样，对不起。"她黯然说道，轻轻拂了拂眼角的泪，"你妈来和我讲你和赵添的事情，我管不了，加上我也发生了很多事情，我当时真的都乱了。我并不知道你妈过来等了我三小时。"

梁浅言一口气说出来，看了一眼刘思逸身旁的赵添，说："是我多虑了，你已经有人陪，我的确不该来的。"她说完，就转过了身去。

刘思逸看着她的背影，心中也感觉到了一阵凄凉，但她固执地认为，这种凉意是来自医院这个环境的，来自她担心她母亲的安危。

"阿姨的病，谁也料想不到。你是不是有点过了？"赵添试探着说道。

刘思逸果决地摆了摆手："不管她，如果不是她赶我妈走，我妈也不会气成那个样子。"

"可是到底还是因为你的事啊！"赵添还是说了出来。

"我的事？"刘思逸看着赵添，她重复道，"你再说一次？赵添，你搞清楚状况好不好，要不是她让我妈等了三小时，又气了我妈，我妈怎么会出事？你怎么能说都是因为我呢？"

赵添没敢再作声了，只能沉沉地叹了一口气。

梁浅言走到医院楼下，还是觉得脑子有些昏昏沉沉的，她这是怎么了？

微风吹过来，她感觉到了一丝凉意，脑子这才好像清醒了几分。

她远远地仿佛看到一个熟悉的身影，他怎么会来呢？她现在是昏昏沉沉到眼神都不太好了吗？

她脚下一软，险些跌倒下去，身子却被一个人扶住了。

“谢谢啊！”她说道，抬起头却是一惊。

“你这是怎么了？”林洲问道。

“你怎么来了？”她问。

林洲的目光定格在了她的脸上，并没有回答她的问题，而是说道：“刘思逸干的？”

“她现在情绪很不好，阿姨还在抢救呢！”她缓缓说道。

“那她就能把气撒到你头上？赵添不是在她身边吗？赵添都没拦着？他俩合起来欺负你了是吧？你因为他俩那事受了多少委屈啊！”林洲说着，就要往里面冲。

她摸了摸额头，步伐有些不稳。

林洲终于意识到了她的异样，紧张地问道：“你这是怎么了，浅言？”

“我没事。”她摇了摇头。

林洲把手放在她的额头上，拧着眉道：“怎么这么烫？你不要命了？”

“大概是发烧吧！我回去吃点药就好了。”她轻描淡写地说道。

林洲有时候真的想不明白，她明明这么温柔的一个人，又总是充满着那种男子都不如的韧劲。

“你都在医院门口了，看个医生怎么了？”林洲的语气很是不安，他用命令的口吻道，“不管怎么样，你现在一定要去看医生。”

“我现在就想吃个药，回去好好睡一觉，行吗？”她征询似的问林洲。

“不可以。”林洲的语气强硬，但目光再次触及她脸上的伤痕，一时之间又心疼万分，手指轻柔地抚了上去，语气一下子缓和下来，沉声问道，“还疼吗？”

“不疼了。”她笑着摇了摇头。

“你昨天打贺溪的气势呢？”他又气又恼地问。

“刘思逸毕竟不是贺溪，而且我那时候要是跟出去了，送一下阿姨，阿姨或许就不会有事了。说起来，我还是有责任的。”梁浅言恳切地说道。

林洲缓缓叹了一口气，更为心疼了，说："刘思逸要是像你这样知道想一下自己的责任就好了。"

"你们艺术家不都是这样吗？"梁浅言笑着调侃他。

"好了，别转移话题了，去看医生，乖。"林洲哄着她道。

"那你别去找刘思逸和赵添的麻烦了。"梁浅言试图和他商量。

"好。"林洲一口答应下来。

"你怎么来了？"她再次问道。她有时候真的想不明白，林洲为什么永远都知道她什么时候需要他，并且不管她有没有允许，总是会擅作主张就闯了进来。但奇怪的是，她还觉得特别安心。

林洲轻轻揽着她，柔声说道："你这几天还是不要冷落我了吧。我觉得你那个问题也没什么好想的，不管你是因为需要我还是真的喜欢我，反正，你都会在需要当中对我日久生情的。感情怎么来的根本不重要，重要的是，你现在喜欢着我，那就可以了。"

当事人都这么说了，她如果再矫情，好像有些过了。她红着眼睛点了点头。

妇产科在三楼，梁浅言看病在六楼，电梯却正好在三楼停了。

方逸群正扶着已经显怀的林淼要进来。梁浅言愣了一下，下意识地说道："电梯是上行的。"

方逸群却还是迈了进来，林淼也跟在了他的身后。

今天这一幕，确实是梁浅言很难想到的。

"大概是要生了吧？"她缓声问道。

"三个月后的预产期。"林淼抢在方逸群前面回答，也不知道是为了表达什么。

"我怀孕的时候，你们还没离婚呢！"林淼说着，有些歉然地一笑，捂着嘴巴道，"我是不是不该这么说？"

"我不在意。"梁浅言风轻云淡地说道。

方逸群忍不住皱了皱眉，其实林淼本身就没有必要刻意这么说，梁浅言只要细想想，应该就会明白林淼的意思了，但是林淼实在是太急了。

梁浅言的这一句话，反而让方逸群难堪。

电梯"嘀"了一声，梁浅言走下了电梯。

方逸群一下子按住了电梯，他伸腿站在了卡线处，终于开口问道："你怎么了？"他的声音还是和以往一样清冷，但是细听，还是带着些许关切和焦虑的。

"嗯，应该是感冒了，也没有什么大问题。"她回眸轻笑道。

林洲回过头看着方逸群："其他人还等着电梯呢！要是没什么事，我们就先去看医生了。"

方逸群点了点头，瞬息之间掩饰住了自己的神色。

一直到车上，他都显得有些黯然，迟迟没有发车。他打开车窗，点燃了一根烟。

"医生说宝宝不能受烟味刺激。"林森摆了摆手，有些嫌弃地说道。

他皱了皱眉，掐灭了烟，把烟扔掉了。

在来之前，他和林森吵了一架，林森动了胎气，他实在是没想到在这里竟然会遇到梁浅言。

她为什么会生病呢？林洲没有好好照顾她吗？越这样想，他就越觉得心烦意乱。

第九十二章　懊悔

"方总，我们该回去了，阿姨会担心的。"林森有些怯弱地说道。

方逸群回过头冰冷地瞥了她一眼，说："你打个车回去吧！我还有点事。"

"方总，你……"林森错愕地看着方逸群，她讥讽地一笑，"方总是想去看梁浅言吗？"

"林淼，我的事和你没关系，你记好我们是怎么约定的。"方逸群有些不耐烦地说道。

林淼坐着没有动，哀怨地看着方逸群道："方总，我是为了你好。"

"为我好？"方逸群质疑地问道。他缓缓一笑，摇了摇头。他这一笑，倒是有几分冰山融化的感觉，林淼微微有些失神。

方逸群不想再浪费时间了，不容置疑地说道："下车。"

"方总，我怀的是你的孩子，你就不怕孩子在路上出什么事吗？"

"我早就和你说了，这个孩子可以不要，但是你撺掇了我妈威胁我，那你就应该知道，你要的我都给不了。"方逸群冷声说着，有些不耐烦地重复道，"下车。"

林淼知道在方逸群这里，再也没有什么商量的余地了。她的眼眶中逐渐蓄满了泪水，楚楚可怜地看着方逸群，似乎是在等着方逸群回心转意。但方逸群依旧是一副不为所动的模样，林淼终于挪动了身体，打开了车门。

"方总，你就不可以朝前看吗？"林淼的眼神当中带着同情。

方逸群自嘲地一笑，没有说话，目送着林淼下车之后，重新回到了医院，直接冲到了六楼输液室。

他走出电梯，一眼就瞥到了林洲和梁浅言。

梁浅言轻柔地靠在林洲的肩上，他正好瞥到了她的侧脸。

有时候，他真的觉得，在梁浅言身上没有岁月的痕迹。他仿佛看到了七八年前的梁浅言，那时候的她，也是这样，总是从她脸上看到岁月静好的样子。不管他那时候工作多么辛苦、多么疲倦，只要看到梁浅言，他都会觉得整个人放松下来。

他想了很久，也思考不出这种熟悉感是从何而来。仔细观察的话，他还是能看出来梁浅言的眼角不知不觉中爬出来的细纹。忽然他觉得鼻子一酸，多年前，依偎在他肩上的梁浅言，不就是这个样子吗？唯一不同的是，她那时候是个运动员，留着一头利索的短发，现在长了一些，都已经齐肩。他心中更多的竟然是后悔，那时候，是真的有一个女孩，愿意牺牲掉前程和明天与他在一起。

可是婚后的那七年，他是怎么对她的啊！

他好像有些明白她的控诉、她那时候的绝望了。有时候方逸群真的想不明白，为什么上天明明已经给了自己最好的东西，却偏偏还要收回去呢？

他已经受到惩罚了。

梁浅言的目光一下子移了过来，她先觉得有些窘迫，继而觉得有些慌张。

"你有什么事吗？"梁浅言诧异地问道。

"我来看看你。"方逸群有些拘谨，不自然地笑了笑。

梁浅言这才从林洲的肩上起来，慵懒地打了一个哈欠。

"我只是小感冒而已。"她的语气还是很平淡。

方逸群没有说话，因为他的确是多余的。他早就没有可以照顾她的权利了。

"嗯。"方逸群点了点头，但还是没有要走的意思。

梁浅言和林洲对视了一眼。林洲说道："过来坐吧！"

方逸群走了过去，怔怔地看着梁浅言，问道："你好些了吗？"

"没事。"梁浅言回答，她笑了笑，"以前我都习惯了，吃药睡一觉就没事了，林洲非得小题大做。"

林洲听到后，很是心疼。

方逸群听到后，心里是自责。

那时候他满脑子都是工作挣钱，他觉得不可以让梁浅言和方鹤过苦日子，可是最后，他却忽视了两个他最珍爱的人。

林洲拍了拍梁浅言的后背，低下头叮嘱道："以后敢对自己这么随便，我就揍你。"

"你敢！"梁浅言扬起脸道。

林洲没底气地摸了摸鼻子，摇了摇头："我确实不敢。"

方逸群觉得自己就是个外人，按理说这么尴尬，他不应该在这里才是，可是偏偏他只想多看看梁浅言，就算是片刻都好。就这么一会儿时间，他都觉得是自己偷来的。

"你和林淼打算什么时候结婚？"梁浅言忽然问道。

他在商界这么久，自然知道她这话并不是要让他不舒服，而是想让他不那么尴尬。

"我和她不会结婚。"方逸群笃定地回答。

梁浅言微微有些错愕，但想到不是自己的事情，问多了反而很尴尬。她轻轻笑了笑，说道："也好。"

"你很意外？"方逸群有些自嘲。

"那倒没有。"梁浅言撒了谎，她叹了一口气，"不过我总觉得，大人的事情，没必要牵涉到孩子。"

"我妈答应，孩子她来带，我会给一笔钱让林淼出国。"方逸群言简意赅地回答。

梁浅言这才觉得自己是心操多了，人家早就有盘算了。

梁浅言看着方逸群，这个人到底什么时候才会有人情味啊！年少时候她的满腔热情，都是这样被浇灭的吗？

到底，她只是一个外人了。

"你做事一向周全。"梁浅言的语气带着一些疏离，她扬起脸看着方逸群，"我这儿还要好一阵子呢！你向来忙，我也不敢一直耽搁你。"

她这话有些意味深长。方逸群很快就明白了过来，站起身来说："那我就先回去了，你注意休息，我改天再去看你。"

"你其实不用刻意来看我的。"梁浅言面上依旧笑着，"毕竟你和我都是过去的事情了，也没有孩子牵绊，也没有什么必要刻意来往的，你觉得呢？"

她的每一句话都客气得很，但是却让他心中一阵刺痛。

他木然地点了点头。他也很想像梁浅言一样笑，但是却笑不出来。他只好面无表情地说道："好，我明白了。"

"慢走啊！不送。"

他走到电梯口，又念念不忘地回头看了一眼梁浅言，心里反而越发地觉得空荡荡的。

与其看她这样淡漠疏离，倒不如让她真的一直恨着自己。

方逸群走后，梁浅言就忍不住低眸轻轻一笑。

林洲有些诧异，问道："你笑什么？"

"你不觉得很好玩儿吗？"梁浅言看着林洲。

"好玩？"林洲有些疑惑。

"对呀！"梁浅言点了点头，瞳孔幽深起来，"以前我和鹤鹤两个人在医院，深夜所有的恐惧都涌上心头的时候，他都不理会。甚至鹤鹤最后的手术他都不在，现在我这么小的病，他反倒这么上心了。"

第九十三章　释怀

梁浅言的语气平淡得好像在说别人身上很让人意外的一件事，林洲心中不禁有些心疼。

"他大抵是想弥补吧！"林洲轻叹道。

"可是林洲，你觉得已经碎掉的玻璃，即便拼凑在一起，还可以完好如初吗？"梁浅言悠然说道，然后轻轻摇了摇头，"我觉得很没意思，有的人，为什么总是喜欢为无法挽回的东西惋惜呢？"

"可能已经失去了吧！"林洲回答。

梁浅言轻轻摇了摇头，握住了林洲的手，说："已经失去的东西，就是昨日的流水，怎么抓都是抓不到的了，我现在只想要在我手中的。"

"我也是。"林洲看着她轻笑，并轻轻搓了搓她的手，问道："冷吗？"

"林洲，你别转移话题。"梁浅言目光灼灼地盯着他。

"还真的是瞒不过你。"林洲轻笑。

"林洲，我真的很想知道。"梁浅言诚恳地看着林洲。

林洲以为话已经和她说得很多了，没必要去纠结过去的问题，但没想到她还是耿耿于怀。

她唯恐林洲误会了，又补充道："林洲，我相信你对我的感情，我只是想知道，你的过去，你和她之间，究竟是怎么一回事。"

"林洲，赵菡也好，方逸群也好，都只是昨天的流水了，你还不明白吗？"

林洲的手心隐隐冒着细汗，他靠在了椅子之上，想起了年少的时光。

"赵菡病了。"他终于开口了，但似乎用尽了力气一样，"但是她没有告诉我。那时候开颜刚出生不久，我以为是产后抑郁，但是，她却突然对我提出了离婚。"

梁浅言静静注视着他，等着他往下说。

"所以，赵菡跟我说她爱上了别人。"林洲说着，他紧紧咬住唇，捂住了脸，"我那时年轻气盛，觉得也没有谁离了谁就过不下去了，所以，我就签了字，负气不肯再理会她的任何消息。"

"后来呢？"梁浅言问。

"后来，在赵菡和贺溪出国潜水的时候，贺溪告诉了我赵菡的秘密。"林洲说着，顺手抹掉了眼泪，"我想不出，是什么样的病可以让赵菡这么绝望。后来我看了赵菡的日记，我才明白……"

"明白什么？"

"死亡一点儿都不可怕，最让人惶恐的是，你根本不知道什么时候会死，你每天睁眼的时候都在想能不能看到第二天的太阳。"林洲的声音沉而缓。

梁浅言长吁了一口气，她想起从前陪着方鹤的场景，这种感觉，她太明白了。

"赵菡在潜水的时候被水草缠住了，等我赶过去的时候，她已经……"林洲哽咽起来。

"所以你连她最后一面都没有见到吗？"梁浅言问道。

"嗯。"林洲点了点头。

"贺溪说你是想在我身上弥补？"梁浅言问出了自己的疑惑。

其实，如果不是看到方逸群，梁浅言不一定会这样去和林洲谈。

她很多时候其实都想问，但是方鹤是她结了痂的伤口，赵菡也是林洲结了痂的伤口，她舍不得撕下林洲的痂。

林洲摇了摇头，他缓和了一下情绪，伸手揽住了梁浅言。"我那时候太年轻了，我不懂得怎么去爱一个人。如果我足够关心她的话，那时候我就能发现她的病了，更不会在那个时候和她离婚。"林洲说道，他语气一顿，"我对不起她。"

"与我和方逸群，倒真的有些像。"梁浅言自嘲地笑了笑。

"不，不，不一样。"林洲否决道，"我少年心性，觉得她既然不爱我了，我也没必要卑微，更多的是赌气。你和方逸群之间的感情，是早就被岁月磨尽了。"

梁浅言不置可否。

"可是，我和方逸群不一样。"林洲说。

"嗯？"

"我知道，已经失去的东西，就是失去了。在遇到你之前，我还在自责，还在懊悔，可是有了你之后，我更想去照顾你。不管以后发生什么，我都信任你，绝不会重蹈覆辙。赵菡是我青涩的过去，但是未来，我更希望我可以保护你。"林洲坚定地说道。

梁浅言终于释怀地笑了，她轻轻握住了林洲的手说："我明白了。"

"你没有心结了？"林洲诧异地看着她。

"没有了。"梁浅言摇头。

"我不该真的信了贺溪的话。"梁浅言有些愧疚地说道。

"我能理解。"林洲轻轻摸了摸她的头。

"我当时就觉得她说得不全对。"梁浅言满不在乎道。

"怎么不全对了？"林洲饶有趣味地问她。

"我们并不是两个互相依偎的可怜虫。"梁浅言清朗地说道。

"那我们是什么？"林洲问她。

"我们遇到彼此，是黑暗当中最幸运的时候，有你的时候，天空就亮了。"梁浅言一字一句认真地说着。

"我觉得也是这样。"林洲微微一笑，侧眸看着梁浅言，"那你要不要再去一次我家？"

　　"阿姨是不是很自责？"梁浅言有些不好意思，小声道，"我当时不应该那样的。"

　　林洲想了想，趁空隙间，还是给赵添发了一条信息。

　　之后，他就一直看向电梯口。

　　"怎么了？"梁浅言问他，"你是在等什么人吗？"

　　"没……没有。"林洲支支吾吾起来，他低下头，轻轻转动着手机，"我有什么人可等的。"

　　"你以为刘思逸会来看我，是吧？"梁浅言的语气黯然起来，轻轻一笑，"她现在怪我都来不及呢！"

　　"人和人能在一起，也是缘分，尤其是朋友。朋友应该互相体谅。浅言，如果刘思逸真的懂不了这个道理的话，你……"林洲试探着问她，心下对她的怜惜更深了。

　　"那就缘尽于此。"梁浅言笑着接过林洲的话，故作轻松道，"我已经尽力了。"

　　"林洲，你去看看她那边的情况吧！"她忽然又说道。

　　林洲知道她的性子，叹了一口气："等你输液完了一起去看看？"

　　"我就不去了。"她低下头，有些含蓄地笑了笑，脸别了过去，"刘思逸一定不想看到我，你去问一下阿姨的情况就好了，毕竟和我有关系。如果不是我的话，阿姨……"

　　"浅言，你不要多想。"林洲宽慰她，并起身说道，"我就去看看，让你安心。"

第九十四章　平安

　　林洲到的时候，刘思逸有些吃惊。

刘母已经缓过来了，没有什么大问题，但实际上有高血压的人都知道，这个病需要万分谨慎，不然随时都会有意外，轻则瘫痪，重则再也醒不过来了。

刘母没事了，刘思逸心中就逐渐有些后悔了，她越发觉得这件事不能全怪梁浅言。但是她实在不知道怎么去面对梁浅言了。

"哥，你怎么来了？"赵添先站起身来。

"浅言姐没事吧？"没等林洲回答，赵添又跟着问道。

"浅言没什么大问题。"林洲说着，目光就放在了刘思逸脸上，"她让我来看看你这边怎么样了。"

"我妈已经没事了。"刘思逸不敢直视林洲，偷瞟了林洲一眼，又飞快地移过了视线，"浅言她怎么样了？"

"刘思逸，不是我说你，你真的有把她当朋友吗？"林洲压低了声音，但话里的嘲讽和不满，刘思逸还是听出来了。

她抬起头："林洲你什么意思？如果当时躺在那里的是你妈呢？"

"那我也会先检讨自己的原因，不管出于什么原因，你不能不问缘由就打。她是个人，又不是你养的宠物。"林洲说着，狠狠地盯着刘思逸，"我警告你，你不要让我发现有下次。"

"我还想着她情况怎么样，她竟然告我黑状。"刘思逸说着，目光闪烁，低眸自嘲地一笑。

"你还在怪梁浅言？她告你什么黑状？是我自己看到的，那么大的一个巴掌印，我怎么能看不到？"林洲说着，拳就狠狠地握在了一起。他看向了赵添："你在旁边你也不知道拦吗？"

赵添心中也是觉得有苦说不出，反正他早做好准备了，林洲说什么他都听着。

刘思逸却一把将赵添拦在了身后，怒道："林洲，你别看着谁老实就欺负谁，这事和赵添有什么关系？你有什么就冲着我来啊！"

"我觉得我和你说太多，你也不见得会听，和你说也没什么用了。我真是替梁浅言可惜。"林洲说完，就转过了身去，"如果你不是真的把她当朋友的话，以后就离她远一点吧！"

刘思逸看着林洲的背影，睁大了眼睛，但同时，她的眼泪唰的一下就掉落下来。

"思逸……你……"赵添也不知道应该怎么安慰她。

她仿佛抓住了一根救命稻草，紧紧抓住了赵添的手："赵添，我没有错，是不是？"

"你没有错。"赵添点了点头。

刘思逸一把就抱住了赵添，在他怀中哭了起来："赵添，我只有你了，我真的只有你了，你不要离开我。"

"我不会离开你的。"赵添拍了拍她的后背，柔声说道。

"赵添，我们结婚吧！"刘思逸抬起眼眸注视着赵添，坚定道，"所有人都觉得我们不合适，都不希望我们在一起，我们就证明给他们看，好吗？"

"思逸，我……"赵添为难起来。

他真的没想过会这么快，而且，好像那些问题，他都没有解决好。

"难道你现在这么大的人了，还要事事听你妈的安排吗？"刘思逸质问道。她皱了皱眉，低下头道："我怀孕了。"

"什么？"赵添震惊地看着她，他真的很难想象，刘思逸竟然怀孕了。

"这也是你的孩子，如果你不想结婚的话，那我会尊重你的选择。"刘思逸说着，坐在了椅子上，看了看病房的门，"我妈也好，你妈也好，说白了都是外界因素。只要我们两个想在一起，那就什么关系都没有。"

"我先考虑一下。"赵添有些茫然。

"你不高兴吗？"刘思逸看着他。

赵添怔怔地摇了摇头："不……不是，我只是一下子很难去接受。"

"你不喜欢我？"刘思逸问。

"没有。"赵添摇头。

"那你不想要我们的孩子？"

"也没有。"

"有了这个孩子，你妈应该不会再反对的。"刘思逸缓缓道，她好像把一切都想好了一样。

赵添恍惚之中，有一种莫名其妙的感觉，就好像有一个陷阱，上面看起来放的全是他想要的东西。他也知道，他拥有那些会快乐，但是，相应地，那个陷阱也在等着他不知不觉地跳下去。

"你在怕什么？"刘思逸的语气有些不悦了，"赵添，我真的不懂你在怕什么。"

"你走吧！"刘思逸接着冷冷说道。

"思逸，我真的还没有做好准备。"赵添诚恳地说道。他只有二十五岁，踏入社会都还没有几年。他真的很难想象，自己一下子就有了孩子，而且还要结婚了。好像一切人生任务，他都在一瞬间要完成。

"我最讨厌你犹豫不决的样子。"刘思逸恼怒起来，她看着赵添，语气哽咽起来，"那你要我怎么样？我妈……梁浅言……现在我觉得我自己什么都没有，已经众叛亲离了。现在你都不愿意要我和我们的孩子了吗？"

"我没有。"赵添唯恐她误会。他仿佛听到了一阵孩子的哭声，心中仿佛下定了决心一般，用力道："好，我们结婚。"

"真的吗？"刘思逸以为还要下好大一番功夫，但没想到赵添这么快就答应了下来。

赵添看了看她的小腹，手微微有些颤抖，慢慢地伸了过去："我们的孩子……"

刘思逸的重点根本不在这个上面，她一把抓住赵添的手，急切地说："那等我妈这边好了，咱们民政局门口见。"

赵添再次有些反应不过来了，错愕地看着刘思逸。

"肯定是先斩后奏啊！不然容易有后顾之忧。"刘思逸很果断地说道，她眨了眨眼，"你要是有更好的办法，我也愿意听你的。"最后这句话她说得异常温柔。

赵添看着她的面庞，她一向保养得好，而且又灵动，娇娇在她面前似乎也显得单薄了一些。她总有让人难以预料的一面，又有成熟的大女人的韵味。但她面对他时，一贯都是撒娇，温言软语，他不得不从。有时候他厌倦了这种感觉，可有时候又会有一种莫名的兴奋和征服感。他是被需要和被崇敬的。

或许，和她结婚，也不算太差吧！

虽然总是感觉他所做的一切决定都有一种箭在弦上不得不发的意味，可是他此时心中对刘思逸的温柔终究是占了上风。

她固然强势，但她一向事事都听他的，强势中还带一些娇憨。她又是一心一意为着他的，好多事情如果真要他来做主，他好像也是真的没办法，或许一切都是最好的安排吧！

何况，已经有了孩子。

"好，那就按照你的意思做吧！"赵添看了她半晌，回答道。

第九十五章　发光

翌日，梁浅言还是撑着去了公司。

孙承宣是第一个扑上来的，他看了看梁浅言，啧啧称奇。

"怎么了？"梁浅言看了看他的神色，以为自己脸上有什么东西。

"真的看不出来啊。"孙承宣笑道。

"看不出来什么？"梁浅言已经被他绕晕了，现在的小孩子，都是这么奇怪吗？

"林叔都被贺溪追了那么多年，怎么就被你截和了呢？"孙承宣继续纳闷道。他暗暗嘀咕道："我承认你的确挺好玩儿的，可是林叔放着贺溪这样的大美人不要，我就真的没想明白了。"

"小孙总，你想不明白的，难道就只有这一桩吗？"旁边一个女同事调侃道。

孙承宣立刻红了脸，轻轻叹了一口气。

"你怎么知道的？"梁浅言这才反应过来，问道。

"新闻都满天飞了啊，你没看啊？"孙承宣惊奇地看着梁浅言。

他每天看娱乐新闻都成了常事，难道还真的有梁浅言这样会错过关于自己消息的人？

"新闻？"梁浅言再次茫然了。

终于有女同事按捺不住了，凑到梁浅言身边，把手机递给了她："你自己看吧。"

梁浅言快速地扫了过去，贺溪昨天在林洲家的事，竟然被人拍到了。

贺溪去的时候，就好像喝了不少酒，后来又是三大杯下肚，她整个人全然没有平时的女神风范了。

新闻的标题更加触动大家的神经——"女神贺溪十年追爱，求爱不成大闹老黑定亲宴"。

一下子有一大堆人开始扒之前贺溪带节奏攻击梁浅言的事情了，连带着贺溪多年的过往史都一瞬间被带出来了。

其实看戏的人，等戏落幕了，也都不会在乎了。

可是对贺溪而言，却是意义深远。

本来先前的事，就对她有影响，现在这样的照片出来，更加引发舆论，对她的个人形象影响极大，恐怕她要赔偿好多公司的商业代言，同时也会有被公司雪藏的危险。

"这个贺溪，我其实觉得不可怜，自己机关算尽，说爱林洲，但是她身边的男人好像从来都没少过。"女同事下结论道，她感叹一声，"万万没想到，娱乐热门的当事人之一就在我们身边。"

因着贺溪的热度，梁浅言多年前比赛的视频被放出来。梁浅言眼尖扫到了，让同事重新将手机递给她。

她手指微微有些颤抖地点开了视频，那时候的她穿着训练服，在赛道上，她一出现，似乎就是全场的焦点。

优美，孤傲、年轻……那时她什么都有。冰雪皇后……她自己都好久没有看到和这个词有关的东西了。一时之间她竟然忍不住泪眼

317

婆婆。

她从小学滑冰。在赛场上，她向来都知道，唯有承受别人难以承受的痛苦，才可以绽放。但是那时候，她为了腹中的小生命，放弃了此生最爱的职业。

"浅言，这是以前的你啊？真的很棒。"同事也忍不住赞叹。

她这才回过神来，轻轻笑了笑，将眼底的落寞瞬间敛尽，顿了顿说："都是过去的东西了，也不知道那些人怎么找出来的。"她背过了身去，看着一点儿也不陌生的场地。

在这个世界上，有很多人、很多事，错过了都可以弥补、可以重来。但是对运动员来说，没有机会了。运动员的职业生涯太短暂了，她在最好的年纪错过了，也就注定是一场永久的告别。

她轻轻拍了拍栏杆："其实现在也挺好的。"

最起码，她还在这个场地上，她能看到一个又一个比当年的她还年轻的希望。

"好什么好！"孙承宣不屑道。

"有什么不好的吗？"她诧异地问。

"当然不好了。"孙承宣回答得理所当然，忽然前所未有地认真看着梁浅言，"我看过你所有的比赛视频，你是当之无愧的冰雪皇后。你在我爸这个冰城里，真的太屈才，这里根本绽放不出你的光芒。"

"小孩子家家的，你懂什么？"她愣了一下。撂下了这么一句话，她转过了身去，去换衣间换好了训练服。她一打开更衣室的门，发现孙承宣还站在走廊外。

"梁浅言，你就没为自己考虑过吗？"他不依不饶地问。

"考虑什么？我现在有什么不好的？"

"我林叔是个很有意思的人。我知道，我林叔也不缺钱；我也知道，你如果是看钱的人，也不会和你前夫净身出户离婚。可是梁浅言，我知道，你落寞。"孙承宣笃定地说道。

梁浅言有些绷不住了，觉得自己被他闹得有些心烦意乱。她看着孙承宣道："你直说吧！你到底想说什么？"

318

"梁浅言，来教我吧！当我的教练，我站在领奖台上的时候，也有你的光芒。"他说着，眼睛无比认真地看着梁浅言。

"你在开什么玩笑？"梁浅言冷冷地推开了他。

"梁浅言，我是认真的。"孙承宣叫嚣道，"我一开始是对你挺有兴趣，我承认。但我绝不是以此事来接近你。你和林叔在一起后，我就打消了念头。我绝对不是拿这件事来接近你。"

"以你家的实力，你能请到真正的国际冠军，何须找上我呢？"梁浅言轻轻一笑，对他的话显得有些不以为意。

"如果我说我就是相信你呢？"他的瞳孔好像是一抹亮光。

她没有回答，也没有转身。

"梁浅言，你不答应，我是不会死心的，我就天天磨你。"孙承宣继续在梁浅言身后说着。

梁浅言轻轻一笑，还真的是个孩子啊，想起一出是一出。

她自己都不确定，自己到底是个什么样子。

她有什么资格来教别人？

可是，如果，真的是她带的人站在领奖台上……

她狠狠摇了摇头，散去了心中的念头，开什么玩笑？她早早就放弃了滑冰事业，她这样的一个人，一不小心就会误人子弟。她没有资格。

滑冰场上午来的人并不多，她也没怎么忙碌，倒是一直显得有些神游在外。

后来梁浅言收到了贺溪的信息，贺溪想要见她。梁浅言觉得自己和贺溪实在是没有什么好见的，也就拒绝了，但她还是将这个事情告诉了林洲。

"你没有什么其他的事情要告诉我吗？"林洲却忽然问道。

梁浅言茫然地看着他，反应不过来："还有什么？"

"真的没有吗？"林洲又问。

"还能有什么？"梁浅言又在脑海当中使劲搜罗了一次，还是想不出来。

林洲微微叹了一口气："孙承宣那小子是不是找过你了？"

"你知道？"梁浅言震惊地看着他。

"对呀！"林洲点了点头，他瞄了梁浅言一眼，"你还说没有其他的事情要告诉我？"

梁浅言张了张嘴，实在是无从辩解。她觉得孙承宣是在闹着玩，没有把这件事放在心上。

"你真的不考虑一下吗？"林洲问梁浅言。

"我不想误人子弟。"梁浅言如实回答。

"承宣这次，只是参加他们省队的一个省级比赛，还是在你熟悉的范畴之内的。"林洲提出自己的看法。

"他可以找更有经验、更有资历的前辈，我这个样子……"她有些自卑地低下了头。

"但是你要相信你的天赋。"林洲按住了她的肩膀。

她也不知道有多久没有听到有人和她说这个词了。她抬眼震惊地看着林洲，想了想，还是道："可是，教练应该凌驾于学员之上。我阔别这行这么多年，对如今的各种赛制都不熟悉。客观上来看，他找一直在行业中的人更稳妥。"

"这些根本就不是问题。"林洲看着她的眼睛。

"这些都是问题。"

"梁浅言，你就是不敢。"林洲一针见血地说出了她的顾虑。

她低下了头："我不管你怎么说，你说不敢就是不敢吧。"

"梁浅言，为什么别人都愿意相信你，你却不相信你自己呢？你有足够的敏锐度，你说的那些，都并非不可克服。"林洲沉静地说道。

她别过了脸去，后退了一步："林洲，你不要逼我。"

"我不是逼你，我是不想你再后悔。浅言，你自己没有办法再去比赛了，但是现在，能有人因为你站在赛场上，能有人将来会因为你的指导站在国际赛场上，难道你不想看到那一天吗？这也是你的价值啊！"林洲很有耐心地循循善诱。

有那么一瞬间，她觉得自己是真的心动了，但是阔别冰场这么多年，她真的承担得起这一份责任吗？

她看向林洲，一瞬间竟然觉得自己安稳了下来。

"浅言，你都相信黑暗之中也会有光了，这件事情，真的有那么难吗？"林洲继续道，似乎就等着她做决定了。

她心动了，林洲说的一切都太诱人了。

谁说运动员没有重新来过的机会？运动员一样可以用另外一种方式发光。但是，她真的承担得起这一份责任吗？

"浅言，不要再犹豫了。"林洲继续说道。

第九十六章 领证

"如果我失败了呢？"她试探着问林洲，捂住了脸，"万一……承宣有很好的机会，万一因为我，失败了呢？"

"胜败乃兵家常事，你曾经也是一路在赛场上比赛过来的，你一路坎坷才进了国家队，经历了多少？每一场比赛都有输的风险，你这么怕输的话，又何必站在赛场上呢？"林洲风轻云淡地回答。这番话算是彻底地说服了梁浅言。她真的是在舒适区待太久了。其实每一场比赛，在站上赛场的时候，就只有全力以赴了。

她深吸了一口气说："我答应你。"

"不是答应我，是答应孙承宣。"林洲笑了，宠溺地摸了摸她的头。

"嗯，是孙承宣。"她有些不好意思。

且说刘思逸那边，刘母病的这几天，赵添一直都在跟前伺候，加上赵添也的确是个勤勤恳恳的小伙子，刘母的态度一下子就宽松多了，没有那么多的抵触了。

趁着刘母病情稳定，刘思逸就和赵添拿了户口本到民政局。等那个章盖了下来，刘思逸心中悬着的石头才算是彻底落地了。

刘思逸盯着结婚证左看右看，实在是觉得有些不确定，她问赵添："赵添，我们是真的结婚了吗？"

"是真的。"赵添笃定地回答她。

"我真的不敢相信我就这么结婚了。"刘思逸呢喃着。她呆呆地看着赵添，也不知道看了多久，才抱着赵添在他嘴巴上亲了一口，甜甜地叫了一声"老公"。

刘思逸总觉得这个喜悦应该分享才是，她已经习惯了什么事情都去和梁浅言报备。她习惯性地打开了和梁浅言的微信聊天界面，但是语音通话却迟迟没有点。

她想了想，还是算了，又把页面退了出来。她又想到打梁浅言的那一巴掌，还有林洲的质问，心下又是一阵烦躁。

梁浅言是她最好的朋友不错，但她自己几乎没有发现，她竟然有些烦梁浅言。她烦梁浅言永远都是一副平静、什么都不在乎的淡然模样。她烦梁浅言明明都已经那样惨了，还能遇到相濡以沫的林洲。就好像一个从来都过得不如意的朋友，一下子什么都好起来了，甚至超过了你，而且她也不需要你了。这种感觉对女生而言，太微妙了。

以前刘思逸和梁浅言也不是没吵过架，但每一次都是急脾气的刘思逸发作，最后当然也是以刘思逸的道歉而告终，梁浅言则永远都是宽宏大量、一笑泯恩仇的态度。

刘思逸这一次才深刻认识到，她一直都深深厌恶着梁浅言的那种态度，显得她一直都是高高在上的。为什么就不能是梁浅言来找自己一次呢？

她想到了这里，干脆就合上了手机，不和好也罢！反正人生本就是这样，人来人往，都只是旅途之中结伴而行而已，早晚都是要分开的。

赵添这个证领得有些逼上梁山的感觉，可是真到手了，也是一种很奇幻的感觉，他竟然就这样结婚了？赵添觉得像做梦一样，他看了看刘思逸欣喜的面庞，手放在了刘思逸的小腹上："我一定会对你和孩子好的。"

"赵添。"刘思逸的神情立刻就变得不自然起来，"我……"

"你怎么了？"赵添问。

"我有件事情想要告诉你。"刘思逸仿佛下定决心一般。

"不会是宝宝出什么事了吧？"赵添心中一下子紧张起来。

"不是……"刘思逸看他这样紧张，又觉得有些难以说出口了。她低下了头，目光闪烁道："算了，没什么了。"

赵添这个结婚证还没捂热，回去的时候就被赵母发现了。

在赵母心中，赵添遇到刘思逸之前，一直都是个好孩子，工资不管发了多少，总是会固定交给她一部分。可自从刘思逸和赵添在一起之后，赵添就好像有了自己的想法一样，不仅仅是不听她的话了，连工资都不给她了。

赵添一进门，赵母就觉得有些不对劲。她看了看赵添的脸色，把赵添叫到了厨房。

"你去帮我买点料酒回来吧！我要文质路上那家自酿店的。"赵母故意将赵添支远了一些。赵添也没多想，就开着车去了。

赵母立刻关了煤气冲到了赵添的房间，以她对赵添的了解，赵添藏了什么东西，她一贯都是能发现的。只是以前，她会悄无声息放回原处，赵添也不会察觉。但是这一次，赵母却没有了还原的心思，她看到了那个红本本，一时之间觉得无比刺眼。她努力地搓了搓那张照片，还是那张刺眼的脸，唯一不一样的是，那头五颜六色的头发变成了黑色，但是这也丝毫不影响赵母心中对她的厌恶。

赵母都已经做好和刘思逸一番苦斗的打算了，反正儿子是她的，她闹着闹着，刘思逸大概也能死心。但是她没想到，刘思逸已经不按常理来了，直接把证给领了。赵添向来是规规矩矩的孩子，他一定不会做出这种事情来的。赵母在心中下定义了，就是那个女人唆使的。

厉害，厉害！

赵母越想越气，她苦心养大的儿子，怎么这么轻易就被别人拐走了呢？还是那样的一个人。

赵添回来的时候，看到赵母在哭，心中还有些诧异。正想着怎么去安慰母亲时，他看到了母亲手上的结婚证，脸瞬间就沉了下来。

"妈……"他怯怯地叫了一声。

"你这么大的事情都不和妈招呼一声，你心里还有我这个妈吗？"赵母说着，手紧紧捏住了赵添的衣袖。她仿佛用尽了全身的力气，手腕处隐隐可以看见显现出来的青筋。

"妈，我不是刻意要瞒您的。"赵添的声音越发小了。

"是那妖精逼你的？"赵母的脸青得更厉害了。

"妈，我这么大的人了，这种事情怎么可能是别人胁迫得了的呢？"赵添说着，但是心中越来越没底气，"是我自己愿意的，我想和思逸结婚。"

"你以为结婚是闹着玩儿吗？你妈千辛万苦把你养大，你连结婚这么大的事情都瞒着，这事要不是那妖精唆使的，妈根本不相信你会做出这样的事情来。"赵母越说越气。她想，幸亏自己没有心脏病，不然自己这一次，真的是到了受惊得去医院的地步，说不定就一命呜呼了。

这个念头倒是提醒了她，她悲痛地看着赵添："你是想要你妈死在你面前吗？"

第九十七章　商榷

"妈，我不可能一辈子不结婚。"赵添皱了皱眉。

"可是你怎么能和那样一个女人结婚？"赵母继续气愤地说道。她看了看自己儿子的脸，真的是越看越顺眼，怎么就便宜了那样的一个女人，让她怎么能甘心？

"小添啊！她比你大五岁，而且性格又强势，你真的希望以后你什么都被她拿捏着吗？你真的觉得妈做什么都是害你？"赵母继续不依不饶地说道。她并不是老古董，现在的婚姻观都那么开放，难道结婚了就不能离了吗？

"妈，我没有你想的那么好，思逸的收入比我多，她家境也好，父母都是公职，能娶到她，真的是我高攀了。"赵添试图改变母亲对刘思逸的看法。

但是对赵母而言，她并不觉得儿子就差到哪里去了。她的脸色认真起来："你要是真这么较真的话，你妈也是银行的行长，也不比她们家差。"

"妈……思逸怀孕了，事情都已经这样了，您就不能松口吗？我喜欢思逸，和她结婚是我心甘情愿的。"赵添祈求道。

"什么？"赵母一下子从沙发上跳了起来，她真的是掐死刘思逸的心都有。可刘思逸肚子里，的确是她的亲孙子啊！

赵母沉沉地叹了一口气，惋惜地看了儿子一眼，颇有些恨铁不成钢地说："你怎么就被那个妖精吃得死死的呢？她根本就是把你捏在手掌心了。"

"妈，您同意啦！"赵添立刻就明白了母亲的态度，心里也松了一口气。看来刘思逸的决策真的是对的，如果不是这样直接让赵母毫无招架之力的话，赵母根本就不会同意这门婚事。

且说刘思逸那边，领了证之后，她就全然没了顾虑，反正一切都在她的掌握之中了。

她不禁开始想，赵母看到赵添和她的结婚证会是什么神情。面对这种把她恨得牙痒痒但是不得不按照刘思逸的路子走的局面，想必现在的赵母很不是滋味吧！

刘母也察觉到了刘思逸的心情甚好，她看了一眼刘思逸问："今天一直看你在那里傻笑，赵添也不在，到底是什么好事啊？"

"过几天您就知道了。"刘思逸眨了眨眼。

"跟你妈也卖关子？"刘母嗔怪地看了她一眼。

"妈，您现在是不是觉得赵添还不错了？"刘思逸道，她拿起一个苹果削了起来，"妈，年龄根本就不是问题，您说我就算是找一个比我大十岁的，可是人家待我不好，待您也不好，又有什么用呢？赵添事事都听我的，待我又好，最合适不过了。"

刘母看着她沉醉的样子，心下又有些不忍心泼冷水，但还是忍不住问道："你和赵添接下来是个什么打算？"她问完又有些忧心忡忡，接着说："赵添那个妈根本就不是个好相处的，妈是怕你嫁过去受苦。"

"不会的，妈，您女儿多厉害的人啊！有谁能欺负我？"刘思逸故意自信地说道。她将削好的苹果递给了母亲说："妈，来，您吃个苹果，医生说您这病吃苹果好。"

"你跟梁浅言怎么样了？"刘母问道。

刘思逸的脸瞬间沉了下来，她低眸轻声道："您好端端地提她干什么？"

"思逸，妈发病这事，其实真的不怨她，那天也是妈把话说重了，自己负气走了，路上这才……"刘母有些不好意思，"梁浅言其实说了要送我的。"

"妈，您怎么不早说？"刘思逸抬头震惊地看着母亲。她先前还一直跟自己说，这件事本来就是梁浅言的错，现在分明是她自己仗着出事了而占理。

"既然已经这样了，你也没必要去和好了，以后也少和梁浅言一起玩了。"刘母说道，叹了一口气，"那个梁浅言根本就不是会过日子的人。你看那方总，死了女儿方总就不难受了？她却偏偏要离婚，学人家新女性玩什么净身出户，现在找了个不着调的摄影师。你以后可不能学她。"

"妈，您别这样说人家。"刘思逸心里有些发虚，难道真的是她之前误会了梁浅言？林洲一直说那天梁浅言也出了事情，她到底出了什么事？她心中有些担心梁浅言，又有些愧疚，但是又有千百种不要去找梁浅言的想法。

她想了想，还是算了吧！

"难道妈说错了？那方总，工作稳定不说，还顾家。我听说她先前就和那个摄影师纠缠不清了，净身出户，肯定是做了什么对不起方总的事情，妈先前就不赞同你们来往……"

"好了，妈……"刘思逸打断了母亲，心中仍旧有些心烦意乱。

她看了看母亲，起身道："我出去抽根烟。"

"你一个女孩子，抽什么烟啊！"刘母瞪着她。

她根本就没有理会，却在走廊处远远地看到了走过来的赵添和赵母。她下意识地将目光放在烟上面，不动声色地将烟扔进了包里，把打火机揣进了裤兜。

"你怎么来了？"她迎上了赵添，这才把目光看向了赵母，轻轻笑了笑，"阿姨也来了？"

赵母的笑有些勉强，说："你背着我和赵添干出了这么大的事，我能不来吗？这事还拖得下去吗？"

"你妈知道了？"刘思逸低声问赵添。

赵添点了点头。

"结婚的事情，我还是去和你妈谈吧！免得以后办婚宴的时候，你显怀了不好看。"赵母嫌弃地看了刘思逸一眼。

刘思逸愣了愣，等赵母从她身边走了过去之后，她才拉住赵添，郁闷地指了指自己，问："我不好看？"

"思逸，我妈这个人比较传统，她没别的意思。"

"是吗？"刘思逸不以为然，她挽住了赵添的胳膊，无奈地耸了耸肩，"我们还是进去吧！我怕我妈不是你妈的对手。"她侧眼看了看赵添，接着说："咱们俩结婚的事情，你和林洲说了吗？"

"这事突然，我还没来得及告诉我哥。你不是不想梁浅言知道吗？那我哥那边，还要说吗？"赵添一时之间也拿不准刘思逸的意思。

"到时候你家那边肯定还是要请林洲的，你寻个好时机，和他说了吧！"刘思逸交代道。

"赵添，你还站在外面干什么呢？"赵母叫道。

赵添和刘思逸对视了一眼，一起走了进去。

第九十八章　了然

赵母瞟了刘思逸一眼，强按住自己心中的不悦说："你和赵添的事，我已经和你妈说了。木已成舟，我们做父母的也不能干棒打鸳鸯的事。你妈说了，婚礼的事情都由你来做主。你说说吧，你有什么想法？"

"我看赵添现在那房子就行，我打算重新装修一下，就行了。婚礼的事，就找个婚庆公司承办。策划那边我会沟通的。"刘思逸果决地说道。她说完，又想到了最重要的，说："聘礼就给十万意思一下就好了，图个仪式。"

赵母听着刘思逸这轻飘飘的语气，好像十万块根本就不算钱一样，有些不舒服。她淡淡道："装修的钱，我家是不会出的。婚宴可以由我家来负责。既然你说到了聘礼，钱的确是个现实的事情。那你有什么陪嫁啊？"

赵母的话也是问得够尖刻的。刘思逸听完赵母的这一番话，眼眸一动，说："我都说了，聘礼就是意思一下，我也在为您和赵添想了。我和赵添是头婚，我也没吵着闹着要新房，阿姨不会觉得装修一下都过分吧？"

"我根本就不住那个屋子，谁要住就谁掏钱。既然你说要我来装，我出钱了我就要住，只是你到时候别觉得和我一道过不好就行。"赵母不甘示弱，她轻轻一笑，"至于聘礼，不管多少都是礼，你怎样都是应该带陪嫁过来的，不然也让亲戚们笑话了。"

"你……"刘思逸刚想和赵母理论，却被刘母拉了一下。

刘母笑了笑："这些事情也不用急于一时，我家也不是养不起女儿和外孙。亲家要是没诚意的话，这个亲还是不要议了。"

刘母这话比刘思逸和赵母争论一千遍、一万遍都有用。赵母脸色一变，她问道："你这是什么意思？"

刘母淡淡回答道："就是亲家听到的意思。"

赵母尽量让自己平静下来，静静看着刘母："本来这门婚事，我就是不答应的。如果不是看着刘思逸的肚子大了，事情已经这样了，我坚决反对。孩子不懂事，咱们做父母的不能不懂事。亲家执意这样，我倒是觉得亲家才是和孩子们为难的人。"

"难道是思逸一个人大的肚子？"刘母怼了回去，"我已经说了，我们家不是养不起女儿和外孙，您要是不拿出诚意来，就不用再说了。"

"哼！"赵母冷哼了一声，起身就准备走了。

"妈……"赵添叫住了母亲，看着母亲，眼神之中带着一丝祈求。

赵母叹了一口气，到底是心疼儿子。她怨恨地看了刘思逸一眼，要怪就怪这个女人，实在是段位太高，竟然一步一步就引着赵添入套了。

"当然是都有问题的，但是你家思逸到底比我们赵添大，不能赵添不懂事，思逸也跟着胡来啊！"赵母故意道，她再次拿年龄来说事。

刘思逸忍不住翻了一个白眼，每一次都是这一招，赵母不嫌累，她都觉得没意思透顶了。

"我还不知道生儿育女这种事情还看双方年龄大小的。"刘母冷声道。

"你……"赵母指着刘母，"你怎么能说出这样不怕丢人的话呢？你难道就不怕女儿大着一个肚子，街坊邻居说闲话吗？"

"你们家都不怕丢人，我们家怕什么？"刘母浑然一副无所畏惧的样子。

赵母心中也一下子没底了，看了刘思逸一眼，说："你就是这样让你妈对我说话的？"

刘思逸心中都恨不得给她妈鼓掌了，但面上依旧是佯装镇静："妈，您也对阿姨稍微客气一些。"

"你呀！"刘母有些无奈，她索性不说话，等着赵母的下文。

"那你家说说吧！想要怎么样？"赵母冷着脸道。

“我不想委屈了我女儿，你们家出多少聘礼我们根本就不在乎，嫁妆我送思逸一辆车。”刘母说完，得意扬扬地看着赵母。

她和刘父只有刘思逸一个女儿，反正将来都是刘思逸的，她这样实际上是为了为难赵母。

本来女方比男方大，就会有很多人以为是攀高枝了。如果是真的攀高枝赵母倒也认了，可是这样确实是让人心里不舒服。

如今女方都直接陪嫁一辆车了，十万元的聘礼不给就说不过去了。外人问起来，只会觉得男方被女方压过了一头。赵母哪里甘愿受这个气？

“还是那句话，我们的是我们对孩子们的心意，亲家的聘礼要给多少，那就是亲家的心意，我和思逸的爸爸也不会要这个钱的，到时候还是让思逸带过去。”刘母利落地说道。

刘思逸感觉心下一软，母亲这架势，这样熟练，想来是先前已经在心中早就盘算好的，她不觉眼睛有些发酸。如果她是真的寻了个好人家，此时这场婚事的讨论，也不会在这样随便的一个场合，双方更加不会是像在谈判一样了。

赵母的神色变幻莫测起来，她无论如何都舍不得将那么多钱给刘思逸。

刘思逸仿佛看穿了她的心思，淡淡道：“我先前说了只是走个形式，那就真的是走个形式。这个钱我也不打算要，我会带过来全部都存在赵添名下，由赵添安排。”

赵母冷冷扫过刘思逸母女，真的是一个唱白脸、一个唱红脸，可是她为了赵添，竟然还得生生忍下去。她努力想了想，这样好像没有什么损失了，反正都是在赵添手上。她警觉地看着刘思逸：“我相信你言出必行。”

“阿姨放心。”刘思逸点了点头。她没想到自己竟然可以和母亲配合得这样天衣无缝。

“我还是那句话，尽快办，免得以后听闲话。”赵母有些不耐烦道，她起身，整理了一下衣襟，“亲家可以再回去商量一下，好好养病吧！

我改天再来看你。"她说完，就往外走了。

赵添犹豫了一下，和刘母打了一声招呼跟着走了。

刘思逸的婚事，也就这样确定下来了。

贺溪现在面对的事情远比刘思逸棘手。

贺溪的经纪人坐在她的对面，她看着贺溪："这些都是代言那边要求赔偿的合同。"

"我是真的完了吗？"贺溪问。

"贺溪，我早就劝过你了，不要一意孤行。"经纪人看着她，真是恨铁不成钢，但毕竟一起共事很多年了，她也是看着贺溪一步一步走到今天的。

"一点儿挽回的余地都没有了吗？"贺溪再次问。

第九十九章　处置

"贺溪，公司那边今天开会，说了对你的安排。"经纪人难以启齿地看着贺溪。

贺溪一听就知道不会是什么好事情。她稳了稳心神，说道："你都来了，肯定还是要把话带到的。我都已经这样了，还有什么不好说的？"

"公司已经决定暂停你的所有商务邀约。"经纪人说着，小心翼翼地看了一眼贺溪的神色，拍了拍贺溪的肩，"你别太难过，我……"她也不知道怎么说了，她不是没有求情，但是贺溪这个事之前好不容易处理好了，贺溪偏偏又出现在公众前，被挖了一个底朝天。

"所以这是要雪藏我？"贺溪轻笑出声，抓了抓头发，"公司之前想要签我的时候，可不是这么对我说的。"

经纪人低下了头，没有再说话了。

她的压力并不比贺溪少，甚至上头有更难听的话，只是在她这里都已经过滤了。

"璐姐，我们是朋友，对吗？"贺溪点了一根烟。

"嗯，贺溪，如果有什么是我能帮上忙的，我一定会帮的。"经纪人笃定地说道。她央求般地看着贺溪说："但是我希望你，这一段时间就当休整，好好休息一下，等风头过了，应该也不会有事了。"

"如果我和公司解约，你愿不愿意跟我走？"贺溪冷静地问道。

"解约？"经纪人震惊地看着贺溪，"你疯了？你知道你要付多少违约金吗？"

"难道我还有其他更好的办法吗？"贺溪自嘲般地笑了笑。

"你的资产我清楚，你现在哪来的流动资金付这个钱？"

"任总，任总那么喜欢我，我如果愿意到他们公司，他一定会替我付违约金的。"贺溪笑道，就像她已经抓住了一根救命稻草一样。

经纪人不忍心泼冷水，有些僵硬地笑了笑："这话你要是说出来，那就是彻底和公司闹掰了。你还是先确定一下任总那边的意思，可能会更好。"

"林洲！你说这个事情，是不是林洲在搞我呢？"贺溪还是有些纠结。

"你还在纠结这个事情？"

"那不然呢？"贺溪摊手，眯起眼来，"林洲羞辱我不说，竟然还要这样毁了我。我和他认识十多年了，难道就是这个下场？"

"我知道这件事你是不会死心的。"经纪人看着贺溪，最后拿出了手机，递给了贺溪，"我帮你找人问了，最先爆出这个事情的，是橙子视频。我找人特意问了他们，不是林洲找的他们。"

"那到底是谁？"贺溪诧异道。

"你懂的，说了毕竟是违反职业道德的。对方只是说收了别人的钱，从你上次那个事情之后，就一直跟着你了。"经纪人叹了一口气，"这个圈子里都是人精，僧多粥少，能够在荧幕面前留给观众一点印象的，那就是还不错的，大爆的毕竟是少部分人。现在你的位置空缺了，又该有多少人前仆后继去填补？贺溪，你应该比我清楚。"

经纪人觉得疲倦万分，拿起外套，深深地看了贺溪一眼，说："有些事情，你还是看开些吧！我还有事，我就先走了。"

"嗯，我送你。"

"不用了，客气个啥！"经纪人说着，笑了笑，就先贺溪一步走了出去。

贺溪怔怔地抱着抱枕坐在沙发上。

她真的很难想象，竟然一下子，她什么都没了。

真的什么都没了。

她自己都想不明白究竟是为什么，如果这件事情真的是林洲做的，那她还好受一些，可是现在，就算是死，都死得不明不白。她好像怎么揣测都没有用了，事情已经是这个样子了。

贺溪走到了洗手间，看着镜子里的自己。

这张脸还是好看的，放在娱乐圈也是好看的，极具特色。她都三十多岁了，但是岁月好像对她格外手下留情。

凭什么她得不到林洲？

凭什么她守了林洲十多年，却这样便宜了梁浅言？

"我什么都没有了。"她喃喃自语，伸手摸了摸自己的脸，闭上了眼睛，"我一定，我一定不可以失去林洲。"

不不不，她有什么资格谈林洲？林洲原本就不是她的。

她打开了浴室的花洒，水从头顶淋了下来，她觉得越来越无力。她靠着墙，一点一点地滑落在了冰冷的地上。

她真的太冷了，或者说，她急于缠着梁浅言苦斗，做什么都太大意了。

如果再也没有聚光灯，再也没有舞台，再也没有镜头，再也没有喝彩，也没有林洲，那这世界还剩什么？虚无……只是虚无罢了！

"赵菡，你说这就是报应吗？"她歇斯底里地嘶吼着，"赵菡，为什么你都死了，我还是得不到林洲？"

赵添决定和刘思逸结婚的消息，赵添还是告诉了林洲。

林洲对刘思逸没通知梁浅言这事，也没有多问，只是说已知悉，这事儿也就过去了。

林洲想了想，这事瞒着梁浅言好像也瞒不下来，但是刘思逸现在都没有来通知，意思已经是昭然若揭了。

林洲围着围裙在切土豆，他看了正在炖汤的梁浅言一眼，还是说道："刘思逸和赵添打算结婚了。"

"什么时候的事？"梁浅言愣了一下，才接着问道。

"半个月后。"

"怎么这么快？"梁浅言皱了皱眉，赵母那尖酸刻薄的神情，好像就在眼前一样。

"好像是说刘思逸怀孕了。"林洲回答。

"她怀孕了？"梁浅言震惊地反问林洲，一把捏住了林洲的胳膊，"你说什么？刘思逸怀孕了？"

"对，不然我姨妈哪有这么容易同意的？"他说着，看了一眼梁浅言，"你不会因为她没有通知你，真生气了吧？"

"那不至于。"梁浅言摇了摇头，她低下了头，掩饰住了眼中的神色，"她和赵添结婚，很好。"

"那你到时候要去吗？"林洲看着梁浅言。

"你去就行了。"梁浅言淡淡地说道。

"可你不去，总归是不好吧！是赵添让我转告你的。"林洲轻笑道，"你昨天还在和我说呢，很多事情咱们自己问心无愧就行了。"

"不是……"梁浅言无从解释，她看了看林洲，"你真的希望我去？"

"我只是不希望你后悔，难道你真的确定，以后你和刘思逸老死不相往来了？"林洲很是客观地说道。他轻声叹了一口气，见梁浅言神色不太好，摸了摸她的头，语气格外轻柔："你要是不愿意的话，也没关系的，本来也不是你的错。"

第一百章　牵挂

"林洲，我知道你是为了我好，我去就是了。"她轻声说道，忍不住皱了皱眉，"我有些担心刘思逸。"

"担心什么？"林洲问她。

她看了林洲一眼，有些纠结要不要告诉林洲，刘思逸是不可能怀孕的，甚至刘思逸自己都不知道。她想了想，决定还是不说了。她轻轻摇了摇头："这事就到此为止吧！她的事，我从来都管不了。"

林洲听着她的语气，虽然也没想去问个明白，但心中还是忍不住一阵心疼。

"浅言，你有我了，什么都会好的。"林洲缓缓说道。

这是他常说的话，但是，她每一次听到都会觉得异常的暖。"你也有我了，林洲，什么都过去了，不管后面是什么，我都和你一起面对。"

"那你打算什么时候在我们家的户口本上添上名字啊？"林洲勾了勾唇角，狡黠地看着她。

"我……"她的脸别了过去，没敢看林洲，"我真的没有做好准备。"她不知道该怎么对林洲讲，贸然结婚，好像对彼此来说都是不公平的。

"那我等你。"林洲若无其事地说道。

"锅！锅要糊了。"梁浅言慌张起来。

林洲有些尴尬地松手。他看了看梁浅言，也脸红了，两个人在厨房里，菜竟然糊了，说出去简直丢死人了。

"你打算什么时候和孙承宣说？"林洲忽然记起来这件最要紧的事情。

"明天。"梁浅言随口答道。

林洲不相信地看了她一眼，丝毫没有掩饰住自己的怀疑，说："你昨天也是这么跟我说的。"

"我明天一定下定决心，好不好？"梁浅言坚决道。但是不到三秒钟，她的坚决就怂了下来。她想了想，又有些委屈地看着林洲，说："要不你去帮我说。你说也一样，我实在是不知道怎么开口。"

"不行，你自己去说。"林洲毫不犹豫地拒绝了。他看了看梁浅言，说："咱们不是说好了吗？你去答应孙承宣，不管最后的成败怎么样，咱们都尽力了，你说是不是这样？"

"浅言，你的放弃，是你此生最大的遗憾。现在有了一个机会，只有你自己放下你这些年的胆怯，才算是跨过去了。要知道，你是冰雪皇后。"林洲的眼神中仿佛充满着魔力，让梁浅言瞬间觉得特别平静。

她能明白林洲的意思，有时候，人最大的障碍，不过是心里的魔障罢了。林洲希望她可以克服掉、清除掉心里的那层东西，全力以赴，那才是最重要的。

"我明天一定去。"梁浅言眼神坚决地对视着林洲，继而轻轻一笑，"你今天大概是不想吃饭了。有什么回头再说吧，不然今天这饭说不定还真的吃不成。"

"那就干脆出去吃吧，就当庆祝你新生。"林洲顺着她的话说道。

"我遇到你就是新生了啊！"梁浅言轻悠悠地回答。

"那就庆祝你再次新生。浅言，我真的很高兴你能重新站起来去面对。"林洲由衷道。

梁浅言叹了一口气，关掉了天然气，瞪了林洲一眼："我从来都拗不过你。"

"废话！难道你还要去宠别的汉子吗？"林洲翻了一个白眼，拉住了梁浅言的手，"你就真的不怕我吃醋啊！"

这两句话前后就是两张脸，她看着林洲，想了想："你喜欢去四川吗？"

"嗯？"

"那你一定看过四川的绝活儿！"梁浅言回答。

“四川的绝活是什么？”林洲下意识地问。

“变脸。”梁浅言说完，意味深长地看了他一眼。

“咱们今天去旋转餐厅吧！”林洲征询似的看着她。其实梁浅言一贯都不挑，去哪儿都一样，但她今天皱了皱眉，说：“咱们两个就算了吧，那儿贵。”

“今天高兴啊！高兴就别想着钱钱钱的，梁浅言你俗不俗？”林洲侧眸看了她一眼，见她脸红，心里就更加开心，继续道，“梁浅言，我觉得你真的是做家庭主妇做上瘾了。让你来我家吧，你又不乐意。”

“所以你的意思是，我可以学一下败家？”梁浅言兴冲冲地看着他。

林洲看着她雀跃的样子，心下也知道这个模样十之八九是装出来的，江山易改，本性难移，用在梁浅言身上最合适不过了。

林洲索性道：“那你倒是败一个给我看看，你败多少我都同意。”

“还是算了吧！”梁浅言再次没出息地怂了。她叹了一口气，她选择了屈从：“要去的话就回去把开颜带上。”

“带开颜？”林洲很是不高兴地噘嘴，“你觉得带上开颜那么亮一个电灯泡，咱们会吃得开心吗？”

“那是你闺女！”梁浅言微嗔。

“马上也是你的了。”林洲回答道。

“那行，我想带上我闺女，约会带家眷，理所当然且天经地义，你有意见吗？”梁浅言道。

“不敢，不敢，不敢。”林洲发挥出了极致的求生欲。

如果梁浅言记得没错的话，在这个餐厅总是会有各种奇遇，先前好像就偶遇过一次贺溪，只是梁浅言没想到这次竟然会是林森。

“那个阿姨好像是你的手下败将啊！”林开颜提醒道。

梁浅言也发现了，林森扎了一个马尾，穿得很宽松，但是仍旧可以看出她高高隆起的腹部。

“她比你大不了多少的，你可以叫姐姐。”梁浅言低声提醒道。

“我不，我就要叫阿姨。”林开颜一点儿也不客气道，还没等梁浅言问，她就自己补充，"因为我不喜欢她。"

梁浅言想到孙承宣的那个相亲女友一口一个阿姨叫自己，应该也是这个原因吧。

梁浅言本来不是爱打听小道消息之人，也就是晃了一眼，就移开了视线。

倒是林洲凭着摄影师的敏锐，推了推梁浅言。梁浅言又看了过去，这才发现林淼的腿在桌子底下几乎和对面那个人的腿缠绕在一起了。

林洲暗暗道："你确定方逸群没做冤大头吗？"

梁浅言心中一沉，她看了一眼林洲，神色自若道："没有证据的事情，你也不要胡说了。"

"我胡说了吗？"林洲茫然地问，他轻轻一笑，反正也是和他没有关系的事情。

第一百〇一章　秘密

但是林洲向来喜欢将选择权控制在自己手上，他习惯性地拿起手机拍了一张照片。

"开颜，你今天想吃什么随便点！"梁浅言一副土大款的语气。

"梁阿姨请客吗？"林开颜问道。

"不是啊！是你爸爸请客。"梁浅言微微一笑，捏了捏林开颜的脸。

"你的和我爸爸的，有什么区别？"林开颜很是不屑地翻了一个白眼。

梁浅言一言难尽地看向了林洲。林洲笑了笑："这孩子随我，你看，说话就是这么中听。"

服务员带位的时候，正好把梁浅言带到了林淼的后面。梁浅言和林洲交换了一个眼神，林洲狡黠一笑，仿佛看穿了梁浅言的心思："看一场戏，也没什么不好的。"

林淼正好背对着柱子坐着，根本没有发现梁浅言。

梁浅言还是觉得有些尴尬，但是对面传来了让人震惊的话。

"小林啊！你想要什么，我都答应你了。方逸群女儿手术那天，你让我召开紧急会议，我也依你了。后来方逸群要开你，也是我力保你。但是，你真的不能怀着我的孩子嫁给方逸群。"那个男声传过来。

这信息量太大了，梁浅言神色有些恍惚地愣在了那里。

原来是这样的。

她觉得有些好笑，又有些想哭，但是眼泪却怎么样都掉不下来，就好像有一团棉花塞在了心口，也不是说有多重，但就是堵得难受。

"梁阿姨……"林开颜发现了梁浅言的神色不对。

"我没事。"梁浅言这才回过神来。她看了一眼林洲，低眸若无其事地说道："坐吧！"

显然，她完全没有胃口再吃了，她凝心聚神地听着接下来的谈话。

"赵董，您也得理解我啊！孩子是您的不错，但是您能给我名分吗？与其我一个人这样带着孩子，方总来替您养孩子不好吗？天天还在您的眼皮子底下。"林淼好像丝毫都没有生气，依旧巧笑倩兮。

梁浅言心下再次感慨林洲的先见之明和预感。

"你真的觉得你能瞒得过他？万一这事闹出去了，不仅仅是你受牵连，连我都……"林淼口中的赵董有些犹豫。

"您放心吧！医院那边我早就弄好了，而且我查过了，这一胎是个男孩儿。方总的母亲一直想要一个男孩，只要我有耐心，迟早我都会进方家的门。您和我的孩子，有一个名正言顺的身份，难道不好吗？"林淼的语气轻柔又充满着魅惑。

可是，梁浅言却觉得后背一阵发凉。

林洲握住了她的手。菜正好上来了，她没有说话，轻轻一笑："我没事，我只是没想到，我……"

她不知道该如何说下去，一来是怕林洲误会，二来是怕这边说话惊扰了后面的人。

林洲做了一个嘘声的手势，对着林开颜眨了眨眼。林开颜也瞬间明白过来，没有说话。

梁浅言有些动容，太多时候，她的想法都不需要告诉林洲，林洲也能去意会，好像这世上也只有林洲可以意会。

"小林，我也想要这个孩子。这事你必须办稳妥，不然我在公司，真的会没办法见人的。老余那些大股东都很仰仗方逸群，我不想明面上得罪他。"赵董再次提醒道，可以看出来，他是真的在意这件事。

"您就放心吧！"林淼含笑说道，她的声音更柔了，"方总出差去了，今天我就好好陪您怎么样？"

梁浅言感觉脸有些发烫，她正在想自己还要不要继续听下去的时候，背后有人起身了，她只好假装捡东西弯下了腰。

等她起身的时候，林洲正饶有趣味地看着她："你现在是可怜方逸群了吧？"

"有点。"她实话实说。

"如果你一开始就知道事情的真相是这样的话，你还会离婚吗？"林洲忽然问道。他问得直白而有力，梁浅言的瞳孔有些闪烁，低下了头去："我不知道。"

"我跟你开玩笑的。"林洲爽朗地笑了笑，给梁浅言切了一块牛排放在她盘中，"刚刚的故事，我已经帮你录下来了，你去拿给方逸群吧！"

她当时整个人都处于震惊之中，大脑里一片空白，她根本就想不到录音这种事。那些话让她听着又恨又气，她实在是想不出，她和方鹤最绝望岁月的始作俑者，竟然是林淼。

她讨厌了方逸群那么久，竟然在这个时候才发现，方逸群是真的可怜，他比自己还要可怜。林淼到底是一个什么样的人啊！

"我回头会想办法帮你查一下这个林淼的。"林洲果断说道。

他好像永远都能洞悉她的想法一样。她感激地深深看了他一眼："谢谢你啊！"

林洲脸上浮现出了一丝不快，道："你和我还这么客气？"

"梁阿姨，我很不想我妈妈死，但是我妈妈还是死了。"林开颜忽然说道。

梁浅言震惊地看着她。

林开颜的眼睛澄清而明亮，梁浅言看着她，有一瞬间仿佛看到了方鹤。

她轻轻一笑，点了点头，语气轻松地说道："嗯，我的女儿也过世了。"

林开颜本来是想安慰她的，但是没想到她竟然这么轻松。她不知道到底发生了什么，但是她能看出梁浅言的忧伤，用力地说道："梁阿姨，虽然我不是你的女儿，但是我觉得，方鹤有你这个妈妈，她一定觉得比任何人都幸福。"

梁浅言一直耿耿于怀于她与方鹤在黑暗中并行，但是从来都没有人这样和她讲过，方鹤和她在一起的时候，比任何人都幸福。

她的眼睛有些湿润了，紧紧抓住了林开颜的手，双唇颤抖着。

"好了，吃饭吧！林开颜，你再说话你的冰激凌就要化掉了。"林洲故意凶巴巴地呵斥道。

林开颜撇了撇嘴，赶紧舔了一口，不小心脸上也沾上了冰激凌。

梁浅言轻轻笑了笑，伸手帮她擦拭掉，接下来的氛围就异常轻松了。

第一百〇二章　波澜

梁浅言看着林洲的脸，看着林开颜的眼睛，竟然有种久违的感觉。

她在失去方鹤之后，就不再有家的感觉了，可现在，她却觉得，只要眼前的这两个人好，对她而言，就比一切都重要了。

林洲把林开颜送回去了之后，才在车上问梁浅言："那个问题，你是不是应该回答我了？"

"什么问题？"梁浅言迷茫地看着他。

"如果你那个时候就知道真相，是不是不会和方逸群离婚了？"林洲问道。

"如果说鹤鹤还活着的话，应该不会。"她选择了实话实说，"我和方逸群之间，不仅仅是为了那么一件事。当我的生活只有方鹤和家庭之后，他工作忙，慢慢地我们就有了太多的分歧。我永远都理解不了他冰冷的关心和直白的处事方式。虽然都是小问题，可久了，问题就会越来越多。到后来，方逸群在鹤鹤做干细胞移植手术时不闻不问，自然而然就成了压死骆驼的最后一根稻草。"

她说完，有些释然地笑了笑，接着说："我那时候，也是没有办法了。其实他又何其无辜？就像他说的，他不挣钱鹤鹤哪来的医药费？这是很现实的问题，我又没有工作，我和鹤鹤的生存都依仗他。只是鹤鹤忽然走了，我就一下子感觉没了主心骨。我其实是在逃避，把什么都推在了他身上。我以为，这样我就会好受一些。"

有时候生活和情感就是这样，根本不能用常规逻辑去判断和处理。

"所以说，我那个时候，还是很可笑的。"梁浅言自嘲地一笑，她看着林洲的眼睛，"我到底是怪他把我拖入了家庭当中，害我失去了一切。我只是一个依附着他活着的人。至于鹤鹤，即便他陪在鹤鹤身边又怎么样？那样就能从死神手中夺回鹤鹤吗？"

"浅言……"林洲担忧地看着她。

她摇了摇头，说："林洲，有了你之后，我早就不怪了，我也想明白了，我就是对方逸群有那么一点儿内疚，那时候我所有的负面情绪都发泄在他身上了。"

"我懂。"林洲点了点头。

她那个时候，好像不这样做，就没有一个支撑自己活着的理由。现在看来，她何尝不是自私的？

"所以，明天我想见他，这也算是我唯一能做的吧。"梁浅言低声道。

"那就见吧！我回头就把录音和照片发给你。"林洲轻描淡写地回答。

她没想到林洲竟然这么大度。林洲轻轻一笑，呢喃道："真是个傻瓜。"

梁浅言先是给了孙承宣答复，紧接着就约了方逸群。

方逸群接到梁浅言的电话相当吃惊，很长一段时间以来，方逸群早就习惯了梁浅言的抵触和疏离。

"有时间吗？"梁浅言问他。

他愣了一下，才确定梁浅言是真的在问自己，他点了点头："有的。"

"大概什么时候？我知道你忙，我就占用一点儿你的时间。"梁浅言直接道。

方逸群看了一下日程表，心中想了想梁浅言的下班时间，最后还是说道："那就下午六点吧！"

林森已经休了产假，新调过来的秘书看了方逸群一眼。她一直都以为方逸群是台工作机器，没想到，竟然在方逸群的眼中看到了情绪起伏和波澜。

她还没缓过神来，就被方逸群报的时间吓了一个激灵："方总，六点您约了凤凰的叶总吃饭。"

"那就推了。"方逸群淡淡道。

"这个约会很重要的。"秘书接着道。

"我说推了，你没听懂吗？"方逸群抬头冷冷地瞥了她一眼，"这点小事应该不用我反复说吧？"

秘书低下了头去，怯怯地看了一眼方逸群，点了点头："好的方总，我这就去处理。"

秘书走出了办公室，这才靠着墙长吁了一口气。

她很佩服她的上一任，她不是没听过公司的传闻，关于她的上一任的丰功伟绩。

但是据说，里头那位一直都不为所动。到底是什么样的人，会让他这样紧张呢？她资历尚浅，原本是没有资格坐上这个位置的，但是林淼休了产假之后，方逸群就去人事部主动调了她，她都还没缓过来，自己就进了总裁办。

但是方逸群好像除了性格冷淡一些，真的不坏，最起码很多时候，都不算太为难她。她话少，也不闹腾，这段时间以来，除了汇报工作，两个人就没有其他的话了。她很好奇，便悄悄地从门缝处看了看方逸群。他用手撑着额头，不知道在想什么，但是坐得异常挺拔。

方逸群抬起头来，感觉到一双眼睛正盯着自己。他敏锐地看了过去，秘书吓了一跳，赶紧缩回了身子。

她不知道的是，方逸群竟然笑了。

因为赴的是梁浅言的约，方逸群的心情也特别好。他看了一眼秘书说："今天你可以早点回去。这是你先前交过来的文件，我已经都给你标注清楚了，你可以回去后看一看，明天交一份新的给我。"

秘书愣了一下，从前也是这样，他都会给她标注好，但是不会叮嘱这么多，她一下子有些不习惯。

"那我就先走了。"方逸群笑道。

"等一等，方总。"她鼓起勇气。

现在不说，还等到什么时候说啊？难得今天冰山有消融的痕迹。

"嗯？"方逸群回过头来静静注视着她。

"方总，我是不是工作做得特别不好？"她问完，脸就红了。她想了想，除了工作做得不够好之外，还有什么理由呢？她提交的每一样东西，他都能找到破绽，一条一条地列在便笺上，附在了文件袋内。

"没有。"方逸群简洁地回答。

"那能说一下原因吗？我……"她看了一眼方逸群的神色，飞快地低下了头去，"方总要是觉得不方便，那就算了。"

方逸群抬腕看了看表，发现时间还早。他难得心情好，又退回去了一步，眼眸平静地注视着秘书："这个和你没关系，只是我个人的习惯而已。你干得很不错了，错误越来越少了。"

"那我能问一下吗？我只是一个新人，方总您……"她问出了自己心中很久的疑惑。

方逸群勾了勾唇角："我以前在公司见过你，你刚进公司实习的时候，我看过你的一篇报告，还可以。"

他说着，语气顿了顿："你刚入职的时候，和你上司是不是关系不太融洽？"

"您怎么知道？"她惊讶地看着方逸群。

"你在天台哭的时候，我正好在喝咖啡。"他言简意赅地回答。

那时候他整个人都在一片阴霾当中，他人生中温暖的东西本就很少，但是在一瞬间，他全部都失去了。

"你上司，我有所耳闻，我也不好评价，不过我这儿工作压力很大，除了你，也没几个人可以受得了。我既是救你，也当给我自己一个方便。"他平静地说道。

这个事情，对他而言，本就是一件微不足道的小事。

第一百〇三章　冷静

"可我只是个新人。"她还是有点不自信。

"可你一次比一次做得好了。"方逸群夸赞道，再次看了看时间，"我该走了。"

他走进了电梯，电梯门即将关上的时候却被冲过来的一个人按住了。

他皱了皱眉，问："还有什么事吗？"

"方总，我叫易彤，容易的易，红彤彤的彤。"她赶紧说道，脸倒是有些红彤彤的。

方逸群愣了一下，说："我知道。"

"啊！"她震惊了一下，愣在了原地。

"你还有什么事吗？"方逸群问。

"啊？"她再次愣了一下。

方逸群做了一个手势，她这才明白过来他的意思。她有些尴尬地理了理头发，退出了电梯。

她搓了搓自己的脸，喃喃自语道："怎么会这么傻呢？怎么会这么傻呢？他是领导，怎么会不知道我的名字？"

她想起他从来都不叫自己的名字，要么就是"你"，要么就是"秘书"，原来他什么都知道。

太丢人了。

方逸群并没有把小秘书放在心上，他选这个易彤的时候，再三确认过她是和林淼完全不一样的人，才放心用的。

方逸群还是提前到了，一看到梁浅言下楼，就在边上按了按喇叭。

方逸群看了梁浅言一眼，她穿得很是休闲，倒是自己这一身西装好像太正式了。他整了整衣服，这才下车。

"让你久等了。"梁浅言寒暄道。

"没有，我也才来。"他回答。

"你想吃点什么？"她问他。

他想起以前，他上班的时候，她拿着他的西装递给他，也会这么问："你下班后想吃什么？"但那时候他很少回家吃饭，他总是有应酬。

他有些怅然若失，说："要不去你家，你随便做点什么？"

她愣了一下，神情有些尴尬："好像不是特别方便，也不用这么麻烦了。你拿不准的话，那就客随主便吧！我带你去吃点东西的，只是肯定和你常去的餐厅比不了。"

他心中反复咀嚼着她说的不大方便，也是，毕竟不是夫妻关系了，她现在又有了林洲。

"好。"他笑了笑。

中途他有好几次都想问梁浅言，她主动约他，到底是为了什么事？

梁浅言见他没开口问，自己主动说又好像无从说起。

到了餐厅，她喝了好几杯水，这才说："其实，我是有一件事想要告诉你。"

"嗯？"

"那你答应我，你一定要沉住气。"梁浅言有些担忧地看着他。

他心下一沉，果然还是有事啊！

她这样郑重其事，但他揣测不出来是什么事。

她连耳机都备好了，递给了方逸群。

方逸群听完之后，脸上并没有太大的波澜。梁浅言以为，只要是个人，都会有些受不了的，可方逸群脸上偏偏没有波澜。

梁浅言原本还在努力思考怎么去安慰他，现在看来，却是完全没有必要了。

倒是方逸群，一面把手机递给她，一面说道："你别多想，这些东西，我早就知道了。我没告诉你就是觉得，我自己也是有责任的。"

他没有提林森的孩子，梁浅言也不好提。

"你不震惊吗？"

"我没有什么好震惊的。"方逸群淡淡说道。他低头吃了一口菜，梁浅言喜欢辣，从前她就喜欢，只是大多时候，他不喜欢她来这种川菜馆，现在试了一下，倒是真的很辣，辣到人心底去的那种。他定了定心神，喝了一口水，说："谢谢你告诉我这件事情，我会处理的。"

梁浅言本来想了很多宽慰他的话，但是没想到他竟然这么冷静。

"那接下来你有什么打算？"梁浅言轻声问道，点开了相册，"是这个人，我不知道是不是你们公司的。"

方逸群瞟了一眼，唇边浮现出一丝冷笑，注视着梁浅言，问："你还好吗？"

"我？"梁浅言没想到这个时候他竟然还在关心自己。

梁浅言笑了笑，说："昨天觉得有些受不了，但更多的是担心你。"

"你担心我？"他有些激动。他向来自敛，很少有这样失控的时候。

"你别多想。"梁浅言有些尴尬地看着他，刻意地说道，"虽然不在一起了，但我们还应该是朋友。"

"对呀！我们是朋友。"他顺着梁浅言的话说道，但语气间却是克制不住的落寞。

梁浅言看了看时间，也不知道为什么，现在和方逸群对话，竟然有种度日如年的尴尬。她斟酌着该找什么借口走。她本来就是想把这些告诉方逸群，现在话已经带到了，那就没她什么事了。她只相信这种事情虽然棘手了一点，但是方逸群应当是可以处理好的。

"现在你都知道是怎么一回事了，你还是不愿意放下过去的事情吗？"方逸群忽然抬头问她。他的眼神中带着期盼，还有一点点憧憬。

她很难相信，一个经历了这么多事的男人的眼中会出现这种目光。她不是不懂他的意思，还是选择避重就轻地说道："我早就不怪你了，那时候我也有责任，我只是把所有怨恨都发泄在了你身上，说起来我还欠你一声对不起。"

"不，不，不。"方逸群连声否认，他低下了头，"是我对不起你，我没有尽到一个丈夫、一个父亲的责任。浅言，我……"

"过去的事情就让它过去吧！"梁浅言打断他，轻描淡写地说道。

现在说起来的确可以风轻云淡，但是在当时却是寸步难行。失去了方鹤，她的世界就塌了，那时候，她的丈夫是遥远的。然而时过境迁，竟然也真的就是过去了而已。

"你现在应该挺好的。"方逸群这话更像是试探。

他看着梁浅言的脸，多看一秒都觉得是贪恋。那时候他为什么就答应放手了呢？

"还不错。"梁浅言笑了笑，"当时觉得离开了你，我都没有办法生存。"

他有些不放心，接着问道："你真的放心让他以后来照顾你吗？"

第一百〇四章　种子

"林洲真的有那么好吗？"方逸群有些不确定地问道。

起初他以为林洲就是一个小摄影师，即便知道林洲就是大老黑，他还是不以为意的，因为那个人张狂得就像个没长大的青少年，太不着调了。

　　"你大概不知道，"她说着，不禁莞尔，"那时候我过得太糟糕了，虽然他说话十之八九都是损我，但是细想一下，还是挺有道理的。你们都觉得我没有办法生存，我自己也迷茫的时候，是林洲给了我方向，让我重返滑冰场，虽然我不能参加比赛了。"

　　说到这里，她自嘲地笑了笑："说起来，这些年我虽然没对你提过，但是当年因为怀了鹤鹤退役，我还是有些意难平的。林洲鼓励我以另外一种方式重新站在赛道上。他从一开始就知道我怯懦，看似是他在帮我做决定，其实他最明白我想要的是什么。"

　　他听着她动容地形容和林洲的种种，心下一动，这些年他到底做了什么啊！结婚之后，他好像从来都没有关心过她想要的是什么。他是一个实际的人，他觉得已经抉择好了，就没必要再去想了，也没真的考虑过她内心的怅然若失。

　　可她提起林洲的那种感觉，他真的很多年都没有见过了。他见过她最美好的年华，她站在滑冰场上耀眼地发光，他也见过她眼中的光芒消散。

　　他怕的是绝望，她眼里的绝望。她抓着他的衣袖质问他，可那个时候，他也像溺水的人一样，根本没有半点办法。可是现在，她竟然是满怀憧憬地说着另一个人，那种她所认为的默契是他从来都没有感受到的。他嫉妒，他懊悔，他自责，但是，他都不能表现出来，他唯一能做的，就是紧紧握拳。

　　"即便你知道那时候我也是不得已，你也不能再给我……"他鼓起勇气，心里还是默默期许和她之间的七年的分量。

　　"方逸群。"她又一次打断了他，可想而知，她不喜欢这个话题，她也知道他接下来会说什么了，"方逸群，我们七年的婚姻，其实早就是苟延残喘了。我已经放下了，我希望你也早日放下。"

　　"假如我放不下呢？"方逸群抬起头盯着她。

"那我们做朋友的可能性都没有了。"梁浅言说完，站起身来，"我们公司每天都有花，是你送的吧！以后别再送了，我也根本没有拿回去。该说的我都和你说清楚了，该告诉你的事情，我也告诉了，再见。"

"你明明还是在关心我的。"方逸群盯着她。

梁浅言有些无奈地笑了："那不一样，我的关心，只是出于我们认识了这么多年，而且你是鹤鹤的爸爸，并没有男女之情。"

"那你对林洲就有？你这么确定？浅言，你确定林洲真的不是你绝望中的救命稻草吗？"他问道，显然是不相信梁浅言和林洲进展会这么快。

"我和林洲是怎样的，我比你清楚。"她说完，再也懒得去废话了，直接走了。

方逸群回到了座位上，摇了摇红酒杯，一口喝了下去。

他怎么就失去她了呢？他到底做错了什么？为什么？他这么轻而易举就被踢出局了？

"你现在见识到梁浅言这个女人的无情了吧！"

方逸群抬起头，淡淡地看了面前的女人一眼。

"我们见过的，方总应该有印象吧。"贺溪轻笑着问道。

她见方逸群没有说话，自顾自地在方逸群的对面坐了下来："我们先前见过的，方总应该有印象。"

"你到底想说什么？"方逸群打量着她。

"我想要林洲，你想要梁浅言，我们为什么不合作呢？"贺溪问道。

"这么直接？"方逸群低头轻笑，他心里的种子却好像瞬间发了芽一样。他饶有趣味地看着贺溪，说："你应该清楚，我不喜欢打没有把握的仗。"

"我要是没想好，怎么敢来找方总呢？"贺溪晃晃酒杯，自顾自地碰了方逸群的杯子一下，轻轻抿了一口，看着方逸群说，"所以方总这是有兴趣了？"

方逸群扫视了一下四周。他想到林森那两个人干的蠢事，被人录了音都不知道。他索性就看着贺溪说："贺小姐有没有去我办公室做客的打算？"

"可以吗？"贺溪欣喜地看着他。

"没问题，贺小姐想吃什么，重新点一份吧！我请客。"方逸群淡淡地说道。

贺溪扫视了一眼四周："川菜我吃不惯，方总的酒不错，下次能有机会多蹭方总几杯酒，我就觉得挺好了，只是方总不要嫌我太烦了才是。"

"你为什么会在这里？"方逸群还是一下子就看到了关键点。

他从来都不太相信巧合。

"因为我现在没什么事啊！我想着在这儿见到林洲的机会更大。"贺溪说得很是坦然。方逸群就算不看新闻，也知道前段时间闹得沸沸扬扬的事情。如果贺溪是真的喜欢林洲，这样的事情也不是做不出来。

方逸群笑了笑，还是慢条斯理地说道："贺小姐和林洲之间的事情，我一点儿都不关心。今天在这里碰到贺小姐实在是太巧了，所以，我希望这种巧合，不会有第二次。"

他说完，冷冷地盯着贺溪，说："先前你对浅言做的事情，我可以不追究。但是从现在开始，如果我再看到有什么冲着浅言去的事情，我一定会第一个怀疑贺小姐的。"

"方总这是在威胁我？"贺溪神色安然，静静地看着他。

"也谈不上，但是贺小姐也可以这么理解。"方逸群淡淡地说道。

贺溪的神色一僵，瞬间又笑靥如花："方总说的，我自然会记在心上。"

"那我希望看到你的诚意，毕竟我们俩想要的都只是人，要是真的闹出其他什么大家都不想看到的事情，也没这个必要。贺小姐，你说是吗？"

"好！"贺溪眼眸一动，抿唇笑了笑，应承了下来。

"那咱们出发。"方逸群起身。

没多大一会儿，他们来到了方逸群的办公室。方逸群坐到会客沙发上，示意贺溪坐。

"我就不和你兜圈子了，既然咱们俩目标一致，那就直接入题吧！"方逸群说道。

"嗯？"贺溪看着他，"方总就不怕梁浅言知道？"

"好像没有什么比我没有她更糟糕的了。"方逸群笑了笑。他看着贺溪，心里竟然有些惺惺相惜的感觉。他也不知道自己是怎么了。他还是有些鄙夷自己的，可是，他不想面对失去。他明明那么努力想要弥补了，怎么能让林洲这么容易就后来者居上呢？

"那我就直说了。"贺溪看着方逸群，"只是可能会需要方总您来帮忙。"

"要我帮什么？"

"我想要林洲去援非。"贺溪冷声道。

方逸群震惊地看着她问："什么地方？"

"苏丹。"

"你不知道那里除了战乱，还有黄热病吗？"方逸群不可思议地看着贺溪。

"我知道，我要向林洲证明，不管他在哪里，我才是真正会一直陪着他的人。"贺溪信誓旦旦地说道。她神色复杂看着方逸群，说："只要林洲走了，方总您的机会就来了，不是吗？"

第一百〇五章　合作

"那你需要我做什么？"方逸群看着贺溪说。

"我需要方总给林洲一个不得不走的理由。"贺溪笑了笑，"可是林洲也不缺钱，我也想不出什么好法子了。"

"这个问题，我会好好考虑。"方逸群沉吟道，他问贺溪，"你确定吗？你要林洲去苏丹？"

"我确定。"贺溪笃定道。

"你就不怕林洲回不来？"方逸群狐疑地看着她。

贺溪高深莫测地笑了笑："我想我可以不回答方总这个问题。"

方逸群心中已经大致猜到了一些，他想了想，说："这件事我觉得有些难度，不是不可以让林洲作为摄影师跟着援非医疗团过去，但是我还没想好一个让林洲不得不去的动机。你让我再考虑一下。"

"那方总记得不要让我等太久哦！"贺溪说完，站起身来。她想了想，还是提醒方逸群道："我看在方总这么有诚意的份上，还想告诉方总，林洲和梁浅言之间有一根刺。"

"什么刺？"

"林洲的前妻。"贺溪幽幽说道，"赵菡。"

她说完，满意一笑，背对着方逸群挥了挥手："静候方总佳音。"

方逸群站在落地窗前，俯视着城市的夜景。

他只要一闭上眼，就全都是往日和梁浅言的种种。他沉默寡言，不是擅长去表达自己的人，反而林洲要显得恣意很多。他自己都没有察觉到，自己竟然是有些欣赏林洲的。只是，梁浅言在方逸群的世界当中是唯一的光。他什么都可以得过且过，唯独他的光，他不可以轻易地放手。

方逸群终于回到办公桌前，打了一家信息咨询公司的电话："我要大老黑林洲和前妻赵菡的所有信息，请记住，是所有。"

"越快越好。"方逸群又补充道，紧接着挂掉了电话。

他靠在办公椅上，闭上了眼睛。只要能挽回梁浅言，他不惜一切代价。

梁浅言这边自从答应了孙承宣，就一直都尽职尽责地根据孙承宣的实际情况制订训练计划。

只是第一天，梁浅言就没料到，自己竟然见到了极少露面的孙总。

他先是跟梁浅言打了一个招呼，才笑道："你来我们这儿后，工作还习惯吗？"

"嗯……挺好的。"梁浅言回答，她心中隐隐猜到是什么事了。

果不其然，孙总接着就说道："那我就可以对林洲有交代了。"他说完，就瞪了孙承宣一眼说："你这人，你不知道你梁阿姨是长辈吗？还拉着她胡闹，你梁阿姨那么忙，哪有闲工夫陪你这小子玩？"

　　"是这样的。"梁浅言看着他，想要解释。

　　可是孙宁好像完全没有想听的意思，或者是从一开始，他什么都知道。他笑了笑，面上还是一贯的和颜悦色："我当然相信你的实力，昔日冰雪皇后的风采，我当年还是领略过的，不然我这里可不是什么看人情的地方。只是浅言，承宣这孩子不懂事，你也就别跟着他胡闹了。"他这话等于直接否决了梁浅言没有说出口的话。

　　"爸！您也别一口一个梁阿姨的，把人都给叫老了。林叔本来就比你小了十来岁，你非得和人家以兄弟相称，这下子还带上了我师父，真没劲。"孙承宣说完，正色看着孙宁，"爸，我是认真的，您也别一直插科打诨了。我是真的希望梁阿姨来当我教练，我好不容易说服她，您别一来就搅和我的事了。"

　　孙宁好像知道和孙承宣根本就说不通，或者说他一早就想着从梁浅言这里突破。他笑了笑，说道："浅言，承宣这孩子小，还在耍脾气，其实以他这个年纪，在行业内都算晚了。现在这场比赛，对他还挺重要的，算是一个热身，下一场，他就打算去世界锦标赛了，只要能打进前六，就能拿下国际级运动健将的称号，最坏的结果，也是运动健将。浅言，你以前也是玩这个的，你知道这对于承宣的意义。我不是不相信你，而是，我不希望承宣有任何风险。"他这番话说得很是恳切，站在一个父亲的角度上来说，的确是无可厚非的。

　　她十七岁的时候，就已经拿下了亚洲锦标赛的冠军。人人都觉得，她是一颗冉冉升起的新星，但是后来，世界锦标赛，她败了，前三都没有她的位置。虽然她也拿到了国际运动健将的称号，但是……那座奖杯，她却视为屈辱。她蛰伏许久，她觉得，属于她的，终究会回来。

　　再次参加世界锦标赛的前夕，她怀孕了。

　　她一个晚上没有睡，她在想孩子和方逸群以及她的事业到底孰轻孰重，如果说注定有一个要牺牲的话，那就她来牺牲吧！

她放弃了那场比赛，终生失去了那一座奖杯。

她不知道滑冰之于孙宁的意义，但是她看到了一个父亲的希冀。

她想退缩，但是脑海当中却浮现出林洲的脸，她定了定心神，坚定地说："我觉得我可以。"

孙承宣本都担心她退缩，没想到她却说她可以。

她目光坦然地看着孙宁，说："我觉得我不会耽误承宣。您不了解一个运动员对战场的热爱，当年，我在世界锦标赛错过了前三，后来又直接退役了，心里有多难过，只有我自己知道。午夜梦回的时候，我想的都是赛道。我能记得赛道上的任何一个细微之处，我熟悉历年参赛选手的情况，我能针对承宣打造出一份独一无二的适合他的计划。这一次，我不会退缩了。我也是国际运动健将。"梁浅言一字一句用力地说道，她笑了笑，"我知道您给承宣找的教练一定都是最好的，但是，别人的成功，不一定是可以复制的，而我能给的，他们却不一定有。"

"什么？"孙宁也有了好奇心。

"我失败过，我第一次参加世界锦标赛，也是最后一次，我是第四名。"她笑了笑，注视着孙宁，"所以我更清楚可能会有的失误，我更明白怎么应对突发情况。最重要的是，我比承宣自己还要在乎比赛，因为我不想输，我要拿回属于我的荣耀。我想，其他的教练应该都没有我适合承宣。"

"你呀……"孙宁深思了一番，继而笑了，摇了摇头，"先前听林洲说你伶牙俐齿，还不觉得。你在公司一向都是话少的，今天我算是见识到了。"

"所以您是同意把承宣交给我来带了？"梁浅言欣喜地看着他。

355

第一百〇六章　说服

"我同意了。"孙宁点了点头，他有些感慨地看着梁浅言，"你身上的那股劲，我觉得比任何奖项都有说服力。"

孙宁说完，深深看了一眼孙承宣，拍了拍他的肩说："这下我算是遂你的心意了，你还敢闹出什么事来，或者给你梁阿姨添麻烦，我饶不了你。"

"都说了让你不要把梁浅言叫老了，她才比我大几岁啊！"孙承宣撇嘴道。

孙宁没好气地看了他一眼，笑看着梁浅言道："那我们家承宣，就拜托你了。"

等送走了孙宁，梁浅言这才收起了笑容，说："你一开始就想着先斩后奏是吗？"

"还是你厉害啊！"孙承宣竖了竖大拇指，"这么容易就把我爸给搞定了。"

"可我说的是真的。"梁浅言严肃地看着他说。

"你那副架势就是冲着第一去的啊！你不会真的要我拿第一吧！"孙承宣打了一个寒战，他摇了摇头，"你别为难我了，我爸要的，就是我去镀个金，将来好继承他的事业。我根本就不是那块料。"

"可你爱滑冰，不是吗？"梁浅言静静地注视着他。

孙承宣脸上的玩世不恭没了，缓缓点了点头，他抬起眼看着梁浅言："但是师父，世界锦标赛，也是我的最后一场比赛了，我比完之后，也要放弃了。"

理由他没说，但梁浅言心中全部都明白。

"所以，咱们就冲着第一尽力而为。"梁浅言用力说道。

"其实师父，我爱的是滑冰，不是奖项。"孙承宣又抬起头，认真地看着梁浅言说道。他的眼神中有着一股纯真，还有一种初出茅庐的锐劲儿。梁浅言愣了一下，动了动唇，不知道该怎么开口了。

"师父，我没有质疑你的意思。"孙承宣赶紧改口。

"没事。"梁浅言笑了笑，她看着孙承宣，"不管你爱的是不是奖项，但是，接下来的两场，我们都不能输，因为这是我们都爱的赛道。"

"好！我们都不输给自己。"孙承宣道。

梁浅言错愕地看着他，继而轻轻叹了一口气。不管是以前的她还是现在的她，都是一个胜负心重的人。当年那场比赛，如果不是胜负心太重的话，可能她也不会有遗憾了。遗憾又何尝不是因为胜负心？

她轻轻笑了笑，看向了孙承宣："其实有一件事我要告诉你。"

"什么？"孙承宣诧异地看着她。

"我觉得我先前有些不对，按理说我应该谢谢你。"梁浅言诚挚地看着他说。

"谢我什么？"孙承宣诧异地看着梁浅言。

"我应当要谢谢你，是你告诉了我，我爱的是滑冰，是我的赛道，而不是奖项，但我依旧会全力以赴。"梁浅言笑道，对着孙承宣伸出手来。

孙承宣一把握住了她的手，笃定地说道："我也会全力以赴。"

方逸群那边，他拿到了关于赵菡和林洲的所有资料，这其中当然还有一个他知道的人，那就是贺溪了。

方逸群看到赵菡的病的时候，瞳孔一缩，手指在那顿了几秒，却还是翻了过去。

自从赵菡过世之后，林洲就一直在当关爱白血病患者的志愿者，他甚至还创立了一个慈善基金会。这些年林洲除生活开支和应急的钱，似乎就没有留下什么余钱。

方逸群看到这里，其实有些不忍心了。他先前对林洲是很不屑的，可是如今看来，他倒是有些明白梁浅言为什么选择了林洲。

他接着往下看，最终合上了档案。

他疲倦地仰头靠在办公椅上，易彤正好敲门进来。他坐直了身子，看着易彤，等着她汇报。

"假如，有人抢走了你最爱的东西，你说，要不要抢回来？"方逸群等着易彤说完，并没有提意见，反而问道。他想了想，又补充说："可是抢东西的人也不是坏人。"

"抢了您的东西又怎么能不是坏人呢？"易彤皱眉看着方逸群。

"假如……"他有些不知道该怎么说出口。

"假如是我一开始就没有好好珍惜我爱的那个东西呢？"他低下了头去，但是那种落寞，却没有半点掩饰。

"人非圣贤，孰能无过？"易彤回答，她灿烂一笑，"既然方总放不下，那就去争取吧！"

"争取？"方逸群微怔了一下，"你也觉得我应该争取？"

"嗯……"易彤不知该怎么说了。她只是觉得方逸群太难过了，她不想他那么难过而已。

"方总，下午公司高管例会，您有什么需要我去准备的吗？"易彤赶紧转移话题，好像这个才是她要来说的正事。

"不用了。"方逸群目光一沉，依旧又是平日里风雨不动的模样了。

等易彤出去后，方逸群的脸上彻底阴沉下来，拿出了一个闪存。

公司里有人故意针对他，而且护着林淼，他怎么会不知道呢？从一开始，他就在找证据。即便梁浅言不告诉他，他也早就有对赵董出手的打算了。只是他一直都没有想清楚，到底应该什么时候摊牌。他向来都相信，打蛇打七寸，万一不够快狠准，只会失了先机，给自己带来无穷无尽的麻烦。

梁浅言这一下实在是太漂亮了，于公于私他都不会让赵董翻身。

唯一一件他没预想到的事，是林淼的孩子不是他的。

他其实当时一点儿都不生气，心里竟然还松了一口气。他自己都没有发觉到，他是这样惶恐会有一个孩子牢固地将他和林淼牵在一起。

他只要看到那个孩子，就会想到林淼的种种，想到自己最阴暗的时候，可是偏偏，他还要看着这个孩子大。

还好，这个孩子是不存在的。

他自己都没有察觉到，原来自己都这么厌恶林淼了。他向来惜才，林淼刚开始调到他跟前的时候，年轻漂亮，又会察言观色，而且悟性还好，工作方面，他是十分满意的。

那时候他的婚姻有诸多不顺，他虽然不说，但林淼也是清楚的，他在感情上一贯也后知后觉，竟然也没有察觉到林淼是什么时候动了不该有的心思的。

但那个时候，他的确是有些喜欢林淼的，但那种喜欢，只是男人对优秀女性的欣赏。他结婚了，他还有一个孩子，他永远都不会迈出那一步。但是这一切，在那天竟然被林淼给戳穿了，竟然还被梁浅言撞见了。好像后来，就是无穷无尽的麻烦了。

方逸群理着这些思绪，就觉得很是头疼。

他后来挑中了易彤，很大程度上就是觉得易彤事少，性格敦厚，不会有林淼那么多的小心思，笨点就笨点，只要人勤奋又努力，他的手底下也不会有没用的人。

如果时光能倒流多好……

第一百〇七章　调查

他还是再次翻开了私家侦探快递过来的文档，手指静静叩了叩桌子，站起身来。

会议要开始了。方逸群一贯都是严谨的人，但是这一天，方逸群和以往任何时候都不一样，他的神色异常放松。就连老总都忍不住问了一句："方总是不是最近又谈了什么大项目？"

对于方逸群这个眼中只有工作的人，老总真的想不出除此之外还会有什么让方逸群高兴的事。

"没有。"方逸群淡淡回答，要是以往，谈话也该这样冷场了，但是这一次，他卖了一个关子，"开会的时候您就知道了。"

老总愣了一下，微微有些不习惯，但他毕竟是见过世面的，他看着方逸群意味深长地笑了笑，拍了拍他的肩膀："我懂，我懂。"

会议开始了，方逸群先是公布了一下上个月的财务报表。赵董并不知道方逸群已经有了足够摧毁他的信息。他和以往一样为难方逸群道："方总，您现在年终奖和分红倒是比公司里的谁都多，但是这业绩，好像也不怎么样啊。"

"是吗？"方逸群淡淡笑了笑，"当然不怎么样，毕竟，我是一心一意为着公司，比不得赵董你的好手段。"

"你什么意思？"赵董冷眼看着方逸群。

"赵董心里明白。"方逸群不咸不淡地回了一句。以往，他都是要给赵董几分面子的，现在他就比较随性。

"有些人拿着一些股份，就以为自己真的是一把手了，狐假虎威不说，还吃里爬外。不仅如此，只怕是内部的油水也不会放过，这里应外合的，让人不得不佩服。"方逸群语调沉稳地讲述。

不知道的人恐怕真的以为他就是在平和地陈述某件事，而不是在损人。

"方逸群，你不要血口喷人，不要仗着自己是公司的骨干，就可以胡言乱语。说话要讲证据。"赵董有些慌了。他瞪着方逸群，手指却忍不住有些颤抖。

"我就等着你问我要证据。"方逸群从容说道。他冷冷一笑，静静注视着赵董说："你说是你自己向董事会宣告你都干了什么，还是我来说呢？"

"老刘，你看……还不快把这个疯子赶出去。"赵董气急败坏地指着方逸群，看向了老总。

老总这才真正明白方逸群先前说话的意思。虽然他了解方逸群这个人没有证据是不会贸然出手的，但还是故意调和着："逸群你也是的，这种事情没有证据可不能贸然开口。"他这话里有些看戏的成分在。他很长时间都不满意董事会之中有赵董这个人了。赵董的行为他隐隐约约有察觉，正在绞尽脑汁想着怎么把这个人清出去，却没想到方逸群下手这么快。

"赵董，我已经给您留过脸面了。"方逸群抿唇笑道，他扫了众人一眼，"诸位都看到了，是赵董这样一逼再逼，我才反击的。"

他纵然掌握了先机，也把自己放在了一个示弱的位置之上，因为他担心董事会的其他人会对他心生忌惮，日后他在公司不好混。现下，他就是要让所有人都知道，他不是一个不通情理的人，只是有人步步紧逼，包括在会议之上，也是赵董为难在先。

方逸群插上了闪存，是很清楚的账目明细往来。在场的人都是老手了，这么清楚的对照放在这里，明眼人都知道有问题。

接下来就是赵董和敌对公司职员把酒言欢的照片。林森的那几张实在是太微不足道了，而且到底涉及他自己，所以他没有放出来。但是他放了赵董和林森的谈话。他冷冷注视着赵董，说："于公，您卖了公司，先前和辰星的合作，要不是您透露了我们的报价给威达，我们也不会丢掉这个大项目，而且，您在公司的账目上也有一些问题，这些您心里清楚。于私，且不说我在公司恪尽职守，但是您背后这样戏弄我，就是私德有问题。我对您一忍再忍了，今天我有点不想忍了。"

众人面面相觑，集体静默了十多秒钟，才反应过来。

老总先开口道："老赵，我们都对你十分信任，你有什么好说的？"

"老刘，你不能因为这个人的几句话，就不相信我了啊！"赵董看着老总，神色有些乱了。他怨恨地瞪着方逸群说："你是有多恨我，做这些假的东西来报复我。"

"真的还是假的，您也好，在场的各位领导也好，都心中有数。"方逸群静静说道，"领导们要怎么处理，我无权干涉。很抱歉我干扰了公司的正常例会，我愿意接受任何处分。"方逸群说完，就直接走了。剩下的事情，反正都在他的预想之中了。方逸群静静吁了一口气，接下来就是林森了。

他向来都很有耐心，一件一件来，他甚少有这么畅快的感觉了。

易彤目睹了这一场变动，心中不禁有些震撼，真的是从来没有见过的场面。方总竟然可以悄无声息就丢了一个这么大的炸弹，即便她是他身边的人，也丝毫都没有察觉。她鼓起勇气问方逸群："您就不好奇董事会对赵董的处理吗？"

"老刘顾忌人情，不会起诉的，应该会踢出董事会吧！"方逸群轻描淡写地回答，他眼神一沉，"不过这些事情都和我没有关系了。"

"赵董真的是太过分了，把您害得那么惨，不然您和您前妻也不会有这么深的误会了。"易彤心直口快地说道。

她这几天本着对上司的敬畏和好奇，终于从同事的口中探听了消息，当然，也包括了和她上一任的恩怨情仇。方逸群的生活实在是太简单了，她很容易就猜测出那天让方逸群那么有情绪波澜的人就是他的前妻了。她有些唏嘘，想不到方总看起来这么冷漠的一个人竟然这么深情。

"我和她之间不仅仅是这么一件事的问题。"方逸群忽然开口说道。

第一百〇八章　生活

易彤本来觉得自己提起来不合适，没想到方逸群竟然回答了。她仔细想了想，方总表现得不冷漠，比较像一个正常人的时候，似乎多多少少都和他的前妻有关。

他或许真的是心中太过于孤寂和压抑了。他看向了易彤："你们女人到底在想什么？难道我努力工作挣钱，给你们更好的生活，也是错的吗？"

易彤从来都没有想过这么复杂的问题，她有限的知识水平只能让她问方逸群："您看过《麦康伯的短促幸福生活》这篇短篇小说吗？"

方逸群狐疑地看了她一眼，但是他没有打断，就是让易彤继续往下说的意思。

易彤缓缓道："讲的是一个非常有钱又十分好看的美国人去非洲

猎狮子的故事。他遇到了狮子，吓坏了。他的妻子出轨了，和一个猎人。他一直忍受着这一切。最后，他打死了狮子，他觉得自己最幸福的时候，却死在了他妻子的枪下。"

易彤对这个人物是有一定的悲悯情怀的。她长长叹了一口气，接着说："您有想过麦康伯为什么要去猎狮子吗？他有钱有相貌，有令人羡慕的妻子，但是他要去猎杀狮子。"

"接着说。"

易彤笑了笑，说："我觉得还是生活太无趣了，生活没有波澜，就像温水煮青蛙一样，但是您会因为一件事就觉得生活无趣吗？就像您说的，您和您妻子，也不仅仅是因为赵董做的那件事。"

她看着方逸群的脸沉了下来，心中也有些惶恐了。她怯怯地问道："我是不是说错了什么？方总您别介意，我也没有和您一起生活过，我什么都不知道。我就是胡说的，您别往心里去。"

"没事。"方逸群有些失魂落魄，道理他都懂，他想过很多次。但是，他醒悟过来的时候，原本在他手里的东西已经失去了。

"那有什么办法挽回吗？"方逸群忽然一把抓住了她。

她吓了一跳，环视了一下四周，还好没什么人，便赶紧挣脱了胳膊。

方逸群也察觉到自己有些失态，低下了头去："对不起。"

易彤轻轻笑了笑，她有些腼腆，脸不自觉就红了，说："没关系。"

"你既然懂得这么多，那你告诉我，我有没有什么办法挽回她？"方逸群再次问道。

易彤愣了一下，她有点儿没能反应过来，方总这是在向她咨询，并且还是感情上的问题？

易彤和方逸群对视了一下，确定方逸群是真的在问自己，她硬着头皮，只好实话实说："我觉得挽回往往是最无力的。"

"为什么？"方逸群拧眉，隐隐有些不悦。

"等闲变却故人心，却道故人心易变。"易彤说完，有些不好意思地笑了笑："失去让我们学会珍惜我们当下拥有的。"

方逸群眼眸一沉，心中虽然不悦，可到底没有表现出来。他冷笑了一声，显然是不以为意。

　　"方总。"易彤小声叫了他一声。

　　"和你没关系。"方逸群冷声道。他推开了办公室的门，但还是忍不住扭头再次问易彤："你们女人都是这样吗？"

　　他今天的问题实在是太多了，易彤觉得压力有些大。她鼻尖冒起了细汗，终于忍不住苦着脸求饶道："方总，这个我就真的不知道了。"

　　"好了，我知道了，你去忙吧！"方逸群冷冷地说道。

　　易彤忍不住长吁了一口气，但眼中余光还是忍不住瞟了方逸群几眼。她莫名地觉得方总又孤独又深情，他大多时候都是面无表情的。她其实很好奇，一个人究竟有多么强大的内心，才可以修炼出这样的功底？

　　方逸群还在琢磨那个问题，但是想了半天也没有一个定论。如果他直接去问梁浅言，梁浅言一定会如实告诉他，但那样的结果，真的是对的吗？其实在他心中，只是需要一个佐证而已，去证明他现在要做的事是对的，他的挽回是有意义的，仅此而已。

　　方母的电话正好在这个时候打过来。

　　"你今晚要回来吃饭吗？"方母问道。

　　方母先前在附近城市玩了一圈，想必是才回来。他直接问道："林淼也在？"

　　方母没有想到方逸群会问林淼，这在她看来是十分难得的。

　　"对，林淼也在。"方母的语气中带着一丝欢喜。

　　"那我等下回来，正好，我有一件事情要说。"方逸群回答。

　　"是真的吗？"方母意外不已。她招呼了林淼，语气十分欢喜："林淼你快过来，逸群说他今天有事情想要告诉你。"

　　林淼眸光一动，难道他想明白了，还是说他有什么打算了？林淼一时之间也猜不准方逸群想干吗。

　　林淼对着镜子看了一下自己的着装，确定没有什么问题之后，这才小心翼翼地问方母："方总有没有说什么时候回来？"

364

"你现在还叫方总呢？"方母嗔怪道。她看了一眼林淼的肚子说："孩子都要出生了，你现在还这么生分。我看啊，逸群十之八九是想通了。"

"逸群……"林淼沉吟了一声，她还不是很熟悉这个称呼方式，她笑了笑，"叫逸群也挺好的。"

这时候林淼的电话响了起来。她看了一眼来电显示，眼眸一沉，抬头看向方母，浑然是另一副神色。

"怎么了？"方母关切地问。

"没什么。"林淼掩饰地笑了笑，关掉了电话。

等方母在厨房忙的时候，林淼才悄悄打了一个电话。

"不是跟你说了吗？你有什么事直接去我家等我，我现在不方便。"林淼压低声音道。

电话那头的人很不情愿地说："姐，我在你家等了你好久，你都没有回来，我这不是也没办法吗？你再不管我，我都要饿死了。"

林淼的弟弟叫林焱。林淼是从大山里出来的，她一向都好强，学习成绩也一直很好。当时家里供不起两个人，于是林焱就辍学，一直供林淼到大学毕业。林淼顺利毕业，进了现在的公司。可能从来什么都不曾拥有，所以她比所有人都努力，很快就调到了方逸群身边。眼看着她就能和方逸群有着无论如何都割舍不断的联系了，她还有赵董时不时的关照，怎么看一切都是要好起来了。

她终于可以告别她的过去了。

第一百〇九章　过去

可是林焱这一通电话，却让她明白，她与过去是真的断不了的。林淼的脸一下子沉了起来，她拉开窗帘，看了看窗外的景色。

方逸群这套房子是江景房，一眼望去的感觉异常好。她绝对不允许在这个时候出什么意外，所以她斩钉截铁道："你到底想要怎样？"

"姐，你可别忘了，当初咱家没钱，可是我早早辍学出来打工给你挣的学费，没有我能有你的今天吗？"电话那头的声音依旧嚣张。

"我没有忘。"林淼用力地说道，闭上了眼睛，"说吧！你这次想要多少钱？"

"也不多，对姐姐你来说，也只是一个小数字，就十万块钱吧！"林焱显得很是轻松。

林淼定了定心神，说："我也只是一个打工的，我现在还休着产假，我哪来这么多钱给你？"

"姐，咱们是亲姐弟，就不说两家话了，你什么情况我知道。"林焱根本就没把林淼的话当一回事，他明显觉得林淼这是找借口。

"你也知道我们是亲姐弟？"林淼怒不可遏。

林焱知道林淼有些生气了，态度也软了下来，说："好了，好了，姐，我真的知道错了。可是这一次是真的有事，我撞了个人，要是拿不出这个钱，对方就要上法院去告我。"

"车怎么样呢？"林淼问道。

她毕业之后就一直想着扶持林焱，甚至不惜自己掏钱买了一辆车给林焱跑网约车，但是没想到，一直以来林焱就状况不断。

她不是没有懊恼过，可就像林焱时常挂在嘴边的，他们是亲姐弟，而且是她亏欠林焱的，没有林焱当初的牺牲和对她的付出，也不会有她的今天。

林淼有时候真的挺好奇的，当初的林焱可以在餐厅当服务生，勤勤恳恳地打工来供她念书。眼看着一切都好起来了，林焱却像一个没有断奶的孩子一样，无止境地压榨她。

"车在修，所以我这几天也没事。姐，我打算在你这住几天。"林焱理所当然地说道。

"那你撞的人怎么样？"林淼这才想起来。

"也没什么大事，就是个老太太，腿脚不太利索，在医院养着呢！她家属列了一大堆护工费啊营养费什么的。"林焱并不觉得是什么大事，口气还是很轻松。

"所以你觉得十万也是理所当然的，还是说你是想要这个钱自己留一点？"林森敏锐地质问道。她听了听外面的动静，压低声音道："林焱，你听着，我等一下会回复你的。你最好今天不要来烦我，不然你一分钱都拿不到。这个事情我会再找你了解的。"

林森闭上了眼，深深吸了一口气。她想起从前在学校因为土被同学嘲笑的时候，她想起被故意捉弄的时候，就是因为她穷，她才会遭受那么多的不堪。她好不容易才走到这一步，绝对不能再跌落下去。

仰望的感觉，让人太疲惫了。她确定心绪平复过来之后，才转过身去，可是这一转身，却被吓了一跳。

"阿姨，您是什么时候来的？"她下意识问道。她握住了拳，瞬间意识到自己不该这么问。她泛出一丝笑来。她不知道方母听到了多少，索性就自己避重就轻地说道："是我弟的电话，他那边出了些事。"

"你还有个弟弟？"方母刚进来，准备叫林森帮个忙，倒是没想到林森自己说了。

林森点了点头："是啊！我还有个弟弟。"

"那你弟是做什么的啊？"方母下意识地问道，实际上是有些担心。

如果说林森那边有一大堆麻烦的话，方逸群的压力可想而知。

林森垂下眼眸笑了笑："我们其实平常不大往来的。"

她这样就是有些答非所问，也好像在刻意掩饰什么。方母越发觉得不对劲儿，但是她也没露出什么声色来。方母莞尔一笑，拉着林森的手道："亲兄弟肯定还是不能太生疏的，既然都在一块儿，以后有空可以让他来家里吃个便饭。等宝宝出生了，逸群那边我去说，我也想尽快见一见你父母。"

林森想起乡下父母的那副样子，心中一惊，脱口而出："我父母已经不在了。"林森说完，心下一惊，她不敢相信自己怎么就说出了这样大逆不道的话，父母到底养育了自己一场。她到底是忌讳她那样不堪的家庭的，她瘫痪在床的父亲，面黄肌瘦的母亲，还有一个眼看着什么都要好起来但是一味压榨她的弟弟。

"那就是说你只有一个弟弟了？"方母继续装作若无其事地问道。

林淼点了点头。

"那就更要多往来了，虽然说回头你真和逸群成了，也是我们家人了，但和娘家人亲热些，心里也踏实一些。"方母继续说道。

"不用了，阿姨，我兄弟没读什么书，现在有自己的生活，也挺好的。我以后就想拿您当亲妈一样，有您，有逸群，有宝宝，那就很好了。"林淼说道。

"嗯……"方母若有所思地点了点头。

林淼赶紧说道："阿姨，您过来是要我帮你做什么？"

"逸群不是要回来吃饭吗？我想起你的汤一向都煲得好，打算今天让你帮个忙。"方母笑道。

林淼深知这是为了给自己创造机会，她看着方母感激地一笑："谢谢阿姨了。"

"谢什么啊！"方母边说边拉着她的手往外走。

她心里多少还是有些不舒服，她总觉得林淼隐瞒了些什么。她抬眼看了看林淼的神色，还是补充道："林淼啊！你要是有什么难处的话，都可以跟阿姨讲的，阿姨还是会站在你这一边的。"

"阿姨说笑了，我能有什么难处？"林淼有些心虚。

"没有的话那是最好的。"方母回答。

方逸群好像掐着时间一般，方母和林淼这边刚把菜端上桌，屋子里就响起了密码锁的嘀声。方母给林淼使了一个眼色，林淼立刻会意过来，她迎了上去，满含笑意道："你回来了？"

方逸群冷淡地瞥了她一眼，目光就移了过去，像是对林淼说话，又像不是："先吃饭。"

第一百一十章　至此

林淼拿下围裙，替他盛了一碗汤。

方母帮腔道："林淼也真是的，大着个肚子。我都说让她顾好自己，她非要来给你煲汤。你尝尝看，味道怎么样？这可是林淼的一番心意。"

方逸群轻抿了一口，看向了林淼："你今天没有什么要对我说的？"

"啊？"林淼有些吃惊。

方逸群看了林淼一眼，林淼好像是真的不知道，难道赵董什么都没有告诉林淼？

赵董本来是想找林淼算账的，但是林淼在方家哪敢接赵董的电话，就是林焱的电话，林淼也是悄悄回复的。

方逸群冷笑了一声："看来你是真的不知道了。"

"方总，我不明白您是什么意思。"林淼错愕地问道。她隐隐觉得有些头皮发麻，心中有一种不太好的预感。

"那好吧！正好我有一个惊喜要送给你。"方逸群抿唇一笑。

"惊喜？"林淼心里更加没底了，她实在摸不清方逸群的意图。

"那我去厨房看看，还有没有什么要收拾的。"方母起身说道，显然是准备给两个人留空间。

"妈。"方逸群叫了她一声，不容置疑地说道，"您也一起。"

方母看了看方逸群的神色，到底是她的儿子，她心中也隐隐觉得不对，于是问道："逸群，是不是有什么事？"

"那就要问林淼了。"方逸群冷声回答。林淼心中越发不知道是怎么回事。她稍稍平复了一下心情，挤出了一抹笑："方总，是不是我做错了什么？您如果真的不高兴的话，可以告诉我，我改就是了。"

"孩子是谁的？"方逸群忽然盯着林淼问道。林淼笑容一僵，说：

"方总您说笑了，孩子当然是您的啊！"

"都这个时候了，你还在把我当猴耍？"方逸群盯着林森，眼眸当中冒着寒气。林森想着，反正方逸群也没有证据，医院那边她早就处理好了，也不会露馅。她继续坚持道："全公司谁不知道我对您的心意？您就算再不喜欢我，也不至于这样啊！"

"林森，这到底是怎么一回事？"方母的脸色也沉了下来。

"看来你是不到黄河心不死？"方逸群说着，用手机播出了录音。

"方总，您怎么有这个的？"林森一把抓住了方逸群的胳膊。

方逸群冷冷甩开，他轻轻一笑，说："你们的算盘是真的打得很好。"他说完，语气一顿接着说："林森，你是不是觉得自己特别聪明？不管是我也好，还是赵董也好，都被你玩弄于股掌之中。我想，你的预产期也不是下个月吧！应该还要提前一些。"

他竟然什么都知道了。林森心中一惊，嘴唇也开始发颤起来。

"方总……"林森想伸手去拉他，方逸群却直接避开了。

"你别这样叫我，我们已经不是上下级，也不是合作关系了。林森，事已至此，我可以不追究你，希望你好自为之，你走吧。"方逸群说完，便不再看她。

"等一等。"方母忽然叫住了林森，她的双目通红，瞪着林森，"逸群说的都是真的？"

"阿姨……我……"林森有些心虚地低下了头去，原本孩子就是她所有的依仗。她自知这个依仗没了，她和方母的那点微不足道的情分真的是不值一提。

林森觉得连哀求都没有必要了。

"对不起，阿姨。"她如实说道。

"你怎么可以这样呢？"方母冲上去就要打林森，被方逸群拦住。

"妈，她有身孕，真出了什么事，您能负责吗？"方逸群冷声说道。这句话一下子激起了方母残余的理智，她咬了咬牙，还是恨不得冲上去将林森痛打一顿。

"你真不是个东西。"方母继续骂着。

"我不是东西？"林淼勾起了一抹笑。她索性就破罐子破摔了，照方逸群这架势，肯定是不可能会让她怎么样，就像方逸群会制止方母的原因一样，她毕竟还有身孕。

林淼做小伏低了这么久，没想到功亏一篑。她已经道了歉方母还不依不饶，便直接看着方母道："您现在骂我，您就没有反省过您对您的前儿媳妇说过什么吗？"

林淼说着，唇角的嘲讽越发明显："我肚子里要不是个男孩，您当初能那么宝贝我？方鹤死了，我看您也不见得有多难过，说不定还庆幸因为这个事情摆脱了梁浅言。您看看您当时的模样，所以，您有什么资格来教训我？"

"你……"方母平日见的都是林淼乖巧懂事的一面，她万万没想到林淼竟然是这样看她的，还敢顶嘴。

林淼继续道："要不是看在方逸群的面子上，谁愿意天天大着肚子跟在你身边伺候你啊！我要是你啊，现在哪有脸指手画脚？我跟在你身边那么久，你真当我是跟你投缘啊！就你这重男轻女的思想，我压根就看不上。"

"林淼，你不要太过分了。"方逸群警告道。

"我过分？"林淼轻轻一笑，盯着方逸群，"我捧着一颗真心给你，你却偏要把它踩到脚底下。如果不是你，我会出此下策吗？你以为我真的开心？你以为我真的喜欢这个老巫婆？说起来，我倒是真的有点同情梁浅言，放弃事业来你家，生儿育女的，最后离婚也是什么都没要，还从来没被这个老巫婆当过自己人。"

"你够了！你看我今天不撕了你的嘴！"方母冲了上去，只是这一次，她依旧没能够打到林淼，就已经倒在地上了。

方逸群将林母抱在了沙发上，立刻打120。他搁下电话就一巴掌打在了林淼脸上。他一句话都不愿意跟林淼多说了，将林淼推了出去，关上门就抱着方母下楼等救护车。

纵然他知道真相，也没想过会跟林淼动手，刚才的确是对林淼忍无可忍了。

第一百一十一章　揭穿

方母只是高血压，有惊无险醒过来之后，就拉住方逸群的手说：“是我对不起浅言。”

“妈，我和浅言之间是我们自己有问题，不关您的事。”方逸群耐心地说道。

“逸群，不要你说，妈就知道，一定是有妈的原因在的。”她说着，眼泪就滴落了下来，“当时那个情况，方鹤过世了，浅言又性子倔，我看着林淼年轻漂亮，又懂事又心疼你，想来也不比浅言差，何况她已经怀上了孩子，但是我真的没想到……”

方母愧疚地看着方逸群，长叹了一口气，眼泪滴落了下来：“是妈妈对不起你。”

方逸群一下子慌了，着急地说：“妈，真的和您没关系，我和浅言之间原本就出了问题，是我没有考虑好家庭和工作之间的关系，是我对她和鹤鹤缺乏关心了，也是我没有让鹤鹤感受到父爱，真的和您没有关系。”

方母闭上眼，满脑子都是当初在医院看到的梁浅言的那张脸。一时之间，她有些动容。她的双手颤抖着，眼眶中蓄满了泪水，大声道：“我现在就去跟浅言道歉。逸群，我知道你心里还有她。妈去求她，求她回到你身边。都是妈不好，妈真的不应该那样对她的。”

“妈，真的和您没有关系，真的。”方逸群再次重申道，他的语气有些焦虑，“您都已经这样了，怎么去见她？”

“不，逸群，妈妈真的知道错了，妈妈一定要去见浅言，一定要替你弥补。”方母固执道。

方逸群一把将她按在了病床上，说：“妈，如果您再这样固执，我真的生气了。我已经说了，和您没有关系。我知道林淼的事情让您很伤心，但是妈，您难道不是应该庆幸我没有和林淼结婚吗？”方母想了想，觉得方逸群说得十分有道理，心中不禁一阵后怕。可是想到梁浅言和方鹤，她心中又觉得懊悔万分，长长叹了一口气，侧过了脸，不想让方逸群看到自己哭。

方逸群心中也很是不忍，想来方母还不知道，梁浅言已经有新的生活了。

方逸群叹了一口气。

方母平复好心情后，这才重新看向了方逸群，说："逸群，你是对的，妈妈以后再也不会干涉你的事情了，但是这次，你要听妈的，我是真心实意地想要跟浅言道歉。"

"妈，您这个样子能去哪里？真见了她恐怕要吓坏她了。"方逸群搪塞道。

方母眼中的内疚更深了。她又叹了一口气，眼神异常落寞。她那只没有输液的手狠狠地捶在了床上，接着懊悔地说："都是我老糊涂了，我怎么能对浅言说那么过分的话呢？我怎么能轻而易举就信了林淼……"

"妈，妈，您冷静一下。"方逸群也完全失了方寸。他努力地理了理思绪，这才说道："我现在就打电话给浅言，看她愿不愿意来看您。"

"浅言真的会来吗？"方母有些紧张，又有些期待。单从那段录音，方母就可以猜到林淼是机关算尽了，只怕方逸群在公司也不大如意。她现在只想替她的儿子弥补。

梁浅言接到方逸群的电话时还有些诧异，她和方逸群之间已没有联系的必要。

梁浅言看着熟悉的号码，心中百感交集，这是方鹤在世时她们每天都在等待的号码。梁浅言接通了电话，没有说话，等着方逸群开口。

"是这样的，我妈高血压住院了，她特别想见你。我就是想问你是否方便，你要是不方便的话就算了。"方逸群询问道。话虽然这么说，但他还是带着些许期待的。

"你妈？"梁浅言怀疑自己听错了。

"是……"方逸群觉得有些无从解释。

林洲正在梁浅言旁边修图，听到梁浅言的反应，关切地看向了梁浅言。

梁浅言轻轻地冲林洲摇了摇头，示意自己没事，这才开口道："有什么是电话里不能说的吗？"

方母对着方逸群招了招手，示意方逸群把电话给她。她接过电话，有些不好意思地轻笑了一下说："浅言，是我。"

梁浅言张了张口，差点就喊妈了，到底是叫了十多年，都快成习惯了。她顿了一下改口道："阿姨，您有什么事吗？"

"浅言，虽然说你和逸群不在一起了，可是我觉得，咱们从前毕竟都是一家人。"

梁浅言在婚内和方母的关系在方鹤生病前还算可以，只是随着方鹤病情的恶化，这才剑拔弩张起来。方母当时避她如蛇蝎，现在态度又一个一百八十度大转弯，梁浅言一时之间都有些不习惯了。

"阿姨，您有什么事，就直说吧！"梁浅言沉声说道。

"浅言，我……"方母有些说不出口。

方逸群也不忍心母亲这样难堪，他接过手机如实说道："我妈是被林森气住院的，先前的事情她都知道了。她主要是心中觉得对你有些歉疚，想当面向你致歉。"

方逸群觉得这样说有些不妥，随之补充道："本来我妈是要亲自登门道歉的，但是，她人在医院里，我不打这个电话她也不踏实。如果你方便的话，你看……"他的话故意没有说完，实际上就是在等梁浅言的态度。

梁浅言轻轻笑了笑，实在没想到反转竟然是因为这个。

梁浅言和方母相处了七年，对方母的性格自然也有一定的了解。方母知道真相后，歉疚肯定是有的，但是也不至于真的怎么样。她这么做无非还是为了方逸群罢了，她是想替方逸群弥补。姑且不论方母为人怎么样，但是梁浅言依旧钦佩她是一个好母亲。

"阿姨的意思我明白，心意我领了，但是我今天还有一些事情要处理，可能不太方便。"梁浅言客气地回绝道。

"这样啊！"方逸群有些失落。他黯然一笑，这样才是正常的结果啊！

"我明白了，那我就不打搅了。"方逸群结束了对话，他看向了方母，"您看，电话也打了，浅言说她明白您的心意，您现在就放心吧。"

"逸群，你知道我的，我怎么能放心？"方母依旧忧心忡忡地说道。她知道自己的儿子的确算得上优秀，他身边围着的像林淼这样的女孩子肯定不少。

但是一朝被蛇咬，十年怕井绳。毕竟他们和梁浅言相处了七年，对梁浅言的性格知根知底，而且，梁浅言当初为了方逸群做出了那么大的牺牲，于情于理，她都觉得应该去替方逸群挽回。

"妈，我都懂您的意思，浅言能不懂吗？您还是省省吧！"方逸群直接说道。

"这么说，浅言是真的不愿意见我了？"方母显得尤为不解。

方逸群想到先前方母误会梁浅言和林洲的事情，现在他也不想去提林洲，索性就缄默不语。

第一百一十二章　意图

梁浅言那边挂掉了电话之后，林洲随口问道："是方逸群吧！"

梁浅言也没瞒着他，回答道："方逸群他妈已经知道林淼的事了，被林淼气进了医院。方逸群他妈想向我道歉。"

"你拒绝了？"林洲诧异地看着梁浅言。

梁浅言莞尔一笑，道："对呀！我知道他妈的性格，也知道他妈会说什么，去了也没什么意思。"

"为什么呢？"林洲故意问她。

"因为我有你了啊！"梁浅言说着，靠近了林洲，挽住了他的胳膊，将头放在了他的肩上。

"就这么简单吗？就没有别的了吗？"林洲继续问道。

"嗯，我想想。"梁浅言轻轻一笑，"主要是，我对方逸群已经没有感情了。这种挽回，我认为比较浪费时间，不如看着你修图。"

"真的？"林洲不确定地问。

"真的，醋坛子。"梁浅言说着，捏了捏林洲的脸。

"我不是醋坛子。"林洲一边说，一边存图，准备关机了。

梁浅言拦住了他，诧异地问道："哎，你干吗呢？"

"我打算陪你去探病啊！"林洲笑道。

"为什么要去啊？"

"因为你心里有结。"林洲摸了摸她的头，"所以，哥们儿就带你去解结。"

"我没有结。"梁浅言别过了脸。

"你敢这样说？"林洲笑了笑，没有再就这个问题说什么。他拉着梁浅言坐了下去，说："不过我还是提醒你，这是你应该得的道歉，这是方家欠你的。我从来都不知道什么以德报怨，我只是希望你可以一步一步，和过去的事情告别。"林洲说着，神情无比严肃起来，顿了顿，接着说："我知道你心里对方家人一直都有不满，你付出了所有的青春，最后却是这样一个结局。"

"你明知道这个道歉是什么目的，你还要我去？"梁浅言问他。

林洲挑了挑眉，拍了拍梁浅言的肩，意味深长地说道："你觉得哥们儿是那么大方的人吗？当然是我陪你去！我才不管他们打的什么主意呢！从我手上抢人，有那么容易吗？他们想道歉，那就让他们道歉好了，反正是他们亏欠你的。"

"林洲，我真的觉得没必要。"梁浅言再次对林洲说道。她笑了笑，拉住了林洲的手说："你一直都是最懂我的人。其实以前我真的耿耿于怀，但是现在已经不了，我不爱方逸群了，那些事情就伤害不到我。我现在爱的人是你。"

林洲怔了怔，伸出手来，抱住了梁浅言，说："浅言，我希望你永远都在我的身边。"

"我永远都不会离开你。"梁浅言回抱住他。

或许以前，能不能在方家讨个公道她很在乎，但是现在，真的没那么重要了。

"我想去看看刘思逸。"梁浅言忽然说道。

林洲愣了一下，没想到梁浅言会这么说。他又想起了刘思逸之前的态度，犹豫了一下，问道："要不要我陪你？"

"不用了。"梁浅言柔和一笑，嗔怪地看了一眼林洲，"刘思逸又不是什么老虎。"

"她当然不是老虎啊！她是蝎子，比老虎还可怕。"林洲的目光移向了梁浅言先前被刘思逸打过的地方。他的手抚了上去，心疼地说道："你不知道，她动你一下我有多心疼。我有时候真的不懂，她口口声声说和你是最好的朋友，下手怎么就这么狠呢！"

林洲也不是喜欢背后议论别人的人，但想到梁浅言当时脸上的红印，就恨不得去打刘思逸一巴掌，但是涵养的确有效地约束了他。

"那时候思逸也有情绪，但我真的有很重要的事情找她，不然会出事的。"梁浅言的神色郑重起来。

"会出什么事？"林洲有些疑惑地问了一句。

"我不能说。"梁浅言不敢看林洲的眼睛，侧过了身去，"我真的不方便说。"

"那行，那哥们儿就压抑住好奇的渴望吧！但你还是得带上我。"林洲坚定地说道。

梁浅言知道林洲还是怕她和刘思逸之间会发生什么事。她想了想，林洲一起去也没什么，就答应了下来。

梁浅言到的时候，正好刘父也在。

刘思逸本来就想着要和梁浅言冰释前嫌了，但是自己一直拉不下脸。看到梁浅言来了，她就故作轻松道："我还以为你以后都不会踏进我家的门槛了。"

"怎么会呢？"梁浅言笑了笑，和刘思逸父母打了一个招呼，这才看着刘母问道，"阿姨最近觉得好些了吗？"

"浅言，你和思逸之间的不愉快，其实也都怨我。"刘母有些不好意思。

梁浅言爽朗地摇了摇头，风轻云淡地说道："阿姨现在没事就好了。"

她看向了刘思逸，主动询问道："能出去聊吗？"

"好啊！"刘思逸也没多想，就提着包跟着梁浅言出去了。

梁浅言找了一个楼梯道。

刘思逸有些不习惯，轻轻笑了笑："什么事值得你这样紧张兮兮的？"

"那天……"刘思逸接着就想要解释那天的事。

"听说你要结婚了，是吗？"梁浅言却直接打断了她问道。

"是啊！林洲应该告诉你了吧？"刘思逸一脸满足地回答。

赵添恰好去帮刘母买粥，但是没想到医院的人实在是多，他在电梯那里挤了半天也没挤进去，就干脆爬楼梯上来了，没想到却正好听到了熟悉的声音。

赵添原本想打个招呼的，但是好奇心使然，他又忍了下来。

梁浅言看了刘思逸一眼，在原地转了一个圈，才回头看着刘思逸问："你怀孕了？"

刘思逸没想到梁浅言会问得这么直白，她心中也没想好到底要不要告诉梁浅言，但是多一个人知道就会多一分风险，于是刘思逸笑道："是啊！我和赵添已经很小心了，但是没想到这个孩子还是来了。"

赵添听到刘思逸提到了孩子，也忍不住莞尔，准备上去找她们。他刚迈开脚，却听到梁浅言说道："思逸，你跟我说实话吧！"

赵添心一沉，难道还有什么事吗？

刘思逸的目光有些闪烁，低头一笑说："我说的就是实话，你怎么就不相信我呢？"

第一百一十三章 谎言

"思逸，你是不是还以为你这个谎可以圆过去？你有没有想过，假如赵添和他妈知道了真相会怎么样？"梁浅言直接说了出来。

刘思逸环顾了一下四周，目光灼灼地盯着梁浅言说："浅言，我最后和你说一次，怀孕这种事情，我不会随便开玩笑的。"

梁浅言没想到这个时候她还不承认。她抓了抓头发，看着刘思逸轻轻笑了笑，又发现自己实在是笑不出来。她是不知道这话该怎么说。她握了握拳，语速飞快地说道："你不可能怀孕的。"

刘思逸有些好笑，问："梁浅言，你以为就你一个人是女人吗？我也是个女人，为什么你可以怀孕生孩子，我就不可以？有意思吗？"刘思逸的面上充满了讥讽，"我好心好意想和你和好，你就是这样来硌硬我的？你的孩子死了，不代表别人不能有孩子啊！"

按理说，刘思逸说出这样刻薄的话，一般人早就受不了。梁浅言也红了眼眶，她咬了咬嘴唇，定了定心神，下定决心说道："你上次谈恋爱引产的时候，就已经子宫受损了。当时医生说，你以后都不能怀孕了。"

梁浅言叹了一口气，接着说："你当时失恋了，我又怕你情绪不好，就和医生说了，暂时不要告诉你。"

"你说什么？"刘思逸一脸震惊地看着梁浅言。她愣了一下，眨了眨眼，眼泪滴落下来，但是脸上却绽放出一丝后知后觉的笑意。她指着自己，还是有些不相信，说："你是说我……不可以有孩子了？"

梁浅言不敢看她的眼睛，她点了点头，别过了脸去，说："我不是故意不告诉你，那时候我真的怕你受不了。我一直想找一个合适的机会告诉你，可是我没有找着。"

"你是说我不可以有孩子？"刘思逸再次质问。

"思逸，你冷静一下。"梁浅言试图去拉刘思逸的手安慰她。

刘思逸却毫不犹豫地甩开了，冷声道："梁浅言，你不至于因为一巴掌编出这样的谎话来骗我啊！"

"我没有骗你，思逸，你真的就没想过你编的这个谎话被戳穿的后果吗？"梁浅言担忧地看着她。

"这么大的事情你竟然瞒着我？"刘思逸冷眼瞅着梁浅言。她冷哼一声，一把捏住了梁浅言的胳膊，分外用力地说道："这么大的事情，你竟然瞒着我！"

"思逸，不是这样的，我……我只是当时……"梁浅言不知道该怎么解释，她叹了一口气，"思逸，我现在告诉你，就是希望你适可而止，不要再自己骗自己了。"

刘思逸的唇瓣动了动。她原本以为一切都在她的掌控之中了，没想到竟然会这样。她忽然抬起头，恶狠狠地盯着梁浅言说："你就是故意来看我笑话的是不是？梁浅言，你看你多好啊！一个方逸群对你念念不忘，一个林洲对你又死心塌地，你是不是觉得自己特有成就感啊？你就是想看我怎么机关算尽，又自己圆不回来是不是？"

她忽然又大笑起来，说："梁浅言，你还真的是策划得周全啊！这下我真的没辙了，我连想和赵添在一起都要机关算尽，凭什么我想要什么就那么难，你就异常顺利了？"

"思逸，我从来都没有这个意思。"梁浅言耐心解释，她盯着刘思逸，"我真的没有。"

"那你今天来告诉我是什么目的？你知不知道，木已成舟了，我没有退路了。"刘思逸说完，弯下了身子，手撑在膝盖上，"你不就是想看我是怎么走向绝境的吗？梁浅言，你等着瞧，你越想看到的，我越不会让你看到。"

"刘思逸，你能不能不要什么都怪别人？我已经和你解释得很清楚了，我根本就不知道你能撒出这么大的谎来。"梁浅言毫不示弱地和她对视。

"我现在怎么办？"她抓了抓头发，在台阶上坐了下来。她忽然想起什么似的，一下子抓住了梁浅言的胳膊，说："浅言，刚刚是我太激动了。我求你，这件事，你不要告诉其他人好不好？"

"刘思逸，你到现在还不懂吗？"梁浅言拧眉看着她，"这根本就是你没有办法去圆的谎。我先前瞒着你是我的不对，但是你现在就应该及时悬崖勒马！"

"你说得容易。"刘思逸冷笑，"我现在已经告诉了所有人，我身边的同学、朋友都知道我要结婚了，我这时说出真相，会丢死人。"

"那你这就是在拿孩子要挟赵添。思逸，你从来都不是这样没有自信的人。"梁浅言还试图去劝她。

"梁浅言，你没处在我这个骑虎难下的处境，根本不知道我的难处。如果不是你当初瞒着我，我至于这么被动吗？"刘思逸有些不耐烦，皱了皱眉说，"这件事我有打算了，你不要干涉。"

"你明明可以去和赵添好好说的，赵添也不是不讲理的人，为什么你总是要用这种自以为高明的算计？"梁浅言一口气说出来。她轻轻一笑，说："我知道我说这些话，以你的性格，我们之间一定完了，但是我也不在乎了，刘思逸，你好自为之。"

"浅言……"刘思逸微微有些动容，叫了梁浅言一声。

梁浅言以为她改变了主意，回过头看着她。刘思逸却说道："你不要把这件事说出去。"

在她叫自己的时候，梁浅言心中还有一丝希望，等她这句话说出来，梁浅言眼中的光也随之消失了，她点了点头说："你放心。"

果然还是林洲说得对，刘思逸从来都是只信自己，从来都不会听别人的劝，总是一意孤行。她自以为所有的事情都在她的掌握之中，她以为自己可以洞察人性，说白了，她从来都没有相信她和赵添之间的感情。

梁浅言走后，刘思逸摸了摸平坦的小腹，靠在了墙上。她闭上眼睛，努力地将眼泪憋了回去，但却觉得浑身一点儿力气都没有。她蹲了下去，眼角还是滑落出了泪水。

赵添还是没敢上前，他没想到自己会听到这些。他屏住了呼吸，心中也不知道该怎么办才好。他转过了身去，一步一步地下楼了。

第一百一十四章　算计

刘思逸没有怀孕，她以后也不会怀孕了。他可以接受这些，可他妈呢？他们已经领证了，即便反悔，那场婚礼该怎么办？

赵添越发觉得大脑一片空白。先前他就感觉到，从接触刘思逸开始，他就好像掉入了一个陷阱当中。可是现在，这个陷阱好像更加深了。赵添觉得自己的身体当中好像有一种无处发泄的东西，他根本没有办法挣脱，也没办法让那种感觉释放出来。

赵添麻木地走出了医院，一下子就走到了路口，汽车的紧急刹车声和喇叭声才让他找回了一丝理智。赵添抬头看了看太阳，依旧很刺眼，但是他却觉得浑身好像被冻住了一样，全都是寒意。

娇娇的电话却在这个时候来了。赵添愣了一下，他心中明显有一种不祥的预感，这两个女人，无论他走向哪一边，都会让他喘不过气。

但是他现在迫切希望有个人能陪着他，他接通了电话。

"赵添，我刚刚落地，你在哪里啊？我来找你。"娇娇的语气还是很熟稔，就好像他们从来都没有分手一样。

"我……"赵添犹豫了一下，还是报了地址。

娇娇立刻道："你就在那边等我，我这就来找你。"

"好。"赵添答应下来。

娇娇也没想到会这么顺利，立刻给关睿发了一条消息。

关睿收到娇娇的消息，脸上浮现出了一丝笑意。那个女人啊！在他面前总是张牙舞爪的。以前他从来都没有发现她这么有趣。他从她身上学得很彻底，她既然用这种手段抢到了赵添，那他就用这种手段让她失去赵添。游戏越来越有意思了。

"关睿，你这样做的目的是什么？"娇娇诧异地问关睿，她记得关睿明明是刘思逸的朋友。

"你不用管，该给你的钱，我一分都不会少。"关睿顺手给娇娇发送了这条消息，就合上了手机。

学生时代，他就对刘思逸很感兴趣了。那时候的刘思逸谈不上好看，发型也没现在离谱，是乖巧的普通型。他是转校生，在一个几乎所有人都只关注自己学习成绩的重点班中，刘思逸是唯一一个有温度的人。

他亲眼瞧见，少年时期的刘思逸，擦黑板总是擦得异常勤劳，但是却在所有人都看不到的时候，将黑板擦放在悬在梁上的吊扇上。那时候天气很热，打开吊扇后，整个教室都弥漫着粉笔灰，于是一向安静的教室就会喧哗起来，她就躲在垒得高高的书后面偷着笑。

当然，刘思逸做的坏事情不止这一件。他看见了，却从来没有拆穿过。

那时候他父亲的生意正做得如火如荼，对他也疏于管教，但是却用着自以为是为了他好的方式对待他。

刘思逸就是他枯燥无聊生活当中唯一的光。本来是好些年都没有什么联系的，这些年他默默关注着她所有的生活，她竟然就这么突然来找他帮忙了，而且还是这样的一件事。

他觉得越来越有意思了。

娇娇撇了撇嘴，心中有些鄙夷自己，为了钱竟然答应了关睿，但是又暗暗有些恨刘思逸。

这样翻来覆去的，她和赵添实际上都是刘思逸和关睿的玩偶而已，可偏偏她屈从了这样的安排。

娇娇安慰自己，她原本就有把赵添抢回来的打算，现在这样，也只当顺从自己的心意吧！这样想着，娇娇心中也就好受了一些。她看到赵添就灿烂一笑，招了招手，欢快道："赵添，这里。"

赵添看着她，觉得有些恍惚，好像看到了大学的时候，他满心欢喜地等待着的那个小师妹，她的笑容总是会让他的世界异常明亮。赵添也忍不住莞尔。

"我没想到你会见我。"娇娇的声音带着欣喜。

"嗯。"赵添点了点头。他想起先前的事情，整个人又沉郁起来。

娇娇敏锐地察觉到了，她问赵添："你是不是有心事？"她说着，就像以前一样，伸手去拉赵添。

赵添的手一颤，不动声色地避开了，将手放在了裤兜中。

娇娇掩饰地笑了笑，歪着头，眼神中透着一种天真烂漫，说："我们去看电影好不好？或者去我们先前常去的那家电玩？"

赵添牵强地笑了笑，他到底已经结婚了，便缓缓地摇了摇头。

"为什么？"娇娇问道。

"我结婚了。"赵添声音略带些沙哑道。他想对着娇娇笑，但是那个笑容却异常勉强，比哭还要难看。

娇娇愣了一下，有些缓不过神来。她不敢相信地确认道："你结婚了？"

她又下意识地接着问道："和谁？刘思逸？"

她问完，低下头讥讽般地笑了笑，说："她的动作还真的是快啊！真是杀伐决断呀。"她很清楚赵添的性格。赵添一贯都是犹豫不决的人，如果不是刘思逸促成了这件事，赵添一定还在纠结。

"那你开心吗？"娇娇扬起脸凝视着他。

这个问题，赵添很难准确地回答。他目光闪烁地笑了笑，话到了嘴边，可那一大堆的事，又委实不知道该如何开口。

"赵添，是不是她逼你了？"娇娇又问道，她心中又急又气，就转过身去，"我找她去。"

"娇娇，不管是什么原因，我和她都已经领证了。"赵添头有些疼。他原本只是需要有一个人来缓解一下他的不安，但现在他觉得自己更不安了。以前的娇娇其实不太会关注到赵添的情绪，可是现在，她竟然密切感觉到了赵添的情绪变化。

"你要是有什么事，可以告诉我。"娇娇说着，环视了一眼四周，最终道，"咱们俩也不能一直这样站在马路上说话吧？"

"那我请你喝咖啡吧！"赵添推了推眼镜，有些心不在焉地说道。

娇娇被刘思逸设计了一次之后，心中就隐隐猜到了一些，这一次应当还是和刘思逸有关。娇娇感觉无从问起，赵添其实有些好面子，就算是真的有什么，也决计不会在她面前说。

"要是真的有什么，还是去和她说清楚吧！"娇娇眉眼中带着担忧地说道。赵添感觉真的无从说起。他自嘲般地笑了笑，摇了摇头。

娇娇心里很是纠结，几分心疼，几分亏欠，又有几分犹豫。

"赵添，我不管你是怎么想的，先前的确是我对不起你，但是只要你愿意回来，我会等你的。"娇娇一口气说完。

第一百一十五章　挽回

"啥？"赵添抬起头来，以为自己听错了，"你说什么？"

"我说我会等你的。"娇娇迎上了他的视线。她将垂下来的碎发拨在了耳后，有些害羞地笑了笑，说："我知道我先前有很多不好，可是，你现在也不好，不是吗？我们在一起的时候才是最开心的。"

赵添回想昔日他和娇娇在一起的时候。他轻轻笑了笑，其实哪有那么好，只是现在失去了而已。

"我已经选择她了。"赵添笑得有些勉强，事实就像他说的，他已经选择了刘思逸。

刘思逸在医院里等了赵添很久。她见赵添去了这么久都没有回来，心里还是有些担心的，于是就给赵添打了一个电话。

赵添看了一眼娇娇，犹豫了一下还是接了。

刘思逸早就调整好了情绪。她的语气和往常一样，撒娇道："小甜甜，你是不是出什么事了？人家等你很久了。"

她故意带了一点港台腔，要是以前，赵添一定会被逗笑，但现在，他没有这个心情。

赵添微妙地看了一眼娇娇，迅速答复道："我这就回来。"

他站起身来，有些抱歉地看了娇娇一眼，说："我有点事，所以，你……"

娇娇之前一直对赵添比较任性，一般都是赵添迁就她，可是失去了赵添之后，她好像又变得善解人意起来。

人往往都是这样微妙又奇怪的。她掩饰般地笑了笑，说："好，我明白，你回去吧！"

"嗯。"赵添点了点头，不敢去看娇娇。

赵添走到了门口，娇娇却忍不住叫住了他。他转过身去，娇娇的眼眶湿润了起来，有一种说不出来的凄美。她动了动唇，缓缓说道："赵添，我真的很后悔失去你。"

"都过去了。"他侧过身，不想让娇娇看到自己的神色。

"我过不去。"娇娇强忍着泪意，"我说会等你，我是认真的。说起来你可能觉得好笑，我竟然失去了才知道很多东西太难能可贵了。"

"你只是在和刘思逸较劲儿。"赵添说完，用手掩了掩鼻子，低下头轻轻一笑。他从前也是愚钝，他身边的两个女人，不论是哪一个，手段都比他高，他无论偏向哪一边，都是一个牵线木偶。

娇娇有些失神，她没料到赵添会这么直接。她说的话的确是半真半假，一来她的确有和赵添再续情缘的想法，二来她觉得把自己放在这样一个位置上，更容易事半功倍，她的胜算也会更大。她忽然意识到赵添比她想的要聪明，赵添原来什么都知道。她坐在椅子上，看着赵添从透明的玻璃前走过，心中却有一种莫名的委屈，她是真的很想哭。

赵添回到医院，刘思逸已经在等着她了。她见赵添回来，立刻从椅子上跳了起来。

"先前你哥和浅言来过了。"刘思逸说道。

"嗯。"赵添有些不以为意。

"你干吗去了？"刘思逸问他，皱了皱眉，"害我担心死了，你去了哪里啊，也不打个招呼。"

她的语气虽然是埋怨，但还是带了些许关心的成分。

"我有点事。"他没有说实话。面对刘思逸的时候，他就感觉他所有的底气都在瞬息之间消失得无影无踪了。

他看了一眼正在休养的刘母，这才注视到刘思逸身上，说："出去谈？"

"有事？"刘思逸心中一沉，但还是抱着一丝侥幸的。她心下第一时间就怀疑，难道是赵添知道她假怀孕的事了？

她定了定心神，又觉得不太可能。

她和梁浅言认识这么多年了，梁浅言的性格，她多少还是清楚的。梁浅言既然已经承诺了会替她保守秘密，那么梁浅言就应该不会这么快告诉赵添的。可是她也了解赵添，赵添很显然状态不对。但是在还不知道对方的底牌和用意的时候，她绝对不可以泄气。

她回过头看了一眼母亲，有了一个眼神交流之后，这才点了点头，扬起脸对着赵添一笑，说："好啊！你想和我说什么？"

赵添坐在走廊的座椅上，将脸埋在了双手之间，酝酿了一下，最终锐利地看向了刘思逸，问："你是不是根本就没有怀孕？"

刘思逸没想到事情竟然会被拆穿得这么快。她愣了一下，轻轻一笑，故作轻松道："你觉得这种事情，我也会骗你？赵添，你是听谁说的啊？你怎么能这种话都信呢？"

"那我带你去其他医院查一下，就什么都知道了。"赵添看着她说道。

刘思逸知道，赵添不是一个会随意下结论的人，看赵添这个架势，他应该是真的什么都知道了。

她也没想继续装下去，咧开嘴，笑了笑，语气很轻松，问："是梁浅言告诉你的？"

"不是。"赵添如实回答，他有些失望地看着刘思逸，"我真的没想到，这么严肃的事情都能成为你的筹码。"

赵添说的是实话，但是刘思逸却不信，她扬起唇角，怒道："不是梁浅言还有谁？只有她知道这件事情，梁浅言真的是好手段啊！前脚还答应我，后脚就直接把我卖了。"

"你能不能不要什么都怪别人？"赵添盯着她，目光之中带着一丝失望。

"你连说的话都和她一样。"刘思逸轻声质问。她扬起脸来,有些虚张声势地说道:"我的确没有怀孕,但是赵添,你自己想一想,我为什么要这么做?还不是因为你妈,从来都不愿意承认我。"

"刘思逸,你永远都是这么多的借口。你承认一下自己真的做错了,有这么难吗?"赵添有些嘲讽地笑道。他忽然想起梁浅言的话,心中越发觉得讥讽:"说白了,你就是从来都不相信我会因为你和我妈怎么样,你就用这种不入流的手段逼我和我妈就范。"

"你还说不是梁浅言和你说的?"刘思逸奚落地看着赵添,"你就是听梁浅言的话,也不愿意听我解释,是这样吧?"

"刘思逸,你讲点道理好不好,这是你和我之间的事,跟人家梁浅言从一开始就没有什么关系。"赵添按捺着性子,他闭上了眼睛,"我不想和你吵,思逸,我们都冷静一段时间吧!"

第一百一十六章　误会

"冷静?赵添,你什么意思啊!"刘思逸逼近了他。

"我能有什么意思?"赵添挑了挑眉,有些自嘲地笑了笑,"我和你之间,从来都是你说要怎么样、你想要怎么办。你什么时候关心过我的想法?"赵添说完,转过了身去。

"赵添你给我站住。"刘思逸歇斯底里地叫道。

赵添却没有回头。

她不敢回病房,到底还是怕母亲询问,好在父亲在,母亲也不会有事。

她心里对梁浅言怨恨极了,她什么都有了,她最惨的时候也是自己一直陪在她的身边。自己一向以维护她为原则,但是做人怎么可以像梁浅言那样两面三刀呢?明明都答应了自己不告诉赵添,竟然转个身就把自己卖了。刘思逸的脸色越发严肃起来,她随之就给梁浅言打了一个电话。

刘思逸很明显是带着情绪，她问道："梁浅言，我有事要问你，你什么时候有空？"

"我在医院。"梁浅言和林洲交换了一个眼色。梁浅言心中也隐隐有些不安。

"那你报个楼，我来找你。"刘思逸冷峻地说道。

方逸群看着梁浅言讳莫如深的神色，好奇之余还有些担忧，轻声说道："既然有事，那你就先去忙吧！"

梁浅言挑在了楼梯间和刘思逸会面。刘思逸一看到梁浅言就冲上来要动手。林洲眼疾手快拦住了刘思逸，怒道："刘思逸，做人要适可而止，你不要再得寸进尺了。"

"我得寸进尺？"刘思逸觉得有些好笑。她指着梁浅言，看着林洲说道："你怎么不问她做了什么？她明明答应我不会把我的事往外说的，可转个身她就告诉了赵添。"

刘思逸的眼眶红了，怒道："梁浅言，你是不是就见不得我好？做人这样两面三刀，你真的好意思吗？"

"我没有。"梁浅言否认道，"事到如今，你竟然还在猜测我。你与其这样猜忌我，还不如检讨一下自己的原因。"

"浅言一直都和我在一起，我们的确没有见过赵添。"林洲说着，鄙夷地看着刘思逸，"我现在真是有些看不起你了，你对梁浅言的信任就这么点吗？"

刘思逸被林洲问蒙了，信任这个东西，她一直都是模糊的，但是梁浅言是她最好的朋友，这是毫无疑问的。这件事情，知道的只有她和梁浅言两个人，赵添现在知道了，如果不是梁浅言说的，还能有谁？

"你和梁浅言处着，你说话当然是向着她的。"刘思逸继续说道，她冷眼看着梁浅言，"现在你的目的达到了，你是不是开心了？"

"我真的没有。"梁浅言再次重复。

"那赵添是怎么知道这件事的？"刘思逸再一次质问，她咬了咬唇，"梁浅言，这件事情，有几个人知道，你比我清楚。甚至赵添说的话都和你一样，你让我怎么不怀疑你？"她凄凉一笑，无奈地说："算起狠来，你总是比我略胜一筹的。"

"刘思逸，你把你的那套省省行不行？你的事，浅言连我都没有告诉，你确定她真的会闲到管你那些事？我真的为梁浅言觉得可悲，你口口声声说把梁浅言当作最好的朋友，但是一旦涉及你自己的事、你的利益的时候，你就会撇得干干净净。既然这样的话，你真的是不值得。"林洲说。

林洲想起梁浅言对刘思逸的担忧，他实在想不出会是什么情况，心中越发心疼梁浅言了。

刘思逸冷笑了一下，对林洲的话嗤之以鼻。她盯着林洲说："你也别装作一副道貌岸然的样子谴责我。林洲，我知道你早就看我不爽了，你根本就不想我和赵添在一起。你现在说的这些话也不过如此。"

"你真的是无可救药了。"林洲看着她，已经不想再多说一句了。他拉过梁浅言的胳膊，说："走吧！你为这种人牵挂担心，真的一点儿用处都没有。"

"刘思逸，这是我最后一次作为朋友劝你，这个世间很多东西并不是用手段就可以换来的，以心换心，才可以得真心。"梁浅言说完，浅浅一笑，"以后我说什么你也都不会听了，我也不想说了，希望你好自为之吧！"

"你与其在这边和梁浅言闹，不如去找赵添问个明白。"林洲很是不屑地说道。他紧紧揽住了梁浅言，柔声哄道："没事的，没事的，我相信你。"

刘思逸看着他们两个人的背影，有种说不出来的嫉妒。凭什么，凭什么梁浅言就可以轻而易举得到她穷极一生都在争取的东西？可是她又觉得难受，就像心中有什么东西彻底抽离一样。

林洲并没有和梁浅言谈刘思逸的问题，也没有谴责梁浅言管刘思逸的事情，他只是故意在梁浅言跟前嘚瑟道："你对我先前宣示主权的表现还满意吗？"

"满意啊！"梁浅言有些心不在焉。

"方逸群他们可以不用打你的主意了。"林洲说着，长长叹了一口气，"先前你在他们家受了那么多委屈，他们都没有好好待你，现在倒是知道珍惜了。人如果从一开始就知道珍惜自己所拥有的东西那该多好啊！也应该会少了很多遗憾吧！"

"有缺憾才是人生。"梁浅言风轻云淡地接过了林洲的话。

林洲低眸含笑不语，看了梁浅言一眼，故意揉了揉太阳穴，说："要不今天换你来开车？"

"你不舒服？"梁浅言关切地问道。

林洲皱起眉，苦着脸看着梁浅言，故意撒娇道："你就不能让人偷一次懒吗？"

梁浅言点了点头。林洲很迅速地和梁浅言换了位置，并发短信去问了赵添。

第一百一十七章　忌惮

当时赵添正好在打游戏转移注意力，收到林洲的消息，这才意识到自己给梁浅言惹麻烦了。

赵添终于接通了刘思逸的电话，仔仔细细将他是怎么知道的讲了一遍。刘思逸想到自己对梁浅言刚发的脾气，心里既有对赵添的恼怒，也有对梁浅言的愧疚。可是她已经两次三番这样了，纵然梁浅言再好的脾性，应该也受不了。她想起梁浅言最后的目光，心中越发自责：她怎么会说出那样的话呢？她明明看着梁浅言吃了那么多苦，她能有今天是多么不容易？她还是这样嫉妒着梁浅言。她抓了抓头发，深呼吸了一口："所以后面我绝望地哭，你也看到了？"她一问就抓住了事情的关键点。

赵添如实承认下来："我那个时候不知道该怎么面对你。"

"那后来你见了谁？"刘思逸再次发问。

赵添没有想到，她竟然能猜得这么准，但是赵添可以肯定，刘思逸一定不知道，她如果知道的话，也就不会这样问了。

"娇娇。"赵添据实回答道。

"所以你对我心灰意冷之后，和她旧情复燃了？"刘思逸反问，言语之间带着疲于掩饰的奚落，"你别忘了，她曾经背叛了你，可我不一样，我不管做了什么，那也是因为我爱你，我想要和你在一起。"

"你能不能不要把所有人都想得那么龌龊？觉得所有人都对不起你？"赵添有些恼，他咬了咬唇，直接挂掉了电话。

刘思逸还是有些不甘心，再次把电话拨了过去。刘思逸没想到赵添又接了。她还没开口，赵添就已经不耐烦地质问道："刘思逸你到底想干吗？"

"我不该误会你。"她的声音软了下去。

"所以呢？"赵添冰冷地反问，他倒在了椅子上，"刘思逸，我真的很累，和你在一起后，我觉得自己就像活在一个骗局当中。我真的不知道你哪句话是真的、哪句话是假的。你自以为是地算计着一切，我真的累了。"

"那你是想要放手了？"她习惯性地先发制人。

赵添轻笑："你还是喜欢这样占据先机，但是感情，不是谁占据先机，谁就赢了。我求你，让我冷静一下好吗？"

"为什么我那么绝望的时候你没有站出来？"刘思逸忽然开口。她问完之后，自己又好像想明白了，恍然大悟道，"赵添，你不是和我一样吗？你出了事同样也不敢去面对，你逃了。"

"对，我是不敢，你让我怎么办？你骗得我这么苦，刘思逸，我真的很想知道，在你心中我到底是什么？"

刘思逸心中暗暗有些窃喜，赵添如果还在纠结，那就是好事，他遇事不敢面对，从侧面证明赵添到底还是割舍不下她的。她还有挽回的机会。

"对不起。"她立刻示弱道，抽泣起来，"大甜甜，我真的是因为在乎你。我以为，只要我们结了婚，孩子总会有的。我自以为是，

392

却不知道梁浅言一直瞒着我那些，我后来真的不知道该怎么和你说，我……我……"

她欲言又止，见赵添没有说话，这才带着一点小怯弱道："我真的怕你会嫌弃我，赵添，我真的不想这样的。"

"那你让我冷静一下。"赵添有着说不出的疲倦。

刘思逸现在心里有底了，她也没有再坚持，反正现在结婚证已经在手上了，这个也是赵添需要斟酌的事情，毕竟结婚、离婚从来都不是过家家。

赵添这边处理完了之后，就给了林洲一个回复。

林洲这才抬起头来，看着梁浅言说道："赵添已经去跟刘思逸解释了，你不会再被冤枉了。"

梁浅言的目光一直都直视着前方，她没想到林洲今天让她来开车，竟然是为了处理这件事情。她感激地看了一眼林洲，有些说不出话来。

"以后的事情，咱们也无能为力，尽力而为、问心无愧就可以了。"林洲淡定自若地说道。

"嗯。"她强忍住眼泪，用力地点了点头。他好像永远都知道她的心结，知道她极力掩饰的不在意。她现在根本就不期待刘思逸的道歉，她也不用去耿耿于怀了。

林洲冷声道："赵添和刘思逸的事情，现在都还没完，就是我都不敢贸然去插手。你等着看，还有后续呢！你以后也不要管了，你把别人当亲人，别人把你当仇人，其实也是没意思透顶的。"他说完，又有些担忧地看着梁浅言："我知道这对你来说真的有些难，但是浅言，我是真的心疼你。"

"我明白。"梁浅言点了点头。她叹了一口气，不知道刘思逸和赵添会怎么样，但这些事，是她管不了的。

贺溪的事业一落千丈之后，任鸿晖也不愿意管她了，她也没办法解约，但她还是硬着头皮去了一个晚宴。以往总有人和她言笑晏晏，但是现在她的身边冷清了许多。

大家都很熟络地寒暄，看起来宛如刎颈之交的模样，但贺溪很清楚，大家的团队都互相盯着对方，琢磨着怎么拿下对方的代言。

她在这个圈子里这么多年，竟然没有真正的朋友。

"哟，这不是贺溪吗？"

贺溪看向了来人。

"是你啊！"贺溪冷冷一笑。

"想不到贺老师您，也有今天啊！"她眯起眼睛，慢条斯理地打量着贺溪，"怎么？贺老师这是不甘心落败？"

"那你说说，我倒是败给谁了？"贺溪笑着看她，故意装作漫不经心地说道。

"贺老师，你也别装傻了，你那点事我们心里都清楚，何况你现在的年纪也放那儿了，还能翻起什么浪？"来人不留情面地直接说道。

贺溪看了看她那张年轻娇艳的脸，宛如看到当初那个野心勃勃的自己。

贺溪轻轻一笑："那也轮不到你在这里教训我。"

"是吗？"她回过头一笑，看着经纪人道，"周姐，你好歹也是先前带过贺溪老师的旧人了，不过来打个招呼吗？"

贺溪目光一凛，有些疑惑地看了过去，原来所有人都变得这么快。

经纪人不敢看贺溪，低下了头，说："白卉的确是我现在带的艺人。"

贺溪笑了笑，心中什么都明白了。她伸出手来，装作若无其事地说道："那可以啊！恭喜你了。"

"贺溪老师，我也会好好记着的，我的上一个角色，可是被你抢走的。"白卉扬起了唇角。她的唇异常红，贺溪觉得有些扎眼。

她觉得自己很不适合出现在这个地方。

第一百一十八章　冷眼

白卉见她没说话，目光越发冷冽起来，脸上的笑容也显得很有深意，说："贺老师肯定不会想到有今天吧！现在你总该明白，什么叫作风水轮流转了吧？"

"算了，白卉。"经纪人看向了白卉，低下了头，"你不是今晚想去见一下洛影后吗？我去给你引荐一下。"

"好啊！那谢谢周姐了。"白卉故意大声地说道。她趾高气扬地瞟了贺溪一眼，就直接走开了。

贺溪觉得脸有些火辣辣的，浑身都燥热难当。她异常地喘不过气来。她放下了酒杯，走出了宴会厅的大门。一阵风吹过来，她才觉得清醒了几分。

如果不是因为林洲和梁浅言，她如何会落到这个地步？

贺溪紧紧握住了拳，她绝不能让那两个人双宿双栖，她付出了那么多，最后却一无所有，凭什么他们的快乐可以建立在她的痛苦之上？

贺溪打了一个电话给方逸群，问道："方总考虑得怎么样了？"

"我答应你了，我会如你所愿的。"方逸群笃定地说道。

贺溪满意一笑，挂掉了电话。

林淼那边，回去之后就有些失魂落魄，好久才想起来给赵董打电话。

赵董看到林淼的电话就来气，就是这个女人说的万无一失。他真的太想看看方逸群当冤大头了，但是如果他一开始就不沾林淼的事情，又何至于此？

"林淼，你以后不要再打电话来了，孩子你打掉吧！"赵董说完，就直接挂断了电话。

林淼愣住了，她没想到竟然会这样，赵董竟然这么绝情。她以为自己把什么都算计好了，结果现在什么都没有了。林森舒展开了手指，又握了回去。她拼命地想要抓住什么，但是什么都没有抓住。她蹲在地上哭了。

林焱等了林森很久，都没有见到林森回家，微信和电话也不回，心里隐隐有些担忧。他毅力向来都还不错，林森不肯接听，他就一直打。

在无休止的电话铃声中，林森拉回了情绪，接了电话。

"姐，你在哪里啊？你不会出事了吧？"林焱的语气中带着关切。尽管林焱给她惹来了很多麻烦，也添了很多事，但到底是亲姐弟，林森一下子就忍不住哭了起来。

"姐，你这到底是怎么回事啊？"林焱知道她一贯都不是脆弱的人，忽然这个样子，林焱心中不禁担忧起来。

林森还是在哭。

林焱焦急得原地转了一圈，说："姐，你先说你在哪里，我这就过来找你。你先冷静一下，有什么事情一会儿再说。"

林森哽咽地应了一声，发了一个定位给林焱。

她实在是没有力气了，精心谋划了这么久，竟然这么快就功亏一篑了。

林焱把林森接了回去。等她哭够了，林焱才问道："姐，到底发生什么事了？"

"我们什么都没有了。"林森有些绝望地抬眼看着林焱。她怜惜地摸了摸自己的腹部，低声道："只是可怜了这个孩子，我拿他当筹码，但是他再也不可能出现在这个世界上了。"

"姐，到底怎么了？"林焱听得一头雾水。

"林焱。"林森用力地捏住了林焱的胳膊，她的眼中带着一丝绝望，"我努力了那么久，但是最终一点用处都没有，我是不是错了？"

"姐，你怎么会错呢？"林焱不知道一向都强大的姐姐为什么会说这种话。他晃了一眼四周，说："你知道多少人想在这个城市有一套房子吗？姐，你真的已经很厉害了。"

"可是我败了，败得一塌糊涂。"她推开了林焱，仰在了沙发上，从包里抽出一张卡来，丢在了林焱的身上，说："这是五万块钱，我的钱你清楚的，都买了这房子。你先拿着吧！"

林焱没想到会是这样一个情况。他犹豫了一下，还是问道："那你怎么办啊！"

"我？"林森轻轻一笑，"我能怎么办？愿赌服输，是我技不如人。"

林焱看了看卡，又看了看林森，舔了舔有些干裂的唇，还是将卡放入了兜里。

"姐，你告诉我到底是怎么回事，这口怨气咱们不能就这样咽了，我来给你出气。"林焱说道。

"你想干什么？"林森警惕地看着林焱，一下子坐了起来，目光凛冽，"我警告你，你不要胡来。"

"姐，我不会胡来的，我就是想帮你出口气。"林焱撒娇地晃了晃林森的胳膊。

林森一下子就妥协了。她言简意赅地讲了在餐厅的谈话，又说了方逸群找她算账的事情。

林焱沉吟道："姐，你不觉得奇怪吗？你和赵董的谈话，怎么就被人录下来了，和你作对的那个人又是谁？"

这一下子就点醒了林森，她只顾着伤心去了，竟然从来都没有想到这一层。

林森目光一沉："我要去查一下那天的监控。"

"是啊！咱们不能连是谁害的我们都不知道吧！"林焱说道，怜惜地看了林森一眼，"姐，这件事你就别管了，我一定替你出气。"

林森顾忌地看了一眼林焱的肚子，问："这个孩子你真的不要了吗？"

"我怎么要？"林森凄凉一笑，低下头，目光瞬间温柔下来，"他在我肚子里这么久了，我怎么会没有感情？可是他真的来到这个世上，也是跟着我受罪。赵董怕老婆，现在也觉得是我害他，绝对不会认

397

这个孩子的。"她的神情坚毅起来，她还年轻，年轻和美貌就是她最大的资本，她怎么能在这个时候有一个孩子呢？

林淼果决地说道："我不会生下他的。"

"可是姐……"林焱有些不忍心。

"好了，你别说了。"林淼闭上了眼睛，心中也是满满的恨意。

方逸群很快就做出了决定，他打了一个电话给林洲他们公司。

"听说你们公司要派一个摄影师去苏丹跟着医疗队拍摄？"方逸群直接说道。

"是啊！方总有什么指示？"林洲公司的运营问道。

"我觉得这件事你做不了主，还是让你们领导来和我谈吧！"方逸群笃定地说道。

运营犹豫了一下，还是选择去上报了。没一会儿，方逸群就接到了林洲公司的电话。

第一百一十九章　计划

"你为什么非要林洲不可呢？"对方问道，轻轻一笑，继续说，"我和林洲这么多年的交情了，这件事我怎么样都要尊重他的意愿的。林洲本来可以有更好的选择，在我这里做事本就是卖了我人情的。"

"我怎么会做让您为难的事情呢？老余，你就这么信不过我？"方逸群轻轻笑了笑，语气平淡道，"我是为了帮林洲。"

"什么意思？"老余打了一个激灵。

"到底去不去，都在林洲自己。林洲手上有一个慈善基金会，你应该比我清楚。"方逸群说道。

他说的选择权都在林洲手上，老余对这一点还是比较认可的，于是就没有再说什么。

老余有些好奇地问道："那你说你是为了帮林洲是什么意思？"

"老余啊，林洲的慈善基金会，那么多孩子等着做手术呢。那可是救命钱啊！林洲有这个钱吗？只要林洲肯去非洲，我们公司愿意出五百万。"方逸群悠悠说道。

"五百万？"老余沉吟了一声。

他知道林洲一直都在愁这个事情，而且以林洲的性格，他也不一定会拒绝。

老余也不敢直接一口回绝，斟酌道："这件事，我还要问问林洲的意思，不如晚些再给方总答复？"

"等一下。"方逸群笑道，"这件事，我要和余总说清楚了，这是我们公司老大的意思，捐款也是他个人的捐款，这个您要如实告诉林洲。"

"好，我知道了。"

梁浅言明显察觉到这几日林洲好像有心事。她问了好几次，林洲都没有回答她，也就没再问了。

很快就是刘思逸和赵添的婚礼了，梁浅言到底念着从前的情分，还是到场了。

赵添和刘思逸证都领了，婚宴只是走个形式。赵添即便心中再憋屈，也只好认了，毕竟已经骑虎难下了。只是刘思逸是假怀孕，并且根本不可能生孩子的事情，赵添一直都没有告诉自己的母亲。

赵添心中有点怕刘思逸，他感觉刘思逸就像是水蛭，一直都悄无声息地吮吸着他的养分。

"哥。"赵添勉为其难地对着林洲一笑。

林洲安慰似的拍了拍赵添的肩，看了一眼正在招呼宾客的刘思逸说："既然已经走到这一步了，就好好过吧！"

赵添苦涩一笑，点了点头。

"赵添。"娇娇看着赵添，远远地就笑着招手。

"你怎么把她请来了？"林洲拉过了赵添，小声地问道。

赵添红了脸："我……我……"他实在不知道该怎么说，只好背过了身去。但娇娇可不管，直接冲了过来。

赵母看到娇娇,脸一沉,但瞬间又笑靥如花了。

从前娇娇和赵添在一起的时候,赵母和娇娇相处得一般,但是现在,她反倒觉得娇娇顺眼了。她丝毫没有管刘思逸的脸面,上前就拉住了娇娇的胳膊,说:"你今天怎么来了?哎,真是世事无常啊!我一向都把你当儿媳妇看的,是我们赵添没有福气。"

林洲听着这话都觉得别扭,看了一眼赵母,说:"姨妈,这话你就说得不应该了。你当着我们几个说也算了,要是让别的客人听见了,就该议论您了。姨妈这样玲珑剔透的人,我相信心里肯定明白的。"

赵母脸色一沉,心中已然有些不悦,但还是克制住了。她拉着娇娇的手,再次叹了一口气,接着说:"你看,多好的人儿啊,跟朵花儿似的。你要是有空啊,以后可要常来看阿姨。"

"真的吗?"娇娇欢喜地问道。

林洲和梁浅言对视了一眼,撇了撇嘴,很是不屑。

娇娇拉着赵母的手,顺着她的话说道:"我见着赵添,也替他高兴。我与赵添都认识这么多年了,我最喜欢阿姨的性子了,直来直去的。只要阿姨不嫌弃我,我肯定愿意多来陪陪阿姨。"

赵添明显觉得有些不妥。他瞥了眼娇娇,示意娇娇不要做得太过了。

刘思逸很敏感地察觉到了这边的动向。她看到娇娇,眼眸一沉,心中有了一番计量。

"你来了就是客,今天是我和赵添的婚礼,我还真的没想到你会来。"刘思逸说着,故意抬起了手,大钻戒在灯光下一晃。

娇娇心中有些嫉妒,但还是忍了下来,眉眼含笑地看着赵添:"我和赵添虽然没有缘分,但也认识这么多年了。他结婚,我作为朋友,来看看也是应该的。"娇娇说完,目光放在了刘思逸的肚子上:"听说你怀孕了?多久了?现在感觉怎么样?"

刘思逸有些不镇静地笑了笑,故作漫不经心地摸了摸头发,迎上了娇娇的目光:"两个多月,怎么?你对这个都了解?"

"我怎么会了解呢?我和赵添虽然在一起很久了,但是以前我们都很谨慎的。"娇娇故意装作心直口快地说道。

"是吗？"刘思逸晃了晃红酒杯，并没有因为娇娇的这番话而生气。她轻抿了一口红酒说："那我倒是要谢谢你了。"

"谢倒是谈不上。"娇娇不经意地一笑，"你生的时候可一定要告诉我，我肯定会备份大礼的。"说完，她的目光又移到了刘思逸的肚子上。

刘思逸有些不自在。她很清楚自己的肚子是怎么一回事，心中也开始没底起来。她的确是心虚的。她总觉得娇娇来根本就没有那么简单，好像话里有话。

刘思逸扫了众人一眼：梁浅言和林洲一定是知情的；赵添也知道前因后果；唯一什么都不知道的就是赵母和娇娇。

假如娇娇真的什么都不知道的话，为什么会刻意说这些含沙射影的话呢？

刘思逸这么想着，就询问似地看向了赵添。赵添却躲过了她的视线。

刘思逸心中一沉，说："浅言，你帮我招待一下娇娇吧！"

从梁浅言进宴会厅开始，刘思逸就没有搭理过她，眼下开口了，便是有了求梁浅言帮忙的意思。刘思逸下意识觉得，她能信得过的人，也只有梁浅言了。

林洲笑了笑："我和梁浅言来了是客人，要招待也有我姨妈和赵添，要是我们反客为主，只怕姨妈不高兴了。"林洲说着，询问似地看了赵母一眼，"姨妈，您说是吧？"

赵母隐隐觉得有些不对劲，但是也说不出来是哪里不对劲，她只能顺着林洲的话点头。

刘思逸笑了笑，意味深长地看着林洲说："林洲，我是在问梁浅言，不是在问你。"

"浅言，怎么？你身为新娘最好的朋友，招待一下客人都不合理了吗？"刘思逸说着，噘起了嘴，有一丝撒娇的意味在。

"好。"梁浅言答应下来。

曾经她什么都没有的时候，刘思逸也护过她那么多次。她和刘思逸的确是回不去了，或许林洲还会觉得，她根本就不应该去管这些事，但她还是有些不忍心。

"娇娇来了就坐吧！"梁浅言客气地招呼道。她目送着刘思逸走了，看着赵母道："如果是平时，阿姨有什么喜好的话，我作为晚辈不敢有意见，但我还是提醒一下阿姨，这是喜宴，亲戚朋友都看着，要是真的闹出了什么事，可不是刘思逸一个人的问题，阿姨您的面子怎么放？"

赵母冷哼了一声，很是不屑道："还轮得到你来教训我吗？"

"姨妈是长辈，我怎么敢？我就是好心提醒一下姨妈。"梁浅言说着，有些尴尬地笑了笑。

"梁小姐真的好厉害啊！我有时候也很想向梁小姐请教。"娇娇刻意问道。

"请教什么？"梁浅言皱了皱眉。

"比如怎么帮好朋友圆场？"娇娇靠近了梁浅言，笑了笑，"刘思逸从来都不会忌惮我，也不会客气对我的。今天这么客气，不知道的只怕以为她有什么把柄在我手上呢！"

"你别胡说。"赵添有些不悦地打断了她。

"阿姨，怀孕这种事情可是大事。我也是好心提醒你一下，在不同的地方产检还是很有必要的。"娇娇说完，想起什么似的，拉着赵母的胳膊道，"我倒是认识一位医生，在妇产科极为有名。您不妨考虑一下，有空带着思逸姐去做个检查，报我名还能打折。"

"是吗？"赵母有些漫不经心，可是心中的念头反而加重了。她总觉得娇娇有点怪怪的，像是在提醒她什么。

"那我就不叨扰阿姨了，我就四处看看。赵添的婚礼，我还是很好奇的。"娇娇说道。

赵添听了她这话，不自觉地松了一口气。他有点后悔，那天喝多了，就什么都告诉娇娇了。

娇娇一走开，赵添就拉住了娇娇。

"你干吗啊？"娇娇甩了甩手臂，娇嗔地看着赵添，故作娇羞状，"这么多人呢，撞见了怎么办？"

"你怎么会来？"赵添直接问道。

"原来你邀请我，就是跟我客套一下的啊？"娇娇露出失望的神色。

"你怎么会来？"赵添再次重复。

娇娇了解他，知道他在这个问题上面被缠住了。她轻轻一笑，说："我本来是不想来的，看着你结婚，我该多难受啊。"

她说着，眼眶就自然而然地红了。她的唇瓣动了动，带着一丝失落，也夹杂着希冀说道："如果不是想亲眼看着你幸福，我又何必来找这个罪受呢？"

赵添心中忽然有些难过，有一瞬间，他还是有些动容的。

娇娇趁他发愣的工夫，推了推他，悄悄在他的耳边说道："你不想公开谈论的东西，感情也好，还是其他的什么，我都尊重你。"

"我……"赵添的脸一瞬间就红了。

"所以，我会替你保守秘密的。"娇娇肯定地说道。

赵添依旧显得忧心忡忡。他太了解母亲的性格了。他心中不禁有些后悔，当时自己怎么会对娇娇说漏嘴呢？

"赵添，你现在是不是很害怕啊？"娇娇故意说道。她娇滴滴地看着赵添说："你就相信我嘛，我不会像刘思逸一样的。"

赵添点了点头，忧心忡忡地说道："那谢谢你呢！"

梁浅言看着，越发觉得别扭。她用眼神询问了一下赵添，赵添的眼神躲过去了，这样也算是直接承认了。

梁浅言不太懂，刘思逸到底喜欢赵添什么，最起码在她的认知当中，赵添确实算不上是一个很好的人。赵添做什么都犹豫不决，甚至很多时候都会被别人推着走。但是刘思逸就是认定他了，照刘思逸以往的恋情来看，赵添真的是太特殊的一个了，而且和所有人都不一样。

林洲见赵添脸色不对，看了一眼赵添，提醒道："今天亲戚都在，你不去招呼一下吗？"

赵添这才如释重负，赶紧走了。

"你是不是知道了什么？"梁浅言一把捏住了娇娇的胳膊。

"这么直接？"娇娇惊讶地看着梁浅言。可能很多人听了她的话都只会心照不宣地装傻，比如赵添，比如刘思逸，但是梁浅言竟然直接问出来了。娇娇依仗着自己知晓秘密，所以肆无忌惮起来。

但是竟然有人直接问了，就像皇帝的新装，所有人都在欲盖弥彰的时候，唯一一个愿意撕开所有遮羞布的人，就很突兀，梁浅言这样也会显得很突兀，并且让娇娇觉得，她的倚仗没有了。

"那不然呢？"梁浅言语气清淡地说道，冷冷一笑，"你和赵添在一起了这么久，你不会不懂他的性格。你站在这里，其实也没什么作用。虽然赵添大嘴巴让你知道了，但是今天这么多人站在这里，你说与不说，都对你没好处。"

娇娇原本还想着偷偷暗示一下赵母就等着看戏的，听到梁浅言这么说，有些诧异地看了梁浅言一眼。但是她仍旧不愿意在梁浅言面前泄气，于是逞强般地扬了扬下巴，说："难道刘思逸这样算计了我，我还要笑着祝福她吗？梁浅言，你作为她最好的朋友，你来说说看，抢来的爱情到底会不会幸福？"

"幸福不幸福，那是她的事情。我和你，说起来都是外人而已。"梁浅言从容地笑了笑，"我可以告诉你为什么对你都没有好处，你要听吗？"

娇娇神色很是不屑，但言语上却很诚实，说："你讲。"

梁浅言无奈地笑了笑，还真的是年轻啊！

梁浅言并不讨厌娇娇，最起码娇娇的行为看起来，就像是一个孩子在较真；而且从道义上来说，的确是刘思逸先算计了娇娇，娇娇把自己定义为受害者也是合情合理的。另外，娇娇的脑子似乎也没林森和贺溪好用，有了想法，但是没有实施，给人的厌恶程度自然也是不一样的。

梁浅言抿唇看着她："你知道的，赵添不希望你说出来，即便你没有跟他母亲明说，但是明说暗说，都没有什么分别，赵添会讨厌你。

毕竟你只是前女友，刘思逸才是眼前和他捆绑在一起的，所以，你这样做与你目的的达成是背道而驰的。"

第一百二十章　利弊

梁浅言说完，她神色高深莫测起来，接着说："而且站在赵添母亲的角度，你和她相处了这么久，不会不知道她的性格。你觉得她从前真的特别喜欢你吗？娇娇，她只是想利用你气气刘思逸罢了！你就算今天真的做了什么，她也不会当众搅局的，因为这是她儿子的婚礼。她再不愿意，名义上刘思逸也是她的儿媳妇。所以关键时候，即便是为了赵添，她也会护着刘思逸，毕竟家丑不外扬。即便她会和刘思逸秋后算账，也会在心里暗暗恨你把事情抖搂出来，让她当众难堪。"

梁浅言这番话算是说到娇娇的心坎上了，而且梁浅言说的比她所想的还要完整。娇娇有些动容，她的神色中已经没有起先的敌意了。

"那我要是不说呢？"

"你留在这里难道很好受吗？"梁浅言有些好笑地看着她，"毕竟心里揣着这么大一个秘密，你说是不是？而且看着前男友结婚，尤其是在你还有意的时候，何苦折磨自己呢？眼不见为净啊！"

"哼，我就知道你是想让我走，让刘思逸没有后顾之忧。"娇娇赌气道。

"我承认，你说得很对。"梁浅言一口应下来，"但是这样对你没坏处啊！你硌硬刘思逸，何尝不是让赵添提心吊胆？你在这里也改变不了什么，还不如把体面和选择权都交到自己手上。"

娇娇看着梁浅言隐隐有些欣赏。她愣了一下，抬起头看着梁浅言，敌意已经全部消失了，问："那如果是你，你会怎么办？"

"如果是我，我就体面地和赵添去道个喜就直接离开了，赵添心里一定会特别感激你的。这件事情你没有插手，也没有露底，赵添会比先前更加信任你。万一他以后和刘思逸有个什么，念起你的，那就都是好了。"梁浅言平静地陈述完，看向了娇娇，"利弊我已经和你说清楚了。你是个聪明的姑娘，应该知道怎么做会让自己最体面，也对自己更有利。"

娇娇有些动摇了，她迟疑地看了一眼梁浅言，却见梁浅言已经不管她了，往林洲那边走去了。

娇娇也觉得没意思，心中越想越觉得梁浅言说的有道理。她咬了咬唇，心中顿时做出了决定。

她不能做对自己没有任何好处的事情，就像梁浅言说的，她以为自己掌握了一个天大的秘密，但其实根本就没有人愿意让这个秘密公之于众，最后大家反而都会迁怒于她。

何况本身就是木已成舟的事情，刘思逸和赵添是一家人了，是利益共同体。不管怎么样，她都应该更谨慎。

娇娇的目光坚定起来，她走向了赵添，对赵添说："我今天就是来恭喜你的，看到你好，我也就放心了。我还有事，就先走了。"

赵添万万没想到娇娇竟然会主动说走。他狐疑地看了一眼娇娇，却还是客套道："不吃饭就走吗？"

"对呀！来日方长，我原本就是想来恭贺你的，看到你好我也就放心了。"娇娇说完，冲着赵添嫣然一笑。

赵添木然地点了点头。林洲推了推他，他这才反应过来，赶紧道："我送送你啊！"娇娇环视了一眼四周，懂事地说道："还是算了吧！这么多人都要你照料，你忙吧！不用管我。"

在赵添的认知当中，娇娇一贯都是喜欢无理取闹的，没想到娇娇现在这么懂事了。他看向娇娇，却没想到娇娇的眼睛中已经蒙上了一层水雾。她垂下了眼，避开了赵添的目光："好了，我走了。"

赵添看着她的背影，颇有些怅然若失。

第一百二十一章 报复

"人都走了，别看了。"林洲推了推他。

林洲看了看梁浅言，问道："你的功劳？"

"没有，是她自己想明白了。"梁浅言否认道。林洲心照不宣地一笑，握住了梁浅言的手。

刘思逸见娇娇走了，心中瞬间踏实下来。她一直都关注着娇娇这边的动静。她走了过来，欣喜地和梁浅言碰了碰杯，说："还是你厉害啊！"她说着，伸出手臂就要抱梁浅言。梁浅言却不动声色地避开了，轻轻一笑，说："我什么都没做，实在是当不起你的谢。"

刘思逸愣在了那里，她掩饰般的一笑，但心中却有些空洞洞的，或许她真的已经失去了某样极其重要的东西了。但这个就是宿命，在这个过程当中，她没有任何抗击之力。

"恭喜你啊！"梁浅言浅笑着说道。

"谢谢。"刘思逸面上依旧在笑，可鼻子却觉得有些发酸。她背过了身去，掩了掩鼻子，说："你说这么开心的日子，我怎么就想哭了？真是不应该，不应该啊！"

她端起酒杯，转过身来的时候，神色就已经如常了，说："浅言，我敬你，我终于把自己嫁了，也希望你和林洲早日修成正果。"

"好，谢谢。"梁浅言一饮而尽。

她看着刘思逸，心中也觉得辛酸。曾经她和刘思逸约定过，刘思逸结婚的时候，她一定会是伴娘，那时候刘思逸骄傲得很，一口一个不婚主义。她义正词严地宣示，如果自己要结婚了，那就一定是世界要毁灭了。

如今她结婚了，世界也没有毁灭，当然，伴娘也不是梁浅言。

"你去忙吧！我这边有林洲就行了，结婚还是挺累的。"梁浅言说道。

这句话算是给刘思逸解了围，她和梁浅言站在一起，的确是又难受又尴尬。

晚宴要开始的时候，林洲就接到了林母的电话。

"开颜是不是跟你们在一起？"林母问道。

"没有啊！"林洲看了一眼梁浅言，梁浅言也摇了摇头。

林母在电话那边都要哭了，着急说："我让你爸爸去学校接开颜，结果你爸没接着。"

"您说什么？"林洲眼眸一沉。

"是啊！你爸就是没接着开颜。"林母急道。

林开颜已经上小学了，以往都是在校门口等着林家父母去接的，没接到的情况还是第一次出现。

"林洲，是我们对不起你啊！要是开颜有个什么，我和你爸……"林母说着，已经哭了起来。

"四处找了没有？"林洲问道。他又道："妈，您别说这种话，我们一定会找到开颜的。我这就过来，您把爸的地址给我。"

第一百二十二章　寻人

"我跟你一起。"林母赶紧道。

林洲还没来得及回答，却看到宴席上的林母已经朝他这边走来了。

"林洲……"她的声音有些发颤。

"妈，您先冷静一下，一定会没事的，没事的啊！您相信我。"

林洲和梁浅言对视了一眼："要是都走了，姨妈肯定不高兴，你留下来吧！"

"林洲，你这是什么话？你的女儿也是我的女儿，我和你一样担心开颜，我们一起去找。"梁浅言毫不犹豫道。

"赶紧走吧！"林母催促道。

赵添看着他们都走了，有些没反应过来，打电话过去，也没人接。

刘思逸顿时有些不高兴了："梁浅言那边到底是怎么回事啊？什么事也没咱俩的婚礼重要啊！怎么不打招呼就走了？"

"应该是有什么急事，我哥办事一向稳妥的。"赵添有些心神不宁，再次给林洲打了一个电话，林洲还是没有接。

"我来开车吧！"梁浅言看了一眼林洲，说道。她用力握了握林洲的手说："放心，一定不会有什么事的。"

林洲捂住了脸，深呼吸了一口气。

林母还是在哭，林洲觉得这种时候，他一定要挺住。

"爸，怎么样？"林洲一进警局，就拉住父亲的手。

林父长长地叹了一口气，说："警察问过门卫了，当时放学了，我又在路上堵住了。门口的监控显示，开颜跟着一个男人走了。什么人啊这是！开颜还这么小啊！"

"我们怀疑是有目的作案，你们考虑一下，这个人是不是你们的熟人？"警察说着，拿出了照片。

林洲看了看，他的确不认识林焱，便摇了摇头。

"我们已经查到了这个人的信息，他有个姐姐叫林淼，不知道你们认识吗？"警察问道。

林淼？梁浅言一下子从椅子上跳了起来，她拿过警察手中的照片，仔细看了一下，照片中的男子的确和林淼有几分相似。

"你看你们现在能联系上这个林淼吗？"警察问道。

梁浅言拍了拍林洲的肩，点了点头，说："我给方逸群打一个电话。"

紧接着，方逸群就给了林淼家的地址。方逸群问道："要不要我过来处理一下？"

梁浅言摇了摇头："不用了，谢谢你。"

"你们是不是和林淼有什么过节？"警察再次问道。

梁浅言想了想，犹豫了一下，和林洲对视了一眼后，立刻就猜到了，应该是当初为了帮方逸群的那段录音。

如果不是为了帮方逸群，林洲也不会得罪林淼。如果不是这样的话，开颜也不会有事了。

"都是因为我。"梁浅言捂住了脸，忍不住哭了起来。她想起当时守在方鹤身边的光景。现在她绝对不能成为林洲的负担，也不应该让林洲再来照顾她的情绪。

梁浅言想了想，强打着精神听着林洲说完先前的事，并且有针对性地给出了补充。

"现在，我们还不确定林淼对此事是否知情，林淼有没有牵涉其中，所以我建议，直接去林淼家，看看林淼在不在。"警察说出了方案。

林洲点了点头，叹了一口气，什么都没有说。

但是梁浅言很明显察觉到他的急躁。林洲再一次拿出烟的时候，梁浅言制止他，轻轻摇了摇头。要是以往，林洲一定会听梁浅言的，但是这一次，他直接拂掉了梁浅言的手。

等赶到林淼家的时候，警察说是快递，敲了敲门，林淼直接开了门。

警察直接控制住林淼。林淼的脸上正敷着面膜，屋子里放着美国爵士音乐。警察直接关掉了音乐，拿出了一张照片，问道："认识这个人吗？"

林淼心中一沉，看了看梁浅言，很不愿意承认林焱就是她的弟弟，她摇了摇头："不认识。"

"不认识？"警察瞪了她一眼。

林淼看着梁浅言，讥讽道："你今天上我家就是闹这一出？梁浅言，你真是闲得慌。"

梁浅言忽然冲上前，一把捏住了林淼的衣领："林洲的女儿不见了，是你弟弟带走的。他就是你弟弟，是不是？是不是因为你报复我和林洲的？你们有什么直接冲我们大人来啊！孩子是无辜的。"

"你说什么？"林淼诧异地看着梁浅言，显得异常震惊。她嗓子一阵发哑，有些说不出话来。

她想起弟弟先前说的，让她不要管了，说一定会替她出气的，难

410

道就是这种方式吗？

梁浅言看了看林森的肚子，放下了林森，声音轻柔下来，哀求道：
"你也是快要当妈的人了，大人之间有再多的事情，那也是大人的事
情，不要把孩子牵涉进来，好吗？"

"我不知道。"林森推开了梁浅言。她背过了身去，脸色瞬间煞白，
捂住了脸，说："我真的不知道，你们别问我，我不认识那个人，我
什么都不知道。"

警察拉了拉梁浅言，示意她冷静，并看着林森说道："林女士，
我不管您和您弟弟之间有什么事情，但我们系统的信息已经证明了嫌
疑人就是您的弟弟。我很明白您的心情，但如果真的出了什么事，不
管是您还是我们，肯定都不愿意见到。现在弥补，还来得及。"

"我真的不知道。"林森蹲下了身子，将头埋在了膝盖里。

"你想你弟坐一辈子的牢吗？林森，就算你和我们有再大的怨气，
你也不至于眼睁睁拿你弟的一辈子来换吧？"林洲斩钉截铁地说道。
他冷冷地盯着林森说："我现在不是和你开玩笑，如果开颜有什么事，
我一定会起诉你们，我耗一辈子都要和你们耗下去。"

"不不不。"林森不住地颤抖着，她再次说道，"我真的不知道。"

"林森，那是你的亲弟弟，你真的要看着他的人生毁了？"林洲
再次循循善诱，"你确定这个代价你划算？"

梁浅言忽然抱住了林森："林森，我知道你恨我，你现在想对我
做什么都行。我让方逸群过来，你想怎么样都行。但是，你让林焱放
了孩子好不好？"

林森抬起了头，一把推开了梁浅言，反锁上了门。

林森的情绪这么不稳定，加上事情的确紧急，警察也拿不定主
意了。

梁浅言在原地兜了一个圈，看了一眼林洲，再次上前去敲了敲
门："林森，我保证，假如开颜没有什么事，我一定会想办法替你弟
弟求情的。但是如果有了什么事，那就是我们谁也不想看到的，这个
事情就真的没有任何办法挽回了。"

第一百二十三章　余地

林淼的神色有些动容，她躺在床上，想起先前的种种，想起她和林焱的童年，林焱做这件事毕竟是因为她啊！如果她再敏感一点，就不会这样了。

就像梁浅言说的，如果真出了什么事，林焱就真的毁了。她再忌讳这个弟弟，也没办法看着他为了自己而毁掉一生。林淼定了定心神，擦了擦眼泪，终于打开了门。

林母再也忍不住了，她上前一巴掌打在了林淼脸上："谁不是人生父母养的，你怎么能这样呢？你和林洲、浅言有多大的仇怨，你要这样报复在一个孩子身上？"

待她再要打的时候，梁浅言已经拦住了她，对她摇了摇头。

"怎么样了？查到了吗？"林洲紧张地看着警察，手心隐隐渗出细汗。

"只查到了汽车站的监控信息。"

警察办案这么多年，很快找到关键。他问林淼道："你弟弟可能会去什么地方？"

林淼心中有些不好的预感，怯弱地看了一眼警察，说："我不知道。"

"你知道。"警察笃定地看着林淼，"林女士，希望你明白，我们谁都不愿意出事，现在真的还有余地。"

"我老家。"林淼终于吞吞吐吐地说了出来。她了解林焱，除了老家，林焱根本就没有其他的地方可去。也只有在山里，才可以一直囚禁林开颜。

她闭上了眼睛，那里是一个噩梦，她走出了那里之后，就再也没有回去了。

"什么地方？"警察再次问道。

林淼报出了一个地址。

众人都面面相觑，显然是真的不知道。

警察很快就调了沿途的监控，果然发现了林焱的身影，他是真的回乡了。

越快找到林焱，开颜出事的概率就越低，在场的人都心知肚明。警察立刻道："你现在就带我们回去。"

"啊……"林淼立刻捂住了肚子，"我肚子疼，我是不是要生了？"

"你别装了。"梁浅言冷冷看着她，问林淼，"你还记得我女儿方鹤吗？你这样费尽心机让她含恨而终，你真的没有不安吗？林淼，我知道你过得很不容易，你努力往上爬没有错，可我的女儿是无辜的啊！林淼，我求你了。"

林淼的目光瞬间清明起来，但也是一瞬间，她继续呻吟道："我真的肚子好痛，你们不能这样对待一个孕妇啊！"

"林淼。"梁浅言看着她，终于没有了办法。她在林淼面前直直地跪了下去，低声说："林淼，我求你了。"

"浅言。"林洲心下一慌，忙去拉梁浅言。

梁浅言却推开了林洲，她看着林淼："你不想回那个地方，可我女儿就活该以后在那里待一辈子吗？林淼，你过得那么痛苦，你就真的想要别人也和你一样痛苦？"

林淼的神色一怔，坐了起来，勉强地说："我跟你们去。"

谁都没有想到会有这样的转机。林淼固然恨梁浅言，但她确实也不是十恶不赦之辈，何况，她也不愿意局面到无可挽回的地步。

梁浅言拂去了眼泪，这才站起身来，急切地说："现在就去。"梁浅言的语气毅然且坚定。林淼愣了一下，点了点头。

梁浅言立刻看向了警察，说："麻烦你们了，事不宜迟。"

林洲看了一眼梁浅言的神色，紧紧地揽住了她，握住她的手道："浅言，你不要太担心了，一定会没事的，一定。"

他深深地看了一眼梁浅言，似乎还有许多话想说，但最终没有说出来。

梁浅言也清楚，按道理说，最牵挂开颜的应该就是林洲了，他在这种时候都还在安慰自己，可见他的克制了。其实她和林洲都是惶恐无措的，但终究都是在为着彼此硬撑而已。

"爸，妈，你们就别跟过去了，等消息吧！"林洲当即说道。

"这我怎么能坐得住呢？"林母满脸焦灼。她看向林父，等着林父发话。

林父却叹了一口气。他看了一眼林洲的神色，低下头道："这事儿，孩子们比咱们有决断，你跟过去也没用，反倒是碍了孩子们的事，还是算了吧！"

"可……我……"林母心里还是很担忧。她推了一把林父，埋怨道："你怎么就没有早一点儿去学校呢？你要是早点儿去，开颜就不会有事了，要是开颜……"

"好了，妈。"林洲打断了她，对上了她的目光，"妈，你就别怪爸了，别人是处心积虑，总会钻着空子的。"

林母还想说什么，但是又担心刺激到林淼，只得复杂地看了一眼梁浅言，抹着眼泪点了点头。

林淼的家乡的确封闭和落后，车在村子口根本就开不进去，只能下车步行走进去。

林淼看着这个地方，忍不住有些颤抖，她以为自己永远都不会回来了。

警察为了不惊扰当地的村民，都换上了便装。林淼一路上碰到了熟人，都只说是回家探亲。

等林淼到了家，梁浅言和林洲才觉得有些不可思议。可能是因为林淼在城里工作得还不错，他家的房子和其他家的比起来，算是比较好的。但是和林淼一贯给他们的印象来比，谁都没有办法将整个环境同林淼联系在一起。红色的砖围成的墙，院子里的水泥地上印着鸡的脚印，零散的几只鸡溜达着。一棵树下系着一条土狗。一眼就可以看见屋子里的光景。一个男人坐在轮椅上。

看到林淼，他的神情有些激动，手挣扎着想要抬起来，但却抬不

414

起来。外面有了一些动静，引起了屋内人的注意。

"这是怎么了？"一个操着方言的女人出来。她看了一眼，抬起头的时候，却正好看到了林淼。

"小淼，你怎么回了？"女人显然很是吃惊。

林淼的目光有些闪烁，她的手也有些无处安放，低下眼眸，结结巴巴地说不出来："我……我……"

女人上前就握住了林淼的手，看起来很是激动的样子："小淼，你是真的回了啊！你一直不回来，也不让我们去看你，妈妈真的想死你了。"她说着，一把抱住了林淼。林淼的身体有些僵硬，有些不自然，轻轻推开了女人，说："妈，妈，这么多人看着呢！"

第一百二十四章　劝说

女人这才注意到了林淼身后的人，诧异地问道："这些是……这些……"

"这些是我的朋友。"林淼目光有些闪烁地回答，迟疑地看了警察一眼，还好警察没有露出破绽。林淼语气故作轻松地说道："弟弟呢？"

"小焱？"女人脸色一怔，她看了一眼林淼，"今天倒是奇怪了，小焱前脚刚回来，你后脚就跟来了。"

"小焱是不是带回来一个小女孩？"林淼紧接着问道。

"你问这个干什么？"女人很是警惕。

林淼摇了摇头，咬了咬唇，想开口却不知道怎么开口。

梁浅言和林洲对视了一眼，刚想说话，林洲却拉了拉她，林洲这是让她不要轻举妄动的意思。她有些焦躁地看了看林洲，林洲却安慰般地拍了拍她的后背。

"妈，小焱在哪里？"林淼继续问道。

"小森，你带的这些人，到底是什么人？"女人问着，目光把梁浅言一行人都扫了一遍。

"妈，我都说了，这些都是我的朋友。"林森有些不耐烦，再次重复，"小焱到底在哪里？我找他有些事情。"

"小森，你不会带着警察上门来了吧？"女人依旧不减警觉，压低声音拉过林森说道。

"阿姨，您看看我。"林洲忽然站出来，他指着自己，"我哪里像警察了？"

林洲说完，爽朗一笑，说："我还真得谢谢阿姨，这样看得起我。"林洲说着，看了看林森："再说了，阿姨您这么紧张警察干什么？让人心慌得很。我们都是和林森一个公司的，公司团建，林森说家乡的风景好，我们也想看看，这就一起过来了。"

"公司？"女人狐疑地看向了林森，目光恰好放在了林森的肚子上，"小焱回来说，你不是正休着产假吗？"

"所以才由我带大家团建，休假不影响玩吧！"林森说着，推了推女人，"妈，您就别问了，这么多同事看着，您再这样问下去，我以后在公司怎么做人啊？您还这样把人都给晾着呢。"

林森说完，一把拉过女人问："小焱怎么了，你这么神神道道的？"她警告般地看着女人，接着说："妈，我可提醒你，我要是以后在公司没法做人了，丢了工作，家里要钱可别找我了。"

这招果然起效了，女人一下子也顾不上其他的了，赶紧说道："小森，你可不能不管家里，你弟回头还要养个媳妇呢！"她说着，忽然意识到自己说漏了嘴，连忙捂住了嘴。

林森假装没有听到，示意大家进屋。

警察环视了一周，发现林焱和林开颜都不在，也猜不到他们到底怎么样了。

"妈，小焱呢？"林森问道。

"小焱出去打牌了，我这就叫他回来。"女人笑着说道。

林森轻轻摇了摇头："还是我去吧！我也很久没回来了，在村子

416

里转一转，正好把小森叫回来。您告诉我小森在哪儿就行。"

林森这是怕打草惊蛇，所以才出此下策的，只要能让林森回来，把人扣住了，什么都好说。

女人心中也没怀疑，加上村子里所有人都知道她有个长脸的女儿，现在让大家看看林森，她心中不知道有多得意。于是她连忙点头道："你去也好，你去也好，正好让小森回来招待一下你的同事们。"

林洲见林森出去了，就不咸不淡地和女人寒暄着。他夸赞道："林森在我们公司真的很好，大家都很喜欢她。"

"哪里，你们不嫌弃我们小森是乡下的野丫头就是福气了。平日里，我们家小森还是麻烦你们多照顾了。"女人听到林洲夸赞林森，心中的警惕又松了几分。林洲几句话出来，把女人哄得心花怒放。梁浅言看着他，有些心疼。他表面上这样谈笑风生，内心不知道和自己做了多久的斗争。

"有林森这样好条件的姐姐，想必，林森的弟弟娶妻应该不难。"林洲忽然说道。

做父母的自然最关心儿女的终身大事。女人犹如遇到知己一样，搬着小板凳就坐到了林洲身边。

她操着一口方言，但好在林洲是摄影师，为了拍摄走了很多地方，大致上算是沟通无碍了。

女人叹了一口气，说："可不是，俺家的条件，在村里可是数一数二的，不知道有多少女娃子想要嫁给小森，可是小森却偏偏……"

"偏偏怎么了？"林洲故意问道，心下一沉。

女人立刻缄默不言了，她轻轻笑了笑，说："没什么。"

林洲继续不以为意道："那这样的话，大概不久，就能喝喜酒了啊！"

林洲这话又触动了女人，她叹了一口气，说："我也是盼着啊！实在是不知道俺家小森是怎么想的，只怕还得等上好几年。"

"噢……"林洲若有所思地点了点头，没有再问下去了。

林森却正好在这个时候回来了。林森做事冲动，从来都不是什么

417

心思缜密的人，林淼几句话就把他忽悠到了。等他一到院子里，看到这么多人，瞬间就明白了，拔腿就往外冲。

警察迅速地扣住了林焱。林焱挣扎着看着林淼，怒道："姐，我全是为了你啊！你竟然带人来抓我。"

"小焱，你不能一错再错啊！"林淼红着眼看着他。

"我没有做错，你不带他们来，他们根本就找不到。"林焱继续狡辩着。

女人终于明白了是怎么一回事，她含泪看着林淼，大步上前，两巴掌就打在了林淼的脸上，怒斥道："你这个吃里爬外的东西，你忘了你是怎么有今天的？我和你爸早就觉得，一个女娃读什么书啊？要不是小焱为了你，拼命打工挣钱，哪有你的今天？你还胳膊肘往外拐了。"

"妈，您别糊涂了，好不好！小焱做的这一切事情，都不是天衣无缝的，警察早晚都会找过来的。"

"你胡说什么？我们这里根本就没有人。"女人坚决不松口。

林淼蹲了下去。她怀着孕，蹲下去有些困难。她自己知道在这个地方有多苦，她有多恨这个地方，何况天网恢恢，疏而不漏，哪有这么容易就逃得了？等真的什么都不能挽回了，林焱才是真的完了。

第一百二十五章　获救

"小焱，我不需要你这么做。"林淼看着他，眼角犹挂着泪痕，"你这样我根本没有办法原谅我自己。"

"我不懂你在说什么。"林焱继续死撑。

警察去屋里巡视了一圈，过来报告道："头儿，没有人。"

"说，林开颜到底在哪里？"警察逼问道。

林洲紧紧地握住了拳，闭上了眼睛，沉沉吐了一口气，这才睁开："林焱，你想把我女儿困在这里一辈子，来报复我和梁浅言，是这样吗？"

林焱依旧不说话。

林洲轻轻一笑，说："可是我们和你姐姐，也没有什么深仇大恨。你姐姐年轻漂亮，即便现在有了麻烦事，凭她的本事，之后一样可以过得风生水起。但是你真的犯事了，就会拖累你姐姐。你看，这么多人都来了，你觉得，这件事情真的是你不认就可以的吗？"

林淼扑通一下对着林焱就跪下了，焦急地说："小焱，姐姐知道，姐姐亏欠你，也明白你是要护着我，但是，你这样我会有负罪感的。我不仅仅是对不起你，我还对不起那个孩子，收手吧！"

"我不知道什么孩子。"林焱继续道。

梁浅言打了一个寒战，浑身忍不住颤抖起来。她看着女人，说："我不管你们这边有什么习俗，难道你就没有生儿育女吗？你自己想想，假如是你的女儿处于这种情况下，你会怎么办？"

女人冷冷看着林淼，愤恨道："俺真是宁可不要这个女儿，混账。"

林淼挪到林焱跟前，含泪看着林焱，说："小焱，就当姐姐求你好不好，收手吧！没有用的。"

"姐……"林焱有些急了。

"求你了。"林淼继续说道。

"小焱，你不能告诉这个吃里爬外的东西。"女人慌忙道。她更担心的是，一旦说了就坐实了罪名。

"小焱，你放心，姐姐会给你请最好的律师，会给你想办法的。"林淼说着，狠狠瞪了女人一眼，"都什么时候了你还犯糊涂？你以为小焱做的事跟村子里的那些事一样吗？你别天真了。还有，妈，你要是不想小焱坐一辈子牢，就不要添油加醋了。"

"坐一辈子牢？"女人被吓得说不出话来。她双腿一软，跌坐在了地上。

林淼将女人扶了起来，接着说："妈，谁家的孩子不是爹生娘养的啊！您心疼小焱，难道别人就不心疼自己家的孩子吗？"

她说着，摇了摇林焱的衣摆，说："当姐求你了，小焱，你再这样错下去，我也心里难受。"

"我说。我把那孩子，放在翠花家了。"林焱没好气地说道。

林洲立刻拔腿就跑，跑了几步，才意识到自己根本就不知道位置。

他看了一眼女人。

林森接连几天奔波，情绪波动大，已经很不舒服了。她看着女人说："妈，您带他过去。"

林洲看着被关在屋子里的林开颜，头发零散着，蹲在角落里抽泣。

"开颜。"林洲声音发颤地叫了一声。

林开颜抬起头来，想来这两天应该是哭惨了，眼睛肿了起来，额头上也不知道是怎么被磕到了。

她看着林洲，有些不敢相信。

林洲冲上前去，紧紧抱住了她："开颜，没事了，没事了，爸爸带你回家。"

"爸爸？真的是爸爸？"林开颜呢喃着，这才"哇"的一声哭了，"爸爸，我好害怕，我真的好害怕，我以为我再也见不到你了。"

梁浅言站在门槛处，看着父女俩抱在一起，也湿了眼眶。她背过了身去，没有打搅林洲他们。

"没事的，都是爸爸不好。开颜，真的没事了，爸爸带你回家。"林洲耐心安慰道。他解开了林开颜身上的绳子，检查了一遍，应该没有什么大伤，才替林开颜穿好了鞋子。

"呜呜呜呜呜……"林开颜继续哭着，中间还夹杂着几声咳嗽，她不知道该怎么去说自己的害怕。她还感受到了翠花对她的怨恨。

她年纪虽小，却极懂得察言观色，加上时不时就夸一下翠花，倒是没受什么大苦，更多的时候是恐惧。她完全不知道自己在哪里，接下来会是怎么样。

那个叔叔明明说是爸爸的朋友，接自己去参加婚宴的，他甚至能将自己家的情况说得一清二楚，可是她哪里知道，这就是一个陷阱。

梁浅言听着也很不好受，她捂住了嘴巴，尽量不让自己哭出声来。

林洲牵着林开颜走了出来。开颜怯弱地躲在了林洲的身后，全然没有先前那种混世小魔王的架势了。

"开颜，梁阿姨来迟了，梁阿姨来接你回家。"她擦了擦眼泪，强行挤出一丝笑来。

林开颜怯怯地叫了她一声，但还是没有说别的话。

梁浅言站在了林洲的另一侧，没有再说什么，她也没问林开颜这两天是怎么过来的。

林母见到林开颜的时候，几乎不敢相信。她愣了一下，伸手就抱住了林开颜，哽咽着说："开颜，你吓死奶奶了。"

林开颜也紧紧抱住了林母。她替林母擦了擦眼泪，摇了摇头，抿唇微笑着，但是再也没有往日的那种活泼灿烂了。

林母看着心中一酸，再次哭了起来。

林父心中也感慨万分，他强忍着泪意，说："孩子这不是好好地回来了吗？你当着孩子哭什么？"

林母这才破涕为笑，她点了点头："我这当着孩子哭什么？"

等林洲把林开颜哄睡着了之后，所有人都在客厅，林母这才看着林洲和梁浅言，有些不知道该不该说的样子。

"妈，我知道您想说什么。"反而是林洲先开口了，他看了看林母，"这事跟浅言没关系，录音是我录的，那种情况，出于道义，我应该做这件事情。"

"你就知道你的道义，林洲，开颜这是在为你们大人遭罪啊！"林母看着林洲，语气有些颤抖。

"妈，谁也没想到这件事情会这个样子，林焱会这么偏激。"林洲叹了一口气，"这只是一个意外。"

梁浅言心中有些不安，她愧疚地看着林母，说："林洲做这件事情的确是为了我，阿姨，是我对不起开颜。"她从来都没想过推卸，但她怎么都不会想到这个事情会祸及孩子。

第一百二十六章　家人

她垂下了眼眸，语气有些黯然："我也是一个母亲，我真的愿意自己来替开颜受这些罪。这件事的确是我的过失，阿姨您怎么责备我都愿意接受。"

林洲握住了她的手："好了，谁也不知道事情会是这个样子。"

林母已经不想再责备什么了。她看着梁浅言，叹了一口气，说："我也不好再多说什么。我只希望，你们这些大人做事，稍微留点儿余地，不要让孩子来替你们受过。"

"知道了，妈。"林洲淡淡地回答，掩尽了所有的神色。

谈话结束之后，梁浅言就和林洲一起守着开颜。好在孙总知道梁浅言这边的事态紧急，准了假，不然梁浅言就真的不知道该怎么办了。

刘思逸和赵添听说了这件事情，才知道为什么婚宴那天林洲一家都匆匆离去了。她原本想登门探望的，但是想到孩子发生了这么大的事情，林洲和梁浅言也一定都没有心思，于是就在微信上问了问梁浅言。

自打梁浅言和刘思逸有了嫌隙之后，刘思逸就很少联系她了，现在忽然发消息过来，梁浅言倒是有些惊讶。

她简单和刘思逸说了一下情况。等开颜醒了，林洲和梁浅言就带着开颜去做了心理辅导。他们都期盼着，时光可以抹平孩子这两天经受的惊吓和惶恐。

刚到医生那里，林洲的公司就给林洲打了电话。

林洲很是为难，他一般很少回公司，大部分事情可以在线上交流，他的工作本身就比较特殊，这样也是无可厚非的。但是现在一旦找林洲，势必就有事。

"你去吧！开颜我来照顾。"梁浅言说道。

林洲想到这个时候开颜正是敏感的时候，自己不在她的身边似乎太对不起孩子了，但是这也是开颜和梁浅言培养感情的绝佳时机，他有些拿不定主意。

"先去问问开颜的意思吧。"梁浅言试探着说道。

"总是要慢慢来的，我也不可能寸步不离地守着开颜。慢慢地，开颜也总是要回到学校，回到同龄人之中的。"林洲垂下了眼眸。他其实懂梁浅言的意思，现在对他和梁浅言而言，最大的问题就是开颜的成长问题。

"但现在，是关键的时候。"梁浅言补充。她见林洲不为难，提出一个折中的建议："或者你先去，说不定要不了多长时间。要是你那边快的话，我这边和开颜结束了，就过去找你。"

"好。"林洲应允下来。

林洲想先去和林开颜打一个招呼。他蹲下身子，耐心地和林开颜解释道："爸爸现在工作上有点事情。爸爸知道开颜很希望爸爸陪着你，但是爸爸先离开一会儿，梁阿姨陪着你。等你这边好了，你和梁阿姨再一起去找爸爸，好吗？"

林开颜的眼眸动了动，要是以往，她一定会同意的，即便她心里并没有那么愿意。可是现在她不想，说："爸爸一定要走吗？"

"爸爸一会儿就回来了。"林洲说道。

"可是我不想爸爸走。"林开颜说着，拉了拉林洲的手。

"那你就不走吧！公司那边你问问，能不能其他时间过去？"梁浅言说道，想起方鹤了。那时候的方鹤，一定也是这样想念方逸群、眷念方逸群的。

那个时候，方逸群太忙了，她太懂这种伤害了。

站在大人的立场上，的确有太多的身不由己，但是孩子终究是受伤了。

林开颜万万没想到这种时候梁浅言会帮自己说话，她诧异地看了一眼梁浅言。

梁浅言笑了笑，蹲下身子，轻轻摸了摸林开颜的头："对你爸爸和我而言，没有什么事情比你还重要。"

林开颜怔了一下，眼睛蒙上了一层水雾，但是她不想当着林洲和梁浅言的面哭，别扭地别过了脸去。

"嗯？"梁浅言询问似的看向了林洲。

"好，那就不去了，今天就一直陪着开颜。"林洲缓缓说道，牵起了林开颜的手。

林开颜偷偷笑了笑，她走了几步，松开了林洲的手，主动拉住了梁浅言说："爸爸如果真的有事，就去吧！这里有梁阿姨陪我就好了。"

林洲没想到竟然有这样的一个转折，爱着彼此的人都是会为对方着想的。林开颜更多的是没有安全感而已，当她的试探得到期待的回应时，她更愿意自己爱的人去忙自己的事情。人一直都是这样微妙，即便她还是一个孩子。

梁浅言也忍不住湿了眼眶，捏了捏林开颜的脸，说："爸爸很爱开颜，开颜也理解爸爸，真好。"

"我们是一家人，不是吗？"林开颜扬起脸看着梁浅言。

"嗯。"梁浅言用力地点了点头，"我们是一家人。"

林洲背过了身去，暗暗擦了擦眼泪，笑道："爸爸没关系的，今天就陪着开颜，哪儿都不去。"

"爸爸，你是不是觉得梁阿姨不是我们家人啊？"林开颜狡黠地说道。

这一瞬间让梁浅言觉得林开颜好像没有经历被骗走的事情一样。梁浅言和林洲不约而同地看着她，等着她的下文。

"你把梁阿姨当我们家人的话，就不会这么见外的，梁阿姨一样可以照顾我。"林开颜说得很是轻描淡写，一时之间，林洲和梁浅言倒是有些无言以对。

"那你去吧！"梁浅言笑道，"我会照顾好开颜的。你处理好事情，我们就去找你。"

"好。"林洲应允下来。他摸了摸林开颜的头，转过身去，眼眶红了。他吸了吸鼻子，害怕被林开颜察觉，大步离开了。

林洲走进老余办公室，径自坐了下来，端起秘书送过来的咖啡轻抿了一口，抬头问道："你这么急找我干吗？"

"本来前几天就该找你的，但是听说你家里出事了，现在应该还好吧？"老余笑问道。

"什么事？你直说吧！"林洲直接省略了寒暄的程序问道。

老余似乎已经习惯林洲这种处事方式了，看着林洲无奈地笑了笑，这才说道："有一个项目，我们打算让你过去。"

林洲常年在外，很多时候已习惯了，可是这一次看着老余，他始终觉得有些微妙。

一百二十七章　密网

林洲有些狐疑地问道："去哪儿？"

"苏丹。"老余回答。

林洲眼眸一沉，皱了皱眉道："苏丹今年好像不太平。"

老余轻轻笑了笑："总得有个人去，不是吗？"

"能不能派别人？我女儿刚刚救回来，我这个时候离不开。"林洲迟疑了一下，还是说道。

"林洲，我知道你不是喜欢玩虚的人，按理说去一趟苏丹，也没什么问题的，不是吗？你闺女什么时候都能照顾啊！"老余说着，轻轻叩了叩桌子，"而且我觉得这一次你一定会有兴趣的。"

"为什么？"林洲诧异地看着老余。

"你的基金会的孩子们，不是等着手术吗？有公司愿意资助五百万，原本他们是资助援非医疗团的，这是我费了好大劲才给你争取来的。"老余说着，拍了拍林洲的肩膀，"只要你愿意去，那些孩子就可以做手术了。林洲，你也是有女儿的人，你就忍心看着那些孩子等死？"

林洲心下一沉，轻轻一笑，问："就这么巧？"

"不巧，是我周旋的。"老余轻笑着，一副送了林洲很大一个人情的样子。

林洲怔了怔，平复了一下心情，问："是哪家公司？"

"京远集团。"老余说道，"老总亲自援助那群孩子，你这次要跟的医疗团，也是他们资助的。"

"京远？"林洲低声问道，微微蹙眉，"真的太巧了。"

"你不觉得你应该给我一个说法吗？"林洲抬起头看着老余。

"什么说法？"老余开始装糊涂。

"老余，我女朋友是京远总裁的前妻，你不会不知道吧？"林洲慢条斯理地说道，他轻笑出声，很是不以为意，"你不觉得，这太刻意了吗？"

"有时候，人还是糊涂一点好。"老余笑了笑，示意秘书道，"再加一杯咖啡过来。"

"老余，你明知道这是有人在算计我，你还跟着人要哥们往坑里跳，你这就是没把哥们当朋友的意思了。"林洲说着，站起身来。

老余赶紧走出来拉住了林洲："你这样说话就没意思了。林洲，我这也是为了你，你不是一直在愁那笔钱吗？那可是你前妻一手创办的慈善基金会，我是觉得这样就可以解了燃眉之急。孰轻孰重，你比我清楚，我到底是为了谁，你也清楚。"

"老余，事不是这样做的。"林洲充满不悦地说道。

"我也为难啊！苏丹是个多事之地，总得有个人去啊！"老余苦着脸道。

"那你们就合着伙来算计我？"林洲的声音扬了起来。他强压下了怒意，看着老余道："搁以前，你大大方方跟我说，都好商量，但是你这样做，我心里硌硬得慌。何况，我女儿现在的确需要人照顾，我走不开。好了，这事儿没得商量。"林洲打断了老余接下来要说的话，转过身去，"你去问问其他人吧！"

"我上哪儿去问……"老余的话还没说完，林洲就已经头也不回地走了。

梁浅言没想到林洲竟然回来得这么快。她见林洲脸色不太好，也没有多问。反倒是林洲自己开口了："你知道老余找我说什么了吗？"

"嗯？"梁浅言疑惑地看着他。

"要我去苏丹。"林洲垂下眼睑，沉着脸道，"赵菡生前创办了一个基金会，是她过世之后我才知道的。基金会现在资金短缺。老余说，我答应去苏丹，就有企业募捐五百万。"

林洲说完，看着梁浅言轻轻一笑："你猜猜是哪家公司？"

梁浅言看着林洲的神色，心中隐隐有了答案。但她还是有些不敢确定，问道："方逸群？京远？"

林洲点了点头："还真的是瞒不过你。"

"你要去吗？"梁浅言有些紧张地看着林洲。她顾忌地看了一眼林开颜，实在是拿不准林洲会怎么选择。

"我回绝了。"林洲说着，叹了一口气，心中有些惴惴不安，回绝了是一回事，但是眼前的麻烦是一回事。

"算我高看方逸群了。"梁浅言咬了咬唇，很是不悦道，拿出手机就要打给方逸群。

林洲伸手拦住了她："这事儿即便方逸群不掺和，老余问我，我也会再考虑的。"

林洲说完，梁浅言就沉默了。她知道林洲的性格，她知道林洲的镜头想要去捕捉什么。她也清楚，苏丹这种地方，除了林洲，没有几个人愿意去。

只是老余这种做法，肯定让林洲不悦。

林开颜根本不知道苏丹在哪儿。她怯弱地看了林洲一眼，想问，但终究还是忍住了。

梁浅言悄悄拉了拉林洲，压低声音道："咱们回头再说吧！再有情绪，也别当着孩子。"

林洲点了点头，浅笑着看梁浅言："今天和医生聊得怎么样？"

"医生说开颜很乐观，你放心。"梁浅言浅笑着说道。

林洲把梁浅言送回去之后，梁浅言心中一直记挂着林洲先前说的事情，心中难免一阵焦灼。要是以往，这些事情，她大可去和刘思逸商量，但是现在，显然是不太现实的事情了，她和刘思逸之间已经不是从前的关系了。她心中莫名地堵得慌，本身林开颜出事，就有方逸群的因素在，现在依旧是方逸群参与其中。林家人在言语上对她没有埋怨，就已经很给面子了。她现在实在是没有任何资格对这件事情提出看法。

过了一天，梁浅言上了一节课，下班的时候，发现方逸群等在栏杆外面。

她愣了一下，拿着工具走了过去，问："你怎么来了？"

"就是经过，想来看看你。"方逸群笑道。

梁浅言有些不以为意，勉强挤出一丝笑容说："是这样吗？"

"嗯。"方逸群点了点头。

梁浅言将东西放进了物品柜，也没有回头看方逸群，径自道："你先等我一下，我去换下衣服。"

方逸群笑着点了点头。

等梁浅言的身影不见了，他的脸这才沉了下来。他觉得他和梁浅言好不容易培养起来的友好又消失了。他心中隐隐清楚是什么原因，有一种说不出来的感觉。

第一百二十八章　软肋

方逸群其实一直都等着梁浅言来质问自己。林洲的事情，梁浅言一定是知道了，可是梁浅言一直都没有问，他反倒是有些无从开口了。

梁浅言静静搅拌着自己的咖啡，看也没看方逸群，只是抿了一口，很是随意地对方逸群道："味道还不错，是吧？"

方逸群并不是沉不住气的人，但是总要有一个人把事情提出来。他没有回答梁浅言，反而问道："你就没有什么想要问我的吗？"

"你要我问什么？"梁浅言故意装作不知道。

方逸群有些按捺不住了，轻轻笑了笑："那你就当我什么都没说好了。"

梁浅言放下了咖啡，抬起眼眸盯着方逸群："难道你今天不是来向我解释的吗？"

"我觉得没有解释的必要，这是我们董事长的意思。"方逸群冷声道，"我只是希望你不要怪我。"

"你什么意思？"梁浅言问。

"你真的不明白吗？林洲缺五百万，那五百万，是我帮他说服的我们董事长。"

"那为什么非林洲不可？"梁浅言带着怒意看着方逸群。

"因为林洲是宸天最好的摄影师，而且苏丹这样的地方，也只有林洲会去。何况，还有五百万，不是吗？"方逸群说着，唇边浮现出了一丝笑意。

方逸群见梁浅言没有说话，又接着说道："有一件事，你可能还不知道吧？林洲他不愿意大可以离职，他有很多选择，但是林洲偏偏却生气了。"

梁浅言看着方逸群，握紧了拳，说："你到底想说什么？"

方逸群从容不迫地笑了笑，在生意场上，他从来都没有搞定不了的对手，如今把梁浅言放在了这个位置上，倒是让他心中有些五味杂陈了。

"林洲这样生气，是因为他被人算计了，但是又真的被人掐中了软肋。他需要这个五百万，而且没有人愿意去苏丹，也只有他会去。"方逸群沉稳地说道。他笑了笑，继续说："赵菡留下来的基金会，这些年都靠林洲撑着，林洲一直都在资助那些孩子。那些孩子都等着这笔钱救命。你说林洲会怎么办？"

方逸群说完，看着梁浅言："你是不是没想到，林洲可以为赵菡做到这个份上？"

"你是怎么知道赵菡的？"梁浅言诧异地问道。等她问出了口，又觉得自己的这个问题实在是愚不可及。

他这样周详的计划，根本就是冲着林洲来的，他又怎么会没有调查过林洲呢？

"你是觉得林洲离开了，我就愿意回到你身边了吗？"梁浅言死死地盯着方逸群，唇角浮现出了一丝嘲讽，轻蔑地说道，"方逸群，你这样只会让我看不起你。"

"浅言，我这是在帮林洲。"方逸群道。

"帮他？"梁浅言眼中的嘲讽越发明显。

方逸群却不以为意，说："我的确是在帮林洲。你试想一下，如果不是我及时让我们公司掏这笔钱，林洲要怎么办？"

"难道林洲不可以发起公益募捐吗？"梁浅言提出质疑。

"是可以，但是五百万不是小数目，林洲也的确等得起，但是你觉得病人等得起吗？"方逸群明显觉得梁浅言的这个想法有些天真。

"你确定林洲是真的爱你吗？我是调查了他，不错，但是我查到赵菡和贺溪的时候，我发现，有一个人也在查。"方逸群冷声继续说道。他带着一丝怜悯地看着梁浅言，说："林洲心里在乎的，只是赵菡而已。你觉得赵菡如果还活着，林洲心里还有你的位置吗？"

他见梁浅言发怔，接着说道："浅言，回到我身边吧！我才是你一开始选择的人，也是到现在都不愿意放弃你的人。不管以前发生了什么，我们都去忘了，好吗？我们重新开始。"他说着，恍惚间，就握住了梁浅言的手。

梁浅言触电一样，将手缩了回来。她审视着方逸群："我知道林洲在查赵菡的死因，那又如何？赵菡已经过世了，她只是林洲的过去。"

"你既然这么笃定，那我们不妨打一个赌，林洲会不会为了赵菡基金会的孩子们去非洲。"方逸群轻笑着说道，语气依旧是那么不急不慢，丝毫没有因为梁浅言的态度而有所变化。

"好，很好。"梁浅言点了点头。她带笑看着方逸群，眼光却异常锐利，说："你是觉得这样算计了林洲，我就会屈从现实了吗？方逸群，这么多年，你从来都没有了解过我。"

"那你赌不赌？"方逸群凝视着梁浅言。

"我和你没什么可赌的。"梁浅言冷冷说道，她的身子略微往后靠了靠，"不管林洲怎样决定，我都会支持他。"

梁浅言说完，站起身来，将一杯水利落地泼在了方逸群的脸上：
"你们这些人，不过是利用林洲的善良而已。你所谓的软肋，不过是你们这些人把所有的人都看作玩偶，心里盘算着能有多大的价值。但林洲真正关心的，是那群孩子的生命。你永远都比不了林洲。你洋洋自得的嘴脸，真让我觉得恶心。"

等方逸群反应过来的时候，梁浅言已经走到门口了。方逸群苦涩地笑了笑，冷静地拿纸巾擦掉了脸上的水，伸手道："买单。"

他原以为他是在帮梁浅言认清现实，没想到梁浅言竟然是这样的一个反应。他可以肯定自己的战略是没有任何问题的，难道真的就像她所说的那样，他其实根本就不懂她？

梁浅言离开了咖啡店后，心中也很没底，她也不确定林洲会怎么选择。关于赵菡的事情，林洲早就和她说清楚了，她也信任林洲。但是，就像方逸群说的，林洲需要那笔钱，那群孩子需要这笔钱，林洲纵然可以想办法从其他渠道募捐，但是远远没有方逸群所说的那样快。

她的女儿也这样躺在医院里过，她清楚这种感受，她也明白，那个时候，根本就等不起。

每个人都有努力活着的权利，即使那些孩子和她并没有血缘关系。

第一百二十九章　陷阱

老余那边也同样心烦，一来，林洲那边迟迟不松口，二来，他们传媒公司不管怎么样，都得派一个人跟过去。拿到前线消息，对于公司的发展和定位至关重要。但是林洲却迟迟不给答复。他也问了其他的人，即便条件优厚，也没有人愿意去。

毕竟苏丹现在不是很太平，能有几个人愿意去呢？就是要老余自己去，他也是不愿意的。

眼下不管从哪一方面来看，林洲都是最合适的人。老余想了又想，只好又找了林洲。但是林洲这一次干脆电话都不接了。

老余只好把电话打给了方逸群，一打过去就大吐苦水。

方逸群耐心地听老余说完，这才开口道："你再去找林洲谈，亲自到他家里去。你去告诉林洲，我们公司愿意为赵菡的明天基金会宣传，并且长期支持那群孩子。以我们公司的影响力，那群孩子也能得到更好的救治和照顾。"

"这……方总，您说的是真的？"老余有些震惊。为了一个林洲，这代价似乎也太大了。

"我说的是真的。"方逸群道。

老余点了点头，他感激道："这事儿方总要是真的能给林洲说动了，那您就是我的救星了。"

方逸群挂掉了电话，把易彤叫了进来，说："去对接一下董事长的时间，我有件事情要找他。"

"好的，方总。"易彤直接出去办了。

老刘的办公室在大厦的顶层，最是幽静，没什么人打搅。他看了一眼方逸群。他一向清楚，方逸群如果不是有什么重要的事，是绝对不会这么急着找他的。

他看着方逸群，说道："说吧！"

"我想让我们公司接手一个基金会。"方逸群沉声道。

老刘看着方逸群，愣了一下，随即盖上了茶杯，看着方逸群笑了笑，说："先前的事，的确是你的功劳，我也卖了你一个人情。五百万也不是小数目，我也愿意以我们公司的名义捐出去。但是你要知道，接手一个基金会，那不是短期的资金和五百万的事情。"

"我知道。"方逸群慢慢说道，抬眼看着老刘，"但是我们公司现在要通过慈善提升我们的企业形象。我们公司是做地产的，慈善的确和咱们不相关，但是每年公关和宣传的费用也不少，那咱们为什么不干脆接手一个慈善基金会，改名为京远慈善，直接引爆社会热点？到时候结合咱们的新项目，再请乐意做慈善的艺人来当我们的代言人。这个钱到底值不值，您可以权衡。"

"我考虑考虑。"老刘沉思道。

方逸群笑了笑，说："这个项目，我早就有这个意向了，其中的好处，老刘，你细想一下，应该能体会到。京远要是想走得更远，非走这一步不可。"方逸群说完，也没有立刻要老刘给答案，起身准备走了。

老刘却直接叫住了他，问："你确定这件事情你能办好吗？"

"我办事，有让你失望过吗？"方逸群又慢慢坐了下来，迎上了老刘的目光，"况且公司早就有致力于慈善的打算了，不是吗？"

老刘眼眸一沉，说："可是我怎么听人说，你这纯粹是为了对付自己的情敌呢？"老刘说完，轻轻一笑，接着说："当然，我还是相信，你做什么肯定都是站在公司的利益角度的。"

方逸群也没否认，直接道："这件事情，说起来的确有我个人的因素在，但对我个人好像也没什么好处，您说是吧？归根结底，这件事情还是以我们公司的名义去做，树立的也是我们公司的企业形象。"

"我就是跟你开个玩笑。"刘总笑了笑，抬眼看着方逸群，"原本我也有这个打算，做慈善是好事，且不说能为我们公司带来什么，能为社会做好事，我们京远愿尽绵薄之力。那就这样说定了，这件事你去办吧！"

去苏丹的人选一直都是老余心里的石头，他和方逸群结束通话之后，实在是忍不住了，直接到了林洲父母家中。因为去林洲家他没逮着人，这才万般无奈挑了个能联系上林洲的地方。

林父简单地和老余聊了几句，就大致猜到了老余的意图。他想了想，还是对林母道："把林洲叫回来吧！"

林洲和梁浅言一起接林开颜放学。林洲听说老余来家里了，知道是去苏丹的事情。

他神色复杂地看了梁浅言一眼，挂掉了电话。

"那你打算怎么办？"梁浅言也猜到是什么事情了。

林洲轻轻笑了笑，语调听起来依旧很轻松的样子，说："还能怎么办？这件事情我已经和他说得很清楚了，难不成他还真的逼着我辞职啊？"林洲说完，摸了摸林开颜的头，眼神中浮现出了一丝温柔，接着说："我就是讨厌被人捏着玩儿，他要真的过不去，那我也只能辞职了。我还不信我就饿死了。"

梁浅言心中还是牵挂着那群孩子的，但她终究没有问出口。

她叹了一口气说："先回去再说吧！"

"开颜，咱们上楼去。"梁浅言说着，就拉起了林开颜的小手。她柔声问道："今天在学校还习惯吗？"

林开颜点了点头。她怯弱地拉了拉梁浅言的衣摆说："爸爸是不是真的要去非洲啊？那他什么时候会回来？"

在她的印象中，林洲经常会出门，可以说她出事后，反而是林洲陪她最多的时候了。

梁浅言摸了摸林开颜的头，斟酌了半天，也没想好措辞。最终，她只能问道："如果，我是说如果，爸爸真的决定要去非洲，开颜会怎么样？"

"我其实听懂了那天你们说的话，如果爸爸去的话，我会失去爸爸一段时间，但若那些孩子可以得到救助，我愿意爸爸去。"林开颜正色说道。她垂下头，眼光也黯淡起来，说："就是那种病，让我失去了妈妈。我只是失去我爸爸一段时间，但那些小朋友得不到救助，他们的爸爸妈妈也会失去他们了。"

她说着，拉了拉梁浅言的衣袖，说："我的爸爸总是会回来的，不是吗？梁阿姨，每个人都和我说，妈妈去了天堂，但是我知道，她永远都不会回来了。"

如果没有先前的那一番经历，林开颜可能不会感受到这些。可是正因为她看到了林洲的紧张，她才清楚，假如自己不在了，对林洲是怎样的一种打击。以己度人，她希望其他的家庭不要失去家人。

第一百三十章　改口

梁浅言的眼睛不觉得湿了，她侧过身去。

"梁阿姨你怎么哭了？"林开颜问道。她心中不禁有些自责，林洲已经悄悄跟她讲过梁浅言和方鹤的事了。她小心翼翼地问道："我错了，我不该说这些话的，你别伤心了。"

"你没说错。"梁浅言蹲下身子，看着林开颜的神色，心中不由得一软，"你说得一点都没错。"

"那梁阿姨也会支持爸爸吗？"林开颜问道。

梁浅言点了点头："不管你爸爸去多久，我都会等着他回来的。"

"因为梁阿姨爱爸爸吗？"林开颜忽然问道。

她没想到这样敏感的话竟然从一个孩子口中说出来。她点了点头："是的，因为爱他，所以支持他的理想，也支持他所有想做的事情。"

"那我和梁阿姨是一样的。"她笑道。梁浅言也笑了，陪着林开颜回房间。

林开颜忽然拉住了她的胳膊说："梁阿姨，我可以叫你妈妈吗？"

"啊？"梁浅言无比震惊。她诧异地看着林开颜，有些不敢相信："你说什么？"

林开颜以为她是不愿意，低下了头，连忙道："梁阿姨不愿意也没有关系的，我知道。"

"不是的。"梁浅言一把抱住了她，眼泪再也克制不住了，"开颜，谢谢你，我的女儿。"

"梁妈妈。"林开颜甜甜地叫了一声。

她觉得林开颜传递给了她一种久违的温度。母亲这个身份，她似乎脱离很久了，自从方鹤离去之后，她都没有知觉了。可是林开颜的这一声称呼，让她冰冻已久的心又融化了。

"我觉得，梁妈妈会像妈妈一样爱我的。"林开颜认真地说道。她觉得梁浅言对她的这种呵护和从前的贺溪完全不一样。

贺溪从来都是纵着林开颜的，甚至是带了一些讨好的成分在。贺溪太想讨林洲的欢心了。很多时候，她不会和贺溪有很深的交流。可是梁浅言不一样，她爱护着她，并且尊重她的意愿，去引导着她。

"不管从前我们都经历了什么样的苦难，但是开颜，咱们一家人，都会好好地走下去的。我和你爸爸，都会用尽全力呵护着你长大。"梁浅言用力说道。

梁浅言擦了擦眼泪，松开了林开颜，摸了摸她的头："赶紧写作业吧！"

"现在吗？"林开颜撇了撇嘴，明显有些不情愿。

"作业写完了，才可以做其他的事情哦！"梁浅言提醒她。

林开颜乖巧地坐在了书桌前，拿出了书包。

梁浅言看着她的侧脸，眼中又是一湿。林洲和林开颜的出现，才是对她最好的馈赠。她仿佛看到了方鹤在她的眼前，鹤鹤应该看到了她在努力地活着。她觉得异常温暖。

第一百三十一章　答应

林洲看着坐在对面的老余，默默给他添上了茶，有些无奈地笑了笑，说："我真的没想到你找到这里来了。"

"没办法，你电话也不接，我上你家又找不着你，只能来一个能联系上你的地方了。"老余叹了一口气，他抬眼看着林洲，"你知道的，不是万不得已，我也不会这样要求你的。"

"你也知道的，我最讨厌受人胁迫。"林洲道。

"各取所需，也不行吗？"老余问道。

林洲慢慢摇了摇头："我女儿最近出事了，你不是不知道。"

"那等着你救的那些孩子呢？"老余含笑看着林洲，轻轻抿了一口茶，"林洲，我了解你。"

林母见状，起身道："我去给你们做饭。"

老余吐出一口气，意味深长地看着林洲说："我其实是要告诉你一个好消息。"

"好消息？"林洲诧异地看着老余。

"京远愿意接手你的基金会。林洲，你应该清楚，基金会交给他们，可以得到更多的援助，也能够有更好的医疗设备和环境。"老余诚恳地说道，他看向了林洲，"基金会未尝不是你的担子，林洲，就当是为了那些孩子。"

林洲愣了一下，继而轻轻一笑说："他好大的手笔，这样机关算尽，就是为了让我去苏丹？"

"他真的是看得起我啊！"林洲又补充道。

他说完，抬眼正色看着老余："你确定，他们会照顾那些孩子，能够让那些孩子受到救助吗？"

"林洲，你比我聪明，于公，你去苏丹我最放心，于私，作为你的朋友，我觉得这样对你，还有对那些孩子，都是最好的。"老余接着说道。

林父沉沉叹了一口气，他隐隐已经知道林洲会怎么选择了。他用力地瞪了林洲一眼，说："你要是出去了不回来，我和你妈是不会替你管开颜的。"

林洲笑了笑，心下一暖。

林父接着问道："你这孩子，这是赵菡办的基金会，你和浅言说清楚了没有？"

"爸，你放心吧！浅言都知道。"林洲说道。

老余看着这父子俩一问一答的，反应了好半天，这才有些后知后觉地问道："你这是……答应了？"

"我还有更好的选择吗？"林洲问老余道。他点了一根烟，要是从前，林父肯定会斥责他，今天却没有制止。林洲抽了一口，眯着眼打量着老余："他们真的会善待那些孩子吗？"

"林洲，你比我聪明。你应该知道，他们是为了树立企业形象，应该不可能玩虚的，不然大众也不会买他们的账。"

"那就好。"林洲点了点头，他低下头淡淡一笑，"去多久？"

"医疗队要过去两年，你只需要去半年，就是记录一下医疗队的日常情况。我会在我们杂志为你开一个专题。林洲，你知道的，国内少有做这个类型的杂志的。现在整个市场大行情遇冷，我们要是不借机转型的话，以后会越来越难走的。"他说出这些话，就是带着诚意在和林洲谈。

林洲点了点头，这些事情在他们眼中全都是生意，他已经习惯了。

"好，我知道了。"林洲语气平淡地说道。他又问："那什么时候出发？"

"下个星期。"老余说道。

林洲沉思了一下，继而悠悠一笑："难怪你催得这么急。"他盯着老余，又接着问道："你就不怕我改变主意？"

老余忐忑地看着林洲，脸色一僵，强扯出一抹笑意，说："林洲，你也知道这件事有多重要，不能闹着玩儿的。"

第一百三十二章　决断

"好，我知道了。"林洲慢慢笑了笑，他瞥向了老余，"还得请你帮我个忙。"

老余毫不犹豫地点了点头："你说，只要是哥们帮得上的，一定义不容辞。"

"我想见一下方逸群。"林洲沉声说道。

老余一愣，他轻轻一笑，说："这个你直接找梁浅言不是更方便吗？"

林洲的脸瞬间沉了下来。老余心中一下子就明白了是怎么一回事，他轻轻打了自己一巴掌，赔着笑道："你瞧我这话说的，既然你开了口，这事我一定帮你办好。"

老余说完，立刻转移话题道："这件事情，你不用跟梁浅言商量一下吗？"

"不用了。"林洲说。他想什么，梁浅言心里一直都清楚，她应该早就知道他会怎么选择了吧！

老余看了林洲一眼，其实从某种意义上来说，也算是他和方逸群联手吃定了林洲，各取所需罢了。他心中终究是有些愧疚的。

他心情复杂地看了一眼林洲，叮嘱道："我听说那边不是很太平，你一切小心。"

"我知道。"林洲点了点头，问老余道，"南苏丹还是北苏丹？"

"北苏丹。"老余有些心虚，还是讪笑了下，"幸亏是北苏丹，要是南苏丹的话，我还真的不太敢让你去。"

"好了。"林洲直接打断了他的话，询问道，"你今天留在这里吃饭吗？"

老余心虚，哪里敢再面对林洲，也听出了林洲在下逐客令，连忙起身道："不了，不了，你这两天好好准备一下，你说的事我会放在心上的。我就不打搅你了。"

"那我送你。"林洲起身。

"留步，咱们之间不用客气。"老余说着，就直接提起公文包起身，背对着林洲挥了挥手。

林洲整个人都陷在了沙发里，愧疚地看了一眼父亲："爸，开颜那边……"

"开颜那孩子，看起来年纪小，心思却比谁都敏锐，你还是自己去说吧！"林父沉下脸道。

林洲已经隐隐察觉到了父亲的不悦，为难地看了父亲一眼："爸，我知道，我……"

"你是我的好儿子。"林父忽然说道，看向林洲的眼光之中带了一丝欣慰。他起身拍了拍林洲的肩说："去做你想做的事情吧！很多事情，的确是需要有人来做。"

林父说完，故意打了一个哈欠，背对着林洲说："说了这么久，都有些困了，我去看看你妈的饭做得怎么样了。"他说着，拿下眼镜，扬起头片刻，擦了擦眼睛。

林洲坐在沙发上，觉得有一种莫名的感觉，眼眶也跟着红了。

他觉得有些烦躁便走上楼去，见林开颜正在写作业，就把梁浅言叫出来了。

"谈好了？"梁浅言笑问道。

林洲不敢看梁浅言的目光，点了点头。

"什么时候走？"梁浅言的声音很是平淡地问道。

"下个星期就走。"

"这么快？"梁浅言没想到这么突然。她怔了怔，接着道："下星期是孙承宣的省级比赛。"

林洲一怔，他一直都鼓励梁浅言，他也一再承诺，自己会一直陪着梁浅言的，可是这么重要的时候，他却真的不能陪着她了。

他有些黯然道："要不去商量一下，能不能晚几天？我也不是什么要紧的人，迟一点应该也没关系的。"

"不了。"梁浅言轻轻笑了笑，眼神平静地看着林洲，"我早知道你会这么决定的。"

林洲没有接话，只是轻轻抱住了梁浅言。

梁浅言有些不安地动了动。林洲却慢慢闭上了眼睛，沉声道："别动，让我抱一会儿。"

他的声音之中，还透着一股慵懒的意味，又略带一些依赖。

"我记得你曾经提过《饥饿的苏丹》。你说，平凡和安逸，总是会消磨人，你希望摄影是有灵魂的。"梁浅言柔声说道，她轻轻一笑，"我始终都觉得，摄影的灵魂，取决于摄影师当下的心境和状况。但是，我知道你现在在想要走出去看看，你想知道真正的生死关头会是什么样子，就像那张《饥饿的苏丹》。爱一个人，应该去成全他的理想，林洲，是你成全了我。"

她说完，松开了林洲，沉静地看着他，伸手摸了摸他的脸："可是我知道你现在想要什么，或许你以后会改变想法，但你现在想做什么，就去做吧！我等你回来。"她的唇角微微上扬起来。

那幅画是摄影师凯文·卡特的作品，内容是一个饥饿的苏丹女孩，背后是一只盯着她的秃鹰。整个画面采用了三分式的构图，但是画面的主体却异常突出。看到这幅作品的人都会为之动容。这幅摄影作品拿了普利策奖，却也引起了轩然大波。人们通过摄影作品，除了感受到生命的可贵之外，更加关注苏丹的战争和颠沛流离的人。当然，人们对这幅作品的作者争议很大。

但是林洲一向都是欣赏卡特的。林洲一直都觉得，摄影本就是一瞬间的东西，一瞬间捕捉到了，那就是灵魂。如果什么都没有，就只是一张普通的照片而已。

林洲没想到梁浅言会这么和他说。所有人都觉得，是他拯救了绝望的梁浅言，是他给梁浅言提供了各种机会，是他支撑着梁浅言继续追求着自己的理想。

可就像梁浅言说的，爱一个人就要去成全对方，梁浅言何尝不是在成全他？

在这个世界上，爱情本身就是小概率的东西，他们都经历了太多，原本最不应该相信的就是真的会有纯粹的感情，可是遇见她之后，他的世界就好像有了光。没有人比她更懂他了。

林洲轻轻地将唇慢慢靠近了她。梁浅言别过脸去，无奈地说："好了，等一下别让开颜撞见了。"

"我已经撞见了。"林开颜的声音忽然传来。梁浅言猛地推开了林洲，脸唰的一下红了。她看向了林开颜问："你什么时候过来的？开颜，我跟你说，我和爸爸先前是在玩游戏，我……"她发现自己也有些编不下去了。

林开颜翻了一个白眼，指着自己，一脸鄙夷地看着梁浅言说："梁妈妈，你觉得我今年三岁吗？"

第一百三十三章　感动

梁浅言暗暗瞪了林洲一眼，心中也是万般无奈。她恨不得找个地洞钻下去，现在的孩子怎么这么早熟？

"下来吃饭了。"林母叫了一声。

梁浅言这才松了一口气，赶紧拉起了林开颜的手说："我们还是先下去吃饭吧！"

林洲的脸皮没有梁浅言那么薄，他一下子就抓住了林开颜话中的重点，诧异地问道："你刚刚叫梁浅言什么？"

"你不是都听到了吗？"林开颜毫不犹豫怼道。她看着林洲调皮一笑，说："老林，你不用担心我，我有爷爷奶奶，还有妈妈了，我们会彼此照顾的。"

林洲一怔，原来家里所有人都是支持他的。他的女儿，明明自己心里的伤口都没有愈合，但是依旧成全着他。

"爸爸，我从来都没告诉过你，虽然你真的不算一个很称职的爸爸，但是我还是为你自豪。"林开颜正色说道。

"你懂什么。"林洲话里虽然是这么说，但眼眶还是忍不住一热。他确实有太多个不得不去的理由，对他的家人而言，他到底是自私的。

"你在那边记得每天都要给我打电话报平安。"梁浅言说道。

"我又不是现在就走。"林洲哀怨地看了她一眼。

梁浅言笑了笑，心中也暗暗觉得是，何必提早让气氛这么凝重呢？

吃过晚饭后，林洲就被林开颜推走了，她说让林洲赶紧回去收拾收拾，但更多的还是想让林洲和梁浅言过一下二人世界。

梁浅言上了林洲的车，暗暗叹了一口气感慨道："这孩子真的是懂事得让人心疼。"

她总算明白了林开颜为什么会忽然叫她妈妈了，说起来，也是为了安林洲的心罢了。她们都是林洲最重要的人，在老余上门的时候，她们都心照不宣地已经知道了林洲的决定。

林洲没有启动汽车，反而抱住了梁浅言。

"回去吧！"梁浅言有些不好意思。

"不能辜负开颜的好意。"林洲狡黠地一笑。

"如果半年之后，我回不来，你就别等我了。"林洲又说道。

"怎么会回不来呢？"梁浅言看着他，她的神情前所未有的严肃，"我不管你怎么想的，你一定要回来，否则，我一辈子都不会原谅你。"

"我逗你玩儿的。"林洲轻轻一笑，故作轻松地说道，"我凡事小心一点，也没关系的，反正我半年也就回来了。"

"嗯。"梁浅言应了一声，强忍着泪意，唯恐林洲察觉。

她心中隐隐想问林洲查贺溪的事，但又觉得此时不该提，她只想和林洲好好地过好剩下的时间，等待她的将是长久的别离。

林洲洗过澡后，见她还没有要睡的意思，从后面轻轻抱住了她。

他的身上有一股淡淡的沐浴露的香味。他看到梁浅言对着电脑在写着什么，凑了过来。

"写什么呢？"他问道。

"你别添乱。"梁浅言心不在焉地回答，眼睛又回到了电脑上。

他趁梁浅言不注意，拿起了纸张。看到纸上写的东西后，他的眼眶再次湿了。林洲觉得这是自己最娘的一天。

梁浅言已经标注了各种密密麻麻的注意事项，明显是趁他洗澡的时间整理的。她见林洲看了，顺势说道："你明天就去银行换一些钱。那天我不能去送你，我去给你买一些预防疟疾和黄热病的药品带去。咱们谨慎些，总不会错的。"

"嗯。"他点了点头。

"还有……"她正准备继续说下去，林洲拦腰抱住了她，随手关掉了灯。

第二天，林洲送梁浅言出门后，唯恐给梁浅言添负担，按照梁浅言标注的做了那些事情后，就去见了方逸群。

林洲还是第一次和方逸群这样面对面坐着。林洲也没拐弯抹角，他直接说道："你确定你们公司会一直善待那些孩子？还会持续帮助白血病患者？"

　　"我们公司会尽全力帮助那些人。"方逸群笃定地说道。他看向了林洲，语气略微顿了顿，说："只是有一件事情，我要和你说一声。"

　　林洲看着他，示意他讲。

　　方逸群这才慢条斯理道："我们会改慈善基金会的名字。"

　　"那是你们的事情。"林洲不以为意道。他也心知肚明，京远不会做亏本买卖，自然是要为自己好好造势一番的。

　　方逸群诧异地看着林洲，疑问道："这样就意味着你做的一切都不会有人知道，不会感念你做的贡献，这样，也没关系？"

　　"我只是想救那些孩子而已，有没有这个名，我根本不在乎。"林洲轻描淡写地说道。

　　方逸群从他的眼神当中，看到了一种纯真，犹如孩子般的一种纯真。可以看出，他是真的不在乎这些虚名的。

　　方逸群有一刹那觉得自己的人格在林洲面前简直是不堪一提。他心中不由得自惭形秽起来，但也就是一瞬间的感触。

　　林洲坦然地拿出了录音笔，在方逸群面前晃了晃，悠悠道："这是你跟我承诺的。方逸群，假如你们公司玩什么手段，达到了自己的目的后不管他们，我会把录音公之于众的。"

第一百三十四章　赤子

　　林洲说完，站起身来，就准备走了。

　　"不一起吃个饭吗？"方逸群问道。

　　林洲笑了笑，说："你还真的是喜欢这一套啊！"

　　随即，他轻轻摇了摇头，说："不了，我要去接浅言下班了。"

方逸群一怔，目光一沉，心下隐隐有些嫉妒，林洲可以这样名正言顺、理所当然地去接梁浅言，而他不可以。他给了梁浅言一座坟墓，埋葬了她的一切，可是林洲是在用实际行动让梁浅言去放飞。嫉妒之余，他还充满着懊悔。"我一定会抢回浅言的。"他看着林洲宣示主权。按理说这样的斗气本是青少年时期才会做的事情，可他依旧负气说了这句话。

　　林洲轻轻一笑，并没有搭理他。他心中隐隐有些可怜方逸群，煞费心思，终究是无用之功罢了。他兜了这么大的一个圈子，却是为挽回已经失去的，他只是沉溺在过去里走不出来的人。

　　贺溪没想到事情竟然这么快就解决了，她兴奋之余，又约了一次方逸群。

　　方逸群并不抵触贺溪，何况他早和贺溪有了君子之约，不管贺溪有什么打算，都不可以算计梁浅言。

　　方逸群见事情稳妥了，心中也松了一口气，见完林洲之后就去见了贺溪。

　　贺溪看到方逸群就赞赏道："方总好手段，这一下，不仅为京远提了声势，更是让林洲不得不去了。"

　　方逸群笑了笑，忽然目光一沉，看着贺溪问道："林洲到底是一个什么样的人啊？"

　　自从他在林洲身上看到了那种耀眼的人格之后，他不禁对他的对手产生了一些好奇。

　　贺溪认识了林洲这么多年，自然了解林洲的性格。

　　她轻轻一笑，看着方逸群道："即便您不开后面的条件，林洲也会答应的，只是时间问题。"

　　"为什么？"方逸群看着贺溪。

　　贺溪唇角不禁莞尔一笑，她想起了林洲，说："你能想象吗？一个人，他历经了所有的东西，他也知道这个世界的模样。但是十年了，我时常看他，就好像看着十多年前的他一样，他除了沉稳了一些之外，没有什么变化。林洲有一颗其他人都没有的赤子之心。"她说完这些话，自己都吃了一惊，原来她是这样看林洲的。或许是她一直都活得太纠结了，她反而更想得到林洲的那种纯真，一念之间，就成了一种执念。

"你倒是对他评价很高。"方逸群淡淡一笑。

"或许在方总您这样的人看来他很傻。我也有时候觉得他很傻，但是，恰恰是因为我们都成不了他那样的人，不是吗？"贺溪含笑问道。

"你要跟着林洲去苏丹？"方逸群不确定地问道，他看着贺溪，"你应该知道，那是个什么地方，全是你想象不到的。"

"我要跟着他。"贺溪笃定地说道。

"你倒是对他一往情深。"方逸群说这句话的时候，没有半分的嘲讽。他接着问道："你就真的没有半点恨他？如果不是他，你的事业也不至于……"余下的话，方逸群没有说完。

贺溪没有接这句话，只是反问方逸群："令爱过世的时候，梁浅言也是怨恨工作忙碌的您，您当时也难受，甚至比她承受了更多的东西，您会怪她吗？"

方逸群笑了笑，有些释然，是的，爱一个人，怎么会舍得怪他呢？

"那假如你跟过去了，你也做了那么多，什么苦都愿意陪着他，但是他还是不爱你，你怎么办？"方逸群问道。他问贺溪这个问题，更像是为自己找答案。

贺溪一下子就察觉了，她没有回答方逸群，只是静静看着方逸群，问道："这个问题，方总不是应该比我更能感同身受吗？"

"我是在问你。"方逸群冰冷地看着她，丝毫不在意道，"你不愿意说就算了。好了，贺小姐请回吧！"

"方总不要这么小气嘛！"贺溪走到方逸群跟前，伸出臂膀，勾住了方逸群的脖子，鲜艳的红唇轻轻开启，一字一句说道："那就彻底毁了他。"她得不到的，其他人也别想得到。她绝对不会，让她十多年的守望成了泡沫，为他人做了嫁衣。

方逸群不动声色地拿开了她的手臂，手指轻轻捏住了贺溪的下巴："你的心肠还真硬，贺小姐为我诠释得很好。"

"方总承让。"贺溪反讽道。

易彤端来了咖啡，恰好见到了这一幕。她正准备退出去，方逸群却一下子松开了贺溪，瞬间整理了一下衣服，看着易彤道："进来。"

贺溪端起易彤送过来的咖啡，戏谑地看着易彤，说："好腼腆的姑娘啊！这个秘书和从前那个可不一样。"

贺溪说完，将咖啡一饮而尽，放了下去："好了，谢谢方总的咖啡，我就不打搅了。"

她说完，还对易彤眨了眨眼，说："再见了，小美人，好好照顾好你们的方总。"

易彤打量了一眼方逸群的神色，站在那里异常窘迫。

"等一等。"方逸群却出声叫住了她。

易彤心惊胆战地退了回来。

"方总。"她怯弱地叫了一声。

"你很怕我？"方逸群的眼神逼视着她，继而静静靠近了她。

她的心不由得加速跳起来。她和方逸群靠得太近了，近到她可以听到他很均匀的呼吸声。她眸光一缩，心中不由想到刚才撞见方逸群和贺溪的场景，耳边仿佛浮现出贺溪最后的话，耳根瞬间一红。她急促地推开了方逸群。

"方总，我没有。"她连忙道。

方逸群戏谑地盯着她，语调平缓："坐吧！"

他看了易彤片刻，才问道："我有几个问题想问你。"

易彤想到他之前的问题，不由得冒起冷汗来。

易彤索性硬着头皮说道："方总，您放过我吧！我虽然很想回答您的问题，可是我恋爱都没谈过几次，我真的说不出什么好方案，您可以问问公司里经验丰富的姐姐们。您再问我，我也不知道怎么回答您。"

她说着，已经闭上了眼睛，等着方逸群发怒了。

第一百三十五章　心慌

易彤等了半天，却发现没有任何动静。她眯起了一只眼，看到方逸群含笑看着她，她瞬间吓得睁开眼来。

"方总……"她再次怯怯地叫了一声，还带了些许委屈。她捂住了自己的嘴巴，她是贺溪附体了吗，怎么也跟着娇滴滴的了？

好在方逸群并没有察觉。方逸群打量了她片刻，终于启唇道："是不是我平时待你太严苛了，你这么怕我？"

"没有，没有，绝对没有。"易彤生怕方逸群误会，她低下了头，"我知道方总一直都很苦恼，但是我根本帮不了方总。方总的问题，总是比工作还难。"

方逸群又确认了一次："比工作还难？"

易彤老老实实地点了点头。

方逸群隐忍着笑意，看了看易彤说："你别紧张，我不问你感情的事。"

"真的吗？"易彤下意识松了一口气。

"可是我有其他的事情想要问你。"方逸群接着说道。

易彤松下去的那口气又提了回来，她平复了一下心情，看着方逸群道："方总您说。"

"有一个人，明明知道别人是算计他，但还往陷阱里面跳，就为了坚持他认为的道义，并且还放下了他的家人。你觉得这样的人，是不是很傻啊？"方逸群说完，略带些期待地看着易彤。他希望易彤说出一个肯定的回答。

这样就证明，林洲其实真的不过如此了，自己做的完全没有错。

易彤沉思了片刻，睁大眼睛，看着方逸群道："方总还记不记得学生时代，每天自觉主动为班级擦黑板的人，大家是不是都会觉得这种人很奇怪？"

方逸群想了想，点了点头。

易彤说道："因为绝大多数人都做不到啊！看着这样的人就觉得是异类，我却觉得这样的人真的很难得。"

易彤说着，丝毫没有掩饰住自己的钦佩。

方逸群一怔，苦涩一笑，点了点头。

"好了，我知道了，你去忙吧。"方逸群说道。

易彤再一次愣住了，这就完了？今天这么容易？易彤如蒙大赦，快速溜了出去。

可是坐下来后，她满脑子竟然都是方逸群靠近她的时候，还有那抹带有一丝温度的笑。她又想起她说完之后他的落寞，心中不禁思虑着，他是又遇到什么棘手的事情了吗？他这样运筹帷幄的人，会有什么样的事情，是他处理不了的呢？

易彤狠狠地摇头，散去了心中的念头。总裁只是一个可以去仰望的人，她不可以想太多的东西。

可是他黯然的神色在易彤的脑海之中挥之不去。易彤犹豫了一下，还是敲了敲他的门。

"进。"方逸群说道。

"方总，您还好吗？"易彤略带些关切地问道。

"嗯？"方逸群诧异地看着她。

易彤忽然觉得自己不该来的，那一瞬间肯定是错觉。她掰了掰手指，迅速道："没事，方总，我就是问问。"

"嗯。"他漫不经心地点了点头，继续看着手头上的合同。

易彤退了出去，可心中又觉得有些怅然若失。她一定是生病了，一定是生病了。易彤这样想着，把手放在额头上。

林洲和方逸群谈完了，就去接梁浅言。梁浅言刚给孙承宣训练完。她气喘吁吁地换好了衣服，挽着林洲的手就匆匆往外走。

"这是干吗呢？"林洲抱怨着，嗔怪道，"梁浅言，你是赶着去投胎啊！"

"现在赶紧去买东西，我怕晚了来不及了。"梁浅言焦灼地说道，一面说着，一面抬腕看了看表。

"该买的东西，我都买好了。"林洲道。

梁浅言停了下来，错愕地看着林洲："你都买好了？"

林洲点了点头，他一条一条地念给梁浅言听。

梁浅言瞬间原地回想，不确定地问林洲："你确定没有漏什么吗？"

"好了，林夫人，你考虑得已经很周全了。"林洲宠溺地揉了揉她的头发。

"那现在去把开颜接上吧！"梁浅言说道。

"我爸说今天他去接开颜，让我陪你。"林洲很是坦然地说道。

梁浅言一脸鄙夷地看着林洲："你还真的是个不合格的爹，能不能对你女儿好一点？"

林洲想了想，也的确是有道理。他故意在梁浅言身上蹭了蹭，这才洒脱道："走吧！"

这下轮到梁浅言发怔了，她下意识地问道："干吗去？"

"接闺女啊！"林洲很是理所当然地回答，接着就给林父打了一个电话。

且说刘思逸那边，她满肚子的怨气，但是完全没有机会发泄。原本以为一切都在自己的掌握之中，但是却发现，她得到的完全就是一地鸡毛。她假怀孕的事，还是没能瞒过赵母。

赵母拿着她不孕的诊断书，一下子甩在了刘思逸的面前："你现在给我解释一下，这是什么东西？"

刘思逸一看到那张诊断书，就激动起来。她看向了赵母问："你怎么会有这个的？"

赵母一下子把刘思逸按在了沙发上，她凝视着刘思逸，说："你是骗我和赵添的？"

刘思逸狠狠地甩开她，说："妈，您这是说的什么话？"

"你不仅没有怀孕，你还根本就不可能怀孕。"赵母怒道。她嚷嚷着就给赵添打电话。

赵添吓得班都没上完，赶紧请假回来了。

刘思逸盯着赵母，怒道："你翻了我的东西。"

"我怎么就翻不了你的东西？我要不是留了个心眼，也不会发现你这么大的本事。你知不知道你这是骗婚？"赵母毫不留情地说道。她边拿起手机，边说："我这就打给你妈，她这养的什么女儿，就没一句真话，我们赵添真的是被你耍得团团转。"

"那你凭什么翻我的东西？"刘思逸咬死了这个问题，直接避开了赵母的话。

"我怎么翻不得你的东西了？赵添是我儿子。"赵母理所当然地说道。她气得手指颤抖，怒道："你这无耻的人，我真是想不到你这样无所不用其极。气死我了。"

她坐在沙发上，抚了抚胸口，久久不能平静下来。

第一百三十六章　争执

她狠狠地瞪着刘思逸，说："你给我听着，我是不能容忍你这个骗子进我们家门的。等赵添回来，你就给我离婚去。"

刘思逸不屑地看了她一眼，说："那你也要民政局这个点没下班啊！"

刘思逸说完，同样尖酸刻薄地说道："妈，您也别太高看您自己了，您看看我和赵添结婚我娘家贴了多少钱和物件，您家的媳妇谁来都不好当。更何况，我和赵添是夫妻关系，不是和您。"

"你……"赵母没想到，刘思逸被抓到了竟然还这么嚣张。赵母也随之抓狂起来，怒道："你这个骗子，你给我等着。"她说着，就冲过去抓住了刘思逸的头发。

赵添赶回来的时候，正好看见两个人乱作一团。他没想到场面会乱成这个样子。

赵母一看到赵添，就扑了上去，紧紧捏住了赵添的胳膊，说："你快跟这个骗子离婚。小添，你肯定还不知道，她撒了个弥天大谎。她不仅没有怀孕，还根本就不能生育。"

"我知道这个事情。"赵添沉声道。他看向了刘思逸，冷着脸道："你怎么能和我妈动手呢？"

"你一回来就质问我？"刘思逸看着赵添，指着赵母道，"你问问你妈，到底是谁先动的手。"

"那我妈也是长辈，你就不能让着我妈一点？再说了，这件事情本来就是你做得不对。"赵添继续板着脸。他看了看赵母，埋怨道："妈，您就不能等我回来再说？"

"小添，你明知道这个女人撒了天大的谎，你还瞒着我？你们俩是存心一起骗我，是不是？"赵母说着，就哭了起来。赵母的性格特别要强，赵添从小到大就没怎么见她哭过。她现在这样一哭，倒是把赵添哭得有些乱了。

他语气不由得缓和了几分，耐心道："好了，妈，这件事情的确是思逸不对，但是那个时候我和思逸已经结婚了。妈，既然都这样了，咱们一家人就好好过日子，别闹了，不行吗？"

"不是我要闹，赵添，要不是她说她怀孕了，妈怎么样都不会同意你们结婚的。赵添，你看看她，她哪里有一点做媳妇的样子？"赵母喋喋不休地说着。她死死地盯着赵添说："你要是不答应和她离婚，妈现在就死在你面前。"

"妈，我和思逸已经结婚了。"赵添耐心说道。他叹了一口气，祈求地看着刘思逸，又看向了母亲大喝道："你们都别闹了，好吗？"

"赵添，你明知道是怎么回事，怎么还能答应结婚呢？"赵母呵斥道，她狐疑地看着刘思逸，"你是不是又耍了什么心机？"

这其中的曲折，刘思逸根本没有办法跟赵母解释清楚。她有些怪梁浅言，如果不是梁浅言，她也不会出此下策，最后自己根本就圆不回来。

刘思逸别扭地看了赵母一眼，说："我知道这件事是我不对，妈，我真的知道错了。这件事情，您原谅我吧！"

赵母怎么都不信刘思逸是真心道歉，因为从事发到现在，刘思逸都异常嚣张。赵母认定刘思逸是当着赵添的面在演戏，她冷冷地说道："你道歉我还真的受不起。"她鄙夷地看着刘思逸，接着说："刘思逸，你这是一直拿我们母子当猴耍是吧？我们赵添到底是哪里对不住你了，你要他断子绝孙？"

刘思逸尽量让自己冷静下来。她咬了咬唇，索性就直接看向了赵添："事情已经这样了，你说说怎么办吧？"

"现在科技这么发达，我和思逸可以要一个试管婴儿。妈，孩子总会有的。"赵添道。

赵母不以为意，她自己也清楚自己就是被算计了，这个儿媳她是怎么样都看不上的，但的确是木已成舟。她忽然想起婚宴那天，娇娇也是怪怪的，好像是在提醒她什么一样。她看向了赵添，问道："你知道试管婴儿得多少钱？你知道概率有多小吗？小添，你还年轻，这个女人就是一个吸血鬼，她迟早要榨干你的。"

刘思逸见自己服软一点用都没有，想到自己偷偷喝的中药，自己父母小心翼翼对赵母的讨好，还有这些日子心中理亏得提心吊胆，以及现在的被质疑和嫌弃。这一切累积起来，让她火冒三丈。她看着赵母道："反正不是花你的钱就是了。"

赵母看赵添这态度就知道婚暂时是不可能离了。她当即顺着刘思逸的话道："这可是你说的。"

"难道我和赵添结婚以来花了你的钱？赵添的工资卡都在你那，你扪心自问，有哪个儿媳妇能受得了，结了婚，自己老公的工资还归婆婆管的？"刘思逸讥讽道。

"你是还嫌不够乱吗？"赵添看着刘思逸吼道。他性格一向温和，刘思逸从来都没见他发过脾气，即便是他知道她骗了他的时候，他也没有这样过。

刘思逸被吓到了。她笑了笑说："赵添，你长本事了，是吧？"

"思逸，你先进去，让我和我妈说。"赵添说道。

"凭什么我进去？"刘思逸有些不甘心道。

"那你要怎么样？"赵添强忍住脾气，看了一眼刘思逸和母亲，"那我不拦你们了，你们继续打吧！"

刘思逸见赵添是真的动脾气了，加上自己的确因为焦躁和心虚，一开始对赵母就态度不好，又实在是没想要和赵添离婚，只好迈腿进了房间，关上了房门。

赵添看着母亲说道："妈，是您先动的手吗？"

"是。"赵母坦然道，"那个骗子就该打。"

赵添看着母亲："不管发生了什么，您也不应该动手啊！"

他看了母亲和刘思逸两个人的伤势，大致就知道了刘思逸终究是伤得比较重，赵母的伤只是刘思逸为了自保而导致的。

赵添提这个，赵母的气就不打一处来。她冷笑道："你怎么不去问问那个女人？你是没看她那个嚣张的样子。小添，妈妈这些年把你拉扯大真的不容易。她把你玩弄于股掌不说，你看她有哪一点儿把我放在眼里了？"她说完，握住了赵添的手，还想劝赵添："小添，你还年轻，你马上也就二十六岁，你和她离婚了，还能找到更好的。"

"妈，我先问你，你身上穿的、戴的，有哪一样不是刘思逸买的？"赵添问道。

赵母心虚地将镯子和耳环取了下来，放在了茶几上，说："那你拿去还给她。"

"那照您这样，我身上的所有东西是不是也该脱下来还给思逸？"赵添问道。

"你是她老公，她给你买点东西不是应该的吗？"赵母嘟哝着道。她看了看放在茶几上的首饰，心中还是有些心疼的，道："她当初买这些给我，不也是为了讨好我？"

"妈，您也知道她在讨好您。怀孕的事情，是我让她先瞒着您的。您放心吧，我和她会努力的，我们去做试管婴儿，总能让您抱上孙子的。"赵添继续说道。

第一百三十七章　对策

赵母的态度软了下来，但心中还是有气："我先前就不赞同你们两个在一起，她阅历比你丰富，你和她在一块，就只有被算计的份。"

"可是妈，我们已经在一起了。"赵添苦涩一笑。

赵母叹了一口气，瞥了赵添一眼，又气又恼又无奈，最终只能狠狠地捶了一下床，咬牙道："可是要我咽下这口气，我又实在是不甘心。"

"我这就叫思逸给您道歉。妈，我保证，以后不管发生什么事，我一定不会瞒着您了。"赵添诚恳地说道。

"真的？"赵母半信半疑地问。

"真的。"

"好。"赵母道。她有些怜惜地看着赵添说："妈这可都是为了你啊！你知道妈为了你受了多少委屈吗？"她说着，眼眶又红了。

赵添唯恐她又哭起来，拍了拍她的后背，耐心道："妈，我什么都明白，您放心好了。"

赵添这边才哄完母亲，刚带上了母亲的房门，就见刘思逸已经站在门外了。一口气没顺上来，又受了惊吓，赵添捂着胸口，惊魂未定。

刘思逸悄声打了一个手势，赵添明白她的意思，点了点头。

刘思逸软糯糯地抱住了他，可他现在一点儿哄人的精力都没有了。他倒了一杯水，穿起了衣服。

"你这是要干什么？"刘思逸问道。

"今天公司在加班，我临时请假回来的，还得回去。"赵添说道。他叹了一口气，见刘思逸脸上还挂着彩，他也知道母亲下手的力道，心里不禁有些怜惜。他的眼神变得温柔了："我已经和妈说好了，她不会再生气了，你找机会和她道个歉。"

"你就不能陪陪我吗？"刘思逸委屈地看着赵添，眼眸之中泪花闪烁。赵添心头一荡，一时之间拿不定主意了。这时赵添的手机响了起来。他接完电话，无奈地看了刘思逸一眼。

刘思逸本来紧紧抓着他的衣袖的，这一下只好松开了。

虽然说这件事情本来就是刘思逸的错，但是闹成这样，她也的确没办法，何况她一碗一碗中药灌下去赵添可都看在了眼里，赵添亲了亲刘思逸的额头，哄道："乖，等我回来。"

他回来只怕就是凌晨了，那时候她应当也睡了，但刘思逸还是点了点头。

她目送赵添进了电梯，才有些失落地关上了门，回头正好看见赵母倚在门框边打量看着她。她不知道该怎么和赵母说。她回想起来，那一刻真是又慌又怕又心虚，才会方寸大乱，从而口不择言的。

好在赵母并没有想要再和她交锋的意思，冷冷地瞪了她一眼，眼眸之中浮现出一丝不屑，就打开门随即反锁了房门。

道歉？她哪有机会道歉？

赵母并没有因为这样就消气了，她还是打电话给刘母，当然少不了又狠狠羞辱刘母一番。

刘母也自知理亏，刘思逸也没有要和赵添离婚的意思，只好不停地赔着罪。

赵母这才觉得心里痛快了。

刘母考虑了一下，还是决定打电话给刘思逸。

"思逸，你这几天好吗？"刘母问道。

刘思逸立刻警觉起来，问道："是不是我婆婆找您麻烦了？"

刘母笑了笑，赶紧否认道："那倒没有，我就是担心你这肚子。"

"妈，我婆婆她已经知道了。"刘思逸叹了一口气。

"没事没事，思逸，你现在赶紧养好身子最重要。你婆婆要实在为难你，你就跟赵添说，别自己傻乎乎和她对着来，实在不行就回家住吧！我和你爸都等着你。"刘母继续道。

刘思逸一下子就猜出了父母这是担心自己。婆婆这样的性格，肯定不会放弃羞辱自己父母的机会，可是明明父母受了这么大的委屈，还在担心自己,她却什么都做不了。"妈,您放心吧!我不回来,这件事情赵添已经解决好了,没什么事的话,我就挂了。"说到最后,刘思逸已经是强忍着哽咽了。

明明一切都是按她的计划在发展的,为什么她会这么倒霉,忽然上天就丢给她一个无从招架的转折?刘思逸再也忍不住了,将被子一把盖住了脸,哭了起来。

赵添的压力也大。他以为自己回家的时候,刘思逸应该已经睡着了。他轻手轻脚地走进了房间,刘思逸却一下子就按了开关,灯亮了起来。

赵添这才发现她的眼眶红肿着,眼角犹挂着泪痕,应当是一直在哭。

"你怎么还没睡呢?"赵添有些错愕地问道。

"赵添。"她委屈地看着赵添,问道,"你真的爱我吗?"

赵添愣了一下,随即回答道:"爱。"

她现在急需一块定心石,听到赵添这样说,就紧紧抱住了赵添,手在赵添的身上游走起来。

"思逸,今天不行。"赵添一下子按住了她的手,眼神中带着疲倦说道,"我今天很累。"

她僵硬地挪开了自己的手,看了一眼赵添,睡了下去。

赵添洗完澡,躺在了她的身边,顾忌地看了她一眼,关掉了灯。

"思逸……"他轻唤了一声,也不知道该怎么说。他伸出了手,搭在了刘思逸的肩上,却被刘思逸不动声色地推开了。她的身子,朝外挪了挪,睁开了眼睛,眼泪再次顺着脸颊滑落。

赵添见她不想理会自己,想着她慢慢想明白就好了,他也背过了身去,没一会儿的工夫,就沉沉睡着了。

梁浅言和林洲正在享受为数不多的相处时光,刘母却再一次找上了梁浅言。

林洲下意识揽紧了梁浅言,后退了一步,警惕地看着刘母。在林洲的印象中,梁浅言只要是沾上和刘思逸相关的事情,势必就要挨打。

他对梁浅言连重话都舍不得说一句，怎么舍得总看着她莫名其妙被别人迁怒？

"浅言，我知道以前是我不好。"刘母看着梁浅言有些心虚。

梁浅言猜不出她的意图，只好静静地看着她。

"浅言，你和我们思逸是最好的朋友，我不想看着你们之间就这样冷淡下来。"她说着，看了林洲一眼，"何况林洲和赵添是这样的关系，以后你和思逸就是亲戚，亲戚之间哪有真的不来往的？"

刘母是个好母亲，这一点梁浅言从来都没有否认过，但是她总觉得刘母这是话里有话。刘母是个利己主义者，当初她住在刘思逸家，刘母出面赶她走，劝她和方逸群和好，有很大的原因是得了方逸群的好处。在她和方逸群离婚之后，刘母一直认为梁浅言会拖累刘思逸，对刘思逸产生影响，不愿意刘思逸和梁浅言来往，她今天找过来，一定是有事情。

刘母敏感地察觉到了梁浅言眼中的忌讳，她也心知肚明是怎么一回事。她有些不安地捏了捏手提包，似乎不知道怎么开口。

第一百三十八章　出气

"阿姨，您想说什么就直接说吧。"梁浅言说道。

"浅言啊！你有空的话，就去看看思逸吧。"刘母终于说出了她的目的。

"她出什么事了？"梁浅言皱了皱眉。

"思逸没有怀孕和不能生育的事情，让赵添他妈知道了，思逸被赵添他妈打了。"刘母说完，看向了梁浅言，带着一丝祈求，"思逸肯定情绪不大好，有些话又不想对我们父母说。你是她最好的朋友，你去陪陪她吧！"

林洲脸色一沉，冷声道："你们是心里有气了，就想起了梁浅言，梁浅言是你们的出气筒吗？"

"林洲，你误会了，我只是希望浅言去陪陪思逸，开导一下她。"刘母继续说道。

林洲不屑一顾，拉着梁浅言就要走。临走前他回过头看了一眼刘母，说道："阿姨，这次我们可是看到您是好好的。您要是再有什么事，就别赖在梁浅言头上了。"

"浅言。"刘母还是有些不死心。

"等等。"梁浅言推开了林洲的手。

林洲盯着她，问道："你不会这么圣母吧！管刘思逸的事，你还嫌自己受的气不够？"

"不是，我去把话说清楚。"她迎上了林洲的目光，抿唇一笑，"我向你保证，我一定不管别人的麻烦事，你走了，我也不会管。"

"那好吧！"林洲撇了撇嘴，但心里还是觉得很满意，说道，"你去吧！"

刘母看到梁浅言又回来了，心里升起了一股希望。她一把拉住了梁浅言的胳膊道："浅言，你想通了的话，就太好了。思逸又没什么朋友，我还真的是怕她出什么事。"

"阿姨，你误会了。"梁浅言不动声色地把手臂抽出来，"我只是想告诉你，思逸的事情，我管不来，也是真的不想管。您以后也不用到我这里来了。"

她说着，指了指自己的脸，说："我已经数不清因为掺和她的事挨了多少巴掌了，每次打完了人来道歉。她也永远不会认为自己错了。"梁浅言沉沉吐了一口气，接着说："成年人，本来不该抱怨这些的。我只想说，我已经尽到了做朋友的本分，而且她都三十岁了。阿姨，她不是个孩子，她应该对自己的人生和自己的选择负责。不管我也好还是您也好，都不能够去代替她活。"

"那你就眼睁睁地看着思逸过得不好吗？当初方鹤过世时，不也是我们家思逸陪在你的身边，你现在怎么就陪不了她？"刘母愤恨道。

梁浅言叹了一口气，她知道跟刘母解释这样的事情根本就行不通，说不通她也就不愿意再说下去了。

她换了一种方式，说："我现在真的无暇顾及思逸。林洲下周就要去非洲了。您如果是真的为了思逸好，就应该去和赵添好好说，让他从中斡旋。您跟我在这儿费时间，也解决不了任何问题。"

她说完，转过了身去，看到不远处的林洲，瞬间觉得安心。

"好了？"林洲问道。

"嗯。"她点了点头。

林洲轻叹了一口气。

"其实思逸也不是什么坏人。"梁浅言忽然说道。

林洲明白她的意思，握紧了她的手。

"但是她会让身边的人很累。"林洲说道。他垂下眼睑，想到自己那个姨妈，轻轻一笑，说："我姨妈遇上她，只怕心里也是不太舒坦的。"

转眼就到了林洲要走的日子了，那天梁浅言带孙承宣去比赛。林开颜本来说要去看梁浅言的比赛，算是代表林洲到场了，但是梁浅言执意让她去送林洲。

孙承宣在比赛中发挥得很好，以压倒性的优势取得了胜利。

许诺诺一激动，就紧紧抱住了梁浅言，欢呼道："承宣太棒了，太棒了，我老公好厉害。"

梁浅言也忍不住笑了，她仿佛看到了年轻时候的自己，眼眶瞬间湿润了。她抱住了许诺诺，激动地说："是的，承宣真的很优秀。"

她不经意环视了一下四周，却瞥到了一个熟悉的身影。竟然是方逸群，方逸群看着她笑了笑，朝着她走了过来。

"恭喜你啊！浅言。"方逸群说道。

"是孙承宣赢了。"她不咸不淡地说道。

"我想起我们刚认识的时候。"方逸群唇角带着弧度，"我原以为你离不开我的。但你比我想象中更坚强，也更勇敢，你还是回到这里了。"

"梁浅言。"孙承宣对着梁浅言招了招手，他瞥到了一旁的许诺诺。

许诺诺根本就不管，含着笑就冲到了孙承宣跟前，一下子就跳到了他的身上，捧起他的脸狠狠地在唇上亲了一口。许诺诺哽咽着道："老公你怎么能这么厉害？"

梁浅言看着他俩就笑了，这是独属于年轻人的一种朝气。她觉得异常的美好。

"你哭什么啊？"孙承宣一下子就急了，他捎了捎许诺诺的脸，顺手帮她擦掉了眼泪，"你赶紧别哭了，我这是赢了啊！又不是输了，你这样哭别人都以为我欺负你了。"孙承宣说着，看了看四周，果不其然，许诺诺吸引了很多人的注意力。孙承宣把八爪鱼一样的许诺诺放开，走到了梁浅言身边。

"师父，咱们赢了。"

"嗯。"梁浅言用力地点了点头，她拍了拍孙承宣的肩，"咱们赢了，还有下一场硬仗呢！"

孙承宣得意地摸了摸许诺诺的手："有许诺诺衬托，我觉得自我感觉很好，下一场我也会赢的。"

许诺诺还没反应过来是什么意思，还是看着孙承宣，满脸的笑意。梁浅言想：只怕是许诺诺自己赢了比赛，她都没这么开心吧！

这样纯粹地喜欢一个人，满心满眼都是一个人，没有功利，没有其他的任何东西，真的美好啊！她背过了身去，眼眶渐渐蓄满了泪水。她不动声色地擦了擦眼睛，这才转过身来道："咱们回去吧！"

"恭喜你们。"方逸群再次说道。

孙承宣瞥了一眼方逸群，他对方逸群并没有什么好感，立马拉下脸道："你怎么来了？"

"我想看看浅言重新站在梦想之上。"方逸群含笑看着梁浅言说道。

孙承宣很是不屑，冷不丁道："早干吗去了？"

方逸群没有接话，反而看着许诺诺道："我请你们吃饭吧，就当是为你们庆祝。"

看来他是觉得许诺诺是这几个人当中最好对付的。许诺诺不敢贸然答应，只好看向了孙承宣。

"不……"梁浅言开口，但话没说完，孙承宣却说道："好啊！那就多谢方总破费了。"

梁浅言皱了皱眉，却看到孙承宣祈求似的看向了她，说："师父，你就当卖我个面子嘛！你等着看好了。"

梁浅言顾忌地看了方逸群一眼，明显觉得孙承宣有鬼，方逸群却暗暗向她点了点头。方逸群这态度分明就是，即便有坑他也要钻。梁浅言索性就随他去了。

孙承宣立刻叫上了所有的"狐朋狗友"，顺便悄悄示意许诺诺多喊一些人，心中想着，今天说什么也要让方逸群肉疼一下，好好地帮林洲出一口恶气。

第一百三十九章　关睿

孙承宣满怀歉意地看了一眼梁浅言，说："师父，对不住了，要不是因为我的比赛，你就可以去送我林叔了。"

梁浅言轻轻摇了摇头，说："我和他都知道彼此想要什么，这本就是我和他一起商量好的。"

方逸群心中略微有一些吃味。他看了一眼孙承宣，这才反应过来，孙承宣除了心中对梁浅言有那么一点小歉疚之外，更多的还是想要气他。

方逸群笑了笑，并没有把孙承宣这种小伎俩放在眼中，请他们几个人吃完饭后，就由孙承宣带着去了酒吧！

孙承宣一进去，就暗暗有些失望，怎么就没挑个周末来呢？但他还是扯着嗓子喊道："大家今晚别客气，一切开销我们方总买单。"

他玩的这一出本就在方逸群的预料之中。方逸群不以为意，以他的收入，也不至于让孙承宣一个晚上就把他玩穷了。

梁浅言顾忌地看了看方逸群，拉了拉孙承宣的衣摆，压低声音问道："这样不太好吧？"

"没事的，浅言。"方逸群主动说道。

孙承宣立刻就来劲了，笑道："师父，你看方总都说没事了，就是包个场而已，以方总的能力，根本就不算什么。"

梁浅言没有接话，坐了下去。

刘思逸正好在酒吧，原本她在备孕，是不能喝酒的，但是近来接连几天，她都没能和赵添好好沟通，加上赵母时不时就对她冷嘲热讽，虽然赵添依旧哄着她，但是也没能解决刘思逸的根本问题。她今天煎好了中药，可是闻着就忍不住吐了。

赵母自然又少不了一阵讥讽："明明就是个不能下蛋的母鸡，却还要咕咕地叫。"

刘思逸再也忍不住了，拿着手机就冲出来了，不知不觉就走到了酒吧。她心中也是想着，自己何苦要这样委屈。以前不结婚的时候，她的生活也是很好的。现在虽然赵添事事都顺着她，但是她过得真的不如意，并且这种状况短时间之内根本没有办法改变。

她甚至都变得开始隐忍，开始小心翼翼，事事都照顾着赵母的情绪，忐忑不安地等着赵添下班。好像只有看到赵添回来了，她悬着的心才会放下来一样。

孙承宣的高调让她注意到了梁浅言，当然也注意到了梁浅言身边的方逸群。她留了个心眼，悄悄拍了一张照片，她也想不出自己为什么要这么做。

她站起身来，并不想让梁浅言发现自己的狼狈，从后门悄悄溜了出去。

这一条街都是酒吧，她本想换一家继续喝就是了，但是迎头走着，却险些撞到了一个人。

"刘思逸？"关睿很是惊讶。

"怎么是你啊？"她轻笑出声，静静地注视着他，心中忽然又觉得，在这里遇到关睿一点问题都没有，关睿本就应该是这些地方的常客。

"一个人？"关睿问道。他的目光又落在了刘思逸的脸上，她的嘴角结痂了，加上她是突然跑出来的，也没化妆，她肤色又比较白，所以看起来特别明显。

关睿的手朝着她的嘴角伸去。她敏锐地避开了，目光有些闪烁。

"这是谁打的？"关睿问道，隐隐压抑着怒意。

"没，上火了。"刘思逸轻描淡写地回答，心中暗恼，看来今夜是真的惨，喝个酒都一再遇到不想遇到的人。她忽然一点兴致都没有了。

"找个地方坐坐？"关睿见她不愿意回答，心中即便不愿意相信她的话，也没有再问下去，而是跳过了话题询问道。她想着自己现在又没有什么地方去，何况离赵添下班的时间还早，索性就看着关睿说道："地方你定。"

"好。"关睿点了点头。

刘思逸以为，以关睿的性格，一定会带着她去那种迪吧，男男女女都犹如发疯一样宣泄的地方，但是关睿却带着她进了一间咖啡店。

"你身上有伤，还是少喝酒。"关睿说道。

她愣了一下，唇角扬起了一丝弧度，说："想不到关公子也学会关心人了？"

关睿愣了一下，难道自己在她的印象当中就是那么不堪吗？

"没想到你还是结婚了啊！"关睿的语气似乎有些感慨。

他曾经让娇娇千方百计地阻拦，但是都没有成功。她结婚之后，关睿就想着，索性就尊重她的选择吧！毕竟按照他们家的情况，是绝对不可能让他娶刘思逸的，他最后也绝对不可能扭转家族的意志。

"是啊！抱歉啊！没有请你。"刘思逸道。她没有说原因，但是关睿清楚。

关睿笑了笑："当时真没想到你会找我帮忙。"

"我也不知道。"刘思逸低眸苦涩一笑。她现在想着那个时候的冲动，即便也不是年代久远的事，可还是觉得恍若隔世一般。

"你到底怎么了？"关睿伸手放在了她嘴角的痂上，这一次她没来得及避开，"他打的？"

"不是。"她摇了摇头，笑了笑，却没敢看关睿的眼睛，"他对我很好，也百依百顺，什么都听我的。"

"那这是怎么回事？"关睿明显有些不信。

"是我婆婆。"她握住咖啡杯，希望能够从中获取到一丝温暖。

"你好不容易遇到我，就是想知道我有多难堪吗？"刘思逸问道。她这么一说，关睿倒觉得有些不好意思再问了。

他对刘思逸的关心，是他自己都没有察觉到的。他叹了一口气："你要是觉得心里委屈，以后不妨和我说说，反正我是个男的，也不会说出去的。"

刘思逸一愣，探寻地看了一眼关睿的目光，关睿的确不像是在开玩笑。她心头忽然一震：关睿该不会是喜欢自己吧？继而，她又轻轻一笑，她和关睿连交情都谈不上，又哪里来的喜欢？何况当初她搭的唱台就是关睿一手拆下来的。

"好啊！"她随口应道，并没有把关睿的话放在心上。

关睿察觉到了她的随意，再次正色道："我说的是真的，不是在和你开玩笑。"

"我也是说真的。"她开玩笑道。

关睿有些自嘲地笑了笑："你还是信不过我。"

"好了，说点别的吧！"刘思逸直接换了话题，"你现在感情状况怎么样？"

她忽地又一想，他的感情能怎么样？他这样的富二代，应该多的是人前仆后继。可是不问这个，她还能问什么呢？难道问最近生意怎么样？他可能最不缺的就是钱了。

真的不是同一个阶层的人啊！似乎根本就没有谈话的必要，刘思逸暗暗在心中感慨。

第一百四十章　爱你

"我这样的人，怎么会有真正的感情？"关睿有些自嘲地说道。

刘思逸忽然在关睿的眼中看到了一种落寞。她愣了一下，一笑而过道："你看看你，又在说笑了，谁不知道关公子身边莺燕环绕？"

关睿没有再解释了。接着，他和刘思逸两个人都不说话了。刘思逸把一杯咖啡喝完，心里觉得好受多了。

她站起身来，看着关睿一笑："今天谢谢你的咖啡了。"

"难过是可以两个人一起分担的。"关睿道。

她愣了一下，瞬间明白了关睿的意思。她有些不好意思，窘迫地问道："有这么明显吗？"

"你都写在脸上了。"关睿说道，拿起了外套，"我送你回家。"

"不用了。"她说道，直接就走了出去，背对着关睿挥了挥手。

关睿觉得她性子里的那种跳动和洒脱都没有了。即便是从前，她搭了戏请他来演的时候，她都是明艳嚣张的，现在她倒是有些缩头缩尾了。

梁浅言并不知道刘思逸也在这个酒吧，并且已经离去了。孙承宣是有意要整方逸群的，于是让他的几个哥们轮流给方逸群敬酒，让方逸群来喝。

梁浅言拉了拉孙承宣，提醒道："有些事情适可而止，可别闹得太过了。"

"我这是在办正事呢！我才没有闹。"孙承宣有些敷衍地回答。他一笑，又推了一杯酒在方逸群面前。

方逸群刚毕业的时候，还没到现在的位置，在商场上，最不差的就是名校的光环。尽管他是名校毕业生，也一样是从基层做起。他在酒桌上从来都不退却，一切都以把客户陪好了为主，因此也锻炼出了不俗的酒量。

灌别人也需要自己喝酒，等孙承宣把方逸群灌得差不多了，自己也醉得差不多了。

许诺诺扶着孙承宣，一把抢过了他的酒，悄悄地给梁浅言使了一个眼色，梁浅言就直接换成了水。

"浅言，浅言，我累了，你替我放好水了吗？"方逸群忽然嘟哝道。

许诺诺有些微妙地看向了梁浅言。梁浅言和方逸群没离婚的时候，他也时常应酬，喝得醉醺醺了就由代驾送回来。她总是会提前给他放好热水，给他洗完澡之后，扶着他回房间。后来，他飞快地升职，他们的房子也越换越大，家里有了保姆，这些事情都不需要她来做了。方鹤随后病了，他也越来越忙，于是两个人就这样越走越远了。

"姐，现在怎么办？"许诺诺拿不定主意。

其他的人也都喝得差不多了，零零散散都走了。许诺诺扶起了孙承宣，满怀歉意地看了梁浅言一眼："姐，方总……"

"没事，我知道他家，我给他请个代驾。"梁浅言毫不犹豫地说道。

"那我就先走了。"许诺诺说着，就搀起了孙承宣。

孙承宣却一把推开了许诺诺，眯着眼看着许诺诺说："你是许诺诺，你真的好烦啊！"许诺诺怔了一下。孙承宣却搓了搓自己的脸，接着说道："许诺诺，你真的跑到我梦里来了，你连我的梦都不放过。"

许诺诺眼中出现了一丝失落。她再次扶起了孙承宣，以她的力气，扶着孙承宣这个大高个儿，实在是有些为难。

"诺诺，你别往心里去，等承宣长大一些，他就会明白了。"梁浅言说道。

"谢谢你啊，浅言姐。"许诺诺看了她一眼，带着些许感激。

她把方逸群丢在了原地，帮着许诺诺一起把孙承宣扶上了车，这才折回去找方逸群，但是却没看到方逸群的人。

"人呢？"她四处环视了一眼，正要问服务生，却看到方逸群从洗手间出来了。

他上来就抱住了梁浅言："浅言，你终于回家了。太好了，你终于肯原谅我了。"

梁浅言心中暗暗骂孙承宣，他还真的会给她找麻烦啊！

梁浅言用力地推开了方逸群。她想了想，方逸群不能再这样胡说下去。她找服务生要了一些冰块，又倒了一些水进去，直接泼在了方逸群脸上。

方逸群闭上了眼，擦掉了脸上的冰水，也缓过来了一些。

"听着，方逸群。"梁浅言说道，"你现在喝醉了。你一向自控力很好，我相信你不是酒后胡言乱语的人。我不管你是真醉也好，还是有什么其他的原因，咱们已经离婚了，过去的事情已经过去了，我也不想跟着你一起怀旧。你现在老老实实的。我给你找代驾，不然今天我就真的不管你了。"

方逸群苦涩一笑，还真的是什么都瞒不过她。他的确是醉了，也明显感觉到大脑昏沉沉的，但是他的思维依旧清晰。喝过酒的人都知道，喝多了并不是真的就不知道自己在干什么。他只是想趁着酒劲做平时根本没有机会做的事，说根本没有机会说的话，因为她从来都没想过再给他任何机会。

"你怎么这么绝情啊！"他睁开眼，深情地看着梁浅言，拉住了她另一只没有握手机的手，"可是纵然你这么绝情，我还是忘不掉你。那么多年的时光，都是我们一起走过的。你现在忽然就让我自己一个人走了，我要怎么去习惯呢？"

她并没有说话，反而站起身来，拿着电话和代驾说着位置。

"走吧！"她看着方逸群说道，"代驾已经在门口了。"

他站在酒吧门口，凉风又让他清醒了几分。他说道："我先送你回去吧！"

"不必了，我自己打个车就行。"她语气平淡地说道。

"可是这么晚了。"方逸群有些不放心。

"没事。"她说道，没有给方逸群继续说话的机会，直接替方逸群关上了车门，"以后你没必要为我做什么。"

她的语气透着一丝疏离。方逸群轻轻一笑，抬眼温润地看着她：

"我是在为你庆祝。浅言，恭喜你，真的再一次找回了你自己的人生。我浪费了你七年的光阴，现在看到你再次追求你的梦想，我真的为你开心。"

她觉得眼睛有些酸，这种泪意，她自己都很难说出来是为什么。她不想让方逸群看到，赶紧对司机道："走吧！师傅。"接着她毫不犹豫地转过了身去。

她拦了一辆出租车，回到家后，林洲的电话就准时打过来了。

"到家了？"林洲问道。

"你怎么样？"她语气很自然地问林洲。

"我刚下飞机没多久。"林洲笑了笑，静默了片刻后说，"祝贺你，浅言，你用另一种方式走完了第一步，以后你还有很多个这样的第一步。"

"也恭喜你啊，林先生。"梁浅言弯腰脱下了鞋，她有些不方便，换了一只手拿手机。

顷刻间，她就听到林洲在那边说道："我爱你。"

第一百四十一章　苏丹

她直起身子，还有一只鞋没来得及脱，脸瞬间就红了。她有些羞怯，道："怎么这么突然？"

"突然吗？"林洲反问，他爽朗一笑，"我觉得这种时候，最适合说这句话了。"

梁浅言笑了笑，问林洲："你怎么掐时间掐得这么准呢？你给承宣打电话了？"

"他都喝成烂泥了，哪有时间搭理我？"林洲提起孙承宣就带着一丝怒意，他愤恨道，"那小子给我情敌提供机会，你看我回来不削他！"

"他是在帮你出气呢！小孩子嘛，就是这样。"梁浅言淡淡地笑了笑。她索性就一只脚穿鞋，一只脚光着坐在了沙发上，问林洲道："你检查一下，有没有漏什么？还有就是，你安顿好了吗？"

　　"安顿好了，这边中国人挺多的，也没什么不习惯的，你放心。"林洲说道。

　　"你到那儿二十四个小时都不到，你习惯什么呀！"梁浅言毫不留情地怼他，继而说道，"今天肯定是诺诺向你汇报了。"

　　"还真的是瞒不住你。"林洲有些无奈，"你傻一点不好吗？"

　　"不好。"梁浅言莞尔一笑。

　　"林洲，你的行李我已经帮你整理好了，你坐了这么久的飞机，早点休息吧！"

　　梁浅言忽然听到了一个女声。她警觉地问道："这是谁啊？连行李都帮你整理好了？不会你一去就勾搭上了医疗团的小妹妹吧？"

　　林洲有些尴尬，他没想到贺溪会直接动他的行李。在他和梁浅言不认识的时候，他经常性出差也都是贺溪在帮他整理，所以，贺溪也知道他的密码，但是他没想到贺溪会来这么一出。

　　"不是。"林洲的脸沉了下来，"是贺溪。"

　　"贺溪？"梁浅言也有些震惊。她原本以为方逸群就是想要林洲走，之后好乘虚而入，没想到贺溪竟然也跟着林洲去了非洲。

　　"贺溪怎么和你在一起？"梁浅言诧异地问道，心中很不是滋味。

　　她不是没有想过跟着林洲去非洲，但是她很清楚她和林洲都不希望耽误彼此。林洲也清楚，她渴望再次站在世界锦标赛的赛道之上。但是她没想到贺溪竟然跟着林洲去了苏丹，她纵然再信任林洲，心中也觉得不是滋味。

　　"她既然让你早点休息，那你就早点休息吧！"她说完，直接挂掉了电话。

　　林洲立刻给她回拨了过来。她直接挂断了，脱掉了另一只鞋，狠狠地扔到了玄关处，却觉得眼睛一阵发涩，分外地想哭。

　　林洲见她不愿意接电话，只好给她发了一条长长的短信。她也清楚，林洲和贺溪早就闹翻了，朋友都谈不上，其实她和林洲都没有想到贺溪会跟着林洲一起到苏丹。

那里才是真正的生死场，但是贺溪竟然可以理直气壮陪在林洲身边，梁浅言心中不由得有些嫉妒。

林洲用 QQ 给她发了视频聊天。梁浅言明明很想挂掉的，但是想到可以看到林洲的脸，还是忍不住接了。

林洲正在一家中国人开的酒店里。梁浅言看到他的脸，忽然就很想哭。

"你别生气了，浅言，我也没想到她会跟过来。但是你也知道我这边的情况，我也不敢让她一个人待着，我会想办法送她回国的。"林洲缓缓说道。

"你在那边照顾好自己。"梁浅言叹了一口气，正色看着林洲，"你可不能觉得她生死相随，就被感动了。"

"怎么会呢？"林洲轻笑出声，他狡黠地看着梁浅言，"你这么在乎我啊？"

"谁在乎你了？"梁浅言骄傲地说道。

"真的不在乎？"林洲问她，"那我这就去找贺溪了？"

"你敢？"梁浅言怒道，她皱了皱眉，"你不感动吗？"

"我有什么可感动的？"林洲反问她。

她倒是不知道该怎么回答了。但是从一个女人的角度来说，能够做到贺溪那个份上，真的不是用执着二字就可以形容的了。

"难道她跟着我来了苏丹，我就不计较她先前做的事了吗？难道是我要求她来苏丹的吗？"林洲继续反问梁浅言，他神色沉静下来，说："浅言，我早告诉过你，一厢情愿的付出，还得问对方到底喜欢不喜欢。对方不喜欢，或许反而是困扰呢？"

林洲说的都是实情。他很不明白，为什么所有人都觉得一个人为对方做了什么对方就应该感动。感情是需要双向互动的，而贺溪这种一厢情愿的付出，根本就没有感动林洲，真正感动的只是贺溪自己而已。

林洲叹了一口气，说："你别多想了，我只是不想她出事，我会想办法劝她的。"

"我相信你。"梁浅言有些不好意思了。

林洲打了一个哈欠，有些疲倦道："今天不能陪着你，对不起。"

"有什么可说对不起的。好了，你早点休息吧！"梁浅言说着，准备关掉视频。

"林洲。"她忽然叫了他一声。

"嗯？"林洲看着她。

"我也爱你。"她说完，都没敢看林洲的反应，飞快地关掉了视频。

贺溪出现在苏丹这件事，梁浅言越想越觉得不对，她是怎么知道林洲的行程的呢？她又是怎样悄无声息地就跟着林洲去了苏丹？

梁浅言知道林洲的性格，如果在其他地方，林洲大可不管贺溪，但是在苏丹，如果贺溪出了什么事，林洲一定不好受。梁浅言觉得，这一切的一切，都好像是被人算计好了的。贺溪和方逸群，都分别在其中扮演着什么样的角色呢？她忽然觉得有些累了，揉了揉太阳穴，强忍着疲倦走进了浴室。

第一百四十二章　跟随

第二天，梁浅言在公司又收到了花。在众人惊羡的目光之中，她猜到又是方逸群送的。还没等梁浅言反应过来，又有人特意送来了早餐。孙承宣看着，也忍不住叹了一口气："方总还真的是舍得下本。"

是啊，谁都知道是方逸群。梁浅言轻轻笑了笑，直接递给了孙承宣，说："你要喜欢就给你好了。"

孙承宣哪里敢接，梁浅言直接一把全塞到了他手上。

"真的给我了？可不许反悔！"孙承宣说着，就把早饭拆开了。他狐疑地看了一眼梁浅言，说道："那我吃了！"梁浅言白了他一眼，就去更衣室换衣服了，根本懒得搭理他。

可是贺溪这件事，她心中始终有些不安。按理说她应该是信任林洲的，但是心中却很烦躁，或许是因为贺溪无所不用其极，又或者是因为一桩又一桩，她感觉就像是有人在设计一样。她真的很不喜欢这种感觉。

她还没思考多久，方逸群的电话就来了。

"早餐吃了吗？我没时间亲自给你送，所以只能……"

"我给孙承宣了。"她打断了方逸群，语气严肃地说道，"我们现在不是八年前了。方逸群，你没必要在我身上浪费时间了，对我来说是一种困扰。"

"可是你明明都已经愿意原谅我了。你也知道当初我是有苦衷的，我现在也愿意弥补你。"方逸群诚恳地说道。

"太迟了。"

"浅言……"他还想再说什么，梁浅言却挂掉了电话。

方逸群拿出抽屉中的项链，有些自嘲地笑了笑。

易彤能感觉到他现在的挫败感。

"方总……"易彤不知道该怎么去安慰他。

"你出去吧！"方逸群有些疲倦地说道。

易彤将文件放在了他的桌上，又不放心地回过头看了他一眼。

方逸群向来自控能力强，他知道自己的工作不可以落下。他揉了揉太阳穴，翻开了文件。

梁浅言并不知道方逸群那边的情绪波动，她更在乎林洲。她一整天都没收到林洲的消息，又想到和林洲那边的时差，只能暗自叹气。

林洲也觉得麻烦，基本上他走到哪里，贺溪就跟到哪里，就连医疗团的相关人员都觉得不可思议。毕竟苏丹是一个危险的地方，竟然会有人不计生死为了爱情跟过来。

林洲拿着单反相机，终于受不了了。他回过头看着贺溪说："你这样跟着我很没有意思。"

"怎么没有意思了？"贺溪皱了皱眉，心中很不服气。

"你影响到我了。"林洲毫不留情地说道。他耐着性子道:"回去吧!这里不是你该来的地方。"

"我回去也什么都没有了。再说了,我是来散心的,又不是跟着你。"贺溪道。

林洲叹了一口气,擦了擦单反的镜头,仔细吹了吹,头也没抬地说道:"这里不是南非,苏丹不是一个旅游的好地方。"

"反正你说什么我都不会走的。"贺溪固执地说道。

林洲见怎么说都说不通,索性就不说话了。

医疗团这边的事情很多,林洲除了拍摄他们的日常工作之外,就是做一些采访记录,并且在固定的时间把稿子和图片一起发回国内。

医疗团的小护士看着贺溪这个劲头,心中也是唏嘘不已。小护士白文一直都是大大咧咧的性子,她瞧着瞧着,就忍不住说道:"这要是哪个男孩子追我追到苏丹来,我一定以身相许。"

林洲瞟了她一眼,没好气道:"那你嫁给她啊!"

"她是女的,我怎么嫁!"白文震惊地看着林洲。随即,她挽住了贺溪的胳膊说:"贺溪姐,你要是个男的,我一定追你。"

"那你先变成男的再说话吧!"林洲毫不留情道。

小护士撇了撇嘴,对着林洲扮了一个鬼脸,拉着贺溪道:"贺溪姐,你到底喜欢林哥什么啊?我们要不是分配的任务和职业使然,真不敢来这儿。"

"他什么我都喜欢。"贺溪抿唇笑道,她温柔地看向了林洲,想要看看林洲的反应。

可林洲的神色依旧如常,并没有因为贺溪的话而掀起什么波澜。他抬眼看了一眼贺溪,说:"你不回去的话,你在这边出了什么事,我是不会管你的。"

林洲的话很是冷淡,贺溪一愣,酝酿了半晌,才眸光中带着水雾问林洲:"你还在因为先前的事怪我吗?"

林洲皱了皱眉,贺溪的喜欢明显已经给他带来困扰了。他叹了一口气,抬眼看着贺溪说:"我们认识这么多年了,我对你也是一忍再忍、一让再让了。贺溪，你该适可而止了。"

贺溪没想到他竟然是这样的一个态度。她怔了怔，眨了眨眼，强忍着眼泪说："除了我还有谁会想来这样一个地方照顾你？你怎么可以这么绝情呢？"贺溪说完，背过身去。

白文瞧着情形不对，也不敢再说什么。

贺溪以为林洲会安慰她，但是林洲的神情没有任何变化。他看都没看贺溪一眼。白文见状，她到底不了解内情，看着贺溪这个模样，可想而知是用情至深了，不由得升起一种同是女人的怜惜感。

"贺溪姐，你能来我这边帮我个忙吗？"她朝贺溪喊着，无异于给贺溪解了围。

贺溪明白了白文的意图，连忙道："我这就来。"

"白文，贺溪应该不是你们医疗团的人吧？"林洲站起身来，他静静地盯着白文，"你让一个非医务人员去帮你的忙，不管是你的病人有什么差池，还是她被病人传染，这两样后果，你担得起吗？"

白文被林洲问蒙了，她看了看贺溪，脸色瞬间复杂起来。

"白文，如果这些你回答不了的话，我可以去找你们组长要答案。"林洲的语调依旧平静。

白文终于忍受不了，她瞪了林洲一眼，转身就走了。她实在想不通，怎么会有这样不通情理的人。

"你明知道白文是想给我解围。"贺溪的神情极为委屈，看了林洲半晌，"你真的这么讨厌我？一点余地都不愿意给我了？"

"这不是你该待的地方。"林洲没有回答她的问题，径自说道。

贺溪自嘲地笑了笑，转过了身去。

因为贺溪的缘故，白文只要看到林洲就暗暗瞪他。林洲也不是没有察觉，他索性就假装没看见，到底还是个小姑娘啊！

贺溪走向了白文。她有些歉然地对着白文笑了笑说："林洲就是这样的性格，他没有什么恶意的，也不是冲你去的，你不要往心里去，我代替他给你道个歉。"

"贺溪姐，这本来就不关你的事。"白文说道。她狐疑地看了一眼林洲，又打量了一眼贺溪说："贺溪姐，你这样的美女，不是应该有很多人追求吗？林洲有什么过人的地方啊？你为什么……"

第一百四十三章　真情

"等你知道喜欢一个人的时候，你就会明白了。"贺溪说着。她歪着头，将手指放成了一个镜框模样："我的世界，只有这么小，也只装得下林洲。"

白文心中更加愤愤不平了。短短的一天，林洲在她心中已留下不好的印象。白文有些心疼地瞅了贺溪一眼，说："贺溪姐，以你的条件，按道理说应该可以找到比林洲好更多的人的。"

贺溪没有接她的话，只是轻轻笑了笑，她好像从来都没有白文的这种纯真。

林洲开始随着医疗队住下来。贺溪毕竟不是医疗队的人，她就想方设法在附近定了酒店，林洲出现在哪儿，贺溪也就在哪儿。

林洲说了很多次之后，也觉得没意思了，索性就随她去了，毕竟他也没有强行将人绑回去的权力。

时间久了，越发引起了白文的好奇。她终于在某一个下午忍不住拉住了贺溪，小心翼翼问道："林洲不会是同性恋吧？"

贺溪的嘴角忍不住抽动了一下，震惊地看着白文："你说什么？"

白文煞有介事地拉过贺溪，正色道："你想啊！你这样的大美女他都不带搭理的，可能打从娘胎他就不知道怜香惜玉是什么意思。这些天我也没见他和我们医疗团的小护士们热络过，他这样不是同性恋是什么？"

这也是唯一一个可以说服白文，林洲可以将贺溪这样一个跟着他到苏丹的女子当成空气的原因了。

"不好意思，我可能满足不了你的好奇心了。"林洲的话忽然从白文身后传来。

白文吓得浑身一颤，结巴道："你……你……你什么时候过来的？"

"你是想问我听到了什么吧？"林洲看着她。

白文心中暗恨自己没用，背后说人隐私却被人抓了个正着。

"我全听到了。"林洲语气平静地说道，他皱眉看了一眼贺溪，说："我是不是同性恋，你不是最清楚吗？"

白文愣了一下，她没想到林洲这样问。她下意识就嚷嚷道："最怕你们这样说过来说过去的，直接说结果不就好了。"

正当白文要想歪，去想林洲话里的另一层意思，把林洲和贺溪的关系复杂化的时候，林洲就已经看着白文说道："我以前结过婚，我妻子是贺溪最好的朋友。至于她是怎么过世的，你问贺溪更合适。"

"你这是什么意思啊？"贺溪脸色惨白地看着林洲。

林洲没有理会贺溪，反而看向白文说道："我自认为感情是很私人的事，你还年轻，我也不和你计较，我也没有义务去给你讲故事，但是以后不要让我再听到这种话。我和贺溪永远都不可能在一起。"

贺溪的眸光动了动，看向了林洲，竟然在林洲的眸光之中看出了一丝压抑的愤怒。林洲可以对她有各种情绪，但是怎么都不应该是这一种。她心下一沉，有了一种不祥的预感。她拉住了林洲的胳膊，楚楚可怜地看着他，说："你不要这样。"

林洲冷静地说："我对你已经仁至义尽了，我也不想每天在处理你的事情上花时间。贺溪，你觉得这样有意思吗？你到底还心存什么幻想？你凭什么还觉得我会被你感动，和你在一起？"林洲质问得有些残忍，贺溪怔了怔，她的确是这样以为的。

可林洲却轻蔑地笑了："贺溪，你不要忘了，你和我之间，还隔着赵菡的一条命。"

"你说什么？"贺溪无比震惊地看着林洲。

"你真的听不懂吗？"林洲反问她。

贺溪僵硬地一笑，说："你竟然怀疑是我害死了赵菡。"

"你当然不会害死赵菡，你最多就是见死不救而已。"林洲讥讽道，他轻轻笑了笑，"我曾经拿你当朋友，但那最后的一点情分早就被你撕碎了，不是吗？"

贺溪脸色更白了，她看了一眼白文，说："白文，你先回去吧！"

白文也没想到会有这么强大的信息量，她正觉得窘迫，自己完全不知道怎么办才好，听到贺溪这话，顿时如蒙大赦，悄悄地看了林洲一眼就离开了。

贺溪抬眼看了看天，只觉得非洲的阳光格外暴烈，晒得她有些头昏眼花，浑身发麻，又觉得从脚底透出一丝寒意，并且这寒意很快流到全身，她竟然一点都不觉得热了。林洲或许知道了，他应该是知道了。贺溪定了定心神，看着林洲说："你就这么相信别人的话？"

"不是别人的话。"林洲目光灼灼地盯着贺溪，好像要将她看穿一样，"有时候我真的不懂你，你喝得酩酊大醉去我家说了那样的一番话，我为什么不可以找当年的真相？"

"你这么牵挂赵菡梁浅言知道吗？"贺溪看着林洲讥讽道，试图用这种方式给自己寻回一些底气。

"这件事和梁浅言没有关系。"林洲冷声道。他嘲讽地一笑，继续说："我本来就没想你会承认。我只是很好奇，你究竟是有多恨赵菡？你明知道她时日无多，还可以这么狠心。"

贺溪摇了摇头，不住地否认道："我没有，我真的没有。"

林洲深深地叹了一口气，说："贺溪，你是希望都大家难堪吗？或者说我帮你好好回忆一下？"

"你别说了，赵菡的事和我没有任何关系。"贺溪的情绪有些失控，她红着眼盯着林洲，"你何必非要用这种方式来对付我？我是你的敌人？"

林洲轻轻一笑，他的语气很是平静，说："赵菡潜水被水草缠住了，你本来有机会救她的。事实上，你也在朝她游，但是你看到她的时候，你想起了和赵菡之间的种种，所以，你游了上来。你看着她的眼神慢慢地绝望。你上岸后才开始呼救，等赵菡被救上来的时候……"剩下的话，林洲有些说不出来了。他定了定心神，接着道："我知道你不会承认，我清楚，但是，咱们真的不可能。我实在是不知道怎么面对你了。"

在人的常规逻辑中，一个人如果愿意为了另一个人不惜一切代价付出，那付出的人就会被众人同情，但是从来都没有人关注过被爱着的那一个人到底愿不愿意接受这一厢情愿的付出，并且这种付出到底是不是他的枷锁。林洲没想到贺溪会固执成这样，而他竟然也被逼到这个份儿上了。

"林洲，你不要后悔。"贺溪抬起头，冷眼看着林洲。

林洲转过了身，抬腿就走。

贺溪看着林洲的背影，眼神阴沉下来。她想看看，生死关头，梁浅言怎么比得上她。她才是为了林洲愿意不惜一切代价的人，她才是不管林洲变成什么样子都愿陪在林洲身边的人。

梁浅言并不知道接下来会发生什么，她除了盯着孙承宣训练，还是盯着孙承宣训练。但是梁浅言分明看到许诺诺的眼神沉着了许多。梁浅言很多时候看许诺诺都发现她是心事重重的。

许诺诺和梁浅言一起坐下来休息的时候，终于忍不住问道："浅言姐，你信林洲吗？"

"承宣一向都叫林洲林叔，到你这儿怎么就是林洲了？"梁浅言故意打趣道。

许诺诺出乎意料地没有接茬，她有些苦涩地笑了笑："或许是我追得太紧了吧！我没有和承宣在一起的时候，我最欣赏的就是他的坦率和恣肆，可是……"

"可是怎么了？"梁浅言顺着她的话问。

"可是我觉得，他还是一点都不喜欢我，也不欢迎我在他的世界里走来走去。"许诺诺低下头，眼神很是黯然。

"那有什么关系，那你就在他的世界里跑来跑去不就好了？诺诺，你别想太多了。"梁浅言安慰她道。

许诺诺低下了头，唇角泛出了一丝苦涩，说："我也不知道还能陪着他多久。"

梁浅言隐隐觉得许诺诺大概是出了什么事。她想了想，还是问道："你是不是有什么心事？"

许诺诺看了一眼梁浅言，摇了摇头，低头搅动了一下自己的茶，语气快速又带了些自嘲："我有什么心事可想啊？"

梁浅言见她不愿意说，也就没有再问下去。

感情这种东西，是最容易"不识庐山真面目"的，毕竟当事人"身在此山中"。

第一百四十四章 嫉妒

从林洲那天和贺溪说了那些话之后，林洲就没有再见过贺溪了。他觉得自己对贺溪已经是仁至义尽了，贺溪也是个成年人了，之后贺溪怎么处理，好像和他也没有关系了。

刘思逸很久都没有查看过"朋友圈"了。她刚和赵添吵过架。她其实很不明白，为什么不管她怎么发脾气、怎么闹，赵添都是那个反应。她感觉很无力，就好像一拳打在了棉花上。当然，赵添也从来都不会告诉刘思逸他到底是怎么想的。

刘思逸和赵添背对背地躺下，熄了灯，谁也没有说话。她暗自摸了摸平平的小腹，心中更加委屈。

林洲在朋友圈里发了一张和梁浅言的视频截图，恰好截的是梁浅言的一个表情，林洲还配上一个笑脸。刘思逸看着心中很不是滋味，再往下翻，就是梁浅言先前省级比赛的信息。她看着梁浅言神采奕奕地站在拿着奖杯的孙承宣身边的时候，心中又复杂了几分。

她实在是不愿意去承认，她的生活越来越糟糕了。她嫉妒着自己当初最好的朋友，并且这种嫉妒越来越深，甚至让她有些难以克制。

她想到了先前拍下的那张图片，她也不知道自己是怎么想的，鬼使神差地就发给了林洲。

随即，她将手机放在了胸前，好像自己做了一件让人难以饶恕的事情。她能感觉到心在扑通扑通跳动，脸也随之发热。

苏丹比北京时间要晚五个小时。林洲正吃过午饭，想着去拍一下夜色，却收到了刘思逸的一条微信，内容是梁浅言和方逸群坐在一起的一张图片。

林洲的脸色瞬间沉了下来，他不是怀疑梁浅言，而是愤怒刘思逸的这种做法。

林洲随即关上了手机。他没考虑好这件事情要不要告诉梁浅言，或者有没有去质问刘思逸的必要。

他想了想，算了，还是不要让梁浅言难过了，可是心下对她又是一阵心疼。

林洲忽然没了心情，他收了三脚架，打算回屋去把接下来要发的稿子写出来。

刘思逸久久没有收到林洲的回复，她想应该是他还没看到吧，可是心中却越发地焦躁了。

这时她听到赵添的手机响了。赵添是个不喜欢设密码的人，以她从前的性子也不屑于去查看赵添的东西，但是好奇心使然，她竟然划开了屏幕，看到的却是娇娇的消息。

"我好像有一点想你了。"

她再往上翻，却什么都没有，看来赵添已经清过聊天记录了。

赵添早上醒来的时候，发现刘思逸眼睛眨也不眨地盯着他。赵添打了一个激灵，错愕地看着刘思逸。

"你醒了啊！"刘思逸起了床。她没有提娇娇，从衣柜中拿出一件赵添常穿的衬衣。

"你一个晚上没有睡？"赵添看着她的黑眼圈道。

"醒得比较早而已。"刘思逸回答。

赵添看着她的面容，毕竟过三十岁了，平时保养得再好，但是脸干干净净的时候，依旧掩盖不住眼角泛出来的细纹。赵添曾在娇娇的脸上探寻过，但是没有找到一点点细纹。

刘思逸一晚没有睡，面容看起来就更为憔悴。他很难说出这种感觉，只是觉得心中喘不过来气。

曾经他很喜欢刘思逸的灵动。他性格向来沉闷，所以他喜欢那种明艳，那种明艳也让他时常忘记他与刘思逸之间的年龄差。可是现在的刘思逸，已经没有那种目光了。

赵添和刘思逸都没想明白，为什么他们的婚姻好像刚开始，就已经在苟延残喘了，他也好，刘思逸也好，都未真正开心过。

赵添快速地换上了衬衣，洗漱完了之后，和刘思逸打了一个招呼，就直接去上班了。

刘思逸把他送到了门口。她原想亲一亲赵添的侧脸，但是赵添却别过了脸，只是抱了抱她，拍了拍她的后背说："等我下班回来。"

"好。"她点了点头，有些踌躇地开口说，"赵添，我们……"

赵添抬腕看了看手表，说："老婆，我现在没什么时间了，要迟到了。等我回来再说吧！"

她本来是想说，她和赵添去医院的时间到了，如果她能和赵添有一个宝宝，或许情况就会好很多。

但是这些她没有机会说出口。紧接着，赵添就已经进了电梯。她听着电梯门关上的声音，也合上了门。

刘思逸看了看镜子里的自己，头发早就因为赵母的嫌弃而染成了黑色，眼袋下垂，睡衣垮着。她抓了抓头发，心中很是烦闷：她怎么就把生活过成了这个样子呢？她又想到了站在孙承宣身边的梁浅言。

难道真的有人可以从时光手中偷回岁月？

赵母从自己的房间走出来，瞟了一眼刘思逸，皱眉道："你还在磨叽什么呢？今天的早餐做了吗？"赵母紧接着叹了一口气，说："你天天在家什么事情都不做，就这么点小事还拖拖拉拉的，也不知道你是怎么活到这把岁数的。"

"我马上去。"她唯唯诺诺地说道，先前和赵母的最后一战她就完全落败了，再也没有反抗的胆量。

因为她根本没有怀孕，她也不可能再有孩子了。

她吃过了早餐，打开了电脑，等了很久，依旧没有林洲的回复。她焦躁起来，林洲应该是看到了啊！

他去了非洲后梁浅言就和方逸群联系上了，难道林洲真的一点都不介怀吗？

就在这时，关睿又给她发消息了。

她的耳边全是婆婆的唠唠声，赵添晚上又在加班，没有回来。她闭上眼，脑子里全是娇娇的那条信息。

刘思逸开始后悔了，自己那个时候为什么要点开那条信息。

她又想到了林洲和梁浅言，林洲那边还是没有任何回应。她又有一点点后悔，自己为什么就把那张图发过去了呢？

快过年了，四处都很热闹。刘思逸打开窗，连街边都已经挂满了灯笼，只有她一个人觉得冷冷的。

她想了想，答应了关睿。

"好久不见了，不抱一个吗？"关睿故意调侃着说道。

刘思逸白了他一眼，还是伸出手，轻轻抱了他一下。

"叫你出来一次，可真的不容易啊。"关睿感慨。

"是吗？"刘思逸笑了笑，没有再说话了。

关睿看着她的脸，叹了一口气。

"有什么可叹气的。"刘思逸看着他，放下了包，坐在了他的对面，抬眼问道，"你不坐吗？"

关睿这才坐了下去："你又变了不少。"

"哪有？"刘思逸只是淡淡应了一声。

第一百四十五章　两难

"你看，要是以前这样，你早就踢我了。"关睿苦涩一笑。

"是这样吗？"刘思逸有些惊讶，"那不是小姑娘才有的举动吗？"

"喝酒，喝酒，喝酒。"关睿赶紧岔开话题。

刘思逸笑了笑，端起酒杯就一口到底了。她鼓着腮帮子，对着关睿晃了晃空空的酒杯。

关睿也就一直陪着她喝下去了。刘思逸也不知道喝到了什么时候，结婚以来，她好像就没有这样过了，何况后来，她要备孕，饮食上就更为谨慎了。

"思逸，你哭了？"关睿握紧了拳。他伸手，可又不知道怎么办，又将手缩了回去。

"我没事。"刘思逸扬起了脸，手指轻轻碰了碰眼睛，笑道，"来，继续喝。"

林洲那边接到了一个电话，是关于贺溪的，林洲的脸瞬间就沉了下来。

"她和我没有什么关系，她有什么事你们自己看着办吧！"林洲冷声道。

电话那边的人有些不耐烦了，操着英语说道："她现在在医院接受检查，很有可能是疟疾，你真的不管她了？"

林洲皱了皱眉，心中有些不安，但本着对贺溪的抵触，还是挂掉了电话。可是挂完电话之后，他心中又有担忧，贺溪到底是因为他才跟过来的，万一真的是疟疾，他怎么可能心安理得？

林洲想着，又拨了电话回去。和电话那边谈妥了之后，他就向医疗队告个假，他本身是不归医疗队管的，但还是打了一个招呼。

等他赶到医院的时候，贺溪已经躺在病床上了，面色发黄，脸都消瘦了一圈，面颊深深地凹陷了下去，全然没有了从前在聚光灯下的模样。

贺溪一看到林洲，眼泪就开始往下掉。她捂着嘴巴，克制着不让自己发出声来。

"我以为你不会来了。"她抽泣着。

"我是真的不想来的。"林洲坦然回答。他看了一眼贺溪，她话虽是这么说，可她是多了解他的人啊！他怎么会不来呢？

"你现在是什么情况？"林洲问她。

她看着林洲，愣了一下，又哭了起来，说："还在等检查结果，这边的医疗环境毕竟比不上国内，还没确定到底是什么。"

"你来这里干什么？"林洲狐疑地看着她。

"我……"她不知道该怎么回答，黯然低下头，"林洲，我已经活不了多久，你别问了。"

"我还是谢谢你来看我。"她强扯出一抹笑意。

"还是等结果出来再说吧！即便真的是疟疾，也不是就治不好了，只是两年内要定期检查，以后抵抗力会下降，也不是说真的就等死了。你不用想太多。"林洲叮嘱道。他坐在贺溪身边，给她削了一个苹果，继而静静地看着窗外。

等检查结果这几天，贺溪成天惴惴不安，林洲恰好在这个时候接到了梁浅言的电话。

他没敢告诉梁浅言自己在南苏丹，只是聊了几句便道："我现在还有事，回头再和你说吧！"

"林洲，林洲。"贺溪故意大声唤道。

"贺溪和你还在一块？"梁浅言疑惑地问道。

"浅言，我回头再和你解释这件事。"林洲说道。

他回到病房，问道："有事吗？"

"林洲，医生说可以拿检查结果了。"她的目光中带着一丝惶恐。

"我去看看。"林洲说道。

她点了点头。她看着林洲就要走出去了，又忍不住叫住了林洲。

"什么事？"林洲回过头看着她。

"我有点害怕。"她不安地握着胳膊，掩饰地笑了笑。

"即便真是疟疾也没什么关系，及时就诊好了。"林洲道。

"嗯。"她点了点头，可心中的忐忑依旧没有减少半分。

她的目光眨也不眨地看着门口，直到林洲回来了，她才飞快地掀开了被子，打算下床。她看着林洲，迫切问道："怎么样？"

"不是疟疾。"林洲看了她一眼，将检查单递给了贺溪，"所以，你也见识到了，这个地方真的很危险，一点都不好玩，你还是回去吧！"

"真的不是？"贺溪都已经做好了最坏的心理准备，但是没想到会有这样的一个反转。

"真的不是。"林洲说道，"只是普通感冒和肠胃炎。没事了，好了，收拾收拾准备出院吧！"

"我能去哪儿？"贺溪茫然地看着他。

他叹了一口气，就这样丢下贺溪，怕她会再出事，毕竟这里太不安全了。

"先和我一起跟着医疗队，你身体好了，能坐飞机了，就直接回国。"

"我不回去。"她有些固执。

"那随你，我走了。"林洲说着，拔腿就走。

贺溪立刻怂了下来。她可以确信林洲不是说着玩儿的，这一次她也的确是受了不少惊吓。

"我答应你就是了。"她选择了妥协。

"好，这是你说的。"林洲晃了晃手机，"我已经录音了。"

林洲马不停蹄地给贺溪办了出院手续。他来的时候开了医疗队的一辆车，他搀扶着贺溪上了车，实在是不敢在这里多留片刻，赶紧就出发了。

第一百四十六章　疟疾

林洲一路上都没有开口说话，他更多的是觉得疲倦。他的确没有义务去照料贺溪，他自己也认为该说的全都和贺溪说清楚了，但是却好像根本没有半分用处。

"林洲。"贺溪嗫嚅地叫了他一声。

"说。"林洲干净利落道。

"如果这一次，我真的死在苏丹了，你会不会内心为我有些愧疚？"她终于问出了她在忐忑地等待死亡的时候最关心的问题。

林洲没有想到她还会问这种问题，瞥了她一眼，如实回答道："我不会怎么样。你这个实在是谈不上为我而死。你要真出了什么事，我最多就是惋惜一下而已。"

贺溪怔住了，没想到林洲说得这么云淡风轻。

"所以，你记着，命是你自己的。实际上，最大的损失，只是你自己而已，于我，也并没有什么过不去的。"林洲看着前方说道。

"那你为什么记了赵菡这么多年？"贺溪犹有些不甘心。她一直以为，自己这么多年之所以输给赵菡，只是因为那个人已经不在人世了，而她还活着。直到林洲和梁浅言走到了一起，她才知道，全然不是她所想的那样。

"我当时是爱赵菡的。"他直截了当地回答。言外之意就是他从来都没有爱过她。

贺溪觉得这个回答让人受不了。她眼眶干涩涩的，但是她不停地告诉自己：绝对不能在林洲面前哭。她紧紧地咬着唇。

林洲察觉到了她情绪上的变化，可到底是不想给她任何希望，所以干脆连安慰都没给她。

林洲的车刚进苏丹的地界，就好像出了点问题。林洲下来检查了一下。好在路边就有一所民居，林洲只好走了过去暂时歇息一下，想想车怎么办。

那家人的孩子似乎已经感染了疟疾，小脸惨白，蜷缩在妇人的怀中。林洲递了一些钞票过去，孩子的母亲才有了一点反应。

她赶紧将钱紧紧地拽在了手中，警惕地看着林洲。

"你别误会，我就是想要一点水和食物。"林洲用英文说了一遍，唯恐她们听不懂，又拿词典用阿拉伯语翻译了一遍。

他不敢去看那个孩子，在苏丹，这样的情况实在是太常见了。他不知道那些钱能不能给这个孩子提供一个好的医疗环境，但他也只能做这些了。

孩子的母亲不知道用方言和其他人说了什么，但依旧没有放下怀中的那个孩子。

林洲心下一动，拿出相机，拍下了这个画面。

他终于知道自己和医疗团存在的意义了。尽管他能做的微乎其微，但说起来，总是能给一些人带来生的希望的。他也可以让更多的人了解苏丹，关注苏丹。

这个地方需要关注，也需要关怀。

贺溪替林洲接过了水和食物。她的手不小心碰到了当地人的手，宛如触电一般，她快速地挪开，唯恐会有什么，拿出纸巾反复擦了擦。

她看了林洲一眼，问道："林洲，你还不走吗？"

"你身上还有多少现金？"林洲问道。

贺溪不知道林洲想干什么。她拿出了自己包中的一些现金，问道："你要干什么？够吗？不够我还有。"

林洲接过了现金，再一次放在了妇人的手中。他认真地看着妇人，用英语说道："上帝会祝福你们的。"

"走吧！"林洲这才看着贺溪说道。

"林洲，你救不了这些人的。"贺溪有些难以理解林洲的这种做法。

林洲不以为意，没有接她的话。林洲也清楚，一个家庭不可能只管一个孩子，但是林洲从那个母亲的眼中看到了希望。

那就够了。如果人没有了希望，那恐怕就是行尸走肉了。

林洲把食物和水分了一些给贺溪，继而道："我也不知道车什么时候能修好，我找一下原因，你先去车上休息吧！"

"这边肯定有蚊虫。林洲，我担心你。"贺溪有些不放心。

"没有那么凑巧的。"林洲不以为意道，他环视了一下四周，"眼下咱们也肯定找不到修理店和酒店。要是车修不好，今天我和你都得

"留在这边了，这个风险总比我修车大。"

"可是林洲……"贺溪还想再说什么。

"就是车胎的问题，我换个备用胎就好了。行了，你上车吧！"林洲的语气中隐隐有了一些不耐烦。

苏丹这边的天气比较热，车又是长时间行驶，所以爆胎也是常有的事情，林洲也没有太当一回事。

贺溪知道自己拗不过林洲，她眼中这才出现了一丝愧疚，回到了车上，关住了门窗，只是偶尔透个气。

等林洲修好的时候，天色已经暗了下来。他赶紧发车，如果不跟上医疗团，林洲觉得不安心。

他在路上隐隐觉得有些困，但还是忍住了，连夜回到了医疗团的驻扎地。林洲下车就晕了过去。

"林洲，林洲。"贺溪有些焦虑，她摸了摸林洲的额头，手就抖了起来。

"医生，医生。"她嚷嚷着。

白文认识贺溪，所以赶紧带着几个护士跑过来。她看到晕在地上的林洲，觉得有些惊讶，诧异地问道："这是怎么回事？"

"我也不清楚。"贺溪有些手足无措，她紧张地看着白文，"他就是去接我了，路上我也没发现他有什么不对劲的。"

"先把人抬进去，找张医生来检查。"白文当机立断地说道。

贺溪焦虑地跟了上去。白文现在大概猜到是怎么一回事了，又想到现在的事情到底是因为贺溪而起的，对贺溪就没有了先前的好印象。她看着贺溪叹了一口气说："林洲这个情况，很有可能是疟疾。在这个地方，一点点发热现象都是被重视的，本来他不用受这个罪的。"

贺溪听明白了白文话里的意思，她刚想解释，可白文的神情已经表示不想听了。

白文叹了一口气，接着说："我觉得林洲说得没错，你还是早点回去吧。你在这里，林洲也得担心着你有个好歹。不管你吧，也说不过去；管你吧，你自己看看。贺溪姐，有些感情，真的得放下。"

贺溪固执地摇了摇头，紧紧盯着临时搭起的检验房里的林洲，说："不管林洲是生还是死，我都不会离开他的。"

白文见劝不下去，也就懒得再劝了。她心中还是有点钦佩林洲的，林洲这个病症也不知道是什么时候染上的，但是还能一路把贺溪带回来，一直到医疗团的驻扎地，足见这个人的忍耐力。

白文也想不出，怎么贺溪一个人就可以惹出这么多的事来？

第一百四十七章　不安

贺溪一直忐忑不安地等在外面，医生一出来，贺溪就迎了上去。

"林洲怎么样了？"

"是恶性疟疾。"医生说道。

"你说什么？"贺溪有些难以相信。

"我没有必要骗你。我和林洲也共事这么久了，我很敬重他的为人，我也犯不着拿这么重要的事情胡说。"医生沉着地看着贺溪说道。他拿下口罩，还想再说什么，看着贺溪只叹了一口气。

有个漂亮的女人一路跟到苏丹，这样的事情总是会引起很多人的关注。医疗团里很多人都或多或少知道林洲和贺溪之间的关系。林洲这个情况，大家也都猜到了缘由，看着贺溪实在是不知道说什么才好。

"林洲严重吗？"贺溪怔了怔，终于还是问道。她又觉得自己这个问题问得很傻，都已经说了是恶性疟疾，怎么会不严重呢？但她还是想听医生的意见。

"恶性疟疾每日都会发作，发作时首先会疲乏、头痛、畏寒，进而出现寒战。患者会明显觉得身体发冷，同时体温也会上升到38℃以上。如果没有正规的治疗，有可能会出现并发症，严重的还会死亡。"医生平静地说道。

"怎么会这样？"贺溪有些难以相信。

"的确就是这样。"医生看着贺溪，长长叹了一口气，"林洲已经服过药了，后面能不能有好转，看命吧！"

白文也很难想象一直在自己身边的人竟然会有死去的可能。她看了一眼贺溪，心中也觉得烦透了，但又不能说什么。谁都没有想到，贺溪竟然会没事，反而是林洲中招了，并且还这么严重。

"白文，你们一定要照顾好林洲。"贺溪红着眼，看着白文说道。

梁浅言一直打林洲的电话都没有打通，心中有些吃惊。她和林洲一直都是说好了通话时间的，这个时间比较契合他们两个人的作息时间。林洲没有接，梁浅言就不安起来。

梁浅言很清楚林洲的性格，林洲如果提前有什么事的话，一定会和她打招呼的。

但是现在林洲不接电话，她觉得是出了什么事。梁浅言没有放弃，一直打着林洲的电话。

贺溪被允许进入病房。她正坐在林洲的床前抹眼泪，隐隐感觉到了林洲手机的振动。她从抽屉中拿出了手机，正好看到了梁浅言的来电提醒。

贺溪擦了擦眼泪，接通了电话。

"林洲，你怎么样了？是不是出什么事了？"梁浅言见电话接通了，焦灼地问道。

"是我。"贺溪开口道。

梁浅言怔了几秒钟，她依稀记得自己之前听到了贺溪的声音，但她没想到贺溪会接林洲的电话。她有些不确定地问道："贺溪？"

"是。"贺溪回答。

"林洲呢？你让林洲听电话。"梁浅言说道。

"林洲现在睡着了，他不方便接你的电话。"贺溪说道。这句话是事实，但是在梁浅言听起来，却很是暧昧。贺溪本来可以说清楚的，但是她选择了这样暧昧的一个说法。

"那你让林洲接电话。"梁浅言继续说道，没有丝毫退让的意思。

"梁浅言，你听不懂吗？林洲现在并不想理你。"贺溪讥讽道。

"我从来都不信第三方的话，即便是林洲对我有什么想法和意见，你也让林洲来和我说。"梁浅言的语气中透着强势。

"林洲不想接你的电话。"贺溪再次重复，然后挂掉了电话。

梁浅言握着手机，更加心神不宁。孙承宣在一旁看到了，先前梁浅言和贺溪的对话他也听到了一些。他斟酌了一番，这才说道："林叔是个很有担当的人，即便他不想和你在一起了，也一定会和你说清楚的，而不是让贺溪出面。你还是想清楚，别轻信他人。"

孙承宣这番话有点儿一语点醒梦中人的意味。梁浅言还沉陷在贺溪的那番话之中，可经孙承宣这么一说，她有些恍然大悟。

是啊！林洲这样的性格，怎么会纵容别人来处理自己的感情？何况她也从来都不是死缠烂打的人。

她忽然心中一惊，紧紧握住了孙承宣的胳膊："林洲不会是出什么事了吧？"

"林洲一直都跟着医疗团呢，他能出什么事啊。"孙承宣话虽然是这么说，但脸色也有些不确定。

"我总觉得不安心。"梁浅言垂下了眼眸。她再次拨电话过去，但是这一次，贺溪故意没有接。

"我要去找老余。"梁浅言立刻起身道。

"你去找老余也没有用。"孙承宣拉住了她。

"那我也不能就这样干等着啊！我要去苏丹。"梁浅言笃定地说道。

"可是你要去苏丹也不是一时半会的事情啊。你现在还是先把事情弄清楚吧。"孙承宣提醒她道。

梁浅言抓了抓头发，懊恼地拍了拍栏杆，说："这个贺溪，真的跟个疯子似的，有她就一定没什么好事。"

"有一个人，或许清楚林洲的情况。"孙承宣提醒道。

"谁呀？"梁浅言下意识地问道。

"你前夫。"孙承宣意味深长地看了梁浅言一眼。

"好。"梁浅言点了点头。她立刻给方逸群打了一个电话，急切地说："你在哪里……公司……好，我这就来。"

她挂掉了电话，顾不上换衣服，就直接冲到了京远。

易彤这是第一次见梁浅言，她见梁浅言气势汹汹地跑到了方逸群办公室门前，赶紧上去拦阻："女士，您好，您有预约吗？"

"我要见你们方总。"梁浅言不容置疑地说道，伸手推开她。

"您没有预约的话，不可以见方总，请您到这边等。"易彤紧张道。

梁浅言吐出了一口气，拿出手机，打给了方逸群，说："我在你办公室门口，被你那小秘书拦住了。"

方逸群赶紧走了出来。他正想拉着梁浅言进去谈，但是梁浅言已经有些等不及了。

她看了方逸群一眼，抓着他的胳膊道："你赶紧查一下，林洲在苏丹是不是出了什么事？"

她眼里的焦灼没有任何的掩饰。方逸群触及她的目光，心下泛出一丝苦涩。他问道："你这么匆忙来找我，就是为了林洲？"

"方逸群，现在不是和你说笑的时候。"梁浅言道。

"那你总得让我进我的办公室吧！我不进办公室怎么帮你问？"方逸群轻轻一笑。

梁浅言这才松开了他的胳膊。她将垂下的碎发挽在了耳后，略带些歉意道："对不起，是我太心急了。"

"没事，我明白。"方逸群有些黯然，他忍俊不禁道："他竟然能让你这么失态？"

第一百四十八章　分手

易彤细细打量着她，容貌不是十分出众，但是很清秀，齐肩的头发被拨在了耳后，没怎么化妆，但是能看出皮肤很好，那双眸子倒是异常明亮。这大概就是一再让方总建立起来的城墙瞬间土崩瓦解的人吧。

易彤本想上前打个招呼的，但想着她现在一定没有什么心思，于是带着她走进了方逸群的办公室，又端了一杯咖啡进来，替她把门带上了。

"现在可以帮我问了吧！"她紧紧地盯着方逸群，生怕他因为是林洲的事情而推诿。

"浅言，你别紧张，先喝点东西，我打个电话过去。"方逸群想要宽慰她，但是在她的心中，现在除了林洲，已经装不下任何东西了。

方逸群这才拨了一个电话。她看着方逸群的神色慢慢凝重起来，一挂掉电话，她就焦急地问道："怎么了？林洲出什么事了？"

"林洲得了恶性疟疾。"他如实说道。

梁浅言觉得后背一阵发凉，喃喃自语道："怎么会呢？我明明让他把所有东西都准备得很妥当了。"

"具体是什么时候感染的还不太清楚，但是他去南苏丹找了一趟贺溪。"方逸群说道。

梁浅言也没有办法冷静下来分析方逸群说这话是刻意的还是无意的。她瞥了方逸群一眼："现在你满意了？这就是你想要的吧！"

"浅言，我一直都和你说得很清楚，这件事的选择权在林洲，何况林洲自己也想去苏丹。"方逸群冷静地说道。他叹了一口气说："你要明白，林洲也可以选择不理会贺溪，但他还是冒着危险去找了贺溪。"

"你们就是知道林洲的性格，知道林洲不可能像你们一样冷血，才这样算计了林洲，真是卑鄙。"梁浅言冷笑着说道。她鄙夷地看着方逸群说："林洲并不是不知道你们打的什么主意，只是他不愿意变成你们这种人而已。你们还总是以为自己多高明。"

"浅言……"方逸群试图打断她。

梁浅言抓起了包，转身就要走。

"浅言，我如果真的存了什么坏心思，我大可不告诉你这件事。我如果不告诉你，你现在根本就联系不上林洲，也不会知道发生了什么事情。"方逸群的语气中透着焦急，他也很难说清楚。他的原意就是希望林洲可以消失一段时间，但是不知道贺溪为什么就提出了苏丹这个地方。或许贺溪足够了解林洲，或许也有其他的原因。

他并非就是干干净净的，但是他从来都没想要林洲去死。

"你放心，我一定会想办法的，给林洲最好的治疗。浅言，你先冷静下来好吗？"方逸群目光沉静地看着她说道。

梁浅言看了方逸群几秒钟，她的目光坚定起来，"我要去林洲的身边。"她笃定地说道，"我要陪着他，我已经失去了鹤鹤，我再也不能失去他了。"

方逸群没想到，在她的心里，竟然是把林洲和方鹤放在同一个位置的。他心里忽然不知道是什么滋味了。

"你不能去。"方逸群坚定地说道。

"林洲能去，贺溪能去，凭什么我不能去？"梁浅言看着方逸群，觉得他这个说法有些可笑。

"你再等一天好吗？等我确定了林洲的病情之后，你再考虑。就算是林洲醒了，他也一定不希望你过去的。"方逸群劝阻道。

梁浅言轻蔑一笑："怎么你们每个人都这样？苏丹又不是什么吃人的地方，那里是危险，难道我就一定比其他人金贵？"

梁浅言说着，心中已经有些不耐烦了。她沉思了片刻，最终看着方逸群说道："我不管你的目的是什么，但是这件事情，在我回国之前，你不要告诉林洲父母，包括刘思逸那边，你也不能说。"

"我是不会帮你们联系医疗团的，我倒是想看看，苏丹那么大，你要去哪里找林洲。"方逸群说道。

"你在威胁我？"梁浅言瞪着他。

"我没有威胁你，我只是不希望你处在危险当中。"

梁浅言冷笑了一声，大不了她就去找老余，总能够问出地址来的。难不成这种关头，老余还不许她见林洲？

"你也别想去找老余。没有我的允许，老余什么都不敢说的。"方逸群接着说道。他仿佛洞悉了梁浅言所有的心思。

梁浅言耐着性子转过身看着方逸群，隐忍着问道："你到底想要怎么样？"

"你冷静下来，先耐心等消息，不然你去苏丹也没有用。"方逸群说道。

"你为什么总是要这样呢？"梁浅言吸了一口气，红着眼睛瞪着方逸群，"我真的很讨厌你这副自以为是、运筹帷幄的模样。是不是所有人，在你眼中都是你的玩偶？"

方逸的神情有些错愕，他没想到她竟然是这样看他的。从她的角度来说，他的确很多事都做得不太光彩，包括他对林洲的算计。他们好不容易缓和的关系终于又变成这样剑拔弩张了。

他背过了身去，不敢看她的目光，因为那种目光他太熟悉了，方鹤过世的时候，他也曾在她的眼中看到过。"不管你怎么说，我都不会让你去苏丹的。"他接着说道。

"好。"她点了点头，立刻就冲了出去。

他的电话却忽然响了。他接了一个电话，连忙追了出去。

"浅言，你等等，林洲的电话。"

"林洲？"她狐疑地看着方逸群，随即想到这种事情方逸群不会和她随便开玩笑，她眉眼立刻放松下来，欣喜地问方逸群，"真的是林洲？他醒过来了？"

"嗯。"方逸群点了点头。

梁浅言连忙接过电话，担忧地问："林洲，你那边怎么样了？你好点了吗？"

"我刚醒过来，已经吃过药了。"林洲的声音有些无力。他抬眼看了看午后的阳光，苏丹这里什么都是没有温度的，但是阳光却永远都是最灿烂的。

"林洲，我好担心你。"她说着，就哽咽起来了。

"乖，别哭。"林洲浑身发寒。他咬紧牙关，打了一个哆嗦，但是很怕她意识到什么。

"林洲，我想过来照顾你。"她说出了自己的想法。

"浅言，我们分手吧！"林洲静默了片刻，终于说道。

恶性疟疾来势汹汹，他都不知道自己能不能挺过这一关。他已经眼睁睁地看着她失去了方鹤，看着她从地狱中一步一步走出来，他怎么能让她再去经历一次这样的痛苦呢？何况，他现在这个状况，实在是太糟糕了。

他不想让她看到。

方鹤走的时候，她身边还有他，如果要她看着自己离去，那时候她该怎么办？

他实在是太心疼她了，宁愿永远都看不到她，也不愿意她再去承受那种痛苦。

即便他现在很残忍。

"你说什么？"她有些不敢相信。

"我说，我们分手吧！忘了我，我决定和贺溪在一起了。"林洲重复了一遍。

第一百四十九章　决定

梁浅言一怔过后，笑出声来："林洲，你在说疯语吧！你编个可信度高一点的故事出来行不行，你和贺溪，怎么可能？"

"我的确是和贺溪在一起了。"林洲强撑着说道，他的身上已经盖了两床被子了。

林洲将电话递给了贺溪。贺溪犹豫地看了一眼林洲，还是接了过去。

"梁浅言，我是贺溪。"

这个声音，她再熟悉不过了。

"我不想和你说话。"梁浅言冷声道。

"可林洲现在的确是和我在一起了。"贺溪回答。她笑了笑说："梁浅言，你恐怕还不知道吧！林洲就是因为在意我，才为了我去了南苏丹。南苏丹是个什么样的地方，你上网查一查就知道了。我和他毕竟是十多年相知相识了，你和他才认识几天？"

"不可能。"梁浅言摇了摇头，问道，"林洲是不是病得很重？"

"没有什么不可能的。"贺溪继续说道。她见林洲没有阻止她的意思，话说得更狠了几分："先前我和你说的时候，你不信，你非要听林洲亲口跟你说，现在他已经说了，他要和你分手。你和林洲到底还是没有领证，难道谈个恋爱你还要走什么程序不成？"

林洲见贺溪的话说得越来越过分了，话说到这里，其实就已经差不多了，便示意贺溪挂掉电话。

"喂？"梁浅言唤了一声，但那边已经没有半点声音了。她失魂落魄地将电话放下，眼泪再也克制不住了，顺着脸颊滴落下来。

"浅言。"方逸群伸手，想要帮她擦拭掉泪水，她却别过了脸去。

"林洲这是怕自己发生什么意外，他是不想我看着他死。我根本就不会相信的。"她呢喃着，她了解林洲。

在电视剧里，这样的情节发生后，或许女主角就真的会恨上男主角，不会再管他的生死。可是在她这里不一样，这是现实。她和林洲一路互相扶持才能走到今天，他们都经历了太多的事情，她也太清楚林洲的为人了。

如果说她不知道林洲得了疟疾，可能她还会怀疑几分。可现在这种情况，即便她愚钝，她也能知道林洲的目的了。

"你还是要去苏丹吗？"方逸群同样了解她。

"不错。"她回答道。

"即便林洲现在要和你分手，你也还是要去？"方逸群不确定地问道。

"对，你如果不给我林洲的地址，我才是真的在苏丹不安全。"梁浅言说道。

方逸群凄凉一笑，哪里是自己在威胁她啊，分明是她在威胁自己。

他和她有着七年的婚姻，他一向都清楚，她看起来是平常无奇的一个人，实际上比谁都坚韧。

二十岁出头的她可以因为他，放弃她的滑冰事业。将近三十岁的她，也依旧可以为了林洲而身处生死场。

"好，我这就给你安排。"方逸群说道。

"不过，你必须把该准备的东西都准备好。我给你定后天的机票。"方逸群又补充说道。

"谢谢。"她擦了擦眼泪，脸色缓和了几分。

方逸群没有说话。如果说林洲真的出了什么事，他也很难做到心安理得，这里边到底有他的几分缘由在，他也不全是清清白白的。

"那我先回去了，你不用送了。"梁浅言说道，走出了门。

易彤看着她的背影，心中不由得叹了一口气。她悄悄透过玻璃，打量了一眼揉着额头的方逸群，想了又想，还是悄悄拿出了抽屉里的按摩仪，放在身后。

"怎么了？有事吗？"方逸群抬眼看着她。

"没事。"易彤笑了笑，试探着问道，"方总，听您上次说，您好像脖子一直都不太好？"

"嗯？"方逸群狐疑地看着她。

"那这个给您。"她拿了出来，看着方逸群，诚挚地说道，"我知道以方总的实力一定可以买到更好的，但是这个我查过了，的确功能比较齐全，也比较方便，方总在办公室也是不影响使用的。"

她说完，仿佛生怕方逸群拒绝一样，低下头小声说道："方总，你千万别嫌弃啊！我……"

"你要我在办公室用这个？"方逸群皱了皱眉，有些难以置信地看着她。

"对呀，方总您日常都是在办公室看文件，一向又比较忙，在办公室里用最省时间了。"易彤理所当然地说道。

"好吧！谢谢你了。"方逸群将按摩仪放进了盒子里，拉开了办公室的抽屉。

"方总你这是收下了？"易彤惊喜地看着他。

"嗯？"

"那太好了，方总试试效果吧！"

"什么？"方逸群的脸终于有些绷不住了。他看着易彤，问道："你确定吗？"

"有点不太确定。"易彤说着，赶紧就开溜了，"那方总我先走了。"

她心中暗自想着，不管怎么样，方逸群都算是收下了，这样心中也算舒服多了。

她走到门口，又看着方逸群道："方总，我觉得啊，您现在心心念念的人心里已经装着另一个人了。"易彤说完，感觉现在才是真的心惊胆战。她心一横，反正话都已经说出去了，最多也就是被方逸群辞退罢了。但是这个话她怎么也得说，她瞧着方逸群都觉得心疼。

等等，她为什么要心疼？

易彤搓了搓自己红彤彤的脸，心中更加恼了：她这到底是怎么了？难道她也像方总一样生病了？

方逸群还在琢磨易彤最后这句话，他的脸直接沉了下来。他没想到易彤可以这么放肆，一定是他一直以来对易彤太纵容了。可易彤说的又何尝不是实话？他在梁浅言那里，早就已经是过去式了，她要的是林洲的现在和未来。

方逸群不由得打开了抽屉，看了看易彤送进来的东西，随即脸色一动，有些僵硬地笑了笑，到底还是一个小姑娘。

梁浅言这边正在收拾准备去苏丹的东西，但没想到好久都没有联系的刘思逸竟然冲到了她家里。

"你怎么来了？"梁浅言有些惊讶。

"浅言，不管咱们之间出了什么摩擦，或者我和你之间对彼此有多大的成见，但我绝对不会让你去苏丹的。"刘思逸不容置疑地说道。

梁浅言一怔，看着刘思逸，有些不确定地问道："你怎么知道的？"

她可以确定刘思逸知道了，不然不会在这么恰当的时机来拦她。那么赵添肯定也知道了。她现在更关心的是刘思逸是怎么知道的。

"贺溪和赵添一直都有联系，是贺溪通知的赵添。"刘思逸说道，她叹了一口气，"林洲现在生死未卜，那边又不安全，即便你去了也没什么用啊！"

"这么说林洲父母也知道了？"梁浅言没有搭理刘思逸的话，而是问了她最关心的问题。

"是的，赵添想着，这么大的事情肯定是瞒不住的，而且医疗团那边、林洲上级那边也会通知家属。"刘思逸说道。

她见梁浅言低下了头，追着梁浅言的目光道："你不会是真的要去吧？"

"对。"梁浅言毫不犹豫地回答。

"你疯了？"刘思逸质疑道。她也很烦，她坐在梁浅言的沙发上，抬起头审视着梁浅言："我已经听贺溪说了，林洲现在已经和贺溪在一起了，你还是要去吗？梁浅言你傻不傻？人家在那边生死相依，有你什么事啊？"

第一百五十章　谣传

"你也信？"梁浅言沉静地看着她，轻轻一笑，"林洲想要和贺溪在一起，早就没我什么事了。"

被梁浅言这么一说，刘思逸好像才回过神来。她不确定地看着梁浅言，问道："你的意思是说，这是林洲要贺溪配合的？"

"是。"梁浅言肯定地回答，她的眼神异常坚毅，"疟疾也不是治不好。林洲现在只是在危险期，担心自己有什么不测，怕我经受当初方鹤离去的那种痛苦罢了。但不管是什么样的一个结果，我都要陪着林洲。"

"你既然都决定好了，那你就去吧！"刘思逸放下心来。她轻轻一笑，有些尴尬地说："是我多心了，那我先回去了。"

"谢谢你了，我送你。"梁浅言站起身来。

刘思逸身子一僵，忽然意识到她们之间生分了，从前她和梁浅言，哪里谈得上谁送谁啊？她又有些释然，早就生分了，不是吗？刘思逸从包中拿出钥匙，放在了茶几上："这是你这边的钥匙，我现在结婚了，到底也用不上了。"

"好。"梁浅言收了起来。她并没有拒绝，她们两个人都知道，这不是理由，但也是给彼此台阶下的最好方式了。

"其实你不用谢，倒是我对不起你。"刘思逸有些愧疚地说道。

"什么？"梁浅言尚不知情。

"怎么？林洲没跟你说吗？"刘思逸以为她是知道的。

梁浅言摇了摇头，笑道："没有，可能林洲觉得并不是什么大事吧！怎么了？"

"没……没什么……"刘思逸掩饰般地笑了笑，没有再说话了。

"都过去了，思逸，你不用太放在心上。"梁浅言说道。

刘思逸点了点头，是啊！都过去了，但是还回得去吗？

"那我回去了。"刘思逸道。

"嗯。"梁浅言把她送到了门口，看着她走下了楼梯，这才关上了门。

刘思逸刚才训斥她的时候，倒是真的有一瞬间让她觉得又回到了从前，可是再也不是从前了。

那些鸡毛蒜皮的事情在她和刘思逸之间一点一点地累积，最后终于成了一道裂痕。尽管她和刘思逸从前都试图无视那条裂痕，但人心总归是变化莫测的。一时之间，她们自己都忘了自己做了什么，那条裂痕就始终都存在了。

梁浅言的门铃又响了。她揉了揉太阳穴，有些疲倦地站起来开门，但是没想到这次来的却是林开颜和林母。

"阿姨，开颜，你们怎么来了？"她震惊道。

"我们来看看你。"林母率先开口。

林母扫了一眼梁浅言的行李箱，问道："你这是在收拾行李，准备去苏丹了？"

"嗯。"梁浅言点了点头。她看了一眼林母,有些不好意思道:"林洲的事情,我本来打算瞒着你们,不想你们担心的。"

"可是你去了也没什么用啊!"林母道。

"想不到阿姨您也是来劝我的。"梁浅言看着林母,轻轻一笑。

林母目光之中有些动容,握住了梁浅言的手,说:"阿姨知道,你是个好孩子,但这是林洲的意思。"

"林洲的意思吗?"她沉吟问道,继而轻轻一笑,"我认识的林洲,从来都不是这样毫无斗志的人。疟疾而已,又不是医不好了。"

"可是林洲可能会有并发症。"林母红着眼睛说道。她抹了抹眼泪说:"我当然也不希望林洲有个三长两短。我只有林洲这么一个儿子。但是浅言,你要清楚,这是林洲不希望拖累你,你去了毫无用处。林洲要是能好起来,固然皆大欢喜。可他要是有个万一,他是不想让你再经受一次啊!"

"哪有那么多的万一啊?"梁浅言强颜欢笑说道。

"这种事情说不定。"林母说着,看了一眼林开颜,"就是开颜,也不希望你去。你想啊!那是开颜的爸爸,开颜一样在等着结果。"

"开颜毕竟还小。"梁浅言摸了摸林开颜的头,抬头迎视着林母,"可我不一样,我清楚我在做什么。生离死别,我已经经历过一次了,我不会有事的。即便林洲真有什么事,我会从苏丹把他带回来,替他好好照顾开颜。"

她说着,低眸浅浅一笑,接着说:"但我相信,林洲不会有事,他没那么容易认输。现在想要和我分手,只是他以为的万全之策而已,我不同意。"

林母见她这么固执,深知自己劝不了她,她暗自抹了抹眼泪,看着梁浅言的脸,叹了一口气,说:"当初林洲和我们老两口说的时候,我们还有些不理解林洲的选择,现在看来,还是林洲的眼光好啊!能够遇见你,也真的是林洲的福气了。"梁浅言笑了笑,没有再说话。

梁浅言给林母倒了一杯茶,看着林开颜问道:"开颜今天在阿姨这里吃饭,好吗?"

"好。"林开颜点了点头。

"阿姨，您看，您就留下来吃个便饭吧？"梁浅言说道。

梁浅言的情况林洲也曾和林母说过。林母知道她退役不久，梁母就过世了，女儿逝世之后离婚又重回职场，一直都是这样一个人过着，林母这还是第一次来她住的地方。

的确是很小，但是对她一个人而言足够了。可以看出这是一个老式小区，但她仍然将室内收拾得井井有条。

她真的和赵菡是完全不一样的，林母心中感慨，这不是在侧面证明，林洲也在长大吗？林母心中又有些心酸，想着想着，就又哭了起来。

梁浅言端了一盘菜出来，看到林母这个状况，佯装生气地看着林开颜道："是不是你又惹着奶奶了？"

"我没有。"林开颜无比委屈，她拉了拉林母的胳膊，"好了，奶奶，您别哭了，爸爸那里有医疗团呢！他不会有事的，何况，梁妈妈不是马上就要过去了吗？你再这样哭，梁妈妈又会觉得是我欺负你了。"

"好，不哭不哭。"林母擦了擦眼泪。

梁浅言浮现出了一丝笑意。她看着林家父母，很多时候都有一种自己又有了家的感觉。她是发自内心地喜欢林家父母。

林家父母真的是很通情达理的父母。她常听人家说，父母之爱子，则为之计深远，林洲能有那样的性格，全在于他的父母格外开明。很多时候他都是没有后顾之忧的，他们的父母一直成全着林洲的理想。

梁浅言将饭菜都端了上来，唤来了林开颜，又等着林母先上座，这才道："原本想着什么时候请阿姨过来吃饭的，但是林洲急着去苏丹了，就拖到了现在。"

"你也坐吧！"林母笑道。

"好。"梁浅言坐了下来，给林开颜夹了一块烧茄子。

"梁妈妈，爸爸真的不会有事吗？"林开颜一直都是强忍着情绪，害怕爷爷奶奶受不了，但见到了梁浅言，还是忍不住哽咽着问道。

梁浅言目光一动，心下顿时软了下来，说："现在医疗这么发达，苏丹那边容易出事，是因为当地人没有好的医疗环境。只要你爸爸没有并发症，一定不会有事的。"

"网上有消息说得过疟疾就只能活到四十岁。"林开颜终于说出了她心中的顾虑。

梁浅言愣了一下，这才反应过来，原来孩子竟然自己上网搜了这些。她的视线顿时模糊起来，她摸了摸林开颜的头，说："开颜，网上那个只是谣传。你想啊，这个如果是真的，那四十岁的人得了疟疾要怎么办才好啊？"

第一百五十一章　心动

林开颜睁大了眼睛，懵懂地点了点头，觉得梁浅言说得很有道理。

梁浅言看着她笑了笑，柔声道："开颜也不要太担心，一切都有我。"

林开颜觉得有一种莫名的心安。她很久都没有听到这句话了，一切都有她呢。事实上，的确是这样，在滑冰场上，她摔倒时，梁浅言就做了她的肉垫；她被人带走，梁浅言和林洲一起呵护着她敏感的心。她终于懂得，不管自己受了什么样的委屈，梁浅言和林洲都会庇护她。

梁浅言到苏丹的时候，林洲正在发热期，体温上了40℃一直没退，人也陷入了昏迷的状态。

贺溪看到梁浅言来了，脸色瞬间沉了下来，说："林洲不是已经和你说清楚了吗？"

"说什么？"梁浅言凌厉地看着她。

"林洲已经和你分手了，他现在和我在一起。"贺溪正色道。

"是吗？"梁浅言轻轻笑了笑，语气轻快地说道，"那你现在让林洲当面和我说啊！"

"不过……"梁浅言话锋一变，她紧盯着贺溪，"我觉得林洲也不需要你来照顾。疟疾都是有一个潜伏期的，这个和你没关系。如果说林洲是在找你的路上出事了，我可能还会怪你。"

　　贺溪可以清楚地感受到梁浅言这是在宣示主权，她冷冷一笑。

　　梁浅言没等她开口，继续说道："看来你是没太听懂我的话，那我给你解释一遍，你不用觉得对不起林洲，林洲做事但求问心无愧，所以你的感谢也多余，以后你少给他找事就行了。林洲我会照顾的。"

　　梁浅言这是直截了当地将贺溪和林洲撇清了关系。贺溪脸色一变，她以前倒是不知道梁浅言有这么强势的一面。

　　贺溪讥讽地一笑："你现在有什么资格来和我说这些话？林洲都已经不要你了，你们已经分手了。"

　　"哦！你有证据吗？"梁浅言冷眼看着她，"既然你没有证据，那就等林洲醒过来再说吧！"

　　梁浅言说完，就直接往前走了。

　　"拦住她。"贺溪看着白文喊道。

　　白文也不清楚梁浅言的身份。梁浅言直接打了一个方逸群留给她的电话，团长就亲自走了出来："方总已经打过招呼了，您可以去看林洲了。"

　　"她是闲杂人等，你怎么能放她进去呢？"贺溪焦虑地说道。

　　梁浅言回过头瞪了贺溪一眼说："贺溪，你真的不懂人要适可而止吗？我现在明白了，你是冲着得不到林洲就弄死林洲来的。可惜方逸群都成了你的剑。这样拙劣的游戏，你还嫌没有玩够吗？"

　　"梁浅言，你有什么资格来和我说这样的话？"贺溪的脸色狰狞起来。她紧紧握住了拳，压制着心中的怒气。

　　"就凭林洲喜欢的人是我，就凭我和林洲是男女朋友关系。"梁浅言说完，也不愿再搭理贺溪，直接去了监护室。

　　她有将近三个月没有见过林洲了，没想到林洲会瘦这么多。她轻轻抚摸着林洲的脸颊，林洲皱着眉头，似乎在梦中遇到了不太好的事情。

"不管发生什么事情，我都会和你一起面对的，你想扔下我啊，我才不会同意呢！"她轻声呢喃着。看着他这样躺着，她心中有些心酸。她先前也很多次见方鹤这样躺着，不管她说什么都不会有半点回应。她这样想着，眼泪就在眼眶里打转，但她想着，林洲一定不会希望她哭的，于是又生生地将眼泪憋了回去。

"您好，我是照顾老黑的护士。"白文敲了敲门。

"老黑？"她愣了一下，知道是林洲让这边的人都叫他大老黑，她最初认识林洲，也是通过林洲的大老黑这个身份。她随即一笑，说："你好，我是林洲的女朋友。"

林洲不是一个喜欢提起私生活的人，但是白文在林洲的手机屏保上见过梁浅言。

白文不得不承认，林洲是个很有吸引力的人。她细细打量了一眼梁浅言，这就是林洲一心一意惦记的人吗？她和照片真的没什么太大的区别。

论容貌，她肯定没有贺溪好看，但是却让人感觉特别的舒服，就像泉水一样。白文这样判断着。

"林洲现在有没有什么并发症？"梁浅言问道。

白文惊讶地问道："怎么，贺溪姐没有通知你们吗？没有并发症的，等他这波热度下去了，开始出汗之后，就会慢慢好转了。"

"是吗？"梁浅言先是惊讶了一下，随即舒展开了眉头，激动道，"那真的是太好了。"

"我先前一直在飞机上，不太清楚。"梁浅言简单说道。她拿出手机看了看，有些腼腆地看了一眼白文说："能麻烦你去帮我买一张电话卡吗？"

"好，我这就去。"白文有些慌张地说道。

"好。"梁浅言敏感地察觉到了白文眼中的异样。她打了一盆水，重新给林洲换了一下他额头上的湿毛巾。

她长吁了一口气，对着林洲说："你呀！就是会给我树敌，怎么现在连个小姑娘都不放过呢？"

像白文那样的小姑娘，怎么会懂得掩藏目光中的那种失落呢？她只一眼就看穿那个小姑娘的心思了。她温柔地摸了摸林洲的脸说："你说我是该恼你呢，还是该觉得你是魅力大呢？"

梁浅言觉得有些乏了，闭上了眼睛，还要了一个小心思，将林洲的胳膊搭在了她的脖子上。

白文拿着电话卡回来的时候，林洲已经醒了。他看到趴在床沿上的梁浅言，抬起手，想要触碰她的睫毛。

他也不知道自己为什么会有这样的想法，不觉笑了笑：自己当初为什么要说出那样的一番话呢？他要是真的能够拦住她，那就不是她了吧！林洲叹了一口气，目光异常柔和，手放在了她的头上。

白文从来没有在林洲眼中看到过这样的目光。她心中一怔，终于知道了，那种看起来不着调、什么都不在乎的人，一旦触及了他心中的柔软，他会比这世间的任何人都要温柔。

林洲就是这样的一个人。

自己对他而言，到底只是一个小妹妹而已。白文靠在墙上，自嘲地笑了笑。

她敲了敲林洲的病房门，指了指自己手中的电话卡。

林洲做了一个噤声的手势，示意她将卡放下。白文踮起脚尖，走出了房间，轻轻地带上了门。

梁浅言迷迷糊糊地醒来，正好撞见了林洲的视线。她拨了拨凌乱的头发，揉了揉太阳穴，笑道："我竟然睡着了，你好些了吗？"她什么都没有问，也没有问先前的种种，言辞之中，就好像她一直都在林洲身边一样。

她瞬间又好像意识到什么似的，连忙道："我现在去给你叫医生。你现在感觉怎么样？"林洲微笑着看她，也知道自己拦不住她。

很快医生就跟着梁浅言走了进来。医生试了试林洲的体温。林洲的鼻尖已经冒起了细汗。医生笑了笑，说："没什么大问题了。不过老黑，你还是要注意，即便以后你回国了，疟疾还是有复发的可能性的。"

508

"谢谢您了，医生。"梁浅言感激地说道。她与林洲对视一笑。

"老黑这个人啊，真的是想得多。其实我们来苏丹，这样的情况遇见过很多，虽然有危险，但是这种概率也是很小的。他就好像把死后的什么都想好了，哎……"医生说着，无奈地看着林洲笑了笑。

"你这么怕死啊？"梁浅言顺着医生的话揶揄道。

"我不是怕死，我是怕最后又让你难过。还有开颜，我不知道开颜要怎么办才好，心里头牵绊多了，就畏惧啊！"林洲道。

"那你还来苏丹。"医生调侃着，他看了梁浅言一眼，"好了，我也不在你们两个人跟前当电灯泡了。林洲，你还是得好好休息，然后饮食方面，还是以流食为主。"

"好，我送您出去，您放心吧，有我看着林洲呢！"梁浅言说道。

梁浅言忽然想起来，自己忘了给林开颜和林家父母回电话了。她看了看手机上的时间，天已经黑了，按照国内的时间，林家人应该已经睡了，但是报平安这种事情，哪里在乎早晚呢？

"林洲，把你手机借我用一下吧！"梁浅言询问道。

林洲这才想了起来。他将白文拿过来的手机卡递给了梁浅言："这是白文先前给你拿过来的，我见你睡着了，没让她吵醒你。"

"那正好。"梁浅言笑了笑。

林洲见她绝口不提贺溪的事，心中有些没底，试探着问道："你就没有什么要问我的吗？"

"我要问你什么？"梁浅言明知故问。

"那算了，什么都没有。"林洲赶紧扭过了头去。

梁浅言笑了笑，目光温柔地看着林洲，说："我原想着和你秋后算账的，可是看着你那样躺在床上，我什么都不想了。"

"浅言，我也不想说那些话的。"林洲道。

梁浅言握住了他的手，说："我都明白，你只是怕，你也怕我怎么样，我都明白。林洲，我懂，你什么都不用说了。"

林洲还不能起来活动，梁浅言就一直陪着她，贺溪来了几次，都被林洲找借口赶出去了。

梁浅言想到贺溪这个问题，还是叹了一口气。

"我和贺溪没什么的。"林洲赶紧解释。

"我没这个意思。"梁浅言说道。她思考了一下，说："苏丹很不太平，贺溪总这样在你身边，也是个麻烦，你也不可能真的由着她自生自灭。"

"贺溪做了那么多伤害你的事情，何况还有赵菡……"林洲垂下了眼睑，想要轻松的一笑，却发现自己笑不出来，"你会不会怪我，现在都还在管贺溪？"

"我明白你。"梁浅言给他倒了一杯水，放在了他的唇边，"如果是在其他地方，你还可以不理会。在这里，你到底是于心不忍。"

梁浅言心下感慨，贺溪也是明白林洲的软肋的，不然她也不会千方百计要林洲来苏丹了。

两个人都不想再谈贺溪这个问题了。梁浅言托腮看着林洲，手却一直都没有和林洲分开，说："孙承宣那边催我回去了，我……"

"回去吧！"林洲笑了笑，轻声说道。

"我舍不得你。"梁浅言的目光中充满着眷念。

"我也很快就回去了。我答应你，以后我不会离开你这么长的时间了。"林洲笃定道。

"半年啊，真的很长。"梁浅言怅然若失。

"等我回去后，我们结婚吧！"林洲很自然地说道。

"那怎么行呢？"梁浅言的神情严肃起来，她佯装生气道，"你都还没有向我求婚呢！"

"那现在求，晚不晚？"林洲问道。

"不晚。"梁浅言回答。

"所以，你这是答应了？"林洲惊喜地看着她。

她从来都觉得，仪式没有那么重要，戒指之所以珍贵，也只是恰恰出现在那个场合，也是因为是正确的人送的而已。

林洲却挣扎着就要起身下床，梁浅言赶紧拦住他。

"你这是干吗啊？"梁浅言紧张地将他按在了床上。

"我求婚啊！"林洲理所当然地回答。

"可我不是答应了吗？"梁浅言诧异道。

"不行，我想正式一点。"林洲固执地回答。

梁浅言叹了一口气说："你现在想正式也没有戒指啊！没有戒指我觉得都一样。你好好躺着，不许胡来。"她说着，还带有一丝警告的意思。

"那我要是胡来怎么办？"林洲饶有趣味地看着她。

"你说呢？"她眸光之中现出了一丝狡黠。

"你别卖关子了。"林洲道。

"那回去之后就再也不接你的电话了。"梁浅言拿出了撒手锏。

林洲苦涩一笑，说："这个我好像还真的拿你没有办法。"

第一百五十二章　争吵

刘思逸陷入了焦虑当中，她和赵添怀着极大的希望在医院等着结果。

医生把赵添叫了进去。她看到赵添拿着结果出来的时候，脸上是带着笑的。她欣喜地站起身来，捏住了赵添的胳膊，手轻微地有些颤抖。

"怎么样？可以了吗？"她语速飞快地问道。

赵添想要伸手去抱她，她却呆滞地看着赵添，垂下了眼睑，眼眶瞬间红了起来。她有些牵强地笑了笑，眼泪却大颗大颗地滴落下来。

"思逸，这才刚开始，慢慢地，我们会有孩子的。"赵添安慰她道。

"你是这样想的，我也是这样想的，可是你妈呢？"刘思逸问得很是果决。她坐在了椅子上，捂着胸口，觉得格外地喘不过气来。

"思逸。"赵添触碰到她的肩，"你相信我，我们会有自己的孩子的。"

"我好累，赵添。"她搂住了赵添的腰，"最近有影视公司找我谈了一个项目，希望由我来担任编剧，并且有跟组的要求。赵添，我……"她原本思量着，如果她和赵添要孩子顺利的话，她就推掉这个项目，日复一日地在家中写稿，面对着与赵母的诸多摩擦太让人难受了。她试图用外出工作去逃避这些问题。

"思逸，我觉得，你现在在家里写稿，照顾一下妈，专心备孕会更好。"赵添看着她的眼睛说道。

"所以你的意思是，我就没有自由了吗？"刘思逸带着不悦质疑道。

赵添叹了一口气："思逸，你知道的，咱们想要孩子本来就很难，你现在一心一意备孕都不成功，如果出去跟剧组了，那个环境和工作强度，咱们要孩子就更加难了。"

"那我们缓一段时间好不好？"刘思逸斟酌着问道。她叹了一口气说："我真的觉得自己要疯了，我都不像个人了。赵添，我爱你都爱得没有我自己了。我真的不知道该怎么办，你每次说没有关系，我不用有太大的压力。但是你和你妈什么都不用说，坐在那里看我的眼神我就觉得是压力。"

"思逸……"赵添试图安抚她。

刘思逸捂住了耳朵，眼神有些迷离地看着赵添："我现在真的开始怀疑我自己了，你什么都不用说了。再这样下去，我真的会受不了的。"

赵添紧紧地抱住了她，轻轻拍着她的后背，说："思逸，你先冷静一下吧！"

刘思逸闭上了眼睛，眼泪再次滴落下来。她多想听到他说，没关系的，要孩子我们可以慢慢来，妈那边他会去沟通的。但是，她可能穷极一生都不会听到了。

这就是赵添，她穷极一生所爱的人。

"我们回家吧！"赵添见她停止了抽泣，轻声道。

"那回去之后呢？"刘思逸问道。她闭上了眼睛，她真的越来越不知道该怎么走了。

曾几何时，她也是一个杀伐决断的人。她委实想不明白，为什么她费尽心思算计来了自己想要的东西，但是到头来，她却觉得她失去得更多呢？

"你那个项目的事情，咱们回头再说吧！"赵添低下了头。

刘思逸看着赵添，推开了赵添的手，忽然冷笑出声。她不住地点头，笑得有些支撑不住了。她蹲下了身子，抬眼看着赵添，说："我知道你在想什么，你不就是想要去问你那个妈吗？"

刘思逸接着说道，"我以为你结婚了，知道该怎么定义妻子和母亲之间的关系了，知道怎么处理这些事情了。是我错了。"她凌厉地盯着赵添，怒道："你这辈子都不会长大了，你就是一个'妈宝'。"

"你说什么？"赵添震惊地看着刘思逸，他很难相信这样的话是从刘思逸口中说出来的。

刘思逸止住了笑，眼角却再次滑落出一滴泪珠，说："我说你就是一个'妈宝'，你还没有听清楚吗？"

"你就是这么看我的？"赵添看着刘思逸。他看着这张脸，怎么样都觉得狰狞可怕。从相识开始，她就布了一个陷阱，他就像是一只无辜的小白兔，而她才是大灰狼。

她让他一直以为，自己是被爱的，尽管他们之间发生了太多的事情，但是，他一直坚信，她做了那么多全都是因为爱自己。

但是他万万没想到，"妈宝"这个词竟然会从她的口中说出来。

他黯然地低下头，感觉自己好像溺水了一样，呼吸都有些困难。他沉沉地吐了一口气，说："原来你是这样看我的。"

"你不是吗？"刘思逸轻笑。

赵添坐在了椅子上，头垂了下去。他觉得自己应该冷静，但是刘思逸的这一句话，好像把所有的遮羞布都拿下来了。

"你见过谁结婚后工资都是妈妈保管，一直花老婆的钱的？赵添，我真的是后悔嫁给你。"刘思逸看着他讥讽地说着。

赵添抬起了头，凝视着刘思逸，有些凄凉地一笑，说："原来你是这么看我的。生不出孩子的人是你。要不是你婚前不检点，怎么会怀不上孩子了？我怎么至于为这个问题在我妈跟前费尽力气？你从一开始就骗我，算计我，难道你就对了？是，你对，你刘思逸永远都没有错。"赵添的声音大了起来。

他这话已经引起了周围人的注意，大家都纷纷看向了他俩。刘思逸脸上有些挂不住了，她瞪着赵添，拿起了包就往外走。

赵添拉住了她："你要去哪儿？"

"你管我去哪儿？"刘思逸冷声道，"放手。"

"跟我回家。"赵添不容置疑地说道。

"我不想和你回家。"刘思逸甩开了他的手。她看着赵添说："我真的想等你长大，但是你什么时候才能像个男人？赵添，我们都冷静一下吧！"

"你什么意思？"赵添错愕地看着她。

"我回娘家住几天。"她不敢去看赵添的目光。

"你还是铁了心要去剧组是吧？这就是你发脾气的原因？"赵添好笑地看着她，"刘思逸，不成熟的人是你吧！"

"我知道你和娇娇私下一直有联系。"刘思逸忽然开口说道。

赵添愣在了原地几秒钟，缓了缓神后，才接着说："是梁浅言和你说的？"

"梁浅言？"刘思逸疑惑地看着赵添，随即一笑，"原来她也知道，呵呵……"

赵添怕刘思逸又误会梁浅言，忙解释道："你别误会，我和娇娇先前吃饭遇到过梁浅言，但是我们真的没什么。梁浅言没告诉你就是怕你闹。"

"所以，在你们所有人的心中，我都是那种不可理喻的人了？"刘思逸讥讽道。她轻轻拿开了赵添的手，后退了几步，说："赵添，我知道你没胆子婚内出轨。娇娇对你可能还有点心思，但是你绝对不敢和她怎么样。我猜你一定是和娇娇抱怨了。既然你和我都这么不开心，不如就冷静一段时间。"

赵添手足无措起来，等他再回过神，刘思逸已经走远了。

这一瞬间赵添心中再一次没了主意。他走出医院，看着人行道上的树叶在空中旋转着飘下来，恍惚觉得自己就是那片树叶。

他想来想去，心中还是认为刘思逸是为了去剧组故意和他闹，但是刘思逸一向都隐忍，他实在想不出怎么就突然这样爆发了。他犹豫了一下，还是给母亲打了电话。

第一百五十三章　缥缈

刘思逸走出医院之后，心中也是一样的迷茫，最终，她想到了梁浅言。

梁浅言刚刚回国，正在给孙承宣训练，她看到是刘思逸的电话，心中暗暗诧异了一下，但还是接了。成年人的关系破裂大概率上也不是真的老死不相往来，但是她实在是想不出，刘思逸为什么找自己。

"能出来坐坐吗？"刘思逸苦涩一笑。

"现在吗？"梁浅言看了一眼孙承宣。

"是啊！"刘思逸道。

"不好意思。"梁浅言有些不好意思，"承宣在训练。再过两个月就是国家锦标赛了，我又去了一趟非洲，承宣这边的进度不能再耽误了。"

"那我等你？"刘思逸试探着问。她和梁浅言相识的时间很早，在梁浅言还没有和方逸群结婚的时候，她不是没有在训练场上等过梁浅言。这样想起来，她倒是有点期待。她都有些记不清那是多少年前的事情了。

"还是不了。"梁浅言笑了笑，"我怕耽误你的时间，我回头得去接开颜。"

刘思逸当然明白这是什么意思，怕耽误她的时间是其次的，主要

515

还是因为要去接林开颜。

刘思逸凄凉一笑，原来在她和梁浅言渐行渐远的时候，梁浅言早就有了自己的生活，反而是她自己，生活一地鸡毛。

"你发生什么事了？"梁浅言这才想起问她。

刘思逸张了张嘴，正准备讲述她和赵添的事情，却听到孙承宣在电话那边喊梁浅言。她立刻缄口不言了，歉然地笑了笑，说："你是不是要忙了？"

"嗯。"梁浅言沉默了一下，她笑道，"那我晚点给你回电话？"

梁浅言越对她客气，刘思逸心中反而越不是滋味。她笑了笑，低头踢了踢路边的石头说："没事，你先忙吧！我没什么事，就不打搅你了。"

"那……再见。"

"再见。"

孙承宣对着梁浅言招了招手，笑道："什么电话啊，那么神秘？"

"是刘思逸。"梁浅言笑了笑，示意孙承宣道，"可以开始了。"

"我就知道是她，林叔不是叮嘱你了吗，少去掺和她的事情。"孙承宣说着，对她竖了竖中指。

梁浅言笑了笑，并没有放在心上。

刘思逸更加无所适从了，以她现在的状态回去，只怕父母要担心了。通讯录翻来翻去，她最终打给了关睿。

"你在什么地方？"关睿问道。

刘思逸报了一个地址。关睿当下就说道："那你待那儿别动，我很快就过来找你。"

关睿果然速度很快。刘思逸上了他的车，看了一眼关睿说："不好意思，给你添麻烦了。"

关睿摇了摇头，看了一眼刘思逸问："你又哭了？"

"哪有？"刘思逸不愿意承认。

"怎么，和他吵架了？"关睿问道。

刘思逸点了点头，她复杂地看了关睿一眼，说："你先前介绍给

516

我的那个项目，我可能接不了。"

"因为他不答应？"关睿疑问道，轻轻一笑，"刘思逸，这可不是你啊！"

"这本来就不是我。"刘思逸苦涩一笑。

"你真的不打算接了吗？"关睿重复问了她一次，然后叹了一口气说，"可你总这样，也不是个事啊！"

"我也是这么觉得的，我想暂时先和他冷静一段时间。"刘思逸说道。她用手指理了理头发，看了一眼车玻璃上映射出来的自己，一笑而过之后，又觉得内心始终没办法平静。

关睿就近找了一个咖啡店，停好车后，却没有下车。

"刘思逸，来我身边吧！"关睿说道。

"你说什么？"刘思逸震惊地看着关睿。

"难道你还不清楚我对你的心思吗？"关睿的目光很是沉静，收起了往日的玩世不恭。他质问刘思逸："难道我做得还不够明显吗？"

刘思逸目光闪烁地低下了头。她不敢看关睿，她不是没往那方面去想过，但是她转而又说服了自己：她是一个已婚的女人，关睿是什么样的身份啊？他该见过多少女人啊？他怎么会对自己感兴趣呢？可是关睿现却直截了当地说了出来。

"我从学生时代就喜欢你了。"关睿接着说道，叹了一口气，"我也没想到，你重新联系我，竟然是为了得到赵添。"

"呃……"刘思逸有些说不出话来。她打开了车门，顾忌地看了一眼关睿，随即环视了一下四周，好像什么事情都没有发生一样，尴尬地说："今天的天气不错。"

"思逸，我没有和你开玩笑。"关睿继续道。

"那你和我有未来吗？"刘思逸也认真地看着关睿问道。

关睿愣了一下，自嘲地笑了笑，瞬间明白了她的意思，低下了头。

"所以，你和赵添又有什么区别？"刘思逸有些轻蔑地说。

"我和赵添根本就不一样，你信吗？"关睿问她。

她抿唇浅笑地看着关睿，却没有说话。

关睿一把搂住了她的腰。他的眼神很是深邃，刘思逸在他的瞳孔之中看到了自己的脸。

关睿的脸慢慢靠近，等刘思逸反应过来的时候，他的唇已经贴上了她的唇。她下意识地想要推开关睿，可关睿却抱她抱得更紧了。她心中一下子慌了，完全不知道自己在做什么。

关睿终于松开了刘思逸，似笑非笑地看着她，问道："你现在相信了吧！我没有骗你。"

他说着，一字一句继续说道："我和赵添不一样。"

刘思逸的脸一下子就红了。她一把推开了关睿，飞快地下车了。她大脑里一片空白，脑子里回放的全是关睿的眼眸。她一定是疯了，一定是疯了，她已经够乱了，怎么还可以更乱呢？

关睿看着她的身影，勾起了一抹笑意，看来，她也不是全然不在乎自己啊！他一定会让那个张牙舞爪的刘思逸重新回来的。

关睿起身追上了刘思逸，紧紧地抱住了她，将下巴搁在了她的肩上："你别跑了，我追你追得已经够久了。"

刘思逸瞠目结舌，问："追过吗？"

"那你觉得要怎样才算追？"关睿问她。

她想说什么，可又觉得，那到底是学生时代才有的游戏罢了。她推开了关睿说："我现在乱得很，你让我好好想想可以吗？"

"你还要再想什么？"关睿尤为不理解。

"我已经结婚了。"刘思逸正色道，"我还爱他。"

"你真的还爱他吗？"关睿质问道，戏谑地笑了笑，"既然这样，你为什么想逃避？思逸，来到我身边，我不会让你这么累的，我会保护你。"

"可你又能给我什么？"刘思逸迷离地问他。

"除了婚姻，我什么都能给你。"关睿诚实回答。

刘思逸的脸一下子沉了下来，她怎么会听不懂关睿的意思呢？她是不是应该庆幸关睿根本就没有瞒她？关睿怎么可能给她未来呢？他那样的身份，即便结婚也应当是门当户对的名媛，最起码也是对他的事业发展有帮助的。她一个离过婚的女人，还想奢求什么未来？

她忽然发现，这个世界这么大，她终其一生其实也不过是在追寻那一份真正的安稳以及内心的宁和罢了！

遇到赵添的时候，她以为她已经拥有了，可是现在才发现，原来这些都是镜花水月，她在谁的身上都没有得到过她所追寻的温存。

刘思逸轻轻笑了笑，摇了摇头说："我觉得你是在羞辱我。"

第一百五十四章　悖论

"你应该清楚，我没有。"关睿严肃说道，轻轻摸了摸刘思逸的头，"你相信我，除了婚姻，我什么都能给你。我和他不一样。"

"可他给了我婚姻。"刘思逸有些激动。

关睿轻笑出声，很是不屑道："你应该清楚，你和赵添现在的确是有了婚姻，可你真的快乐吗？"

"这和你无关。"

"可我说的并没有错。"关睿继续道。

刘思逸搜罗不出可以反驳他的理由，她现在何止是不快乐啊，简直是要倒霉透顶了！

"我不想背叛赵添。"刘思逸痛苦地蹲下了身子，她抬头看着关睿，"你不是救我的人，你是想带着我下地狱。你放过我吧！你的游戏，我觉得我连参与的资格都没有。"

"好。"关睿简洁的回答轻而易举地溢出了唇齿。

这让刘思逸再一次迷惘了，这么容易？

"起来吧！我带你去吃点东西。"关睿柔声说道，"孩子也好，家庭也好，婚姻也好，你都放一放。"他的声音很平和，但是却有一种让她难以言明的力量，她的情绪瞬间平静了下来。她握住了关睿的手，站了起来。

老余在办公室审阅着林洲从苏丹发回来的图片和稿子，因为林洲的贡献，杂志的销量和社会影响力节节高升。现有的东西，做完整的一期似乎没有什么太大的问题了。

老余心中开始思考着怎样让林洲提前回来，可心中到底有几分忌惮方逸群，但是对林洲的愧疚感却更重了。生意场上本来是没有人情可言的，可是林洲这个人，实在是太人情化了，老余心中对自己多了几分鄙夷。

他犹豫再三，终于给林洲打了一个电话。"下个月你就回来吧！"

"你说什么？"林洲有些不相信自己的耳朵。

"我是说，下个月你可以提前回国了。"老余说道。

林洲连新年都是自己在苏丹过的，乍一听到这个消息，还是有些恍惚。他笑了笑说："你没忽悠我吧？"

"没有。"老余严肃地说道，"你在那边反馈的东西非常好，也够我们后期用了。你人没必要一直耗在那里了。"

"好，谢啦！"林洲愉悦道。他挂掉了电话，觉得今天的苏丹都好像没那么热了。

贺溪走了过来，见林洲的神情不对，问道："这是有什么好事？"

"我要回去了。"林洲笑得很灿烂。

贺溪心下一沉，当即意识到了什么。她很清楚林洲为什么开心。她想到在苏丹林洲拿她一点办法都没有，她可以堂而皇之地陪在林洲身边，可是林洲回去了，她还可以这样吗？

"怎么，我要回去了，你不高兴？"林洲刻意问道。

贺溪掩饰地一笑："没有。"

"那你跟我一起回去吗？"林洲问道。

"林洲，你就没想留在苏丹吗？你看这儿多好。"贺溪笑着环视了一眼四周。

林洲以为自己听错了，他震惊地看着贺溪，说："你是认真的吗？"

"我是认真的。"贺溪正色道。

"你疯了。"林洲下了最后的结论。

"我从喜欢你开始，就已经疯了。你让我回去该怎么办？我的事业没了，我什么都没有了。"贺溪接近癫狂地喊着。

白文察觉到这边的动静，看了过来。她有了先前的教训，不敢靠近，只是远远地看着。

林洲冷眼看着贺溪，说："那一切是我造成的，还是梁浅言造成的？难道不是你咎由自取吗？"

"你怎么能说这种话呢？如果不是为了你，我会这样吗？"贺溪难以置信地看着林洲。

林洲觉得有些好笑，说："喜欢一个人不是你做错事的理由。"

他摊了摊手说："你也看到了，我就是这么庸俗和差劲的一个人，你放弃吧！"

"我不。"贺溪从后面抱住了林洲，"我这样都不能感动你吗？即便我在这个生死场上陪着你，看你拍摄，看着你成长，还陪着你经历生死，这样我还是不能打动你吗？"

林洲有些无奈，说："可我从来都不需要这些。"

她做了那么多，怎么能被他这么轻而易举的一句不需要就直接磨灭了呢？"林洲，你只能和我在一起。"贺溪笃定地说道，"我不会看着你和她双宿双栖的。"

林洲拿开了贺溪的手，对着白文招了招手，说："上次还说给你做个专访呢，现在不做可是真的来不及了。"

白文正在帮一个小孩测体温。林洲摸了摸他的头，眼神很是柔和。

白文问道："你要回去了？"

"是啊！"林洲回答。

"还来吗？"白文有些失落。

"不来了。"

"那有什么打算呢？"

"你真想知道啊？"林洲卖了一个关子。

白文咬了咬唇，点了点头。

"结婚！"林洲轻声道，但语气很是坚定。

"和上次那个姐姐吗？"白文问，随即觉得自己有些可笑，除了梁浅言，还会有其他人吗？

林洲的眼神瞬间柔和下来，笑了笑说："是她。"

"我真羡慕那个姐姐。"白文下意识说道。

"什么？"林洲有些诧异。

白文掩饰地一笑，说："你别误会，我是说，我很羡慕她，她给人的感觉很从容，她知道自己想要什么。她和你真的很像。"

"她啊，其实我刚认识她的时候，她不是这个样子。"林洲回答，不由得想起了自己和梁浅言在楼道初相见的时候。

"那你呢？"白文问道。

"我也不是现在这个样子。"林洲叹了一口气。

"她的人生一定一直都异常顺利！"白文心下发出感慨。

"不是的。"林洲急忙否认，他轻轻一笑，"其实她一点都不顺利，她所经历的，是你一生都难以承受的伤痛。"

"那是你救了她？"

"是，也不是。"林洲神秘一笑。

"什么意思啊？"白文疑惑地看着林洲。

"是我和她救了彼此。"林洲意味深长地说道。

"救了彼此？"白文沉吟出声。她刚想问林洲这是什么意思，林洲已经拿起了相机。她笑了笑，她能不能理解，已经不重要了。她从来都是个无关紧要的人。

贺溪咬紧了牙关，林洲哪里是在和白文说这些话，分明是说给她听的。

她心中暗暗发誓，即便是毁了林洲，也绝对不会看着林洲和梁浅言在一起的。

白文无意中触碰到贺溪的目光，不由得打了一个寒噤。她想叫林洲注意一下，可是她又能怎么说呢？白文瞬间垂下了头。她能做的，只是不给林洲带来困扰而已。

第一百五十五章　惊喜

林洲为了给梁浅言一个惊喜，要回去的事情没有事先通知她，也让老余那边封锁了消息。

贺溪自然没有好心到要去告诉梁浅言这件事情。林洲要回去了，贺溪也没有留在苏丹的必要，她和林洲一起订了机票。

白文和医疗团的人送林洲到机场。林洲倒是没什么，白文却很不开心，已经哭成泪人了。

林洲知道白文除了心直口快一些，也没什么坏心眼，见她哭成这样，到底有些于心不忍。

"好了，又不是什么生离死别，你别哭得跟我死了似的。"林洲挤对她道。

"你胡说什么呢？"白文立刻停住了哭泣。

"你看，这样才对嘛。"林洲回答。

贺溪拖着行李，又认真地问了林洲一次："你确定要回去吗？"

连医疗团的团长都看不下去了，笑道："小贺真是会说话啊！难道在苏丹待久了，都待出感情了吗？"

贺溪没有搭理他，直直地看着林洲："你就这么迫切？"

"你心里很清楚的事情，怎么就一定要再三问呢？"林洲回答道。

贺溪垂下了头，没有再说话了。来的这些人里面没有一个人是来送贺溪的，尽管贺溪也不需要他们送。贺溪心烦意乱，提着行李先过了安检。

林洲和众人一一道别。他看着白文的眼眶又红了，似乎是又要哭起来，赶紧警告她道："你再哭的话，我就不给你寄婚礼的喜糖了。"

白文哽咽道："你就不能等我回国再结婚吗？"

"不能。"林洲果决地说道，"我什么都可以等，唯独这件事，我不想再等了。"

"那好吧！"白文叹了一口气。她眷念地看了林洲一眼，又生怕林洲在她的眼神之中看出其他的东西，赶紧推了推林洲说："好了，你快走吧！"

林洲背过了身去，眼眶也红了。跟着医疗团这么久，和他们分别不可能内心没有波澜。他没有回头，背着身子挥了挥手，大步走进了安检室。

林洲一下飞机，看了一眼身后的贺溪，一点情面都没有留，说："现在安全了，你也不用再跟着我了。贺溪，你的游戏也可以到此结束了。"

"我跟着你去苏丹，在你心里就是一场游戏？"贺溪还有些不死心。

林洲叹了一口气，他从前怎么就没有发现贺溪这个人竟然这样固执呢？他盯着贺溪问："你觉得呢？贺溪，你别非得把我逼成你的仇人。"

"我们已经是仇人了。"这一次是贺溪异常果决，她转过了身去。

林洲笑了笑，也没想解释什么，说太多了反而不合适。他先回家洗了个澡，换了一身衣服，接着就给孙承宣打了一个电话。

"我想请诺诺帮我个忙。"林洲道。

"什么忙啊？"孙承宣有些疑惑。

"你和诺诺以试婚纱要浅言参考为由，将浅言带到婚纱店。"林洲说道。

"哇，你这是要搞事情啊！"孙承宣惊呼。

"有什么不可以的吗？"林洲反问他。

他愣了一下，好像真的没什么不可以的。他忽然清醒过来，惊讶地高声问道："林叔，你回国啦？"

林洲赶紧把手机拿远了一些，有些嫌弃地说道："你别这么一惊一乍的好吗？我是想准备惊喜，不是惊吓。"

"我这不是替你和我师父开心吗？你什么时候回来的？"孙承宣兴冲冲地问，"我师父知道吗？"

林洲很无奈，他叹了一口气说："你师父如果知道，我还找你和诺诺帮什么忙？我还准备什么惊喜？"

"好好好。"孙承宣乐开了花，也懒得跟林洲计较了。他信誓旦旦地保证道："你就放心好了，这件事情就包在我身上了。"

"好。"林洲笑了笑，"回头请你吃饭。"

"是请我吃饭吗？"孙承宣有些不信，"我看你是请我爸吃饭，顺带捎上我吧？"

林洲心中暗自纳闷，先前觉得这孩子不鸡贼，现在怎么又反应这么快了呢？"你瞎说什么大实话呢？"林洲说道。

"大实话能是瞎说吗？"孙承宣义正词严道。他故意拖长了音调道："林叔，从现在开始，你最好知道自己是在说什么哦！不然，我就不给你帮忙了。"

"你敢。"林洲威胁道。

"我不敢。"孙承宣立刻怂了下来。

"好了，不和你贫了，我去办正事了。"林洲说着，就挂掉了电话。

他在梁浅言来苏丹的时候，就意识到自己在向梁浅言求婚这件事情上不够正式，所以恢复过来之后就想办法订了戒指。

他和孙承宣约好了时间，等他去取戒指，再去婚纱店，应该是来得及的。

他向来争分夺秒，这次要直接在婚纱店把婚求了，顺带着把结婚照拍了，最好是能够迅速把证领了，这才是真的圆满。

林洲内心得意了一下，就去车库取了车。

贺溪在苏丹就察觉到了林洲的意图，她从下飞机开始，就一直等着林洲。

她在车上看着林洲的车开了出去，一直跟着林洲，看着林洲取了戒指，她唇角勾勒出了一丝冷笑，看来用迫不及待已经不足以形容林洲了。

当林洲不是那个林洲的时候，她想知道，梁浅言会不会不离不弃。

她已经什么都没有了，她只要林洲。赤脚不怕穿鞋的，最多不过是两败俱伤，她什么都不在乎了。

许诺诺听到孙承宣和她说了林洲的计划之后，就羡慕地看着孙承宣说："你看看人家林叔，多浪漫啊！你怎么就没好好跟林叔学学呢？"

"学什么啊！林叔多大年纪，咱们多大年纪啊？这种不用学，林叔走在前端是对的。"孙承宣白了许诺诺一眼，赶紧道，"你别磨蹭了，赶紧给师父打电话。"

许诺诺眼珠灵动一转，勾住了孙承宣的脖子，说："老公，那我帮你办成了这件事，有没有什么奖励？我不求你能有林叔那么用心，送我个戒指就好了。"

孙承宣听出了她话里的暗示，别过脸去，推开了许诺诺，说："诺诺你别闹了，咱们也不急在这一时半会。林叔他们是年纪等不起了。你赶紧办正事吧！"

"我的年纪也等不起了。"许诺诺大声叫嚷着。

"诺诺。"

"好了好了。"许诺诺妥协了，她给梁浅言打了一个电话，"浅言姐，我今天想找你帮个忙。"

"什么事啊？我和承宣今天约了训练。"梁浅言诧异道。

"他就在我旁边，他今天想不想训练了。"许诺诺说道。

"为什么啊？"梁浅言格外地诧异。

"因为我和他有更重要的事情。"许诺诺瞪了孙承宣一眼，一脚狠狠地踩在了孙承宣的脚上。

"什么事啊？"梁浅言疑惑地问道。

孙承宣强忍着痛，看了许诺诺一眼，不耐烦道："你这样拖拖拉拉地废话到什么时候啊？还是我来吧！"

"承宣？"

"是这样的，我和诺诺想去试婚纱。诺诺想让你帮忙参考参考。"孙承宣迅速说道。

"这么突然，怎么没听诺诺提起过啊？"梁浅言下意识说道。

"呃……"孙承宣有些不知道怎么接话了。

许诺诺白了他一眼，拿过了手机说："承宣一向都不靠谱，他看着别人的婚纱照好看，就非要拉着我去。"

她说着就撒起娇来："浅言姐，你就陪陪我嘛。"

梁浅言想着许诺诺先前也和自己说了不少心事，这真的是个傻姑娘，能和孙承宣有个好结果，也是最好不过的事情了。梁浅言一下子就心软了。她叹了一口气，说："下次还是提前打个招呼，承宣的训练，你让承宣挑个时间补回来。"

"还可以这么玩？"孙承宣有些唏嘘地感慨。他心里想着，这个损失可真的大了，一定得找林洲补偿回来。

第一百五十六章　幻灭

贺溪从林洲拿了戒指就一直跟着他。从林洲走的方向来看，她确定自己的判断是对的。

她要让梁浅言尝尝等待的滋味。贺溪一狠心，加大了油门，在林洲的车过桥的时候，直接冲了上去。她想撞上林洲，反正她从来都没有得到过，那就谁都不要幸福了。

林洲察觉到了贺溪的车来势，一个急转弯，想要避开贺溪。

旁边大卡车的司机打了一下盹，他车里的音响还放着那首《爱情买卖》，他跟着旋律哼着："当初是你要分开，分开就分开……"

瞬间，大卡车司机的眼睛瞪大了，一辆车竟然毫无章法地冲了过来。他想刹车，已经刹不住了。他的车撞翻了那辆轿车，轿车受到栏杆的阻拦，半挂在桥上。

卡车司机吓傻了，这么倒霉的事情怎么就被他碰上了？他下车看了一下对方的情况，挡风玻璃已经碎了，安全气囊弹了出来，车里的人满脸是血。

贺溪愣住了，事情完全不是她所想的那样。她竟然什么事都没有，直接开了过去。她下车看着这个场面，感觉到命运的戏谑。她抬头看了看春日的阳光，她也不知道是为什么，竟然就上了车，直接开着自己的车走了。她握着方向盘，浑身都在哆嗦：我杀人了？我杀了林洲？

　　她始终都没有办法理解，为什么不是一个玉石俱焚的结局。

　　她不得不承认，在抬头看阳光的那一刹那，她不想死了。

　　贺溪回到家，死死地关上了房门，满脑子都是林洲的车碰上卡车的那一刹那。她给自己倒了一杯水，却是如鲠在喉。

　　警察一定马上就会找到她，她真的全完了，她很快就会上头条了，但应该是她最后一次上头条吧！

　　娱乐圈总是不缺女明星的，这一波热度过去之后，应该不会有人再记起她了。所有事情都是这样的，都会慢慢地被忘记。

　　贺溪哆嗦着上了天台。她闭上了眼睛，张开了双臂。她幻想着自己能从这里跳下去，但是她没有这样的勇气。她的目光之中浮现出了一丝惶恐。贺溪从天台上走了下来，躺在了水泥地上，真的好想就这样死去啊！

　　她不能死。

　　或许是生的本能驱使，她又飞速回到家，从苏丹拿回来的行李还没有动，她直接提着出了门。拿上了银行卡，她一口气取了大量的现金。

　　她极度想哭，但是眼眶干涩，半滴眼泪都没有。

　　她这张脸，真的太容易被人认出来了吧！

　　她把手机也扔掉了，她不能被任何人找到。

　　贺溪做梦都没想到，自己有一天会蜷缩在这样的一个小旅馆中，她捂着鼻子都能闻到厕所的那股臭味，被子也传来一种经久未晒的霉味。

　　她用房间里的旧电脑紧紧盯着新闻，唯恐错过了任何信息。

　　梁浅言陪着许诺诺一起到了婚纱店，但许诺诺一点都没有试婚纱的意思，梁浅言心下就生疑了。

528

许诺诺借着上厕所拉上了孙承宣。她质问孙承宣道："你快点给林洲打个电话啊！这是怎么一回事啊？你看浅言姐都起疑了。林洲也真是的，这个场合竟会迟到。"

孙承宣听出了许诺诺话里的抱怨，但这个也的确是林洲的过失，孙承宣觉得自己也要撑不下去了。

但是他接连打了好几个电话，都是关机。

"搞什么鬼？"孙承宣一拳捶在了墙上。

"怎么了？"许诺诺紧张地问道。

"关机了。"

"怎么会关机呢？这种时候关什么机啊！"许诺诺皱了皱眉，她摇了摇头，"不行，我感觉不对劲，我要去跟浅言姐说实话。"

"说什么实话啊？林叔都交代好了，你不能关键时候掉链子。"孙承宣拦住了许诺诺。

许诺诺不满地嘟了嘟嘴，说："你自己搞清楚到底是谁在掉链子。林洲也太不靠谱了。那你说现在咱们怎么办？"

"肯定是路上遇到什么事了，今天这种事情，林叔不会迟到的。这样，诺诺，你去试婚纱好了，先拖住师父再说。"孙承宣瞬间做出了决定。

许诺诺有些羞涩地看了一眼孙承宣，语气温柔了下来："你……你确定要我试婚纱吗？"

"就是试个婚纱而已，你想那么多干吗啊？"孙承宣说着，就赶紧把许诺诺往外推，"你快点，不然我师父该起疑了。"

许诺诺感觉自己好不容易幻想出来的粉红泡沫都被戳灭了。

"你们是不是有什么事瞒着我？"许诺诺一出来，梁浅言就问道。

"没有啊！"许诺诺看了孙承宣一眼，"承宣，你有什么事情瞒着姐姐吗？"

"我也没有啊！"孙承宣回答。

"是吗？"梁浅言有些不相信。

"是真的。"许诺诺信誓旦旦地回答。她拉起了梁浅言的手说："浅

529

言姐，你快帮我看看哪件好看。”

"你脸怎么这么红啊？"梁浅言问道。

孙承宣心中暗骂了一声：连个谎都不会撒。

"红吗？"许诺诺搓了搓自己的脸颊，问孙承宣道，"真的很红吗？可能太紧张了。"

"又不是教堂宣誓，许诺诺你能不能有点出息啊！"孙承宣有些不耐烦道。

许诺诺瞪了他一眼，顺手拿了一件婚纱就走进了试衣间。

"你有没有觉得诺诺怪怪的？"梁浅言问道。

"怪吗？"孙承宣顺着梁浅言的话问道，他摇了摇头，"不觉得，她可能一直想结婚，太紧张了吧！"

许诺诺走出了试衣间，孙承宣眼睛一亮。

梁浅言也忍不住夸赞道："诺诺这样真好看。"

许诺诺对着镜子照了照，连她自己都觉得很好看，当即臭美道："我也觉得挺好的。"她说着，害羞地低下了头。

孙承宣的头瞬间大了，这丫头不会真以为来试婚纱的吧！她难道就忘了正经事？

孙承宣摇了摇头说："我觉得不太好，许诺诺你是不是最近瞒着我偷吃了？你看你腰那里，都有赘肉了。"

孙承宣说着，拉过了婚纱店的小姐姐说："你给她拿一件修身一点的吧！"

许诺诺皱了皱眉，掐了掐自己的腰，嘀咕道："哪里有肉啊？"

她郁闷地看着孙承宣，却见孙承宣不住地对她挤眉弄眼，这才明白了孙承宣的意思。她是真的想做孙承宣的新娘，即便明知道这是一场服务于梁浅言的游戏，她也还是不小心入了戏。

许诺诺暗自叹了一声，看着服务员道："我也觉得腰这里有点紧了，再换一件吧！"

"紧吗？"梁浅言忍不住比画了下，"我觉得挺好的，是你不喜欢这个款式吗？"

"我还想再看看。"许诺诺说道。

于是梁浅言又等着许诺诺换了几件。天色渐渐暗了下来，林洲还没有来，孙承宣都有些沉不住气了。

梁浅言也有些身心皆疲，说："诺诺，我看你刚刚那件就很好。要不就刚刚那件吧？"

许诺诺绞尽脑汁都想不出更好的理由了。她试探性地推了推孙承宣，压低声音道："要不咱们招了吧！实在是扛不住了，这也不是咱们不够义气，是林洲自己掉链子在先啊！"

第一百五十七章　截肢

"天啊！出事了。"孙承宣惊呼了一声。

"怎么了？"许诺诺问道。

"林洲出事了。"孙承宣接着道。他惊慌地看了梁浅言一眼，声音有些颤抖。

"林洲？"梁浅言诧异地看着孙承宣。她确定孙承宣不是在开玩笑，定了定心神道："林洲不是在非洲吗？"

"原本是的，可是他今天回来了，想来这里向你求婚的，所以瞒着没告诉你，想给你一个惊喜。"孙承宣一股脑全说了出来。

梁浅言觉得喉间一阵干涩。她一把捏住了孙承宣的衣领，说："你说什么？你再说一次。"

"今天不是我和诺诺试婚纱，是林洲要向你求婚。"孙承宣急得跳脚，"你快跟我去医院吧！"

"那我怎么办？"许诺诺看了看自己身上的婚纱。她又觉得自己问得很不合时宜，现在估计大家都没心思管她了。她很有自知之明地道："我留下来善后吧！"

孙承宣拉着梁浅言就往外跑。梁浅言正要上车，手机却响了，是林母打过来的。

"浅言，你快去人民医院看林洲吧！林洲出事了。"林母肯定是哭过了，声音还带着重重的鼻音。

看来是警方确定了林洲的身份所以给家属打了电话。梁浅言强忍住了泪意道："阿姨，我马上就来，您先别着急，咱们暂时先不要告诉开颜。"

"我哪敢告诉开颜？我现在让保姆照顾开颜，我和林洲他爸正在往医院赶。"林母道。

"好。"梁浅言说着就挂掉了电话。

"师父，我真的不是故意瞒着你的。"孙承宣看着梁浅言，带着内疚说道。

"我明白，我没有怪你。"梁浅言道。她避开了孙承宣的目光，眼泪却还是掉了下来。她拂去了泪珠，眼泪却仿佛控制不住一般，不住地从眼眶之中倾泻出来。

"师父，你想哭就哭吧！"孙承宣同情地看了一眼梁浅言。

梁浅言捂住脸，呜咽起来。

她到了手术室门口，林家父母已经等在那里了。

"浅言。"林母一把握住了她的手。

"阿姨，林洲一定会没事的。"梁浅言说道。

卡车司机呆滞地坐在那里。梁浅言看到了他，擦了擦眼泪，走了过去。

"林洲是你撞的吗？"梁浅言平静地问道。

卡车司机茫然无措地抓住了梁浅言的衣袖，点了点头："是我，我也不知道他怎么就冲过来了。我怎么这么倒霉啊？我不能坐牢啊！我儿子才上小学！"

梁浅言动了一点恻隐之心，又问道："是你报的警？"

卡车司机点了点头，还在呢喃着："我怎么这么倒霉啊？那么多车，他怎么就偏偏撞上了我的车呢？"

警察走了过来，问道："谁是家属？"

"我是。"梁浅言站起身来，终止了和司机的对话。她平静地道："我是伤者的未婚妻。"

"我们已经调过现场的监控视频了，等病人恢复过来，还要拜托你们家属到警察局去做个笔录。"警察说着，看了吓蒙了的司机一眼，"你放心吧，和你没关系。监控显示，是他撞上你的，当时有一辆红色的跑车要撞伤者，他为了避开才撞上你的。"

"查清楚了？"司机茫然地看着警察，随即大哭起来，"那太好了，我不用坐牢了。呜呜呜呜，我要回家，我要回家见儿子。"

"你暂时还不能回去，先跟我们去做个笔录吧！"警察说道。

卡车司机抹了一把眼泪，都是为了讨口饭吃的普通人，谁愿意平白无故地就遇上大事啊？

一个彪形大汉哭成个小姑娘似的。他郑重其事地握着警察的手说："只要不用坐牢，别说一个笔录了，十个笔录我也会做的。"

警察叹了一口气："你放心吧！这件事情你也是受害者，你的损失会有人赔偿的。"

警察说着，看了一眼梁浅言，还是说道："要害伤者的人你应该认识。我们调查过了，她和你未婚夫以及你先前上过娱乐新闻，因此我们可以判断，她是想要和你未婚夫同归于尽的。我们已经去她家里抓人了，但是她已经逃走。所以最近你留心一下，有什么危险尽快通知我们。"

"贺溪？"梁浅言倒吸了一口凉气。

警察点了点头，叹了一口气说："我们还查到，贺溪一直都在看心理医生，应该是对你未婚夫由爱生恨了。她现在很极端，也很危险，你也一定要小心。"

"好，谢谢您。"梁浅言客气道。

警察走了没多长时间，手术室的灯也熄了，梁浅言赶紧迎了上去。

医生拉下了口罩，说："病人的情况已经稳定了，暂时没有生命危险了，只是……"

梁浅言见医生迟疑了一下，她下意识问道："只是怎么了？"

"只是病人的左腿，保不住了。"医生说道。

"你说什么？"林母有些接受不了，紧紧抓住了医生的胳膊，"你说林洲的左腿保不住了？"

"是。"医生点了点头，叹了一口气，"病人挂在桥上，受了二次创伤，送过来的时候已经失血过多。我们尽力了。"

"谢谢您。"梁浅言的声音沙哑道，紧紧抱住了林母，"没事的，阿姨，真的没事的，只要林洲活着就好。"

"林洲那么骄傲的人，他怎么能失去一条腿啊？"林母哽咽起来。

林父也暗暗擦了擦眼泪，说道："好了，浅言说得没错，只要林洲活着就好了。"

"我是怕林洲接受不了啊！"林母松开了梁浅言。她还是觉得像做梦一样，她用力地捶了捶腿："上天怎么能这么不公呢？林洲从来都没有任何对不起贺溪的地方，她怎么可以这样？"

林洲从手术室里被推了出来送进了重症监护室。梁浅言死死地守在外面，谁劝都不愿意回去。

林母透过玻璃窗看了林洲一眼，担忧地看了一眼梁浅言说："浅言，林洲的情况，我们……"

梁浅言明白了她的顾虑，微微一笑，说："阿姨，我说过林洲活着就好，是真的。不管林洲变成什么样子，我还是那句话，我都不会放弃他的。"

"浅言……"林母再次抱着梁浅言哽咽起来。

"阿姨，这次之后，咱们一家人，都会好起来的。"梁浅言用力地说道。

"你也别哭了，当着媳妇的面哭成这样多不好看啊。"林父拉开了林母，自己却背过身去抹了一把眼泪。

林母摇了摇头："有什么不好看的，浅言也不是外人，迟早都会是咱们家的儿媳妇的。我呀，就等着她改口了。"

"阿姨，您和叔叔去休息一会儿吧！林洲已经没事了，我在这里守着就行。"梁浅言说道。

534

林母触及梁浅言的目光，知道梁浅言肯定不会走。她和林父对视了一眼，叹了一口气，说："我和林洲他爸也不走，和你一起等着林洲醒过来。"

"您身体怎么受得了啊？"梁浅言顾忌道，"您要是有个什么事，林洲醒过来怪罪我怎么办？阿姨，您和叔叔就近找个地方歇着，林洲一醒过来我就给您打电话。"

"好了，你就别让孩子为难了。"林父拉了拉林母。林母只好听了梁浅言的劝。

第一百五十八章　恐惧

贺溪睡了一小会儿，就从噩梦中惊醒了。她一直都盯着新闻和微博热搜，等看到新闻报道说林洲没有死，才松了一口气。

新闻报道里说林洲没了左腿，捕捉到梁浅言那张憔悴的脸时，贺溪的内心才开始挣扎起来。她原来是希望林洲死的，可在得知林洲没有死的一瞬间，她竟然有自己都没有意识到的松懈，她感觉自己紧绷着的弦一下子就放松下来了。她长吁了一口气，心中除了迫切地想要见到林洲之外，还多了一丝愧疚。但更多的是庆幸，她自己也不知道自己到底是庆幸什么，但是林洲没有死，她的确是开心的。

她退掉了小旅馆的房。她觉得自己就像是一只蟑螂，躲在阴暗的地方苟延残喘。她不是没有钱，但是这种小旅馆可以不要身份证登记。她尝到了害怕被别人认出自己的滋味，尝到了根本不敢见光的滋味。

梁浅言实在是没有想到贺溪会出现在医院。她警惕地看着贺溪："你想干什么？"

"你别害怕，我就是想见见林洲，见了林洲我就去自首。"贺溪生怕梁浅言拒绝她。

"我不会让你见林洲的。"梁浅言断然拒绝。

"就当我求你行吗？"贺溪的眼中布满血丝，看着梁浅言哀求道。

"你害得林洲还不够惨吗？林洲也不想再见你了。"梁浅言说道。

"除非是林洲亲口说出不想见我。"贺溪站直了身子，固执地看着梁浅言。这样的话，梁浅言也说过。

她看着贺溪，气不打一处来："你……"林洲亲口和她说不想见她，那她不就是已经见到林洲了吗？

梁浅言咬了咬唇，给病房的林母打了一个电话，说："阿姨，让林洲接一下电话。"

"好。"林母将手机递给了林洲。

梁浅言打开了免提："贺溪来了，要见你。"

"我不想见她。"林洲的声音很是黯然，全然没有了往日的意气风发。

他说着，用力地别过了脸去，不想再接电话，不经意间还触碰到了伤口。

"你现在听到了，林洲不想见你。"梁浅言说道。

"那你让我看一眼林洲，行吗？"贺溪哀求道。她径自跪了下来，说："梁浅言，我知道我错了。你让我看一眼林洲，就一眼，看了林洲我就去自首。"

"我已经报警了。"贺溪接着道。

"贺溪，我和林洲，这一次，都没有办法原谅你了。"梁浅言闭上了眼睛，不想去看她。

她拉住了梁浅言的衣摆，继续哀求道："我只是想见一眼林洲，就一眼，我求你了。"

"可是林洲不想见你。"梁浅言冷声说道。

"我不进去。"贺溪坚持着。

梁浅言叹了一口气。她伸出手来，很想一巴掌打在贺溪脸上。她在得知林洲因为贺溪出事的时候，真的是恨死了贺溪。她不知道为什么一个人可以偏执到这样可怕。可是当贺溪真的就这样跪在她面前的时候，她触及那双充满执念的眼，又有些下不去手了。何况，贺溪终

536

究是逃脱不了法律的惩罚。她这样才算是真正地完了，什么都没有了。

她承认，她在最不该心软的时候心软了。她打算让贺溪死心，便打开了林洲的病房门。

贺溪远远地看着，林洲的一条腿已经没了，他浑身都缠满了纱布，他躺在那里，眼睛里没有半点光芒。她还是毁了林洲，她还是成功地毁了林洲！

贺溪笑了，笑得格外地癫狂，眼泪顺着脸颊不住地往下流。

警察走了过来，给贺溪戴上了手铐。

这么多年的执着和爱恨，竟然是这样画上了句号。贺溪心中不禁问自己：她这一生，想要的到底是什么啊？

她终究比不过梁浅言。她最后一刻怎么都不想承认，她不想守着那个样子的林洲。

梁浅言走进病房，看着林洲叹了一口气："是她自己报的警。"

"你走吧！"林洲没有接话，好像对贺溪的事情一点儿兴趣都没有，反而赶梁浅言走。

"我不会走的。"梁浅言摇了摇头。

"我不想看到你，你滚！"

她愣了一下，鼻子一酸，继续重复着："我不会走的。"

"那我走。"他挣扎着就要起身，自然牵动了身上的管子。

林母吓坏了，急切地说："祖宗，你这是不想让我活了啊！"

林母看了一眼梁浅言，说："浅言，你先出去吧！我和林洲他爸一直都没有回去，开颜还在家里呢！要不你先去看看开颜吧？"

梁浅言拂开了林母的手，眼中蓄满了泪水，说："林洲，你这个胆小鬼，你总是退缩、退缩，你就那么自卑吗？你以为我是因为你有两条腿才跟你在一起的？我刚认识你的时候你不就是一瘸一拐的吗？林洲，我今儿就直接把话和你说明白了。"

她拉了一把椅子，气势汹汹地坐了下来，说："别说你没了一条腿，就算你两条腿都没了，我也不会离开你的。我爱的是林洲，是你林洲，不是因为你林洲是什么样子，你有着什么。你看轻你自己的同时，你也在瞧不起我。我以为经过疟疾的事之后，你就该知道了，但是你还是什么都不明白。"

"你这是何苦呢？"林洲闭上了眼睛，"我已经是个残疾人了，我配不上你，我也没法照顾你了。"

"你现在如果不是躺在床上，我一定抽你。"梁浅言说道。她笑了笑，顺手抹掉了眼泪，接着说："我的话已经和你说得很清楚了，你要是还这么坚持的话，那我只好找个不高不低的楼往下跳，也断一条腿。不过我先提醒你，假如我不小心两条腿都没了，我是没你这么自卑的，就委屈你照顾我一辈子了。"她说得理直气壮，林洲震惊地看着她。

她站起身来："你不说话是吧？那我现在就去。林洲，我不是吓你，我说到做到。"

"我错了。"林洲喊出声来。

梁浅言抽泣着，不敢回头。她大声问道："那你还要赶我走吗？"

"不赶了。"林洲哽咽着。

她大概天生就是治他的。他有太多退缩的念头了，但她总是有千万种方法一点余地都不给他。

梁浅言这才回过身来。她重新坐在了那把椅子上，握住了林洲的手，脸埋在胳膊间抽泣起来。

林洲心也跟着揪了起来，慌张道："浅言，对不起，是我不好，你别哭啊！"

梁浅言抬起头，破涕为笑，摸了摸林洲的脸，说："你没有不好，我其实真的不敢往下跳，我还要滑冰。我刚才真的好怕。"

"你怕什么？"他问。

"我怕你真的不要我了。"她说着，眼泪又掉了下来。

林洲眼眸一动，眼中又泛起了泪花。他艰难地抬手，想要去摸她的脸颊，她把脸凑到了他的手边。

"林洲，我遇到你的时候，我也什么都没有。甚至所有人都怀疑我离开了方逸群就没有办法生存，但那个时候你都没有离开我，也没

538

有嫌弃我。现在我怎么会离开你呢？"她轻声说着，眼光异常柔软。

　　林母含着泪光笑了。她走了出去，替林洲和梁浅言带上了门。她想，她才应该是和林父一起回去看看开颜的人。

第一百五十九章　将就

　　"我怎么舍得不要你。"林洲说着，眼神有些黯然。

　　"林洲，没事的，真的，只要你活着，我就觉得什么都没关系了。"梁浅言道。

　　刘思逸听到梁浅言和林洲的事情的时候，也吸了一口凉气。她诧异地问赵添："那梁浅言还和林洲一起吗？"

　　"她说，她不在乎林洲是什么样子。"赵添回答。

　　刘思逸轻轻笑了笑："还真的是她会干的事啊！"

　　"思逸，有一件事情，我一直想和你说。"赵添难以启齿地看着刘思逸，接着说："我最近想换一个单反镜头，我知道先前和你吵架是我不好。"赵添低下了头去。

　　刘思逸盯着他的眼睛，有些不确定地问道："真的是一个单反镜头吗？"

　　"对。"赵添肯定地回答。

　　"你上次问我拿钱，也是这么说的。"刘思逸抱着抱枕审视着他。

　　赵添摸了摸后脑勺，诧异地问道："是吗？我是这么说的吗？可能是我忘记了。"

　　"你怎么啦？"刘思逸问道。

　　"我……我……"赵添说不出话来。

　　"说实话！"刘思逸呵斥道。

　　"我……"赵添还是觉得有些难以启齿。

　　"赵添不想跟你说，那我来和你讲。"赵母忽然出现，打开了房门，看着沙发上的刘思逸说，"娇娇怀孕了。"

刘思逸以为自己听错了，震惊地看着赵添："我要你亲口和我说。"

"娇娇怀孕了。"赵添低着头道。

刘思逸一巴掌打在了赵添的脸上，说："我放弃那么好的机会在家里天天伺候你妈、备孕，还不忘挣钱给你们娘俩花，你就是这么对我的？"

她以为这种时候，她应该是极度想哭的，但或许最大的悲哀莫过于心死，她竟然一滴眼泪都掉不下来。

"思逸，你一直怀不上，我只是想要一个孩子。"赵添怯懦道。

"小添，你怕什么？是她不能生孩子在先的，娇娇想要钱，你想要孩子，有什么错？"赵母理所当然道。

刘思逸从沙发上跳了下来，冷笑出声，怒道："我受够了，赵添，我绝对不会拿我的钱让你去养别的女人的。"

"我没有要养她，我只是想要孩子。"赵添试图辩解。

"有区别吗？你要了她的孩子，就是搭上了一只蚂蟥，她会一直来吸血。"刘思逸大喊道。她直接走进了房间，随手关上了房门。

赵母上前去敲门："刘思逸，我最多就是答应你，以后赵添的工资卡由你保管就是了。"

刘思逸冷冷一笑，说得这么好听，还不是想要她现在拿钱出来。她拿起地板上的鞋，就朝门上扔去。"谁稀罕那点工资，你是不是觉得我是个好欺负的人？"她直接倒在床上，脑海中浮现出了关睿表白的那天，他眼中的光。

刘思逸将手搭在了额头上。她拿出手机，想拨给关睿，但是又放弃了。打给关睿又怎么样呢？始终都不过是从一个乱摊子走进另一个乱摊子。

"除了婚姻什么都能给？"刘思逸重复了一遍关睿说的话，讥讽地一笑，"谁信啊！有了婚姻，感情都没有任何保障，何况是没有婚姻的感情？"

"刘思逸，你别蹬鼻子上脸，你要是不答应，赵添就和你离婚。"

540

赵母继续叫嚷着。

"妈……"赵添在她身后有些不悦地叫道。

"儿子你别怕，和她离婚了，你就可以顺理成章娶娇娇，我也可以抱孙子了。"赵母说着，拍了拍赵添的肩，眼睛却盯着刘思逸的房间。

刘思逸终于忍不住了，她一把拉开了门，将证件扔进了包里。

"离婚可以，我什么都不要。这房子是我的，你们搬走吧！"刘思逸轻描淡写地说道。她拉着赵添道："走啊！现在还早着呢！咱们去民政局还来得及，我真的受够了。"

赵母没想到刘思逸竟然真的答应与赵添离婚。平心而论，刘思逸对她真的是有求必应了，要是真的娇娇和赵添结婚了，且不说赵添能不能养得起娇娇，娇娇光是仗着孩子就肯定不会把她放在眼中。

"妈，你给思逸道歉，这件事本来就是我的错。"赵添着急地说道。

刘思逸算是看明白了，这对母子就是怕少了她这棵摇钱树而已。她轻轻一笑，睥睨天下般地看着赵母。

"思逸，是我太急了，这件事让你受委屈了。思逸，你体谅一下吧！"赵母瞬间变了一张脸，脸色也缓和了很多。

"我怎么体谅？"刘思逸皱了皱眉，"帮我丈夫既养女人，又养私生子吗？您也是女人，试问您可以做到吗？"

赵母一向在刘思逸面前耀武扬威惯了。她说了两句好话后，刘思逸居然不领情，她又觉得刘思逸不识抬举了，她嚷嚷道："你也别不依不饶了，要是你能生，犯得着这样吗？"

"出轨就出轨，别拿我不能生当借口。"刘思逸讥讽道。

赵母被她说得面红耳赤。

刘思逸冷眼瞧着赵添，说："我不是梁浅言，你也不是林洲，咱们这样真没办法继续过了。我放你走，离婚吧！你和你的娇娇双宿双栖。你不是一贯最听你妈的吗？那走吧！"

赵添站在那里不知道怎么办，他只好瞪了母亲一眼，说："妈，我早就说了这个事我来处理，我来处理，你就是不听。妈，我已经是个大人了，你能不能不要再管我的事了？"

她一直都以为赵添对他妈言听计从、一直很为难，现在看来，赵添不是不会去说他妈，他从来都是和他妈站在一起的，只是他们都把她当外人，一致对外而已。

"思逸，你看赵添都知道错了，这个事就算了吧！"赵母带着一丝讨好道。

刘思逸暗道先前的自己傻到家了，她现在算是看清了赵添这个人的性格了，也看透了赵母的嘴脸。她看着赵添，问道："你不想离婚？"

"思逸，咱们走到一起有多不容易你也清楚。思逸，我知道这件事情是我错了。等咱们有了孩子，都会好的。你相信我，我一定会处理好这件事情的。"赵添不住地保证道。

刘思逸越听越不以为意，她动心了。离婚了又能怎样？她还得面对周遭一系列的人对她感情的"关心"，那她倒不如真的就让赵添对自己言听计从。有没有感情已经不重要了，只要在别人眼中是恩爱夫妻，那就够了。

只要她在赵家母子面前有着绝对的话语权，日后的日子也不是不好过。

刘思逸当下做了决定，静静地看着赵添说："我可以不和你离婚，并且帮你解决娇娇的问题。"

"真的？"赵添欣喜地看着刘思逸。他拉住了刘思逸的手说："思逸，我那天也是喝多了，要不然，绝对不会发生这种事情的。我向你保证，我以后绝对不会和娇娇联系了。"

"不过我有个要求。"刘思逸接着说道。

赵家母子面面相觑。赵母问道："什么要求？刘思逸，你别忘了，是你求着要嫁到我们家的。"

"是吗？"刘思逸淡淡一笑，"我不记得了。"

她说着，收起了笑意，静静盯着赵母说："但是妈，您也别忘了，现在是你们在求我不要离婚，是你们在求我帮你们处理赵添的破事。你当我愿意管吗？"

第一百六十章　结果

赵母一下子噤声了。她看了赵添一眼，赵添压根不敢看她，只是低下头道："妈，您就听思逸的吧！"

"这个家，以后我说了算，这是一。"刘思逸笃定地说道。

"二呢？"赵母看着她。

"娇娇的孩子，不能留。赵添想要孩子，去孤儿院领养都行，怎么样都行，但是娇娇的孩子，不能留。"刘思逸继续道。她轻轻一笑，说："我没有办法在婚姻当中留下一个隐患，但是我会帮你们摆平娇娇。"

赵添还在犹豫不决。刘思逸清楚，他是舍不得孩子。

"赵添，你就没发现娇娇是在算计你吗？"刘思逸问道。她叹了一口气说："你就真确定娇娇的孩子是你的？"

刘思逸这么一问，赵添一下子就没底了。

"你没结婚的时候，她想挽回你，我觉得可以理解。但是你自己好好想一想，她是为了钱抛弃过你一次的人。"刘思逸看着赵添的眼睛，"我没有否认她对你有感情，但人是复杂的。"

刘思逸说着，话音一顿："娇娇到底怎么样，你比我清楚。夫妻一场，我还是劝你，你根本就喂不饱她。"

"我……"赵添颤抖着。

"思逸说得很对。"赵母连忙帮腔。这会倒是有些讽刺了，赵母竟然出乎意料地和她站在一起了。

"我听思逸的。"赵添仿佛做了一个极为重要的决定一般。

刘思逸利落地看着赵添道："那你现在就给她打个电话，问她这一趟航班什么时候落地。"

刘思逸盯着赵添打完了电话，她心中的一块石头落了下来，对着赵母伸出了手。

"什么意思？"赵母警惕地看着他。

"妈，您该兑现承诺了，赵添的工资卡。"刘思逸笑道。

"我……我忘了放哪儿了，我找找。"赵母开始装糊涂。

"那我可不能保证我见娇娇的时候没个头昏脑胀的。妈，我也劝您，放我这儿还是您儿子的钱，放在娇娇那里，是谁的钱可就不能保证了。"刘思逸道。

赵母一下子慌了，赶紧道："我这就去，我这就找。"

刘思逸感觉心中前所未有的畅快，这大概是她和赵添结婚以来最畅快的一天了。她的微信忽然有了提示音，她打开一看，竟然是关睿的消息："喜欢我送你的礼物吗？"

她忽然明白了，这一切都是关睿操纵的。她几乎不用和娇娇谈，这件事情就可以圆满处理了，亏她心中还想好了一系列的谋略，但其实，一样都派不上用场了。

他竟然设计了一个这么大的局。她微微笑了笑，回了两个字：谢谢。她猜赵家母子这阵子一定吃了娇娇不少苦头，不然也不会这样乖了。她忽然有一种前所未有的暖意。她忽然有一种迫切想见到关睿的愿望。她什么都不做，只要见到他就好。

原来真的有人会这样为她运筹帷幄。

"行了，那就这样吧！我出去一趟。"刘思逸打了一个哈欠。

"出去干什么？"赵母习惯性地想要管她。

"我做什么需要说吗？妈您别忘了，先前答应我的，我可都录音了。"刘思逸警告道。

赵母有些不甘心，但是想到娇娇更麻烦，只好忍了下来。

"我希望我回来的时候，妈您已经找到赵添的工资卡了。"刘思逸说道。

她在车上精致地化了妆。想着要见关睿，她真的好想抱一抱他。

梁浅言看着林洲一天一天地好起来，心里边也松了一口气。

林开颜倒是一直惦记着孙承宣比赛的事。她看着梁浅言问道："妈妈带着承宣哥哥去比赛的时候，爸爸会去看吗？"

"爸爸一定会去看的。"林洲抢在了梁浅言前头回答。他抱了抱林开颜说："开颜和爸爸一起去看，好吗？"

"好。"林开颜点了点头。

方逸群站在门口敲了敲门。他看了一眼林洲，眼中带了一丝同情，等他触及梁浅言的目光的时候，他已经知道答案了。

方逸群也就没有多停留，只是给梁浅言发了一条很长的短信，说明利弊，希望梁浅言可以慎重考虑。可惜梁浅言瞟了一眼，就大致猜到了他的想法，直接删掉了。

"你对承宣有信心吗？"林洲问梁浅言。

"比赛有时候比的不仅仅是实力，还有临场素质，谁也说不准。"梁浅言的心态倒是平和了许多。

"师父怎么可以对我这么没信心？"孙承宣倒是有些不服气了。

"因为你本来就没有多厉害。"许诺诺毫不留情地说道。

孙承宣弹了弹她的额头，说："我是不是很厉害，等我拿奖的时候你就知道了。"

"哼！"许诺诺轻哼了一声。

梁浅言发现林洲和孙承宣他们又背着她议论什么，她一出现，那几个人就装作什么都没有发生一样。于是，梁浅言决定问口风最松的许诺诺。

许诺诺竖着手指，信誓旦旦地保证道："林洲早知道你会从我这里下手，我不可以说。"

"你不说我也知道。"梁浅言很是不屑。

"你知道？"许诺诺震惊地看着梁浅言。

梁浅言轻轻一笑，说："我又不傻，不就是求婚吗？"

许诺诺心中哀号一声，有时候智商太高好像也不见得多好。

许诺诺叹了一口气："你都知道了，那哪里来的惊喜啊？"

"我可不在乎什么惊喜。"梁浅言轻声道。

"那你在乎什么啊？"许诺诺循着她的话问。

"林洲啊！"梁浅言理所当然地回答。她对着许诺诺勾了勾手指头，许诺诺连忙凑过来。

"什么？你要向林洲……"许诺诺惊呼着。

梁浅言连忙捂住了许诺诺的嘴巴。她环视了一眼四周，幸好没被他人发现。她松了一口气，看着许诺诺道："怎么林洲叮嘱你，你嘴巴还蛮严的，但是到了我这儿，就不把门了呢？"

许诺诺也有些后怕，捂着胸口道："还真的差点被我嚷出来了啊！"她还是有些心惊，敬佩地看着梁浅言，警惕地巡视了一下，才压低声音道："你真的要这么做吗？太狠了，不对，是太酷了，我都折服得不行了。"

"你看我这样是开玩笑的吗？"梁浅言狡黠地眨了眨眼。

许诺诺叹了一口气，看着梁浅言的神色认真起来："浅言姐，我真的没想到，你对林洲可以这么坚决。"

"难道你对承宣不是吗？"梁浅言问道。

"我……"许诺诺愣住了，她目光闪烁地低下了头，"还是别说我了，我和承宣还小，眼下你和林洲的事才是最要紧的。"

"想不到我们的诺诺公主也有心事了哦！"梁浅言调侃她。

许诺诺羞涩地看了她一眼说："浅言姐，你就别调侃我了，好吗？"

"好。"

"你说承宣明天比赛真的能赢吗？"许诺诺担忧地说道。

"你要相信承宣，不要给承宣太大的压力。"梁浅言揉了揉许诺诺的头发。

"你怎么和承宣一样啊？"许诺诺皱了皱眉。

"我跟承宣学的啊！"梁浅言说着，大笑起来。

"我希望承宣会赢。"许诺诺忽然冲到阳台上大喊道。

"你这样会吓到人的。"梁浅言赶紧拉过她。

许诺诺盯着自己的鞋子，格外认真道："我只是希望承宣赢。"

"一定会赢的。"梁浅言也满含期待道。

第一百六十一章　结局

世界锦标赛的赛道上。

孙承宣参加的是男子速度滑冰项目，已经定好了分组。

裁判一声令下，孙承宣已经冲了出去。坡度限制和速度，梁浅言早就给出了最优的规划。

终于到了宣布结果的时候，许诺诺紧紧地握住了梁浅言的手。

一直念到了第三名，都没有孙承宣。

许诺诺苦涩地一笑："承宣如果不是冠亚军的话，这次就败了。"

"先听结果吧！"梁浅言宽慰她。

许诺诺点了点头。梁浅言的话音刚落，裁判就开始宣告道："本次比赛的亚军是……中国选手孙承宣。"

"承宣好棒，承宣最厉害了！"许诺诺尖叫起来。她用力地对着孙承宣挥了挥手，一把抱住了梁浅言，喜极而泣道："浅言姐，承宣成功了。"

"嗯，成功了。"梁浅言勉强一笑。

她是当初被认为是最有可能夺冠的人，但她最后没能站在这个赛道上。这也是孙承宣的最后一场比赛了，同样还是有那么一点小缺憾。她看着朝她奔来的孙承宣，一时之间有些泪眼婆娑。其实努力过、绽放过，就没有什么遗憾了。不是十全十美又有什么关系呢？

"祝贺你。"她看着孙承宣道。

孙宁也高兴坏了，梁浅言先前和他谈的时候，他心中还有疑虑，但现在这个结果，比他预想的要好太多了。

"辛苦了，浅言。"孙宁兴奋道。

"孙总客气。"梁浅言淡淡寒暄着，看了看身边的林洲。

孙宁早就定好了办庆功宴的地方。梁浅言先前就和许诺诺商量好了，许诺诺悄悄地将林洲准备好的幻灯片换成了梁浅言准备的。

林洲到达目的地后对着孙承宣打了一个手势，孙承宣点开了宴会厅的屏幕。

视频映出梁浅言的脸，接着是梁浅言的一段话："我想对我最爱的林洲说，我曾一度以为自己身处地狱，女儿去世，婚姻终结，我睡着了永远都不知道第二天醒过来是什么样子，直到我遇见了你……"

接下来放的则是梁浅言准备的林洲所有的摄影集，然后又出现了梁浅言的脸。

"摄影的灵魂不在于摄影师的身体是否健全，而在于他的心。大老黑有一颗等着浅阳的心，从前的林洲同样怀揣着希望。我永远爱你，爱你的一切。"

幻灯片熄灭了，梁浅言捧着玫瑰花站在了林洲跟前："林洲先生，你愿意娶我吗？我遇见了一个叫大老黑的人，他很像你，从我看到他镜头下的灵魂开始，我就懂他了。你和我一样吗？"

"我愿意！"林洲用力说道。他闭上眼，抱住了梁浅言。他的一条腿不足以支撑两个人的重量，梁浅言直接用力地将他推倒在沙发上，依偎在他的怀中，唇瓣覆盖上了他的唇。

"林洲，谢谢你让我找到了我的价值，我再也没有遗憾了。"她低声道。

林洲没有说话，只是紧紧地握住了梁浅言的手。

林洲从兜里拿出了戒指，腼腆地笑了笑，说："应该是我向你求婚的，可是你从来都不按套路出牌。浅言，我还是想问你，你愿意嫁给我吗？"

"我不嫁给你，我想嫁给大老黑啊！你说怎么办呢？"梁浅言做出了苦恼状。

"那一点关系都没有啊！"林洲笑了笑，"我就是大老黑，我也会做回曾经的大老黑。"

"我爱你。"梁浅言说着，静静注视着他，伸出了手。

林洲为她戴上了戒指。

许诺诺鼓着掌，忍不住湿了眼眶。

548

她走了出去，孙承宣压根没有注意到她。

或许到了她离开的时候了吧！她喜欢孙承宣，喜欢到只是陪他走一路，她都甘之如饴了。

现在他圆满了，大概也就不需要她了。

孙承宣开了一瓶香槟，笑着说："我替我师父开心，恭喜师父。"

"恭喜你啊！承宣。"梁浅言欢呼道。

孙承宣环视了一圈，许诺诺向来最聒噪的，去哪了呢？

他四下环顾，没有发现许诺诺的身影。

"诺诺……"他开始急了起来。

他觉得在这个时候，应该是许诺诺一直说个不停，抱着他欢呼才对，但是他没想到，许诺诺竟然不见了。

"师父，你见着诺诺了吗？"他问梁浅言。

"诺诺不是刚才还在的吗？"梁浅言狐疑道。她有些内疚地说："我没注意到她。"

"我去找她。"孙承宣说着，跑出了宴会厅，给许诺诺打了一个电话，但是她拒接了。

他心中忽然意识到了什么：许诺诺一定不会走远的，她那么喜欢黏着他，就算是逃避，又怎么舍得真的丢下他呢？

"诺诺……"他呼喊着，却没得到任何回音。

他自己都想不清楚到底是在什么时候伤害到了许诺诺。他已经习惯了任何时候都有许诺诺在他眼前晃悠，不管他说了多么难听的话，许诺诺哭过之后，又会满脸笑容在他跟前晃悠。但是一瞬间，他就像失去了最珍贵的布偶的孩子。布偶每天在他身边的时候，他并没有太留心。可是布偶忽然不见了，他才发现心里空落落的。

"诺诺，你别闹了，我知道你没有走，你出来，我没有不要你啊！"

他再次打着许诺诺的电话，却再一次被挂断了。

他蹲了下去，抱着头："许诺诺，你是不是不要我了啊？我娶你还不行吗？"

"我爱你，许诺诺。"他疯了一样叫着。

"别嚷了，你不怕路人报警吗？"

"诺诺。"他惊喜地转过身去，抱住了许诺诺。

"你刚刚说什么？"许诺诺欣喜地问道。

其实孙承宣想得的确不错，许诺诺是想走的，可是她怎么舍得丢下他呢？她想，这是他最重要的一天，他是人群当中的焦点，她要看着他意气风发的模样。

结果，她却看到了他失魂落魄地叫着寻找自己的模样。许诺诺想，原来有时候反其道而行之还可以有意想不到的收获。

"我说什么了吗？"孙承宣开始抵赖。

"那好吧，我还是走了算了。"许诺诺噘起嘴故意道。

"好，好，好，我说。"孙承宣立刻缴械投降，他的神色认真起来，"诺诺，我爱你。"

许诺诺捧着他的脸，踮起脚尖就在他唇上盖了一个章。啊！许诺诺又想尖叫了，她现在一点儿也不羡慕梁浅言了。她觉得，她和孙承宣比任何人都甜。

她跳到了孙承宣身上，捏着他的耳朵轻声道："你是不是哭了？"

"哭了？哪有呀！"孙承宣的脸瞬间红了。

"真的没有吗？"许诺诺有些不信。她盯着孙承宣，手在他的脸颊处晃悠了一下，正色道："那这是什么？"

"有什么吗？"孙承宣的脸上浮现出一丝慌张。

"什么都没有啦！骗你的，笨死了。"许诺诺带着嫌弃，悄悄地将孙承宣的那滴泪放在了舌尖。

苦苦的，但是许诺诺却觉得异常地甜。

梁浅言深情地看着林洲，她永远都不会和林洲分开了。

但是生活，她想着，应该是如人饮水，冷暖自知的吧！

方逸群，也会有他的浅阳的。

等今天落幕之后，明天的阳光，一定又是崭新的。

她不会再害怕，天黑了，可总会亮的。